GUSTAF SKÖRDEMAN

Faust

Weitere Titel des Autors:
Geiger
Wagner

Über den Autor:
Gustaf Skördeman ist 1965 in Nordschweden geboren. Heute lebt er mit Frau und zwei Kindern in Stockholm. Er ist Drehbuchschreiber, Regisseur und Filmproduzent. FAUST ist der zweite Teil einer Thriller-Trilogie, die mit GEIGER ihren erfolgreichen Start hatte. Der Titel stand wochenlang auf der SPIEGEL-Bestsellerliste. Auch international war GEIGER ein großer Erfolg. Die Trilogie erscheint in 20 Ländern.

Gustaf Skördeman

FAUST

Thriller

Übersetzung aus dem Schwedischen
von Thorsten Alms

lübbe

Die Bastei Lübbe AG verfolgt eine nachhaltige Buchproduktion. Wir verwenden Papiere aus nachhaltiger Forstwirtschaft und verzichten darauf, Bücher einzeln in Folie zu verpacken. Wir stellen unsere Bücher in Deutschland und Europa (EU) her und arbeiten mit den Druckereien kontinuierlich an einer positiven Ökobilanz.

FSC
www.fsc.org
MIX
Papier | Fördert gute Waldnutzung
FSC® C014496

Vollständige Taschenbuchausgabe
der bei Bastei Lübbe erschienenen Paperbackausgabe

Titel der schwedischen Originalausgabe:
»Faust«
Originalverlag: Bokförlaget Polaris

Umschlaggestaltung: FAVORITBUERO, München
Einband-/Umschlagmotiv: © STILLFX/shutterstock; VISUALSPECTRUM/stocksy; Michael715/shutterstock
Satz: Dörlemann Satz, Lemförde
Gesetzt aus der Adobe Caslon Pro
Druck und Verarbeitung: GGP Media GmbH, Pößneck

Printed in Germany
ISBN 978-3-404-18940-3

2 4 5 3 1

Sie finden uns im Internet unter luebbe.de
Bitte beachten Sie auch: lesejury.de

1

Welch ein schönes Tier.

Vollkommen ahnungslos, dass es durch ein Zielfernrohr beobachtet wurde.

Gunilla hatte eine freie Schussbahn. Die Voraussetzungen dafür, an ihre erste Trophäe zu kommen, waren perfekt. Der Beweis, dass sie sich ihren Platz in der Jagdgesellschaft verdient hatte. Ein stattlicher Bock, schön und majestätisch, und ihr vollkommen ausgeliefert. Oder eher ihrer Waffe. Eine Tikka T3, die der Verkäufer in der Waffenhandlung für sie ausgesucht hatte, während sie Interesse für die Unterschiede zwischen den vielen Gewehren geheuchelt hatte.

Stutzen, Büchsen, Flinten, Drillinge.

Sie hatten alle unterschiedliche Eigenschaften, aber der Zweck war derselbe. Das Töten.

Der Geschmack von Kaffee im Mund, anscheinend ein zentraler Teil des Jagderlebnisses. Wie die gegrillte Wurst. Falukorvscheiben, Kabanossi, Rostbratwurst. Die genussvollen Blicke der Jäger, während sie diese beinahe fleischfreien Schlachtreste verschlangen. Waren sie tatsächlich so lecker? Die halbe Wurst verkohlt und die andere Hälfte kalt. Aber das gehörte eben auch dazu.

Zur Jagd. Jetzt war sie Teil davon.

Ein Leben beenden. Am besten mehrere. Jeder Tod war ein Sieg. Warum? Für die Jagdgemeinschaft? Wegen des Adrenalinkicks? Um den Rehbestand zu regulieren, wie man so schön sagte. Ein ziemlich wackeliges Argument.

Bekamen sie denn nie ein schlechtes Gewissen, diese alten Grünröcke? Sie hatten gegrinst und süffisante Kommentare gemacht, als sie sich zur Jagdausbildung angemeldet hatte, und jedes Mal das Thema gewechselt, wenn Gunilla fragte, ob sie mit auf die Jagd gehen könne. In ihren Häusern waren die Wände bedeckt von Geweihen, die auf Brettchen montiert waren, in ihren Waffenschränken befanden sich Gewehre im Wert von zehntausenden oder gar hunderttausenden schwedischer Kronen. Es waren Männer, die erst auflebten, wenn sie die grüne Kleidung und die orangefarbenen Bänder angelegt hatten. Dann waren sie endlich sie selbst. Oder diejenigen, die sie in ihren Träumen waren. Vielleicht war es so wie bei Dragshow-Künstlern, wenn sie endlich die Paillettenkleider anziehen und sich im Scheinwerferlicht präsentieren konnten? Eine Verwandlungsnummer als Protest gegen das, als das man geboren wurde? Wir sind keine bierbäuchigen Spießbürger, sondern Jäger. Krieger. Todesboten. Das Fortleben des ganzen Stammes hängt allein von uns ab.

Und warum hatte sie selbst es getan? Sie hatte sich durch die ganze Jägerprüfung gequält und war mehrere Jagdsaisons als Treiberin unterwegs gewesen, während sie ununterbrochen gequengelt hatte, endlich in die Jagdgemeinschaft aufgenommen zu werden. Wollte sie so ihren Mann besser kennenlernen? Verstehen, warum er die Jagd so sehr liebte? Ein gemeinsames Interesse finden?

Oder ging es um Gleichberechtigung? Wollte sie eine der äußerst männerdominierten Festungen des Landes zum Wackeln bringen?

Vielleicht.

Aber sie hatte überhaupt nichts zum Wackeln gebracht.

Sie hatte den Kerlen etwas zum Lachen und zur Belustigung gegeben. Und definitiv ihr Zusammengehörigkeitsgefühl gestärkt. Vielleicht war sie sogar peinlich für ihren Mann, aber in diesem Fall verbarg er es unter einer Maske aus wohlwollendem Humor. Er war jedenfalls darauf eingegangen, ihr seinen Platz zu überlassen und stattdessen als Treiber zu gehen, eine freiwillige Herabstufung, die sicherlich Spuren hinterließ, auch wenn sie nur höchst vorübergehend war.

Eine Ricke und ein Kitz schlossen sich dem Bock an. Sie hatte gelernt, dass dies die richtigen Begriffe waren. Ricke und Kitz, nicht Rehweibchen und Rehjunges. Hier wie überall anders auch waren die richtigen Begriffe entscheidend, kleine Codes, die zeigten, ob man dazugehörte oder nicht. Ein bisschen wie das richtige Etikett an der Jeans auf dem Schulhof.

Man schoss niemals die Ricke zuerst, damit das Kitz nicht mutterlos wurde. Eine absurde Rücksichtnahme bei der Brutalität des Rituals. Wir erschießen zuerst dein Kind, damit es nicht allein ist, ist das nicht nett?

Ganz langsam begann sich ihr Zeigefinger um den Abzug zu krümmen. Der Bock stand genau im Fadenkreuz. Seine letzten Sekunden mit der Familie. Aber so war eben die Natur, redete sie sich ein. Der Mensch war nicht das einzige Tier, das andere Tiere tötete. Allerdings war er das einzige Tier, das es aus der Entfernung und auf diese Weise tun konnte. Distanziert. Unpersönlich. Feige.

Der Schuss löste sich. Und die drei hübschen Tiere liefen davon. Waren wie durch Zauberei verschwunden, von der Evolution darauf trainiert, den Ort der Gefahr blitzschnell zu verlassen.

Die Kugel landete in einem Baumstamm direkt neben der Stelle, an der der Bock gestanden hatte. Eine Handbreit vom Ziel entfernt.

»Guter Versuch«, sagte Håkan aus der Jagdgruppe tröstlich.

»Knapp daneben ist auch vorbei«, grinste sein Bruder Martin.

Gunilla machte sich nichts daraus. Sie wollte bei der Jagd

dabei sein, und sie hatte das Urteil über das Leben des Bocks gefällt. Sie nahm die Kommentare der andern hin und verspürte kein Bedürfnis, etwas zu erklären oder sich zu entschuldigen.

»Jetzt sind bestimmt auch alle anderen geflohen, die in der Nähe waren«, sagte Håkan. »Wir sollten uns ein bisschen weiter nach vorne bewegen.«

»Sie hat ihn ja nur ganz knapp verfehlt«, sagte Martin in einem Versuch zu trösten, der wesentlich mehr schmerzte als ein höhnisches Lachen.

»Aber wir wollen die Tiere ja auch nicht waidwund schießen«, sagte Håkan. »Wie auch immer, du solltest vielleicht noch ein bisschen üben, bevor du das nächste Mal auf Wild anlegst.«

»Mhm«, sagte sie. Nickte dazu.

Sie gingen weiter voran, zuerst die Gebrüder Lang und Gunilla ein paar Schritte dahinter. Der elegante Håkan mit seiner Blaser R8 und der grünen Jagdkleidung von Mauritz Widforss, Martin in seinen alten Klamotten, die er sich vor zwanzig Jahren beim Ausverkauf besorgt hatte, umarmte seine Husqvarna 1900, als wäre sie sein erstgeborenes Kind.

Sie folgten dem schmalen Waldweg, der von den tiefen Spuren der Cross-Maschinen zerpflügt war. Gunilla verstand nicht, wie man die Natur so behandeln konnte. Ganz zu schweigen davon, wie sehr man die Tiere damit störte. Elche, Füchse, Rehe mit ihren Kitzen, brütende Vögel. Der Fichtenwald lichtete sich, und sie gelangten auf einen großen, offenen Platz mit Hochspannungsleitungen, Hochsitzen und einem Waldweg. »Kolbotten«, sagte Håkan, als wüsste Gunilla nicht, wie diese Stelle hieß.

Auf einem mit Schotter bedeckten Wendekreis stand ein großer SUV, ein Porsche Cayenne älterer Bauart. Die Türen waren geöffnet, und zwei großgewachsene Männer zerrten etwas aus dem Auto den bewaldeten Hügel hinauf, hinter dem es zum Mälarsee hinunterging.

Die Männer waren vollauf mit ihrer Schlepperei beschäftigt, sodass sie die Jäger nicht bemerkt hatten. Als sich das Trio den arbeitenden Männern näherte, bemerkte Martin, dass sie wie Leute aussahen, mit denen er sich nicht anlegen wollte, und entschied sich daher offenbar instinktiv, sie auf eine eher kumpelhafte Art anzusprechen. Die Autokennzeichen waren nicht schwedisch, und Martin tat sich generell schwer im Umgang mit Ausländern. Sie waren einfach unberechenbar. Schwer zu deuten. Aber er wusste, dass ein Lächeln die meisten kulturellen Missverständnisse überbrücken konnte.

»Hallo!«, rief Martin fröhlich, worauf die Männer zusammenzuckten und zu ihm aufsahen. »Haben Sie vielleicht ein paar Rehe gesehen?«

Die beiden Männer ließen das Bündel fallen, zogen ihre Pistolen und eröffneten sofort das Feuer.

Håkan brach mit einem Schrei zusammen, nachdem er am Bein getroffen worden war, und Martin ließ instinktiv sein Gewehr fallen, drehte sich um und lief.

Einer der beiden Männer schoss Martin hinterher, während der andere ein paar Schritte auf den liegenden Håkan zu machte.

Der Mann türmte sich vor dem blutenden, jammernden Jäger auf und hob die Waffe. Eine Glock, konstatierte der schockierte Håkan. Verdammt gute Pistole.

Doch bevor der Mann abdrücken konnte, knallte es vom Waldrand her, und er brach über Håkan zusammen, während sein Blut aus einem Loch in der Stirn spritzte.

Der andere Mann hörte den Schuss, sah seinen Begleiter fallen und drehte sich mit gezogener Waffe um.

Nur um von einem ähnlich zielsicheren Schuss mitten in die Stirn getroffen zu werden.

Kein Laut kam über seine Lippen, als sein Körper zu Boden fiel.

Håkan, der bereits sicher gewesen war, dass sein letzter Atemzug bevorstand, schob denjenigen zur Seite, der an seiner Stelle gestorben war, und drehte sich zu seinem Retter um.

Er wusste nicht, ob Martin vielleicht zurückgekommen, die Polizei oder irgendwelche finsteren Typen aufgetaucht waren, die hinter den beiden Männern her waren und jetzt möglicherweise die Zeugen aus dem Weg räumen wollten.

Aber er sah nur Gunilla, Kalles Frau, die langsam ihr rauchendes Gewehr sinken ließ, während ihr Blick auf ihre ersten beiden Jagdtrophäen gerichtet war.

2

»Wo ist Karin?«

Das Seil spannte sich fester um seinen Hals und machte es ihm schwer, die Worte auszusprechen. Er schielte zu Rau hinunter. Sie waren beide sehr viel älter geworden. Warum tat er das? Konnten sie nicht einfach in aller Ruhe die Jahre genießen, die sie noch hatten?

»Stimmt«, sagte Rau. »Karin. Gut, dass du mich daran erinnerst.« Und auf Deutsch fügte er hinzu: »Vielen Dank.«

Stiller spürte, dass Rau ihm hinter dem Rücken etwas Hartes in die gefesselten Hände legte, um dann Stillers Fingerspitzen dagegen zu drücken.

»Ich hätte fast vergessen, deine Abdrücke auf dem Messer zu hinterlassen. Wahrscheinlich werde ich langsam alt.«

Rau lächelte. Als wäre der bloße Gedanke, dass er altern könnte, nichts als ein absurder Witz. Stiller sah ihn an, konnte seine Augen nicht von ihm wenden. Graues Haar, tiefe Furchen im Gesicht, genauso alt wie Stiller selbst, aber trotzdem wesentlich attraktiver. Ein echter Mann. Das war Stiller niemals gewesen, nicht in seinen eigenen Augen und wohl kaum in den Augen anderer. Raus Haltung verriet weder sein Alter noch sein entbehrungsreiches Leben. Sein Rücken war gerade, und er strahlte Energie und Kraft aus.

»Das Messer?«, fragte Stiller verwundert, obwohl er die Wahrheit bereits ahnte. Er wollte bis zum Schluss noch hoffen dürfen.

»Ich stelle mir vor, dass du es vor lauter Panik weggeworfen hast«, sagte Rau, hielt ein großes Messer hoch und warf es nachlässig in eine Ecke der Küche. Ein Tranchiermesser mit einer langen, scharfen Klinge, die jetzt voller Blut war. Ein Fiskars, wenn sich Stiller richtig erinnerte. Absurd, dass ausgerechnet jetzt die Marke des Messers in seinem Kopf auftauchte. Dieses Messer war seit über dreißig Jahren in ihrem Besitz, und es hatte ausgezeichnete Dienste geleistet. Sie brauchten eigentlich kein neues. Brot, Steaks, Weißkohlköpfe, alles hatte es ganz leicht bewältigt. Und jetzt …

»Wo ist Karin?«, fragte Stiller erneut, dieses Mal mit Panik in der Stimme.

»Ja, wie nennt ihr es denn? Im oberen Salon? Man gibt den toten Räumen ja gerne feine Namen. Diese Halle, die offensichtlich kaum zu möblieren ist. Irgendwo da oben jedenfalls.«

»Karin!«

»Das ist gut. Schrei nur. Wenn jemand es hört, dann untermauert das nur die offizielle Version.«

»Wovon? Was hast du mit ihr gemacht?«

»Ich?«, sagte Rau mit einem verwunderten Ausdruck. »Ich nehme an, du bist einfach zusammengebrochen, nachdem deine alten Spionagekameraden einer nach dem anderen ermordet worden sind. Vielleicht hattest du Angst, dass du der Nächste bist. Und dabei sind jede Menge Schuldgefühle wieder zum Leben erweckt worden. Du hast lange Zeit unter großem Druck gelebt. Du hast dich für deine Vergangenheit geschämt, die dich jetzt wieder eingeholt hat. Was weiß ich? Die Polizei kann sich da bestimmt noch etwas Besseres zusammenreimen. Du kamst von deinem täglichen Morgenspaziergang, und dann fingt ihr an zu streiten, und, tja …«

Rau hielt inne und betrachtete Stiller, der auf den Zehenspitzen auf dem Küchenstuhl balancierte. Ein Stuhl, der mit Sicherheit zum Pfarrhaus gehörte und schon seit Jahrzehnten hier gestanden haben musste. Helles Kiefernholz, das nicht besonders gut zu dem dunkel gebeizten Klapptisch passte. Dazu gehäkelte Tischläufer und kleine orangefarbene Kerzen in ebenso kleinen Ständern. Ein moosgrüner Lampenschirm aus Samt mit braunen Fransen. Herdabdeckplatten aus Kupfer, jahrzehntealte Gewürzgläser mit Thymian, Zimt und Zitronenpfeffer. An der Wand hing ein Kalender vom ICA-Supermarkt, ein Plakat mit verschiedenen Pilzsorten sowie ein paar Stickereien mit frommen Sprüchen. »Wie der Hirsch lechzt nach frischem Wasser, so lechzt meine Seele, Gott, zu dir.«

Rau begriff nicht, wie Leute so leben konnten, ohne Atemnot zu bekommen. Obwohl, Atemnot war im Grunde ja das, was Stiller gerade hatte.

»Genau. Die Requisiten.«

Er verließ die Küche, und Stiller starrte an die Decke, als hoffte er, durch sie hindurchsehen und Karin entdecken zu können. Lebte sie noch? Wie schwer hatte Rau sie verletzt? Und was würde er mit Stiller machen? War das hier nur eine Warnung? Er betete, dass es nur das war.

Rau kehrte mit einer Bibel zurück.

»Matthäus, oder? Das ist doch die beste Version.«

Rau schwieg, als würde er wirklich auf eine Antwort warten. Nach ein paar Sekunden fuhr er fort:

»Kapitel siebenundzwanzig, nicht wahr? Vers drei bis fünf? Oder?« Er warf Stiller einen fragenden Blick zu und begann zu lächeln. »Ich habe es gegoogelt. Leider ist die Darstellung dort ein bisschen trocken, aber ich denke, es wird trotzdem funktionieren.«

Er schlug die Bibel an der genannten Stelle auf und legte die Heilige Schrift auf den Küchentisch. Dann wandte er sich Stiller zu.

»Tja, mein Freund. Jetzt habe ich noch ein paar Fragen an dich. Und die Antworten werden über dein Schicksal entscheiden.«

Stiller starrte verwirrt um sich. Das Seil schnitt ihm in den Hals, und der Nacken schmerzte, nachdem er den Kopf so lange schief gehalten hatte. Jeder Atemzug war ein Kampf.

»Volksgerichtsprozess gegen Jürgen Stiller, der den revolutionären Kampf verraten hat, indem er kleinbürgerlichen Abweichungen und revisionistischen Tendenzen nachgegeben und versucht hat, persönlichen Gewinn aus der reinen sozialistischen Lehre zu ziehen.«

»Ich bekenne mich schuldig«, brachte Stiller mühsam über die Lippen. Seine Beine fühlten sich immer tauber an. Er würde nicht mehr lange das Gleichgewicht halten können. »Ich bekenne mich schuldig …«

Das Lächeln verschwand von Raus Lippen.

»Mit wem hast du gesprochen?«

»Worüber?«

»Über mich.«

»Mit niemandem.«

Rau tippte mit der Schuhspitze gegen den Küchenstuhl. Stiller zuckte zusammen und versuchte die Bewegung auszugleichen, was allerdings nur dazu führte, dass er sich zur anderen Seite neigte. Das Seil drückte auf den Kehlkopf, und ein paar wenige, aber ewig erscheinende Sekunden lang bekam er keine Luft. Rau verfolgte seinen Kampf mit gleichgültigem Blick.

»Mit niemandem!«, schrie Stiller und hoffte, dass draußen vielleicht jemand vorbeiging und ihn hören würde. Vielleicht könnte er ja noch davonkommen. Er wusste, dass Scheinhinrichtungen eine verbreitete Methode waren, um Leute zu brechen. Aber man überlebte sie zumindest. »Mit niemandem, ich schwöre!«

Rau hob den Fuß. Ließ ihn aufreizend hin und her schwingen.

»Warum hätte ich das tun sollen?«, sagte Stiller. »Mit wem sollte ich darüber sprechen?«

»Was weißt du über Wahasha?«

»Worüber?«

»Über die Operation Wahasha.«

»Nichts.«

»Schade.«

»Warum schade?«, quäkte Stiller.

»Wenn du nichts darüber weißt, bist du für mich nichts wert.« Und dann fügte er auf Deutsch hinzu: »Leider.«

Rau setzte den Fuß wieder an den Stuhl.

»Warte! Wahasha, sagtest du? Ich kann es herausbekommen. Ich kenne Leute. Ich kann es herausfinden.«

»Vergiss es.«

»Bitte, ich werde niemandem irgendetwas erzählen. Es tut mir leid, dass ich …«

»Pssst …«, sagte Rau, ging zum Kühlschrank und öffnete ihn. Eingelegter Hering, Anchovis, Kaviar, Dickmilch, Frischhaltedosen mit Resten, eine blaue Teetasse, die anscheinend mit übrig gebliebenem Bratenfett gefüllt war. Keine menschenwürdige Nahrung weit und breit. Mit einer Grimasse drehte sich Rau wieder zu Stiller um.

»Was hast du Sara Nowak erzählt?«

»Wer ist das?«, antwortete Stiller.

»Die Polizistin, die Geiger enttarnt hat. Die Polin. Hast du sie angerufen?«

»Nein, das habe ich nicht.«

»Du hast einfach eine Nummer aufgeschrieben, ohne zu wissen, dass es ihre ist? Rein zufällig?«

Rau hielt das kleine, schwarze Notizbuch hoch, das er in Stillers Arbeitszimmer gefunden hatte.

»Notizen für Gottesdienste, Telefonnummern von Handwerkern, dem Bischof in Linköping und von Sara Nowak.«

Rau sah vom Notizbuch hoch. Jetzt lächelte er nicht mehr. Stiller schluckte, und noch mehr Schweiß trat auf seine Stirn.

»Ich … ich wollte nur hören, wie es mit Geiger gelaufen ist.«

»Du lügst«, sagte Rau auf Deutsch und setzte die Schuhspitze auf den Rand des Küchenstuhls.

»Ich habe sie gar nicht erreicht! Ehrlich! Ich habe mit niemandem gesprochen!«

»Vielleicht«, sagte Rau erneut auf Deutsch und drückte den Stuhl ein paar Zentimeter zur Seite. »Vielleicht auch nicht.«

»Bitte, Otto, ich habe nicht …«

»Pssst …«

Rau sah ihn vorwurfsvoll an und legte einen Finger auf seine Lippen.

»Ich glaube dir.«

Stiller atmete aus, soweit es ihm überhaupt möglich war.

Rau lächelte Stiller an, drehte sich langsam um und stellte seine schwarze Tasche auf die Arbeitsplatte. Ein alter Küchenschrank, dachte er verwundert, als er die Tasche öffnete. Bestimmt aus den Dreißiger- oder Vierzigerjahren. Warum schafft man sich nicht eine moderne Küche an, selbst wenn das Haus alt ist. Menschen ohne jeden Sinn für Ästhetik. Spiritualität war einfach nur ein anderer Name für die totale Abwesenheit von Geschmack.

Durch das Fenster sah er die Kirche, die ein paar hundert Meter entfernt hinter einem Acker lag. Dort hatte der große Bischof Giertz, einer der bekanntesten christlichen Amtsträger in Schweden, am Anfang seiner Karriere gewirkt. Dieses Wissen hatte Rau sich natürlich ergoogelt. Heutzutage war das gesamte Wissen der Welt über das Handy zugänglich. Er hätte sich die Kirche gerne näher angesehen, aber dazu hatte er jetzt keine Zeit. Vielleicht würde er ein anderes Mal wiederkommen.

Er holte alles, was er brauchte, aus der Tasche: Lautsprecher, einen Bang & Olufsen Beolit 17 mit einem für seine

Größe sehr guten Klang. Ein LED-Panel, das klein und leicht, aber sehr lichtstark war. Ein ultraleichtes Stativ, auf das er die Lampe schrauben konnte. Und die Videokamera, eine Panasonic HC-VXF990, eine altgediente Gefährtin mit einer hervorragenden Bildqualität. Er konnte natürlich auch das Handy benutzen, aber dann wäre es ihm nicht möglich, gleichzeitig Musik abzuspielen, und schließlich war es etwas Besonderes, wenn man eine richtige Filmkamera verwendete. Er mochte seine kleine Ausrüstung.

Dann richtete er die Lampe auf Stiller und schaltete sie an, wirklich erstaunlich, wie viel Licht der kleine, metallrote Kasten erzeugte. Die tränengefüllten Augen des Pfarrers glänzten in dem unerwartet hellen Schein. Gut. Dann sah er noch ängstlicher aus.

Er nahm sein Handy und suchte Musik aus. Diamanda Galás, *The Litanies of Satan*. Keine Musik, die er persönlich schätzte, aber er mochte den Titel und die Wirkung, die das Stück auf diejenigen hatte, denen er es vorspielte. Und tatsächlich reagierte auch Stiller mit großem Unbehagen auf die diabolischen Schreie.

Als er alles fertig aufgebaut hatte, schaltete er die Videokamera ein und betrachtete das Tableau für einen Moment voller Bewunderung. Dann trat er den Stuhl unter Stillers Füßen weg.

Der Fall war nicht tief genug, um den Nacken zu brechen. Er wollte, dass Stiller langsam erstickte, an seinem eigenen Gewicht, zusätzlich gequält von den zwanzig Kilo, die er zu viel auf den Rippen hatte.

Er wollte einen langgezogenen Todeskampf einfangen.

Nahaufnahmen von der Angst in den Augen des Todgeweihten, von den verzweifelten Versuchen, um Gnade zu betteln, wenn der Hals immer stärker vom Seil zugeschnürt wurde.

Und die aufsteigende Panik, wenn sich die Einsicht über

den unwiderruflichen Tod langsam in das Bewusstsein hineinfraß.

Stiller kämpfte um sein Leben.

Gut.

Die Beine zappelten, um irgendwo Halt zu finden, sich abzustützen. Aber es war sinnlos.

Die gurgelnden Geräusche signalisierten, dass er den Kampf langsam verlor und dennoch etwas mitteilen, einen Hilferuf ausstoßen wollte.

Wo ist dein Gott jetzt, dachte Rau, bevor ihm klarwurde, dass Gott natürlich auf seiner Seite war. Rau verrichtete in diesem Augenblick Gottes Willen. Das war die einzig logische Erkenntnis für einen Gläubigen, zu denen auch diese zuckende und zappelnde Kreatur gehörte.

Gottes Wille war eben nicht der, auf den Stiller gehofft hatte.

3

Er hupte.

Dieses Arschloch hupte tatsächlich.

Sara stand genau vor ihrem Hauseingang am Kornhamnstorg, mitten in Gamla Stan, um dort eine Parklücke für ihren Mann frei zu halten. Als er mit dem gemieteten Transporter von Circle K dort ankam, winkte sie ihn heran. Ebba, ihre Tochter, hätte am liebsten eine Umzugsfirma beauftragt, aber Sara hatte entschieden, dass sie es selbst machen würden. Man musste Kindern schließlich auch Grenzen setzen.

Sie hielt diesen Platz schon über zwanzig Minuten frei, aber jetzt, da Martin endlich hier war, wollte der schwarze Audi direkt vor ihm in die Lücke einparken, in der Sara stand. Obwohl sie abwehrend winkte. Der Audi fuhr Stück für Stück näher an sie heran, bis der Kotflügel gegen Saras Schienbein stieß. Und als sie sich trotzdem nicht bewegte, hupte der Fahrer. Das Arschloch.

Hinter Martin standen mittlerweile ein Taxi und ein Volvo und warteten, begannen ebenfalls zu hupen, weil sich nichts bewegte. Martin stieg aus dem Lieferwagen und winkte Sara zu.

»Lass ihn rein. Wir halten den Verkehr auf. Ich finde einen anderen Platz.«

»Und wo willst du den finden? Zehn Straßen weiter?«

Sara signalisierte dem Audi-Fahrer, dass er weiterfahren sollte, bekam aber nur ein Hupen zur Antwort.

Sie seufzte und zog ihre Brieftasche heraus.

»Nein«, sagte Martin, dem klar war, was seine Frau vorhatte.

»Wieso? Vielleicht lässt er sich bestechen«, sagte Sara mit einem unschuldigen Gesicht. »Wenn das nicht funktioniert, dann gebe ich auf. Steig wieder ein.«

Martin drehte sich um und ging zurück zum Lieferwagen. Sara klappte ihren Polizeiausweis auf und hielt ihn dem Fahrer des Audis vor die Nase. Gleichzeitig behielt sie Martin im Auge, damit sie den Ausweis schnell wieder einstecken konnte, falls er sich zu ihr umdrehte. Sie machte dem Idioten im Audi noch einmal deutlich, dass er sich verziehen sollte. Als er weiterhin versuchte einzuparken, beugte sie sich vor und schlug mit beiden Händen kräftig auf die Motorhaube, während sie ihm gleichzeitig ihre linke Gesichtshälfte zuwandte. Die mit den Narben und den Brandverletzungen. Dann starrte sie dem Anzugträger direkt in die Augen, und ihr Blick ließ keinen Zweifel daran, was als Nächstes passieren würde, wenn er sich nicht sofort aus dem Staub machte. Schließlich gab er auf, dieser kleine, unreife Junge im Körper eines alternden Fünfzigjährigen. Mit quietschenden Reifen als kindischem Protest machte er sich davon.

Martin drehte sich um, als er den Motor aufheulen hörte, und schaute sie verwundert an.

»Ist er abgehauen?«

»Hundert Kronen haben gereicht«, sagte Sara und lächelte.

Sie hatte ihr mittlerweile zweigeteiltes Äußeres schon einige Male auf diese Weise eingesetzt.

Ohne diese Erinnerung in ihrem Gesicht würde sie wahrscheinlich selbst nicht glauben, dass all das wirklich geschehen war: Dass sie in diesem brennenden Geräteschuppen gefangen gewesen war, während die Terroristin Abu Rasil kurz davorstand, die Codes zu verschicken, mit denen Atombomben gezündet werden konnten, die sich aus den Zeiten des Kalten Kriegs noch in Deutschland befanden. Bomben, die große

Teile Deutschlands in Schutt und Asche gelegt hätten. Sie hatte mit ansehen müssen, wie Agneta Broman erschossen wurde, in deren Familie sie aufgewachsen war, ohne zu wissen, dass Agneta als Doppelagentin operiert hatte. Und auch ihre Jugendfreundin Lotta, Agnetas Tochter, war eine Spionin, die unter dem Decknamen Geiger aktiv gewesen war. Und als wäre das noch nicht genug, hatte sich außerdem herausgestellt, dass Lottas Vater Stellan, der beliebte Showmaster, ein Monster war, auf dessen Konto unzählige sexuelle Gewalttaten an Minderjährigen gingen. Und dieses Monster hatte sich auch an Saras Mutter vergriffen und war somit ihr biologischer Vater. Eine Erkenntnis, die sie immer noch mit Ekel erfüllte.

Dass die eine Hälfte ihres Gesichts von Brandwunden entstellt war, unterstrich nur, was sie immer schon gewusst hatte, dass sie zwei Gesichter besaß. Eine hübsche und anziehende Seite und eine befremdliche und abstoßende. Ein echtes Janus-Gesicht. Wenn Männer lediglich ihre anziehende Gesichtshälfte sahen, bekam sie immer noch die bekannten Anmachsprüche zu hören, genau wie früher, aber sobald sie die Narben sahen, schraken sie zurück.

Sara hatte ihr zweigeteiltes Gesicht allmählich lieben gelernt, weil es etwas von ihrem Innenleben offenbarte, aber ihr auch vor Augen führte, dass sie nicht auf ihr Gesicht angewiesen war, um schön zu sein. Sie war Sara Nowak, auch wenn ihre Umgebung vor ihr zurückschreckte. Sie war tatsächlich mehr Sara als jemals zuvor.

Sie würde sich noch etlicher plastischer Eingriffe unterziehen, aber die Ärzte wollten ihr nichts versprechen. Die Narben würden vielleicht für immer bleiben.

Aber sie war froh, überlebt zu haben. Es scherte sie nicht, dass die Leute sie manchmal anstarrten. Wenn sie bedachte, welche inneren Wunden sie erlitten hatte, dann konnten diese

Narben ruhig auf der Oberfläche erscheinen. Vielleicht war es an der Zeit, mehr Platz für sich zu beanspruchen, dafür einzustehen, wer sie war. Nicht nur im Verhältnis zu anderen, sondern als sie selbst. Nicht als Polizistin, Mutter, Ehefrau oder Tochter, sondern als Sara.

Ihr rotes Haar, das sie immer braun gefärbt hatte, durfte sich jetzt auch wieder zeigen. Sie arbeitete nicht mehr als Fahnderin bei der Sitte, also musste sie es nicht mehr verstecken, um leichter in der Menge untertauchen zu können. Sie hatte bemerkt, dass ihr genau das immer schwerer fiel, das Untertauchen, das reine Beobachten. Am Ende war sie einem verhafteten Freier gegenüber gewalttätig geworden, was beinahe zu ihrem Rauswurf geführt hatte, und sie nahm an, dass ihr Verhalten diesem Mann sowieso völlig gleichgültig gewesen war.

Die Gewalt, der sie ständig ausgesetzt gewesen war, hatte sie immer schon schockiert, aber beinahe noch erschütterter war sie von der Gewalt, die sie selbst bei der Jagd auf Abu Rasil angewendet hatte. Sie hatte einen anderen Menschen erschossen, ohne mit der Wimper zu zucken. Mit dem teuren Jagdgewehr des Nachbarn. Was wäre passiert, wenn sie nicht daran gedacht hätte, dass Carl Magnus, der Freund der Bromans, den alle nur CM nannten, diese Waffe besaß?

Sie träumte immer noch von dieser Nacht. Das Feuer, das Knallen der automatischen Waffen, der Schmerz, als sie von dem Schuss getroffen wurde, das viele Blut, als sie Abu Rasil erschoss, und all das, was daraus folgte.

Obwohl sie vermutlich unendlich viele Menschen vor dem Tod gerettet hatte, sah sich Sara nicht als jemanden, der es leichtfiel, im Kampf gegen den Terror kaltblütig Menschen umzubringen.

Sie war dankbar dafür, diese innere Kraft gefunden zu haben, freute sich über diese Seite von Sara, auch wenn es sie fast das Leben gekostet hätte. Jetzt war es Zeit, sich zu erholen. Es war Zeit, innezuhalten und sich ein Bild davon zu machen, wo sie im Leben stand.

Mittlerweile zeigten sich auch die ersten grauen Haare, die sie bislang noch alle auszupfen konnte. Sie wollte nicht vorzeitig von einer Gesellschaft abgeschrieben werden, die so wenig Respekt vor dem Alter und der Erfahrung hatte. Aber darüber, dass sich ihre Haare bald wie Feuer über ihren Kopf ausbreiten würden, freute sie sich schon jetzt. Sie wollte sich nicht länger verstecken.

Nachdem sie aus dem Krankenhaus entlassen worden war, hatte sie einen schönen Sommer verlebt. In völliger Normalität. Keine Spione, keine Sexualverbrecher, keine Toten. Nur sie und ihre Familie. Sie konnte schlafen, baden, lesen und ihre Energie auf völlig unwichtige Dinge verschwenden, wie etwa auf Deppenleerzeichen oder die zu langen Pausen zwischen den Songs auf Depeche Modes Album *Ultra*.

Und inzwischen ging es ihr gut. Und es würde ihr auch weiterhin gut gehen. Denn das war die wichtigste Lehre, die sie aus den Ereignissen des Frühsommers gezogen hatte: Ihr Wohlergehen und das ihrer Familie waren das Wichtigste.

Martin hatte den Wagen inzwischen geparkt und die Hecktüren geöffnet. Sara starrte in den leeren Laderaum. Wie viele Möbel waren darin schon transportiert worden? In neue Wohnungen, größer als die vorherige, weil jetzt ein Kind zur Familie gehörte, oder in eine kleinere, weil der Partner gestorben war, oder in zwei verschiedene, weil man nicht länger zusammenleben wollte. Oder in die allererste eigene Wohnung. Umzüge, die voller Freude und Erwartung oder in Trauer und Verzweiflung stattfanden.

Saras Gedankengänge wurden von einem irritierenden Geräusch unterbrochen, das von ihrem Handy stammte. Drei schrille Signale mit zunehmender Lautstärke. Sie hörte diesen Klingelton so selten, dass sie beinahe vergessen hatte, was er bedeutete. Ein Videoanruf. In der letzten Zeit hatte sie die meisten Anrufe einfach ignoriert. Hatte keine Lust gehabt, sich mit Telefonverkäufern oder Kollegen zu unterhalten. Es war beinahe zu einem Reflex geworden, jeden Anruf wegzudrücken und auch den Anrufbeantworter zu ignorieren. Ihre Kollegin und beste Freundin Anna hatte sich schon einige Male deswegen beschwert, aber Sara war nicht in der Verfassung, sich ständig mit ihrer Umwelt auseinandersetzen zu können. Noch nicht. Aber das hier war ein anderer Klingelton, und vielleicht reagierte sie gerade deswegen darauf.

»Nadia möchte Facetime starten«, stand auf dem Display.

Die einzige Nadia, deren Nummer Sara im Telefonbuch gespeichert hatte, war eine der Prostituierten auf der Malmskillnadsgatan. Eine von den vielen, die aus ihrem Heimatland hierhergelockt und dann gezwungen wurden, ihren Körper zu verkaufen, um erfundene Schulden abzubezahlen und ihre Familie in der Heimat vor Nachstellungen zu schützen. Manchmal wurde gedroht, die kleine Schwester derselben Behandlung auszusetzen, falls die entführte Frau nicht genau das machte, was die Menschenhändler von ihr verlangten.

Obwohl Sara nicht mehr bei der Sitte arbeitete, fühlte sie sich auf eine gewisse Weise immer noch verantwortlich für die Frauen, die sie dort getroffen hatte. Sie hatte das Gefühl gehabt, dort aufhören zu müssen. Bevor sie etwas richtig Dummes tat. Aber sie konnte den Gedanken nicht abschütteln, dass sie damit auch diejenigen im Stich gelassen hatte, die sie am meisten brauchten. Jetzt wollte sie also gerne helfen, wenn sie konnte.

Falls Nadia sie nicht einfach versehentlich angerufen hatte, was vielleicht die nächstliegende Erklärung war.

Als Sara den Videoanruf annahm, blickte sie in ein blutüberströmtes Gesicht.

Nadia. Verprügelt und kaum bei Bewusstsein.

Ihr Mund bewegte sich, als wollte sie etwas sagen.

»Wo bist du?«, fragte Sara, nachdem sie den Ernst der Lage erkannt hatte. »Zeig es mir mit deinem Handy. Show around you!«

Nadia drehte die Hand und ließ die Kamera über die Umgebung wandern. Anscheinend lag sie auf dem Boden. Auf einem offenen, asphaltierten Platz neben einer Art Lagerhalle. Jede Menge Container waren aufeinandergestapelt, die Schriftzüge darauf in fremden Sprachen. Weiter entfernt standen Bäume, ein ganzer Wald. Und der Kaknäs-Turm. Und dann ein langes rotes Backsteingebäude mit der Aufschrift »Freihafen«.

»Ich komme!«, rief Sara Nadia zu. Sie drückte das Gespräch weg, als Martin und Olle einen weiß gestrichenen Schreibtisch aus dem Hauseingang trugen.

»Ich muss los.«

»Jetzt? Mitten im Umzug?«

»Ich bin bald wieder zurück!«, rief Sara und lief zu einem der roten Taxis, die in Höhe der Forex-Bank standen. »Zum Freihafen«, sagte sie und setzte sich auf den Beifahrersitz. »So schnell, wie Sie können«, fuhr sie fort und zeigte ihren Dienstausweis.

Mit einer Polizistin an der Seite hatte der Fahrer keine Bedenken, was Geschwindigkeitsüberschreitungen anging. Mit riskanten Überholmanövern und plötzlichen Spurwechseln bei Tempo neunzig hatten sie den Freihafen in wenigen Minuten erreicht.

Sara versuchte Nadias genaue Position zu bestimmen und lotste den Fahrer mit Hilfe der Filmaufnahmen weit hinaus zu einem Gebäude mit der Bezeichnung »Magasin 7«.

Sie kamen an einem riesigen roten Backsteingebäude vorbei, in dem Produktionsfirmen und ein Auktionshaus untergebracht waren. Autos mit den aufgedruckten Logos unterschiedlicher Fernsehsender waren davor geparkt. Sara kannte keines davon. Magasin 7 lag in einem Bereich, in dem Container für internationale Transporte umgeschlagen wurden.

Der Freihafen war unbekanntes Terrain für Sara. Hier sah die Welt ganz anders aus. Der Himmel war hoch und weit, legte sich aber trotzdem wie ein Deckel über die Szene. Dass die Abstände zwischen den riesigen Gebäuden so groß waren, verzerrte die Perspektive. Sie hatte das Gefühl, die alten Lagerhallen und das große Silo berühren zu können, obwohl sie doch mehrere hundert Meter entfernt lagen. Sie fühlte sich riesig und gleichzeitig winzig klein.

Früher war der Freihafen eine Hochburg des Sexhandels gewesen, erinnerte sich Sara. Dank der Seeleute von den Schiffen, die hier einliefen, und der Familienväter, die die Abgeschiedenheit des Ortes zu schätzen wussten. Aber das war, bevor die ganzen Medienbetriebe einzogen. Jetzt arbeiteten die Leute hier rund um die Uhr, und man war selten ganz allein, außer vielleicht draußen auf den Piers. Soweit Sara wusste, gab es jetzt keinen Sexhandel mehr im Freihafen. Was also konnte Nadia passiert sein?

Sie entdeckte sie sofort, nachdem sie in den offenen Wendehammer eingebogen waren. Leblos und blutüberströmt. Hinter ihr stand die hohe Mauer aus Containern unterschiedlicher Logistikfirmen. Kein Mensch war zu sehen. Sara sprang aus dem Taxi und lief zu Nadia.

Blaue Flecken, eine geplatzte Augenbraue, ein paar ausgeschlagene Zähne, zerfetzte Lippen, heftige Blutergüsse an Armen und Beinen. Womöglich hatte sie auch innere Verletzungen. Nadia musste sofort ins Krankenhaus. Also rief sie die 112 an.

»Sara Nowak, Polizei Stockholm. Ich befinde mich im Freihafen bei einer schwer verletzten Frau. Sie braucht sofort einen Rettungswagen.«

»Geben Sie mir Ihre Adresse?«

»Ich weiß es nicht. Im Freihafen. Draußen bei den Containern.«

»Wir brauchen eine genaue Adresse.«

»Ich habe keine Adresse! Im Freihafen! Im hinteren Teil!«

»Beruhigen Sie sich, bitte.«

»Hören Sie nicht, was ich Ihnen sage?! Sie ist schwer verletzt! Machen Sie Ihren verdammten Job und schicken Sie einen Rettungswagen!«

Die Frau in der Leitstelle beendete das Gespräch.

»Verdammte Idiotin!«, schrie Sara ins Handy.

In Gedanken sah sie sich, wie sie die Räumlichkeiten der Leitstelle stürmte, um diese blöde Kuh zu finden. Aber dann wandte sie sich an den Taxifahrer.

»Sie muss ins Krankenhaus«, sagte sie.

»Kein Blut in meinem Auto«, sagte der Fahrer. »Erst müssen Sie bezahlen. Dann rufen Sie Rettungswagen.«

»Das habe ich doch gerade versucht. Sie haben es ja gehört. Sie muss wirklich ins Krankenhaus.«

»Kein Blut in meinem Auto. Das hier ist mein Job, wissen Sie. Wenn Blut im Wagen ist, keiner will fahren.«

»Ich lege meine Jacke unter sie.«

»Nein.«

»Sie kriegen tausend Kronen extra.«

»Hören Sie, wenn Blut im Auto, ich kann zwei Tage lang nicht fahren. Muss das Auto waschen.«

»Zweitausend.«

»Okay. Steigen Sie ein. Aber Jacke drunter.«

Sara sah Nadia an.

»Hörst du mich, Nadia?«

Ihre Augenlider schienen zu flackern, aber Sara wusste nicht, ob Nadia bei Bewusstsein war.

»Wir müssen ins Krankenhaus.«

Ein kaum wahrnehmbares Nicken. Dann öffneten sich die Augen einen kleinen Spalt. Nadia legte eine zitternde Hand auf Saras verbrannte Wange.

»Was ist passiert?«

Sara legte ihre Hand auf Nadias. Spürte die raue Oberfläche der Brandwunde unter den Fingerspitzen.

»Ein Unfall«, sagte sie sanft, und Nadia schloss die Augen, beruhigt. »Aber was ist passiert?«

Nadia setzte ein paar Mal an, bevor es ihr gelang zu antworten.

»Peepshow.«

»Was für eine Peepshow?«

Aber Nadia schaute sich nur um.

»Meine Tasche …«

Sara sah die Panik in Nadias blutunterlaufenen Augen. Sie hob die Tasche auf, die direkt neben Nadia lag.

»Diese hier?«

»Da drin …? Inside?«

Sara öffnete die Handtasche und fand ein dickes Bündel Tausend-Kronen-Scheine. Sie zeigte Nadia das Geld, die sich daraufhin spürbar beruhigte. Sie nahm die Handtasche und drückte sie an die Brust.

»Was ist das für Geld?«, fragte Sara. »Where is the money from?«

»Warn Jenna«, sagte Nadia, ohne die Augen zu öffnen. »Please. No good.«

»Warnen? Wovor denn? For what? Nadia?«

Keine Antwort.

Sara stand auf, um die Sachen einzusammeln, die aus der Handtasche gefallen waren, möglicherweise, als Nadia nach dem Handy gesucht hatte, damit sie Hilfe rufen konnte. Schminkutensilien, Schlüssel, Brieftasche, Halstabletten, Kondome, ein paar Pillen-danach, Reizgas, ein Stilett, Kopfhörer und ein kleines, zotteliges Kuscheltier. Und direkt neben Nadia lag ihr Handy.

Sara überlegte nur kurz, bevor sie Nadias Daumen auf den Fingerabdruck-Sensor drückte. Ohne Erfolg. Mit dem Zeigefinger klappte es besser. Im Telefonbuch fand sie die Nummer einer »Jenna«, bekam aber keine Antwort. Sie versuchte, die Nummer mit ihrem eigenen Telefon zu erreichen. Dasselbe Ergebnis. Vielleicht war es schon zu spät?

Da sie ohnehin Zugang zu Nadias Handy hatte, rief Sara auch die Anruflisten und Textnachrichten der letzten Tage auf und fotografierte sie mit ihrem eigenen Handy ab. Die letzten Gespräche stammten vom Abend zuvor, in der Nacht und am Morgen waren die Anrufe unbeantwortet geblieben, bis am Ende der Liste Nadias FaceTime-Anruf mit Sara auftauchte.

Sara betrachtete Nadias Handy. Sie hatte dasselbe Modell wie ihre Tochter Ebba. Und sie waren ungefähr im selben Alter. Und dennoch lebten sie in völlig unterschiedlichen Welten.

4

Sara hatte das Personal der Notaufnahme im St-Göran-Krankenhaus gebeten, auf Nadias Handtasche aufzupassen und sie zu benachrichtigen, sobald sie in der Lage wäre, ein Gespräch zu führen. Während sie sich auf dem Weg zum Ausgang befand, meldete sich ihr schlechtes Gewissen immer deutlicher. Wieder war ihr die Arbeit wichtiger als ihre Familie gewesen. Eine Arbeit, die sie nicht einmal mehr hatte. Ihre alte Einheit war aufgelöst worden, und sie hatte es vorgezogen, sich auf eine andere Stelle zu bewerben, statt sich der neuen Ermittlungsgruppe »Menschenhandel« anzuschließen. Sie hatte eingesehen, dass die Arbeit sie aufgefressen hatte. Sie war nicht mehr zuständig für die Frauen auf der Straße und in den Wohnungsbordellen. Aber dennoch spürte sie eine Verantwortung. Auf eine Weise, wie sie alle Menschen spüren sollten. Sie war einfach verpflichtet gewesen, Nadia zu helfen. Als Mitmensch. Aber jetzt musste David übernehmen. Sara hatte geschworen, sich mehr um ihre Familie zu kümmern und ihr berufliches Engagement auf ein normales Niveau zu senken. Also rief sie auf dem Weg in die Stadt ihren alten Kollegen an.

»Wie geht es dir?«, fragte David direkt.

Inzwischen nahmen alle besondere Rücksicht auf sie. Schlichen auf Zehenspitzen um sie herum. Vielleicht weil die Brandverletzungen eine so konkrete Erinnerung an das waren, was sie durchgemacht hatte? Wie auch immer, mittlerweile war Sara am liebsten allein, wollte den besorgten Blicken entgehen. Gleichzeitig wollte sie bei ihrer Familie sein, sie im Auge behalten, dafür sorgen, dass alle sicher waren. Sie war da einfach zwiegespalten.

»Alles ist gut«, sagte sie nur, ohne weiter darauf einzugehen. Dann erzählte sie ihm von Nadia und was ihr gerade zugestoßen war. Von einer Peepshow wusste auch David nichts, aber er würde sich mal umhören. Er war ebenfalls überrascht, dass nach all den Jahren wieder Prostituierte im Freihafen auftauchten. Vielleicht hatte ein ausländisches Schiff angelegt, das sie angelockt hatte. Aber warum sollte es eine Peepshow an Bord haben? David bekam Jennas Nummer und versprach, Kontakt zu ihr aufzunehmen. Er fügte noch hinzu, dass er sich melden würde, sobald er mehr wusste, dann beendeten sie das Gespräch.

Sara kürzte quer über den Fridhemsplan ab und ging die Hantverkargatan hinunter.

Im Augenblick fühlte sich alles gut an, stellte sie erstaunt fest.

Eigentlich war dies der vielleicht schwierigste Tag in ihrem ganzen Leben, aber sie war so froh, dass sie überhaupt dabei sein konnte, dass sie schließlich auch die damit verbundene Tatsache akzeptiert hatte.

Ihre Tochter Ebba zog von zuhause aus.

Ebba, die ihre Vertraute werden sollte, ihre beste Freundin, der sie in ihrer Eigenschaft als Mutter mit all ihrer teuer erkauften Erfahrung durchs Leben helfen sollte. Aber Ebba wollte ihre Hilfe nicht. Es war ihr nicht klar, ob es daran lag, dass Sara so oft nicht da gewesen war, ob es einfach zu ihrer Persönlichkeit gehörte oder ob letztendlich alle Töchter gegen ihre Mütter aufbegehrten, indem sie sich weigerten, ihre Hilfe anzunehmen. Sara selbst hatte ihre Mutter Jane ebenfalls viele Jahre lang nicht an sich herangelassen, weil sie geglaubt hatte, dass sie ihr Leben zerstört hatte, als sie mit ihr vom hübschen Ufergrundstück der Bromans in die triste Zweizimmerwohnung in Vällingby gezogen war. Erst sehr viel später war ihr klar geworden, dass Jane sie damit vor dem Zugriff ihres widerwärtigen Vaters gerettet hatte.

Was Ebba wohl von Saras Fürsorge hielt? Fühlte sie sich zu sehr kontrolliert? Glaubte sie, dass Sara dabei nur an sich selbst dachte?

Wenn man neunzehn war, hatte man keine Ahnung, was man alles noch nicht wusste, dachte Sara, als sie die Hökens gata zum Mosebacke hinaufstieg. Sie schielte zu dem großen Terrassenrestaurant auf der anderen Seite des Södra Teaterns hinüber und dachte daran, an wie vielen Sommerabenden sie dort als junger Mensch gesessen hatte. Alles sah noch fast genauso aus wie damals, obwohl es schon mehr als zwei Jahrzehnte her war. Die ganze Stadt war wie ein Fotoalbum. So viele Häuser und Orte waren mit Erinnerungen aufgeladen, mit Spuren der Vergangenheit. Es fühlte sich beinahe so an, als könnte sie in der Zeit zurückreisen zu jenen Tagen, jenen Abenden, sich zu den Freunden gesellen, die sich vor so vielen Jahren an diesen Tischen versammelt hatten. Als bräuchte sie sich nur umzudrehen, und schon wären alle wieder da.

Oben auf dem Platz hatte sich allerdings etwas verändert, nicht nur, dass die Telefonzelle inzwischen nur noch als Dekor diente, sondern dort gab es jetzt auch ein kleines Außencafé, das »Woodstockholm«. Genialer Name, dachte Sara voller Ironie. Auf dem Bürgersteig gegenüber dem Café sah sie ihre Mutter vor Ebbas neuer Wohnung stehen. Sie wartete dort neben ein paar großen Kartons. In gebügelter und farblich abgestimmter Arbeitskleidung. Lila, Rosa und Weiß. Sara konnte ein Lächeln nicht unterdrücken. Sie selbst trug einfach nur eine Jeans und ein T-Shirt. Martins altes Joy-Division-T-Shirt. So wie Sara das sah, hatte er die Musik sowieso nie wirklich gemocht, also hatte sie ihm auch das Recht abgesprochen, das T-Shirt zu tragen. Am Bordstein parkte Ebbas VW-Beetle, ein mokkabraunes Cabriolet, das sie von ihrem Großvater Eric zum Abitur geschenkt bekommen hatte. Es hatte drei Knöllchen unter dem Scheibenwischer. Sara beschloss, sich auf einen harten Streit mit ihrer Tochter, ihrem Mann und ihrem Schwiegervater einzulassen, sobald es um die Frage ging, wer das Bußgeld bezahlen sollte.

»Hatten wir nicht neun Uhr gesagt?«, fragte Jane, statt sie zu begrüßen.

»Sind die anderen noch nicht da?«

Sara sah sich um.

»Martin ist erst vor zwei Stunden mit dem Umzugswagen zu ihrer alten Wohnung gekommen. Stehst du hier schon eine ganze Stunde?«

»Zwei. Ich wollte pünktlich sein.«

»Aber Mama, du kennst uns doch!«

»Die Hoffnung stirbt zuletzt.«

»Was ist denn das hier?«

Sara betrachtete die großen Kartons von Hästens und Montana mit Stirnrunzeln. Teures Bett. Teure Möbel. Empfängerin: Ebba Titus. Rechnungsadresse: Martin Titus und Eric Titus.

»Hast du die angenommen?«

»Ja.«

Was für ein Glück für Ebba, dass Jane vor Ort war. Bedanken würde sie sich dafür bestimmt nicht.

»Kannst du dir das vorstellen«, sagte Jane. »Diese Idioten meinten, sie könnten es nur Ebba geben. ›Das ist mein Enkelkind‹, sagte ich. Und sie: ›Wir können solch teuren Sachen nicht einfach hierlassen.‹ Ich darauf: ›Dann rufe ich eben Ihren Chef an.‹«

»Und dann haben sie nachgegeben?«

»Ja? Was denkst du? Hätte ich nachgeben sollen?«

Jane folgte Saras Blick, der sich auf die Möbel richtete.

»So etwas konnte ich dir nicht geben, als du ausgezogen bist.«

»Nein. Dafür habe ich gelernt, für mich selbst zu sorgen.«

»Für dich selbst zu sorgen«, schnaubte Jane verächtlich. »Warum musstest du für dich selbst sorgen? Ich musste für mich selbst sorgen, als ich jung war, und es war schrecklich. Ich hätte dir gerne geholfen. Mit allem, was mir zur Verfügung stand.«

»Du hast mir beim Wichtigsten von allem geholfen. Ich wusste nur nichts davon.«

»Hast du es erzählt?«, fragte Jane und sah sie scharf an.

»Über Stellan? Nein. Das werde ich niemals tun.«

Jane hatte ständig auf Sara eingeredet, dass sie ihrer Familie erzählen sollte, wer ihr Vater war. Als Kind wäre sie unendlich stolz darauf gewesen, aber inzwischen war das unmöglich. Absolut ausgeschlossen.

»Dieses Haus gehört auch dir.«

Sara zuckte zusammen und sah ihre Mutter an.

»Stellans Haus? Warum sollte ich es haben wollen?«

»Weil es deins ist.«

»Ich will es nicht haben. Es ekelt mich an.« Sara schwieg, angewidert von allem, was sie über ihren Vater erfahren hatte, aber dann sah sie ihre Mutter wieder an. Die so entschlossen aussah, wie nur Jane aussehen konnte.

»Mama, sag den anderen nichts.«

»Was soll ich nicht sagen?«

»Das von Stellan.«

»Das ist nicht nur deine Entscheidung. Er ist ihr Großvater.«

»Ja, ja. Aber …«

Endlich kam Martin mit dem gemieteten Lieferwagen von der Östgötagatan um die Ecke gefahren. Während er um den Platz herumfuhr, legte Sara ihre Hand auf Janes Arm und wiederholte ihre Bitte.

»Versprich es mir!«

»Ja, ja«, sagte Jane müde. »Ich kann es dir versprechen. Kein Problem. Wenn du mir versprichst, es selbst zu tun.«

»Nicht jetzt.«

Martin parkte den Wagen ein und sprang aus dem Führerhaus, immer noch mit einer gewissen jungenhaften Art, fand Sara. Allerdings war sie sich nicht sicher, ob sie natürlich oder aufgesetzt war. Ihr war nicht verborgen geblieben, dass ihr geliebter Mann große Probleme mit seinem nahenden fünfzigsten Geburtstag hatte. Nur noch ein paar Jahre, dann war es vorbei. Währenddessen hatte er die Haare wachsen lassen, die Jacketts gegen Lederjacken, Kapuzenpullis und Stiefel getauscht und immer intensiver mit seiner Band geübt, einer Combo aus älter werdenden Herren mit dem selbstironischen Namen C.E.O. Speedwagon – sämtliche Mitglieder waren Männer in Führungspositionen. Allerdings konnte Sara feststellen, dass Martin immer noch die Blicke der Frauen auf sich zog, wenn sie durch die Stadt gingen, selbst von bedeutend jüngeren, also sollte sie wohl stolz auf ihren Fang sein. Gleichzeitig war sie sich bewusst, dass auch die besonders hübsch verpackten Geschenke leer sein konnten. Wie verhielt es sich da mit ihrem Mann?

Ebba stieg aus dem Lieferwagen, mitten in einem erregten Telefongespräch.

»Was heißt denn ›bereits geliefert‹?! Wohin denn? An wen? ›Weiß nicht‹?!?« Sie hielt ihr Handy ans Ohr gedrückt und merkte nicht, dass ihre Mutter ihr diskret zuwinkte. »Wenn Sie meine Sachen verschlampt haben, müssen Sie sie ersetzen! Schicken Sie neue, heute noch! Am Abend habe ich meine Einweihungsparty!«

»Ebba!«, brüllte Sara, und als ihre Tochter sie endlich wahrnahm, zeigte sie auf die Kartons, die vor der Haustür standen. Ebba drückte das Gespräch weg.

»Aha, schön«, war alles, was sie dazu sagte. Dann umarmte

sie ihre Großmutter. Aber ihre Mutter nicht, dachte Sara resigniert.

Martin gab Sara einen Kuss, ging um den Wagen herum und öffnete die Heckklappe, um einen Karton mit Kleidung herauszuholen. Sara ging zu ihm, um mit dem Rest zu helfen, aber das Auto war vollkommen leer.

»Wo sind die Möbel? Und alle anderen Klamotten?«

»Ich habe sie bei euch gelassen«, sagte Ebba. »Ich muss mir ohnehin neue kaufen.«

»Neue kaufen? Du hast doch mindestens zehn Kartons mit Kleidung! Und deine Möbel! Du musst doch eine ganze Wohnung einrichten.«

»Komm schon, das waren doch Kindersachen.«

»Wir hatten alles nach unten getragen und den Wagen vollgeladen, als sie sich plötzlich anders entschied.« Martin zeigte sein jugendlich charmantes Wolfsgrinsen, das er immer dann aufsetzte, wenn er die Wogen glätten wollte. »Dann mussten wir eben alles wieder nach oben tragen.«

»Und was machst du jetzt?«, fragte Jane, ohne auf diesen Wortwechsel einzugehen. »Wie willst du die Miete bezahlen?«

»Ich arbeite«, sagte Ebba. »Und ich werde in Zusatzkursen meine Abschlussnoten aufbessern, damit ich mich nächstes Jahr an der Handelshochschule bewerben kann.«

»Sie hat einen Job bei Eric bekommen«, sagte Sara. »Am Empfang.«

»Es ist eine Traineeausbildung«, sagte Ebba. »Ich werde das ganze Unternehmen kennenlernen. Und dabei fange ich von ganz unten an.«

»Nur ein kleiner Tipp«, sagte Sara. »Sag den anderen am Empfang nicht, dass sie für dich ganz unten sind.«

Ebba zuckte mit den Schultern.

»Whatever.«

»Wo ist Olle?«, fragte Sara mit einem Seufzen und redete

sich ein, dass sie nicht jeden Streit bis zum Ende ausfechten musste. »Du hast ihn doch wohl nicht zu Hause gelassen?«

»Nein, natürlich nicht. Er …« Martin sah sich um. »Er ist wohl noch im Auto?«

Sara warf einen Blick in die Fahrerkabine, in der tatsächlich ihr vierzehnjähriger Sohn saß. Mit ein paar großen Beats-Kopfhörern, die an sein Handy angeschlossen waren, schmetterte er ohne jedes Taktgefühl:

»You don't know where I've been, you only see the color of my skin.«

Sara betrachtete Olles Hautfarbe, die ziemlich blass dafür war, dass ein ganzer Sommer hinter ihnen lag. Aber er machte einen engagierten Eindruck, das war wohl ein gutes Zeichen.

»But I'm your brother, I'm your next of kin!«

Anschließend nickte er im Takt der Musik. Das war Martins Art, Kontakt mit seinem Sohn zu halten: Er ließ ihn machen, was er wollte, und bestärkte ihn in allem. Eher ein Kumpel als ein Vater. Aber so waren heutzutage wohl die meisten Väter, dachte Sara. Olle bemerkte die Anwesenheit seiner Mutter, hielt die Musik an und nahm die Kopfhörer ab.

»Hallo«, sagte er.

»Guter Song?«

»Verdammt gut. Uncle Scam.«

»Was sagst du. Mama Scan?«

»Uncle Scam!«

»Okay.«

Immerhin ein Künstler, dessen Namen Sara schon gehört hatte. Uncle Scam würde diese Woche in Stockholm auftreten, und laut Martin war das ein Riesending. Der im Augenblick meistverkaufte Künstler der Welt. Die Friends Arena war zweimal bis auf den letzten Platz gefüllt. Ihn nach Schweden zu bekommen war das Größte was Go Live jemals zustande gebracht hatte, obwohl der Künstler kaum geboren war, als

Martin seine Konzertagentur vor mehr als zwanzig Jahren gegründet hatte. Aber Sara wusste, wie wichtig der Deal war, eine große Feder, die Martin sich an den Hut stecken konnte. Und sie wusste auch, dass der Rapper seinen Künstlernamen Un¢le $cam schrieb, mit dem Dollar- und dem Cent-Zeichen. Das hatte Olle für absolut genial gehalten. Eine unerbittliche Kritik an der westlichen Konsumgesellschaft. Und das von einem Dreiundzwanzigjährigen, der sich Autogramme bezahlen ließ und jedes Jahr T-Shirts für Hunderte von Millionen verkaufte.

»Komm raus und hilf mit«, sagte Sara.

»Aber da ist doch nichts. Ein Karton oder so.«

»Und ein paar schweineteure Sachen, die dein Vater und dein Großvater für Ebba gekauft haben. Komm schon, du musst dich bewegen. Du kannst mit deinem Vater zusammen das Bett tragen.«

»Ich kann nicht. Ich muss los«, sagte Martin im gleichen Augenblick und sprang hinter das Steuer.

»Wo musst du denn hin?«, fragte Olle, sodass Sara die Frage nicht zu stellen brauchte, was insofern positiv war, als sie wesentlich verärgerter geklungen hätte.

»Das Fest vorbereiten.«

Olle schien die Antwort anscheinend zufrieden zu stellen, er setzte sich die Kopfhörer auf, schaltete die Musik wieder an und stieg aus dem Wagen, johlte schräg:

»Don't you know every yang needs a yin, don't you know I'm the original sin, my own evil twin, so let it begin!«

Aber statt zu helfen, setzte er sich auf einen der großen Kartons vor der Haustür und sang weiter. Ebba schrie auf:

»Mein Regal!«

Sie rannte zu Olle und zog ihn von dem Montana-Karton hoch. Er ließ sich ohne Widerstand zur Seite schieben, war es gewohnt, dass die große Schwester die Entscheidungen traf.

Sara wandte sich an Martin.

»Du musst das Fest vorbereiten? Ihr habt doch Leute angeheuert?«

»Klar, aber die machen nicht alles. Die Programmplanung, kontrollieren, dass alles am richtigen Platz ist, die Probe mit der Band.«

Da klemmte also der Schuh. Die Band. Martins Band.

»Die können doch noch ein bisschen warten, oder?«

»Hallo? Es ist das zwanzigste Firmenjubiläum. Es kommen die Chefs aus den USA.«

Bei dem Gedanken, dass Martin vor ein paar steinharten Executives von der anderen Seite des großen Teichs den Rockstar spielen wollte, musste Sara lachen. Martin sah sie verständnislos an, schien dann aber der Erklärung zuzuneigen, dass sie sich darüber freute.

»Wann kommst du? Es fängt um sieben an, aber es ist früh genug, wenn du um neun da bist. Wir treten erst auf, wenn die Leute ein bisschen auf Touren gekommen sind.«

Bevor Sara antworten konnte, hielt ein schwarzer Maserati Quattroporte Trofeo neben dem Lieferwagen. Die Beifahrertür öffnete sich, und Martins Mutter Marie stieg aus. Sie trug ein sportliches Outfit in Pastellfarben mit einer Masse Polospieler darauf. Und einen Sonnenschild wie die Croupiers an Roulette-Tischen oder die Dealer beim Poker in einem Lucky-Luke-Band trugen, dachte Sara. Aber ihr war klar, dass es bei Marie nur ein schickes Accessoire war. Eric trug seine Golfkluft und hatte die Tasche im Kofferraum. Er war wahrscheinlich mit den Hühnern aufgestanden, damit er vor dem Umzug noch achtzehn Löcher spielen konnte.

»Opa!«, flötete Ebba, lief zum Auto, öffnete die Tür auf der gegenüberliegenden Seite und fiel Eric um den Hals.

»Ein Einzugsgeschenk«, sagte Eric und gab Ebba einen kleinen Karton.

Als ob die Möbel für zehntausende von Kronen noch nicht reichten. Und eine Wohnung für mehrere Millionen.

»Ein neues Handy!«, schrie Ebba. »Danke!«

Damit schwand Saras letzte Möglichkeit, ihre Tochter kontrollieren zu können. Sie hatte sich Ebbas aktuelles Handy ausgeliehen und ihren eigenen Fingerabdruck eingegeben, sodass sie Ebbas Bekanntenkreis und die Webseiten, die sie besuchte, im Auge behalten konnte. Dieses neue Handymodell hatte eine Gesichtserkennung, was es für Sara sehr schwermachen würde, sich einzuloggen, ohne dass Ebba es bemerkte. Außerdem würde ihre Tochter ab jetzt in der eigenen Wohnung schlafen, also musste sie wohl einfach akzeptieren, dass es vorbei war. Die Leinen waren losgemacht, das Schiff Ebba segelte davon. Und ließ Sara an Land zurück.

»Und dann noch eine Kleinigkeit.«

Eric gab Ebba einen Aufkleber in L-Form, den sie hinten auf sein Auto heftete.

»Willst du jetzt eine Übungsfahrt machen?«, fragte Sara.

»Ja.«

»Und der Umzug?«

»Ich springe für sie ein«, zwitscherte Marie mit ihrer muntersten Stimme und winkte fröhlich mit der Hand.

»Aber du hast doch dein eigenes Auto, warum nimmst du nicht das?«, fragte Sara. »Und parkst es so, dass du keine Strafzettel bekommst.«

»Das ist doch so klein. Das von Opa ist besser.«

»Sag nicht Opa«, warf Eric ein. »Das klingt, als wäre ich hundert Jahre alt. Sag Eric.«

Sara wusste jetzt zumindest, wo Martin seine Angst vor dem Älterwerden herhatte. Dann fiel ihr Blick auf Marie, die gerade ihr Make-up kontrollierte, und sie begriff, dass Martin auf diesem Feld doppelt vorbelastet war.

»Kommt ihr heute Abend?«

Martin beugte sich aus dem Seitenfenster und sah seinen Vater erwartungsvoll an. Mit dem unstillbaren Wunsch des Sohnes nach Bestätigung, dachte Sara und fühlte sich sofort schlecht. Natürlich wollte man die Wertschätzung seiner Eltern, auch wenn man schon fünfzig war und eine große Firma leitete.

»Natürlich«, antwortete Marie. »Das ist doch dein großer Tag. Und auf Ebbas Einweihungsparty dürfen wir ja nicht kommen.« Die Großmutter lächelte ihr Enkelkind freundlich an. Sara fragte sich, wie sie die ganze Zeit so fröhlich sein konnte. Auf welchem Trip war sie? Sherry? Lebenslügen? Oder einfach nur eine perfekte Kinderstube? Irgendetwas an ihrer Schwiegermutter erinnerte sie an ein Vollblutpferd. Sorgsam gezüchtet, dressiert und pedantisch gepflegt, damit sie stets ihre Höchstleistung brachte. Niemals auch nur der kleinste Durchhänger.

»Die ist nur für meine Freunde«, sagte Ebba und lächelte süß. »Ihr dürft das nächste Mal kommen.«

Sara konnte einfach nicht herausfinden, ob Ebba ihre Großeltern väterlicherseits wirklich liebte oder ob sie nur darum bemüht war, dass die Geschenkeflut nicht abriss. Sie wusste allerdings genau, wie sauer Ebba wäre, wenn sie ihr diese Frage direkt stellen würde.

Sara schaute dem großen schwarzen Auto nach, als Ebba und Eric losfuhren. Nicht ein einziges Mal hatte ihre Tochter darum gebeten, eine Übungsfahrt mit Sara machen zu dürfen. Sie war wohl davon ausgegangen, dass ihre Mutter ungeduldig sein und sich über sie ärgern würde, aber im Grunde war es Ebba, die sich ständig über Sara ärgerte. Sie war einfach in dem Alter, in dem man seine gesamte Wut auf die Umgebung projizierte. Sara war sich nicht ganz sicher, ob sie selbst aus diesem Alter jemals herausgewachsen war, sie hoffte es zumindest.

Der Maserati bog nach rechts in die Östgötagatan ab, deren

Name von den Stockholmern anders als im Rest des Landes ausgesprochen wurde. Sprach man ihn richtig aus, war sofort klar, dass man ein Landei war.

Jetzt war der Wagen verschwunden.

Wenn sie Ebba das nächste Mal sah, würde ihre Tochter nicht mehr zu Hause wohnen.

Sie hätte eine eigene Wohnung und einen richtigen Job. Bei ihrem Großvater.

Sara wurde bewusst, dass sie ein bisschen eifersüchtig war. Es war verdammt einfach, ständig mit Geschenken zu kommen, wenn einem danach war, und die ewigen Streitigkeiten zu Hause zu ignorieren. Eric hatte sich Martin gegenüber bestimmt genauso verhalten, hatte die ganze Zeit gearbeitet, als Martin aufwuchs, hatte nie den Stress gehabt, ihn morgens aufwecken und zur Schule schicken zu müssen oder ihn ständig an die Hausaufgaben zu erinnern. Und jetzt surfte er mit den Taschen voller Geld bequem durchs Leben. Es war so leicht, sich Liebe zu kaufen.

Musste sie mit ihrem Schwiegervater um ihre Familie kämpfen? Ebba schien schon verloren zu sein, aber Sara gehörte nicht zu den Leuten, die so leicht aufgaben.

Kurz danach fuhr auch Martin los, und Olle war vollkommen in einen Youtube-Clip versunken, bestimmt einer mit Uncle Scam. Die Männer waren also ein Totalausfall, und der Umzug musste vom alten, ehrwürdigen Matriarchat bewältigt werden. Allerdings von zwei sehr unterschiedlichen Matriarchinnen.

»Nun ja«, sagte Sara. »Dann werden wohl die Mutter und die Großmütter alles erledigen müssen.«

»Martin und Eric haben die Möbel ja gekauft«, verteidigte Marie die Männer.

Die Möbel, ja. Sara hatte etliche hübsche Möbel im Second-Hand-Shop gefunden, aber Ebba wollte nur Markenartikel.

Als Neunzehnjährige. In ihrer ersten Wohnung, die sie von ihrem Vater geschenkt bekommen hatte. Für fünf Millionen Kronen. Du lieber Himmel. Sara hatte das alles eigentlich verhindern wollen, damit Ebba ihr Wohnproblem selber lösen musste, aber nach der Tragödie bei den Bromans wollte sie diesen Konflikt mit der Familie nicht mehr eingehen. Sie wollte ihnen nur noch ihre Liebe zeigen. Sie war kurz davor gewesen, sie niemals wiedersehen zu können, und jetzt war ihr einziger Wunsch, so lange wie möglich mit ihnen zusammen zu sein. Was unter anderem bedeutete, Martins und Erics haltlose Geldverschwendung hinnehmen zu müssen. Zumindest fürs Erste.

»Ja, ja«, sagte Sara und gab auf. Dass Sara alles neu kaufte, hatte immerhin den Vorteil, dass sie jetzt nicht so viel hineintragen mussten. »Dann packen wir es an. Könnt ihr den Schrank nehmen, dann tragen Olle und ich das Bett?«

»Sollten wir nicht besser eine Umzugsfirma rufen?«, fragte Marie und sah sich um.

»Nein, das machen jetzt wir. Und dann kaufen wir uns hier draußen einen Kaffee und weihen Ebbas Wohnung ohne sie ein.«

Jane nickte zustimmend, und Marie konnte sich gegen diese vereinte Front nicht mehr durchsetzen.

5

Eigentlich begann Saras Dienst um neun, aber heute durfte sie bis zum Mittag ein paar Überstunden abbummeln, um Ebba beim Umzug helfen zu können. Dann hatte allerdings ihre Kollegin Anna angerufen, und Sara hatte das Gespräch entgegen ihrer Gewohnheit angenommen, wofür sie ein ironisches Lob einheimste. Anna bat sie, so schnell wie möglich zur Arbeit zu kommen, denn es hatte eine Schießerei gegeben. Drei Tote und ein Verletzter auf Ekerö. Anna schickte einen Kartenausschnitt, auf dem der Ort markiert war, und Sara holte das Auto aus der Garage am Slottsbacken. Martin hatte seinen großen, knallgelben Lamborghini Urus, aber Sara weigerte sich, ihn ebenfalls zu benutzen. Sie hätte sich zu Tode geschämt, wenn sie mit einem Minderwertigkeitskomplex auf Rädern vorfahren würde. Stattdessen setzte sie sich an das Steuer ihres flinken, kleinen Golf GTI und folgte den Anweisungen des Navis, die sie aus der Stadt hinaus zum Tatort führten.

Als sie auf dem Weg war, spürte sie einen gewissen Unwillen, jetzt doch zur Arbeit zu fahren. Lieber wäre sie bei der Familie gewesen oder hätte die Einsamkeit gesucht. Andererseits wollte sie einen guten Eindruck hinterlassen, wollte auf keinen Fall, dass ihr Chef bereute, ihrer Versetzung zugestimmt zu haben. Sie durfte jetzt mit ihrer besten Freundin zusammenarbeiten, und wenn sie ganz ehrlich war, hätte sie es anders wohl nicht zurück in den Beruf geschafft. Die Familie, Anna und die Einsamkeit, das waren die drei Faktoren, die sie aufrecht hielten.

Sie war erstaunt, wie ländlich die Gegend direkt hinter der

Nockebybrücke wurde, nur wenige Minuten von der Innenstadt entfernt. An dem Tag, an dem Stellan Broman ermordet wurde, war sie zum Café Brostugan gefahren, das direkt hinter der Brücke lag, um dort in Ruhe nachdenken zu können. Einen Kilometer dahinter lag das Schloss Drottningholm, und wenn sie sich richtig erinnerte, war sie in diese Richtung noch nie weiter hinausgekommen. Hinter dem Schloss war die Straße von Feldern, Wiesen und Wäldern umgeben.

Doch dann wurde die Idylle plötzlich von einer riesigen Baustelle unterbrochen. Die westliche Umgehungsstraße. Ein weiteres dieser zeitgenössischen Angeberprojekte. Überdimensionierte Baumaßnahmen, mit denen sich Bürokraten ein Denkmal setzten, die ansonsten in der Anonymität lebten. Ein langer Tunnel, dann mehrere Weiden und ein Hügel mit Eichen. Hinter dem Ort Ekerö führte die Straße auf einen Höhenrücken weit über dem Mälaren hinauf. Schließlich war eine hübsche Kirche zu sehen. Es war alles unfassbar schön. Wie kamen Leute ausgerechnet hier auf die Idee, einander totzuschießen?

Hinter der Ausfahrt zur Feriensiedlung Ekerö und einer scharfen Kurve stand Anna mitten auf einer langen, geraden Strecke am Straßenrand und winkte. Sara fuhr auf den Grünstreifen und drehte die Scheibe herunter.

»Ich weiß«, sagte Anna. »Es ist herrlich hier.«

»Stimmt absolut«, sagte Sara. »Ich hatte keine Ahnung davon.«

Anna stieg in ihren Wagen, und Sara folgte ihr eine kleine Steigung hinauf und in einen Schotterweg, der in den Wald führte. Zuerst sahen sie ein paar dünne, hohe Birken, die alle gleichzeitig gepflanzt worden sein mussten, dann eine Schneise unter einer Hochspannungsleitung. Auf einem handgeschriebenen Schild war zu lesen: »Unbefestigter Weg – kein Schwerverkehr«. Dahinter folgte dichterer Nadelwald, bis zu einem großen, lichten Platz, auf dem in jeder Ecke ein Hochsitz stand. In der Mitte befand sich ein Wendeplatz und ein Schild, das vor Straßenschäden warnte. Auf dem Wendeplatz standen mehrere Streifenwagen und Rettungsfahrzeuge.

Sie stiegen aus und gingen zu den blauweißen Absperrbändern und den Kriminaltechnikern in Schutzanzügen. Rechts von ihr parkte ein SUV. Eine der seltenen Gelegenheiten, bei denen man ein solches Fahrzeug tatsächlich draußen im Gelände sah, dachte sie.

Neben den Autos am Fuße des Hügels, über den man zum Mälaren-See gelangte, lagen drei Leichen, die von den Technikern fotografiert und untersucht wurden. Eine der Leichen war in mehrere Lagen schwarzer Plastikfolie eingewickelt, die gerade von den Polizeibeamten entfernt wurde.

Sara hatte sich nie an den Anblick von Leichen gewöhnen können. An das Unbegreifliche, das Unnatürliche. Obwohl der Tod eigentlich das Natürlichste der Welt war, kam ihr ein toter Körper fremdartig vor. Schließlich war er gemacht, um zu leben, um zu funktionieren. Und der Gedanke, dass jemand dieses Leben absichtlich beendete, war immer noch schwer zu begreifen. Sogar nachdem sie selbst getötet hatte. Es war eine Extremsituation gewesen, und sie wusste, dass sie es immer noch nicht richtig verarbeitet hatte. Vielleicht sollte sie mit einem Psychologen sprechen? Das hier war zumindest ein handfester Fall, eine Abrechnung zwischen Kriminellen, vermutlich aus dem Drogenmilieu.

»Die beiden, die nicht in Plastik verpackt sind, haben jeweils ein Einschussloch in der Stirn«, sagte Anna, drückte sich den Zeigefinger mitten auf die eigene Stirn und nickte auf eine Weise, die eine gewisse Bewunderung für die Genauigkeit verriet.

»Eine Hinrichtung?«, fragte Sara.

»Eine Hausfrau«, antwortete Anna und lächelte.

»Was?«

»Die beiden ohne Verpackung haben das Feuer auf drei Jäger eröffnet, die unerwartet die Lichtung betraten. Einer der Jäger wurde getroffen und befindet sich jetzt im Krankenhaus, einer floh und eine erwiderte das Feuer. Zwei Schüsse, voll ins Schwarze.«

»Und die Schützin war eine Hausfrau?«

»Auf ihrer ersten Jagd«, sagte Anna und zeigte diskret auf einen Polizeibus, in dem eine ältere Frau neben einer Polizistin saß. Ein bisschen rundlich, mit einem auffälligen, schräg geschnittenen Pony und einer Brille mit lila Gestell. Olivgrüne Kleidung und eine Schirmmütze mit einem orangefarbenen Signalband.

»Gunilla Larsson«, sagte Anna. »Hat sich zum ersten Mal der Jagdgesellschaft ihres Mannes angeschlossen. Sie hat ausgesagt, dass sie auf der Bahn ziemlich gut treffe, dass sie aber nie gedacht hätte, einen Menschen erschießen zu können.«

»Oder zwei. Wer sind die Toten?«

»Bisher wissen wir: muskulös und tätowiert, aber keine schwedischen Tätowierungen. Viele Kreuze und Madonnen, und irgendein Fußballverein, glaube ich. Das Auto hat polnische Kennzeichen, also kommen sie wohl von dort. Wir haben die Kennzeichen und Bilder von ihnen nach Polen und zu Interpol geschickt. Und wir überprüfen die Kameras an allen automatischen Mautstationen, vielleicht finden wir sie dort. Aber wirklich übel wird es bei dem Mann in der Plastikverpackung. Ein junger Kerl, der richtig schwer misshandelt worden ist. Mindestens fünfzig Schnittwunden und Stiche. Und dann haben sie ihm auch noch die Finger abgeschnitten.«

»Nett.«

»Die Goldkette trägt er noch um den Hals und das Handy in der Tasche. Sie waren also nicht hinter dem Geld her.«

»Und anschließend wollten sie ihn im See versenken?«

»Davon gehen wir aus. Die Leiche ist in Plastik gehüllt, und sie hatten noch Ketten und andere Sachen im Auto, mit denen sie das Paket beschweren konnten. Einer von ihnen hatte einen Schlüssel dabei, der zu einem Boot passte, das am Ufer festgemacht ist.«

»Sie haben sogar ein Boot hier liegen? Dann haben sie so etwas bestimmt früher auch schon gemacht.«

»Shit. Gut, dass du das sagst. Da wären wir von selbst nie drauf gekommen. Gut, dass du jetzt bei uns arbeitest, sonst hätten wir hier gestanden und uns den Kopf wundgekratzt.«

Es dauerte eine Weile, bis die Ironie bei Sara ankam.

»Entschuldige, ich wollte nicht … also.«

Anna grinste sie an.

»Hat alles gut geklappt?«

Kommissar Axel Bielke stand plötzlich neben ihnen, wie gewohnt korrekt gekleidet, im perfekt sitzenden Anzug mit Krawatte, die in einem Knoten gebunden war, der irgendeinen königlich klingenden Namen trug, und mit glänzend schwarzen Halbschuhen. Das graumelierte Haar war militärisch kurz geschnitten, und die blassblauen Augen betrachteten Sara wie immer mit einem durchdringenden Blick. Aber sie mochte ihn. Man fühlte sich von ihm wahrgenommen. Geprüft, aber vor allem gesehen. Bielke hatte wirklich eine starke Ausstrahlung. Das Einzige, was diesen positiven Eindruck störte, war der Siegelring an seinem kleinen Finger. Angehörige des Adelsstandes trugen solche Ringe eben, so viel wusste sie, aber es irritierte sie trotzdem. Sie hatte keine Familie, mit der sie angeben konnte. Ihr Vater war ein widerlicher Vergewaltiger, und ihre Mutter schien zu glauben, dass sie die allermeisten Dinge im Leben falsch machte. Für einen kurzen Moment wanderten ihre Gedanken zu Agneta, Stellans Frau, die eine gefährliche Doppelagentin war. So viele Male hatte Sara davon geträumt, dass Agneta und Stellan ihre richtigen Eltern wären, als sie ihre Sommer noch in deren luxuriöser Villa in Bromma verbrachte. Und dann war dieser Traum zur Hälfte wahr geworden. Manchmal ist es das Schlimmste, was passieren kann, dass die eigenen Träume wahr werden, dachte Sara.

»Was meinst du?«, fragte sie und schob ihre Gedanken beiseite, als Bielke sie auffordernd ansah.

»Den Umzug.«

»Doch, schon. Endlich ist sie aus dem Haus, und wir haben ein freies Zimmer. Wir könnten dir einen guten Preis machen, falls du etwas suchen solltest.«

Kein Lachen von Bielke, nicht einmal ein Lächeln. Er war nicht der Typ, der sich zum Plaudern hinreißen ließ. Bei anderen kam man sich da leicht dumm, geschwätzig und unseriös vor, aber bei Bielke war das irgendwie okay. Er konzentrierte sich einfach nur auf das Wesentliche.

Bielke war in beinahe jeder Hinsicht Saras absolutes Gegenteil: kontrolliert, nachdenklich, korrekt. Und ein guter Chef. Sara war dankbar, dass Bielke ihr Versetzungsgesuch zum westlichen Polizeibezirk Stockholms befürwortet hatte, obwohl sie für ihre eigenmächtige Einmischung in die Mordermittlungen im Fall Stellan Broman eine Disziplinarstrafe erhalten hatte. Doch wenn es ihr nicht gelungen wäre, die Terroristin Abu Rasil zu stoppen, hätte sie wahrscheinlich ihren Job verloren. Vielleicht war der Wechsel in den Westen der Stadt ein Versuch, sich ihren Wurzeln zu nähern, nachdem sie inzwischen so viel über ihre Vergangenheit gelernt hatte. Sie war im Westen aufgewachsen, in Bromma und Vällingby. Oder aber es hatte sie einfach gereizt, endlich mit ihrer besten Freundin, die sie schon von der Polizeihochschule kannte, zusammenarbeiten zu können. Ihrer BBF, wie sie zu sagen pflegten. Der Besten Bullenfreundin Forever.

»Könnte das mit diesem Biker-Club zu tun haben, der nicht weit von hier liegt?«, fragte Sara.

»Keiner von denen hier sieht wie ein richtiger Biker aus«, meinte Anna. »Aber der Typ in der Plastikfolie hatte anscheinend eine Art Gang-Tätowierung.«

»Die beiden Muskelprotze sehen aber nicht gerade wie Gangmitglieder aus.«

»Aber auch nicht wie Mathelehrer. Sollen wir uns auf eine Auseinandersetzung im Drogenmilieu einigen? Oder zumindest auf konkurrierende kriminelle Gangs?«

»Glaubst du, dass die Frau, die die beiden erschossen hat, jetzt in Gefahr ist? Vielleicht möchte sich jemand rächen?«

»Sie bekommt Polizeischutz«, sagte Bielke.

»Und wie lange?«

»Solange wir können.«

Sara wusste, dass das nicht besonders lange sein würde. Sie mussten also hoffen, dass die Gruppe, zu denen diese beiden Fleischberge gehörten, sich zurückhalten würden.

»Wir haben darüber gesprochen, dass sie so etwas früher auch schon mal gemacht haben könnten«, sagte Sara und wandte sich an Bielke. »Ich meine, Leichen versenken. Weil sie ein Boot am Ufer liegen haben.«

»Ich habe schon Taucher angefordert. Aber der See ist ziemlich groß.«

Sara sah auf den Mälaren auf der anderen Seite des Hügels. Sie würden sehen, was sie unter der unschuldigen, spiegelblanken Oberfläche finden würden.

6

»Eine neue Küche? Beantragen Sie jetzt Ihren Direktkredit! FHO Bank.«

Julius Schönberg setzte sich die Lesebrille auf, die er an einer Schnur um den Hals trug, und las die SMS, während die großen Eisentore vor dem Haus aufglitten. Er rückte seine Fliege zurecht, legte etwas geistesabwesend die Pfeife in den Getränkehalter zwischen den Vordersitzen und betrachtete sein Zuhause, während er über die Bedeutung der SMS nachdachte. Zweifellos eine sehr hübsche Residenz. Das kleine Schloss Pullach in Kolbermoor lag hinter einer alten Steinmauer und inmitten eines Parks voller Trauerweiden und seerosenbedeckter Teiche. Wie aus einem Märchenbuch. Der ursprüngliche Herrensitz war 1430 gebaut worden, aber inzwischen war Schloss Pullach eine moderne, uneinnehmbare Festung mit mehrfachen Alarmsystemen, vollständiger Kameraabdeckung mit Infrarot- und Nachtsichtoptik und einem Safe Room. Aus unterirdischen Behältern konnte überall auf dem Grundstück über versteckte Düsen Gas freigesetzt werden, Pflastersteine und Fußböden waren teilweise elektrifiziert, sodass mögliche Angreifer effektiv außer Gefecht gesetzt werden konnten. Darüber hinaus befand sich in einem verborgenen Sicherheitsraum eine ansehnliche Menge Waffen.

Inwieweit diese ganzen Schutzmaßnahmen wirklich nötig waren, konnte er nicht beurteilen, aber das Gefühl von Sicherheit wusste er zu schätzen, weil er einfach fand, dass es zu seinem Job gehörte. Eine Art Statussymbol, das die Wichtigkeit seines Auftrags unterstrich, der darin bestand, die Kräfte zu bekämpfen, die versuchten, die offene Gesellschaft zu zerstören. Ironischerweise mussten die, die am härtesten für eine offene Welt kämpften, in einer vollkommen abgeschotteten Welt arbeiten. Er war froh, dass er die Ausstattung behalten konnte, obwohl er versetzt worden war. Wenn er in den Ruhestand ging, würde das alles leider abgebaut werden.

Die Laternen, die den Weg zum Parkplatz säumten, schalteten sich automatisch an, als er sich dem Haus näherte. Wenn die Kamera sein Nummernschild nicht erkannt hätte, wären starke Scheinwerfer angesprungen, um ihn zu blenden, während im Haus ein Alarmsignal ausgelöst und sofort alle Fenster und Türen automatisch verriegelt worden wären.

Renate hatte sich über die automatische Beleuchtung lustig gemacht, musste zum Glück aber nie erleben, dass die Scheinwerfer angesprungen wären. Denn dann wäre offensichtlich geworden, welche Risiken die Arbeit ihres Mannes mit sich brachte, und sie hätte sich fragen müssen, ob sie wirklich damit leben wollte.

Schönberg hielt an und schaute zu dem pompösen Gebäude hinauf. Sechsundzwanzig Zimmer, drei Stockwerke und ein massiver Turm. Er fragte sich, wie es sich anfühlen würde, hier ganz allein zu leben, wenn er in ein paar Jahren in den Ruhestand ging. In den mehrfach aufgeschobenen Ruhestand.

Schönberg studierte erneut die SMS.

»Neue Küche.« Das bedeutete, dass Koch gestorben war. Der Koch war deaktiviert. »Neues Auto«, »Neues Dach«, »Umbauen«, und so weiter standen für eine ganze Reihe ehemaliger Spione und Agenten. In diesem Fall ging es also um »die Küche«.

Er parkte seinen Mercedes AMG G63 und stieg aus, sah, wie sich das Einfahrtstor schloss und die Nagelsperren davor wieder im Boden versanken. Die bewegungsgesteuerten Kameras verfolgten jeden Schritt, den er machte, als er sich seinem Herrensitz näherte. Die Gesichtserkennung identifizierte ihn, und die Tür öffnete sich, bevor er sie erreicht hatte. Er wusste, dass sie den Unterschied zwischen seinem entspannten und seinem ängstlichen oder gestressten Gesichtsausdruck erkennen konnte. Eine wichtige Funktion, wenn man Erpressungs- oder Geiselsituationen vorbeugen wollte.

Ein einziges Mal hatte er den Alarm ausgelöst. Damals hatte er gerade erfahren, dass seine Patentochter angefahren worden war, und er wusste noch nicht, dass sie unverletzt davongekommen war. In dieser Situation hatte sein Gesicht anscheinend so großen psychischen Stress ausgestrahlt, dass das System reagierte. Fünf Autos mit bis an die Zähne bewaffneten Einsatzkräften kamen vom alten Hauptquartier herangerauscht, und zwei Hubschrauber waren zur Unterstützung angefordert worden. Jetzt wusste er zumindest, dass das System funktionierte.

In der hübschen Eingangshalle mit dem glänzenden Steinboden, den hallenden Wänden und der gebogenen Treppe, die zu den oberen Geschossen führte, öffnete er die Tür zur Garderobe, die sich hinter der Eichenvertäfelung verbarg. Er legte die Handfläche auf den Sensor und hielt sein Auge vor den Iris-Scanner, die hinter einer Klappe verborgen waren. Lautlos öffnete sich ein Teil der Wand. Er schob seine Mäntel zur Seite und betrat den Safe Room, der innerhalb des Hauses völlig autark funktionierte. Er war vollkommen mit Metall ausgekleidet. Ein Kokon, der sowohl Bränden als auch Explosionen standhalten sollte. Wenn jemand das ganze Haus in Asche legte, würde der Safe Room unbeschadet zwischen den verglühenden Resten stehen. Alle Kabel verliefen durch feuerfeste Rohre direkt in den Boden, sodass sie nicht sabotiert werden konnten, es sei denn, man verschob das gesamte Schloss.

Mehrere Reihen von Bildschirmen, einige im Ruhezustand, aber die meisten im Dauerbetrieb. Sowohl das eigene Sicherheitssystem des Schlosses als auch das interne System des deutschen Nachrichtendienstes BND, und zwar der Teil, zu dem nur die Angestellten mit höchster Sicherheitsstufe Zugang hatten, waren angeschlossen. Jetzt konnte er sich von seinen Kollegen in der neuen Zentrale in Berlin bestätigen lassen, dass der ehemalige Stasimitarbeiter Jürgen Stiller, Deckname Koch, tot in seinem Haus in Schweden aufgefunden worden war.

Als Stiller nicht zu einer Kindstaufe erschienen war, hatte der erboste Großvater sich zum Pfarrhaus begeben und ihn dort erhängt in der Küche gefunden. Seine Frau wurde kurze Zeit später im Obergeschoss entdeckt, sie war erstochen worden. Die Theorie der örtlichen Polizei, so ließ sich Schönberg erklären, lief darauf hinaus, dass die Entdeckung des alten Spionagerings, zu dem der Pfarrer gehörte, traumatische Erinnerungen ausgelöst hatte. Vielleicht hatte er sein Leben daraufhin als wertlos betrachtet, oder sein Gewissen hatte ihn so sehr gequält, dass er lieber aus dem Leben geschieden war.

Auf dem Fußboden neben dem Pfarrer hatte man das blutige Messer gefunden, mit dem seine Frau Karin umgebracht worden war. Vielleicht hatte er ihr die Schande ersparen wollen, vielleicht hatten sie aber auch gestritten, und er hatte sie im Affekt erstochen und sich selbst anschließend aus Reue erhängt.

Auf dem Küchentisch lag eine Bibel, die an der Stelle aufgeschlagen war, die Judas' Selbstmord schilderte. Dies hatten die Schweden als Hinweis darauf gedeutet, dass Stiller sich als Verräter fühlte. Aber Schönberg wusste genau, was die Botschaft bedeutete. Hier war ein ganz anderer Judas zu Werke gegangen – oder eher ein Teufel.

Jedenfalls wurde von einem Selbstmord ausgegangen. Ein sehr willkommener Umstand.

Und es gab der Hoffnung Raum, dass die deutsche Spionagetätigkeit in Schweden beendet war und sie sich auf die Länder konzentrieren konnten, die in diesem Zusammenhang noch eine Rolle spielten.

Er hoffte auch, dass Raus Identität so geschützt blieb. Hauptsache, diese Nowak oder Hedin mischten sich nicht wieder ein. Sie waren schließlich diejenigen gewesen, die die Polizei auf Stiller hingewiesen hatten, als zu Beginn des Sommers ein ehemaliger Spion nach dem anderen umgebracht worden war.

Schönberg lehnte sich in dem ergonomischen Bürostuhl zurück und dachte darüber nach, ob er in Sachen Nowak und Hedin etwas unternehmen sollte.

Und kam zu dem Schluss, dass es wohl besser wäre.

7

Als sie am Tatort auf Ekerö fertig waren, fuhren sie zur Wache in Solna. Saras neuer Arbeitsplatz befand sich in einem roten Backsteingebäude zwischen dem Sundbybergsvägen und der S-Bahntrasse. In den Mittagspausen saß sie oft alleine in dem kleinen, leeren Park hinter dem Huvusta-Grill und hatte das Handy auf lautlos geschaltet. Sie hatte mittlerweile ein starkes Bedürfnis, sich zurückzuziehen und nachzudenken. Hier konnte sie es tun. Über alles nachzudenken, was sie erlebt hatte, über die Entscheidungen, die sie dorthin geführt hatten, wo sie jetzt war. Sie mochte das Klingeln der Eisenbahnschranken und das Geräusch der vorbeifahrenden Züge. Der Puls des Lebens, der in der Stadt schlug. Manchmal hörte sie das Heulen von Motorsägen, wenn die Landschaftspfleger in ihren neonfarbenen Westen Äste entfernten, die über die Gleise gewachsen waren. Kleine, alltägliche Geschehnisse, die es leichter machten, ins Leben zurückzufinden. Sie blieb jedes Mal einen Moment vor der kleinen weißen Skulptur »Schwangere« stehen, und sei es nur, weil es selten jemand anderes machte. Und weil es eine Gelegenheit war, an ihre eigenen Schwangerschaften zurückzudenken. Wie sie sich gefühlt hatte, worauf sie gehofft hatte und was daraus geworden war. Der Körper, der zwei Kinder getragen hatte, war auch von Kugeln durchbohrt worden. Ebba und Olle hatten fast ihre Mutter verloren. Und Sara hatte sich dieser Gefahr freiwillig ausgesetzt. Wie wog man die Sicherheit der eigenen Kinder gegen die Leben der unzähligen Menschen in einem anderen Land ab, die Sara vermutlich gerettet hatte? Und wenn Sara gestorben wäre, hätte es Ebba und Olle dann Trost spenden können, dass viele Menschen in einem anderen Land gerettet worden waren? Menschen, die niemals erfahren hatten, wie nahe sie an einer Katastrophe vorbeigeschlittert waren. Sara konnte den nagenden Zweifel nicht abschütteln, dass sie möglicherweise falsch gehandelt hatte, auch wenn am Ende alles gut ausgegangen war.

Nachdem auch die restlichen Kollegen nach Solna zurückgekehrt waren, versammelten sie sich im Besprechungsraum und gingen alles durch, was sie wussten. Es war nicht viel. Die Abteilung für Bandenkriminalität hatte Bilder des zu Tode gequälten jungen Manns bekommen. Doch sie hatten sich seitdem noch nicht mit neuen Informationen gemeldet. Vermutlich war es nicht leicht, das übel zugerichtete Gesicht zu identifizieren. Weder Interpol noch die Polizei in Polen hatten hinsichtlich der anderen beiden Toten oder des Autokennzeichens von sich hören lassen. Sara rief diejenigen ihrer Bekannten an, die sich mit den Auseinandersetzungen in der Unterwelt auskannten, und fragte, ob sie von Konflikten zwischen einer Vorstadtgang und irgendwelchen Polen wussten, bekam aber keinen einzigen Hinweis. Vielleicht war der Konflikt ja auch ganz frisch. Wenn man den jungen Mann erst einmal identifiziert hatte, würde man bestimmt auch bald der Wahrheit auf die Spur kommen.

Anschließend gingen sie mögliche Motive und Verbindungen durch, schrieben alles auf ein Whiteboard, teilten die Aufgaben unter sich auf. Informationen zu den Handys der Toten standen noch aus, ebenso die Identifizierung der Leichen. Vielleicht fanden sie das Auto auf den Fotos der Mautkameras, und sie konnten davon ausgehend auf den Abfahrtsort schließen. Im Wald gab es jedenfalls keine Türen, an die man klopfen konnte.

Als Sara schließlich nach Hause kam, duschte sie und zog sich um. Um Martin einen Gefallen zu tun, zog sie eines dieser teuren Kleidungsstücke an, die er immer wieder für sie in den Luxusboutiquen an der Birger Jarlsgata kaufte, obwohl Sara es absurd fand, in einem Stück Stoff herumzulaufen, das ein halbes Monatsgehalt kostete. Martin konnte einfach nicht anders, als Geschenke für Sara bei Schuterman, Prada oder Gucci zu kaufen, oder auch im Kaufhaus NK, wo er seine schwarze Kundenkarte vorzeigen konnte. Was war denn so schlimm an H&M? Okay, Sara wusste natürlich von den Arbeitsbedingungen in den Fabriken. Aber vielleicht gab es ja auch noch irgendetwas dazwischen? Sie hängte die letzten Geschenke auf, sortierte ein goldfarbenes Ledertop aus, eine lange Hose mit blauen und gelben Blumenmotiven und entschied sich dann für einen schwarzen Rock mit weißen Perlen, die ein Blumenmuster bildeten, und wählte dazu eine schwarze Bluse aus Krepp, bei der Partien an Armen und Schultern aus einem dünnen Flor, wenn man das so nannte, bestanden. Einigermaßen feierlich für eine Jubiläumsfeier.

Dass wirklich schon zwanzig Jahre vergangen waren, seit Martin die Firma Dunder & Brak Produktion AB gegründet hatte. Damals vor allem, um für sich selbst Gelegenheiten zum Auftritt zu schaffen, weil er so selten gebucht wurde. Weder als Ein-Mann-Kapelle noch als Stand-up-Rookie. Aber als Martin in kleinerem Rahmen begann, Künstler für Konzerte zusammenzustellen, entdeckte er, dass er das großartige Talent hatte, gute Nummern zu entdecken, sie zu verkaufen und das Ganze gut zu verwalten. Er konnte Shows mit berühmten Namen und attraktiven Konzepten entwerfen und auf Tournee schicken, und es gab jede Menge Künstler und Entertainer, die genau in diesem Bereich Unterstützung brauchten.

Nach zehn Jahren Selbstausbeutung als Künstler und fünf Jahren als Showproduzent war Martin inzwischen der größte

Konzertveranstalter des Landes, und kurz darauf wurde aus seiner Firma auch eine der größten Künstleragenturen. Damit war er plötzlich auch in der großen Welt kein Unbekannter mehr. Der Unterhaltungsgigant Go Live kaufte Martins Firma für etliche Millionen, unter der Bedingung, dass Martin blieb und die Firma noch mindestens zehn Jahre leitete. Danach stand ihr Mann noch mehr unter Druck als vorher. Als Teil eines internationalen Konzerns bekam der schwedische Zweig Zugang zu den richtig großen Namen, und der Großteil von Martins Arbeitszeit bestand darin, die Firma zu repräsentieren und sich mit den Künstlern, Chefs und Agenten zu treffen. Zum Mittagessen, zum Abendessen und bis spät in die Nacht. Die ganze Zeit war er umgeben von jungen Frauen, die Karriere machen wollten und glaubten, der normale Weg zum Erfolg bestünde darin, sexuelle Aufmerksamkeit auf sich zu ziehen. Sara war manchmal eifersüchtig geworden, war im Grunde aber überzeugt davon, dass Martin dafür nicht anfällig war. Sicher, auch er wollte Aufmerksamkeit, sehr viel sogar, aber nicht auf diese Weise.

Ein großer Teil des Kapitals, das Martin für seine Firma bekommen hatte, floss in die riesige Wohnung, in der sie jetzt wohnten, eine komplette Dachetage am Kornhamnstorg in Gamla Stan. Dreihundert Quadratmeter mit knarrendem Parkett, Eichenvertäfelung, Terrasse und einem eigenen Turm ganz oben auf dem Haus, von dem man eine Aussicht über die Dächer, das Wasser neben der Slussen und die Tyska Kyrkan direkt in der Nachbarschaft hatte.

Nach all den Jahren, in denen Martin verzweifelt versucht hatte, die Aufmerksamkeit seines Vaters auf sich zu ziehen, indem er sich auf der Bühne produzierte, war es ihm am Schluss auf genau dem Gebiet gelungen, auf dem auch sein Vater Erfolg gehabt hatte: im Geschäftsleben. Er hatte mit eigener Hand ein angesehenes und profitables Unternehmen aufgebaut und war reich geworden, aber das schien weder seinem Vater noch Martin selbst zu reichen. So war es wohl bei allen, die beweisen wollten, dass sie etwas zu leisten imstande waren: Sie waren niemals zufrieden, mussten sich immer noch ein bisschen mehr anstrengen. Woher dieses Bedürfnis kam, wusste Sara nicht, aber sie nahm an, dass das gängige Klischee stimmte: ein Vater, der mit seiner Arbeit verheiratet und selten zu Hause war, und ein kleiner Sohn, der sich nach seinem Vater sehnte. Eric kompensierte seine Abwesenheit während Martins Kindheit mittlerweile durch eine umso größere Anwesenheit in Ebbas Leben. Ein bisschen zu groß, fand Sara, wenn sie ehrlich sein sollte.

»Bier? Wein? Cocktail?«

»Danke, ich habe schon.«

Sara hielt als Beweis ihr Glas hoch. Die junge Frau lächelte und ging weiter.

»Bier? Wein? Cocktail?«

Sara sah, dass eine weitere Kellnerin unterwegs war, und hielt schon vorsorglich ihr Glas in die Höhe.

Überall junge Frauen. Hinter der Bar und an der Tür, zwischen den Gästen mit Tabletts voller Gläser und als Hostessen, die herumgingen und dafür sorgten, dass alles reibungslos lief, dass alles abgeräumt und der Zeitplan eingehalten wurde. Die Letztgenannten waren mit schwarzen Kostümen etwas korrekter gekleidet. Aber es waren alles junge Frauen. Angestellt bei Go Live. Wie viele von ihnen träumten von einer Künstlerkarriere, und wie viele von ihnen wollten nur die Macht über die Karrieren anderer besitzen?

»Hallo«, sagte Sara und stieß Anna einen spitzen Ellenbogen in die Seite, als sie den lüsternen Blick der Freundin über die jungen Frauen schweifen sah. »Siehst du nicht, wie aufgesetzt ihr Lächeln ist?«

»Du kennst die Codes nicht. Das da war zum Beispiel ein Aufreißerblick.«

»Ich kenne vielleicht die Codes in deiner Welt nicht, aber ich kenne die Codes in dieser. Sie weiß bestimmt, dass ich Martins Frau bin, und wenn du mit mir hier bist, dann kannst du eine Abkürzung zum Chef sein. Fühl dich also nicht allzu geschmeichelt.«

Sara gestand sich ein, dass sie ein bisschen bedrückt war, als sie Anna betrachtete. Nicht weil sie Anna nicht mochte, sie war ihre beste Freundin, sondern weil ihr plötzlich klar geworden war, dass sie nur eine Freundin hatte, die sie fragen konnte, als Martin wissen wollte, wen sie auf die Party mitbrächte. Sie musste mehr Freunde finden. Aber wie stellte man das an, wenn man schon erwachsen war?

»Wie cool«, sagte Anna und sah sich in dem hübschen Garten um. »Was glaubst du, wie teuer ist diese Sause?«

Sara folgte Annas Blick und bemerkte erst jetzt, wie edel alles ausgestattet war. Flaggen, Wimpel, Stehtische mit weißem Leinen, überall Flaschen mit Bier und Champagner, ein Streichquartett auf einem kleinen Podium, und dazu kamen riesenhaft vergrößerte Aufnahmen aus der Geschichte des Unternehmens mit den bekannten Künstlern, die man repräsentierte oder mit denen man zusammengearbeitet hatte. Paparazzi drängelten sich vor dem Gartentor, und die Gäste sonnten sich in der Aufmerksamkeit.

Das Fest erinnerte Sara an Stellans und Agnetas aufwendige Feiern, auf denen sich die Prominenten der damaligen Zeit getummelt hatten, ebenso froh, dabei sein zu dürfen, wie die Gäste am heutigen Tag. Sara hatte sich zusammen mit Lotta und Malin versteckt und stundenlang die aufgebrezelten und übertrieben lächelnden Erwachsenen beobachtet, die sich immer seltsamer benahmen, je später der Abend wurde. Jetzt war sie selbst einer dieser Gäste, ja sogar die Gattin des

Gastgebers. Genau wie damals Agneta. Wurde sie langsam zu Agneta? Sie musste über diesen plötzlichen Gedanken lachen.

Sara fühlte sich beobachtet, aber das war vielleicht auch ganz normal, wenn man an die vielen Fotografen dachte und daran, dass hier jeder jeden beobachtete. Die Gäste hier verhielten sich genau umgekehrt wie die Spione, an die Sara geraten war. Spione taten alles, um nicht gesehen zu werden, um keine Aufmerksamkeit zu wecken. Einige von ihnen hatten sich sogar in mehrere Schichten falscher Identitäten gehüllt, wie auch Agneta Broman. Die Gäste hier taten dagegen alles, um gesehen zu werden.

»Sein, aber nicht gesehen werden.« Der Wahlspruch der Wallenberg-Dynastie kam ihr in den Kopf. Wer die wirkliche Macht hatte und die Welt regierte, wollte nicht gesehen werden. Ganz egal, ob man Spion oder Unternehmer war. Hier wurde die Kluft zwischen Eric und Martin deutlich, dachte Sara und sah sich nach ihrem Mann um. Der Sohn tat alles, um gesehen zu werden, während der Vater unternahm, was er konnte, um nicht aufzufallen. Damit er sein Imperium in Ruhe führen konnte.

»Haben sie das Haus gekauft?«, fragte Anna und unterbrach Saras Gedankengang.

»Es ist gemietet. Irgendein Universitätsinstitut hatte es vorher genutzt, musste dann aber umziehen. Irgendwie ist es Martin gelungen, sich einen Vertrag herbeizuquatschen. Aber es kostet eine Stange Geld im Monat, um es mal so zu sagen.«

Go Live hatte seinen Sitz in einem riesigen Spukschloss auf dem Königlichen Djurgården, schräg gegenüber des Nordischen Museums. Nur ein paar Minuten von der Innenstadt entfernt, aber trotzdem in einer geradezu ländlichen Idylle. Etwas weiter hinten sah man das Wasser des Djurgårdskanals blinken. Ein Haus, an dem Sara früher oft vorbeigegangen war, auf dem Weg zum Vergnügungspark Gröna Lund oder zu einem Picknick auf Djurgården. Sie erinnerte sich, wie großartig sie das Haus gefunden hatte, das jetzt die Firma ihres Mannes beherbergte. So konnte es gehen.

Zum zwanzigsten Jubiläum hatte Go Live zwölfhundert Gäste eingeladen, über tausend Zusagen erhalten und war anschließend von Mails und Anrufen von Leuten überschwemmt worden, die noch eine Einladung ergattern wollten. Freie Getränke, jede Menge Promis und mit großer Wahrscheinlichkeit Auftritte einiger wichtiger Größen der Branche. Eine große Bühne war auf der Rückseite des Hauses aufgebaut worden, mit riesiger Licht- und Akustikanlage.

Sara musterte die anderen Gäste. Schlanke, sonnengebräunte Frauen, entweder um die zwanzig oder über vierzig, neben Männern um die fünfzig mit teuren Anzügen, großen Sonnenbrillen, zurückgekämmtem Haar und weißen Hemden, die viel zu tief aufgeknöpft waren und sich deutlich über den Bäuchen spannten. Lautes Lachen und unzählige Wangenküsse. Alle Künstler, die jemals auf einer von Go Lives Veranstaltungen gespielt hatten, waren hier. Jüngere Stars mit mehr Cred, die sofort betrunken waren, und die erfahrenen, abgezockten, alle im gesetzten Alter oder ein gutes Stück darüber, die mittlerweile davon lebten, Best-of-Tourneen für ihre ebenso alten Fans zu machen.

Die Schlangen vor den Büfetttischen waren endlos, und die Gäste schaufelten sich so viel auf den Teller, wie sie konnten. Für lau ist lecker, dachte Sara und sagte zu Anna, dass sie besser warten sollten, bis die Schlangen kürzer wurden.

»Uncle Scam«, sagte Anna und nickte zu einem Plakat, auf dem der Name des Künstlers vor einem Hintergrund aus grünen Dollarnoten prangte. »Er spielt doch diese Woche hier.«

»Ich weiß. Martin ist so stolz darauf, dass er beinahe platzt. Ich weiß nicht mal genau, wer er ist.«

»Im Augenblick einfach nur der größte Popstar der Welt. Was meinst du, spielt er heute Abend auch hier? Es gibt doch bestimmt einen Überraschungsauftritt von irgendeinem Superstar, oder?«

»Ja, irgendeine Nummer wird es schon geben, ich weiß aber nicht, von wem.«

»Ich hoffe Uncle Scam. Was glaubst du, kann man ihn treffen?«

»Magst du Hip-Hop?«

»Ich mag alles. Aber die Kinder meiner Schwester wären verdammt beeindruckt. Als Polizistin bin ich für sie eine Verräterin.«

»Wenn er hier ist, kann man da bestimmt was machen.«

»Yeah!«

»Wollt ihr nichts essen?«

Martins Mutter Marie tauchte an ihrer Seite auf, mit einer Portion gegrillter Spargelstangen und einem Glas Wein in einem Halter, der am Teller befestigt war.

»Da muss man doch ewig anstehen«, erwiderte Sara, aber Marie lächelte nur fröhlich.

»Martin hat eines der Mädchen geschickt, um uns etwas zu holen.«

Na klar. Eric Titus und seine Frau sollten natürlich nicht in der Schlange stehen müssen. Sara sah sich nach Maries Mann um. Er war an ein paar Männern hängengeblieben, deren Gesichter Sara aus der Wirtschaftspresse kannte. Zwei fast Siebzigjährige mit einem selbstsicheren Lächeln und permanenter Sonnenbräune. Die Frau des einen Mannes war höchstens halb so alt wie der Mann selbst. Mit anderen Worten eine ziemlich repräsentative Auswahl aus Erics Bekanntenkreis. Es gab viele Geschäftsführer, die sich gerne mit Promis umgaben, und Sara wusste, dass Martin Eric manchmal behilflich war, indem er dessen Geschäftsfreunde zu allen möglichen Festen einlud und VIP-Karten für verschiedene Konzerte beschaffte. Eric lächelte professionell, nickte den beiden Paaren zu und gesellte sich wieder zu seiner Frau.

»Schön, dass ihr kommen konntet«, sagte Sara. »Da war Martin sicher froh. Ihr habt Anna bestimmt schon früher kennengelernt?«

»Daran würde ich mich erinnern«, sagte Eric mit einem Lächeln. »Ich vergesse keine schöne Frau.« Als wahrer Gentleman ließ er Marie allerdings zuerst Annas Hand schütteln.

»Wir sind gemeinsam auf die Polizeihochschule gegangen, und jetzt arbeiten wir zusammen.«

»Na, dann hoffe ich mal, dass es bei euch ruhiger zugeht«, sagte Eric und warf einen mahnenden Blick auf Anna, als wollte er sie auffordern, Sara nicht wieder in eine solche Gefahr laufen zu lassen wie zu Anfang des Sommers.

»Wir kümmern uns nur um ungefährliche Fälle«, sagte Anna mit einem leisen Lachen. »Fundsachen, entlaufene Katzen und Fahrraddiebstahl.«

»Das klingt gut.«

»Was für ein herrlicher Spargel«, sagte Marie begeistert.

Beim Klang eines Akkords, der auf einer Gitarre angeschlagen wurde, die an einem mehrere hundert Kilo schweren Verstärker hing, eilten alle zur Bühne auf der Rückseite des Hauses. Niemand wollte den mutmaßlichen Weltstar verpassen, der jetzt unangekündigt auftreten würde. Die Geheimnistuerei trug einen Großteil zur nachträglichen Legendenbildung bei.

Anna lief mit den anderen, und Sara schlenderte ihr hinterher. Ihr wurde klar, dass ihr Desinteresse ein bisschen gespielt war, ein leicht pubertärer Wunsch, sich nicht beeindruckt zu zeigen, eine Gleichgültigkeit gegenüber Promis und Stars zu demonstrieren.

»Keine Sorge«, hörte sie Martins Stimme über die Lautsprecheranlage. »Bald wird es richtige Unterhaltung geben.

Aber bis dahin müsst ihr es noch eine halbe Stunde mit uns aushalten.«

Martins Angestellte jubelten und hofften sicherlich, dass irgendjemand aus der Leitungsebene ihre Loyalität bemerken würde. Der Rest des Publikums lächelte höflich. Ihnen war klar, dass dies der Preis war, den man bezahlen musste. Auch wenn sie das gerne vermieden hätten.

»Wir heißen C.E.O. Speedwagon«, fuhr Martin, umgeben von seinen Bandkollegen, oben auf der Bühne fort. »Und wenn man schon eine Bande von lauter Chefs ist, dann ist ein Song von the Boss himself, Bruce Springsteen, wohl genau der richtige Einstieg?«

Nicke und Stoffe spielten das Intro zu »Dancing in the Dark« und bekamen sofort höflichen Applaus. Martin beugte sich übers Mikrofon und begann zu singen.

Hände klatschten den Takt in der Luft, ein kleines Zuschauermeer, das mitwogte. Martin strahlte. Mehr als tausend Gäste, und niemand konnte etwas anderes tun, als ihm zuzujubeln. Sara sah, dass der Blick ihres Mannes immer wieder die Eltern suchte. In der Mittelstufe gab es regelmäßig eine Stunde, in der sie ihre eigenen Projekte vorstellen konnten. Und so stand Marin mindestens einmal im Monat vor der ganzen Schule auf der Bühne. Er sang, scherzte oder veranstaltete Spiele. Er war eigentlich keine Führungspersönlichkeit, aber seine Energie auf der Bühne sorgte dafür, dass er trotzdem an die Spitze der Hierarchie wanderte. Und da er außerdem gut aussah, war er schnell der heißeste Junge der Schule. Der Typ, den alle haben wollten und den Sara bekommen hatte. Leider erst ein paar Jahre später, nachdem sie schon eine ganze Weile in Vällingby gewohnt hatte und Martin und sie längst nicht mehr zur Schule gingen, sodass es zu diesem Zeitpunkt nicht mehr viel gab, womit er sie beeindrucken konnte. Aber Sara redete sich ein, dass es am wichtigsten war, was sie selbst dabei empfand. Und dabei war sie fast immer überzeugend.

Sie dachte an die erste Zeit zurück, in der sie zusammen waren, und, wie man es anstellt, ein Paar zu werden. Wie man sich eine gemeinsame Welt baut. Gemeinsame Erfahrungen sammelt, Meinungen definiert, entscheidet, wer man zusammen ist. Sara erinnerte sich an ihre Kosenamen. Es war so lange her, dass sie sie benutzt hatten. Die Namen wurden zu einem Geheimnis, das sie zusammenschweißte. Kosenamen waren nichts, was man in Anwesenheit anderer Leute benutzte, denn dann verloren sie ihre Kraft. Und mit den geheimen Kosenamen war man plötzlich eine andere Person, eine bessere, eine geliebte. Man hatte sich selbst und dem anderen neue Etiketten angeheftet, und als hätte man einen Zauberstab geschwungen, wurde man so zu demjenigen, dessen Namen man auf das Etikett geschrieben hatte. Wie das Wort »Shazam« Billy Batson in Captain Marvel verwandelte. Nur romantischer.

Sara sah Martin an, dass er von diesem Augenblick erfüllt war, und das hatte er sich auch verdient. Obwohl sie sich auf solchen Festen nicht ansatzweise amüsierte, war sie froh, dass jemand aus seiner Familie diese große Stunde mit ihm teilen konnte. Olle war zu jung und übernachtete bei seinem Freund Gabriel, und Ebba hatte die Einweihungsparty in ihrer neuen Wohnung.

Besaß Sara irgendeine Eigenschaft, die Martins Bühnengeilheit entsprach? Gab es etwas, das sie antrieb? Das Training im Krav-Maga-Club, war der erste spontane Gedanke. Du lieber Gott, was sagte das über sie? Aber ihr fiel tatsächlich nichts Besseres ein. Aber bei diesem Gedanken bekam sie richtig Lust darauf, das Training auf einem ehrgeizigeren Niveau wieder aufzunehmen. Der Kampf beim Haus der Bromans hatte ihr nachdrücklich klargemacht, dass das Leben jederzeit enden konnte und dass man in der Lage sein musste, sich zu verteidigen. Dafür brauchte es nicht einmal internationale Terroristen, es reichte auch ein aggressiver Betrunkener in der Stadt, der unerwartet ein Messer zog und zustach. Sie ärgerte sich, dass sie Ebba nie dazu gebracht hatte, Selbstverteidigung zu trainieren.

»Vielen Dank für den schönen Abend.«

Marie war vor Sara und Anna stehengeblieben und lächelte sie an. Sie war auf dem Weg zum Ausgang, und nicht weit entfernt stand Eric und winkte ihnen zum Abschied zu.

Sara umarmte Marie, so wie es das Protokoll verlangte. Über die Schulter ihrer Schwiegermutter sah sie, dass Martin die Bewegung seiner Eltern wahrgenommen hatte. Er gestikulierte den anderen Bandmitgliedern, und sie beendeten das aktuelle Stück. Höflicher, aber durchaus kräftiger Applaus. Martin war eine wichtige Größe in der Unterhaltungsbranche und gleichzeitig ein beliebter Chef.

»Papa, warte!«, rief Martin ins Mikrofon. Sara sah, dass ihre Schwiegermutter eine Hand auf Erics Arm legte. Sie drehten sich zu ihrem Sohn um, der weit entfernt auf der Bühne stand. Martin unterhielt sich mit den Bandmitgliedern und beugte sich erneut übers Mikrofon.

»Erinnerst du dich an diesen Song?«

Nicke hämmerte das berühmte Intro von Abbas »Money, Money, Money« in die Tasten, und Martin lächelte erwartungsvoll, als er den Text anstimmte.

Eric lächelte höflich zurück und hielt den Daumen hoch, dann drehte er sich um und ging. Auch Marie winkte ihrem Sohn zu, bevor sie ihrem Mann hinausfolgte.

Martin blieb zurück und sang auf der Bühne von der Wichtigkeit des Geldes.

Das war ein bisschen zu viel für Sara. Sie zog Anna mit sich auf die Vorderseite des Hauses zur mittlerweile fast menschenleeren Bar, um mit ein paar Glas Wein über die Peinlichkeit hinwegzukommen, wie sie ihr erklärte.

Sie hoben ihre Gläser, während der Refrain über Djurgården hallte. »Money, money, money, must be funny, in a rich man's world.«

Gegen zwölf waren sowohl Pink als auch Ed Sheeran aufgetreten, und die Gäste hatten schon gut einen über den Durst getrunken. Sara musste am nächsten Tag arbeiten, also sagte sie Anna, dass sie sich auf den Weg nach Hause machen würde. Martin kam ausgezeichnet alleine klar, das wusste sie. Der Abend gehörte Go Live, und da war sie nicht mehr als eine Statistin. Anna wollte noch ein bisschen bleiben, also verabschiedeten sie sich voneinander, und Sara machte sich auf den Weg. Zu Fuß, die ganze Strecke. Am Strandvägen entlang, über Strömbron und Skeppsbron zur Wohnung in Gamla Stan.

Auf dem Weg zu einem Zuhause ohne Ebba.

Warum fühlte sie sich so einsam?

Die ganze Wohnung war ihr nach den Ereignissen am Anfang des Sommers verändert vorgekommen. Ihre sichere Burg konnte sie und ihre Familie nicht länger schützen, war ihr erster Gedanke, als sie mit bandagiertem Gesicht aus dem Krankenhaus zurückgekehrt war. Als hätte sie die bösen Geister nach ihrem Kampf gegen die Gespenster der Vergangenheit in die Wohnung gelassen. Wenn sie allein zu Hause war, hatte sie das diffuse Gefühl, als wäre noch etwas dort, das sie nicht wirklich fassen konnte. Anna, die verrückt war nach allem Okkulten, glaubte natürlich, dass dort die Seelen derjenigen spukten, die früher dort gewohnt hatten. Tote, die keine Ruhe finden konnten oder eine Botschaft für Sara hatten, sobald sie sie zu Wort kommen ließe. Sara selbst ging davon aus, dass dieses beunruhigende Gefühl von innen kam, aber sie wusste nicht, was sie dagegen unternehmen konnte. Die Einsamkeit, in der sie vorher immer Ruhe gefunden hatte, fühlte sich mittlerweile immer wehmütiger an, jedenfalls zu Hause. An allen anderen Orten half ihr die Einsamkeit, sich zu erholen, aber hier in der

Wohnung gab es zu viele Dinge, die sie an das erinnerten, was sie verloren hatte, an das Leben, das sie früher lebte, als sie sich noch unverwundbar gefühlt hatte.

»Wo ist sie?«

Sara hatte gerade den Tür-Code eingegeben, als sich eine Gestalt aus dem Schatten löste und ihr die Frage ins Gesicht schleuderte.

Sara drehte sich zu der Stimme um und sah direkt in Malin Bromans aufgerissene Augen. Ihre Kindheitsfreundin. Die jüngste Tochter von Onkel Stellan, der so unerwartet und brutal in seinem Haus ermordet worden war und, wie Sara entdecken musste, ein Monster in Menschengestalt war. Sie ließ ihren Blick über die Frau vor ihr wandern. Malins üblicherweise sorgfältiges Make-up war um die Augen herum verschmiert, und ihre Haut sah winterlich matt aus.

»Wer von ihnen?«

»Lotta. Von Mama weiß ich. Sie ist tot.«

»Ich weiß nicht, wo Lotta ist. Hat sie sich nicht gemeldet?«

»Sie schreibt Mails.«

»Na bitte«, sagte Sara.

»Aber die sind nicht von ihr.«

»Wieso?«

»Sie klingen nicht nach ihr. Es muss jemand anderes sein.«

»Vielleicht steht sie immer noch unter Schock. Es muss ja einen Grund dafür geben, dass sie verschwunden ist. Vielleicht hat sie die ganze Geschichte mit Stellan und Agneta härter getroffen, als du glaubst«, erwiderte Sara nach einer kurzen Pause.

»Sie würde niemals einfach so verschwinden, ohne mit mir zu sprechen. Oder mit Petter. Ohne sich von den Kindern zu verabschieden.«

»Ich weiß nicht, was ich dazu sagen soll.«

»Und da sitzen Leute in Autos. Draußen auf der Straße.

Vor unserem Haus. Die ganze Nacht. Wer ist das?« Malin starrte sie mit aufgerissenen Augen an.

»Ich weiß nicht, das kann doch sonst wer sein. Es muss ja nichts mit euch zu tun haben.«

»Doch. Sie beobachten uns. Machen Bilder, wenn wir fahren und wenn wir nach Hause kommen. Sie sitzen jetzt schon seit mehreren Tagen da.«

»Das sind bestimmt nur Fotografen von den Boulevardblättern.«

»Was ist an dem Abend eigentlich passiert?« Malin machte ein paar Schritte auf Sara zu und sah sie auffordernd an. Sara bemerkte, dass die jüngere der Broman-Schwestern zitterte. Sie schien jederzeit in Tränen ausbrechen zu können.

»Erzähl schon!«

»Das bisschen, das ich weiß, darf ich nicht sagen. Aber ich weiß nichts über Lotta, ich schwöre. Ich habe keine Ahnung, wohin sie verschwunden ist.«

»Sie haben Mama gefunden, sagten sie. Erschossen von demselben Einbrecher, der auch Papa umgebracht hat. Aber wo haben sie sie gefunden? Und wo ist sie bis dahin gewesen? Ich durfte sie nicht einmal sehen. Warum durfte ich sie nicht sehen?« Malins Stimme wurde immer schriller.

Sara antwortete nicht. Sie hatte keine Ahnung, was sie sagen sollte. Sie wusste wirklich nicht, was mit Lotta passiert war, oder mit Geiger, wie ihr Deckname als Spionin lautete.

»Bist du dir wirklich sicher, dass Lotta diese Mails nicht geschrieben hat?«, fragte sie schließlich. »Man kann von solch traumatischen Ereignissen wirklich grundlegend verändert werden.«

»Ich habe doch nur noch sie!«, sagte Malin mit Verzweiflung in der Stimme. »Mama und Papa sind weg, und ich will Lotta zurückhaben!«

Sara dachte, dass Malin immerhin noch einen Mann und

zwei Kinder hatte, sagte aber nichts. Sie betrachtete ihre alte Spielkameradin aus der Kindheit und erinnerte sich an all die Gemeinheiten der Schwestern ihr gegenüber, die in der letzten Zeit wieder in ihrer Erinnerung aufgetaucht waren. Trotzdem wurde sie von einer starken Sympathie für Malin erfasst. Sie wirkte so verloren, wenn die üblichen Beschützer nicht mehr da waren, um sich um sie zu kümmern. Sie war nicht mehr die verwöhnte Malin, sondern nur noch ein kleines Mädchen, das in einem einzigen Augenblick so viele ihr nahestehende Menschen verloren hatte und nicht verstehen konnte, wie es dazu gekommen war. Sie ahnte nur, dass irgendetwas nicht stimmte. Womit sie tatsächlich recht hatte, so viel hatte Sara herausgefunden. Aber darüber konnte sie Malin nichts erzählen, da sie gezwungen worden war, eine Geheimhaltungserklärung zu unterschreiben. Dass Sara beim Showdown des Geiger-Dramas in der Broman-Villa anwesend und in entscheidendem Maße beteiligt gewesen war, davon wusste ihre Kindheitsfreundin nichts.

»Noch eine Sache«, sagte Malin und sah aus, als wüsste sie nicht genau, wonach sie überhaupt fragen wollte. »Bei uns zu Hause waren ein paar seltsame Polizisten.«

»Seltsam? Alle Polizisten sind seltsam.«

Malin reagierte nicht auf den Scherz.

»Ein Mann und eine Frau. Etwas älter. Sie sagten, dass sie über Papa reden wollten, fragten aber vor allem nach Lotta. Wollten wissen, ob sie mit mir über Politik und Kontakte im Ausland gesprochen hatte. Ich meine, was hat das alles mit dem Mord an Papa zu tun?«

»Man muss in alle Richtungen ermitteln. Deshalb stellen sie auch so viele Fragen, die einem vielleicht seltsam vorkommen. Wo kamen sie denn her?«

»Einfach von der Polizei, sie haben ihre Ausweise gezeigt. Die Polizistin zumindest.«

»Wie hießen sie?«

»Er hat seinen Namen nicht genannt. Aber sie hieß Brundin. Ihren Vornamen hat sie nicht erwähnt.«

»Malin.«

»Ja?«

Ein Funke Hoffnung in den Augen der anderen Frau.

»Ich schwöre dir, dass ich nicht das Geringste darüber weiß, wo Lotta jetzt ist oder was sie tut. Ich habe nur gehört, dass sie eine Auszeit genommen hat. Aber ich werde sehen, ob ich etwas herausfinden kann.«

Sara erinnerte sich, wie das Licht des brennenden Schuppens Brundin angestrahlt hatte, als sie Lotta zu einem der Autos der Säpo, des schwedischen Verfassungsschutzes, geführt hatte und mit ihr weggefahren war. Danach hatte Sara Lotta noch ein einziges Mal gesehen. Ein letztes Mal. Und darüber durfte sie mit keinem Menschen sprechen. Und sie hatte es nicht verstanden.

Sie wusste einfach nicht, wie sie das deuten sollte, was sie mit Lotta getan hatten.

8

»Im schlimmsten Fall haben wir einen neuen Bandenkrieg.«

Sara saß mit einem Becher Kaffee in der Hand am Tisch und hörte Axel Bielke zu. Sie fühlte sich bedeutend fitter, als es nach einem halben Dutzend alkoholischer Getränke zu erwarten war. Anna sah allerdings aus, als hätte sie seit Wochen kein Auge zugetan. Sie nickte immer wieder ein und machte einen mitgenommenen Eindruck. Martin war morgens um halb acht nach Hause gekommen, reichlich abgefüllt und beinahe euphorisch. Sara hatte ihm ins Bett geholfen und sich mit einem Kuss verabschiedet, bevor sie zur Arbeit gegangen war.

Jetzt saß sie mit ihren Kollegen in dem weißen Besprechungsraum. Weiße Wände, weiße Möbel und ein noch weißeres Whiteboard. Mineralwasserflaschen und eine Schale mit Obst. Als wäre Neunzigerjahre-Ästhetik das, was der schwedischen Polizei am meisten fehlte. Die Neonröhren unter der Decke trugen allerdings nichts zur Ästhetik bei, auch wenn sie aus dem richtigen Jahrzehnt stammten.

»Bei dem Toten in der Plastikfolie handelt es sich um einen Mann namens Cesar Bekas«, fuhr Bielke fort. »Ein führendes Mitglied in einem der Netzwerke in Alby. Wir wissen noch nicht, wer die beiden anderen Toten sind, aber die Art, wie Bekas gestorben ist, wie sie seine Leiche verschwinden lassen wollten und dass sie ohne weitere Vorwarnung das Feuer auf die Jäger eröffneten, deutet darauf hin, dass sie wohl nicht gerade gesetzestreue Mitbürger waren.«

»Müssen wir mit einem Racheakt rechnen?«, fragte Sara.

»Vielleicht begnügt sich seine Gang auch damit, dass die beiden anderen bereits tot sind. Schwer zu sagen, wenn wir nicht genau wissen, worum es bei dem Konflikt ging.«

»Was haben wir zu Bekas in den Akten?«

»Das Übliche, hätte ich beinahe gesagt. Drogen, Waffen. Er wurde schon mehrmals zu Konflikten zwischen einzelnen Gruppen befragt, hat aber nie etwas gesagt. Zum ersten Mal ist er als Zwölfjähriger festgenommen worden, als er Schmiere stand, während ein paar ältere Jungen in einen Kiosk einbrachen. Damals gab es keine Konsequenzen, aber seitdem hatte man ihn auf dem Radar.«

»Wir müssen also noch mehr herausfinden«, sagte ein Kollege, der neben der verschlafenen Anna saß.

»Redet mit den anderen aus seiner Gang, mit Freunden, Familie, Nachbarn. Ihr wisst schon. Das Auto haben wir gefunden. Konnten einen Teil der Strecke rekonstruieren. Sie kamen über Bromma, wo die Fahrt losging, ist noch nicht klar.« Ihr Chef legte eine Pause ein und blätterte in den Papieren. »Und das Boot, richtig. Das hat offensichtlich schon eine Weile dort gelegen, also ist es durchaus möglich, dass es vorher schon einmal benutzt worden ist. Ich habe Taucher angefordert, aber an einem Sonntag ist es offensichtlich schwer, sie dorthin zu bekommen. Ich hoffe, sie können morgen loslegen. Tja, das war im Augenblick wohl alles.«

Bielke klappte seinen Laptop zu, sammelte seine Papiere ein und setzte sich. Sara drehte sich zu Anna, die ihr Gesicht zu einer Grimasse verzog.

»Wie lange bist du noch geblieben?«, fragte Sara.

»Nicht so lange. Bis Lina Feierabend hatte.«

»Lina?«

»Die Bedienung.«

»Die Bedienung? Von der du dachtest, dass sie mit dir geflirtet hätte?«

»Ja. Und das hatte sie tatsächlich, wie sich später herausstellte.«

»Du bist mit ihr nach Hause gegangen?«

»Nicht direkt. Erst haben wir noch eine kleine Schnaps-Runde durch drei, vier Bars gemacht. Dann sind wir zu ihr nach Hause gefahren. So um fünf, halb sechs. Glaube ich.«

»Geschlafen hast du also …«

»Gar nicht. Nicht eine einzige Minute. Neben so einem Mädchen schläft man nicht ein.«

Anna lächelte, müde, aber glücklich.

»Was ist denn mit dieser Fernsehsendung?«

Bielke schaute von seinen Papieren auf. Ergün hatte die Frage gestellt. Er hatte sogar die Hand gehoben wie ein Schuljunge, was ziemlich lustig aussah bei einem Muskelberg von einem Meter neunzig und hundertzwanzig Kilo Gewicht.

»Was für ein Programm?«, sagte Bielke und sah ihn verwirrt an.

»Sie wollten doch einen Film über uns drehen.«

»Diese Doku-Soap?«, sagte der Chef, der seinen Widerwillen entweder nicht verbergen konnte oder nicht verbergen wollte. »Ich habe es abgelehnt. Wir sind keine Zirkusaffen, sondern Polizisten.«

»Schade«, sagte Ergün und sah aufrichtig enttäuscht aus. »Also, nicht meinetwegen, aber die Leute interessieren sich doch für uns. Es wäre schön, wenn wir zeigen könnten, wie wir arbeiten.«

»Sie wollen nur den Krawall. Verletzte bei einem Unfall, Alkoholiker, die sich prügeln. Ich habe überhaupt keine Lust, solche Tendenzen noch zu fördern. Es ist nicht die Aufgabe der Polizei, zur Verdummung der Gesellschaft beizutragen.«

»Aber das ist doch unterhaltsam«, erwiderte Ergün. »Ich erinnere mich noch, wie ich als kleiner Junge *COPS* im Fernsehen gesehen habe. Genau aus diesem Grund wollte ich Polizist werden. Hast du *COPS* nicht auch gesehen?«

»Ich bin älter als du.«

»Und was hast du dann geguckt? Mein Vater meint, er hätte sich in den Siebzigern so Sachen wie *Kojak* oder *Columbo* angeschaut.«

»Ich habe kein schwedisches Fernsehen gesehen.«

Ergün legte den Zeigefinger unter die Nasenspitze, und Bielke musste lachen.

»Nein, nicht weil ich ein Snob wäre. Wir haben nicht in Schweden gewohnt, als ich ein Kind war. Mein Vater hat im Ausland gearbeitet.«

»Ich finde es jedenfalls schade. Die Leute wollen doch sehen, wie wir arbeiten.«

»Es gibt bestimmt noch genug andere, die gerne ins Fernsehen wollen.«

»Es geht doch nicht darum, dass man ins Fernsehen will.«

»Sondern?«

»Dass sich die Leute für uns interessieren.«

Bielke wandte sich wieder seinen Papieren zu. Sara und Anna standen auf, was Anna offensichtlich noch nicht leichtfiel.

»Darf man dann vielleicht als einzelner Polizist mitmachen?«

Bielke ersparte sich die Antwort auf Ergüns Frage.

Sie fingen bei den Mitgliedern in der Gang des Toten an, für den Fall, dass ein Rachefeldzug geplant war. Die Handynummern, die sie erhalten hatten. Diese Leute wechselten ihre Nummern oft. Und an einem Sonntagvormittag waren sie noch schwerer anzutreffen als zu anderen Zeiten. Dass keiner von ihnen öffnete, als Sara und Anna klingelten, konnte daran liegen, dass sie extrem vorsichtig waren und Unbekannten sowieso nie öffneten, oder sie befanden sich tatsächlich in einem Krieg mit einer rivalisierenden Gang und hielten sich bedeckt. Vielleicht waren sie aber auch nur verkatert und schliefen zu fest, um die Türklingel und das Klopfen zu hören.

Von vier Mitgliedern in Bekas' Gang hatten sie die Namen und die Adressen, aber keiner von ihnen öffnete. Als Sara bei Bekas' Eltern anrief, die sie inzwischen ausfindig gemacht hatte, sagten diese nur, dass ihr Sohn zuhause ausgezogen sei und sie nicht wüssten, wo er sich befände.

»Vielleicht kommt er zu Weihnachten nach Hause«, sagte einer der Väter. »Rufen Sie dann einfach noch mal an.« Dann legte er auf.

Über die Gangmitglieder kamen sie offensichtlich nicht weiter, also fuhren sie stattdessen zum Elternhaus des Toten. Nachdem sie an einem Imbiss gehalten hatten, an dem Anna sich eine Limonade und ein Katerfrühstück kaufen konnte.

Devrim Bekas wohnte im neunten Stock eines Hauses im Servitutsvägen. Was die Architektur in Alby betraf, entsprachen die Gebäude Saras Vorurteilen, sie waren tatsächlich sehr hoch und ziemlich langweilig, ein bisschen wie damals bei ihr in Vällingby. Entgegen ihren Erwartungen war es allerdings sehr gut gepflegt. Genau wie die Grünanlagen, von denen es umgeben war.

Cesars Mutter Devrim war eine Frau in Saras Alter, mit schwarzen Haaren und einem festen, beinahe strengen Blick hinter einer dunklen Brille. Sie trug eine schwarze Bluse auf einer langen Hose und hielt ein dickes Buch in der Hand, als sie die Tür öffnete. Sie betrachtete Sara und Anna ein paar Sekunden und schien direkt zu verstehen, worum es ging. Sie legte das Buch weg und begrüßte sie mit einem knappen: »Kommen Sie rein.«

Sie folgten ihr ins Wohnzimmer, das in einer Mischung aus protzigem nahöstlichen Zierrat und IKEA-Möbeln eingerichtet war. Spiegel mit Goldrahmen, Kerzenständer aus Gold, Kissen mit Fransen auf skandinavisch funktionellen Möbeln, die Hemnes oder Sollerön hießen. Sie setzte sich in den großen Sessel mitten im Zimmer und die Polizistinnen auf das Sofa. Devrim winkte jemandem hinter ihnen zu. Als Sara sich umdrehte, sah sie gerade noch ein Kind aus einer Türöffnung verschwinden, die wahrscheinlich in ein Schlafzimmer führte.

»Ihr Mann?«

»An der Universität. Er forscht. Sie sind gerade in der Schlussphase. Was ist passiert?«

»Ihr Sohn Cesar ist tot«, sagte Sara und ließ die Worte im Raum hängen, bevor sie fortfuhr. »Er ist ermordet worden. Bei solch tragischen Todesfällen wie diesem hier werden therapeutische Gespräche angeboten, und ich kann Ihnen nur empfehlen, diese Hilfe in Anspruch zu nehmen.«

Devrim war unmittelbar in Tränen ausgebrochen. Sie liefen ihre Wangen hinunter, ohne dass sie sie wegwischte. Sie saß einfach nur regungslos da. Ihr Blick wirkte eher entschlossen als gebrochen.

»Wer hat es getan?«, fragte sie nach einer Weile. »Wer hat ihn umgebracht?«

»Wir wissen es noch nicht. Wir sind relativ sicher, dass zwei Männer seine Leiche im Mälaren versenken wollten, aber die Männer sind auch tot, erschossen von einer Jägerin, auf die sie das Feuer eröffnet hatten.«

Devrim gab sich offensichtlich Mühe, all das zu verarbeiten, was sie ihr erzählte. Sara war sich nicht sicher, ob sie nicht zu sehr ins Detail gegangen war. Sie überlegte, wie sie selbst reagieren würde, wenn sie solch eine Nachricht erhielte. Würde sie es überhaupt an sich heranlassen? Könnte sie sich so beherrschen wie diese Mutter? So, wie sie reagierte, schien Devrim eine solche Nachricht beinahe erwartet – oder eher befürchtet – zu haben. Ihr ging der Gedanke durch den Kopf, wie es ihre Kinder wohl aufgenommen hätten, wenn irgendeine Kollegin zu ihnen nach Hause gekommen wäre und ihnen mitgeteilt hätte, dass ihre Mutter ums Leben gekommen sei. Sie hatte keine Ahnung. Wäre Ebba genauso stark gewesen, wie sie immer wirkte, oder hätte Saras Tod sie gebrochen? Manchmal war ja derjenige, über den man sich am meisten ärgerte, der Grundstein für das eigene Leben. Wie Olle die Nachricht aufgenommen hätte, konnte sie nicht beurteilen. Über das Seelenleben eines vierzehnjährigen Jungen wusste sie nicht viel. Gab es überhaupt eines?

»Wissen Sie, ob Cesars Gang Ärger mit einer anderen Gang hatte?«, fragte Anna.

»Seine Gang …«

»Ja?«

»Es war nicht mehr seine Gang. Er hatte sie verlassen, wollte weg von der Kriminalität. Er war gut in der Schule. Wie alle meine Kinder. Er war für ein Wirtschaftsstudium angenommen worden, wollte einen eigenen Betrieb aufbauen.«

»Wie hat die Gang darauf reagiert?«, fragte Sara und beugte sich auf dem Sofa vor.

»Nicht so gut. Sie reden so viel über Zusammenhalt, dass sie alle Brüder sind, loyal bis in den Tod. Aber als Cesar sein eigenes Ding machen wollte, bekamen sie Angst.«

»Wovor?«

»Dass es ihm gelingen würde. Dass aus ihm etwas werden könnte.«

»Sie meinen, dass sie …« Anna konnte den Satz nicht beenden, weil sich die Tür zum Schlafzimmer öffnete und ein etwa fünfjähriges Mädchen mit einem Blatt Papier in der Hand herauskam.

»Ich habe etwas für dich gemalt«, sagte sie und gab ihrer Mutter das Blatt. Sara konnte eine Sonne und eine Prinzessin mit einem bunten Kleid darauf erkennen. Devrim sah sich das Bild an und lächelte ihrer Tochter zu.

»Danke, meine Süße. Wie schön.« An Anna und Sara gerichtet sagte sie: »Unser Nesthäkchen.«

Die Tochter betrachtete die Tränen im Gesicht ihrer Mutter, kletterte auf den Sessel und wischte sie mit ihren kleinen Händen sorgfältig ab.

»Meine Süße, ich muss noch ein bisschen mit diesen beiden Frauen hier reden. Geh und mal mir noch ein Bild. Vielleicht einen Prinzen oder ein Krokodil. Oder eine Torte! Du kannst ja so gut Torten malen.«

»Okay.«

Das kleine Mädchen verschwand wieder im Schlafzimmer, und Devrim wandte sich den Polizistinnen zu.

»Wo waren wir?«, fragte sie.

»Beim Zusammenhalt«, sagte Sara.

»Genau«. Die Frau schnaufte abfällig. »Sie geben mit ihren Autos und Uhren und Waffen an und verprassen ihr Geld in den Clubs, versuchen die Jüngeren zu beeindrucken, aber sie haben die ganze Zeit Angst um ihr Leben. Dass sie erschossen werden. Sie werden total paranoid. Betäuben es mit Drogen, wodurch die Angst nur größer wird. Und wenn sie nicht erschossen werden, dann bringen sie sich am Ende selbst um.«

Sara und Anna nickten beifällig. Warteten, bis die trauernde Mutter sich ausgesprochen hatte.

»Sie wissen, was sie erwartet. Aber sie kommen nicht raus. Sagen, dass sie ihre Freunde nicht im Stich lassen können. Sie zerstören sich selbst ihre Chancen im Leben. Cesars bester Freund in der Kindheit war ein Riesentalent auf dem Fußballplatz. Englische und deutsche Vereine wollten ihn unter Vertrag nehmen, als er vierzehn war. Jetzt sitzt er lebenslang im Knast, weil er jemanden aus einer anderen Gang erschossen hat. Weil sein Kumpel ihm gesagt hat, dass er es tun soll.« Devrims Stimme zitterte leise.

»Wissen Sie, ob Cesar aktuell bedroht wurde? Ist in letzter Zeit vielleicht etwas vorgefallen? Gerade weil er aufhören wollte?«

»Spielt das eine Rolle? Wir bekommen ihn nicht zurück, ganz egal, was sie tun. Und selbst wenn sie denjenigen finden, der es getan hat, werden sie ihn nicht verurteilen können, denn hier hält jeder dicht«, sagte Devrim und rückte drei Fernbedienungen auf einem goldfarbenen Tablett so zurecht, dass sie parallel nebeneinanderlagen.

»Lassen Sie es uns wenigstens versuchen«, sagte Anna.

»Warum? Wenn Sie herausbekommen, wer es war, dann führt das nur dazu, dass andere sich wieder rächen müssen. Sie halten die Fehden am Laufen. Absurd, aber wahr.«

»Wir arbeiten die ganze Zeit daran, diesen Teufelskreis zu durchbrechen«, wandte Sara ein.

»Ich weiß. Sie arbeiten und arbeiten. Aber weder Sie noch wir werden etwas daran ändern können.«

»Wen meinen Sie mit ›wir‹? Die Eltern?«

»Ich meine die Politiker. Ich sitze im Gemeinderat von Botkyrka.«

Sara erlebte das erste Mal, dass ein Angehöriger sich ebenso um die Bekämpfung der Gangkriminalität sorgte wie die Polizei.

»Ich muss Ismail nach Hause holen«, sagte Devrim und griff nach dem Handy. »Cesars kleinen Bruder«, erklärte sie Anna und Sara. »Er hat Cesar vergöttert.«

Sie sprach eine kurze Nachricht auf die Voicemail des Sohns. Dann schaute sie die beiden Polizistinnen wieder an.

»Möchten Sie, dass wir Ihren Mann unterrichten?«, fragte Sara.

»Nein. Ich werde das tun. Sobald Sie gegangen sind.«

Sara verstand und nickte. Anna und sie standen auf, um zu gehen.

»Haben Sie es schon Abeba erzählt?«, fragte Devrim.

»Wem?«

»Seiner Freundin.«

»Nein.«

»Sie ist ein gutes Mädchen. Sie hat Cesar geholfen, von der Gang loszukommen.« Sie stockte, und weitere Tränen rollten ihre Wangen hinunter. »Sie haben gerade ihre Hochzeit geplant …«

9

Abeba konnte nicht aufhören zu weinen. Ihr ganzer Körper zitterte, die Tränen flossen, und ab und zu schrie sie laut auf. So eine unkontrollierte Trauer erlebte man nur selten, dachte Sara. Es war, als hätte sie das Schlimmste geahnt und schon im Voraus ganz viel Verzweiflung aufgestaut, und jetzt brachen die Dämme.

Sie hatte seit zwei Tagen nichts von Cesar gehört und sich irgendwann Sorgen gemacht. Sie wusste ja, was für ein Leben er führte. Wusste, dass er selbst ebenfalls unruhig gewesen war, sich ständig umsah, nie ohne Waffe unterwegs war und es vermied, zwei Nächte hintereinander am selben Ort zu schlafen.

Die Mutter und der Vater umarmten ihre Tochter und ließen sie weinen. Sie schienen ihre Trauer zu teilen. Wie es wohl bei den meisten Eltern war. Sara und Anna standen unten vor der Treppe, die zum Eingang des Reihenhauses hinaufführte. Ein ganz normales Reihenhaus mit einer ganz normalen schwedischen Familie aus Äthiopien, der etwas alles andere als Normales zugestoßen war.

»Kommen Sie rein«, sagte der Vater schließlich, als sich das Weinen der Tochter etwas beruhigt hatte. Er machte eine höfliche Handbewegung und trat einen Schritt zurück, um Sara und Anna vorbeizulassen.

Während Abeba immer noch weinte, erzählte der Vater ihr von der Familie. Sofort musste Sara daran denken, dass sie selbst nie auf die Idee gekommen wäre, Menschen, die sie gerade kennengelernt hatte, ihre Familiengeschichte zu erzählen.

Sie fragte sich nur, ob das Verhalten von Abedas Vater Ndeme ungewöhnlich war oder ihres.

Die Familie Idris war in Schweden gelandet, weil der Vater Ndeme eine Stelle bei Pharmacia in Södertälje bekommen hatte. Nach ein paar Jahren hatte er genug Geld zurückgelegt, um seine Familie nachholen zu können, und sie hatten sich in Norsborg niedergelassen, weil viele Freunde und Verwandte in dieser Gegend im Süden von Stockholm lebten. Der Postängsvägen war ein besseres Reihenhausviertel, in dem die Einwohner eine buntere Herkunft hatten als in vergleichbaren schwedischen Wohngebieten, stellte Sara fest. Die Leute, die sie auf den Bürgersteigen in der Umgebung sahen, schienen aus Asien, Südamerika oder Afrika zu stammen. Und aus Europa, natürlich.

Der Flur war voller Schuhe und Fahrradhelme in unterschiedlichen Kindergrößen, Tretroller sowie Basket- und Fußbällen. Alle Jacken waren an Haken aufgehängt. Wie sie die Kinder wohl dazu bekommen hatten, fragte sich Sara, als sie daran vorbeigingen.

An der Wand in der Küche hing ein Plakat, das Werbung für eine Church of Ascension machte, oder die Holy Church of the Divine Resurrection and Ascension of Jesus, wie weiter unten stand. Ein kirchlicher Hintergrund erklärte vielleicht, warum das Paar in einem so jungen Alter heiraten wollte, überlegte Sara, die mit Martin viele Jahre in Sünde gelebt hatte, bevor sie geheiratet hatten. Und dass sie es getan hatten, lag eigentlich nur daran, dass das Familienleben rein verwaltungstechnisch erleichtert wurde. Sara wurde erneut bewusst, dass sie nicht der romantische Typ war.

Abeba war das älteste Kind der Familie. Sie war zwanzig Jahre alt und hatte nach dem Abitur angefangen, beim Elektromarkt Elgiganten im Einkaufszentrum Kungens Kurva zu arbeiten. Dort hatte sie Cesar kennengelernt. Und jetzt war es also an der Zeit gewesen, dass sie heirateten. Die Mutter zeigte Fotos der Hochzeitskleider, von denen sie eines aussuchen wollten, und der Vater suchte Listen heraus, auf denen die Namen aller standen, die sie einladen wollten. Zweihundert Gäste in einem Festlokal bei Heron City. Die ganze Verwandtschaft war dabei und bezahlte alles. Oder sie wäre dabei gewesen und hätte bezahlt.

Die Mutter Rosa servierte Kaffee und honigtriefenden Kuchen, bevor sie sich dazusetzte und ihren Arm erneut um ihre Tochter legte. Keine Milch, aber Zuckerwürfel zum Kaffee.

»Denkst du, dass du ein paar Fragen beantworten könntest?«, fragte Anna, und Abeba antwortete mit einem kurzen Nicken.

»Hat Cesar von etwas Außergewöhnlichem erzählt, das in letzter Zeit passiert war? Von einem Streit?«

Abeba schüttelte den Kopf.

»Soweit wir wissen, war er Mitglied in einer Gang«, sagte Sara und versuchte, den Blick des Mädchens einzufangen. »Seine Mutter sagte allerdings, dass er sie verlassen wollte.«

Abeba nickte, sah nach wie vor zu Boden.

»Ja«, sagte sie schließlich mit brüchiger Stimme. »Er wollte studieren.«

»Was hielten die anderen davon? Die aus der Gang?«

»Ich weiß nicht.«

»Fühlte er sich bedroht? Hatte er Angst?«

Rosa schob den Teller mit dem Kuchen näher an Anna und Sara heran. Sara lächelte der Frau kurz zu und nahm ein Stück.

»Er hat Hilfe bekommen. Also, beim Aussteigen. Von so einem Verein, der Menschen hilft, wenn sie von den Gangs wegkommen wollen.«

»Wie heißt der Verein?«, fragte Anna, und Sara nahm die Gelegenheit wahr, von dem Kuchen abzubeißen, der überraschend lecker war.

»Ich weiß nicht. Aber ich habe die Nummer. Er hat von meinem Handy aus angerufen. Damit seine Kumpel die Nummer nicht auf seinem Handy finden.«

»Können wir die Nummer haben?«

Abeba wandte sich an ihren Vater, der sofort aufstand.

»Ich hole das Handy«, sagte er.

»Aber das klingt doch, als hätte er Angst davor gehabt, dass sie von seinen Aussteigerplänen erfahren könnten?«, fuhr Anna währenddessen fort.

»Er hatte sich noch nicht entschieden«, sagte Abeba leise. »Und bis dahin wollte er nicht, dass sie davon erfuhren, denn falls er doch geblieben wäre, hätte ihm niemand mehr vertraut.«

»Er war sich also noch nicht sicher?«

Abeba warf einen kurzen Blick in die Richtung, in die ihr Vater verschwunden war.

»Seine Mutter wollte es«, sagte sie. »Sie hat die ganze Zeit auf ihn eingeredet, bis er ein schlechtes Gewissen bekam.«

Der Vater kehrte zurück und gab Abeba das Handy, die durch die Anruflisten blätterte.

»Diese Nummer muss es sein«, sagte Abeba und zeigte ihnen das Display. »Das ist die einzige, die ich nicht gespeichert habe.«

Anna fotografierte die Nummer mit ihrem Handy.

»Darf ich von deinem Telefon anrufen?«, fragte Sara und streckte ihr die offene Hand entgegen. Abeba gab ihr das Handy.

Sara drückte auf die Wahlwiederholung, sie hörte fünf Klingelsignale, und dann meldete sich eine Stimme:

»Ja?«

»Hallo, ich heiße Sara und rufe wegen Cesar Bekas an.«

»Wegen wem?«

»Cesar Bekas. Ich weiß, dass er von diesem Telefon aus Kontakt zu Ihnen hatte. Ich möchte Sie treffen.«

»Ich weiß nicht, von wem Sie sprechen. Das hier ist ein Kiosk.«

Worauf das Gespräch beendet wurde.

Weiter kamen sie nicht, und sie fanden, dass Abebas Angehörige jetzt die Möglichkeit bekommen sollten, sie in ihrer Trauer zu begleiten, also standen sie auf und bedankten sich für die Hilfe. Sara hielt Anna den Kuchenteller hin, die sich gezwungen fühlte, ein Stück zu nehmen.

»Der Kuchen ist wirklich lecker«, sagte Sara zu Rosa, die das Lob mit einem Lächeln quittierte, bevor sie den Arm wieder um Abeba legte.

Ndeme begleitete sie zur Tür und trat hinaus ins Treppenhaus, dann schloss er die Tür hinter sich und schüttelte traurig den Kopf.

»Er war ein guter Junge. Er wollte mit der Kriminalität aufhören. Er hat angefangen, mit uns zur Kirche zu gehen. Aber diese Gangs zerstören das Leben der Menschen. Und jetzt haben sie auch Abebas Leben zerstört. Ich habe sie davor gewarnt, aber Sie wissen ja, junge Frauen hören nicht auf ihre Väter.«

Er lächelte wehmütig, und Sara nickte zustimmend. Sie fragte sich, was sie getan hätte, wenn Ebba plötzlich mit einem kriminellen Freund nach Hause gekommen wäre. Sie hätte ihre Tochter wahrscheinlich als Idiotin beschimpft. Was die Sache wohl auch nicht besser gemacht hätte.

»Wie geht es seinen Eltern?«, fragte Ndeme.

»Sie sind am Boden zerstört.«

Ndeme nickte mitfühlend, und sie verabschiedeten sich voneinander.

»Ich mag keinen Kuchen«, sagte Anna und betrachtete das Backwerk.

»Aber ich«, sagte Sara und nahm ihr den Kuchen aus der Hand.

Draußen auf der Straße versuchten sowohl Anna als auch Sara, die Nummer von ihren eigenen Handys anzurufen, aber niemand nahm das Gespräch entgegen. Sara hinterließ eine Mitteilung, erklärte, worum es ging, und sagte ihren Namen und ihre Nummer. Aber sie hegte keine große Hoffnung, dass jemand zurückrufen würde.

»Okay, dann bleibt die Frage, ob es die eigene Gang war, die erfahren hatte, dass er abspringen wollte, oder eine andere Gang, mit der sie sich bekriegten?«, sagte Anna, während sie zum großen Besucherparkplatz hinuntergingen, der von langen Garagenreihen für die Anwohner eingerahmt war.

»Vielleicht eine andere Gang, die erfahren hatte, dass er abspringen wollte, und ihn deshalb für ein leichtes Opfer hielt, weil niemand ihn schützen oder sich für ihn rächen würde.«

»Aber er war sich nicht sicher«, sagte Anna.

»Nein. Aber was bedeutet das?«

Saras Gedanken wurden von einer Handyversion des Heilsarmee-Songs »Offen steh'n die Perlentore« unterbrochen, die sie in einem Anflug von kindlichem Humor ihrem alten Kollegen David zugeordnet hatte.

»Ich habe diese Jenna gefunden«, sagte er. »Willst du sie treffen? Ich habe ein Date mit ihr für dich gebucht.«

10

Jenna verstand nicht so richtig, was diese Frau von ihr wollte.

Und wie sie sie in dieser Wohnung gefunden hatte, von der nicht einmal Jenna wusste, wo sie lag. Die Männer hatten gesagt, dass sie sich in einer besseren Gegend der Stadt befanden, aber Jenna hatte nie etwas von der Umgebung gesehen, also war es ihr auch egal. Das Einzige, woran sie bei dem feuerroten Haaransatz dieser Frau denken konnte, waren ihre Schwestern. In ihrer Familie waren beinahe alle rothaarig, nur Jenna war eine Ausnahme. Eine blasse Brünette in einem Meer aus Kupfer.

Die Frau sagte, sie wäre Polizistin und Nadia wäre verletzt, so viel Englisch verstand Jenna. Aber warum war sie zu ihr gekommen? War Jenna von dem Mann betrogen worden, der gesagt hatte, dass er kommen würde? Würde ihr so eine Stunde Arbeit entgehen? Als sie die Frau danach fragte, gab diese Jenna Geld. Also war sie keine Polizistin. Nur eine verrückte Frau. Vielleicht jemand, der den Leuten, für die Jenna arbeitete, Schwierigkeiten machen wollte? Eine Journalistin, die über den Sexhandel schreiben wollte?

Als die Frau versuchte, Jenna zu warnen, tat sie so, als würde sie sie nicht verstehen. Sie tat so, als hätte sie nie etwas von einer Peepshow gehört. Die Frau schien ihr nicht zu glauben, aber was sollte sie tun?

Sie wollte nicht daran denken, wie es Nadia gerade ging. Sie wusste, dass es schrecklich war, was sie hatte tun müssen, dass es zu dem Schlimmsten gehörte, was man tun konnte. Aber das Geld würde ihr Leben verändern. Die anderen, die eine solche Anfrage bekommen hatten, waren meistens schon lange im Job, waren inzwischen verbraucht, resigniert, akzeptierten es, weil nichts mehr eine Rolle spielte. Aber Jenna war froh gewesen, dass sie die Anfrage schon nach so kurzer Zeit in der Stadt bekommen hatte. Das hieß, dass sie hier herauskommen konnte, solange sie noch jung war. Sie konnte noch einmal von vorne anfangen.

Wie schrecklich es auch werden würde, sie war trotzdem dankbar für die Möglichkeit.

Lieber eine kurze und intensive Hölle als eine langgezogene.

Es ging nur darum, es hinter sich zu lassen, wenn alle Wunden verheilt waren.

Als die Frau schließlich wieder gegangen war, rief Jenna bei Micha an und fragte, ob es irgendwelche Probleme gäbe. Aber er beruhigte sie und sagte, dass alles wie geplant lief.

Sie brauchte sich keine Sorgen zu machen.

Sie würde ihr Geld bekommen.

Die Peepshow würde stattfinden.

Und danach wären alle ihre Probleme aus der Welt.

11

Sie konnte sich von diesen Nutten offensichtlich nicht losreißen. Diesen unglücklichen Existenzen, die nicht einmal ihre Hilfe haben wollten. Das war gut für Rau. Es war besser, wenn sie ihre Energie darauf verschwendete, im Bodensatz der Gesellschaft den Helden zu spielen, als sich in die großen Fragen einzumischen. In komplexe Zusammenhänge, deren Bedeutung sie nicht verstand. Wenn man den Weg nicht sah, sollte man nicht zu lenken versuchen.

Er betrachtete Nowak mit zusammengekniffenen Augen, als sie aus dem Eingang zur Grevgatan 10 trat, der möglicherweise klassischsten Adresse aller Wohnungsbordelle. Sie trug Jeans, Stiefel und einen alten Armeeparka und sah weder wie die Mädchen aus den Bordellen aus noch wie jemand, der in diesem Viertel wohnte. Die Brandnarben im Gesicht erkannte man selbst aus dieser Entfernung. Rau hoffte, dass die Verletzungen dazu beigetragen hatten, dass sie ihre Lektion gelernt hatte. Dass sie sich nicht in Dinge einmischte, die sie nichts angingen. Ansonsten würde es sehr unangenehm für Sara Nowak werden. Falls Stiller entgegen seiner Aussage doch mit ihr gesprochen hatte und falls sie auf die Idee käme, in dem Fall herumzustochern.

Er folgte ihr mit dem Blick, sah, wie sie ihr Auto erreichte, das sie auf einem Behindertenparkplatz direkt vor dem Eingang abgestellt hatte. Sie drehte sich um und schaute noch einmal zu dem Haus zurück, als würde sie nicht so recht wissen, was sie als Nächstes tun sollte.

Das Haus war im modernen Stil errichtet und hob sich so von den alten, protzigen Gründerzeitgebäuden ab, die hier in der Gegend am Strandvägen vorherrschten. In diesen Vierteln maßte man sich das Recht an, Vergnügungen wahrzunehmen, die für andere unerreichbar oder verboten waren. Das Recht, darüber zu bestimmen, was andere mit ihren Körpern und ihrer Zeit machten. Privilegien, die auch Rau gerne wahrnahm. Ehrlich gesagt fiel es ihm schwer, diejenigen zu verstehen, die sich kaufen ließen. Es gab immer einen Weg, nach oben zu kommen, das wusste er aus eigener Erfahrung.

»Nähe Strandvägen«, schrieb man in den Immobilienanzeigen zu Objekten in dieser Gegend. »Nähe.« Was sollte das schon bedeuten? Es war nicht der Strandvägen. »Best Fake Quality«, wie man auf den Produktkopien in Asien lesen konnte. So war es hier auch. Man wies darauf hin, dass es nicht die beste Wahl war, aber nicht weit davon entfernt. Eine geografische Nähe, die gar nichts bedeutete. Keine strahlende Aussicht auf den Blasieholmen, das Meer und Djurgården, keine weitläufigen Etagenwohnungen, keine hochwohlgeborenen Namen auf den Klingelschildern im Treppenhaus. Rau hatte diese Triebfeder nie verstanden, den Drang, sich in der Nähe der Großen aufzuhalten, statt an der eigenen Größe zu arbeiten.

Aber er schätzte Östermalm. Es war ruhig und still, alle waren zu sehr mit sich selbst beschäftigt, um sich für andere Leute zu interessieren. Hier gab es auch eine ganze Reihe von Botschaften, sodass niemand sich wunderte, wenn man in einem Restaurant saß und sich in einer Fremdsprache unterhielt. Das war ihm in der guten alten Zeit sehr entgegengekommen, bevor Schweden für Touristen anderer Länder interessant wurde. Als es nur eine graue, bürokratische Brache war, die von Neid und Missgunst regiert wurde. Er warf einen Blick auf das Il Conte, das Restaurant schräg gegenüber, wo er im Laufe der

Jahre viele Treffen abgehalten hatte. Das Personal war diskret, freundlich, serviceorientiert und nicht im Geringsten neugierig auf das, was sich in den Grauzonen der Gesellschaft abspielte.

Was sollte er nur mit Sara Nowak anfangen?

Sie war ihm viel zu nahe auf die Pelle gerückt. Ihm als Person. Ohne selbst davon zu wissen, natürlich. Was auch der einzige Grund dafür war, dass sie nach wie vor lebte. Sollte er noch abwarten und das Risiko eingehen, dass sie ihm auf die Spur kam, oder sollte er auf Nummer sicher gehen und diesen überflüssigen Risikofaktor aus dem Weg schaffen.

Er riss seinen Blick von Nowak los und richtete ihn auf den Beifahrersitz. Dort lag die schwarze Sporttasche mit der Kameraausrüstung. Vielleicht sollte er dieses Mal den kleinen Bildschirm umdrehen. Damit Nowak sich selbst beim Sterben zusehen konnte. Wenn sie weiter in der Vergangenheit wühlte, wäre er zum Handeln gezwungen.

Nowaks Todeskampf würde ein äußerst sehenswertes Ereignis werden, für das er sich auch etwas Extravaganteres vorstellen konnte als einfaches Erhängen. Sie musste verschwinden, ohne Spuren zu hinterlassen, also könnte er sich mehr Zeit mit ihr lassen. Jede Menge Zeit.

12

Sara stand lange vor dem Auto und dachte nach. Jenna wollte keine Hilfe annehmen. Das war Sara gewohnt. Aber es war ihre Freundin gewesen, die darauf bestanden hatte, dass Sara einschritt und sie warnte. Das war früher noch nie passiert. Nadia hatte also Angst vor etwas, das schlimmer war als die Racheakte der Menschenhändler. Aber Jenna schien nicht einmal zu wissen, wovor sie Angst haben sollte. Mehr konnte Sara im Moment also nicht unternehmen.

Sie setzte sich in ihr Auto, das sie auf dem Behindertenparkplatz vor der Hausnummer 10 geparkt hatte. Wie alle Straßen hier war die Grevgatan eine Einbahnstraßc. Das Resultat war ein beinahe labyrinthisches Verkehrsnetz, von dem nicht alle wussten, wie man wieder herausfand. Die Östermalmer verteidigten ihr Einbahnstraßensystem. In anderen Stadtteilen hatten die Politiker jede Menge Einbahnstraßen für beide Richtungen freigegeben, was allerdings mehr Autoverkehr und weniger Parkplätze bedeutete, und das akzeptierten die Östermalmer nicht. Hier blieben die Straßen Einbahnstraßen. Man hütete die Ruhe und die Parkplätze, und man kannte die richtigen Menschen, um diese Beschlüsse beeinflussen zu können.

Sie fuhr die Kaptensgatan bis zur Artillerigatan, bog nach links zum Strandvägen ab und fuhr weiter zum Gustav Adolfs torg. »Sophia Albertina Aedificavit« lautete die Inschrift an der Fassade des Außenministeriums. Sie kannte sie auswendig, hatte aber vergessen, was sie bedeutete. Gehörte das nicht eigentlich zur Allgemeinbildung?

Als sie über die Brücke nach Gamla Stan fuhr, klingelte ihr Telefon.

»Hallo. Hier ist Herman Cederqvist von der Polizei in Linköping. Wir haben hier einen alten Mann, beziehungsweise, wir haben ihn jetzt eigentlich nicht mehr. Also, es geht um einen Todesfall, ein bisschen plötzlich und unerwartet, und ich glaube, dass es da eine Verbindung zu Ihnen geben könnte, wenn man das so ausdrücken will. Also nicht zu Ihnen persönlich, aber zu einem Fall, an dem Sie gearbeitet hatten. Denn das waren doch Sie, die uns wegen Jürgen Stiller im Pfarrhaus Torpa bei Ydre Anfang des Sommers angerufen hat?«

»Ja.«

»Das dachte ich mir. Naja, ich hatte mir ja Ihre Nummer aufgeschrieben, aber gedacht habe ich: War das nicht die, die wegen des Pastors angerufen hatte? Ich hatte ja nur Ihren Namen und eine Nummer, aber ich erinnerte mich, dass sie auch mit Onkel Stellan zu tun hatten. Also mit den Mordermittlungen. Wie traurig, dass er auf diese Weise enden musste. Er hat so viele Jahre für Unterhaltung gesorgt und Freude gespendet. Aber so ist das nun mal bei unserer Arbeit, wir bekommen so viele schreckliche Sachen zu sehen. Man fragt sich manchmal, wie man das alles schaffen soll.«

»Was ist denn mit Stiller?«, fragte Sara, die ein bisschen ungeduldig wurde.

»Er ist tot.«

Jürgen Stiller. Deckname Koch. Pfarrer in der schwedischen Kirche und Stasi-Mitarbeiter. Als plötzlich die Mitglieder seines Spionagerings eines nach dem anderen hingerichtet wurden, hatte Sara um Polizeischutz für Stiller gebeten. Als sie den Mörder gefunden hatte, war man davon ausgegangen, dass Stiller außer Gefahr war. Bis jetzt.

Aber es konnte sich nicht um denselben Täter handeln. Agneta Broman war tot.

Sara bekam sämtliche Informationen, die Cederqvist über den Todesfall hatte, bedankte sich dafür, dass er sich bei ihr gemeldet hatte, und beendete das Gespräch.

Und dann fiel es ihr ein.

Stiller.

Verdammt, war er nicht derjenige, dessen Anrufe Sara noch vor Kurzem ignoriert hatte?

Statt in die Tiefgarage am Slottsbacken zu fahren, blieb sie draußen auf dem Parkplatz stehen. Mit einem wachsenden Unbehagen im Bauch hörte sie ihre Voicemail ab und klickte sich durch die hinterlassenen Nachrichten.

Da war er. Er hatte Sara tatsächlich vor zwei Tagen angerufen. Mehrere Male sogar. Und sie hatte weder geantwortet noch die Nachrichten abgehört, die er hinterlassen hatte.

»Hallo, Frau Nowak.« Keuchender Atem, ein Augenblick Stille, bevor er fortfuhr. »Hier ist Jürgen Stiller. Ich habe Informationen über einen sehr gefährlichen Mann. Rufen Sie mich sofort an, wenn Sie diese Nachricht hören. Es ist wichtig. Lebenswichtig.«

Verdammt.

Und jetzt hatte er seine Frau getötet und sich erhängt. Wäre das alles auch passiert, wenn Sara sich gemeldet hätte? Oder wenn sie sich zumindest die Nachricht angehört und zurückgerufen hätte? Sie konnte den Gedanken nicht ertragen, noch ein Leben auf dem Gewissen zu haben, sie wollte überhaupt nicht mehr in irgendwelche alten Verschwörungen hineingezogen werden.

Aber wer war dieser gefährliche Mann, von dem Stiller ihr erzählen wollte? Hatte er mit Stillers Selbstmord zu tun? Und mit dem Mord an seiner Frau? Wurde die Angst einfach zu groß, um sie weiter ertragen zu können? Könnte Stillers Frau vielleicht noch leben, wenn Sara nicht so in sich gekehrt gewesen wäre? Es war nicht zu beweisen, aber sie konnte das Gefühl nicht abschütteln, dafür verantwortlich zu sein. Konnte sie wenigstens jetzt im Nachhinein noch etwas für Stiller tun?

Mangels besserer Ideen rief sie Eva Hedin an, die ihr damals von Jürgen Stiller erzählt hatte. Hedin war eine emeritierte Geschichtsprofessorin, die Sara auf die vielen alten Geheimnisse aufmerksam gemacht hatte, die bis in die heutige Zeit hineinwirkten. Sie hatte in alten DDR-Archiven geforscht und nach einem langen Kampf und einem Urteil in der höchsten Instanz auch das Recht bekommen, sich die Akten der Säpo zu den Schweden anzusehen, die für die Stasi gearbeitet hatten. Sara hatte schließlich herausgefunden, dass Hedin sich bei der Identität des Spions mit dem Decknamen Geiger geirrt hatte, aber sie hatte der Forscherin das nicht mitgeteilt. Denn sie hatte jede Menge Papiere der schwedischen und deutschen Geheimdienste unterschrieben, wonach sie niemals irgendjemandem erzählen durfte, was sich in dieser dramatischen Woche im Juni zugetragen hatte. Sara hatte das nur sehr widerwillig getan, aber es war die Bedingung dafür gewesen, dass sie ihren Job behalten durfte, nachdem sie vorher gegen die meisten Regeln verstoßen hatte, die in ihrem Beruf galten.

Aber als sie Hedin endlich erreichte, zeigte sie ziemlich wenig Interesse daran, dass einer der Männer, die sie als Spion entlarvt hatte, jetzt tot war. Sie war bereit, sich mit Sara zu treffen, aber nicht bei ihr zu Hause. Sie schlug vor, dass sie sich im Cornelispark verabreden könnten. Also gab Sara die Adresse in ihr GPS ein.

Schließlich parkte Sara in der Mäster Mikaels gata, ging am Mäster-Mikaels-Kindergarten vorbei und nahm überrascht zur Kenntnis, dass man einen Kindergarten nach einem Henker benannt hatte. Nach ein paar Schritten erreichte sie das Ende der Sackgasse. Pittoreske kleine Holzhäuser und Kopfsteinpflaster. Wie in einer Geschichte von Astrid Lindgren. Nur mitten in Stockholm.

Der Cornelispark war eigentlich nur ein kleiner grüner Fleck mit Bänken, allerdings mit einer herrlichen Aussicht über Gamla Stan, Skeppsholmen, Stadsgården und Djurgården. Sämtliche Türme und Attraktionen des Vergnügungsparks Gröna Lund waren von hier aus zu sehen. Entfernte Schreie vom Freifallturm, kreischende Möwen und die heiseren Schiffshörner der vielen weißen Dampfer auf dem Meer. Die Menschen, die unten auf dem Katarinavägen vorbeigingen, hatten keine Ahnung, dass Sara sie beobachtete. Sie fühlte sich wie Arvid Falk in Strindbergs Roman *Das Rote Zimmer*. Eine der wenigen Schullektüren, die sie ganz gelesen und teilweise sogar noch im Gedächtnis hatte.

Hedin saß auf einer grünen Parkbank und wartete auf sie. Sie trug eine Sonnenbrille und ein Kopftuch, wodurch sie aussah, als wäre sie einem Fünfzigerjahre-Film entstiegen.

»Bist du hier schon einmal gewesen?«, fragte Hedin, und Sara musste zugeben, dass es ihr erstes Mal war. Die Wissenschaftlerin schien entzückt darüber zu sein, dass sie ihr diesen Ort zeigen durfte.

»Erhängt also?«, sagte Hedin schließlich.

»Die Frau lag erstochen im Obergeschoss, und Koch hing in der Küche. Mit einer Bibel, die an der Stelle aufgeschlagen war, an der sich Judas selbst erhängt.«

»Ein bisschen überdeutlich, findest du nicht?«, sagte Hedin und lächelte. Sara schloss kurz die Augen.

»Was meinst du damit?«

»Es gibt Stasimethoden für jede Art von Mord, inklusive denjenigen, die nach etwas anderem aussehen sollen. Das hier sieht aus wie aus ihrem Lehrbuch.«

»Du glaubst nicht, dass es Selbstmord war? Die Polizei in Linköping sagt etwas anderes.«

Sara mochte den Gedanken überhaupt nicht, dass es sich um einen Mord handeln könnte. Denn dann wäre der Täter bestimmt der besagte gefährliche Mann, vor dem Stiller sie hatte warnen wollen, sodass die Verantwortung ganz bei Sara liegen würde, weil sie seinen Anruf ignoriert hatte.

»Falsche Spuren zu legen war die erfolgreichste Strategie der Stasi«, sagte Hedin. »Den Gegner zu verwirren war an sich schon wertvoll, auch wenn sie selbst zunächst keinen Nutzen davon hatten. Ich vermute, dass dieser Mörder aus irgendeinem Grund die Wahrheit verbergen wollte.«

»Okay, aber welche Wahrheit? Warum sollte jemand Stiller töten wollen?«

»Um nicht enttarnt zu werden, nachdem alle anderen im Spionagering schon umgebracht worden waren. Vielleicht kannte er einen Namen, oder er wusste irgendetwas, was wir nicht wissen.«

»Er …« Sara war sich nicht sicher, ob sie wirklich die Wahrheit sagen sollte, aber sie zwang sie über ihre Lippen. »Er hat mich am Donnerstag angerufen und eine Nachricht hinterlassen, irgendetwas darüber, dass er etwas über einen sehr gefährlichen Mann wissen könnte.«

»Das klingt ja wie eine durchaus relevante Information. Was hat er noch gesagt?«

»Nichts. Ich habe die Nachricht gerade erst abgehört.« Sara zögerte kurz. »Glaubst du, dass er über den Mörder gesprochen hat?«

»Das wäre Spekulation. Aber es ist wirklich schade, dass du nicht mit ihm gesprochen hast. Dann hättest du mehr erfahren.«

Ja, stimmte Sara leise zu. Es war verdammt schade, dass sie nicht mit Stiller gesprochen hatte. Und so vielleicht sein Leben und das seiner Frau gerettet hätte.

»Was glaubst du, wer könnte der Mörder sein?«, fragte Sara. »Ein anderer Spion?«

»Oder der Auftraggeber. Oder ein alter Gegner. Und wir

dürfen das Rachemotiv nicht vergessen. Die Stasimitarbeiter haben vielen Menschen sehr wehgetan. Stellans Tod kann alte Wunden aufgerissen haben.«

»Oder war der Mord die Rache dafür, dass der Spionagering versagt hatte?«

Sara fiel ein, dass er vor allem ihretwegen versagt hatte. Es kam ihr absurd vor, einen unvorstellbaren Terrorangriff verhindert und das Leben von Hunderttausenden Menschen gerettet zu haben. Aber noch absurder war es für sie, dass sie niemals jemandem davon erzählen durfte.

»Es ist durchaus möglich, dass es eine Art Strafe war. Das wäre nicht das erste Mal. Aber es tut mir leid, ich kann dir dabei nicht helfen.«

»Wobei?«

»Ich höre heraus, dass du schon angefangen hast zu ermitteln.«

»Ich wollte dir nur von Stiller erzählen. Du erforschst schließlich das Leben dieser Menschen.«

»Aber wenn sie tot sind, sind sie nicht mehr wirklich hilfreich für mich.«

»Okay. Ich dachte nur, dass es dich interessiert hätte.«

»Hier. Ich habe dir ein paar neue Papiere mitgebracht. In Deutschland setzen sie weiter alte geschredderte Dokumente zusammen. Das hier ist eine Liste mit den Namen von Agenten, die in Schweden aktiv waren und eine Verbindung zu Koch hatten, das heißt zu Stiller.«

Hedin gab ihr eine Klarsichtfolie mit Papieren. Sara nahm sie entgegen und betrachtete den Inhalt. Die Überschrift der ersten Seite lautete: »Akten zu IM Henker, IM Axt, IM Ritter, IM Faust.«

»Aber das brauche ich nicht«, sagte Sara und blätterte die Papiere durch. Decknamen, Informationen, Kontaktpersonen, bei einigen von ihnen stand ein Fragezeichen hinter dem Namen. Und dann noch ein paar Blätter mit dem Titel »Erinnerungsnotizen aus dem Säpo-Archiv« und ein Verzeichnis über alles, was Hedin aus der Erinnerung niedergeschrieben hatte, nachdem sie die geheimen Akten der Säpo über die ehemaligen Mitarbeiter der Stasi in Schweden einsehen durfte.

Sara verspürte einen großen Widerwillen, sich mit dem Fall zu befassen. Dass sie sich in den Mord an Stellan Broman eingemischt hatte und in die ganzen Verbindungen aus dem kalten Krieg hatte nur zu etlichen unerwünschten Einsichten über ihr eigenes Leben und über die Welt geführt, in der sie aufgewachsen war. Außerdem hatte es sie fast das Leben gekostet. Im Augenblick stand bei ihr die Familie an erster Stelle. Sie wollte so oft wie möglich mit ihr zusammen sein. Wollte zu Martin zurückfinden, den Teenager Olle richtig kennenlernen und eine Freundin der jungen Frau werden, zu der ihre Tochter mittlerweile geworden war.

Sie hatte weder die Lust noch die Zeit, sich um alte Spione zu kümmern. Es gab so schon genug unangenehme Dinge, um die sie sich kümmern musste. Den schrecklichen Mord an Cesar Bekas zum Beispiel.

Sara merkte plötzlich, dass Hedin sie aus schmalen Augen betrachtete.

»Was ist?«, fragte Sara.

»Was ist wirklich passiert? An diesem Abend?«

»Sie haben Abu Rasil aufgehalten.«

»Sie?«

»Der BND.«

»Und wie haben sie das gemacht?«

»Ich weiß nicht. Ich kenne auch keine Details.«

»Und wo ist Lotta Broman? Ich glaube nicht an eine Auszeit, du kennst mich. Und was ist mit Agneta passiert?«

Sara zuckte mit den Schultern.

»Ich kenne dich mittlerweile ziemlich gut«, sagte Hedin.

»Du hättest dich niemals ohne eine gute Erklärung abspeisen lassen. Dieses Achselzucken verstehe ich als Beleidigung meiner Intelligenz.«

»Ich schwöre. Ich weiß es nicht.«

»Du weigerst dich, es mir zu erzählen, möchtest aber bei Stiller meine Hilfe haben?«

Da drückte also der Schuh.

»Ich möchte nicht in Stillers Todesfall herumstochern. Und ich wollte dich wirklich nicht beleidigen. Ich habe dir alles erzählt, was ich erzählen kann.«

»Du klingst wie Brundin und ihr Chef.«

Brundin, die Säpo-Beamtin, die Saras Fragen nur mit »Kein Kommentar« beantwortet hatte, bis sie sich mit den deutschen BND-Agenten zusammengetan hatte.

Wäre es wirklich so gefährlich, Hedin alles zu erzählen?

Doch so viel war es letztlich auch nicht, was Sara wusste. Zum Beispiel darüber, wie es mit Lotta weitergegangen war. Und Lottas Familie gegenüber musste sie die Wahrheit geheim halten, das hatte Agneta ihr deutlich gemacht. Denn für Agneta drehte sich alles darum, dass das Leben ihrer Enkelkinder nicht von den Entscheidungen vorheriger Generationen bestimmt werden sollte. Sie wollte ihnen eine Kindheit und Jugend ohne weltpolitische Konflikte und geheime Allianzen ermöglichen, damit sie die Möglichkeit hatten, ihre eigenen Entscheidungen zu treffen. Und dafür hatte Sara volles Verständnis.

Also hatte sie jede Menge Papiere unterschrieben, in denen sie versprach, alles geheim zu halten. Ein älterer Deutscher war bei ihr im Krankenhaus aufgetaucht, wo ihre Brandwunden und Schussverletzungen behandelt worden waren. Er hatte graue Haare, trug einen dreiteiligen Anzug mit Fliege und strahlte so viel Autorität aus, dass er es sich leisten konnte, freundlich und leise zu sprechen. Er hatte nach Pfeife gerochen, wie man es in Schweden heutzutage gar nicht mehr kannte. Der Mann hatte sich als Dr. Schönberg vorgestellt und gesagt, dass er der Chef von Breuer und Strauss gewesen sei. Sie waren die beiden BND-Agenten, die die Terroristin Abu Rasil in Stockholm gejagt hatten. Mit Rücksicht auf die im Augenblick herrschende Sicherheitslage und die aktuellen Terrorwarnungen hatte er erklärt, dass Sara zwei Möglichkeiten offenstünden. Entweder sie würde ein Leben lang schweigen oder ganz einfach ohne Kontakt zur Umwelt interniert werden, bis ihre Kenntnisse als ungefährlich eingestuft werden konnten – was mehrere Jahrzehnte dauern könnte. Er hatte sich auch für ihren Einsatz bedankt und ihr einen Orden angeboten, deren Verleihung allerdings für immer geheim bleiben müsse. Sara hatte den Orden dankend abgelehnt, aber alle Papiere unterschrieben, die Schönberg ihr vorgelegt hatte. Sie sehnte sich nur zurück zu ihrer Familie und wollte am liebsten alles vergessen, was sie mitgemacht hatte. Entgegen ihren eigenen Instinkten hielt sie also dicht, als Hedin ihre Fragen stellte. Die offizielle Version sollte weiter gelten. Lotta Broman war als Generaldirektorin der schwedischen Behörde für internationale Entwicklungszusammenarbeit SIDA zurückgetreten und hatte eine Berufung in das Regierungskabinett aus familiären Gründen abgelehnt. Danach hatte sie eine Auszeit genommen und war ins Ausland gereist, ohne ihre Familie.

Niemand wollte, dass die Kandidatin für ein Ministeramt als Terroristin enttarnt wurde und dass die Säpo diese kleine Petitesse übersehen hatte. Die peinliche Katastrophe mit Breuer wurde ebenfalls unter den Teppich gekehrt. Postum wurde sie in Sicherheitskreisen als die Heldin gerühmt, die Abu Rasil aufgehalten hatte. Und Rasils wahre Identität blieb weiter unbekannt.

Auch über Saras Rolle in dem Drama durfte niemand etwas erfahren, genauso wenig wie über Stellan und Lotta Broman.

Das Einzige, was nach außen drang, war die Nachricht vom Brand eines Geräteschuppens in Bromma, eine kleine Notiz in der Lokalzeitung *Mitt i Bromma*.

Sara hatte nicht die geringste Ahnung, wo sich Lotta heute befand, und wahrscheinlich würde sie es auch nie erfahren.

13

Sara wollte lieber das billige Porzellan von IKEA nehmen, gerade im Hinblick darauf, dass Eric und Marie zu Besuch kamen. Aber sie wusste, dass Martin mit dem feinen Service decken wollte, Versaces Medusa Blue. Nicht um seine Eltern zu beeindrucken, sondern damit er sich sicherer fühlte. Keine Blöße riskierte. Wenn es die Kumpel aus seiner Band gewesen wären, hätte es ihn überhaupt nicht interessiert, womit der Tisch gedeckt worden wäre. Dieses Versace sah für Saras Geschmack recht vulgär aus, aber was tat man nicht für seinen Mann? Schlimmer war es mit den Weingläsern von Riedel. Eine verdammte Wissenschaft für sich. Handgefertigt, für tausend Kronen das Stück. Und unterschiedliche Gläser für jede Traube der Welt. Pinot noir, Cabernet, Syrah, Riesling, Chardonnay. Wie um alles in der Welt sollte Sara sich merken, welches Glas zu welchem Wein gehörte? Und wer würde überhaupt den Unterschied merken? Aus den Hunderten von Gläsern, mit denen Martin herumstolzierte, wählte sie ein paar nach dem Zufallsprinzip aus. Dann sollte er sie eben austauschen, wenn es ihm nicht passte.

Jane war als Erste gekommen, wie immer. Lila Bluse, weißer Hosenrock und mitgebrachte Hausschuhe, obwohl es immer noch Spätsommer war und die Sonne schien. Große Ohranhänger aus Gold und ein kleines bisschen zu stark geschminkt, um es noch diskret nennen zu können. Eine Duftwolke aus Parfum umgab sie, als sie in die Wohnung kam. Sie reichte ihr ein kleines Paket, das in Goldpapier mit blaugelbem Band verpackt war. Sie hatte immer ein kleines Geschenk dabei, wenn sie eingeladen war. Sara wickelte das Papier ab und hatte wohl irgendein eingerahmtes Bild von sich selbst mit ihrer Mutter erwartet, oder von Jane mit Olle und Ebba, aber so war es nicht.

Sie bekam ein eingerahmtes Bild des Königs.

Carl XVI. Gustaf.

»Statt dieser hingestomperten Bilder«, sagte Jane und betrachtete mit gerunzelter Stirn Saras und Martins Gemälde von Cecilia Edefalk und Karin Mamma Andersson.

»Hingestümpert?«, sagte Sara.

»Ja, genau. Das hier ist besser. Passt in die Wohnung. Zeigt, dass du stolz bist. Er macht viel Gutes für das Land.«

Sara war zumindest dankbar dafür, dass es ein Bild des Königs war und nicht eines des alten Papst Johannes Paul II., dem Hausgott aller Polen. Jane hatte Bilder von diesem verpapsteten Karol Wojtyla in jedem Zimmer ihrer Wohnung in Vällingby hängen. Als kleines Mädchen hatte Sara geglaubt, dass er ihr Großvater wäre, weil die Mutter so liebevoll über »Jan Pawel« sprach. »Er schenkte uns die Freiheit«, war Janes Erklärung für diese Verehrung. Als Teenagerin hatte Sara das Papstporträt, das die Mutter in ihrem Zimmer aufgehängt hatte, in den Müll geworfen, und seitdem hatte Jane nicht mehr versucht, ihr weitere katholische Ikonen aufzudrängen. Daher der schwedische König, der jetzt zu ihr hinaufblickte. Weder katholisch noch heilig, aber in voller Paradeuniform. Als hätte Jane einen Fetisch für Männer in seltsamer Bekleidung.

»Danke. Es wird mir ein Vergnügen sein, den König aufzuhängen.«

Jane schlug Sara voller Entrüstung auf den Arm. Es war immer wieder vergnüglich, die eigene Mutter zu ärgern.

»Ich meine, sein Bild.«

Die kleine Gästetoilette wäre ein idealer Ort für das königliche Konterfei.

»Komm rein«, sagte Sara schließlich und hielt ihr ein Tablett mit Schnittchen hin. Aus Protest gegen Martins Sachen von Svensk Tenn und seine Silbertabletts hatte sie sich ein rosa Plastiktablett bei Lidl gekauft. Darauf hatte sie Schnittchen mit Meerrettichcreme und vegetarischem Schinken aufgereiht. Sie wollte diese brutale Fleischverarbeitung auf keinen Fall fördern, und der vegetarische Aufschnitt schmeckte genauso gut wie der von toten Tieren, fand sie. Sie erzählte Jane aber nichts davon, weil sie wusste, dass ihre Mutter lieber darauf verzichtete, wenn sie erfuhr, dass es kein »richtiger« Schinken war.

Sara hatte der Familie vorgeschlagen, dass sie in Zukunft am Sonntagabend gemeinsam essen würden, jetzt, da sie sich so langsam in alle Himmelsrichtungen zerstreuten. Ebba war gegen die Idee gewesen, und Olle war es egal. Aber als Martin dann sagte, dass auch die Großeltern eingeladen würden, stimmte Ebba fröhlich zu. Olle hatte ohnehin keine Wahl, da er nach wie vor zu Hause wohnte.

Nach ein bisschen Smalltalk mit Jane (Wann würden Sara und die Kinder sie in Vällingby besuchen? Wann würde sie den plastischen Chirurgen treffen und ihre hässlichen Narben loswerden?) holte Sara ein paar Flaschen aus dem Weinkeller, der natürlich kein Keller war, sondern ein verglaster Raum, den Martin sich zu seinem fünfundvierzigsten Geburtstag geschenkt hatte. Sie brachte zwei Glaskaraffen mit, damit Martin den Wein später »dekantieren« konnte. Sara überlegte, ob sie ihr Light-Getränk auch dekantieren sollte.

»Was kostet so etwas?«

Jane hatte eine der Flaschen hochgehoben und musterte sie mit skeptischer Miene.

Sara holte ihr Handy heraus und gab den Namen des Weins in das Suchfeld ein.

Eintausendneunhundert Kronen.

Jetzt waren bei Martin die Sicherungen durchgebrannt.

»Zweihundert«, sagte Sara und stellte die Flasche wieder hin.

»Lüg nicht. Wenn man teure Weine kauft, will man auch, dass alle wissen, wie teuer die Weine sind.«

»Okay. Zweitausend.«

»Was für ein Idiot!«

Sara warf einen amüsierten Blick auf ihre Mutter.

»Entschuldige, Sara. Aber wenn es um Geld geht, ist dein Mann ein echter Idiot.«

»Sag ihm das.«

»Verhältst du dich genauso idiotisch, wenn es um Geld geht?«

»Nein. Ganz und gar nicht. Und das weißt du auch.«

»Stellan hatte Geld. Und das Haus ist bestimmt fünfundzwanzig Millionen wert.«

»Was? Das ist mir doch egal. Du weißt, dass ich über diese Dinge nicht reden möchte«, sagte Sara und legte die Stirn in Falten.

»Ein Drittel davon gehört dir.«

»Ich will nichts von ihm haben! Er war nicht mein Vater, er war dein Vergewaltiger.«

»Sei nicht dumm. Denk an deine Kinder.«

»Aber Mama. Wir haben jetzt schon viel zu viel Geld. Martin und Eric verwöhnen die Kinder von vorn bis hinten. Sie werden noch zu … ja, du weißt schon, Brats.«

»Man sagt nicht mehr Brats.«

»Was?«

»Das ist out«, verkündete Jane.

»Was weißt du denn davon?«

»Ich weiß es. Ich rede mit den Menschen.«

»Mit wem denn? Mit Katryna? Die ist ja noch älter als du.« Sara zog die Augenbrauen hoch, und ihre Mutter schnaubte verächtlich.

»Ich rede mit allen. Du etwa nicht?«

Sara hob die Hände. »Okay, dann sage ich eben nicht mehr Brats.«

»Hast du es den Kindern schon erzählt?«

»Von Stellan?« Schon bei dem Gedanken wurde Sara ganz unwohl. »Nein. Hör jetzt auf damit.«

Sie würde nie das Leben ihrer Kinder beschmutzen, indem sie ihnen von dem widerwärtigen Mann erzählte, von dem sie abstammten.

»Du warst doch so wütend auf mich, weil ich es dir nicht erzählt habe.«

»Das hier ist etwas anderes.«

»Es ist immer etwas anderes, wenn es dich betrifft.«

»Niemand weiß davon außer dir und mir, okay? Und so soll es auch bleiben. Ich würde ihn nicht einmal beerben können, weil er tot ist und niemand sonst die Wahrheit kennt.«

»DNA. Bevor sie ihn unter die Erde bringen.« Jane sah ihre Tochter herausfordernd an.

»Ein DNA-Test? Bist du verrückt? Jetzt komm schon, Mama, willst du wirklich, dass die ganze Welt es weiß?«

»Ja. Ich habe einen Fehler gemacht, weil ich nie etwas gesagt habe. Er ist dein Vater.«

Saras Vater. Jetzt wusste sie, wer er war, oder eher, wie er hieß und wie er sich benommen hatte. Aber wer war er wirklich? Als sie von ihrem Vater erfahren hatte, war auch deutlich geworden, dass der Mann vollkommen anders war, als die Leute bisher geglaubt hatten. Ein Monster. Wie würden Ebba und Olle reagieren, wenn sie es erfuhren? Und Martin? Was würden Lotta und Malin sagen?

Instinktiv spürte Sara, dass dieser Teil ihrer Geschichte ausradiert werden musste, dass dies die einzige Möglichkeit war weiterzumachen. Gleichzeitig konnte sie sich vor der wachsenden Einsicht nicht schützen, dass sie ihr eigenes Leben im Grunde nicht mehr steuern konnte, wenn sie sich ihrer Vergangenheit nicht stellte und sie sich aneignete. Wenn sie nicht alle Teile von Sara Nowak akzeptierte.

»Hallo.«

Ein mitgenommener Martin erschien in Jogginghose und mit einem alten T-Shirt, auf dem ein The-Pop-Groups-Margaret-Thatcher-Bild mit dem Text »We are all Prostitutes« prangte. Er hatte sich immer noch nicht von der Zwanzigjahrfeier des Vorabends erholt.

»Danke, dass du gedeckt hast. Ist das Catering schon gekommen?«

»Nein.«

»Ihr kocht nicht selbst?«, fragte Jane, und Martin wand sich verschämt.

»Tja, also, sie liefern nur die warme Mahlzeit. Und auch nur heute. Weil wir gestern die Zwanzigjahrfeier hatten, dachte ich, dass wir uns heute gönnen können, das Essen zu bestellen.« Auf ein blasses Lächeln folgte ein etwas ernsterer Blick. »Aber es ist wirklich Wahnsinn, wie teuer so etwas ist. Da müssen wir in dieser Woche an etwas anderem sparen …«

Dass Martin sich für seine verschwenderischen Gewohnheiten bei Jane entschuldigte, machte das Ganze nur noch schlimmer. Dass er so tun musste, als hätte er kein Geld, weil sie kein Geld hatte. Als müsste sie ihm deswegen leidtun. Es war wirklich herablassend, dachte Sara.

Dann klingelte es an der Tür, und Marie und Eric trafen ein. Sonnengebräunt, gut gekleidet und lächelnd. Mit einem riesigen Blumenstrauß in Sommerfarben und Proviant in Form einer Flasche Wein.

Martin begleitete seine Eltern ins Wohnzimmer, entschuldigte sich und ging sich umziehen, sah aber immer noch ziemlich zerzaust aus, als er zurückkehrte. Unterdessen hatte Sara die drei Eltern mit jeweils einem Glas Champagner versorgt. Cristal. Gut zweitausend Kronen pro Flasche. Auch das war

Martins Wahl. Und es war nach Saras Geschmack bestimmt nicht der beste Champagner auf dem Markt.

Bevor sie anstießen, krempelte Martin die Hemdsärmel auf, sodass die große Rolex gut zu sehen war. Sara überlegte erst, wie rockig es wohl war, mit einer Rolex herumzulaufen, aber im Grunde hatte sie längst beschlossen, den Stil ihres Mannes nicht mehr in Frage zu stellen.

»Wollt ihr den Schluss unseres Auftritts noch sehen?«, fragte Martin und schaltete den Fernseher ein, bevor seine Eltern antworten konnten. »Ihr musstet ja schon gehen, bevor wir fertig waren.«

Er suchte den Clip auf seinem Tablet und klickte ihn auf den riesigen Bildschirm. Dort standen sie, vier Chefs um die fünfzig, deren Rockerträume noch lebendig waren. Die akustische Qualität der Aufnahme war miserabel, aber das spielte keine große Rolle. Der Ausdruck »nicht schön, aber laut« traf es wohl am besten.

Martin beobachtete erwartungsvoll seinen Vater, während C.E.O. Speedwagon auf dem Fernsehschirm musizierte. Eric deutete ein höfliches Lächeln an, wirkte aber wenig beeindruckt.

Reich wie ein Scheich, Gründer eines erfolgreichen Unternehmens, mit der gesamten Künstlerwelt Schwedens befreundet und Vater zweier hübscher Kinder, aber es reichte nicht. Martin brauchte die Bestätigung seines Vaters. Immer noch, mit beinahe fünfzig. Es reichte nicht, dass er sich längst etwas Eigenes aufgebaut hatte, er musste auch als Entertainer seinen Segen erhalten. Und, das wurde Sara jetzt klar, genau dieses Bedürfnis nach Aufmerksamkeit hatte auch sie damals in den Bann geschlagen. Oder eher das Resultat, dass der Schüler Martin immer im Zentrum stehen musste und derjenige war, nach dem sich alle Mädchen sehnten. Ihn wollten alle haben, und Sara bekam ihn.

Sie betrachtete ihre Mutter, die Martins Auftritt tatsächlich mit einer Art von Interesse folgte. Auf das Fest hatte sie allerdings nicht gehen wollen. Martin war ein bisschen gekränkt deswegen, aber Sara hatte ihm erklärt, dass Jane nach den Jahren im Haushalt der Bromans immer noch einen Widerwillen gegen große Feiern hatte, weil sie während der Veranstaltungen damals so hart schuften musste. Sie würde sich niemals einfach nur als eine Gästin unter all den anderen Gästen betrachten. Von Jane ließ sie ihren Blick weiter zu Eric und Marie wandern, und sie musste über den Unterschied zwischen ihren eigenen und Martins Eltern nachdenken. Jane war im kommunistischen Polen aufgewachsen und im Alter von sechzehn Jahren nach Schweden geflohen. Allein und ohne Geld oder Kontakte. Dort war sie bei der Familie Broman gelandet, bei denen sie als Dienstmädchen arbeitete, vom Ehemann missbraucht wurde und ihre Tochter Sara bekam, die mit den Broman-Töchtern Lotta und Malin spielte und ihre eigene Mutter, die Putzfrau, erniedrigte, angefeuert von den Spielkameradinnen. Jane hatte sich niemals dazu geäußert, und sie hatte auch nicht erzählt, warum sie bei der Familie Broman gekündigt und mit ihrer Tochter nach Vällingby gezogen war, als diese auf die weiterführende Schule kommen sollte. Sara war deswegen immer wütend auf ihre Mutter gewesen, denn sie hatte den Ort verlassen müssen, den sie als Paradies auf Erden empfunden hatte. Stattdessen war sie in einer deprimierenden Betonvorstadt mit einer Brennpunktschule gelandet. Erst vor ein paar Monaten hatte Sara die Wahrheit erfahren. Stellan hatte versucht, sie in den Geräteschuppen zu locken, in dem er sich an jungen Mädchen vergriff. Sara würde sich bis in alle Ewigkeit für ihren damaligen Zorn schämen und jeden Tag dankbar dafür sein, was ihre Mutter für sie getan hatte.

Eric und Marie waren völlig anders. Beide waren in Bromma aufgewachsen und dem Stadtteil für immer treu geblieben. Mit dreiundzwanzig und einundzwanzig hatten sie geheiratet und waren es jetzt seit fast fünfzig Jahren. Eine glückliche und stabile Ehe. Sie waren sicher und selbstbewusst in ihrem Auftreten. Sonnengebräunt, mit exklusiver Kleidung, hatten die Welt gesehen und in jeder Menge Michelin-Restaurants gegessen. Sie hatten Geld wie Heu und brauchten niemandem etwas zu beweisen. Sie konnten sogar gegenüber Politessen mit zurückhaltender Freundlichkeit agieren.

Ganz zu Beginn ihrer Beziehung hatte Sara sogar noch Erics Vater kurz vor dessen Tod kennengelernt. Gut neunzig Jahre war er alt, Geschäftsführer und mütterlicherseits von adliger Abstammung. Gerade Haltung, ein fester Blick und ein kräftiger Handschlag. Er war 1899 zur Welt gekommen. In einem anderen Jahrhundert und in einer ganz anderen Welt. Im Salon der großen Villa in Bromma hingen die Ölporträts der berühmten Vorväter, und die Wände im Arbeitszimmer von Martins Großvater zierten Urkunden, Wimpel und Embleme verschiedener Geheimorden, von denen Sara nicht einmal geahnt hatte, dass sie existierten. Martin hatte mit leiser Stimme berichtet, wer sie im Einzelnen waren. Freimaurer, WF, Svea Orden, Amaranterorden, Timmermansorden, Odd Fellows. Was sie alle genau taten, davon hatte er jedoch keine Ahnung.

Die Großeltern und die Generationen vor ihnen hatten Martin ein stabiles Fundament gegeben, ein Erbe, das ihn geformt und ihm eine Sicherheit gegeben haben musste, die Sara niemals erlebt hatte. Aber auch die Ansprüche waren hoch. Es gab einen gewissen Druck. Sara hatte nur Jane. Keine Geschichte, keine Wurzeln. Dafür aber war sie frei, diejenige zu werden, die sie werden wollte. Sie brauchte ihre Bühnenkunst nicht auf dem Großbildschirm zu zeigen.

Ein weiteres Mal wurde Martins Auftritt unterbrochen. Dieses Mal lag es nicht daran, dass seine Eltern aufbrachen, sondern an der Ankunft seiner Tochter. Eine verkaterte Ebba stiefelte herein, umarmte ihre Großeltern hastig und sackte auf dem Sofa zusammen.

»Haben wir Cola?«, fragte Ebba, in einem Ton, als würde sie erwarten, das Getränk umgehend serviert zu bekommen.

»Möchtest du nicht lieber ein Glas Wein?«, sagte Sara und hielt ihr Glas unter Ebbas Nase. Sie konnte ein Grinsen nicht unterdrücken, als das Gesicht der Tochter einen leicht grünen Ton annahm, als würde sie sich gleich übergeben müssen.

»Harter Abend gestern?«, fragte Eric und wirkte amüsiert.

»Machst du Witze?«

»Ich hoffe, morgen bist du fitter. So kannst du keine Leute empfangen.«

»Keine Sorge«, antwortete Ebba, wobei unklar blieb, ob sie damit meinte, dass sie sich schon noch rechtzeitig erholen würde oder dass man Leute durchaus verkatert empfangen konnte.

»Fängst du morgen an?«, fragte Marie.

»Ja. Um halb acht.« Der Zeitangabe folgte ein tiefes Seufzen, als wäre ihr eine übermenschliche Pflicht auferlegt worden.

»Tja. Martin wollte ja nicht in Erics Firma eintreten«, sagte Marie in einem leicht beleidigten Tonfall.

»Ich wollte mir etwas Eigenes aufbauen«, wandte Martin ein.

»Du wolltest auf die Bühne«, sagte Eric.

»Aber zuerst wolltest du Schriftsteller werden«, fuhr Marie fort. »Du hast den ganzen Tag geschrieben.«

»Stimmt das?«, fragte Sara verwundert.

»Ja«, antwortete Martin. »Hab ich dir das nicht erzählt?«

»Nein. Hast du die Texte noch?«

Martin schüttelte den Kopf.

»Und danach kam es darauf an, sich zu zeigen«, sagte Marie.

»So ist es wohl immer noch.« Sara deutete mit einem Nicken auf den Fernseher, auf dem das Bild des gestrigen Konzerts eingefroren war.

»Wir waren gut«, sagte Martin und sah seinen Vater an. »Schade, dass ihr es verpasst habt. Wir waren doch gut, Liebling?«

Jetzt wandte er sich Sara zu. Um Unterstützung zu bekommen, dachte sie und rollte mit den Augen.

»Natürlich. Wie immer. Du solltest dich vielleicht als Superstar im Fernsehen bewerben.«

»Findest du?«

Martin sah aufrichtig geschmeichelt aus.

»Es war ein Witz. Du bist fünfzig.«

»Mick Jagger ist achtzig.«

»Mick Jagger ist Mick Jagger. Du bist Martin Titus.«

In dem Augenblick wurden sie von der Türklingel gerettet, die ankündigte, dass die Cateringfirma gekommen war. Martin führte sie in die Küche, um dort das Essen aus den Einwegverpackungen auf dem gold und blau verzierten Versace-Geschirr anzurichten.

Sara ging Olle holen. Wenn es ein Familienessen war, dann galt das für alle. Er antwortete nicht, als Sara anklopfte, und als sie die Tür einen Spalt aufschob, sah sie ihren Sohn vor dem Spiegel stehen, wie er mit den Kopfhörern auf den Ohren die Kamera des Handys auf sich selbst richtete. Er schielte auf seinen Computer und übte offensichtlich »good moves«.

»I'm gospel, I'm blues, I'm Maverick and Goose, I'm Krishna, I'm Buddha, I'm Zeus.«

Das Taktgefühl bewegte sich auf demselben Niveau wie beim Mittsommerfest in Rättvik um etwa drei Uhr nachts. Und als Sara ihren Blick auf den Computer richtete, wurde sie sauer. Jede Menge gertenschlanker Frauen, die sich so gut wie nackt herumräkelten. Und eine Horde junger Männer mit Waffen und Banknoten. Was für ein Scheiß. Sara ging hin und klickte den Film weg. Olle drehte sich blitzschnell zu ihr um und wedelte mit den Händen, dass sie verschwinden solle, während sie ein Wort in das Suchfenster eintrug. »Teletubbies.«

»Schau dir lieber das an. Und komm jetzt essen!«

»Hau ab«, brüllte der genierte Teenager. Und Sara ging. Heute war nicht der Tag, an dem sie den Abgrund zwischen den Generationen überwinden würde.

Stattdessen kehrte sie zu den anderen zurück, erzählte von der Show ihres Sohns und gab den Text so wörtlich wie möglich wieder. »Homies and whores, show no remorse.«

»Der Papa bis unter die Haarspitzen«, sagte Marie amüsiert und nahm vom Grünkohlsalat.

»Das ist doch Uncle Scam«, sagte Martin. »Er liebt Scam. Ich habe ihm versprochen, ihn an beiden Tagen in die Friends Arena mitzunehmen.«

»Das war Uncle Scam?«, sagte Sara. »Mit halbnackten zuckenden Bräuten und Idioten mit Waffen? Auf so ein Konzert geht er nicht.«

»Ich habe es ihm versprochen. Er würde mir nie verzeihen.«

»Du hattest ja sogar eine eigene Bühne im Keller«, sagte Marie. »Wartet mal, ich zeig es euch.«

Ganz bewegt von den Erinnerungen wühlte Marie in ihrer Hermès-Handtasche, bis sie eine Brieftasche derselben Marke fand und ein altes, verblichenes Foto von Martin als Kind herausfischte. Er konnte nicht älter als sechs, sieben Jahre sein und stand auf einer kleinen, gezimmerten Bühne mit einem schwarzen Vorhang im Hintergrund. Er hatte den Fuß auf einen ziemlich hässlichen gelben Hocker mit grünen Blumen gestellt, und in der Hand hielt er ein Spielzeugmikrofon, in das er aus voller Kehle sang.

»Ist er nicht supersüß?«, sagte eine bezauberte Marie zu den anderen, bevor sie sich an ihren Sohn wandte: »Erinnerst du dich daran? Vielleicht solltet ihr so etwas für Olle bauen?«

»Absolut«, sagte Martin. »Mittlerweile kann man auch wirklich alles zu Hause machen. Aufnehmen, abmischen, auf Spotify ablegen, Videos einspielen und auf Youtube teilen. Jeder kann ein Star werden, wenn er wirklich will.«

»Und wenn er Talent hat«, sagte Eric.

»Du, Papa«, sagte Martin. »Uncle Scam ist im Augenblick der meistverkaufte Musiker der Welt. Weißt du, ob irgendeiner deiner Bekannten ein Enkelkind hat, das ihn auch gerne sehen möchte?«

»Enkelkind?«, sagte Eric fast beleidigt.

»Ja, ich dachte ...«

»Du weißt doch, dass von Erics alten Freunden beinahe die Hälfte mit über fünfzig eine neue Familie gegründet hat«, warf Marie ein.

»Ja, also, ich wollte nicht ...«

»Martin«, sagte Eric und betrachtete seinen Teller mit Goldrand. »Kannst du in Zukunft nicht Sara das Gedeck aussuchen lassen?«

Sara gab ihrem Schwiegervater einen Kuss auf die Wange.

14

Sara konnte nicht schlafen. Sie wachte vor fünf Uhr auf und war putzmunter.

»Ich höre an deiner Stimme, dass du dabei bist.«

Hedin kannte sie anscheinend besser als sie sich selbst. Zumindest in diesem Fall.

Sie konnte nicht aufhören, an das ermordete Pastorenehepaar zu denken. Sie hatte das Gefühl, zwei Leben auf ihrem Gewissen zu haben, nur weil sie keine Lust gehabt hatte, ans Telefon zu gehen. Bei Jürgen Stiller konnte sie sich möglicherweise einreden, dass er selbst schuld an seiner Situation war, weil er sich entschieden hatte, als Spion für eine Diktatur zu arbeiten. Aber seine Frau hatte, soweit Sara wusste, nie eine solche Entscheidung getroffen. Sie war mit großer Wahrscheinlichkeit einfach nur deswegen umgebracht worden, weil sie mit dem falschen Mann verheiratet war. Und weil Sara Stillers Warnung nicht abgehört hatte.

Sie blieb noch zwanzig Minuten liegen, um herauszufinden, ob es noch irgendeine Hoffnung gab, wieder einzuschlafen.

Die gab es nicht.

Besonders deshalb, weil Martin neben ihr lag und wie ein verschnupfter Elefant schnarchte.

Schriftsteller, dachte sie, als sie ihren Mann im Halbdunkel betrachtete. Davon hatte sie keine Ahnung gehabt. Sie hatte immer geglaubt, er wäre ein Bühnentier gewesen. Sie fragte sich, ob er über sie geschrieben hätte, wenn er Schriftsteller geworden wäre, und was es in dem Fall gewesen wäre. Bestimmt irgendetwas Quälerisches über den kriechenden Tod der Gefühle während einer langen Ehe. Oder wäre das eher Saras Motiv gewesen? Sie hoffte, dass er darüber geschrieben hätte, wie man wieder zueinander zurückfindet.

Sara stand auf und stellte sich unter die Dusche. Dann ging sie in die Küche, um den knallgelben Moccamaster anzuwerfen. Wie gewohnt war die Tür zur Küche geschlossen, und wie gewohnt saß Walter, der große schwarze Kater, davor und starrte sie vorwurfsvoll an. Martin hatte ihn wie immer über Nacht dort eingesperrt, damit er Ratten fangen sollte. Gamla Stan war an der Oberfläche ein charmanter Wohnbezirk, aber hinter den Fassaden aus dem 17. und 18.Jahrhundert tummelten sich die Ratten. In den Wänden, den Böden und den Abflussrohren. Und Martin hatte Angst vor Ratten. Manchmal wies Sara ihn auf den Widerspruch hin, eine riesige Wohnung in Gamla Stan zu besitzen, wenn man Angst vor diesen Nagern hatte, aber Martin wollte nicht umziehen. Stattdessen setzte er seine Hoffnung in die Katze.

Nachdem die Norwegische Waldkatze ihr Essen bekommen hatte, ging Sara eine Weile in sich. Die Neugier rang mit dem schlechten Gewissen. Schließlich gab sie auf, ging in den Flur und holte die Mappe, die sie von Hedin bekommen hatte.

Hatte sie wirklich geglaubt, dass sie dort liegen bleiben würde? Dass sie Stiller und seine Verbindung zu Stellan vergessen konnte? Ihre eigene Verantwortung für seinen Tod?

Natürlich nicht.

Und natürlich war es kein Selbstmord.

Wie konnte sich Sara so sicher sein, dreihundertfünfzig Kilometer von dort entfernt, ohne den Toten gesehen zu haben, noch am Tatort gewesen zu sein?

»Ohne am Tatort gewesen zu sein …«

Die Worte schwirrten eine Weile in ihrem Schädel herum.

Nein, sie durfte nicht.

Sie musste sich bremsen.

Sie hatte es sich selbst versprochen. Um ihrer Familie willen, wegen der Kinder.

Sich nie mehr in etwas einzumischen, das sie nichts anging. Nie mehr so gegen die Regeln zu verstoßen, dass sie am Ende in einem brennenden Geräteschuppen landete und ihr die Kugeln um den Kopf flogen.

Aber gleichzeitig war sie sich sicher.

Sie würde niemals einen Rückzieher machen.

Niemals würde sie sich einreden lassen, dass die Einschätzung der örtlichen Polizei korrekt war.

Polizisten, die noch nicht einmal einen Bruchteil davon gesehen hatten, wie die Vergangenheit nach wie vor die Gegenwart beeinflusste. Und wie alte Allianzen noch nach Jahrzehnten über das Leben und Sterben von Leuten entschieden.

Sara selbst war Zeugin davon geworden, wie tödlich alte Geheimnisse sein konnten. Sie konnte Stillers Tod nicht guten Gewissens ignorieren. Vielleicht war er der Erste in einer ganzen Reihe von Todesfällen. Genau wie bei Stellan.

Sie musste einfach den Tatort mit eigenen Augen sehen, bevor sie die Sache auf sich beruhen lassen konnte, sich davon überzeugen, dass sie nichts weiter tun konnte. Sie musste sich sicher sein, dass die örtliche Polizei nichts übersehen hatte. Mehr war es nicht. Und auf diese Weise konnte sie sich einreden, dass sie es tatsächlich ihrer Familie zuliebe machte. Damit es nicht liegen blieb und an ihr nagte. Damit sie es hinter sich lassen konnte.

Und so hatte sie sich um halb sechs am Morgen auf den Weg gemacht. Sie fuhr weit schneller als erlaubt und war deutlich vor neun Uhr angekommen, obwohl die Straßen schmal und kurvig waren, nachdem sie bei Mjölby von der Autobahn abgefahren war. Sara mochte diese Art von Straßen, die immer noch den alten Viehwegen folgten, aus denen erst Schotterwege geworden waren, bevor man sie später verbreitert und asphaltiert hatte. So grundsätzlich anders als die seelenlose E4, die permanent umgebaut wurde, um sie noch gerader und schneller zu machen und sie immer weiter entfernt von jeder Bebauung verlaufen zu lassen. Sie erinnerte sich daran, dass die E4 früher Tintomaras plats überquerte, als sie direkt durch Norrköping und Linköping verlief. Vor langer Zeit wurde sie sogar über die Götgatan mitten durch Södermalm geführt. Jetzt war die Europastraße nichts als eine kleinere Autobahn. Aber die Landstraße, auf die man bei Mjölby abbog, kurvte durch eine sagenhaft schöne Natur. Seen, Wiesen und Bauernhöfe. Und eine Zisterne in Boxholm, die wie ein riesiger Käse bemalt war. Hatte es darum nicht einen Riesenstreit gegeben, um den Schnittkäse? Weil die neuen Eigentümer die Herstellung des Boxholmkäses woandershin verlegen wollten? Und dann kam man durch die Pelzstadt Tranås, in der wohl niemand mehr Pelz kaufte. Zwanzig Kilometer später, wieder zurück in Östergötland, bog Sara zur Kirche von Torpa ab. Bubbetorp. Seltsame Namen. Ein Schild nach Solviken. Einzelne rote Häuser mit weißen Balken. Eine Scheune. Ein Teich. Und kurze Zeit später eine hübsche Kirche auf der rechten Seite, über einem See, der laut ihrer Karten-App den Namen Sommen trug.

Hinter der Kirche ein Feld, das auf und ab wogte, wie eine Hängematte. Gegenüber eine Reihe Häuser, und dann hinter einer dichten Hecke das rot gestrichene Pfarrhaus.

Die Einfahrt war nicht abgesperrt, also fuhr Sara einfach auf den Hof und parkte den Wagen. Blieb noch ein paar Sekunden sitzen und betrachtete das Haus. Es schien aus dem 19. Jahrhundert zu stammen, war vielleicht aber auch bedeutend älter. Gestrichen in klassischem Falunrot mit weißen Balken. Zwei Stockwerke und zwei Nebengebäude, in der Mitte eine Kiesfläche.

Die weißblauen Absperrbänder verliehen dem ruhigen Ort eine dramatische Note, wenn man nicht, wie Sara, ziemlich abgehärtet war. Für sie waren die Bänder in erster Linie eine Arbeitsplatzbeschreibung.

Sie stieg aus dem Auto und zögerte einen Augenblick. Sollte sie es wirklich tun? Sie könnte auch wieder einsteigen und nach Hause fahren, dann wäre nichts passiert.

»Vielleicht wird es eine Synodenfrage.«

Sara drehte sich um und sah zwei Gestalten, die sie von der Hofeinfahrt aus betrachteten. Eine ältere Frau und ein riesiger Mann mit langem Bart. Es war die Stimme der Frau gewesen, die sie gehört hatte, und jetzt fuhr der Mann in einem besänftigenden Ton fort:

»Meine Mutter versucht zu sagen, dass das Pfarrhaus gesperrt ist. Der Pfarrer ist von uns gegangen. Mögliche Ansinnen sollten also an das Kirchenamt in Linköping gerichtet werden.«

»Was ich zu sagen versuche?! Ich habe es gesagt.«

»Auf deine ganz eigene Weise.«

»Kannten Sie Stiller?«, mischte Sara sich ein und ging ein paar Schritte auf sie zu.

»Nicht näher. Er hat das getan, was er tun sollte, bedankte sich und ging wieder.«

»Meine Mutter meint, dass er am Kaffeekranz des Heimatvereins teilgenommen hat, aber nicht mehr sagte, als er sagen musste.«

»Danke, ich kann selbst erklären, was ich meine.«

Der kräftige Sohn wedelte mit den Armen, als wollte er sagen: Mach doch, was du willst.

»Wie war er als Mensch?«, fragte Sara. »War er labil? Depressiv?«

»Deutsch.«

»Aha?«

»Kurz angebunden, effektiv, eigenbrötlerisch. Die Frau ebenso.«

»Mutter hat ein ganz eigenes Bild von den Deutschen, wie Sie hören.« Zornige Blicke flogen zwischen den beiden hin und her.

»Haben Sie in letzter Zeit fremde Menschen hier gesehen? Autos, die Ihnen nicht bekannt waren?«

»Von uns aus sehen wir nicht die Vorderseite des Hauses. Wir wohnen auf der anderen Seite des Baches«, erklärte die Frau.

»Der eigentlich eine Ausbuchtung des Sees ist. Sie ist nur völlig zugewachsen.« Die Hand des Sohns bewegte sich zum Kinn und verschwand im Bart.

»Die Abwässer aus der Fabrik in Boxholm waren so stickstoffreich, dass das Schilf nur so durchging.«

»Das Schilf ging durch … sprich doch bitte so, dass man dich versteht.«

Sara verfolgte das Pingpong-Match zwischen den beiden, sah ein, dass es noch lange dauern und kaum anders als unentschieden enden konnte. Also beschloss sie, weitere Erkenntnisse alleine zu gewinnen.

»Danke für die Informationen, ich muss jetzt weiterarbeiten.«

»Sind Sie Polizistin?«, fragte der rauschebärtige Riese. Sara zeigte ihren Ausweis, überlegte, ob das eine schlaue Idee war, ließ den Gedanken aber direkt wieder fallen.

»Er spielte Musik«, sagte der flauschige Hüne. »Lalle aus dem Pächterhaus kam am Freitagabend vorbei und sagte, dass er Musik aus dem Haus gehört hätte.« Er nickte zum Pfarrhaus hinüber. »Eine Art Hardrock oder eine Oper, sagte er. Das war allerdings nie Stillers Stil.«

»Was wissen wir schon«, sagte die ältere Frau.

»Was alle wissen«, konterte der Sohn.

»Ja, was alle wissen. Was wir alle wissen.«

Sara vermutete, dass sie nicht mehr aus den beiden herausholen konnte, bedankte sich, drehte sich um und ging zum Haus.

Das Pfarrhaus war natürlich abgeschlossen, und auch an den üblichen Stellen konnte Sara keinen Ersatzschlüssel finden.

Aber sie hatte ja einen Ellenbogen.

Sie ging auf die Rückseite, vergewisserte sich, dass die Luft rein war, wandte sich mit dem Rücken der Hintertür zu und trieb den Ellenbogen durch die Scheibe. Das Glas fiel mit einem leisen Klirren auf den Fußboden, und Sara konnte ohne Probleme die Hand hineinstecken und die Tür von innen öffnen. Ein gutes altes Kammerschloss mit einer Klinke auf der Innenseite. Als sie über die Schwelle stieg, war es zu spät, einen Rückzieher zu machen.

Die breiten Dielenbretter knarrten vorwurfsvoll. Sie versuchte nur über die gewebten Flickenteppiche zu gehen, aber es war im Grunde unmöglich, sich lautlos im Pfarrhaus zu bewegen. Sie sah sich um. Eine Geige hing an der Wand und machte ihr ein schlechtes Gewissen, weil sie selbst so gut wie gar nicht spielte, aber nach dem Staub zu urteilen war diese Geige auch nicht häufiger in Benutzung als ihre eigene es gewesen war, bevor sie sie aus Wut darüber, dass die Bromans ihr das Instrument geschenkt hatten, kurz und klein geschlagen hatte. Bestickte Tücher hingen an den Wänden, mit Botschaften wie »Hab Sonne im Herzen, dann komme was mag, das leuchtet voll Licht dir den dunkelsten Tag!« oder »Früh zu Bett und früh aufstehen macht gesund, reich und klug«. An einer anderen Wand Dutzende von Fotografien von Brautpaaren mit handgeschriebenen Danksagungen für die gelungene Hochzeitsfeier. Ein Wohnzimmer mit einem Schaukelstuhl, ein verzogener Klapptisch und ein altertümliches Schlafsofa, bei dem man den Deckel heben und den Boden herausziehen musste. Die Luft roch feucht und abgestanden.

Zimmer für Zimmer ging Sara durch das Haus. Nirgendwo ein Abspielgerät für Musik, bemerkte sie. Ein bescheidenes Transistorradio, das zu klein war, um bis auf die Straße zu schallen. Blutflecken im Flur des Obergeschosses, und unten in der Küche war immer noch der Knoten mit einem Stück des abgeschnittenen Seils am Haken in der Decke befestigt. Hatte man die Fingerabdrücke vom Knoten genommen oder war man so überzeugt von einem Selbstmord, dass man gar nicht nach weiteren Spuren gesucht hatte? Cederqvist hatte nichts von einer technischen Untersuchung erwähnt. Aber es musste eine Untersuchung gegeben haben, nur hatte man wahrscheinlich nichts gefunden.

Abgesehen davon, dass die Opfer abtransportiert worden waren, schien nichts verändert worden zu sein. Die Bibel lag noch auf dem Küchentisch, aufgeschlagen beim Matthäus-Evangelium, siebenundzwanzigstes Kapitel. Hedin hatte recht, es war überdeutlich. Es sah beinahe so aus, als wollte der Mörder testen, wie unbedarft die Ermittler waren.

Sie blätterte in der Bibel, ohne genau zu wissen, warum. Wie die meisten es machen, dachte sie. Wenn überhaupt, dann sollte man doch hier, im Haus des Toten, einen Hinweis darauf finden können, warum er umgebracht worden war. Aber wo?

Sara durchsuchte jedes Zimmer, Quadratmeter für Quadratmeter. Hatten solche alten Pfarrhäuser vielleicht Geheimgänge oder versteckte Räume? Gegen halb elf erreichte sie das Arbeitszimmer des Pfarrers, in dem viele Regale mit Büchern und Schriften standen. Theologie und Geschichte, aber nichts über Politik. Ein paar Schreibhefte und ein Tagebuch auf Deutsch. Nachdem sie eine gute halbe Stunde durch alle Bücher geblättert hatte, ohne irgendwelche mystischen Aufzeichnungen oder lose Zettel zu finden, setzte sie sich mit Stillers Tagebuch an den Tisch. Von Saras Schuldeutsch war nicht mehr allzu viel übrig, aber genug, um den Inhalt im Großen und Ganzen zu verstehen. Die meisten der Aufzeichnungen handelten von alltäglichen Vorkommnissen und den kirchlichen Aufgaben, die auf den Schultern eines Seelenhirten in einer ländlichen Gemeinde ruhten.

In einer Zigarrenschachtel, versteckt im Bücherregal hinter einem mehrbändigen Bibellexikon, fand sie Tausende von Kronen in Münzen und Scheinen, zusammen mit einer Liste von Namen, Daten und Beträgen. Sara stellte fest, dass alle Daten Sonntage waren und viele Namen sich wiederholten, also vermutete sie, dass Stiller Buch darüber führte, wie groß die Kollekten seiner Gemeindemitglieder waren. Und dass er das Geld für sich selbst behielt.

Sara durchwühlte alle Schubladen im Schreibtisch, sie zog den Teppich zur Seite und die Bücherregale von der Wand, ohne irgendetwas zu finden.

Schließlich stellte sie sich in den Türrahmen und ließ den Blick noch einmal durch den Raum schweifen.

Sie hatte alles kontrolliert.

Tja, außer dem Klassiker unter den Verstecken, dachte sie dann.

Die Unterseite der Schubladen.

Sie ging noch einmal zum Schreibtisch und zog alle Fächer heraus, und tatsächlich fand sie dort etwas. Unter dem Boden der unteren rechten Schublade war ein Zettel festgeklebt. Darauf standen mit roter Tinte in einer schnörkeligen, pedantischen Handschrift folgende Zeilen:

Messer 100
Axt 100
Faust 100
Lorelei 100

Das war das einzig Bemerkenswerte, was Sara fand, und die Platzierung des Zettels sprach dafür, dass es wichtig war.

Außerdem sagten ihr einige der Wörter durchaus etwas.

Axt und Faust.

Oder?

Doch. Sara hatte sie irgendwo schon gesehen.

Und es dauerte nicht lange, bis es ihr wieder einfiel.

Hedins Papiere.

Decknamen für ehemalige Stasi-Mitarbeiter.

War es einer von ihnen, der Stiller getötet hatte? Oder waren sie in etwas verwickelt, das zu seinem Tod geführt hatte? War es ein weiterer Spionagering? Und was bedeuteten die Zahlen.

Sie rief Hedin an, erreichte aber nur ihren Anrufbeantworter. Sie las die Liste mit den Decknamen und den Zahlen vor, fest davon überzeugt, dass diese Information auch die Forscherin anstacheln würde.

Sara sah sich um und dachte nach, kam zu dem Schluss, dass sie das gefunden hatte, was hier zu finden war. Sie holte eine Rolle Klebeband und eine Plastiktüte aus der Küche, verschloss das Loch in der Scheibe der Hintertür und verließ das Haus.

Sie blieb noch eine Weile stehen und bewunderte die Aussicht über den See und die Kirche. Unten am Ufer weideten ein paar Kühe. Einige Boote fuhren auf dem See, und dunkler, dichter Fichtenwald erhob sich auf der anderen Seite. So idyllisch konnte man wohnen, wenn man Spion war. Sara überlegte, ob es Gottes Wille war, dass Stiller so angenehm wohnte, oder ob er nur sein schreckliches Ende bestimmt hatte.

Gegen halb zwölf setzte sie sich wieder ans Steuer. Sie rief die Polizei in Linköping an und berichtete, dass sie im Zusammenhang mit dem Mord an Stellan Broman auf ein paar Decknamen gestoßen war, die mit Stiller in Verbindung gebracht werden konnten und von denen sie annahm, dass sie auch im Zusammenhang mit seinem Tod relevant sein könnten. Sie sagte nichts darüber, wo sie sich befand. Cederqvist schrieb die vier Namen auf, und aus einer plötzlichen Idee heraus bat Sara ihn zu kontrollieren, ob auf den Bankkonten des Pfarrers ungewöhnliche Geldbewegungen festzustellen waren. Besonders Beträge von einhunderttausend, Kronen oder Euro, wären interessant für sie. Oder vielleicht auch in Dollar.

Cederqvist antwortete mit einem langen, umständlichen Vortrag, der darauf hinauslief, dass er, wenn er Sara über seine Erkenntnisse informiere, auch von ihrer Seite erwarte, dass sie ihm alles mitteile, was sie herausfände, selbst wenn es bei einem tragischen Selbstmord und dem tragischen Tod einer Angehörigen wohl nicht so viel zu finden gebe.

»Selbstverständlich«, antwortete Sara, ohne es zu meinen.

Als sie durch das kleine Dorf Hestra fuhr und an einem Gebäude vorbeikam, das früher ein Lebensmittelgeschäft gewesen sein musste, wählte sie die Nummer von Brundin bei der Säpo. Man konnte ja mal einen kleinen Bluff wagen.

»Brundin.«

»Wer hat Stiller umgebracht?«

»Ich weiß nicht, wovon Sie sprechen.«

»Doch. Von Jürgen Stiller. Koch. Erhängt. Sollte wie ein Selbstmord wirken, aber es war wie aus dem Lehrbuch inszeniert, beinahe eine Provokation. Wer hat es getan? Messer, Axt, Faust oder Lorelei?«

»Kein Kommentar.«

»Sie wissen, dass ich nicht lockerlassen werde.«

Denn so war es.

Allein die Möglichkeit, dass sie die Schuld an diesen beiden Morden tragen könnte, reichte schon aus. Das Mindeste, was sie tun konnte, war, den Täter zu finden. Das war sie Stiller vielleicht nicht schuldig, aber ganz gewiss seiner unschuldigen Frau. Sie würde nicht lockerlassen.

15

Sie hatte noch nie zuvor die Fähre von Slagsta genommen. Eine gelbe Autofähre von Skärholmen nach Ekerö. Langsam kreuzte das Fahrzeug den Sund unter dem Gekrächze von Möwen und dem Geplätscher der Wellen, als befänden sie sich in einer ganz eigenen Blase, weit weg von der Großstadt und der Hektik. Obwohl sich ganz in der Nähe die E4 und eine Reihe von Trabantenstädten befanden.

Es war schon fast drei Uhr. Sara hatte Torpa um halb zwölf verlassen. Sie war ein paar Stunden verspätet, hoffte aber, dass ihre Kollegen glaubten, das hätte dienstliche Gründe. Was sie in gewisser Weise ja auch waren. Die Überfahrt dauerte nicht länger als zehn Minuten, aber es fühlte sich an, als würde die Zeit dort draußen auf dem Wasser stillstehen. In den Armen und im Rücken spürte sie die sieben Stunden Autofahrt, aber hier konnte das Gehirn ein bisschen zur Ruhe kommen. Sich auf ihren eigentlichen Job einstellen.

An beiden Fährhäfen standen Männer und angelten. Männer in jedem Alter, die meisten schienen Migranten zu sein. Bewohner von Fittja, Skärholmen oder den anderen benachbarten Vororten, nahm sie an. Wussten sie, was in dem See, in dem sie angelten, verklappt wurde? Vielleicht lagen überall im Mälaren Leichen herum. Vielleicht lebten die Fische, die die Männer an Land zogen, von Menschenkörpern, die sich langsam am Seegrund auflösten. Würden sie genauso eifrig fischen, wenn sie das wüssten?

Sara dachte darüber nach, dass die Festnahme des Lasermanns in ihrer Jugend vor allem einem Angler zu verdanken gewesen war, der einen Revolver aus dem Wasser gefischt hatte, den der Lasermann von der Lidingöbrücke ins Wasser geworfen hatte. Manchmal schien ihr Beruf auf die gleiche Weise zu funktionieren: ein planloses Herumfischen, das äußerst selten und nur mit einer großen Portion Glück zu einer Festnahme führte. Die Affäre mit dem DDR-Spionagering bewies allerdings eher das Gegenteil. Da war es gerade Saras Sturheit und Zielstrebigkeit gewesen, die zur Lösung geführt hatte.

Bald würden diese Fähren vielleicht nicht mehr existieren, wenn die westliche Umgehungsstraße erst einmal fertiggestellt war. Die Tunnel würden mitten im pittoresken Ekerö wieder an die Oberfläche kommen. Man sprengte und grub mit vollem Einsatz, und das schon seit mehreren Jahren. Ein rücksichtsloser Kahlschlag unter den beifälligen Blicken der Politiker. Wunden, die in die idyllische Natur gerissen wurden, wie mit einem Axthieb, der eine hübsche Oberfläche spaltete. Die Verantwortlichen würden den Menschen im Gedächtnis bleiben, aber nicht so, wie sie geglaubt hatten. Das Schlimmste daran war allerdings, dass die Schuldigen niemals vor Gericht gestellt werden würden. Sie hatte ein ganzes Berufsleben lang Verbrecher gejagt und hätte diese Schurken ebenfalls gerne zur Strecke gebracht.

Zurück in die Gegenwart. Ermittlungsleiter Bielke war mit dem Taucherteam auf Ekerö. Bewohner des in der Nähe gelegenen Kolbotten hatten ausgesagt, dass das Boot, zu dem die beiden Toten die Schlüssel besaßen, schon mindestens ein halbes Jahr dort liege und auch schon einige Male benutzt worden sei, von Männern, die über den Waldweg gekommen seien und ihren großen SUV auf dem Wendeplatz abgestellt hätten. Einmal hatte auch jemand beobachtet, dass das Boot eine Weile ganz still mitten im See lag, und deshalb stand Bielke jetzt hier und überwachte die Suche der Taucher nach weiteren Leichen.

»Du bist spät dran.«

Axel Bielke sah ihr direkt in die Augen, wie er es immer tat, wenn er mit jemandem redete. Ein fester, beinahe durchdringender Blick, aus Augen, die niemals zu zwinkern schienen. Sein Alter war schwer zu erraten. Er war grauhaarig, hatte bereits Falten im Gesicht, aber einen athletischen Körper und hielt sich aufrecht, sodass er jünger wirkte als die meisten seiner Kollegen, die unter ihm arbeiteten und jünger waren. Trotzdem musste er über sechzig sein, dachte Sara. Aber elegant, immer noch ein Alpha-Mann. Stets stilsicher gekleidet, ganz egal, ob er einen Anzug trug oder eine Jeans mit Polo-Hemd. Kurze Haare, austrainiert, beinahe militärisch. Ein aufmerksamer Chef, der zuhören konnte, aber auch Gehorsam einforderte, wenn er eine Anweisung gab. Sara überlegte, ob er sich von den jüngeren Kräften bedroht fühlte, herausgefordert als Leittier. Aber er machte ganz und gar nicht den Eindruck.

Sara versuchte es mit einem entschuldigenden Lächeln, aber es fühlte sich eher wie eine Grimasse an.

»Ja, tut mir leid. Ich musste etwas erledigen.«

Bielke musterte sie plötzlich mit einer noch größeren Intensität.

»Kein anderer Fall, in den du dich einmischst, hoffe ich?«

»Nein.« Sara wurde nervös. Wusste Bielke etwas? Würde er sie weiter ausquetschen? Aber es machte nicht den Anschein. »Warum sollte ich?«

»Ich habe von der Sache mit Stellan Broman gehört. Und ich möchte nicht, dass andere Fälle dich von deiner Arbeit abhalten.«

»Das wird nicht passieren. Versprochen.«

Bielkes Blick blieb noch eine Sekunde an Sara hängen, als müsste er noch abwägen, ob er ihr trauen sollte oder nicht.

»Gut«, sagte er schließlich und schaltete schnell zum aktuellen Fall um. »Polen. Jozef Koson und Adam Wiernik. Mitteleuropäische Gangster der alten Schule, laut Interpol. Fingen als Fußball-Hooligans in einem der gewalttätigen Fanclubs an, die es dort unten gibt. Dann wurden sie in rechtsextremistische Kreise hineingezogen und mehrfach für Gewaltverbrechen verurteilt. Diese beiden Herren im Speziellen trugen Wisła-Krakow-Tätowierungen auf dem ganzen Körper. Ein Verein mit extrem gewalttätigen Anhängern, die dazu noch rechtsextremistisch ausgerichtet waren und offen nationalsozialistische Symbole trugen. Vermutlich waren sie es mit zunehmendem Alter müde geworden, Bier zu trinken und sich auf der Straße zu prügeln. Aber bei ihrem Gewaltpotential waren sie wohl perfektes Rekrutierungsmaterial für kriminelle Netzwerke, die Geldeintreiber oder Fußsoldaten suchten.«

»Aber darüber wusste Interpol nichts?«

»Nein, die beiden Toten haben sich in den letzten Jahren offensichtlich im Hintergrund gehalten. Vielleicht ist offene Gewaltanwendung nicht mehr ihr Metier.«

»Und was haben sie hier gemacht?«

»Unklar. Drogen? Unbezahlte Schulden? Kampf um Marktanteile? Oder es war einfach ein bezahlter Auftrag. Manchmal heuern die Gangs ja Leute von außerhalb an, um ihre Spuren zu verwischen. Vielleicht waren sie schon zu Profikillern aufgestiegen. Wir müssen einfach hoffen, dass das nicht der Beginn neuer Bandenkriege ist.«

Sara verstärkte den Griff um den Autoschlüssel, als ihr plötzlich einfiel:

»Warum haben sie nicht die Fähre genommen?«

»Was?«

»Warum sie nicht mit der Fähre gekommen sind? Bekas

wohnte direkt hinter dem Fähranleger auf der anderen Seite des Sunds. Mit der Fähre wäre es am schnellsten gegangen.«

»Die Fähre?«

»Von Slagsta. Norsborg. Aber sie sind über Bromma gekommen.«

»Ja, entweder wussten sie zu Anfang nicht, wohin sie sollten, oder sie sind nicht an seiner Heimadresse aufgebrochen.«

»Aber er hat sich dort versteckt, in dem Viertel, in dem er Freunde hatte, bei denen er untertauchen konnte. Warum hätte er von dort aufbrechen sollen? Ganz alleine, ohne Freunde?«

»Ja, das ist eine gute Frage.«

»Haben die Taucher etwas gefunden?«

»Sie müssen ein sehr großes Gebiet absuchen. Ich denke nicht, dass wir uns große Hoffnungen machen sollten.«

»Und was machen wir danach?«, wollte Sara wissen.

»Wir warten auf die Verbindungslisten von Bekas Handy vom letzten Tag, untersuchen die Mobilkontakte der anderen Gangmitglieder, fragen seine Freunde, ob es Verbindungen nach Polen gegeben hat, beobachten rivalisierende Gangs. Ich versuche ein paar Leute von der Fahndung dafür freizustellen. Und dann müssen wir noch ausführlicher mit allen reden. Normalerweise sind das ja keine Typen, die sich mit uns unterhalten, aber vielleicht finden wir irgendwo ein Schlupfloch, um an sie heranzukommen.«

»Okay, was übernehme ich?«

»Bielke.«

Sara hatte nichts gehört, aber ganz offensichtlich hatte jemand angerufen, denn Bielke sprach in sein Handy. Seine Augen wurden immer schmaler, je länger das Gespräch dauerte.

»Wir sind auf dem Weg«, teilte er schließlich mit, bevor er das Gespräch beendete. »Komm«, sagte er zu Sara, ohne sie anzusehen, und lief zu seinem Auto.

»Was ist?«

»Sie haben auf den Chef einer rivalisierenden Gang geschossen.«

»Ich nehme mein Auto.«

»Nicht die Fähre. Wir fahren über den Essingeleden. Und schalte das Blaulicht an.«

Auf dem Weg in die Stadt folgte Sara Bielke mit einhundertvierzig über den Ekerövägen und mit einhundertsechzig über den Essingeleden nach Süden Richtung Alby Centrum.

Bei dem Opfer handelte es sich um George »Jojje« Taylor Jr., sechsundzwanzig Jahre alt, aus Botkyrka, Vater aus Südafrika, Mutter aus Kungsör. Eins neunzig groß und auffallend durchtrainiert, mit einem Kampfgewicht von annähernd einhundert Kilo, wovon nur wenige Gramm aus Fett bestanden. Blendend weiße Zähne, dunkelbraune Augen und das Haar in Cornrows. Getroffen von drei Schüssen, die von einem Schützen abgegeben wurden, der auf dem Rücksitz eines frisierten Mofas saß. Jojje hatte ebenso viel Glück wie sein Angreifer Pech gehabt hatte. Keine der drei Kugeln hatte ein lebenswichtiges Organ getroffen, also war er bei Bewusstsein, als Sara und Bielke eintrafen. Die Angreifer dagegen waren gestürzt, als sie eine Verkehrsinsel überquerten. Der Schütze verlor dabei das Bewusstsein, und zudem löste sich ein Schuss in den Rücken seines Fahrers. Weil die Lage für die Mopedfahrer kritischer war als für Jojje, hatte das erste Rettungsfahrzeug, das gemeinsam mit der Polizei eingetroffen war, den Schützen zuerst behandelt, und die Polizisten hatten ihn noch währenddessen festgenommen.

Der Leiter der ersten Einheit, die vor Ort war, konnte Sara und Bielke darüber informieren, dass dieser George Taylor Jr. der Anführer einer rivalisierenden Gang war und es sich bei dem Schützen um Ismail, den fünfzehnjährigen Bruder des ermordeten Cesar Bekas, handelte.

»Habt ihr Bekas umgebracht?«, war Bielkes erste, sehr direkte Frage an Jojje. Sie hatten nur wenige Minuten zur Verfügung, bis der nächste Rettungswagen eintraf. Und Schussverletzungen waren natürlich wichtiger als Polizeiverhöre.

Jojje grinste nur breit.

»Wart ihr das?«, wiederholte Bielke.

»Bruder, ernsthaft, warum sollten wir das tun?«

»Und warum will dich dann jemand erschießen?«

»Vielleicht war das ein Fan vom AIK Solna? Ich bin ja für Hammarby.« Jojje lächelte erneut. Ein breites, selbstsicheres Grinsen. Sara kannte diese Attitüde von anderen Alpha-Männern in seiner Welt. Es ging nicht darum, lustig zu sein, sondern selbstsicher.

»Worüber streitet ihr euch? Drogen? Ein Mädchen? Wie die Beute aufgeteilt wird?«

»Mann, du hast zu viele Folgen von *Schnelles Geld* gesehen, Bruder. Wir sind keine Kriminellen, wir sind Geschäftsleute. Sieh mal.«

Jojje zeigte auf etwas, und Sara und Bielke folgten dem Finger mit ihren Blicken.

»Pizzeria St.Tropez. Die gehört mir. Und noch drei weitere. Und eine chemische Reinigung. Und ein paar Kioske. Seid ihr hungrig? Geht rein und holt euch 'ne Pizza. Die Besten am Ort. Ich lade euch ein. Grüßt einfach von mir. Nehmt ›King of the world‹, die krasseste Pizza in the fucking world. Alles drauf. Alles. Aber vergesst das Trinkgeld nicht.«

»Und warum schießt ein Fünfzehnjähriger drei Mal auf den Besitzer einer Pizzeria?«

»Vielleicht, weil er kein Bier kaufen durfte? Du weißt, wir schauen uns jeden Ausweis an.«

Jojje drückte mit der Hand auf einen der Verbände auf den Schusswunden und verzog das Gesicht vor Schmerz.

»Er ist noch ein Kind.«

»Er schießt auch wie ein Kind«, sagte Jojje, betrachtete seine Verletzungen und lachte.

»Das Letzte, was wir gebrauchen können, ist ein neuer Bandenkrieg«, fuhr Bielke fort.

»Dann fangt keinen an.« Jojje zuckte mit den Schultern.

»Du weißt, was ich meine.«

»Hey, ich fange keine Kriege an.«

»Aber du rächst dich, wenn du angegriffen wirst?«

»Würdest du das nicht?«

»Ich würde mit der Polizei sprechen.«

»Mit dir selbst? Mann, wie creepy.«

Bielke sah Taylor Jr. direkt in die Augen.

»Keine Rache«, sagte er mit Nachdruck.

Jojje zog die Augenbrauen hoch.

»Wofür soll ich mich rächen? Dass sie wie Nutten fahren? Ernsthaft, das war kein Fünfzehnjähriger, der auf mich geschossen hat.«

»Nein?«

»Das war ein Schwede im Anzug. Sah aus wie ein Banker von Nordea. Du weißt ja, viele Anzugheinis hier, die für Ärger sorgen. Wollte baltisches Geld über unsere Pizzerien waschen. Also hol mal den Vorstand von Nordea zur Täteridentifizierung rein, dann kann ich ihn dir zeigen. Oder beschützt ihr Kriminelle?«

Bielke drehte sich um und ging ohne ein Wort, und Jojje richtete seine Aufmerksamkeit auf Sara.

»Wie heißt du?«

»Beyoncé.«

Jojje lächelte.

»Hübscher Name. Gibst du mir deine Nummer?«

»Die brauchst du nicht.«

»Möchtest du nicht, dass ich dich anrufe.«

»Nein.«

»Und wenn ich etwas weiß?«, bohrte der Gangleader weiter.

»Ihr redet doch nicht mit der Polizei?«

»Ihr? Wer ist Ihr? Ihr Kanacken?«

»Kriminelle«, erwiderte Sara knapp.

»Ich bin kein Krimineller, das habe ich doch gesagt. Ich bin Geschäftsmann. Ich besitze eine Firma. Ich helfe der Polizei immer, wenn ich kann. Der reinste Schwiegermuttertraum. Wie ist deine Nummer?«

»Kein Date.«

»Nein, nein, ich schwöre. Nur, falls ich etwas höre, Bruder.«

Sara gab Jojje ihre Nummer und überlegte, ob sie sich geschmeichelt oder beleidigt fühlen sollte, weil er sie Bruder nannte.

»Oder falls du mal meine Pizza probieren willst?«, sagte er und blickte Sara mit einem vielsagenden Lächeln tief in die Augen.

»Hör zu, du Lustmolch. Ich bin zwanzig Jahre älter als du.«

»Zwanzig? Pff. Was spielen Zahlen schon für eine Rolle? Bist du etwa Buchhalterin?«

»Nein, und ich bin auch nicht dumm.«

»Es macht mich einfach scharf, dass du keine von diesen Tussis bist, die nicht wissen, was sie wollen. Weißt du, von denen hatte ich schon Hunderte. ›Soll ich es so machen?‹ ›Wie willst du mich haben?‹ Langweilig.«

»Und ich finde dich langweilig.«

Der nächste Rettungswagen traf ein, die beiden Sanitäter stiegen aus und klappten die Liege auseinander, auf die sie George Taylor jr. hinaufhalfen. Bevor sie mit ihm davonrollten, hielt er sie kurz mit einer erhobenen Hand an und lächelte Sara noch einmal an.

»Wenn du wüsstest, was für ein Kick es wäre, dich zu verführen! Als würde man einen Löwen schießen.«

»So siehst du mich? Als Jagdwild?«

»Ja. Magst du das?«

»Es kotzt mich an. Dein Glück, dass du nicht gesagt hast, du wolltest die alte Schachtel rumkriegen.«

Sara drehte sich um und ging. Die Rettungssanitäter schoben die Liege in den Wagen, während George Sara mit einem verblüfften Gesichtsausdruck hinterhersah.

»Wo ist denn hier eine alte Schachtel?«

16

»Ich habe eine Antwort von meinem Kontakt in Berlin bekommen.«

Hedin hatte sich weder vorgestellt noch gegrüßt, sondern war direkt zur Sache gekommen. Zu beschäftigt für Formalitäten. Sara hatte offensichtlich richtig gelegen mit der Annahme, dass Stillers Liste sie in Fahrt bringen würde.

»Ja?«

»Diese Decknamen, die du mir gegeben hast. Dazu gibt es tatsächlich Informationen.«

»Wirklich? Super.«

Sara fuhr auf eine Tankstelle in Höhe von Ikea, um nach Papier und Stift für Notizen zu suchen.

»Nicht am Telefon«, sagte Hedin. »Kannst du gut zeichnen?«

»Was? Nein. Warum?«

Sara starrte misstrauisch auf den alten, vertrockneten Kugelschreiber mit der Aufschrift: »Werde Blutspender. Auch du.«

»Dann such dir ein Bild aus einer Zeitschrift oder so etwas. Irgendein Motiv, das gut als Tattoo aussieht. Eine Blume oder einen Delfin oder was auch immer.«

»Ich würde mich niemals tätowieren lassen.«

»Klar, stell dir einfach vor, dass du es wolltest. Nimm dieses Bild mit zu Black Rebel in der Folkungagatan 142. Geh rein, zeig das Bild und sag, dass ›Für Eva‹ darunter stehen soll.«

»Was? Soll das ein Witz sein?«

»Warum sollte ich Witze machen?«

Hedin klickte das Gespräch weg.

Ein Tattoo?

So etwas würde sich Sara natürlich im Leben nicht anschaffen, aber ansonsten beschloss sie, das zu tun, was Hedin ihr gesagt hatte. Und sei es nur, um festzustellen, was am Ende dabei herauskam.

Sie sah sich um und betrachtete die menschenleere Tankstelle. Sie ging hinein und kaufte sich die nächstbeste Zeitschrift. *Magazin M.* Sie bezahlte und ging zurück zum Auto. Blätterte die Illustrierte hastig durch. Wirtschaftstipps, Gesundheit, Kultur. Keine großartigen Tattoo-Motive. Eine Einrichtungsseite mit der Abbildung eines klassischen alten Rörstrandservices, Swedish Grace, das musste reichen. Warum sollte man sich nicht eine Suppenschüssel auf die Schulter tätowieren lassen?

Sie fuhr wieder auf die E4 in Richtung Södermalm.

Black Rebel Tattoo lag am Ende der Folkungagatan, direkt bevor es zum Londonviadukt und den Finnlandfähren hinunterging. Das Schaufenster zeigte Dutzende von Fotos mit Tätowierungen, vermutlich solche, die hier auch angefertigt worden waren. Alles von zarten Schmetterlingen bis zu gehörnten Monstern mit blutigen Reißern. Es gab eine gewisse Überrepräsentation von Dämonen, Totenköpfen und Flammen. Sara betrachtete die ausgerissene Seite aus der Zeitschrift, lächelte über ihr Service und betrat das Tattoo-Studio. Eine kleine Glocke bimmelte, als die Tür geöffnet wurde und wieder zufiel.

Im Studio selbst war es dunkel. Das große Schaufenster zur Straße war zugestellt und die Wände mit schwarzem Samt, Schädeln und satanistischen Symbolen geschmückt. Mitten im Raum stand eine große, hohe Pritsche mit einer Tätowiermaschine und ein paar ausgeschalteten Lampen. Die einzige

Lichtquelle war eine künstliche Fackel an der Wand. Ein schwarzer Vorhang wurde zur Seite gezogen, und eine kleine, schlanke Frau von etwas zwanzig Jahren kam heraus. Kreidebleiche Haut. Rabenschwarzes Haar bis zur Taille, Mascara in weltrekordverdächtigen Mengen, ein Dutzend Ringe in der Nase. Und natürlich jedes freie Stück Haut von Tätowierungen bedeckt. Kruzifixe, Ankh-Zeichen, Aum-Symbole und diverse Figuren aus *A Nightmare before Christmas*.

»Ja?«

Sara hielt ihre Zeitschriftenseite hoch. Das Mädchen schaute sie an.

»Wir verkaufen kein Porzellan.«

»Ich möchte so eine Tätowierung. Die Suppenschüssel. Und dann soll ›Für Eva‹ drunter stehen.«

Die junge Frau schaute Sara an.

»Für Eva? Warum hast du das nicht gleich gesagt? Hier.«

Die junge Frau zog den schwarzen Vorhang zur Seite, und Sara folgte ihr in eine kleine Küche mit einem Fenster zum Hinterhof. Die Küche war erstaunlicherweise in Rosa und Weiß gehalten, und überall standen kleine Hello-Kitty-Figuren. Die bemalte Frau öffnete das Fenster und zeigte nach draußen.

»Du musst zwischen den Häusern da drüben durchgehen und dann quer über den Hof. Ihr Küchenfenster befindet sich im Erdgeschoss.«

Sara zögerte eine Sekunde. Meinten sie das ernst? Trieben Hedin und diese Göttin der Nacht ihre Scherze mit ihr? Aber sie entschied sich mitzuspielen und krabbelte aus dem Fenster hinaus in den abgeschlossenen Hinterhof. Die Frau schloss das Fenster hinter ihr, bestimmt froh, dass sie ihre Gedanken wieder in die Welt des Todes wandern lassen konnte.

Auf der anderen Seite des großen Innenhofs sah sie Hedins Küchenfenster, das sie an dem blauen Flur hinter der Küche wiedererkannte, an den sie sich vom letzten Besuch erinnerte.

Sie ging hin und klopfte gegen die Scheibe, und nach einer Weile erschien Hedin und öffnete das Fenster für sie. Sie forderte Sara mit einer einladenden Geste zum Einsteigen auf. Sara betrachtete den Sims, der ein gutes Stück oberhalb ihrer Taille lag.

»Was? Soll ich …?«

Dann zuckte sie nur mit den Schultern und stemmte sich auf das Fensterbrett, beugte sich vor und stolperte in Hedins Wohnung. Warum musste sie wegen Hedin eigentlich ständig durch Fenster klettern?

Sara sah, dass die Gardinen am Fenster zur Straße vorgezogen waren. Die Dunkelheit erzeugte eine gespenstische Stimmung. Sie hatte das Gefühl, dass irgendetwas nicht stimmte.

»Okay, was ist die Erklärung? Warum musste ich den Hades durchqueren, um hierherzukommen?«

Hedin sah alles andere als amüsiert aus und warf Sara einen ernsten Blick zu.

»Du bist einer sehr gefährlichen Sache auf der Spur.«

Sara wollte protestieren. Sie war überhaupt nichts auf der Spur. Sie wollte Hedin einfach nur Informationen geben, damit die Wissenschaftlerin weitersuchen konnte. Sara hatte schließlich anderes zu tun und eine Familie, an die sie denken musste.

»So gefährlich, dass ich durch die Küche hereinkriechen muss?«, erwiderte sie schließlich.

Hedin schaltete ein kleines Transistorradio an und drehte die Lautstärke hoch.

»Die Decknamen, die du mir gegeben hast, stehen nicht für gewöhnliche Informanten oder Spione«, fuhr die pensionierte Professorin fort.

»Okay?«

»Du hast bestimmt schon von der Baader-Meinhof-Gruppe gehört, die sich selbst die Rote-Armee-Fraktion nannte. Aber es gab noch mehr derartige Gruppierungen. Gewalttätige Terroristen, die bereit waren, für ihre Überzeugungen zu sterben.«

Sara erinnerte sich an Bilder langhaariger Männer mit Walrossbärten, wütende Frauen mit automatischen Gewehren und entführte Direktoren, denen Schilder mit politischen Parolen um den Hals gehängt wurden. Nicht unähnlich den Aufnahmen, die der IS von seinen Opfern gemacht und in die Welt geschickt hatte. Junge Deutsche, die sich bewaffneten und gegen die Polizei und die Machthaber in ihrem Land kämpften, um den Kapitalismus zu besiegen. Kompromisslose Rebellen, die in den Siebzigerjahren ganz Europa in Angst und Schrecken versetzt hatten.

»Und die Namen tauchten in diesem Zusammenhang auf?«, fragte Sara.

»Sie schienen eine Zelle gebildet zu haben, die in Schweden operieren sollte.«

»Warum in Schweden?«

»Hier konnte man sich leicht verstecken. Keine Fahndungsplakate, keine Polizisten, die gezielt nach ihnen suchten. Und als die Besetzung der Bundesdeutschen Botschaft fehlgeschlagen war und Schweden die Verhafteten in die BRD zurückschickte, wurde unser Land zu ihrem Erzfeind, weil ein paar der Terroristen ihren Verletzungen erlegen waren. Sie warfen den schwedischen Politikern vor, Blut an den Händen zu haben, vor allem Anna-Greta Leijon. Sie waren der Meinung, die Ministerin hätte die Entscheidung getroffen, die Verletzten auszuweisen, was im Übrigen nicht stimmte.«

»Daran erinnere ich mich. Es hieß Operation Leo. Sie hatten einen Käfig für sie gebaut, richtig? Hier in einem Keller auf Södermalm?«

»An der Katarina Bangata. Volksgefängnis nannten sie es. Ein halbes Dutzend Fanatiker, die behaupteten, für die breite Masse zu sprechen. Alles fing mit der These an, dass die westdeutsche Gesellschaft immer noch von alten Nazis durchseucht wäre, die niemals zur Verantwortung gezogen worden waren. Sie wollten mit den Faschisten abrechnen. Irgendwann wurden sie gefasst, aber es kam eine neue Generation, die mit neuen Terroranschlägen versuchte, sie aus der Haft freizupressen. Eine riesige Spirale vollkommen sinnloser Gewalt.«

»Und du meinst, sie stellen auch heute noch eine Gefahr für die Gesellschaft dar? Das war doch alles in den Siebzigerjahren?«

Hedin stellte zwei Becher mit nach Kräutern duftendem Tee auf den Tisch und hielt Sara eine Plastikdose entgegen.

»Knoblauchkapsel?«, fragte sie. Sara schüttelte den Kopf. Hedin legte zwei Kapseln auf die Zunge und blätterte in ihren Aufzeichnungen, die sie auf den Rückseiten von auseinandergeschnittenen Verpackungen von Milch- und Frühstücksflocken notiert hatte.

»Es fing 1967 an. Dann kulminierte es in den Siebziger- und Achtzigerjahren und ging bis in die Neunziger hinein. Die Leute heute glauben, der Terrorismus wäre etwas Neues, dass er mit al-Qaida anfing, aber sie haben die IRA, PFLP, RAF, ETA und alle anderen vergessen, die mehrere Jahrzehnte gewütet haben. Sie legten Bomben in London, Madrid und Paris, hier in Stockholm 1986. Die RAF gab ihren Kampf erst 1998 auf. Mehrere Zweige der IRA existieren heute noch, trotz der Waffenruhe in Nordirland.«

»Du meinst also, dass diese vier heute noch aktiv sein könnten?«

»Viele von denen, die verhaftet wurden, haben nicht die geringste Reue gezeigt. Sie haben dem bewaffneten Kampf niemals abgeschworen.«

»Was haben sie denn gemacht? War das nicht eher eine Menge linksprogressives Geschwätz?«

»Das war alles andere als Geschwätz«, sagte Hedin in einem

Ton, der Sara die Schamesröte ins Gesicht trieb, so als stünde sie vor einer strengen Lehrerin. »Die RAF legte Bomben, entführte und mordete vollkommen wahllos. Hier in Schweden haben sie bei der Besetzung der Botschaft zwei Attachés erschossen und waren bereit, den Rest des Personals ebenfalls umzubringen, falls ihre Vorgänger bei der RAF nicht aus dem Gefängnis in Deutschland entlassen wurden.«

»Wie konnten sie denn so militant werden?«

»Sie fuhren in Trainingslager im Nahen Osten, lernten Nahkampf, Bomben zu bauen und den Umgang mit automatischen Waffen. Und sie bekamen Hilfe von ihren palästinensischen und arabischen Freunden. Als die PFLP eine ihrer Flugzeugentführungen durchführte, erschossen sie den Piloten und bereiteten sich darauf vor, die gesamte Maschine in die Luft zu jagen, um Andreas Baader, den Anführer der Baader-Meinhof-Gruppe, freizupressen. Einige von ihnen haben es, wie gesagt, niemals bereut, sehen tödliche Gewalt immer noch als gerechtfertigt an, und vor allen Dingen sind viele niemals entlarvt oder vor Gericht gestellt worden.«

»Genau wie die alten Nazis, die ihrer Meinung nach ebenfalls straffrei blieben«, kommentierte Sara.

»Richtig.«

»Und diese Terroristen haben mit dem Mord an Stiller zu tun?«

»Jedenfalls standen sie auf der Liste, die du gefunden hast.«

Sara betrachtete Hedin, sah die intensive Glut in ihren Augen.

»Ich dachte, der Mord an Stiller würde dich nicht interessieren«, sagte sie schließlich.

»Er interessiert mich auch nicht.«

»Nein?«, fragte Sara mit einem vieldeutigen Lächeln.

»Nein. Lotta Broman interessiert mich.«

»Ein Tauschhandel?«

Hedin zuckte mit den Schultern, starrte sie aber weiter an.

Sara dachte eine Sekunde nach. Was konnte sie erzählen? Es fühlte sich nicht gut an, diese Frau zu belügen, die ihr schon so viel geholfen hatte, aber Sara war klar, dass sie keine Ahnung hatte, was Hedin mit diesen Informationen anfangen würde. Für sie als Wissenschaftlerin stand die Wahrheit über allem anderen. Sie war wichtiger als mögliche Konsequenzen für Malin und ihre Familie, für Sara oder sogar für Hedin selbst.

»Was willst du wissen?«

»Wo ist Lotta? Warum ist sie weg? Wie ist die Verbindung zu Geiger? Weiß sie etwas von Geigers Spionagetätigkeit? Eine solche Coverstory hätten sie sich nie ausgedacht, wenn sie nicht enorm wichtig für sie gewesen wäre. Aber warum ist sie wichtig?«

Hedin war der Wahrheit auf der Spur. Sara konnte ihr nicht bis in alle Ewigkeit etwas vormachen. Aber sie konnte sich vielleicht ein bisschen Zeit kaufen.

»Ich kann mehr aus der Säpo herausquetschen.«

»Wie denn?«

»Ich weiß etwas, womit ich sie unter Druck setzen kann.«

Damit schien Hedin sich zu begnügen.

»Allright. Du bekommst ein paar Namen.«

Hedin beugte sich zu dem kleinen Kühlschrank hinunter, der auf dem Boden stand. Sie öffnete erst die Tür und dann die Klappe zum Tiefkühlfach. Dort holte sie eine Aktenmappe heraus und gab sie Sara.

»Das Tiefkühlfach?«

»Wer sucht da schon?«, antwortete Hedin.

Sara betrachtete die Mappe.

»Und das hier ist …?«

»Messer, Axt, Faust und Lorelei. Der Kern einer Terrorzelle im Ausland. Und dieses Ausland muss Schweden gewesen sein, wenn man von dem ausgeht, was du gefunden hast. Die Stasi unterstützte jede Menge Terroristen, die in Westeuropa tätig waren. Diese Gruppe scheint eine davon gewesen zu sein.«

Sara öffnete die Mappe.

Hans Gerlach, Stefan Kremp, Otto Rau, Marita Werner.

»Sind das …?«, fragte Sara.

Hedin nickte bekräftigend.

»Die richtigen Namen der Leute, deren Decknamen du gefunden hast. Von ihnen gibt es allerdings keine Spur in Schweden. Möglicherweise heißen sie heute ganz anders.«

Sara blätterte durch die unterschiedlichen Papiere in der Mappe, sie sahen aus wie Kopien von alten Akten. Decknamen, Echtnamen, Codenamen für Operationen, Verlässlichkeit, Verbindungen zu anderen Mitgliedern. Sara gab die Schlüsselwörter in Google-Übersetzer ein. Die Frau wurde als »ideologisch verlässlich« beschrieben. Die Männer als »aufopferungsvoll«, »unsicher« oder »schrankenlos«.

Deutsche Terroristen, die in Schweden tätig waren, unterstützt von der Stasi. Das klang definitiv so, als gäbe es eine Verbindung zu Stiller. Könnte einer der alten Terroristen Sara zu dessen Mörder führen? Oder war der Mörder einer von ihnen? Sie betrachtete erneut die Namen.

Gerlach, Kremp, Rau und Werner. Zumindest einer von ihnen musste irgendetwas wissen.

Das Problem war nur, dass sie nicht ermitteln durfte.

Bielke wäre alles andere als froh, wenn sie weiter an diesem Todesfall arbeiten würde.

Außerdem konnte es gefährlich werden. Hedin war da sehr deutlich gewesen. Und irgendjemand hatte Stiller ja ganz offensichtlich ermordet.

Aber das spielte keine Rolle. Es war ihre Suppe, und die musste sie jetzt auslöffeln. Sie musste einfach nur vorsichtig sein.

»Wenn du herausbekommst, wo sie wohnen, dann versuche ich die Wahrheit über Lotta herauszubekommen«, sagte Sara. »Die Säpo ist mir noch einen Gefallen schuldig.« Einen großen Gefallen, dachte sie und erinnerte sich an das seltsame Ereignis, deren Zeuge sie auf dem Flughafen Bromma sein durfte.

Sara hatte damit gedroht, zur Presse zu gehen und alles über Abu Rasils und Geigers wahre Identitäten zu erzählen. Brundin hatte daraufhin ein Telefongespräch geführt und Sara vom Söderkrankenhaus zum Flughafen Bromma mitgenommen, zu einem abgesonderten Raum mit einem direkten Zugang zur Landebahn. Nach zwanzig Minuten landete dort ein kleiner Privatjet und hielt vor den Glastüren. Eine Gulfstream 5, mit dem Schriftzug »Vanguard Executive«.

Niemand stieg aus.

Dann traf der Transport mit Lotta Broman ein. Sechs Polizisten der Eingreiftruppe führten die Gefangene herein, die Hand- und Fußfesseln trug und der eine Haube über den Kopf gezogen worden war.

Aus dem Jet stiegen außerdem sieben Männer in schwarzen Uniformen ohne jede Kennzeichnung und mit Sturmhauben über den Gesichtern. Keiner sagte ein Wort.

Zwei von ihnen glitten stumm zur Seite und stellten sich so auf, dass sie die gesamte Halle im Blick hatten, mit Sturmgewehren in den Händen. Die anderen führten Lotta zu dem wartenden Flugzeug, nach wie vor vollkommen lautlos.

Als Sara und Brundin sich umdrehten, um wieder zu gehen, rollte ein weiteres Flugzeug vor die Türen, und eine Transportliege mit einem vollständigen Intensivteam wurde durch die Abfahrtshalle und weiter auf die Landebahn gefahren. Auf der Liege ruhte eine magere Gestalt, die an einen Tropf und diverse Maschinen angeschlossen war. Jemand mit kurz geschnittenem, grauem Haar. Sara sah zu Brundin, die ihren Blick erwiderte.

»Sie hat nicht mehr lange zu leben. Wir müssen aus ihr herausbekommen, was sie weiß.«

»Wohin bringen sie sie?«

»Das werden weder Sie noch ich jemals erfahren.«

17

Die große Wohnung war leer, als Sara nach Hause kam. Jedenfalls kam es ihr so vor. Durch die geschlossene Tür hörte sie Musik aus Olles Zimmer. Vor ein paar Jahren noch hatten Olle und Ebba ihre Sachen überall in der Wohnung verteilt, und ständig waren jede Menge Freunde zu Besuch. Jetzt, seit die Tochter ausgezogen war und der Sohn sich permanent in seinem Zimmer einsperrte, wirkte ihr Zuhause ziemlich verlassen.

Sie ging in die Küche und füllte ein Glas mit Wasser, überlegte einen Augenblick, bevor sie es mit ins Wohnzimmer nahm. Das Parkett knarrte, als sie über den großflächigen Fußboden ging. Im Gegensatz zu Martin schaltete sie nicht direkt den Fernseher ein, sobald sie nach Hause gekommen war. Sie mochte es, sich hinzusetzen und ein bisschen Ruhe zu bekommen, wenn sie angekommen war. In die Stille zu lauschen.

Martin war unterwegs und bereitete den Besuch des großen Uncle Scam vor. Der Mega-Star war im Grand Hôtel eingebucht, würde aber in Wirklichkeit unter größter Geheimhaltung in einem anderen Hotel wohnen. Aus Sicherheitsgründen, sagte Martin, aus Geltungssucht, vermutete Sara. Weil er der Chef war, durfte Martin als Einziger wissen, wo man Uncle Scam untergebracht hatte, und deshalb musste er auch persönlich dort auftauchen, um zu kontrollieren, dass die geheime Unterkunft den Standards des milchbärtigen Rappers entsprach. Sara hatte darum gebeten, Scams Forderungsliste zu sehen, den sogenannten Rider, aber Martin hatte sich geweigert. Ihm war wohl klar, dass sie ihn und seine Firma für komplette Idioten halten würde, wenn sie gesehen hätte, worauf sie sich eingelassen hatten, um den Star nach Schweden zu locken. Er wusste genau, wie sehr es sie irritierte, dass die Polizei so viel Personal abstellen musste, um Veranstaltungen wie Konzerte oder Fußballspiele zu sichern. Dieses Geld konnte man besser verwenden. Sara fand, dass Go Live selbst für die Sicherheit auf ihren Veranstaltungen bezahlen sollte. Das ließ sie Martin auch jedes Mal wissen, wenn größere Konzerte stattfanden, die eine Polizeiüberwachung erforderten.

In der feierlichen Stille, die in dem gigantischen Wohnzimmer herrschte, tauchte plötzlich Nadias misshandeltes Gesicht in ihrer Erinnerung auf. Jenna hatte gewirkt, als würde sie nichts von alldem begreifen, obwohl Nadia davon ausgegangen war, dass sie die Warnung verstehen würde.

Was war das eigentlich für eine Peepshow, an der Nadia teilnehmen musste?

Bei dem Wort dachte sie an alte Männer in kleinen, dunklen Kabinen, die durch Glasscheiben eine Frau dabei beobachteten, wie sie sich auf einer Bühne auszog. Rückständig, verkommen und erniedrigend für alle Betroffenen. Nadia musste an einer Peepshow teilgenommen haben, die aus dem Ruder gelaufen war. Vielleicht wollte sie nicht so weit gehen, wie die Kunden es wünschten, und wurde daraufhin misshandelt? Oder hatte der Veranstalter sie geschlagen, anstatt sie zu bezahlen? Nein, in ihrer Handtasche war ja jede Menge Geld gewesen. Wer auch immer Nadia so behandelt hatte, Sara wollte ihn drankriegen.

Sie hob ihren Laptop auf den Couchtisch und suchte im Internet. Das Wort »Peepshow« brachte vor allem Treffer zu einer britischen Comedy-Serie. Sie probierte es mit »Peepshow Stockholm« und bekam alle möglichen Links zu einer alten Platte der Punkband Reeperbahn geliefert und ein paar Puppenhäuser, die versteigert wurden. Nichts, was sie weiterbringen würde.

Als sich die unterschiedlichen Fälle in ihrem Kopf übereinanderlegten, fiel Sara auf, dass die gesamte DDR in einem gewissen Sinne eine große Peepshow gewesen war, in der zehntausende Stasi-Mitarbeiter ihre Mitbürger überwacht und abgehört hatten. Und heute lief es eigentlich genauso, mit der NSA und dem GCHQ, FRA und vor allem mit Chinas enormem Überwachungsapparat. Sie konnten alles herausfinden, über jeden, überall. Mit wem verkehrst du, was sagst du, was liest du? Millionen Menschen auf der ganzen Welt, die nichts anderes taten, als andere Menschen zu beobachten. Das musste ein seltsames Gefühl sein.

Aber jetzt ging es um Nadia und die Peepshow.

Sara beschloss, sich noch einmal bei David zu melden. Ein bisschen drängeln. Aus Olles Zimmer dröhnte der Basslauf von irgendeinem Stück von Uncle Scam, und Sara wollte sich nicht zum Feind ihres einzigen zu Hause gebliebenen Kindes machen, also ging sie nach oben ins Turmzimmer, um zu telefonieren. Über die Slussen senkte sich der Spätsommerabend und die warme Dunkelheit, die so typisch war für einen schönen August.

David meldete sich nicht, also hinterließ Sara ihm eine Nachricht und rief die anderen ehemaligen Kollegen an. Weder Pål noch Jenny hatten von einer Peepshow gehört, die gerade irgendwo lief, versprachen aber, sich umzuhören.

Warum wusste niemand etwas? Sonst konnte man doch auch kaum irgendetwas tun, ohne dass es sich sofort in der ganzen Stadt herumsprach. Neue Prostituierte, neue Sexclubs, neue Sexdrogen, geplante Razzien. Alle wussten sofort Bescheid. Aber niemand wusste etwas über eine Peepshow.

Weil der Tipp von Nadia gekommen war, dachte Sara, dass andere Sexarbeiterinnen vielleicht auch etwas über die Peepshow wüssten. Aber würde eine von ihnen mit einer Polizistin reden? Die Frauen hatten in der Regel viel zu viel Angst vor den Strafaktionen der Menschenhändler oder ihrer Zuhälter.

Aber eine Möglichkeit gab es noch.

Eva, die Frau, die von Stellans zahlreichen Übergriffen auf junge Mädchen erzählt hatte. Sie war viele Jahre auf den Straßenstrich gegangen und sollte so etwas eigentlich wissen. Sie arbeitete für sich selbst und hatte Angst vor niemandem. Vor allem wohl, weil sie nichts mehr zu verlieren hatte. Sara rief sie an.

»Peepshow?!«, sagte Eva und ließ ein heiseres Raucherlachen hören. »Machst du Witze? Das war doch in den Siebzigern! Alte Männer mit Hut, die versuchen, ihre Erektion zu verstecken. Nicht einmal ich habe jemals in einer Peepshow gearbeitet.«

»Heute gibt es nichts mehr in der Art?«

»Ganz bestimmt nicht. Wer sollte denn dafür bezahlen, dass er einem Mädchen beim Ausziehen zugucken darf, wenn es jede Menge Pornos gratis im Netz gibt? Aber das ist eigentlich schade. So eine Peepshow wäre gar nicht so dumm. Man muss sich den Freiern nicht nähern. He, willst du ein bisschen Spaß?«

Das Letzte hatte Eva nicht zu ihr gesagt, sondern zu jemandem, der gerade vorbeikam, nahm Sara an. Und dass sie das Gespräch abrupt beendet hatte, deutete darauf hin, dass der Angesprochene darauf eingegangen war. Aber Sara war sich nicht sicher, ob Eva so viel »Spaß« dabei haben würde.

Sie blieb noch eine Weile sitzen und ließ die Dunkelheit vor den Fenstern dichter werden, bevor sie wieder nach unten ging.

Als Sara gerade den Fernseher einschalten wollte, um sich ein bisschen berieseln zu lassen, klingelte das Telefon.

»Hallo, hier ist Christian. Lottas Mann. Lotta Broman.«

»Hallo«, sagte Sara und versuchte, die Informationsstückchen in ihrem Kopf richtig zu sortieren. Christian, Lottas

Mann. Rief an. Okay. »Wie geht es euch?«, fragte sie schließlich, als sie daran dachte, dass die Ehefrau und Mutter gerade eine Auszeit nahm.

»Doch, ganz gut.«

»Und Lotta?«

»Gut, glaube ich. Hin und wieder kommt eine Mail, mit Bildern. Es ist schön dort.«

»Wo ist sie denn?«

»Auf Mauritius.«

»Und warum seid ihr nicht auch dort?«

»Sie brauchte Ruhe und Erholung. Du weißt ja, wie viel Ruhe man mit zwei hyperaktiven Kindern bekommt.«

»Ja, klar. Natürlich.«

»Also, ich rufe eigentlich wegen einer anderen Sache an«, fuhr Christian fort. »Beziehungsweise … irgendwie hängt es auch zusammen. Deine Mutter hat ihren Regenschirm hier vergessen.«

»Meine Mutter?«

»Ja. Sie ist vorbeigekommen, um zu sehen, wie es uns geht, aber als sie ging, hat sie ihren Regenschirm vergessen.«

Sara bekam die Dinge nicht zusammen. Erstens: Jane würde niemals irgendwo etwas vergessen. Keine Chance. Und zweitens: Warum um alles in der Welt sollte sie zu Lottas Familie fahren?

»Meine Mutter? Da bist du ganz sicher?«

»Absolut. Ich bekomme sie nicht ans Telefon, also dachte ich, dass du es ihr vielleicht sagen könntest oder dass du den Schirm abholen könntest, wenn du mal hier in der Gegend bist. Du wohnst ja in der Stadt. Sie lebt wohl immer noch da draußen, oder?«

»In Vällingby.«

»Ja, genau«, erwiderte Christian mit einem Nicken. Jedenfalls hörte es sich so an, als hätte er genickt.

»Ich kann morgen früh vorbeikommen.«

Sara beendete das Gespräch und rief ihre Mutter an, landete allerdings direkt bei der Voicemail.

»Lottas Mann Christian hat angerufen. Du hast deinen Regenschirm bei ihnen vergessen. Warum? Ich weiß, dass du nie etwas vergisst. Was hattest du denn bei ihnen vor?«

Sara legte auf und blieb vor einem der Fenster stehen, die auf den Kornhamnstorg und das Wasser hinausgingen. Im Augenblick arbeitete niemand auf der Slussen. Baustelle, alle waren nach Hause gefahren, oder eher in eine der Baracken, in denen die Bauarbeiter aus Polen und anderen Ländern untergebracht waren, wenn sie zur Arbeit herüberkamen. Die Dunkelheit hatte sich über Stockholm gelegt, aber die Lichter der Stadt taten, was sie konnten, um den Tag für ihre Bewohner zu verlängern. Ihr Blick folgte einer U-Bahn, die über die Brücke von Gamla Stan nach Slussen fuhr. Der Berufsverkehr war schon lange vorbei und die Autos beinahe leer, nur einzelne Personen, wenige Paare und die eine oder andere Gruppe. Wer waren all die Leute, die zufällig in diesem Verkehrsstrom vereint waren? Wohin wollten sie? Was erwartete sie, wenn sie dort angekommen waren? Sie würde es nie erfahren.

Dann blickte sie am Hotel Hilton vorbei und zu den Anhöhen von Södermalm hinauf. Bastugatan, Laurinska Huset, Monteliusvägen. Lichter aus unzähligen Fenstern, ein Teil von ihnen in sicheren, gepflegten Wohnungen, andere in traurigen und deprimierenden Unterkünften, und ein Teil in gefährlichen und erschreckenden Behausungen. Die Aussicht sollte ihr doch Ruhe schenken, aber Sara konnte die warnende Unruhe, die in ihr aufstieg, einfach nicht ignorieren.

Jane schaltete ihr Handy normalerweise nicht aus. War irgendetwas passiert? Was wollte sie zu Hause bei Lotta?

Irgendetwas hatte ihre Mutter vor. Die Frage war nur, was?

18

Die Zeit schien spurlos an diesem Ort vorbeigegangen zu sein.

Sie war seit mehr als dreißig Jahren nicht mehr hier gewesen, aber alles sah immer noch so aus wie früher.

Die weiße, modern entworfene Villa. Das Grundstück, das sich zum Bootsanleger im Mälaren hin absenkte. Das kleine Gästehaus am Steg, das so viele Jahre ihr Zuhause gewesen war. Nur der Geräteschuppen war niedergebrannt.

Und sie war als Siegerin zurückgekehrt.

Diejenige, die noch stand, nachdem das Match vorbei war.

Jetzt konnte sie sich endlich frei im Haus bewegen. Niemand konnte sie aufhalten.

Auf der Rückseite des Hauses lag der Ersatzschlüssel unter dem Tonkrug von Waldemarsudde, so wie immer.

Jane nahm den Schlüssel und ging hinein.

Sie musste das hier erledigen, bevor das Nachlassverzeichnis erstellt war. Bevor das Haus verkauft wurde oder von einer der Töchter übernommen wurde. Eine neue Generation der Bosheit im Haus des Schreckens.

Im großen Flur hielt sie einen Augenblick inne und lauschte. Ein leises, fast unmerkliches Knacken in den Wänden. Das Ticken einer Uhr im Wohnzimmer. Wenn sie die Augen schloss, konnte sie die Stimmen von früher hören. Von allen Festen und Veranstaltungen, auf denen sie serviert hatte, von den Kindern, die spielten und Unordnung machten, von Agneta, die ihr sagte, was sie zu tun hatte.

Das Wohnzimmer mit dem abgewetzten Lesesessel der

Marke Pernilla, in dem Stellan seinen letzten Atem ausgehaucht hatte. Das Sofa von Frank Josef mit dem Bezug Aralia, das sie stets blitzsauber zu halten hatte. An den Wänden Falsterbo Stripe von Boråstapeter und Erinnerungsteller aus allen möglichen Orten in Europa.

Wie oft hatten Stellan und Agneta sie darüber belehrt, wie diese Dinge hießen und was sie gekostet hatten, damit sie verstand, wie sorgfältig sie ihr hübsches Zuhause pflegen musste. Und ihr Zuhause war tatsächlich schön, im Unterschied zu denen, die dort wohnten.

Aber das, was sie suchte, war ihrer Meinung nach im Obergeschoss zu finden, und so ging sie langsam die Treppe hinauf.

19

Um 07.56 Uhr verließen sie die unpersönliche Protzwohnung am Eastmanvägen 8B. Gestresst und zu spät, um noch pünktlich in der Schule und am Arbeitsplatz zu erscheinen. Christian, Leo und Sixten. Lottas Mann und Kinder.

Was wussten sie von Lottas Schicksal? Was glaubten sie? Machten sie sich Sorgen? Wie war es, ohne sie zu leben? Sara war davon überzeugt, dass Lotta alle Entscheidungen in der Familie getroffen hatte, und jetzt war sie weg. Wie reagierten die anderen darauf? Verloren und besorgt oder froh über ihre neu gewonnene Freiheit? Nein, eine Mutter blieb immer eine Mutter, dachte Sara und sah ein, dass sie wohl vor allem auch sich selbst davon überzeugen wollte.

Hatte Lotta mit der Familie sprechen können, bevor sie weggeschafft wurde? Was hatte sie in diesem Fall gesagt? »Mama muss eine Weile wegfahren?«

Die Mails, die sie jetzt bekamen, waren mit Sicherheit von jemand anderem geschrieben.

Wie würden sie reagieren, wenn sie jemals die Wahrheit über ihre Mutter und ihre Frau erführen?

Sara spürte einen Hauch von schlechtem Gewissen, weil die drei ohne Lotta weiterleben mussten, dachte aber, dass die abwesende Mutter trotz allem eine bedeutend bessere Alternative war als Hunderttausende von Toten.

Sie hupte. Christian hob den Kopf und sah sich um, entdeckte Sara und kam zu ihrem Auto, um den Regenschirm zu übergeben.

»Wie geht's?«

»Alles gut. Und selbst?«

»Alles gut.«

Die Standardphrasen waren schnell abgehakt, und Sara saß im Auto und betrachtete den Regenschirm ihrer Mutter.

Für sie war es nach wie vor undenkbar, dass Jane ihn vergessen hatte. Sie hatte ihn absichtlich zurückgelassen. Aber warum?

Damit sie zurückkommen konnte, natürlich.

Falls es nötig war.

Aber zu welchem Zweck?

Sara ließ den Motor an, fuhr hinter Sabbatsberg auf die Barnhusbrücke, über die Fleminggatan zum Klarastrandsleden und nach Solna hinüber. Aber noch nicht direkt zur Arbeit. Sie hatte noch eine halbe Stunde Zeit, also fuhr sie durch den großen, leeren Kreisverkehr, an Tomteboda vorbei und eine langgezogene Steigung hinauf. Dort oben thronte das kolossale Hauptquartier der Säpo. Wie ein polizeilicher Olymp. Mit meilenweiter Aussicht unter einem riesigen, blauen Himmel. Wie ein Adlerhorst, eine mittelalterliche Burg. Für die bayerischen Herzöge hatte diese uneinnehmbare Lage die Verteidigung der Burg erleichtert, aber in gleichem Maße auch die Fluchtmöglichkeiten verringert. Wer aber wollte schon von einem solchen Wohnsitz fliehen?

Gelb-rote Schilder an der Fassade wiesen darauf hin, dass es strengstens verboten war, das Haus zu fotografieren, eine Zeichnung oder auch nur eine Beschreibung davon anzufertigen. Weder die Form noch die Größe war auf irgendeiner Karten-App angegeben. Die Adresse war allerdings öffentlich. Seltsame Logik. Scheinbare Offenheit. Oder um einen Vergleich zur Salzwasserseite von Stockholm zu ziehen: Es war eine brackige Offenheit, und in diesen Wassern wollte sie fischen.

Sara stellte den Wagen in einer Parklücke auf der anderen Straßenseite ab und betrachtete die neu errichtete, graue Fassade. Wie oft hatte sie in den letzten Monaten dort schon gesessen und war ausgefragt worden, nachdem Geiger und Abu Rasil versucht hatten, Atombomben in Deutschland in die Luft zu jagen.

Sie sah, dass der Wachmann am Eingang sie im Auge behielt, so wie es seine Pflicht war. Wahrscheinlich waren mehrere Kameras auf ihr Auto gerichtet. Jeder, der sich dem Haus näherte, stand unter strengster Beobachtung. Aber Sara hatte keine Eile, sich als Polizistin auszuweisen.

Erst holte sie ihr Handy heraus und telefonierte.

»Brundin.«

Nach wie vor nur der Nachname. Ungewöhnlich für eine Frau, fand Sara. Und sie war sich absolut sicher, dass Brundin ihre Nummer gespeichert hatte und sehen konnte, wer anrief. Sara kam direkt zur Sache. Das hatte sie von Hedin gelernt.

»Messer, Axt, Faust und Lorelei waren die Decknamen der Stasi für eine Gruppe westdeutscher Terroristen. Einer von ihnen, oder alle zusammen, ermordeten Pastor Stiller. Ich kenne jetzt ihre richtigen Namen. Erzählen Sie mir, was mit Lotta passiert ist, dann erzähle ich Ihnen, was ich weiß.«

Ein paar Sekunden Schweigen. Es war vollkommen still, als hätte Brundin auf Mute gedrückt, vielleicht, um sich mit jemandem zu beratschlagen. Dann war sie wieder zurück, genauso kurz angebunden wie immer.

»Kommen Sie rein.«

Sara stieg aus dem Wagen und ging zum Eingang, wo der Wachmann gerade ein paar Instruktionen über seinen Ohrlautsprecher erhielt. Sara zeigte ihren Polizeiausweis, der Wachmann scannte ihn und ließ sie in die Sicherheitsschleuse. Im Hintergrund hörte sie einen Zug vorbeifahren.

Als sie gerade hineinging, klingelte ihr Handy. Anna. Das

musste warten. Sie drückte den Anruf weg und schaltete das Gerät auf lautlos.

Brundin holte sie ohne ein Wort der Begrüßung am Fahrstuhl ab. Heute trug sie ein Jackett und ein T-Shirt mit Pailletten über einer Jeans mit hoher Taille. Die Polizistin von der Geheimpolizei führte die Polizistin von der nichtgeheimen Polizei durch ein paar verschlossene Türen und an einer der vielen Kameras vorbei, die in allen Fluren und Räumen, die sie hinter sich ließen, an der Decke hingen.

Die Wanderung endete in einem kleinen Besprechungsraum mit sandfarbenen Wänden, weißen Gardinen mit Blumenmuster und einem Tisch aus hellem Kiefernholz. Darauf stand ein Tablett mit Servietten, Kaffeetassen und Milch in Portionsverpackungen. Aber kein Kaffee.

Sara setzte sich, und Brundin nahm ihr gegenüber Platz. Auf dem Tisch lag eine beige Mappe mit der Aufschrift »VERSCHW. ERKL.« und Saras Personennummer. Die Säpo-Frau legte die Hand auf die Mappe, und Sara fragte sich, ob Brundin damit den Inhalt schützen oder Kraft daraus ziehen wollte.

»Weil Sie mich hereingelassen haben, gehe ich davon aus, dass Sie an dem, was ich über die vier Terroristen weiß, interessiert sind«, sagte Sara.

Brundin erwiderte nichts, zog nur eine Augenbraue hoch, als wollte sie sagen: »Und das wäre?«

»Zuerst möchte ich alles über Lotta wissen«, fuhr Sara fort. »Wo sie ist und warum alles unter den Teppich gekehrt wurde. Nirgendwo ein Wort darüber, dass Europa nur Sekunden von einem katastrophalen Attentat entfernt war?«

»Das liegt bei der EU. Nicht bei uns.«

»Aber Sie wissen, warum.«

Brundin betrachtete Sara, ohne jede Regung.

»Wohin wurde sie geflogen? Wer hat sie mitgenommen?

Und Agneta? Haben Sie aus ihr herausbekommen, was Sie wissen wollten? Sie kann nicht mehr lange gelebt haben.«

»Diese Dinge betreffen eine zwischenstaatliche Zusammenarbeit in Sicherheitsfragen zur Bekämpfung des internationalen Terrorismus. Sie werden nie einen vollen Einblick in das bekommen, was getan wurde und warum. Das bewegt sich weit oberhalb Ihrer und meiner Ebene. Lotta und Agneta Broman wurden von den Sicherheitsbehörden Schwedens und der EU in Gewahrsam genommen, mehr müssen Sie nicht wissen, und laut der Verschwiegenheitserklärung, die Sie unterschrieben haben, dürfen Sie es auch niemandem erzählen.«

Brundin klopfte mit dem Zeigefinger auf die hautfarbene Mappe, die auf dem Tisch lag.

»Als ich mit Schussverletzungen und Brandwunden im Krankenhaus lag. Benebelt von Schmerzmitteln.«

»Akzeptieren Sie einfach die Fakten.«

»Darf ich mir diese Erklärung ansehen?«, fragte Sara und streckte die Hand danach aus. Brundin zog die Mappe schnell und ohne ein Wort zurück. Sie starrte Sara ausdruckslos an, während ihre Hand schwer auf der Mappe mit der Verschwiegenheitserklärung ruhte.

»Von Lotta heißt es, sie hätte eine Auszeit genommen, und Agneta wäre erschossen aufgefunden worden, ermordet vom selben Einbrecher, der auch Stellan umgebracht hat«, sagte Sara und erwiderte den starren Blick der Säpo-Frau.

»Das ist richtig.«

»Warum schützen Sie Lotta?«

»Niemand schützt Lotta. Wir schützen die Bürger der EU.«

»Oder Sie schützen die Machthaber in der EU. Indem Sie verschweigen, dass die Union einem großen Terrorangriff nur knapp entkommen ist, dass eine schwedische Behördenchefin darin verwickelt und eine deutsche Agentin das Gehirn hinter alldem war.«

»Nichts als Spekulationen. Es wird alles getan, um die Bevölkerung zu schützen.«

»Ich finde, dass auch Eva Hedin die Wahrheit erfahren sollte.«

Brundin setzte eine verärgerte, fast angeekelte Miene auf, als Sara Hedins Namen erwähnte. Vielleicht, weil Hedin einmal vor dem Obersten Gericht einen Prozess gegen die Säpo gewonnen hatte. Oder aber sie hielt Hedin einfach für eine Idiotin.

»Sowohl über Lotta als auch über Geiger«, fügte Sara hinzu.

»Das wird nicht passieren. Und kommen Sie bloß nicht auf die Idee, etwas zu sagen.«

Jetzt hob Brundin die Mappe mit der Verschwiegenheitserklärung hoch und wedelte damit auf eine Weise herum, die Sara an die alten Bilder des britischen Premierministers Neville Chamberlain erinnerten, auf denen er »peace for our time« verkündete.

Sara schwieg und starrte Brundin für eine Weile an, wie sie vollkommen regungslos und mit einer Miene dasaß, die unmöglich zu deuten war. Weder verärgert noch besorgt oder selbstsicher. Absolut ausdruckslos. Was für ein perfektes Talent für eine Geheimpolizistin.

»Und die Decknamen?«, versuchte es Sara weiter. »Sie haben versprochen, dass Sie sie mir nennen werden.«

»Nur von Lotta Broman. Und Sie haben versprochen, mir alles zu erzählen, was Sie über Stiller wissen. Die Polizei in Östergötland hat es als Selbstmord klassifiziert. Er soll seine Frau während einer Art Ehestreit umgebracht haben.«

»Aber das glauben wir beide nicht.«

»Was wissen Sie über diejenigen, die Sie genannt haben?«

»Was wissen Sie darüber?«

»Das war nicht der Deal.« Brundin rührte immer noch keine Miene, und Sara gab nach.

»Messer, Axt, Faust und Lorelei hießen eigentlich Hans Gerlach, Stefan Kremp, Otto Rau und Marita Werner. Aber diese Namen existieren in keinem aktuellen Register. Vermutlich leben sie unter neuen Identitäten. Die Frage ist, wie sie jetzt heißen, ob sie in das alles verwickelt sind und warum Stiller sterben musste? Weil gerade etwas geplant ist? Was vielleicht mit dem zu tun hat, was Geiger vorbereiten sollte? Oder wollten sie nur ihre neuen Identitäten schützen?«

Sara verstummte.

»Sind Sie fertig?«, fragte Brundin.

»Ja.«

»Okay.«

Schließlich schwiegen beide.

»Also, was ist die Antwort?«, fragte Sara schließlich.

»Worauf?«

»Warum wurde er ermordet? Wer sind die vier?«

»Kein Kommentar.«

»Warum interessieren Sie sich für meine Informationen?«

»Ich kann überhaupt nichts kommentieren. Weder, ob wir wissen, von wem Sie sprechen, oder ob einer von ihnen Gegenstand unseres Interesses ist oder eines Geheimdienstes eines anderen Landes. Ich kann Ihnen nur den Rat geben, die Finger davon zu lassen. Sie haben doch eine Arbeit zu erledigen, oder? Drei Tote auf Ekerö, nicht wahr?«

»Sie behalten mich also im Auge?«

»Kein Kommentar.« Sara ahnte ein sehr diskretes Lächeln in Brundins Mundwinkeln. Was für ein Miststück.

»Stiller wurde ermordet. Müssen noch mehr Menschen sterben, weil Sie untergetauchte Terroristen schützen?«

»Niemand schützt irgendwelche Terroristen.«

»Ich gehe nicht, bevor Sie mir Informationen zu den vier gegeben haben. Haben Sie neue Namen? Wissen Sie, wo sie sich aufhalten? Wer sind sie heute?«

»Kein Kommentar.«

»Okay. Soll ich die Zeitungen anrufen? Ihnen etwas über Lotta und Abu Rasil und diese vier hier erzählen?«

Sara nahm ihr Handy in die Hand, um die Drohung zu unterstreichen, und sah plötzlich, dass sie fünf verpasste Anrufe von Anna und Bielke hatte, sowie eine SMS von Anna mit dem Text: »Scheiße, wo bist du? Bandenkrieg! Komm!«

20

Nachdem sie Nowak zum Ausgang eskortiert hatte, ging Brundin zurück durch die Flure, bis sie Nymans Büro erreichte. Sie hoffte, dass er mit ihrem Einsatz zufrieden war.

»Kommen Sie rein«, rief Nyman hinter der Tür.

Er hielt seinen Blick auf den Bildschirm gerichtet, der den Raum zeigte, in dem Brundin und Nowak eben noch gesessen hatten. Vornübergebeugt mit zusammengefalteten Händen.

Brundin wusste, dass die Kollegen ihren Chef als Aktenschieber betrachteten. In ihren Augen war Quintus Nyman ein Jurist, aus dem nie ein richtiger Polizist geworden war und der stattdessen eine Beamtenkarriere gemacht hatte. Im Unterschied zu den meisten anderen im Haus, die den größeren Teil ihres Berufslebens draußen im Feld verbracht hatten. Wenn es auf Quintus passende Reime gegeben hätte, wären ihm bestimmt einige Spitznamen zugewachsen. Ein kahler Scheitel, graumelierter Bart, ein grauer Haarkranz um den Schädel und eine schmale, spitze Nase, auf der ein Brillengestell aus dünnem Stahl ruhte. Er hätte auch in ziviler Kleidung arbeiten können, trug aber stets die Uniform, obwohl oder gerade weil er nicht von Anfang an Polizist gewesen war. Und wie um alle Vorurteile zu bestätigen, war sein Schreibtisch immer perfekt aufgeräumt, und alle Aktenordner befanden sich akkurat sortiert hinter ihm im Bücherregal. Undenkbar, hier Passwörter auf Post-it-Zetteln unter der Tastatur zu finden. Keine ungewaschenen Kaffeetassen. Regenschirm und Gummistiefel in Bereitschaft, falls Regen aufkam, wenn der Feierabend nahte.

Nyman sah vom Bildschirm auf, und erst jetzt setzte sich Brundin in einen der Besucherstühle.

»Wo um alles in der Welt hat sie die Namen her?«, fragte Quintus Nyman.

»Hedin, nehme ich an.«

Von dieser verdammten Hedin, hätte sie beinahe gesagt. Aber Nyman fluchte nicht. Also fluchte Brundin auch nicht.

»Otto Rau«, sagte Nyman, murmelte es eher vor sich hin, während er zur Decke blickte. Dann richtete er seine Augen wieder auf Brundin. »Sie wird nicht aufgeben, oder?«

Brundin schüttelte den Kopf.

»Glauben Sie, dass sie sie finden kann?«

Gegen ihren Willen musste Brundin zugeben, dass es sie stolz machte, von Nyman um Rat gefragt zu werden. Es zeigte, dass er ihr vertraute und ihre professionellen Fähigkeiten schätzte. Aber das sollte nach fünfunddreißig Jahren bei der Säpo eigentlich auch eine Selbstverständlichkeit sein und kein Grund, sich wie ein Schulmädchen zu freuen. Aufgepasst, ermahnte sie sich selbst.

»Sie hat Geiger gefunden«, sagte sie. »Und Abu Rasil enttarnt.«

Nyman setzte die Brille ab und massierte sich die Nasenwurzel, wobei er die Augen zusammenkniff.

»Und hat beinahe die gesamte Zusammenarbeit mit den Deutschen zunichtegemacht.« Er setzte die Brille wieder auf, holte tief Luft und blies den Atem deutlich hörbar aus.

»Sollen wir sie in Verwahrung nehmen?«, fragte Brundin.

Nyman nickte bedächtig, während er abwägte. Dann schüttelte er langsam den Kopf.

»Nein«, sagte er schließlich. »Lassen Sie sie machen.«

Das war nicht die Antwort, auf die Brundin gehofft hatte, aber sie verließ sich darauf, dass Nyman wusste, was er tat.

»Ich informiere unsere deutschen Freunde«, sagte er.

»Und wir warten solange ab?«

»Nein«, sagte Nyman. »Ganz und gar nicht. Behalten Sie sie im Auge. Ich will über alles Bescheid wissen, was sie tut. Über wirklich alles. Möglicherweise wird sie sie tatsächlich finden. Halten Sie mich ständig auf dem Laufenden. Okay?«

»Okay«, sagte Brundin und stand auf. »Soll ich den Vorgang unter ihrem Namen oder unter dem der Terroristen anlegen?«

Nyman zögerte.

»Nichts davon. Es gibt keinen Vorgang. Es ist komplett inoffiziell. Darf keine Spuren hinterlassen. Okay?«

Die Antwort verwunderte Brundin, aber sie verließ sich auch hierbei auf Nymans Urteil.

»Selbstverständlich.«

21

Zum zweiten Mal in zwei Tagen war Sara in Slagsta. Aber diesmal fuhr sie zum Max-Restaurant direkt an der Abfahrt von der E4. Der Parkplatz war abgesperrt. Streifenwagen mit rotierenden Blaulichtern, blauweißes Absperrband und angespannte Polizisten. Einige standen Wache, andere leiteten den Verkehr um, und wieder andere unterhielten sich mit den Gästen und dem Personal des Hamburgerrestaurants. Eine Gruppe schwer bewaffneter und dunkel uniformierter Bereitschaftspolizisten war ebenfalls angefordert worden. Die heutigen Gangs waren ebenfalls schwer bewaffnet und schreckten nicht davor zurück, diese Waffen einzusetzen. Auch das Risiko, dass ein Polizist einer rächenden Kugel im Weg stand, hinderte keinen von ihnen daran, es motivierte sie eher noch.

Die Naturkräfte betrieben einen ganz eigenen Krieg, bei dem die Spätsommersonne wärmte und die Herbstwinde kühlten, sodass man an der Luvseite fror und an der Leeseite schwitzte. Auf dem Asphalt neben dem Klettergerüst lagen zwei Körper unter orangefarbenen Tüchern. Die Köpfe waren ebenfalls bedeckt, ein deutliches Anzeichen dafür, dass die beiden tot waren.

Bielke unterhielt sich mit einem Mann, von dem Sara annahm, dass es der Einsatzleiter war. Als der Chef Sara erblickte, ließ er ihn einfach stehen und kam eiligen Schritts auf sie zu.

»Wo zum Teufel bist du gewesen? Hall hat einen Anruf von der Säpo bekommen, dass du dort warst und nach diesem Pastor Småland gefragt hast.«

Polizeidirektor Tom Hall, der rückgratlose Karrierist, den jeder für seine Zwecke benutzen konnte, solange Hall glaubte, dass es auch seinem eigenen Aufstieg dienlich war. Brundin hatte ihn angerufen, um Sara eins auszuwischen.

»Und Anna sagt, dass du ihre Anrufe wegdrückst. Während du im Dienst bist!«

»Technisch gesehen hatte ich heute noch nicht angefangen. Wo ist Anna?«

»Auf Ekerö. Sie haben mehrere Leichen im Mälaren gefunden. Aber versuch nicht, vom Thema abzulenken. Sie hat dich eine Viertelstunde vor Dienstbeginn angerufen. Undenkbar, dass du es in dieser Zeit bis zur Dienststelle hättest schaffen können, oder? Ihr müsst immer erreichbar sein, das weißt du!« Bielke starrte sie an, sein Blick war noch intensiver als sonst. Für mehrere Sekunden sagte er nichts, ließ sie dabei aber auch nicht aus dem Blick. Sie standen ganz dicht beieinander, und es kam ihr fast so vor, als würde er sie gleich an den Armen packen. Das könnte ziemlich peinlich werden. Am besten zog sie sich aus der Situation heraus und machte einfach weiter.

»Tut mir leid.«

Sara fragte sich, warum ihr Chef ihre Arbeitszeiten so gut im Kopf hatte. Galt das für alle seine Mitarbeiter?

»Du musst dich entscheiden«, fuhr Bielke fort. »Schlag dir diesen Pastor aus dem Kopf, oder beantrage eine Versetzung. Ich weiß allerdings wirklich nicht, wer dich nehmen sollte. Vielleicht das Fundbüro in Morjärv.«

»Wer sind die Opfer?« Sara entschied sich dafür, die letzte Bemerkung zu ignorieren.

»Hakan Ulc und Moses Sserangi. Zwei aus Bekas' Gang. Ich nehme an, es ist die Rache für die Schüsse auf Jojje Taylor.«

»Beide tot«, sagte Sara. »Gab es noch weitere Opfer? Irgendwelche Zeugen?«

»Das ganze Restaurant. Aber niemand hat etwas gesehen.«

»Kameras?«

»Sicher. Aber die Schützen trugen Masken, und das Auto war gestohlen. Steht jetzt sicher irgendwo und brennt aus. Automatische Waffen, Familien mit Kindern in der Nähe und direkt neben einer Tankstelle. Der reine Wahnsinn.«

Dem konnte Sara nur beipflichten.

»Nowak«, sagte Bielke schließlich und wandte sich ihr erneut zu.

»Ja?«

»Ich möchte nur, dass du deine Arbeit machst, das weißt du hoffentlich, oder?«

»Ja, natürlich.«

»Tut mir leid, wenn ich gerade etwas ungehalten war.«

»Das kann ich verstehen. Ich wäre an deiner Stelle deutlich verärgerter gewesen.«

Bielke betrachtete sie für einen Moment, mit einem beinahe amüsierten Gesichtsausdruck. Sara erwiderte seinen Blick. Ihr wurde bewusst, dass sie Bielke mochte. Ihm eilte der Ruf voraus, etwas eckig zu sein, aber er war ein guter Chef. Und elegant. In einem Alter, in dem man so etwas über ihn sagen konnte, ohne dass es jemand in den falschen Hals bekam. Das Schweigen zwischen ihnen wurde immer länger, ohne dass sie ihre Blicke abwandten.

»Was machen wir jetzt?«, fragte Sara schließlich.

Bielke schien diese einfache Frage beinahe aus der Fassung zu bringen. Er brauchte eine Weile, um wieder zu sich zu kommen.

»Wir reden mit George Taylor jr. und mit Bekas' Gang. Wir müssen herausbekommen, was hinter diesen drei Schusswechseln steckt, und für unsere Kollegen hier draußen geht es darum, dass diese Racheakte nicht weitergehen. Sie werden alle Hände voll zu tun haben, wenn sie die unterschiedlichen Fraktionen im Auge behalten wollen.«

Sara holte ihr Handy heraus und rief die Nummer an, die sie von Taylor bekommen hatte. Keine Antwort. Wenig erstaunlich.

Sie drückte den Anruf weg und sah Bielke mit einem Kopfschütteln an.

»Versuch weiter, ihn zu erreichen. Die lokale Polizei wird sich um Bekas' Gang kümmern und versuchen, sie an einem Racheakt zu hindern. Aber sie halten sich natürlich bedeckt.«

»Das Ganze kann komplett aus dem Ruder laufen«, sagte Sara.

»Das kann man wohl sagen.«

Bielke betrachtete die beiden Leichen auf dem Boden.

Sie hatte jetzt wahrlich genug zu tun, dachte Sara. Sie sollte Stiller wirklich vergessen. Zumindest fürs Erste. Sie wollte Bielke nicht noch mehr auf die Palme bringen. Denn es war ihr plötzlich klar geworden, dass sie tatsächlich weiter im westlichen Polizeibezirk bleiben wollte.

Die Frage war nur, wie es ihr gelingen sollte, sich von dem Mord an dem Pfarrer fernzuhalten.

Wie sehr sie sich auch anstrengte, sie wurde das Gefühl nicht los, dass sie schuld an seinem Tod war, und – was noch schlimmer war – auch am Tod seiner Frau. Sie fühlte sich verantwortlich, musste zumindest versuchen, den Mörder zu finden und das Motiv für die Tat. Und wenn sie zu lange wartete, hatte der Mörder Zeit, seine Spuren zu verwischen.

Wenn sie herausfand, wer diese vier Terroristen heute waren, dann – davon war sie überzeugt – würde sie auch diesen Mordfall lösen können.

22

Schönberg war nach wie vor guter Laune, als er am Internetcafé und Conny's Container vorbeispazierte und seine Pfeife paffte. Aus reiner Routine scannte er alle, die ihm auf dem belebten Bürgersteig begegneten, ebenso wie die Leute, die an der Haltestelle Marienburger Straße aus der Straßenbahn stiegen und jetzt die Prenzlauer Allee überquerten. Mütter mit Kinderwagen, Studenten mit Latte-Bechern, Laptoptaschen und weißen Airpods in den Ohren. Grauhaarige, zerfurchte Männer, trotz der Wärme in schwarzen Anzügen, mit Stock und einer Gebetskette in der Hand. Sie alle mussten im Blick behalten werden. Als er die Kreuzung erreicht und sich umgedreht hatte, ohne jemanden zu bemerken, der ihm gefolgt wäre, lächelte er wie so oft über die geniale Idee, ein Lokal ausgewählt zu haben, das Wand an Wand mit der Deutschen Post lag. Weil die Deutsche Post aus Sicherheitsgründen auf Google Street View unkenntlich gemacht war, galt das auch für den Eingang des FADO, ohne dass es jemandem verdächtig vorkommen würde. In Wirklichkeit war FADO allerdings in weit höherem Maße auf Sicherheit angewiesen als die Deutsche Post.

FADO stand für »Frisch aus dem Orient« und war eine Firma, die verschiedene Lebensmittel aus dem Nahen Osten importierte und an Restaurants in ganz Deutschland weiterverkaufte. Julius Arnold Schönberg war erst vor einem Monat im gesegneten Alter von zweiundsiebzig Jahren als Geschäftsführer eingesetzt worden und liebte nach wie vor die Düfte, die ihm in die Nase stiegen, wenn er das Lokal betrat. Zimtstangen, Chilischoten, Knoblauch, Feigen, Pistazien, Minze, Kardamom, Koriander. Ein Schlaraffenland voller großer, geflochtener Körbe mit orientalischen Köstlichkeiten. Seine Ernährungsgewohnheiten hatten sich im vergangenen Monat von Grund auf verändert, weil es in der Firma jede Menge Waren wie Datteln, Falafel, Feta-Käse, Bulgur, Sambal Oelek, Lammwurst und Couscous gab, die nur verderben würden, wenn er sie nicht mit nach Hause nahm.

Nach der Katastrophe mit Abu Rasil durfte Schönberg froh sein, dass er nicht unehrenhaft entlassen worden war. Wenn er nicht die richtigen Personen gekannt hätte und nicht ohnehin bald pensioniert worden wäre, hätte er mit größter Wahrscheinlichkeit noch am selben Tag gehen müssen. Aber es war ein unleugbarer Vorteil, dass er diejenigen, die über sein Schicksal entschieden, damals selbst eingestellt hatte. Statt also verabschiedet zu werden, hatte er um Versetzung in einen ganz anderen Zweig des BND gebeten, und sie war ihm gewährt worden. Er leitete jetzt eine Tarnfirma, die mit orientalischen Lebensmitteln handelte und über ihre Filialen in Syrien, Jordanien, Ägypten, Saudi-Arabien, Irak und dem Libanon Informationen sammeln konnte. In bescheidenem Umfang bot man auch Restaurants im Nahen Osten deutsche Spezialitäten an, wie Sauerkraut, Maultaschen, Spätzle sowie deutsche Wurstwaren aus Rindfleisch oder Geflügel statt aus Schweinefleisch. Die offizielle Geschäftstätigkeit lief tatsächlich rund, was mehr war, als man von anderen Tarnfirmen behaupten konnte, mit denen Schönberg schon gearbeitet hatte. Aber vor allem konnte er mit Hilfe von FADO den Plan vollenden, an dem er so viele Jahre gearbeitet hatte und der beinahe von Erfolg gekrönt worden war, bevor Abu Rasil in Schweden enttarnt wurde. Jetzt hatte er wohl nur noch eine Chance. Eine letzte Möglichkeit, seine Karriere mit einem Paukenschlag zu beenden. Nicht einfach nur den Hut zu nehmen und diskret zur Hintertür hinauszuschleichen und schnell vergessen zu werden, sondern für immer im Gedächtnis zu bleiben, vielleicht sogar zu einer Legende zu werden.

Schönberg nickte Samir und Leila freundlich zu, den jungen Mitarbeitern, die die Kontakte zu den Filialen weltweit pflegten. Er nahm die aufbereiteten Informationen entgegen und musterte alle unbekannten Gesichter, die im FADO erschienen. Diese unerwarteten Gäste konnten alles sein, Touristen, die sich verlaufen hatten, oder hungrige Berliner, die den Großhandel für einen normalen Laden hielten, aber auch von gegnerischen Geheimdiensten ausgesandte Spione. Samir und Leila grüßten wie immer mit einem herzlichen Salam Aleikum. Leila trug einen Schleier und Samir einen langen Bart, was hoffentlich den Eindruck von Rechtgläubigkeit erweckte. Beide waren natürlich BND-Mitarbeiter und sicherheitsüberprüft.

Schönberg schnappte sich im Vorübergehen eine Apfelsine, schritt durch einen Stoffvorhang in den rückwärtigen Teil des Lokals mit dem kleinen Büro, in dem es nach Weihrauch duftete und wo alle Ordner und Verkaufslisten lagen. Er ging weiter geradeaus in die Toilette und schloss die Tür hinter sich ab. Indem er eine Sperre hinter dem Wasserhahn löste, konnte er eine Wand der Duschkabine zur Seite schieben. Hinter ihr verbarg sich eine Tür aus Panzerstahl mit einem Handabdruck- und einem Iris-Scanner, genau wie bei seinem Safe Room zu Hause. Nachdem seine Hand und sein Auge gescannt worden waren, konnte er die Schleuse passieren und die Duschkabinenwand hinter sich zuziehen.

Er schaltete das Licht an, legte die Apfelsine auf den Schreibtisch und erweckte den Computer zum Leben.

Ein Flash. Etwas Wichtiges war passiert.

Er las.

Verdammt noch mal.

Stiller konnte offensichtlich noch nicht einmal sterben, ohne Probleme zu hinterlassen.

Eine Nachricht aus Schweden. Sara Nowak hatte angefangen, in der Geschichte herumzustochern, und auf irgendeine Weise war sie auf die Namen Gerlach, Kremp, Rau und Werner gestoßen. Das an sich war schon besorgniserregend. Aber wenn er sie richtig einschätzte, würde sie nicht lockerlassen, bis sie die ganze Wahrheit ausgegraben hatte, was viele Menschen das Leben kosten würde, ihr eigenes eingeschlossen.

Nyman von der Säpo bat um alle Informationen, die der BND über die vier Terroristen hatte. Das konnte er vergessen.

Schönberg biss in die Apfelsine, ohne sie geschält zu haben, und spuckte die Schalenstücke wieder aus. Er begann seine Pfeife zu stopfen, um den schlechten Geschmack im Mund loszuwerden.

Sie hatte also das alte Linkskommando gefunden. Das waren keine guten Nachrichten. Er hatte wirklich gedacht, dass Stillers Tod als Selbstmord durchgehen würde.

Wie anders die Zeiten damals gewesen waren. Die Rote-Armee-Fraktion, die Revolutionären Zellen oder die Bewegung 2.Juni und all die anderen, die in ihren Spuren folgten. Es begann 1967, nachdem der Student Benno Ohnesorg auf einer Demonstration gegen den Besuch des Schahs von einem Polizisten erschossen worden war, an eben jenem 2.Juni. Ein Todesschuss, der die gesamte radikale Linke durcheinanderrüttelte und eine Flut des Terrorismus lostrat, wenngleich sich wesentlich später herausstellte, dass ein Stasi-Agent geschossen hatte, der als Polizist in West-Berlin arbeitete. Doppelspiel und Trippelspiel. Sollte er irgendwann seine Memoiren schreiben, wäre das vielleicht ein guter Titel. Er machte sich eine mentale Notiz.

Mittlerweile war die Welt ganz anders. In gewisser Weise

war es schön, bald in den Ruhestand gehen zu dürfen, aber er konnte die bohrende Sorge darüber nicht loswerden, was alles passieren könnte, wenn er die Bösewichte nicht mehr unter Kontrolle hielt. Welche Teufeleien würden sie sich dann ausdenken?

Und was würde mit alldem passieren, was er wusste? Er würde sein gesamtes Wissen niemals vollständig zu Papier bringen können. Und wie digitalisiert man einen geschulten Instinkt?

Schönberg dachte immer öfter darüber nach, wie viel Wissen mit jedem Menschen verschwand, der starb. Und nicht nur das Wissen an sich, sondern vor allem auch die Intuition. Das Bauchgefühl, das einem sagte, was wichtig war und welche Dinge miteinander zusammenhängen konnten. Die plötzlichen Geistesblitze, diese Fähigkeit, die beinahe unsichtbaren Verbindungen zu finden, an die ein Computer niemals heranreichen würde.

Aber so war es nun einmal. Und deshalb würde auch niemand jemals erfahren, welche Gefahren er aus dem Weg geräumt hatte, niemand würde jemals wissen, wie die Welt aussehen würde, wenn er sein Leben nicht der Sicherheit des Landes gewidmet hätte. Sein Krieg an der unsichtbaren Front würde für immer unbekannt bleiben. Niemand würde sich an seinen Namen erinnern.

Aber was würde in seinem Nachruf stehen? Das konnte er natürlich immer noch selbst beeinflussen. Aus menschlicher Sicht wäre es richtig, Sara Nowak zu warnen, aber als Repräsentant des BND sah er davon ab.

Rau würde hinter sich aufräumen, nachdem er die zerbrechliche Ordnung, die nach dem Ende des Kalten Kriegs entstanden war, erneut durcheinandergebracht hatte.

Denn genau diese Ordnung war das einzige Interesse des BND. Alles andere war in diesem Fall nicht wichtig.

Es war zwar schade um Nowak, aber dieser Weg war der einzig richtige.

Wenn man bedachte, was auf dem Spiel stand.

Rau war notwendig. Um die anderen mitzuziehen.

Also konnten sie kein Risiko mit schwedischen Polizistinnen eingehen, die zu viel Eigeninitiative zeigten.

Schönberg loggte sich ins Intranet ein und schrieb eine Mitteilung an die Leitung.

»Probleme mit unserer schwedischen Freundin. Erbitte freie Hand für geeignete Maßnahmen.«

Die Antwort kam in weniger als einer Minute.

»Stattgegeben.«

23

Ein Gefühl von Ruhe herrschte im Saal. Seltsam, angesichts der brutalen Ereignisse, die sie alle dorthin geführt hatten. Vielleicht hatten die Toten Frieden gefunden? Das war jedenfalls Annas Theorie. Sara entschied sich, keinen Kommentar dazu abzugeben.

Weiße Kacheln und eine grelle Beleuchtung über den rostfreien Stahltischen mit den nackten Toten. Hätte sich einer von ihnen vorstellen können, dass sie heute hier liegen würden? Aufgeschnitten, mit entnommenen Organen. Objekte einer Untersuchung. Keine Menschen mehr, sondern Gegenstände einer Mordermittlung. Hatten sie geahnt, was sie erwartete?

Die vier Leichen waren alle entstellt, einige sogar bis zur Unkenntlichkeit.

Der Taucheinsatz im Mälaren wurde fortgesetzt, aber bei den vier Leichen, die bislang gefunden worden waren, handelte es sich um zwei Männer und zwei Frauen, die Knochenbrüche, Brandwunden, Hieb- und Stichwunden davongetragen hatten. Dem einen Mann war die Kehle durchgeschnitten worden. Die beiden Frauen mussten grobe sexuelle Gewalt erleiden. Sie waren jung, nackt und anscheinend nichtskandinavischer Herkunft. Tätowierungen und billiger Schmuck in Form von Ringen, Ohranhängern und Fußkettchen. Eine von ihnen hatte lange, gepflegte Kunstnägel, während die Nägel der anderen brüchig und abgenagt waren. Der eine Mann war mittleren Alters, hatte ein nordeuropäisches Aussehen und leichtes Übergewicht, trug einen Anzug von Brioni und Schuhe von

Johnston & Murphy. Manschettenknöpfe, aber keine Armbanduhr. Der andere Mann war vermutlich um die fünfundsechzig, groß gewachsen, blaue Augen. Das graue Haar lag in einem Kranz um den Schädel. Er schien in guter körperlicher Form gewesen zu sein, mit Ausnahme einer Narbe, die von einer Herzoperation stammen dürfte. Was hatten die vier gemeinsam? Außer, dass sie alle einen gewaltsamen Tod erlitten und an ungefähr derselben Stelle in einem See versenkt worden waren?

»Keine typischen Opfer eines Bandenkrieges«, kommentierte Sara und trat einen Schritt zurück. Es war, als würde der Kontrast zwischen den klinisch reinen Oberflächen und den toten Körpern den Geruch nach Verwesung verstärken. Seltsam.

»Worum ging es dann?«, fragte Anna.

»Keine Ahnung. Jemand, der nach dem Zufallsprinzip mordet?«

»Sieht beinahe so aus. Ich gehe die Liste der Vermissten durch, um zu schauen, ob es da eine Übereinstimmung gibt.«

»Fünfzig Kronen, dass keine der Frauen vermisst wird«, sagte Sara.

»Da setze ich nichts dagegen. Übernimmst du die Zahnarztdaten?«

Die Kriminaltechniker bestätigten, dass sie so schnell wie möglich Bilder machen und sie ihnen zumailen würden. Sara und Anna sahen sich die Gegenstände an, die bei den Toten gefunden worden waren, in diesem Fall Ringe und Schmuck, zwei Hörgeräte an dem älteren Mann und ein Zigarrenfutteral der Marke Dupont, die der Anzugträger in der Innentasche stecken hatte. Keine Brieftaschen, kein Geld, aber Raub dürfte auch kaum das Motiv der Taten gewesen sein.

Als Saras Handy klingelte, ging sie in den Flur, um das Gespräch anzunehmen. Ob sie es aus Respekt vor den Toten tat, oder um die Kriminaltechniker nicht zu stören, wusste sie selbst nicht.

»Sara Nowak.«

»Herman Cederqvist, Polizei in Linköping. Hallo. Also, hören Sie, diese Namen, die Sie uns gegeben haben, und die Sache mit dem Geld …«

»Ja?«

»Wir haben uns die Konten dieses Pfarrers angesehen. Die Bank war sehr kooperationsbereit. Ich weiß nicht, ob diese Sachbearbeiterin die Daten wirklich herausgeben durfte, aber vielleicht mag sie Polizisten. Man merkt ja, dass einige wirklich helfen wollen, und dann gibt es wiederum diese Totalverweigerer, die nicht einmal mit der Polizei reden würden, wenn ihre Mutter in Flammen stünde. Na, was sage ich da, also eher, wenn …«

»Was hat die Bank gesagt?«, fiel ihm Sara ein bisschen forsch ins Wort und hoffte, dass Cederqvist es ihr nicht übelnahm.

»Also, das war ziemlich interessant. Stiller hatte vor Kurzem tatsächlich drei Mal hunderttausend Kronen überwiesen bekommen. Von drei unterschiedlichen Absendern.«

»Drei? Nicht vier?«

»Nein, das könnte heißen, dass einer der vier nicht bezahlt hat, vielleicht weil er es nicht geschafft hat oder weil er es nicht wollte.«

Sara überlegte, ob sie Hedins Theorie, dass Stiller ermordet worden war, mit Cederqvist teilen sollte, aber sie beschloss, sie erst einmal für sich zu behalten. Solange sie da unten keine Mordermittlung starteten, würde sie sich technisch gesehen nicht in die Ermittlungen anderer einmischen, wenn sie weiter in dieser Sache herumstocherte. Sie glaubte ohnehin nicht, dass der Mörder in Östergötland zu finden war. Cederqvist räusperte sich nach einer für seine Verhältnisse ungewöhnlich langen Stille.

»Tja, dann haben wir also drei Namen …«

»Darf ich raten? Drei von den vieren, die ich jetzt nenne: Hans Gerlach, Stefan Kremp, Otto Rau, Marita Werner?«

»Nein, alles falsch. Obwohl, nicht komplett. Die drei Namen, die wir von der Bank bekommen haben, lauteten Bo Enberg, Günther Dorch und Marita Leander. Also einer der Vornamen war richtig. Marita.«

»Günther Dorch?«, wiederholte Sara. Der Name kam ihr bekannt vor. Aber woher? »Und diese drei hatten also jeweils hunderttausend Kronen eingezahlt?«, fuhr sie fort.

»Genau.«

»Und die Frau von der Bank war sich bei den Namen ganz sicher?«

»Auf jeden Fall. Aber ob sie uns helfen durfte, weiß ich, ehrlich gesagt, nicht. Es war die Sparbanken unten in Ydre, und die Eltern meiner Frau sind ja aus Asby, die wissen da unten also, wer ich bin, und denken vielleicht, dass man Leuten, die man kennt, auch helfen sollte. Und dass einer ihrer Kunden auf so tragische Weise gestorben ist, tja, ich weiß nicht.«

»Haben Sie auch die Adressen dieser drei Personen bekommen?«

»Nein. Die konnte sie nicht sehen. Aber die Bankkonten, zu denen sie gehörten. Ich glaube, zwei waren aus Stockholm und einer aus Gävle.«

Sara bekam die Angaben, bedankte sich für die Informationen und beendete das Gespräch. Sie nahm sich fest vor, Cederqvist sofort zu informieren, wenn sie etwas fand, das direkte Auswirkungen auf die Ermittlungen zu Stillers Tod hatte.

In Gävle gab es nur einen Bo Enberg in Stillers Alter. Den Namen Günther Dorch gab es nur ein einziges Mal in Stockholm, dasselbe galt für Marita Leander, also ging Sara davon aus, dass sie die richtigen Personen gefunden hatte. Keiner der drei war im Strafregister verzeichnet, und mit Hilfe von

Google, Linkedin und Merinfo fand sie heraus, dass alle drei mittlerweile offensichtlich pensioniert waren. Bo Enberg hatte als Hochschuldozent Politische Wissenschaften unterrichtet und einige große Untersuchungen im Auftrag des schwedischen Reichstags geleitet. Marita Leander hatte als Journalistin für das Schwedische Radio und beide großen Tageszeitungen gearbeitet. Mittlerweile füllte sie eine Kolumne über Balkonbegrünung in der Zeitschrift *PROpensionären*. Günther Dorch war viele Jahre bei Saab beschäftigt gewesen und aktiv in der Gewerkschaft.

Jetzt fiel ihr auch ein, wo sie Günther Dorchs Namen gesehen hatte. Unter denen, die von Geigers Berichten an die Stasi über Flüchtlinge aus der DDR betroffen gewesen waren. Er hatte mehr darüber erzählen wollen, als Sara ihn anrief, und sie hatte das als Zeichen dafür gedeutet, dass die Erinnerungen sehr quälend für ihn waren. Aber vielleicht gab es auch eine ganz andere Erklärung. Warum sollte ein Dissident Geld an einen Spion oder einen informellen Mitarbeiter bezahlen? Bei Dorch passten die Teile irgendwie nicht zusammen, aber vielleicht könnte er ihr auf die Sprünge helfen, wenn sie ihn besuchte. Sie fand die Handynummern aller drei im Internet, beschloss aber, zuerst mit Hedin zu sprechen.

»Ich habe drei Namen«, sagte sie, als die pensionierte Professorin sich meldete. »Bist du zu Hause?«

»Nein, ich gehe gerade spazieren. Und ich brauche keine Namen von dir. Du hast Namen von mir bekommen, das reicht.«

»Ich brauche jemanden, um darüber zu diskutieren. Wo bist du?«

»Ringvägen.«

»Wo genau?«

»Kreuzung mit der Södermannagatan, aber ich bewege mich ja.«

»Geh einfach den Ringvägen weiter, dann finde ich dich.«

Sara fuhr durch den Tunnel nach Södermalm und bog nach rechts auf den Ringvägen ab, dem sie bis zum Ende folgte, dann machte sie kehrt und fuhr langsam die Straße entlang, wobei sie nach Hedin Ausschau hielt.

Vor dem Einkaufszentrum Ringen entdeckte sie die bekannte Gestalt und blieb an der Bordsteinkante stehen, obwohl dort eine Bushaltestelle war. Hedin warf etwas in einen Papierkorb und drehte sich um, als Sara hupte. Sie winkte Hedin zu, dass sie ins Auto steigen sollte. Die Wissenschaftlerin brauchte eine Weile, um zu verstehen, was Sara meinte, und in der Zwischenzeit baute sich ein Linienbus hinter dem Auto auf und hupte die Idiotin an, die an einer Haltestelle parkte. Sara schaltete daraufhin das Blaulicht ein. Dann ließ sie das Fenster auf der Beifahrerseite herunter und rief Hedin zu:

»Steig ein!«

Hedin blickte Sara an, drehte sich um und starrte in den Papierkorb, bevor sie herüberkam und in den Wagen stieg. Ihre Plastiktüte knisterte, als sie sich auf den Beifahrersitz setzte. Das Geräusch von leeren Plastikflaschen.

»Bringst du die Pfandflaschen weg?«, fragte Sara.

»Ja, wenn ich genug zusammen habe.«

Sara brauchte eine Weile, um die Antwort zu verdauen.

»Du sammelst Pfandflaschen?«

»Ja, es ist Wahnsinn, was die Leute alles wegwerfen. Es ist doch bares Geld.«

»Aber ich …« Sara wusste nicht, was sie sagen sollte. Sie hatte Menschen gesehen, die weder Bettler noch Obdachlose zu sein schienen und trotzdem Flaschen sammelten, war allerdings davon ausgegangen, dass sie eher schräge Typen waren oder sogenannte Armutsrentner. Vielleicht war Hedin ja beides.

»Über welche Namen wolltest du sprechen? Geht es um Stellan Broman?«

»Ja. Denn es hat mit Jürgen Stiller zu tun.«

»Und?«

Hedin hielt den Blick auf den Bürgersteig gerichtet, als sie den Ringvägen entlang an Tanto vorbei und zum Zinkensdamm fuhren, wahrscheinlich war sie immer noch auf der Jagd nach Pfandflaschen. Wie ein Bussard, der hinter Feldmäusen her ist.

»Bo Enberg, Günther Dorch und Marita Leander«, sagte Sara.

»Wer ist das?«

»Drei, die Geld an Stiller bezahlt haben. Jeweils einhunderttausend. Also nehme ich an, dass es die neuen Namen von drei der ehemaligen Terroristen sind. Aber wenn ihre Identitäten falsch sind, sollte man das ja leicht aufdecken können.«

»Fahr zurück nach Tanto«, sagte Hedin, als sie die Hornsgatan erreicht hatten. Sara machte kehrt, sobald die Ampel grün war, und wurde von drei anderen Fahrern angehupt. Aber sie wollte Hedin bei Laune halten.

»Fahr zur Jugendherberge runter. Zinkens väg.«

Sara blinkte rechts und bog in die schmale Straße ein, die zum offeneren Teil des Parks Tantolunden führte.

»Hast du meine Bücher nicht gelesen?«, fragte Hedin, als sie am Ende der Straße anhielt.

»Doch …«, antwortete Sara zögerlich. »Oder eher überflogen. Ich hatte damals ja ziemlich viel um die Ohren.«

»Es hätte auch gereicht, die Boulevardblätter zu lesen, wenn das für dich bequemer ist. *Aftonbladet* hatte ja ein paar Informationen über den Pastor aus meinen Büchern aufgegriffen, dass er zum Beispiel die Aufgabe übernommen hatte, falsche Personenstandsdaten für Spione und Eingeschleuste aus dem Ostblock zu erstellen. Da er als Pfarrer zu der damaligen Zeit noch für das Einwohnermeldewesen zuständig war, konnte er ihnen neue Identitäten geben.«

So auch für Agneta Broman, erinnerte sich Sara. Wie idiotisch, dass sie nicht schon vorher daran gedacht hatte.

»Also, Gerlach und die …«

Statt zu antworten, öffnete die Wissenschaftlerin die Autotür und ging zu der großen Rasenfläche hinüber. Sara klappte den Sonnenschutz herunter, sodass das Polizeiemblem zu sehen war. Sie ließ den Wagen in der Wendezone stehen und lief Hedin hinterher, die sämtliche Papierkörbe inspizierte und den Boden absuchte.

»Also, Gerlach und die anderen haben absolut wasserdichte neue Namen?«, sagte Sara, als sie sie eingeholt hatte.

»Darf ich die haben?«, fragte Hedin ein Paar, das auf einer karierten Decke picknickte, und zeigte auf eine ausgetrunkene Bierdose, die neben ihnen im Gras lag. Der bärtige Nachwuchshipster machte eine Handbewegung, die sie anscheinend als Zustimmung betrachtete.

Als Hedin nach ein paar Minuten merkte, dass Sara ihr folgte, blieb sie einen kurzen Moment stehen, bevor sie weiter über die Rasenfläche kreuzte.

»Nicht nur neue Namen. Neue Identitäten. Laut der Terroristengesetze, die 1973 eingeführt wurden, konnten ausländische Mitbürger, die als gefährlich für die Sicherheit des Landes eingeschätzt wurden, wieder abgeschoben werden, auch ohne eines Verbrechens verdächtigt zu sein.«

»Aber als schwedische Staatsbürger waren sie davor geschützt?«

»Genau. Mit Hilfe eines Pfarrers und eines vollkommen echten Ausweisdokuments konnten sie nicht mehr aufgespürt werden. Sie konnten ganz offen in Schweden leben, ohne ein Risiko einzugehen. So einfach war das, bevor die Finanzverwaltung das Meldewesen übernahm. An den Akten der Kirche zweifelte niemand, und wenn sie es getan hätten, wäre Pastor Stiller jederzeit bereit gewesen, persönlich ihre Echtheit zu bezeugen.«

»Warum sind sie überhaupt nach Schweden gekommen? Hatten sie hier etwas vor, oder wollten sie nur untertauchen?«

Hedin zuckte mit den Schultern, die Frage schien sie nicht weiter zu interessieren. Sara dachte nach.

»Da sie von schwedischen Banken aus überwiesen haben, befinden sie sich also immer noch im Land. Aber warum?«

»Vielleicht wagen sie es nicht, nach Hause zu fahren. Möglicherweise haben sie Angst, dass sie jemand wiedererkennt. Die Verbrechen sind noch nicht verjährt, und vor der automatischen Gesichtserkennung, die heute verfügbar ist, haben sie sicherlich Respekt. Entweder das, oder aus Bequemlichkeit.«

»Bequemlichkeit?«

»Ja, vielleicht haben sie sich hier einfach ein Leben aufgebaut, in dem sie sich wohl fühlen. Geheiratet, Kinder bekommen. Das Traumhaus gekauft. Mein Gott, wie dumm!«

Hedin hatte angehalten und eine zerdrückte Energydrink-Dose aufgesammelt, die sie jetzt auseinanderzuziehen versuchte.

»Sie haben Stiller also das Geld gezahlt, weil …«

»Ja, wer weiß? Die Finanzierung einer neuen Aktion, nach so vielen Jahre. Vielleicht als Rache dafür, dass Geigers Terrorpläne zunichtegemacht worden sind?«

»Oder sie wurden erpresst?«

»Ja, Stiller wusste vermutlich einiges über sie. Auf der anderen Seite wussten sie natürlich auch viel über ihn.«

»Aber ihn hattest du ja schon enttarnt.«

»Ja. Stimmt. Dann nehme ich an, dass alles möglich ist«, sagte die Wissenschaftlerin und betrachtete zufrieden die wiederhergestellte Dose.

»Glaubst du wirklich, dass einer von ihnen sein Mörder ist? Sie müssen doch mittlerweile alle über siebzig sein?«

»Alte Terroristen, die von der Stasi ausgebildet und von der PFLP trainiert worden sind? Mit Blut an den Händen und in Gefahr, alles zu verlieren – ja, ich bin mir sicher, dass es einer von ihnen war. Oder jemand, an den sie Bericht erstattet haben.«

»Die Stasi?«

»Ja, sie war ja ein besonders aktiver Sponsor des westlichen Terrorismus.«

Sara versuchte das alles zu verdauen. Es könnte stimmen. Aber woher sollte sie wissen, welcher Deckname zu welchem Terroristen gehörte?

»Die mit dem weiblichen Namen muss ja dieselbe sein«, sagte Hedin, nachdem Sara gefragt hatte. »Und vermutlich ist diese Marita Werner dann Lorelei. Manchmal gab die Stasi ihren Mitarbeitern Decknamen mit dem anderen Geschlecht, meistens aber nicht. Wer bei den anderen zu wem gehört, ist schwer zu sagen.«

»Und wer der Vierte ist, derjenige, der nicht bezahlt hat.«

»Dann musst du sie wohl selbst fragen.«

24

Die Marita Leander, die hunderttausend Kronen auf Jürgen Stillers Konto überwiesen hatte, nur wenige Tage bevor er gestorben war, wohnte im Sjöbjörnsvägen in Gröndal. Was sich als die Adresse der bekannten Stjärnhusen herausstellte, eine Art spätmoderner Architektur in Wabenform, die angeblich auf der ganzen Welt kopiert worden war. Hier hätte Sara auch gerne gewohnt, wenn nicht der Verkehrslärm vom Essingeleden gewesen wäre. Aber es waren hübsche Häuser, mit einer großartigen Lage und einer hinreißenden Aussicht.

Sara stellte den Wagen auf dem Motorrad-Parkplatz ab und klappte den Sonnenschutz mit dem Polizei-Emblem herunter. Zur Straße hin waren die Häuser in einem warmen Gelb gehalten, aber die Fassaden nach innen waren grün oder weiß. Sie ging in den schattigen Hof, in dem der Eingang zur Nummer 52 lag, gab den Türcode ein, der bei der Polizei hinterlegt war, und zog die Tür auf.

Leander wohnte im nördlichen Teil der Stjärnhusen, mit Aussicht auf die Insel Lilla Essingen und Marieberg. Nachdem sie ihren Polizeiausweis vorgezeigt hatte, wurde Sara in die Wohnung eingelassen, allerdings mit einem gewissen Zögern, wie sie fand. Während Leander die Tür sorgfältig hinter ihnen schloss, entdeckte Sara einen bequemen Sessel draußen auf dem Balkon, neben einem kleinen Tisch mit einer Teetasse und einem Buch über die Krise der Schwedischen Akademie. Und jede Menge Töpfe mit Blumen und Pflanzen aller Art. Sara hatte noch nie einen so grünen Balkon gesehen. Auch in der Wohnung selbst waren die Fensterbretter und Abstellflächen voller kleiner Töpfe und abgeschnittener Milchkartons mit Erde und kleinen sprießenden Schösslingen und Stecklingen. Wachsblumen, Forellenbegonien, Aloe, Weihnachtskakteen, Alpenveilchen und Hortensien, wurde ihr erklärt.

Anschließend musterte Sara die Inhaberin der Wohnung. Marita Leander war eine grauhaarige Frau mit langem Zopf und runden Brillengläsern. Sie trug ein Gudrun-Sjödén-Kleid und lächelte offen. Absolut wie erwartet, dachte Sara und war beinahe ein bisschen enttäuscht.

Leander lud Sara mit einer Handbewegung ein, sich einen Platz auf der Sitzgruppe im Wohnzimmer zu suchen. Ein hübsches Sofa, zwei unterschiedlich bezogene Sessel aus den Vierzigerjahren mit bunt gemusterten Decken. Ein echtes Farbenspektakel.

»Passen Sie auf die Katzen auf«, fügte die Gudrun-Sjödén-Frau hinzu.

Auf dem Sofa lagen zwei grau schimmernde Rassekatzen und glotzten desinteressiert mit grünen Augen.

»Wie hübsch«, sagte Sara. Sie hatte in all ihren Jahren als Polizistin gelernt, dass es sich immer lohnte, die Kinder und die Haustiere der Leute zu loben.

»Korat-Katzen«, sagte Leander. »Sie heißen Palle und Stina. Witzig, nicht wahr?«

Sara schenkte ihr ein höfliches Lächeln.

»Wir haben auch eine Katze«, sagte sie. »Walter.«

»Nach der Pistole?«

»Nein.«

»Kann ich Ihnen einen Tee anbieten?«, fragte Leander schließlich.

»Nein, danke. Ich habe nur ein paar kurze Fragen. Zu Jürgen Stiller.«

Sara hielt inne, um Leanders Reaktion abzulesen. Das Einzige, was sie wahrnahm, war eine leichte Irritation.

»Sie haben vor ein paar Tagen einhunderttausend Kronen auf sein Konto überwiesen.«

»Woher wissen Sie das?«

»Stimmt das nicht?«, fragte Sara zurück.

»Ich dachte, in diesem Land haben wir ein Bankgeheimnis.«

»Jürgen Stiller ist tot. Ein Mord, der aussehen sollte wie ein Selbstmord.«

Stille.

»Kannten Sie ihn?«

Marita Leander holte tief Luft.

»Ich bin ihm … ein paar Mal begegnet. Vor vielen Jahren. Es hat ja auch keinen Sinn, das zu leugnen. Aber es ist schon lange her.«

»In welchem Zusammenhang?«

»Wir engagierten uns beide für die Dritte Welt und globale Gerechtigkeit.«

»Als Sie bei der Roten Armee Fraktion waren?«

Leander schnaubte verächtlich.

»Das war ich nie.«

»Die Stasi hatte sogar einen Decknamen für Sie. Lorelei. Und sie hat Ihnen zu einer neuen schwedischen Identität verholfen. Von Marita Werner wurden Sie zu Marita Leander.«

»Die Stasi? Das war nicht die Stasi. Ich habe geheiratet. Lennart Leander. Den Schriftsteller. Haben Sie kein Wikipedia bei der Polizei?«

»Aber Stiller hat Ihnen Papiere für eine neue Identität beschafft?«

Jetzt lächelte Leander erneut. Schien beinahe amüsiert, darüber sprechen zu dürfen.

»Ja, so hat man es damals gemacht. Auch ich als Schwedin

sollte eine andere schwedische Identität bekommen, obwohl ich nur eine ganz unwichtige Rolle gespielt habe.«

»Eine Rolle worin?«

»Ja, in diesen ganzen politischen Gruppen. Die gegen den Imperialismus der USA kämpften und gegen den Polizeistaat in der BRD ebenso wie hier. Keines der Länder hatte ja mit dem Erbe von Hitlerdeutschland abgerechnet. In der BRD war ein großer Teil des Staatsapparats immer noch in den Händen ehemaliger Nazifunktionäre, und hier in Schweden sprach niemand über die Truppentransporte der Wehrmacht durch das eigene Land oder die Eisenerzlieferungen an Hitlers Kriegsindustrie. Wir wollten das Schweigen brechen.«

Leander beugte sich leicht vor, als würde sie einen Vortrag halten und dafür sorgen, dass ihre Botschaft beim Publikum wirklich ankam.

»Und die Demokratie durch eine kommunistische Diktatur ersetzen?«, fragte Sara.

»Eine Demokratie war sie ja nur dem Namen nach«, sagte Leander und streckte einen mahnenden Finger in die Luft. »Brutaler Imperialismus, versteckt hinter einer freundlichen Maske, einem Coca-Cola-Weihnachtsmann, der mit der einen Hand materielle Gaben verteilt und mit der anderen die Freiheit nahm. Wir wollten dem Kapitalismus die Maske abreißen.«

»Und danach? Was wollten Sie damit erreichen?«

»Eine bessere Welt. Wir wollten die Aufmerksamkeit auf die Übergriffe in Vietnam und Palästina lenken. Die von sämtlichen sogenannten Demokratien ignoriert wurden.«

»Und das rechtfertigte bewaffneten Widerstand? Den Tod von Menschen?«

Leander sah beinahe ein bisschen beleidigt aus.

»Ich habe nie jemanden umgebracht.«

»Vielleicht nicht Sie persönlich.«

»Eben, genau. Ich fürchte, Sie müssen jetzt gehen. Ich muss mit den Katzen spielen.« Leander erhob sich rasch aus dem Sessel, hielt dann aber inne und betrachtete Sara. »Also, um der Katzen willen. Sie werden krank, wenn sie sich nicht bewegen dürfen.«

Sie griff nach einem Katzenspielzeug in Form einer langen Rute mit Schnüren am Ende und begann die Schnüre vor den Katzen auf dem Sofa über den Boden zu ziehen. Palle und Stina sahen nur mäßig interessiert aus. Und Sara blieb demonstrativ in ihrem Sessel sitzen. Leander wandte sich ihr erneut zu, während sie weiter die Schnüre über den Boden zog.

»Sehen Sie, sie trauen sich nicht zu spielen, wenn jemand hier ist.«

»Sie haben gerne von Ihrem Engagement erzählt, bis ich nach den Toten gefragt habe. Schämen Sie sich heute dafür?«

Leander hörte auf, die Katzen zum Spielen zu animieren, und wandte sich Sara zu.

»Es gibt absolut nichts, wofür ich mich schämen müsste. Ich kann Ihnen alles erzählen.«

»Dann tun Sie das.«

Leander setzte sich, hielt immer noch das lange Katzenspielzeug in den Händen. Sie schaute durch die offene Balkontür auf das Wasser des Mälaren, auf dem gerade ein weißer Dampfer vorbeifuhr.

»Ich finde immer noch, dass das, wofür wir gekämpft haben, wichtig war. Was wissen Sie eigentlich über jene Zeit?«

»Einiges.«

»Nicht genug, glaube ich. Wir wollten die Kriege und das Töten beenden. Die brutalen Bombenangriffe auf die Zivilbevölkerung, die Massaker an Kindern. Alles fing ganz friedlich an, wurde aber mit Gewalt beantwortet. Wie in Italien bei den Demonstrationen gegen Nixons Besuch. Wir wollten nur unserer Meinung Ausdruck verleihen und wurden dafür verprügelt. Auf eine furchtbar brutale Art. Sie hetzten die Hunde auf uns und trampelten friedliche Demonstranten mit ihren Pferden nieder. Auf dem Hötorget und in Båstad, bei allen Demonstrationen. Wir waren total schockiert. Und wütend. Sie wollten uns wirklich verletzen. Und am Ende hatten einige genug. Sie wollten zurückschlagen. Das war auch wenig überraschend. Wir fingen als Pazifisten an und wurden zu Realisten geprügelt, so sagten wir immer.«

»Die Polizei musste ja für Ordnung sorgen.«

Leander trank einen Schluck von ihrem Tee und stellte die Tasse wieder auf den Tisch. Dann lächelte sie Sara an.

»Genau. Die Ordnung der Macht. Und dazu gehören Napalm gegen Kinder in Vietnam und Massaker an Flüchtlingen im Libanon. Und das gab es nicht nur dort. Denken Sie an den Gipfel in Göteborg 2001, als Polizisten einem Demonstranten in den Rücken schossen und freigesprochen wurden. Die Demonstranten dagegen wurden knallhart bestraft. Weil der US-Präsident anwesend war. Man stelle sich vor, die Stiefellecker in der Regierung hätten sich vor Bush schämen müssen.«

»Waren Sie jemals in einem Trainingslager im Nahen Osten?«

Leander zögerte mit der Antwort.

»Ich habe nie jemandem wehgetan.«

»Was haben Sie denn getan, ganz konkret?«

»Ja, zuerst war alles ganz unschuldig. Demonstrationen, Verkauf des Vietnambulletins, Flugblätter vervielfältigen, mit der Sammelbüchse herumstehen. So sind die meisten in die Bewegung gekommen.«

»Und dann wurden Sie militant? Wie das? Ist irgendetwas passiert?«, fragte Sara.

»Ich arbeitete als Journalistin, und ein deutscher Anwalt hatte zu einer Versammlung im Åsö-Gymnasium eingeladen, auf der er über die schrecklichen Haftbedingungen der

RAF-Mitglieder berichtete. Ich wollte mehr wissen, und er vermittelte den Kontakt zu einem Deutschen, der in Stockholm wohnte. Er hieß Dieter, oder eigentlich Joachim. Ein Gärtner. Damit teilten wir uns zumindest das Interesse für das Grüne.«

»Und der hat Sie radikalisiert?«

»Bei Ihnen klingt das so dramatisch«, sagte Leander. »Da glaubt man gleich, dass wir jeden Tag geschossen und Bomben gelegt hätten. Stattdessen bestanden die Tage aus alltäglichen Aufgaben und Warten. Wir haben Leute beobachtet, Autos und Wohnungen beschafft.«

»Waren Sie an der Besetzung der Botschaft beteiligt? Als zwei Diplomaten hingerichtet und scharf auf die Polizei geschossen wurde?«

»Ich war nicht in der Botschaft.«

»Aber Sie waren an den Vorbereitungen beteiligt«, hakte Sara nach.

Leander zuckte mit den Schultern.

»Ich bin mit Stefan, dem siebten Mitglied, durch die Stadt gefahren und habe ihm gezeigt, wo die Nachrichtenagenturen ihre Büros hatten. Damit er wusste, wo er Exemplare ihres Bekennerschreibens ablegen konnte.«

»Sie erzählen das, als wäre es irgendeine alte Urlaubserinnerung. Jedenfalls klingt es nicht so, als würden Sie es bereuen.«

Sara musste an Stellan Broman denken und spürte eine plötzliche Abscheu gegenüber dieser Frau. Auch Stellan hatte nie etwas bereut, nie gestanden, nie um Verzeihung gebeten. Sara fragte sich, ob sie selbst auch so war? Oder so werden konnte? Waren solche negativen Persönlichkeitsmerkmale erblich? Waren sie biologisch oder sozial bedingt? Stellan hatte seine böse Seite ja vor der Welt versteckt. Das heißt, vor allen, außer vor den jungen Mädchen, die seinen Übergriffen ausgesetzt waren. Und vor Lotta, die die Perversionen ihres Vaters für politische Zwecke benutzt hatte. Sara wusste nicht, wer von beiden schlimmer war.

»Es war ja nicht geplant, dass es so aus dem Ruder laufen würde«, sagte Leander und holte Sara in die Gegenwart zurück. »Das Interessante ist doch, dass Faschisten aus Kroatien, als sie Geiseln in Bulltofta nahmen, ihre Forderungen erfüllt bekamen und Gefangene auf freien Fuß gesetzt wurden, aber als Kommunisten Geiseln nahmen, wurde niemand freigelassen. Da ließen Geijer und Palme lieber zwei Geiseln sterben.«

Da hatte Leander vielleicht einen wunden Punkt getroffen, aber Sara wollte sich ehrlich gesagt nicht weiter darauf einlassen. Sie hatte das Gefühl, dass sie aus diesem Gespräch nicht mehr viel herausholen konnte. Es war Zeit, zur Sache zu kommen.

»Warum haben Sie das Geld an Jürgen Stiller überwiesen?«

»Es war ein Darlehen.«

»Wofür?«

»Das weiß ich nicht, ich habe ihn nicht gefragt.«

»Wann hatten Sie davor zuletzt Kontakt? Also, bevor er das Geld brauchte?«

Marita Leander schwieg. Sie sah auf den grünenden Balkon, und nach einer Weile lehnte sie sich zurück und seufzte tief. Setzte sich wieder aufrecht hin.

»Okay. Er wollte das Geld, damit er den Mund hält.«

Sara nickte, als wollte sie zeigen, dass dies alles für sie keine Überraschung war.

»Und ich habe bezahlt«, fuhr Leander fort. »Aber Sie haben mich ja trotzdem gefunden. Also war es verschwendetes Geld. Glauben Sie, ich kann es wiederbekommen?«

»Meinen Sie das im Ernst?«

»Es war mein gesamtes Erspartes, und ich würde mir so gerne einen Schrebergarten kaufen.«

Sara betrachtete Leander und überlegte, ob die Frau sie an der Nase herumführen wollte, aber sie schien es todernst zu meinen. Sie lächelte sogar, als stellte sie sich gerade vor, wie herrlich das Leben mit einem eigenen Schrebergarten wäre.

»Haben Sie keine Angst?«

»Wovor?«

»Dass Ihnen irgendetwas passieren könnte. Dass derjenige, der Stiller ermordet hat, auch hinter Ihnen her sein könnte?«

»Warum sollte er? Ich habe doch nichts getan.«

»Sie möchten keinen Polizeischutz?«

»Auf gar keinen Fall.«

Ohne sich aus dem Sessel zu erheben, unternahm Leander einen weiteren Versuch, die Katzen zum Spielen zu bewegen, ohne Erfolg.

»Was wissen Sie über die anderen, die Stiller erpresst hat?«, fragte Sara.

»Nichts. Ich wusste nicht, dass es andere gab. Wie hießen sie denn?«

»Hans Gerlach, Stefan Kremp und Otto Rau. Zwei von ihnen heißen heute Bo Enberg und Günther Dorch.«

»An Stefan kann ich mich sehr gut erinnern. Wir hatten sogar eine Affäre. Unglaublich charismatisch. Er kam aus irgendeinem Nest in Deutschland. Osnabrück. Aber er hatte wirklich Visionen. Der Kampf war alles. Ich habe allerdings keine Ahnung, wo er sich heute befindet.«

»Und die anderen beiden?«

»Otto war ein alter Kämpfer. Er wollte immer direkt die nächste spektakuläre Aktion. Die Bourgeoisie erschüttern. Ich bewunderte seinen Kampfeswillen, aber er war ein bisschen unheimlich. Total fokussiert, beinahe manisch. Wie Hans aussah, daran kann ich mich kaum erinnern. Er war meistens nur am Rande involviert. Ein bisschen feige. Es war ja so, dass man sich immer mit dem zusammentat, mit dem man am besten funktionierte, man bildete kleine, stahlharte Einheiten, in denen jeder bereit war, für den anderen in den Tod zu gehen.«

»Wie bei allen Terrorgruppen.«

»Wir waren keine Terroristen. Dieses Etikett haben uns die Polizei und die Mächtigen angehängt.«

»Wer waren Sie dann?«

»Freiheitskämpfer.«

»Das war der Name, den Sie sich selbst gegeben hatten.«

25

Irgendetwas musste sie doch mitbringen, dachte Jenna. Aber das fiel ihr ein bisschen spät ein, also schämte sie sich ein wenig, als sie die Geschenke überreichte. Ein Blumenstrauß von ICA mit Ringelblumen und Margeriten und ein kleines Kuscheltier aus einem Souvenirgeschäft. Eine kleine graue Maus mit großen Nagezähnen und aufgerissenen Augen. Es war ja der Gedanke, der zählte. Nadia lächelte, als Jenna die Geschenke übergab, beugte sich vor und umarmte sie sanft. Dann richtete Jenna sich auf und betrachtete ihre Freundin.

Sie sah schrecklich aus. Die blauen Flecken gingen ins Lilafarbene über, durch die großen Druckverbände sickerte Blut, die ausgeschlagenen Zähne waren noch nicht ersetzt und die Augen immer noch blutunterlaufen. Danach zu urteilen, wie sie das Gesicht verzog und sich bewegte, hatte sie immer noch schreckliche Schmerzen.

»Hat die Polizei dich gefunden?«, fragte Nadia. »Diese Frau?«

»Ja. Aber ich habe so getan, als würde ich sie nicht verstehen.«

»Warum?«

Jenna antwortete nicht.

»Willst du es immer noch tun?«, fragte Nadia.

»Warum nicht?«

»Sieh mich an.«

Nadia hob die Arme, als wollte sie sich zeigen. Jenna sah ihrer Freundin in die Augen.

»Mir ist schon Schlimmeres passiert«, sagte Jenna. »Ohne, dass ich dafür bezahlt wurde.«

»Das ist nicht dasselbe.«

»Nein, ich bekomme es nämlich bezahlt.«

»Es war schrecklich.«

»Hast du das Geld bekommen?«, fragte Jenna nach einer kurzen Pause.

»Ja.«

»Lass sehen.«

Nadia holte ihre Handtasche unter der Decke hervor und zeigte Jenna das Bündel Geldscheine. Der Anblick des Gelds schien sie zu beruhigen. Als Nadia die Entschlossenheit in den Augen ihrer Freundin sah, bedauerte sie, dass sie nicht gelogen und ihr gesagt hatte, dass das Geld nie bei ihr angekommen wäre. Warum hatte sie nicht darüber nachgedacht? Es wäre so einfach gewesen.

»Sie haben mir zweihundertfünfzigtausend versprochen«, sagte Jenna mit zitternder Stimme.

Nadia sah sie lange an.

»Dann ist es etwas Schlimmeres als das hier. Sieh dir an, was sie für hunderttausend gemacht haben.«

»Oder ich bin mehr wert.«

Nadia begriff, dass Jenna den Gedanken nicht zulassen wollte, dass sie auch bald im Krankenhaus liegen könnte, vielleicht sogar noch schlimmer verletzt. Vielleicht so schlimm, dass sie nie wieder ganz gesund werden würde. Als sie einmal angefangen hatten, waren sie kaum zu bremsen gewesen.

»In welcher Hinsicht?«, fragte Nadia. »Sie bezahlen nur mehr, wenn sie auch schlimmere Sachen machen dürfen. Was haben sie gesagt?«

Jenna antwortete nicht.

»Jenna, was haben sie gesagt? Raus damit!«

»Okay. Es ist mit drei Männern.«

»Nein.«

»Das habe ich vorher schon gemacht. Für ein paar Hunderter.«

»Jenna, tu das nicht. Sieh mich an. Sie werden dir wehtun.«

»Mit zweihundertfünfzigtausend kann ich aufhören. Ich kann zurück zu meinen Eltern und ihnen ein Haus kaufen. Meine Schwestern treffen. Und sie werden es mir erlauben. Ich muss nicht weitermachen. Sie haben versprochen, meiner Familie nichts zu tun.«

»Bitte … Elena, du musst mir zuhören.«

Jenna zuckte zusammen, als sie ihren wirklichen Namen hörte. Es war, als hätte Nadia eine Tür zu ihrem früheren Leben geöffnet. Eine große und schwere Tür, die sie abgeschlossen und den Schlüssel weggeworfen hatte, um die Männer hier von dem einzigen Schönen fernzuhalten, das sie kannte. Die Erinnerungen an ihre Mutter und die Schwestern.

»Es sieht immer schlimmer aus, als es ist«, erwiderte Nadia. »Du bist doch jetzt frei, oder? Du darfst nach Hause. Und das Geld mitnehmen.«

»Aber ich bereue, dass ich es getan habe.«

»Oder du bist nur neidisch, weil ich viel mehr bekomme als du.«

»Jenna, ich teile mein Geld mit dir. Du bekommst die Hälfte. Damit du es nicht tust.«

»Du vergisst eine Sache. Ich kann dann nicht nach Hause zurück wie du. Ich muss bleiben, sonst holen sie meine Schwestern.«

»Aber sie haben doch gesagt, dass du in einem Jahr nach Hause darfst.«

»Das haben sie auch schon vor einem Jahr gesagt. Ich will jetzt nach Hause.«

»Jenna …«

Jenna zwang sich zu einem Lächeln.

»Schlimmstenfalls lande ich hier bei dir. Und dann können wir zusammen hier liegen und unser Leben planen. In welche Cafés wir gehen, wo wir wohnen werden. Glaubst du, dass zu Hause alles noch so ist wie früher?«

Nadia antwortete nicht. Sie wusste nicht, was sie sagen sollte.

26

Günther Dorch ging nicht ans Telefon, und als Bo Enberg ihr mitteilte, dass er zu Hause sei und Sara gerne empfangen würde, fuhr sie stattdessen also nach Gävle. Das Navi sagte eine Stunde siebenundvierzig Minuten, aber Sara schaffte es in anderthalb. Idiotisch, aber sie dachte gar nicht darüber nach, wie schnell sie war. Sie wollte nur nicht überholt werden, und dann musste sie eben aufs Gaspedal treten.

Enberg wohnte in der Lilla Brunnsgatan 2, einem absolut hinreißenden und pittoresken Holzhaus in einem Viertel voller ähnlicher kleiner Häuschen. Das waren ganz offensichtlich die Teile von Gävle, die den großen Brand von 1869 überlebt hatten. Vielleicht lag deshalb ein solches Gefühl von Ruhe und Sicherheit über dem Stadtteil. Dem Gefühl, dass einen hier kein Unglück ereilen konnte.

Sara klopfte an die Tür, obwohl es eine Klingel gab. Anzuklopfen kam ihr irgendwie angemessener vor. Würdiger. Und beinahe sofort erschien Enberg und öffnete ihr. Ein auffallend kurz gewachsener Mann, mit übertrieben durchgedrücktem Kreuz, wie man es so oft bei kleinen Männern beobachtete. Vollkommen kahlköpfig, glattrasiert und mit kleiner, rahmenloser Brille. Sehr viele Haare in den Ohren, musste Sara außerdem feststellen. Er trug ein hellblaues Hemd, das er ordentlich in seine beigen Chinos gestopft hatte, und einen Gürtel mit großer Schnalle. Seine Füße steckten in Pantoffeln.

»Sara Nowak. Hallo.«

»Bo Enberg. Kommen Sie rein.«

Enberg führte sie in die Küche des kleinen Hauses, wo sie sich an den Küchentisch setzten. Eine Frau um die siebzig mit kräftigem Mascara und lilafarbenem Haar stellte eine Kanne Kaffee auf den Tisch.

»Meine Frau, Annica«, sagte Enberg. Die Frau nickte, drehte sich um und ließ sie allein.

»Also, wie kann ich der Polizei helfen?«, fragte Bo Enberg und lächelte.

»Erzählen Sie mir von Ihrer Beziehung zu Jürgen Stiller.«

»Zu wem?«

»Jürgen Stiller. Pfarrer in Torpa in Östergötland. Mitarbeiter der Stasi unter dem Decknamen Koch. Derselbe Pfarrer, der auch Ihre Personenstandsurkunden beschafft und Sie zu Bo Enberg gemacht hat.«

Enbergs Augen flackerten.

»Ich weiß nicht, wovon Sie reden«, sagte er schließlich.

»Letzte Woche haben Sie hunderttausend Kronen an Jürgen Stiller überwiesen, genau wie einige andere, denen er Geld abgepresst hat. Und am Freitag wurde er dann ermordet, vielleicht von einem von Ihnen?«

»Er ist tot?«

»Stiller? Ja. Sie kannten ihn also?«

»Ein alter Bekannter. Ich hatte einmal erwogen, dass er Annica und mich trauen könnte, aber dann … wurde nichts daraus.«

»Warum haben Sie ihm hunderttausend gezahlt?«

»Das habe ich nicht.«

»Wir haben die Daten der Überweisung vorliegen.«

»Es war eine Spende. Für seine Kirche. Ich finde, dass Kirchengebäude schön und von großer kultureller Bedeutung sind«, sagte Enberg voller Stolz.

»Sie spendeten also hunderttausend für eine Kirche, die mehr als fünfhundert Kilometer entfernt liegt?«

»Ja.«

»Und für welche Kirchen haben Sie sonst noch gespendet?«, fragte Sara, trank einen Schluck Kaffee und sah ihn gelassen an.

»Äh … bislang nur für diese. Aber die Kirche von Oslättfors ist eine starke Kandidatin.«

»Jetzt kommen Sie schon. Stiller hat das Geld von Ihnen erpresst, weil er Ihre neuen Identitäten kannte. Weil Sie eigentlich Gerlach, Kremp, Rau und Werner waren. Und Sie haben eine ganze Menge getan, von dem Sie nicht wollen, dass jemand davon erfährt.«

»Das stimmt nicht. Sie haben ein ganz falsches Bild vom Ablauf der Ereignisse.«

»Weiß Ihre Frau von Ihrer wahren Identität?«

Enberg starrte Sara an, er wirkte überrumpelt.

»Sie werden doch nichts sagen?«

»Ich weiß nicht. Erzählen Sie mir mehr von sich. Ich höre keinen Akzent, aber Sie sind wohl alle Deutsche, die Männer jedenfalls.«

»Ja, aber ich fand es idiotisch, die Namen zu ändern, eine schwedische Identität zu bekommen und mit einem deutschen Akzent zu radebrechen. Also habe ich viel geübt. Ich war sogar bei einer Logopädin, um die Aussprache hinzukriegen. Und immerhin wohne ich ja jetzt auch schon über fünfzig Jahre hier.«

»Wer von Ihnen war wer? Axt, Messer und Faust.«

»Ich war Messer. Von den anderen weiß ich es tatsächlich nicht. Die Decknamen sollten ja geheim sein, damit wir einander nicht verpfeifen konnten.«

»Was haben Sie denn getan?«

Enberg betrachtete sie verständnislos.

»Was war denn hunderttausend Kronen wert, damit es nicht herauskam?«, verdeutlichte Sara.

»Nichts. Aber mit Baader-Meinhof und den Kommandos

Siegfried Hausner oder Holger Meins in Verbindung gebracht zu werden ist nichts, was man heutzutage erleben möchte. Die Sieger schreiben schließlich die Geschichte, und die andere Seite hat gewonnen. In ihren Augen waren wir Terroristen, eine Gefahr für die Gesellschaft.«

»Aber Sie haben ja auch Banken ausgeraubt und alle möglichen Aktionen vorbereitet. Solche Dinge eben.«

»Ja, das war eigentlich ziemlich dumm. Man verlor vollkommen die Perspektive. Wir sprachen wirklich darüber, Minister zu entführen, einen bewaffneten Aufstand anzuzetteln oder die arbeitende Masse zu wecken.« Enberg schnaubte. »Wir wussten doch alle, dass wir die Arbeiterklasse nicht hinter uns hatten. Aber wenn man das laut gesagt hätte, wäre es zum Prozess gekommen.«

Sara warf ihm einen fragenden Blick zu. Er lachte in sich hinein und schüttelte den Kopf.

»Sie wissen schon, dass wir auch Prozesse geführt haben, oder? Interne. Dort wurde die Rechtgläubigkeit überprüft. ›Kritik und Selbstkritik‹, hieß es. Dort sollte man seine kleinbürgerlichen Neigungen und revisionistischen Tendenzen beichten und diejenigen der anderen kritisieren. Es gab einige, die sich selbst wegen Abweichungen anzeigten und verlangten, dafür bestraft zu werden.«

»Und Sie haben bei alldem mitgemacht?«

»Ja, man bekam so einen … Tunnelblick.«

»Und wie waren Kremp und Rau?«

»Kremp war der Ideologe, Rau die Dampflok. Der Antreiber. Gewalttätig. Er wollte den Polizeistaat so lange provozieren, bis er sein wahres Gesicht zeigte. Aber ich weiß nicht, ob er da nicht eher sein eigenes inneres Chaos auf die Gesellschaft projizierte. Er war auch ziemlich paranoid. War auf keinem Bild zu sehen. Aber er hielt den Kontakt zu unseren Freunden und schaffte das Geld ran.«

»Welche Freunde? Die DDR? Die Stasi?«, fragte Sara. Der alte Akademiker nickte. »Sind Sie stolz auf diese Freunde? Und was sie mit ihren Bürgern gemacht haben?«

Enberg schwieg lange, dann setzte er die Brille ab und begrub sein Gesicht in den Händen.

»Wir haben so viel Dummes getan … Es war … schrecklich. Unfassbar. Wir waren wie hypnotisiert. Stefan predigte und Otto hetzte. Wer auch nur den geringsten Zweifel zeigte, wurde niedergemacht, bedroht. Sie sagten, dass sie alle Verräter aus dem Weg räumen würden. Wir … Ein paar Mal haben sie Scheinhinrichtungen durchgeführt.«

»Von jemandem in der Gruppe?«

»Ja. Zur Aufrechterhaltung der Disziplin.«

»Auch bei Ihnen?«

Enberg sah Sara lange an, bevor er antwortete.

»Ja.«

»Wie?«

»Sie legten eine Schlinge um meinen Hals und stellten mich auf einen Hocker. Sie filmten mich sogar, als ich zusammenbrach, und zwangen mich dann, diesen Film immer und immer wieder anzusehen.«

Er fasste sich an den Hals, als würde er die Schlinge immer noch spüren.

»War Marita auch dabei?«

»Ja, natürlich. Sie gehörte auch zu den Heißspornen. Spielte uns gegeneinander aus.«

»Und Sie haben alle neuen Identitäten von Stiller bekommen?«

»Zuerst war das nur eine praktische Notwendigkeit, damit wir nicht ausgewiesen werden konnten. Aber dann fühlte es sich großartig an. Als wäre man unangreifbar. Es kam einem vor, als würde man ein geheimes Leben führen, als hätte man eine Superkraft. Besonders, als die anderen Deutschen nach dem Botschaftsdrama ausgewiesen wurden und wir unter dem Radar flogen. Aber dann musste diese neue Identität natürlich unterfüttert werden. Also besorgte man sich einen Job. Fing an zu studieren. Dadurch bekam man neue Freunde, fand vielleicht die große Liebe, und am Ende bekam die neue Identität das Übergewicht. Ich muss zugeben, dass ich mich schon lange nicht mehr als Hans Gerlach betrachte. Ich bin Bo Enberg. Mein politisches Engagement gab mir die Chance, den Menschen zu erschaffen, der ich sein wollte. Ein besserer Mensch.«

»Nachdem Sie mitgeholfen haben, unschuldige Menschen zu kidnappen und zu ermorden.«

Bevor Sara nach Hause fuhr, googelte sie ein weiteres Mal nach Dorch und bemerkte, dass er nicht für den Autohersteller Saab gearbeitet hatte, sondern für den Rüstungskonzern Saab. Das war ein gewisser Unterschied, vor allem, weil die fragliche Person Mitglied einer Terrororganisation war.

Während der Fahrt versuchte sie weiter, Dorch zu erreichen, und als sie auf der Höhe von Uppsala war, meldete er sich. Die beiden Türme der Domkirche auf der anderen Seite der Ebene tauchten im selben Augenblick auf, als er das Gespräch annahm.

»Dorch.«

»Sara Nowak. Ich habe Sie vor einer Weile schon einmal angerufen wegen ihrer Geschichte als Flüchtling aus der DDR. Sie haben mir erzählt, dass Ihre Familie bestraft worden war, nachdem ein Spion Informationen über sie weitergegeben hatte.«

»Ja, das war schrecklich. Aber darüber möchte ich nicht sprechen.«

Dorch hatte sich zumindest den Akzent nicht abtrainiert.

»Jetzt ist es so, dass einer Ihrer Bekannten ermordet worden ist, und es gibt Grund zu der Annahme, dass der Mörder sich in Ihren alten Kreisen bewegt hat.«

»Wer denn?«, fragte Dorch verwundert.

»Jürgen Stiller.«

»Kenne ich nicht.«

»Obwohl Sie ihm Hunderttausend überwiesen haben?«

»Woher haben Sie das?«

»Von der Bank.«

Heute fuhren alle langsam, dachte Sara. Statt die ganze Zeit die Fahrspur zu wechseln, beschloss sie, einfach auf der Überholspur zu bleiben.

»Wenn ich jemandem Geld überweise, dann geht das nur mich etwas an«, sagte Dorch. »Wer weiß, vielleicht war es auch ein Irrtum. Ich kann mich bei der Kontonummer verschrieben haben.«

»Wer waren Sie – Axt oder Faust?«

»Ich weiß nicht, wovon Sie sprechen.«

Er antwortete ein bisschen zu schnell, als hätte er beschlossen, alles zu leugnen, ohne vorher darüber nachzudenken. Und dafür gab es nur eine Erklärung: Er wusste genau, worüber Sara sprach. Jetzt verstand sie, wie Hunde, die Witterung aufgenommen hatten, sich fühlen mussten. Fokus, der Vorwärtsdrang. Man musste einfach weitermachen.

»Bo Enberg hat mir alles erzählt«, sagte sie. »Oder Hans Gerlach, als den Sie ihn vielleicht kennen. Alles, was Ihre kleine Terrorzelle getan hat.«

»Ich war bei keiner Terrorzelle. Ich weiß nicht einmal, was so etwas sein soll.«

»Sie haben sowohl die Behörden als auch Ihren Arbeitgeber an der Nase herumgeführt. Saab hätte Sie nie angestellt, wenn sie die Wahrheit gewusst hätten. Aber ein Anti-Kommunist, der vor der Unterdrückung geflohen ist, war vollkommen okay. Haben Sie Ihren Arbeitgeber ausspioniert?«

»Ich habe nichts mit Spionage oder irgendeinem Terrorismus zu tun, und jetzt lege ich auf.«

»Ihr richtiger Name ist Rau oder Kremp. Wenn Sie das weiter leugnen, kann ich die deutsche Polizei bitten, Bilder von Ihnen zu schicken.«

Verdammt. Hundertsechzig Kilometer pro Stunde. Sie war von dem Gespräch vollkommen vereinnahmt worden. Sara senkte das Tempo, während Dorch aufdrehte.

»Wo haben Sie das denn alles her?«, sagte er mit gereizter Stimme. »Jetzt hören Sie mir mal zu: Vielleicht haben Sie ein paar alte Papiere gefunden, die mich als ehemaligen Terroristen ausweisen, der von der DDR unterstützt worden ist, aber dann sollten Sie auch daran denken, dass Desinformation das entscheidende Instrument des Kalten Kriegs war. Die DDR verbreitete falsche Angaben über jeden, der aus ihrer Diktatur geflohen war. Benutzen Sie also Ihren gesunden Menschenverstand und denken Sie darüber nach, dass Sie das Leben von Menschen zerstören können, wenn Sie solche Gerüchte verbreiten.«

»Waren Sie Axt oder Faust?«

»Ich war gar nichts.«

»Ihr Leben kann in Gefahr sein. Wer Stiller getötet hat, der kann auch hinter anderen her sein.«

»Niemand ist hinter mir her. Leben Sie wohl.«

Dorch legte auf.

27

Der erste Kick verfehlte sie, aber Anna drehte sich blitzschnell ein weiteres Mal und platzierte den nächsten Tritt an ihrer Schläfe.

Sara verfluchte die Tatsache, dass sie einfach stehen geblieben war wie eine Anfängerin, auch wenn es nur eine halbe Sekunde war.

Sie hatte sich treffen lassen.

Statt zurückzuweichen und sich für einen weiteren Treffer zu öffnen, bewegte sie sich auf Anna zu und schränkte ihren Bewegungsraum ein.

Sie schlug schnell und hart auf den Solarplexus, während sie nach dem hohen Tritt immer noch ohne Deckung war.

Sie merkte, wie Anna die Luft aus der Lunge gepresst wurde.

Was Sara direkt ausnutzte, um ihre Fäuste in einem unglaublich hohen Tempo auf die Stirn ihrer Gegnerin prasseln zu lassen. Anna bekam die Deckung hoch, aber sie war jetzt in der Defensive.

Sara legte eine Pause ein, um eine Blöße zu suchen, und das nutzte Anna sofort. Sie warf ihre Arme um Saras Nacken und schloss die Hände, während sie Saras Kopf und Oberkörper nach unten zog. Dann trieb sie ihr die Knie heftig ins Zwerchfell.

Es schmerzte höllisch, aber wegen eines bisschen Schmerzes würde Sara niemals aufgeben. Das hatte sie sich geschworen. Erst musste etwas kaputtgehen.

Stattdessen schlang sie die Arme um Annas Leib und

drückte sie so fest zusammen, wie sie konnte. Bei diesem Griff hätte sie ihrer Gegnerin auch ins Gesicht beißen können, das heißt, wenn sie vorher den Zahnschutz ausgespuckt hätte und die Gegnerin nicht Anna gewesen wäre.

Die Freundin wimmerte vor Schmerz.

Sara sah in ihren Augen, wie die Panik zunahm, keine Luft mehr zu bekommen.

Anna klopfte ab.

Drei kurze, schnelle Schläge auf den Boden oder den Teil der Gegnerin, den man erreichen konnte, bedeuteten, dass man aufgab. Darauf ließ der Gegner sofort los. Genau wie Sara es jetzt tat. Es war ein wichtiger Reflex, den alle Kampfsportler hatten. Er war besonders dann von Bedeutung, wenn man einen Kampfsport trainierte, in dem gewürgt und gehebelt wurde. Eine Sekunde Verzögerung konnte katastrophale Konsequenzen haben.

»Du bist irre!«, sagte Anna, nachdem sie wieder zu Atem gekommen war, und schlug Sara auf die Schulter. Keine von ihnen verlor gerne.

Sie ließen sich beide auf die weiche Trainingsmatte fallen und keuchten, während der Schweiß aus den Poren troff. Das war einer der Vorteile, wenn man auf dreihundert Quadratmetern wohnte. Man konnte sich einen richtigen Trainingsraum einrichten. Martin, der immer ein bisschen zu weit gehen musste, hatte den alten Speisesaal auf dem Boden und an den Wänden mit dicken Trainingsmatten auskleiden lassen, damit Sara dort trainieren konnte, solange sie wollte.

»Erzähl mir alles«, sagte Anna, als sie im großen Badezimmer nebeneinander in den Duschen standen.

»Ich kam im Jahr 1975 in der Allgemeinen Stockholmer Entbindungsanstalt zur Welt …«

»Ha, ha«, sagte Anna mit ironietriefender Stimme. »Über diesen Pfarrer.«

Was sie gerade über ihre Geburt berichtet hatte, war ein Geheimnis, von dem bis vor ein paar Wochen nicht einmal Sara selbst eine Ahnung gehabt hatte. Sie hatte immer geglaubt, dass sie in Polen geboren und ihr Vater ein Pole war. Aber sie hatte das, was sie über Onkel Stellan herausgefunden hatte, bislang noch keinem Menschen erzählt, und als es ihr jetzt gegenüber Anna herausrutschte, war sie froh, dass sie es als Scherz betrachtete.

»Eva Hedin, du weißt schon, diese Historikerin, behauptet, dass es eine gute alte Stasi-Methode war, es als Selbstmord aussehen zu lassen, wenn man sich gewisser Leute entledigte. Aber hier war es beinahe überdeutlich, die Bibel war an der Stelle aufgeschlagen, an der Judas Selbstmord begeht. Und ich fand eine Liste mit Decknamen …«

»Spul mal ein bisschen zurück. Warst du dort?«

Sara schwieg eine Sekunde und sah ein, dass sie gerade ein ernsthaftes Vergehen gebeichtet hatte. Sie war an einem Tatort gewesen, obwohl sie an den Ermittlungen nicht beteiligt war. Aber mein Gott, es war ja Anna. Was konnte es schon schaden?

»Ja. Ich bin hingefahren. Ich konnte mich nicht zurückhalten.«

»Sara …«

»Zum Glück habe ich es getan! Ich glaube nicht, dass die Polizei da unten die Namensliste gefunden hätte. Vor allen Dingen hätten sie keine Ahnung gehabt, was sie bedeutete.«

»Was waren das für Namen?«

»Decknamen. Messer, Axt, Faust und Lorelei.«

»Sind das nicht die sieben Zwerge?«

Sara lächelte. Stieg aus der Dusche und griff nach einem Handtuch.

»Nein, das sind wohl eher ein paar Rumpelstilzchen.«

»Ach ja, stimmt«, sagte Anna und grub in ihrem Necessaire. »Mein Gott, was für ein Luxus mit zwei Waschbecken.«

Das war Saras einzige Bedingung für die Wohnung gewesen. Zwei Waschbecken und zwei Spiegel im großen Badezimmer. Und sie war beinahe jeden Tag dankbar dafür. Wie oft hatte Martin sich nicht die Zähne geputzt, wenn sie sich gerade schminken oder abschminken wollte, ganz zu schweigen von Ebba, als sie das Teenageralter erreichte und sich weigerte, das kleine Badezimmer zu benutzen, weil das Licht bei Mama und Papa so viel besser war. Dann blockierte sie eines der Waschbecken stundenlang.

Sara schielte zu Annas Bewaffnung hinüber, als sie sich wieder fertig machten. Dr. Hauschka und Biotherm. Sara benutzte YSL und Helena Rubinstein. Das war wohl der eigentliche Zweck der Kosmetik, die eigenen Marken und die eigenen Produkte zu finden, die genau zum eigenen Gesicht passten.

»Hast du Schmerzen?«, fragte Anna.

»Wie Sau. Du hast ein paar richtig gute Treffer gelandet.«

Es war wichtig, kein schlechter Verlierer zu sein, sondern demütig in der Stunde des Triumphes. Am liebsten hätte Sara losgejubelt: »Ich habe gewonnen! Ich habe gewonnen!«

»Schön, dass wir wieder zusammen trainieren können«, sagte Anna. »Dass du wieder da bist.«

»Falls man das so nennen kann.«

»Was meinst du damit?«

»Ich weiß nicht, ob ich wirklich zurück bin oder ob ich jetzt eine andere bin.«

Anna sah aus, als würde sie über Saras Antwort nachdenken.

»Es sieht dir jedenfalls nicht ähnlich, nicht ans Telefon zu gehen.«

»Nein«, sagte Sara. »Ich weiß auch nicht, warum ich …«

»Ich weiß nicht, ob du deine Ruhe haben möchtest, ob du nicht möchtest, dass ich anrufe. Aber wenn es um die Arbeit geht, muss ich es ja.«

Sara drehte sich um und sah Anna direkt in die Augen.

»Ich bin sehr froh darüber, dass du immer noch anrufst.«

Anna lächelte Sara kurz zu, wurde dann aber wieder ernst.

»Wie hat es sich eigentlich angefühlt?«, fragte sie. »So nah am Tod zu sein?«

Sara schwieg lange.

»Ich konzentriere mich darauf, überlebt zu haben«, sagte sie schließlich.

»Ja. Gott sei Dank.«

»Das war bestimmt nicht Gottes Verdienst. Wir sprechen hier über etwas anderes.«

»Okay. Über deine Spione«, sagte Anna, holte den Mascara-Pinsel heraus und beugte sich näher an den Spiegel.

»Sie waren keine Spione. Sie waren Terroristen. Du weißt schon, von der Baader-Meinhof-Gruppe und so. Es gab da ja jede Menge Kommando X, Y oder Z in den Siebzigerjahren, die den Imperialismus zerstören und die jeweils anderen aus dem Gefängnis pressen sollten. Das hier sind vier ehemalige Mitglieder eines solchen Kommandos, denen der Pfarrer Personenstandsurkunden mit neuen Identitäten besorgt hatte. Und jetzt scheint er sie deswegen erpresst zu haben. Drei von ihnen haben bezahlt.«

»Aber nicht alle.«

»Vielleicht war es der Vierte, der ihn umgebracht hat. Oder der Mörder ist einer von denen, die bezahlt haben, um sich nicht verdächtig zu machen. Falls jemand die Erpressung entdeckt.«

»Baader-Meinhof? Sie waren also Deutsche?«

»Drei von ihnen. Die Frau ist Schwedin. Aber alle wohnen jetzt in Schweden. Jedenfalls die drei, mit denen ich gesprochen habe.«

»Du hast dich mit ihnen getroffen?«

Was war bloß mit ihr los? Hatte sie die Deckung vollständig gesenkt? Mit einem Seufzen legte Anna das Necessaire zur Seite und Sara begegnete ihren misstrauischen Blicken.

»Ich wollte wissen, wofür sie bezahlt haben«, sagte sie nach einer Weile.

»Und das haben sie erzählt?«

»Nein. Nur, dass sie nicht wollten, dass ihre wahren Identitäten bekannt werden. Aber ich denke, es geht um das, was sie damals gemacht haben. Sie waren ziemlich abgezockt.«

»Du bist vorsichtig, okay?« Anna betrachtete sie besorgt.

»Natürlich.«

Sara wandte sich wieder dem Spiegel zu und musterte ihr Gesicht. Betrachtete die Narben von den Brandwunden. Sie hatte auch damals gedacht, dass sie vorsichtig wäre.

Geschminkt und bekleidet gingen sie in die Küche und wählten einen von Martins unverschämt teuren Weinen aus. Sie holten sich zwei Gläser aus dem Schrank, die mit Sicherheit für irgendeine andere Traube vorgesehen waren, und steuerten auf die Treppe zum Turmzimmer zu. Bevor sie sie erreicht hatten, hörten sie, wie die Wohnungstür geöffnet wurde und Martin rief:

»Schatz? … Bist du zu Hause?«

»Geh schon mal rauf«, sagte Sara zu Anna, gab ihr die Flasche und die Gläser und ging ihrem Mann entgegen.

Ein schneller Kuss, wie immer, wenn sie sich begrüßten oder verabschiedeten. Als wollten sie sich selbst und der Welt zeigen, dass sie zusammengehörten. Es wäre sonst ja leicht zu vergessen gewesen, nach mehr als zwanzig gemeinsamen Jahren.

»Er kommt vielleicht hierher!«, sagte Martin aufgeregt, sobald sich ihre Lippen getrennt hatten.

»Wer denn? Der liebe Gott? Dann sollten wir dringend Buße tun und Reue zeigen.«

»Scam!«

»Aber nicht … hierher!«

Sara sah sich um. Es herrschte Chaos, wie immer. Überall Kleidung. Bücher und Zeitschriften. Martins letzte Technik-Gadgets und die Pappkartons, in denen sie gesteckt hatten.

»Doch, natürlich. Er ist Amerikaner. Da lädt man einander nach Hause ein. Er erwartet es.«

»Aber hier sieht es furchtbar aus.«

»Furchtbar« war natürlich ein relativer Begriff, aber für einen hochrangigen Chef, der einen Mega-Star empfing, waren Staubmäuse und Kleiderhaufen eher suboptimal.

»Ich weiß«, sagte Martin. »Aber ich besorge eine Reinigungsfirma.«

»Nie im Leben!«

Nach wie vor hallte ihr aus der Kindheit die Verhöhnung ihrer Mutter in den Ohren, was die Schwestern Malin und Lotta ihr zugerufen hatten, und sie würde sich bis ans Ende ihres Lebens dafür schämen, dass sie eingestimmt hatte: »Cleaning woman, cleaning woman!« Arme Jane. Keine Frau sollte sich um den Dreck einer anderen Frau kümmern müssen, um zu überleben. Das war Saras felsenfeste Überzeugung, und in ihr lag die ganze späte Reue darüber begraben, die Hand, die sie gefüttert hatte, verspottet zu haben.

»Du bist an der Reihe«, sagte Sara. »Du putzt.«

»Das schaffe ich nicht. Es brennt an allen Ecken und Enden. Begreifst du überhaupt, wie groß er ist?«

»Jedenfalls nicht größer als diese verdammte Wohnung.«

»Viel größer.«

»Keine Putzfirma. Ansonsten kannst du es lösen, wie du willst. Putzen oder ihn im Chaos empfangen.«

Sara drehte sich um und ging. Martin schwieg ein paar Sekunden, dann klingelte sein Handy.

»Martin.« Dem Namen folgte ein intensives Brummen. »Bin schon auf dem Weg!«, sagte er dann.

Erneut wurde die Wohnungstür geöffnet und geschlossen, während Sara die Treppe zum Turmzimmer hinaufging.

»Ich rufe zurück«, sagte Anna und drückte das Gespräch weg, als Sara kam. »Ein Date«, erklärte sie.

»Okay. War das Lina?«

»Was?«

»Die Bedienung?«

»Äh, ja. Genau.«

Anna wurde rot, bemerkte Sara. Vielleicht würde ja tatsächlich etwas daraus werden.

»Ah«, sagte Anna. »Apropos Lina. Könntest du das hier vielleicht Martin geben?«

Anna zog einen USB-Stift aus der Tasche und hielt ihn Sara hin.

»Was ist das?«

»Ein paar Songs. Ihre Stimme haut einen wirklich um. Ich dachte, dass Martin es vielleicht gerne hören würde.«

Anna bemerkte Saras skeptischen Blick und begann sich zu verteidigen.

»Nein, es ist nicht so, wie du glaubst. Das war nicht der Grund, warum sie … Ich hatte gedacht … Ach, scheiß drauf.«

»Danke.«

Anna steckte den USB-Stick wieder weg, jede von ihnen trank einen großen Schluck Wein, und damit war der USB-Stick vergessen.

»Warum habt ihr das Schlafzimmer nicht hier oben?«, sagte Anna und schaute über den Kornhamnstorg nach Södermalm hinüber. »Mit dieser Aussicht.«

»Du meinst die Baustelle?«

»Die ist doch in ein paar Jahren verschwunden.«

»Dann ziehen wir hier oben hin. Noch ein bisschen Wein?«

Sara schenkte großzügig von dem edlen Tropfen in die vermutlich falschen Gläser nach.

»Was wollte Martin?«

»Eine Putzfirma hierher bestellen.«

»Okay?«

»Nur über meine Leiche. Aber er dreht total durch wegen diesem Uncle Scam und will ihn zu uns einladen, wenn er nach Schweden kommt.«

»Hierher? Echt? Wie cool.«

»Nicht, wenn dafür Putzfrauen nötig sind.«

»Hast du den Artikel im *Aftonbladet* gelesen? Wie viel er bei einem Besuch im Restaurant ausgibt? Mehrere Hunderttausend an einem Abend. Dreißigtausend allein als Trinkgeld.«

»Wenn ich dreißig Riesen bekomme, putze ich gerne«, sagte Sara und zuckte mit den Schultern.

»Aber es ist schon ein bisschen lustig, wenn er eine Polizistin zu Hause besucht. Unsere lieben Kollegen werden ihn bestimmt beschatten, wenn man an seinen Ruf denkt. In jedem zweiten Song geht es um Drogen.«

»Dann komme ich ja auch ins Register, weil ich mit einem bekannten Drogenkonsumenten Umgang habe.«

»Also müssen wir dich auch beschatten«, sagte Anna und lachte.

»Ich habe Martin jedenfalls gesagt, dass er sich von allen Drogen fernhalten soll. Eigentlich wollte ich ihn sogar bitten, das Ganze zu filmen, damit wir Beweise haben, aber das würde vielleicht ein bisschen zu weit gehen.«

»Man weiß ja auch nicht, wie viel davon nur Imagepflege und große Worte sind. Wie ist denn eigentlich sein richtiger Name, Cornelius irgendwas? Klingt nicht ansatzweise so cool wie Uncle Scam. Aber was machst du mit Ebba?«

»Wie meinst du das?«

»Wenn er hierherkommt. Du hast doch bestimmt auch gelesen, dass er verrückt nach jungen Mädchen ist.«

»Was, Ebba? Nein, hör auf.«

»Ich sag es ja nur.«

»Sie darf einfach nicht kommen. No way.« Sara schüttelte den Kopf und nahm sich vor, Martin und Olle einzuschärfen, dass sie Ebba nichts von dem Besuch erzählen sollten. Sie wusste nur zu gut, was passieren würde, wenn Ebba herausbekäme, dass Sara sie von Uncle Scam fernhalten wollte. Sie wäre sauer auf ihre Mutter und würde erst recht versuchen, den Star kennenzulernen. Kindererziehung war ein Spiel mit hohem Einsatz. Ein bisschen wie Poker: Man durfte nicht allzu heftig bluffen, alles setzen, wenn es nötig war, und vor allen Dingen hoffen, dass man nichts zeigen musste. Obwohl, der Vergleich hinkte ein bisschen, musste Sara zugeben.

»Wird Martin nie neidisch auf die ganzen Künstler, die er kennenlernt?«, fragte Anna und trank einen Schluck Wein. »Ich meine, er schrammelt doch selber immer noch ziemlich viel mit seiner Band, oder?«

»Ich frage mich, ob er immer noch glaubt, dass er irgendwann groß rauskommen wird.« Sara sah auf die Hausdächer von Gamla Stan hinaus und fragte sich, was das eigentlich über ihren Mann sagte.

»Das ist ja fast ein bisschen süß. In uns allen steckt wohl eine kleine Rampensau.«

»Meine ist allerdings in einem sehr engen Käfig eingesperrt. Vielleicht ist sie sogar schon tot. Martin füttert sie dagegen ständig. Ich will ja nicht gemein sein, aber ich glaube, es geht eher darum, gesehen zu werden, statt Leute zu unterhalten.«

»Das ist ja eine lustige Taktik«, bemerkte Anna. »Nichts Gemeines sagen zu wollen, um dann etwas richtig Gemeines zu sagen.«

»Aber ich *wollte* nicht gemein sein!«

»Ich will ja nicht gemein sein, aber du bist der hässlichste Mensch auf der Welt.« Anna grinste sie an.

»Nein. Es war so. Martin war schon in der Schule extrem

bühnengeil. Und es hat nie nachgelassen. Er muss jedes Mal auf dem Betriebsfest auftreten, und seine armen Angestellten wagen nicht zu protestieren. Und jetzt im Juni wollte er auf Ebbas Abschlussfeier auftreten, aber sie weigerte sich.«

Sara lächelte, aber wurde wieder ernst, als sie sich an die Tage rund um Ebbas Fest erinnerte, die Tage vor der entscheidenden Auseinandersetzung mit Abu Rasil, die letzten Tage ihres »normalen« Lebens, von dem sie geglaubt hatte, dass sie es immer leben würde. Das Leben, zu dem sie nie wieder zurückkehren konnte.

»Mein Gott, da müssen Löcher in den Gläsern sein«, sagte Anna. »Sie sind schon wieder leer.«

Sara schenkte nach, und Anna hob das Glas und stieß an, zuerst mit Sara, dann ein paar Mal in die Luft, in unterschiedliche Richtungen. Sara betrachtete ihre Freundin skeptisch. Anna begegnete ihrem Blick.

»Jetzt musst du es auch spüren«, sagte sie.

»Was?«

»Dass hier jemand ist.« Anna sah sich im Turmzimmer um. »Vielleicht sind das diese Nazis? In diesem Raum herrscht jedenfalls keine harmonische Energie.«

Sara hatte Anna von den alten Gerüchten erzählt, dass ein früherer Besitzer Nazis in der Wohnung versteckt hatte, die nach dem Krieg aus Deutschland hierher geflohen waren.

»Das liegt bestimmt an den Ratten. Prost.«

Im selben Augenblick piepste ihr Handy. Martin, nahm Sara an. Aber es war eine Nachricht von Hedin.

»Fahre nach Berlin. Weiteres später.«

Berlin? Was hatte sie dort denn vor?

Sara hoffte, dass es nicht ihr Fehler war und sie Hedin nicht in irgendetwas Gefährliches hineingezogen hatte.

Anna stieß erneut an, aber plötzlich konnte Sara nur noch an einen ermordeten Pfarrer denken.

28

Sara wachte um sieben Uhr auf, ihr Kopf war schwer nach den zwei, drei Flaschen Wein, die sie mit Anna am Abend zuvor geteilt hatte. Verdammt, im Rausch und vor lauter Verwirrung hatte es sogar Umarmungen und »Ich liebe dich«-Bekenntnisse gegeben. Wie amateurhaft. Und das, obwohl sie gar nicht so betrunken gewesen war. Sie wusste nicht, ob sie sich schämen oder stolz sein sollte.

Martin war schon aufgestanden, obwohl er erst gegen zwei nach Hause gekommen war. Sie erhob sich, pinkelte, machte ihre Liegestütze und ging zu ihrem Mann in die Küche. Ihr Mann, der sich trotz allem Stress und aller Aufregung vor dem Besuch des großen Stars die Zeit genommen hatte, ihr eine Tasse Tee zuzubereiten. Sie gab ihrem Gatten einen Kuss als Dankeschön. Und weil der Tag rein technisch als Kater-Tag einzustufen war, übersprang sie die Hafergrütze und schmierte sich stattdessen ein halbes Baguette mit Knoblauchkäse. Wunderbar.

Dann wollte Walter sein Katzenfutter als Dankeschön dafür, dass er die ganze Nacht lang die Küche gegen die Ratten verteidigt hatte. Glücklicherweise hatte er keine gefangen. Es blieb immer an Sara hängen, sich um die Leichen zu kümmern, weil Martins Rattenphobie auch tote Exemplare mit einschloss. Sara versuchte, eine Parallele zu ihrer Arbeit herzustellen, dass sie es war, die sich um die Ratten in der Gesellschaft kümmerte, aber auch dieser philosophische Ansatz half nur wenig. Blutige Rattenleichen wurden davon nicht weniger eklig.

Martin verschwand mit dem Kaffeebecher in der Hand. Jetzt ging es um Absperrungen und Gästelisten und Akkreditierungen für Journalisten. Vor diesen beiden Konzerten wollte Martin sich anscheinend nicht auf andere verlassen. Als sie hörte, wie die Wohnungstür zuschlug, überlegte sie, wie viele Kaffeetassen Martin schon mit zur Arbeit genommen hatte, ohne dass sie jemals wieder auftauchten. Mindestens ein paar Dutzend.

Sie überflog die Nachrichten im Internet. Nichts über einen Pfarrer in Östergötland, nichts über eine verschwundene ehemalige Chefin der SIDA, nichts über ehemalige Terroristen aus Westdeutschland. Aber umso mehr über Uncle Scam. Listen seiner besten Songs, die größten Skandale, seine Karriere in Jahreszahlen, Verlosungen von Eintrittskarten. Auf Martins Lieblings-Radiokanal plapperten sie über die Konzerte. Die Friends Arena war zweimal ausverkauft. Und dann gab es Gerüchte, dass Uncle Scam einen supergeheimen Clubauftritt plante, die Frage war nur, wo. Sara schaltete um auf P2. Die Brandenburgischen Konzerte. Sie dachte an ihre Geige, die sie im Zorn zerschmettert hatte. Bedeutete diese Hinrichtung das Ende ihres Geigenspiels? Der Gedanke war ebenso traurig wie befreiend. Wie beim Schulabschluss.

Als sie gerade ihr Baguette aß, rief Jane zurück, die wie immer am frühen Morgen schon munter war. Sara kam sofort zur Sache. Genau wie Jane es auch immer tat.

»Warst du zu Hause bei Lottas Familie?«

»Ja.«

»Warum?«

»Falls sie Hilfe brauchten.«

»Hast du etwas über Stellan gesagt?«

»Nein.«

»Oder über mich?«

»Warum sollte ich?«

»Warum hast du deinen Regenschirm dort gelassen?«

»Ich habe ihn vergessen.«

»Du vergisst nie irgendetwas. Du brauchtest einen Grund, um wiederzukommen.«

»Warum auch nicht? Ich besuche sie gerne.«

»Mama, komm schon. Irgendetwas treibst du da doch.«

»Ja, ich sehe fern.«

Weiter kam sie nicht. Jane fing an, sich über die langweiligen Morgennachrichten zu beschweren, und Sara sagte daraufhin, dass sie gleich losmüsse. Irgendetwas hatte ihre Mutter vor, aber Sara kam nicht dahinter, was es war, und Jane würde es ganz offensichtlich niemals zugeben. Das Schlimmste daran war, dass ihre Mutter es genau deshalb geheim hielt, weil sie wusste, dass es Sara nicht gefallen würde. Genau, wie Sara selbst es getan hätte, musste sie sich eingestehen.

Nach einer langen, warmen Dusche zog sie sich an und ging auf den Kornhamnstorg. Leider war die Eisdiele nicht geöffnet. Bomonti lag in ihrem Haus und hatte Stockholms bestes Zitronensorbet, vielleicht sogar das beste des Landes. Von allen Zitronensorbets, die Sara gegessen hatte, war es das einzige ohne bitteren Nachgeschmack. Den sollte ein Zitronensorbet nicht haben, es reichte schon, dass alle anderen Dinge im Leben ihn hatten. Dann musste es eben ohne Eis gehen. Nach den Ereignissen in Bromma hatte sie sich geschworen, das Leben mehr zu genießen. Öfter Zitronensorbet zu essen gehörte zu diesem Programm, aber auch andere, wichtigere Dinge. Sie hatte noch eine gute Stunde, bis sie zur Arbeit erscheinen musste, und sie hatte auch schon eine Idee, was sie mit dieser Stunde anfangen würde.

»Sara«, sagte eine Stimme neben ihr. Als sie sich umdrehte, fiel ihr Blick auf CM. Carl Magnus – wie war sein Nachname noch gleich? –, der Nachbar der Familie Broman, hatte sie angesprochen.

»Wie geht es dir?«, fragte er mit voller Anteilnahme. Wie viel wusste er über das, was passiert war? Vielleicht hatte ihm die Polizei erzählen müssen, wofür sein Gewehr benutzt worden war. Aber wie viel wusste eigentlich die Polizei?

»Gut. Und wie geht es dir?«

»Bestens. Ich war gerade in der Gegend und wollte mir bei der Gelegenheit das Spektakel hier ansehen«, sagte er und deutete auf die Ewigkeits-Baustelle vor Saras Haustür. Der Slussen-Skandal. »Sie werden wohl kaum fertig werden, bevor ich den Löffel abgebe.«

Sara fragte sich, wie CM sich wohl gefühlt hatte, als er in seinem eigenen Haus eingesperrt gewesen war und möglicherweise nicht rechtzeitig gefunden werden konnte. Er hatte der Polizei erzählt, dass Agneta und er ein Verhältnis hatten, aber er nicht gewusst hatte, wer sie eigentlich war. Und so gehörte er zu den Wenigen, die die Wahrheit über Agneta Broman kannten. Oder zumindest einen Teil der Wahrheit. Dass sie eine Art geheimer Agentin war, aber wohl kaum, dass sie von der Sowjetunion als Schläferin eingeschleust worden war, unter falscher Identität lebte und den Stasi-Spion Geiger für den KGB überwacht hatte. Sara hatte auch mitbekommen, dass Agneta ihrer Ideologie abgeschworen und alles getan hatte, damit ihre geliebten Enkelkinder nicht im Schatten der Intrigen und falschen Loyalitäten des Kalten Kriegs aufwachsen mussten. Da sie von Agnetas Doppelspiel wusste, fragte sich Sara, welchen Zweck die Affäre der alten Frau mit ihrem Nachbarn CM gehabt hatte. Oder war es nur das ganz normale menschliche Bedürfnis nach Nähe? Spione brauchten doch auch Körperkontakt? Mit Stellan hatte sie bestimmt keine enge Beziehung mehr gehabt angesichts seiner abstoßenden Geheimnisse. Sara würde jedenfalls für ewig dankbar sein, dass sie in ihrer Kindheit mitbekommen hatte, dass CM ein sehr kostbares Gewehr der Marke Fabbri besaß. Das hatte nicht nur ihr das Leben gerettet, sondern auch sehr viele andere Leben mitten in Europa.

Sie winkte CM zum Abschied zu und spazierte über die Brücke und den Nybroplan nach Östermalm.

Dort, durch eine große Glastür an der Ecke Torstenssongatan/Riddargatan, sah sie ihr erstgeborenes Kind hinter einem großen Empfangstisch stehen, wie sie im Kostüm und mit hochgestecktem Haar den Angestellten zulächelte, die zur Arbeit erschienen.

Freundlich und charmant, mit einem fröhlichen Kommentar für jeden, der an ihr vorüberging. Sara hätte liebend gerne auch diese Seite von Ebba erlebt, aber sie war froh, dass sie immerhin im Umgang mit anderen Menschen zum Vorschein kam. Ihre Tochter war doch nicht ständig zornig.

Wenn sie ehrlich sein sollte, störte es sie ein bisschen, dass Ebba sich so sehr freute, bei ihrem Großvater arbeiten zu dürfen, aber das war ja nur vorübergehend. Der erste Job am Beginn des Wegs zur eigenen Karriere und zum eigenen Leben. Sara hoffte, später mehr daran beteiligt zu sein als in Ebbas Jugend. Darauf hatte sie sich ja immer gefreut. An der Seite ihrer Tochter zu stehen, wenn sie sich ein eigenes Leben aufbaute.

Sara legte die Hand auf den Messinggriff und schob die Tür auf. Ebba wandte ihr lächelndes Gesicht dem Eingang zu, aber sobald sie ihre Mutter sah, gingen die Mundwinkel nach unten.

»Mama, ich arbeite!«, fauchte sie beinahe.

Sara sah sich um. Teppichboden, Ei-Sessel, Noguchi-Tische und das Logo des Konzerns in zwei Metern Messing an der Wand. »Titus & Partners«. Ebba begrüßte eintreffende Kollegen mit einem Lächeln, und dazwischen warf sie zornige Blicke auf ihre Mutter.

»Was willst du?«

»Ich wollte sehen, wie es dir geht«, antwortete Sara ihrer Tochter.

»Mir geht es super. Sie sind alle unheimlich nett zu mir.«

»Ja, natürlich. Das Unternehmen gehört schließlich deinem Großvater.«

»Mein Gott, bist du gemein. Darum geht es doch gar nicht.«

Nein, das war eine dumme Bemerkung gewesen. Sara bereute sie. Warum sollte Ebba nicht glauben, dass die Welt schön war? Sie würde noch früh genug merken, wie sie wirklich funktionierte, aber das musste sie selbst lernen. Auf dem harten Weg.

»Guten Morgen, Ebba.«

Die dunkle Stimme zauberte nicht nur ein Lächeln auf Ebbas Gesicht, sie wuchs regelrecht ein paar Zentimeter und zog die Augenbrauen hoch.

»Guten Morgen! Wie geht es dir?«

»Ausgezeichnet.«

Sara drehte sich zu der Stimme um und entdeckte einen gutaussehenden Vierzigjährigen in einem eleganten Anzug ohne Krawatte, aber mit einem Tuch in der Brusttasche, einer Pochette, wenn sie sich richtig erinnerte. Grüne Augen und dichtes braunes Haar, das nach hinten gekämmt war und sich in Wellen über den Nacken legte. Er betrachtete Sara und streckte die Hand aus.

»Ich glaube, wir sind uns noch nicht begegnet. Tom Burén, stellvertretender Vorstandsvorsitzender. Sind Sie neu bei uns?«

»Nein, ich bin die Mutter von Ebba. Sara.«

»Verzeihen Sie bitte das Klischee, aber wie kann das sein? Sie sehen eher wie Geschwister aus.«

Sara antwortete mit einem schiefen Lächeln.

»Mit fünfundzwanzig Jahren Altersunterschied.«

»Wie auch immer, aber ich muss mich wirklich bei Ihnen bedanken«, sagte Burén.

»Weil …?«

»Weil Sie der Welt eine so unglaublich tüchtige Tochter geschenkt haben. Ein enormer Gewinn für das Unternehmen.«

Ebba errötete hinter dem Empfangstisch. Sara wurde klar, dass dieser Tom Burén nicht zuletzt wegen seines Mundwerks Karriere gemacht hatte, aber sie spürte auch einen guten Teil mütterlichen Stolz.

»Das ist ganz allein ihr eigenes Verdienst«, sagte Sara. »Auf ihre Eltern hat sie jedenfalls nie gehört.«

»Ha, hier hängt ihr also rum? Man könnte fast glauben, dass ihr im öffentlichen Dienst seid.«

Eric Titus lächelte von der Eingangstür herüber.

»Ich habe gerade Ebbas Mutter kennengelernt«, sagte Tom.

»Dann pass bloß auf, sie trägt eine Waffe«, sagte Eric, und sein Stellvertreter lachte kurz auf.

»Ich schieße aber nur, wenn Sie meiner Tochter zu nah kommen«, sagte Sara.

»Da können Sie ganz beruhigt sein«, sagte Tom und hielt einen Ringfinger mit einem breiten Goldring in die Höhe.

»Warst du schon einmal oben bei uns?«, fragte Eric und wandte sich Sara zu. »Ich glaube nicht, oder?«

Sara wurde bewusst, dass er recht hatte. Sie war noch nie in Erics Büro gewesen. Obwohl sie schon ein Vierteljahrhundert mit seinem Sohn zusammenlebte.

»Komm mit«, fuhr Eric fort und zeigte auf ein paar Bilder, die auf dem Weg zum Fahrstuhl an der Wand hingen. »Projekte in Asien, Amerika, Afrika. Und Europa.«

»Ihr baut Häuser?«

Eric musste lachen.

»Ein bisschen weißt du ja immerhin. Ja, wir bauen Häuser, könnte man sagen.« Er gab einen Code ein, und die Fahrstuhltüren schlossen sich. »Die Baubranche ist eines unserer Standbeine, größere Projekte in schwedischer Qualität auf der ganzen Welt. Die anderen drei sind Kommunikation, Energie und Logistik. Aber ich möchte dich nicht langweilen. Hier ist mein Büro.«

Der Fahrstuhl klingelte diskret, und Eric führte Sara in den Teil des Hauses, der offensichtlich allein für ihn reserviert war. Eine hübsche, junge Frau stand an einem Schreibtisch vor einer rauchfarbenen Glaswand mit großen Türen, die zu einem Eckbüro gehörten, in dem ein riesiger Schreibtisch, ein zusätzlicher Konferenztisch und eine Sesselgruppe des Modells Schwan standen.

»Das ist Sanna, meine Assistentin«, sagte Eric und zeigte auf die Frau am Schreibtisch. »Sanna, das ist meine Schwiegertochter Sara. Die Mutter von Ebba am Empfang.«

»Angenehm«, sagte Sanna und lächelte freundlich.

Dass Eric seine Assistentin vorgestellt hatte, fand Sara sympathisch, und sie hoffte, dass es normal für ihn war und nicht nur eine taktische Maßnahme, von der er hoffte, dass sie Sara gefallen würde. Bezeichnenderweise war es trotzdem eine junge Frau und nicht ein junger Mann, der dort stand. Oder, besser noch, ein Mann mittleren Alters. Mit Schuppen.

Sara ging zu einem der Fenster und schaute auf die Bucht Nybroviken und die Insel Skeppsholmen hinunter. Es glitzerte im Wasser, als eine der Inselfähren auf dem Weg ins Meer die kleinen Wellen zerteilte.

»Kaffee?« Eric ging zu einer vollautomatischen Jura-Maschine. »Latte? Cappuccino? Schwarz?«

»Ich probiere einen Latte. Der verrät am meisten über die Maschine.«

Eric drückte auf einen Knopf, gab Sara einen Latte und wählte für sich selbst einen Espresso aus.

»Setz dich ruhig«, sagte er.

»Hast du überhaupt Zeit für mich?«

»Ich habe alle Zeit der Welt. Das ist das Herrliche am Älterwerden. Ich kann jetzt tun, was ich will. Der Konzern läuft von selbst. Ich habe dafür gesorgt, dass nur kompetente Leute eingestellt werden, sodass ich beinahe sagen kann, das Unternehmen wirtschaftet umso besser, je weniger ich mich einmische. Aber es ist natürlich trotzdem schön, hierherzukommen und sich wichtig zu fühlen.«

Eric lächelte erneut. Selbsterkenntnis. Gute Eigenschaft.

»Also, möchtest du den Sales Pitch hören? Den Umsatz wissen, in wie vielen Ländern wir arbeiten, neue Sektoren, in denen wir expandieren wollen? Oder nur ein bisschen Smalltalk.«

»Smalltalk klingt gut.«

»Sechsundfünfzig Milliarden, vierunddreißig Länder, Telekommunikation, Superleiter und grüne Energie. Hoppla, da habe ich es trotzdem gesagt.«

»Guter Kaffee«, lautete Saras Urteil.

»Wie gesagt, ich umgebe mich nur mit den Besten.«

»Wie Ebba?«

»Sie leistet wirklich eine hervorragende Arbeit. Immer pünktlich, erinnert sich an alle Namen, hat stets die Übersicht über alle Termine und wo die Leute sind. Sie gehört zu den Menschen, die weit kommen werden.«

Erneut überfiel Sara dieser Gedanke. Sahen andere Leute Dinge in ihrer Tochter, die sie selbst gar nicht wahrnahm? Oder war Ebba eine andere, wenn sie mit ihrem Großvater zusammen war? Ja, wahrscheinlich war sie bei allen, die nicht ihre Mutter waren, eine andere Person.

»Weit kommen? Ja, wenn das das Wichtigste ist.«

»Du kannst nicht in eurer großen Wohnung leben oder hier in meinem Büro mit diesem guten Kaffee sitzen und behaupten, dass es nicht von Vorteil ist, wenn man Erfolg hat«, sagte Eric und zog die Augenbrauen hoch.

»Habe ich denn Erfolg gehabt? Wie passt eine Polizistin in dieses Konzept? Reich wird man jedenfalls nicht davon.«

»Gesellschaftlicher Nutzen. Das ist das Wichtigste von allem. Ich bin unheimlich beeindruckt von der Arbeit, die du leistest. Und deshalb finde ich auch, dass zumindest deine Familie sich anstrengen und dir ein erträgliches Dasein ermöglichen sollte, wenn die Gesellschaft selbst ihre wichtigsten Mitarbeiter nicht ausreichend belohnt.«

Sara grübelte eine Weile darüber nach. Nahm sie ihm diese Argumentation wirklich ab? Soweit sich Sara erinnern konnte, hatte Eric noch nie Interesse für irgendetwas anderes als Geschäfte und Machtkonzentration gezeigt. Aber vielleicht hatte sie ihn zu schnell verurteilt. Vielleicht dachte er wirklich so. Und dann spielte es auch keine Rolle, ob er diese Werte schon immer gehabt hatte oder ob er sie erst entwickelt hatte, um Martins Partnerwahl besser akzeptieren zu können. Warum sollte ein Unternehmer nicht auch andere Seiten haben als den Wunsch nach Erfolg? Nur weil sie selbst ihn nicht hatte? Sie musste über ihre Selbstkritik lächeln. Zumindest teilten Sie die Liebe zur Familie, da war sie sich sicher. Und das war wichtiger als alle andere.

»Es ist auf jeden Fall gut zu sehen, dass es Erwachsene gibt, auf die Ebba nicht wütend ist. Da gibt es ja Hoffnung, dass sich diese Einstellung eines schönen Tages auch auf uns erstrecken wird.«

Eric betrachtete Sara eine Sekunde, bevor er seine Espressotasse auf den Tisch stellte.

»Sara, ich möchte mich nicht zwischen dich und Ebba drängen. Ich meine, mit den Geschenken und Übungsfahrten und all diesen Dingen. Es ist ja eigentlich die Aufgabe der Eltern, mit den Kindern das Fahren zu üben.«

»Ich bin nur froh, dass es an mir vorbeigeht. Wir würden uns gegenseitig umbringen.«

»Ich sehe auch ein, dass diese vielen teuren Geschenke eine Art sind, sich ihre Zuneigung zu kaufen, aber ich bin einfach so unglaublich glücklich über meine Enkelkinder. Ich möchte ihnen alles geben, was es auf der Welt gibt. Leider ist es mir nie gelungen, Martin auf diese Weise näherzukommen. Einerseits scheint er mir etwas beweisen zu wollen, andererseits probt er den Aufstand und will seinen eigenen Weg gehen. Man muss kein Psychologe sein, um zu verstehen, dass sein Bedürfnis, auf der Bühne zu stehen, ein verzweifelter Versuch ist, die Aufmerksamkeit des Vaters auf sich zu ziehen. Aber selbst wenn Martin und ich eine etwas wackelige Beziehung haben, war sie auf jeden Fall Lichtjahre besser als das Verhältnis zwischen mir und meinem Vater. Man muss es wohl als schrittweise Verbesserung von Generation zu Generation betrachten.«

»Wie war dein Vater?«, fragte Sara und dachte, dass sie auf jeden Fall froh war, dass Martin und Olle so gut miteinander auskamen. Sie waren eher Freunde als Vater und Sohn, aber besser so als überhaupt keine Beziehung.

Eric lachte und schüttelte den Kopf.

»Er war von der alten Schule. Hast du ihn noch kennengelernt?«

»Doch, aber nur bei einer Gelegenheit. Ein sehr beeindruckender Mann.«

»Dann verstehst du, was ich meine. Ich musste erst vierzig werden, bevor ich das Gefühl hatte, dass er mich akzeptierte. Als dieser Konzern langsam groß wurde. In seinen letzten Jahren hatten wir ein gutes Verhältnis, was mich sehr glücklich gemacht hat.«

Er schwieg eine Weile und sah auf die Tischplatte. Ungewöhnlich in sich gekehrt für Erics Verhältnisse, aber mit einem milden Lächeln auf den Lippen. Dann hob er den Blick und betrachtete Sara, als würde er über etwas nachdenken.

»Ich wollte auch Künstler werden. Das habe ich noch nie jemandem erzählt. Aber mein Vater hat es mir verboten. Ich sollte in die Armee oder in die Wirtschaft.«

»Du bist nicht deinen eigenen Weg gegangen?«

»Diese Möglichkeit war nicht vorgesehen. Die Gesellschaft war damals ganz anders. Ehrlich gesagt glaube ich, er hätte mich umgebracht, wenn ich es auch nur versucht hätte. Lieber das, als ein Taschenspieler als Sohn.«

»Was wolltest du denn werden?«

»Schauspieler. Ich sang und trat vor meiner Mutter und meinen kleinen Geschwistern auf, aber als ich zehn wurde und mein Vater mich dabei erwischte, sperrte er mich in die Garderobe ein, und ich durfte erst herauskommen, als ich ihm versprochen hatte, dass ich mit diesem Kinderkram aufhören würde.«

Eric sah ein bisschen mitgenommen aus, also beugte Sara sich vor und legte ihre Hand auf seine. Ihr Schwiegervater sah sie dankbar an.

»Aus diesem Grund habe ich Martin tatsächlich unterstützt, als er Künstler werden wollte. In den wenigen Stunden, die wir zusammen hatten, während er groß wurde, wollte ich ihn gerne auf der Bühne sehen. Aber ich bestand darauf, dass er in dem, was er machte, auch der Beste war. Ansonsten hätte es ja keinen Sinn gehabt.«

»Der Beste ist er ja nicht unbedingt geworden.« Sara dachte amüsiert an Martins geliebte Hobbyband.

»Nein. Es fiel ihm bedeutend leichter, Veranstaltungen zu organisieren, also indirekt habe ich dann schon zu seinem Erfolg beigetragen.« Eric lächelte, fast ein bisschen überrascht. Als hätte er das Ganze noch nie aus dieser Perspektive betrachtet. Er nickte sogar kurz, bevor er fortfuhr. »Wenn ich ihn nicht zu seinen Auftritten ermuntert hätte, hätte er auch nicht so hart dafür gearbeitet und damit wohl auch sein Talent nicht entdeckt. Und ihr würdet jetzt in einer Zweizimmerwohnung in Hökarängen wohnen.«

»Du hättest deine Enkel nie auf so engem Raum wohnen lassen.«

»Du kennst mich viel zu gut.«

»Vielleicht lerne ich dich zumindest gerade besser kennen.«

Ein leises Klopfen an der Glaswand ließ Sara und Eric aufblicken. Auf der anderen Seite stand Sanna mit einem Stapel Papieren in der einen und einem eleganten Stift in der anderen Hand und zog fragend die Augenbrauen hoch. Eric wedelte abwehrend mit der Hand und wandte sich wieder Sara zu.

»Weißt du, man kann herumsitzen und sich selbst bemitleiden, weil man bestimmte Dinge nicht gemacht hat, sich bestimmte Träume nicht erfüllen konnte. Aber man lernt viel dabei, wenn man nicht tun darf, wovon man geträumt hat. Das hilft einem vielleicht nicht selbst, aber es kann einem dabei helfen, anderen zu helfen.«

»So ausgiebig haben wir uns noch nie unterhalten«, sagte Sara. »Es gefällt mir.«

»Sara, ich … ich weiß ja nicht genau, was um Mittsommer herum passiert ist, aber soweit ich Martin verstanden habe, hast du etwas Traumatisches erlebt. Man sieht es ja an deinem Gesicht, wenn ich so direkt sein darf, über dein Äußeres zu reden.«

»Das darfst du.«

Sara erinnerte sich daran, wie sie sich im Krankenhaus das erste Mal im Spiegel betrachtet hatte. Die Krankenschwester fand, dass sie noch warten sollte, aber Sara hatte darauf bestanden, es zu sehen, als sie ohnehin den Verband wechselten. Sie hatte schon vorher beschlossen, dass sie nicht erschrecken würde, dass sie keine Panik bekommen würde, wenn ihr Gesicht zerstört war. Vielleicht war sie deswegen vollkommen ruhig, als sie die verbrannte und vernarbte Haut sah. Sie hatte erwartet, dass es schlimmer wäre, ihr war versprochen worden, dass es weiter heilen würde, und vor allem hatte sie beschlossen, das Leben so zu nehmen, wie es war. Es gab keinen Grund, sich wegen irgendetwas schlecht zu fühlen, was sie ohnehin nicht ändern konnte. Da war es besser, die eigene Kraft dazu einzusetzen, Fehler zu vermeiden, wenn es in ihrer Macht lag.

»Ich bin froh, dass du überlebt hast«, sagte Eric. »Und es war eine Erinnerung daran, dass das Leben zerbrechlich ist. Wir können alle jederzeit sterben, und ich will das irdische Dasein nicht verlassen, ohne meine Schwiegertochter besser kennengelernt zu haben.«

»Das hast du schön gesagt. Ganz meine Meinung.«

»Dann war da noch etwas.« Eric machte eine längere Pause, bevor er sein gewinnendes Lächeln wieder hervorzauberte. »Ich wollte Ebba einen Traineeplatz bei uns anbieten. Mit der Aussicht, sich bis in die Konzernspitze hochzuarbeiten. Mein Traum ist, dass jemand aus der Familie das Unternehmen übernimmt. Martin ist weder interessiert noch geeignet, aber Ebba ist genau der richtige Typ. Wenn sie sich bei der Handelshochschule bewirbt, kann sie parallel zum Job studieren und sich durch alle Tochterunternehmen und Abteilungen durcharbeiten. In zehn Jahren wäre sie bereit, das Ruder zu übernehmen.«

»Übernehmen?«

»Ja.«

»Ich glaube schon, dass ihr diese Aussicht schmeicheln würde, aber ich denke eher, dass sie ihren eigenen Weg gehen möchte.«

»Wenn ich sage, dass sie übernehmen soll, dann wird es auch der Weg sein, den sie gehen will.«

Sara wusste nicht, ob sie die Freiheit ihrer Tochter verteidigen wollte oder ob sie einfach eifersüchtig auf jemanden war, der Ebba eine Zukunft bauen wollte, aber sie zuckte instinktiv vor dem Vorschlag zurück.

»Das muss sie selbst entscheiden.«

»Martins Firma kann sie ja nicht übernehmen, die ist ja schon verkauft.«

»Aber vielleicht will sie ja etwas ganz anderes.«

Sara hatte sich vorgestellt, dass Ebba Juristin werden und für die Menschenrechte kämpfen könnte oder vielleicht als Ärztin ohne Grenzen in die Welt hinausfuhr, um Leben zu retten. Aber sie hatte sie nicht als Thronfolgerin in der Firma ihres Großvaters gesehen.

»Du solltest von dem, was sie will, nicht darauf schließen, warum sie es will«, sagte Eric. »Es gibt sehr viele gute Methoden, etwas aufzubauen.«

»Aufbauen, ja. Aber du möchtest ja nur, dass sie das verwaltet, was du aufgebaut hast.«

»Es ist ja noch nicht fertig. Es gibt noch sehr viel zu tun. Ebba wäre die perfekte Person, den Einstieg in den Internethandel zu managen.«

Die kleine Ebba. »Den Internethandel zu managen.« Sie war doch gerade eben noch in Windeln herumgelaufen.

»Eric«, sagte Sara. »Ich weiß, ehrlich gesagt, nicht, was ich davon halten soll.«

»Man kann es doch gar nicht anders betrachten außer als großartige Chance.«

Sara wusste nicht, wie sie dagegen argumentieren sollte, sie konnte den Gedanken aber auch nicht ohne Weiteres akzeptieren. Jedenfalls war sie unendlich dankbar, als ihr Handy klingelte und das Gespräch unterbrach.

Eva Hedin.

»Ich brauche Geld.«

»Okay. Hast du Swish? Wie viel brauchst du?«

»Zehntausend Euro.«

»Das habe ich nicht einfach so auf dem Konto. Wofür brauchst du es?«

»Ich muss eine Quelle bezahlen.«

»Und die will zehntausend Euro haben? Bist du denn sicher, dass sie etwas weiß?«

»Brauchst du Geld?«, fragte Eric.

»Nicht ich. Meine … Freundin.«

»Sanna«, rief Eric ins interne Telefon, und die Assistentin vom Stehtisch auf dem Flur stürmte herein.

»Du musst zehntausend Euro überweisen. Du bekommst die Kontonummer von der Person, die meine Schwiegertochter gerade angerufen hat.«

»Okay«, sagte Sanna und streckte die offene Hand aus. Sara zögerte einen Augenblick, dann gab sie ihr das Handy, und Sanna verließ damit rasch den Raum.

»Hallo, hier ist Sanna. Haben Sie die Nummer für mich?«

Sanna schloss die Tür hinter sich, und Eric sah Sara zufrieden an.

»Manchmal ist es gut, wenn man reichlich Geld hat, nicht wahr?«

29

»Jetzt wissen wir ein bisschen mehr über die Leichen, die wir aus dem See gezogen haben«, sagte Axel Bielke und klebte ausgedruckte Portraits der Toten auf das Whiteboard. »Die Frauen sind Prostituierte aus Ghana beziehungsweise Rumänien. Es ist natürlich schwer, ihre wirklichen Namen herauszubekommen, aber hier nannten sie sich Lola und Angel. Die Männer, die zusammen mit ihnen im Mälaren gefunden wurden, sind Schweden. Ein Juha Kallio sowie ein Jan-Olov Åkerman. Kallio war Mediaberater bei der Sky Limit Gruppe, auseinandergeschrieben, wie es auf dem Whiteboard steht, und Åkerman war Rentner, wohnhaft in Mälarhöjden. Beide alleinstehend. Kallio war laut seiner ehemaligen Kollegen ein regelmäßiger Gast in den eleganteren Lokalen der Stadt, großzügiger Alkoholkonsum und sogenannte Partydrogen. Er lebte auf großem Fuß, fuhr einen Ferrari F430 und einen Bentley Bentayga und wohnte in einem Vierzimmerapartment in Östermalm, das mit acht Millionen belastet war. Er hatte ein Jahreseinkommen von siebenhundertvierundfünfzigtausend. Åkerman hatte, soweit wir wissen, keine Verwandten und wird von den Nachbarn als, ich zitiere, ›ziemlich grantig‹, ›Idiot‹ und ›ein verdammter Hitler‹ beschrieben.« Bielke betrachtete die versammelten Polizisten und machte eine Pause, bevor er fortfuhr.

»Findet den gemeinsamen Nenner für diese Gruppe. Hundert Kronen für denjenigen, der ihn knackt.«

»Waren die Männer Kunden der Frauen?«, schlug der großgewachsene Ergün vor.

»Möglicherweise. Aber das erklärt nicht, warum sie alle zu Tode gefoltert wurden. Und sie sind zu unterschiedlichen Zeitpunkten gestorben. In einem Zeitraum von etwa sechs Monaten.«

»Es waren wohl kaum Drogengeschäfte«, sagte Anna.

»Nein, dieser ›verdammte Hitler‹ sah ja nicht gerade wie ein Straßendealer aus«, sagte Sara. »Eher wie ein pensionierter Lehrer.«

»Vielleicht hat er ja angefangen, an die Kids in seiner Schule zu verkaufen?«, sagte Peter, der sich als der Lustige in diesem Kreis betrachtete.

»Ja, wie hoch ist die Pension eines Lehrers?«, fragte Peters Partnerin Carro. »Wahrscheinlich musste er sie ein bisschen aufstocken.«

»Kommt schon, strengt euch ein bisschen an«, mischte Bielke sich ein. »Was ist das hier für eine Truppe? Åkerman war im Übrigen ein pensionierter Wirtschaftsjurist.«

»Sind sie zufällige Opfer?«, schlug Ergün vor. »Ein Psychopath?«

»Ein Serienmörder mietet sich keine Helfershelfer, um die Leichen wegzuschaffen. Irgendeine kriminelle Verbindung?«

»Könnte Åkerman etwas gesehen haben, das er nicht sehen sollte?«, sagte Anna. »Wie die Jäger auf Ekerö, nur dass er kein Gewehr dabeihatte.«

»Durchaus möglich. Die anderen passen ja etwas besser ins Schema.«

»Kallio schuldete wahrscheinlich irgendeinem Drogenhändler jede Menge Geld.«

»Und die Frauen?«

»Drohten damit, zur Polizei zu gehen?«, meinte Ergün.

»Okay, dann haben wir zumindest ein paar Vorschläge«, sagte Bielke, wandte sich wieder dem Whiteboard zu und schrieb sie auf. »Dann haben wir noch eine interessante SMS auf dem Handy von Cesar Bekas gefunden. Sie stammt von seiner Freundin Abeba Idris. Sie schreibt ganz knapp: ›8 Uhr hinter der Kirche?‹, und Bekas antwortet: ›o.k. Kuss.‹ Das sind die letzten SMS, die er bekommen und verschickt hat.«

»Direkt vor dem Mord also?«

»Wollten sie zusammen beten?«, sagte Peter. »War Bekas frisch konvertiert?«

»Er hat angefangen, die Familie zur Kirche zu begleiten, meinte der Vater, aber das war ja kein Geheimnis.«

»Hinter der Kirche, schrieb sie doch. Nicht in der Kirche.«

»Okay. Eine Verabredung. Aber hinter welcher Kirche? Ihrer? Sie waren doch in irgendeiner Freikirche. Also, die Familie des Mädchens, oder?«

»Die Auferstehungskirche«, sagte Anna. »Holy Church of the Divine Resurrection and Ascension of Jesus. Aber die liegt in der Innenstadt, am Norra Bantorget in einem ganz normalen Wohn- und Geschäftshaus.«

»Okay, also eine andere Kirche. Gibt es welche bei ihnen in der Nähe?« Sara nahm ihr Handy und sah nach. »Es gibt eine direkt in der Nähe des Hauses, wo das Mädchen wohnt. Die katholische Kirche Sankt Botvid. Mit einem Wald dahinter, so wie es aussieht.«

»Dann war es bestimmt dort. Aber warum hat sie uns nichts davon gesagt?«

»Die Eltern waren doch dabei«, sagte Carro. »Das Mädchen wollte wahrscheinlich nicht erzählen, dass sie heimlich ihren Gangsterprinzen traf. Waren sie nicht Zeugen Jehovas?«

»Hallo, ich sagte doch gerade Auferstehungskirche«, seufzte Anna.

»Was ist denn das überhaupt?«, fragte Ergün. »Das habe ich ja noch nie gehört.«

»Kann man doch einfach googeln. Zehn Millionen Mitglieder auf der ganzen Welt, vor allem in Südamerika und

Afrika. Ungefähr fünfzehnhundert Mitglieder in Schweden. Kümmern sich vor allem um Jesu Heiligwerdung, so heißt das, glaube ich. Sehr fromme Leute, anscheinend.«

»Okay, aber warum hat sie die SMS gelöscht?«, fragte Sara. »Hat die Freundin ihn in eine Falle gelockt?«

»Und war es bewusst oder unbewusst?«

»Unbewusst?« meinte Ergün. »Wie kann man jemanden unbewusst hereinlegen?«

»Ja, sie verabredete sich ganz normal mit ihm, aber das führte dazu, dass die Killer ihn finden konnten.«

»Dann müssen wir sie wohl fragen.«

»Was waren das für SMS zwischen Cesar und dir? Am Freitag um 20.34 Uhr.« Sara und Anna saßen erneut auf dem Sofa der Familie Idris. Dieses Mal gab es keinen Kuchen, aber Abeba sah zumindest aus, als hätte sie sich ein wenig erholt.

»Ich habe keine SMS geschickt. Ich habe Fernsehen geguckt.«

»Dürfen wir mal sehen?«

»Den Fernseher?«

»Das Handy.«

»Na, klar.«

»Ich hole es«, sagte ihr Vater Ndeme. »Bleiben Sie ruhig sitzen.« Er stand auf, unter großen Mühen, wie alle älteren Väter, und verließ das Wohnzimmer.

»Möchten Sie noch Tee?«, fragte Abeba, und ihre Mutter Rosa schenkte aus der goldverzierten Kanne nach, bevor sie überhaupt antworten konnten.

»Danke«, brachte Sara noch heraus.

Der Vater kehrte mit dem Handy zurück und gab es seiner Tochter. Sie rief die Unterhaltung mit Cesar auf und gab das Gerät weiter an Sara. Keine SMS von Abeba am Freitagabend.

Sara kontrollierte noch schnell die Verbindungsliste, konnte aber für den Freitagabend nichts entdecken. Vier Nummern, die häufiger vorkamen, und ein paar weitere, bei denen es sich nach den Nummern zu urteilen um Unternehmen oder Behörden handeln musste. Viele Nullen und wiederkehrende Ziffern. Vielleicht kümmerte sich die Tochter um alle Behördenkontakte der Eltern. Das war nicht ungewöhnlich. Ein paar der Gespräche fanden früher am Freitag statt. Das konnte auch von Bedeutung sein.

»Wir müssen es mitnehmen«, sagte Sara.

Abeba sah zu ihrem Vater, der nickte.

»Das ist okay«, sagte Abeba.

»Wie lautet die PIN?«

»Es gibt keine.«

»Gab es einen bestimmten Ort, an dem ihr euch normalerweise getroffen habt?«

»Nein. Er kam hierher.«

»Nicht hinter der Kirche?«

»Nein. Nur hier.«

»Er war so ein netter Junge«, sagte Rosa. »Hatte immer kleine Geschenke dabei, und Blumen. Auch für mich.«

»Er war ein guter Junge«, stimmte Ndeme ihr bei.

»Okay. Sie bekommen das Handy zurück, wenn wir damit fertig sind.«

Sara und Anna bedankten sich für den Tee, standen auf und gingen zur Tür. Als sie schon fast die Eingangstreppe erreicht hatten, kam Abeba aus dem Haus gelaufen und hielt etwas in der Hand.

»Das Ladekabel!«, rief sie.

»Wir haben eines auf der Wache«, sagte Anna.

»Nehmen Sie dieses, sicherheitshalber«, sagte Abeba. Sie kam zu ihnen nach draußen und übergab ihnen das Kabel. Als Sara es entgegennahm, beugte sich Abeba vor und flüsterte:

»Wir haben uns auch bei ihm getroffen, aber das wissen

Mama und Papa nicht. Ich habe immer gesagt, dass ich bei meinen Freundinnen bin. Bitte, sagen Sie meinen Eltern nichts!«

»Versprochen.«

Abeba verschwand wieder nach drinnen, und Sara und Anna schauten einander an.

»Okay, hier gibt es also auch ein paar Geheimnisse«, sagte Anna.

30

»Sie haben einfach angerufen und Geld bekommen?«

Landau hatte seine Bank kontaktiert, und man hatte ihm bestätigt, dass zehntausend Euro auf sein Konto überwiesen worden waren. Seltsamerweise würde es ein paar Tage dauern, bis er darüber verfügen konnte, obwohl mittlerweile alles digital war. Aber jetzt wusste er auf jeden Fall, dass es unterwegs war.

»Mehr kann ich nicht bekommen«, sagte Hedin, die in Landaus Augen blickte und wusste, was er dachte. »Also erzählen Sie.«

Der deutlich übergewichtige Landau drückte seine filterlose Roth-Händle aus und zündete sich eine neue an, während er zwischenzeitlich hustete wie ein alter, ausgeleierter LKW-Motor, der nicht anspringen wollte. Weiße Bartstoppeln bedeckten die weichen, hängenden Wangen, und sein graues Haar war zu einer Igelfrisur geschnitten. Er trug einen abgewetzten, blauen Trainingsanzug mit einem Symbol auf der Brust, bei dem die Worte »FC Carl Zeiss Jena« gerade noch unter einer Lage Zigarettenasche zu erkennen waren. Zu seinen Füßen lag eine Tasche mit der Aufschrift »Interflug«.

»Das hängt nicht von dem Geld ab«, sagte Landau. »Der einzige Grund, warum ich mich mit Ihnen treffe, ist die Empfehlung von Rabe.«

»Es geht immer um Kontakte«, sagte Hedin. »Damals wie heute.«

Die Wahl des Treffpunkts passte schlecht zu Landaus heruntergekommenem Eindruck. Glücks Café war ein modernes und angesagtes Lokal. Wände aus Beton und eine große Fensterpartie zur Straße und zur Außengastronomie, wo sie saßen. Die Speisekarte bot ambitionierte Suppen, Salate und Gerichte, die vom Mittelmeer, dem Nahen Osten und von Südamerika inspiriert waren. Hedin fragte sich, ob Landau überhaupt wusste, was Quinoa war. Aber sie wusste, dass er vor allem wegen der Lage des Gebäudes hier war.

Denn gegenüber, auf der anderen Seite der Chausseestraße, lag der riesige Komplex des Bundesnachrichtendienstes, der gerade fertiggestellt worden war. Der Nachrichtendienst BND war von Pullach hierhergezogen, sicher aus praktischen Gründen, aber es war auch ein Bruch mit der Vergangenheit. In der Anlage in Pullach, in der nach dem Dritten Reich für die Sicherheit des Landes gesorgt worden war, hatten vorher Mitarbeiter der NSDAP ihre Büros. Jetzt dagegen schien man sagen zu wollen: »Vergiss das Alte, wir leben jetzt in einer anderen Welt.« Oder zumindest wollte man, dass die Leute das glaubten.

Vielleicht sorgte der Anblick des Gebäudes dafür, dass der frühere Stasi-Offizier sich ein bisschen in seinem Element fühlte. Oder er wollte sich selbst quälen, indem er sich in den Schatten der stolzen Burg des Siegers setzte. Oder sich einfach nur an eine Zeit erinnern, in der er von all denen respektiert und gefürchtet worden war, die in diesem Sicherheitsapparat arbeiteten. Obwohl die meisten von ihnen noch nicht einmal geboren waren, als ihre Seite als Siegerin aus dem Streit hervorging.

Jetzt durfte er sich noch einmal wichtig fühlen. Sein Wissen war etwas wert. Ansonsten ging es heute nur noch um Rechtsextremismus und Islamismus. Uninteressante Lehren. Geschichtslos. Sozialismus gegen Kapitalismus dagegen. Der Kampf für eine gerechte Welt mit allen zur Verfügung stehenden Mitteln. Hier kannte er sich aus. Hier war er der unverzichtbare Wegweiser. Vor der Katastrophe hatte er ein Haus in der Waldsiedlung Wandlitz besessen, der Wald, der See und die Villen der gesamten Stasi-Leitung in direkter Nähe. In Villa Nummer acht hatte der oberste Chef gewohnt, Erich Mielke. Vom Dienstgrad des Majors aufwärts hatten sie alle Anspruch auf ein Ferienhaus in wunderbarer Natur. Und kostenlose Wochenendaufenthalte in einem der vierundzwanzig Kurhotels der Stasi. Ganz zu schweigen von den Läden mit Westwaren.

Alles war, ja, spitzenmäßig gewesen.

Bis die Mauer fiel.

Jetzt war er weniger wert als die Pfandflaschen, für deren Wiederverwertung sich alle so hart einsetzten. Und wer wollte ihn wiederverwerten? Hedin war die Einzige, die sich für das interessierte, was er aufgebaut hatte. Sie schien beinahe fixiert auf die Stasi und ihre Mitarbeiter.

»Messer, Axt, Faust und Lorelei«, sagte Landau. »Kommando 719. Nach Andreas Baaders Zellennummer benannt, natürlich. Messer und Axt kamen aus der Bewegung 2. Juni und RZ, den Revolutionären Zellen, und Lorelei bewunderte die RAF. Obwohl sie so stümperhaft waren, dass sie alle verhaftet wurden. Und die eine Heckler & Koch in ihrem Emblem abbildeten statt einer Kalaschnikow, die von allen Befreiungsbewegungen in der Dritten Welt benutzt wurde.

Landau röchelte ein schadenfrohes Lachen hervor.

»Was wissen Sie über sie? Wie waren sie? Wie waren Axt und Faust?«

»Faust war nicht unbedingt ideologisch, wenn Sie mich fragen, eher ein Kämpfertyp, der gerne den Aufstand probte. Er mochte es, alles kaputtzumachen. Ihnen allen gemeinsam war jedenfalls, dass sie den Westen zwingen wollten, sein wahres Gesicht zu zeigen, indem sie den repressiven Polizeistaat provozierten. Und dabei halfen wir natürlich gerne.«

»Sie haben Terroristen trainiert? In der DDR?«

»Westdeutsche, Araber, Afrikaner, Lateinamerikaner. Jedem, der eine Revolution machen wollte, verschafften wir das nötige Wissen.«

»Und die Waffen.«

»Und das Geld.« Landau schnaubte. »Und was hat das alles gebracht? Eine Atombombe auf Bonn ist nichts gegen ein Messer im Rücken.«

»Und Sie gaben ihnen Schutz?«

»Carlos, dem Schakal, Abu Nidal, Abu Daoud. Der Roten Armee Fraktion, der PFLP, dem Schwarzen September. Wir waren sehr international.«

»Und dem Kommando 719.«

»Die habe ich sogar selbst trainiert. Im Nahkampf, ob Sie es glauben oder nicht.«

Landau wies mit den Händen auf seine heruntergekommene Gestalt, als wollte er unterstreichen, in welch schlechter Form er jetzt war.

»Lorelei hieß Werner und Messer hieß Gerlach, so viel wissen wir bereits. Aber wer von den beiden anderen war Axt und wer war Faust?«

»Rau war Faust. Der Teufel höchstpersönlich.«

»Und wie heißt er heute? Welchen neuen Namen hat er bekommen?«

»Keine Ahnung. Das durften wir nicht wissen. Das gehörte ja mit zu dem Geheimsten, mit dem wir uns beschäftigten. Kommunistische Zellen im Westen, die zu den Waffen griffen. Subversive Tätigkeit. Wenn unsere Feinde hätten beweisen können, dass wir sie unterstützten, wäre ein Krieg daraus entstanden.«

»Aber Rau war der Antreiber, meinen Sie?«

»Definitiv. Der Motor der Gruppe. Er wollte, dass etwas passierte. Wollte Blut sehen.«

Landau lachte, was einen erdbebengleichen Husten auslöste. Dieses Mal dauerte der Anfall etwas länger, und er beendete ihn, indem er einen dicken Klumpen Materie in ein paar Servietten spuckte. Hedin drehte den Kopf weg.

»Was ist mit Faust passiert?«, versuchte sie aufs Thema zurückzukommen.

Landau zuckte mit den Schultern.

»Angesichts seiner Aggressivität glaube ich nicht, dass er aufgegeben hat. Aber vielleicht hat er neue Formen für den Kampf gefunden.«

»Er hat sich nicht nur hinter einem neuen Namen versteckt?«

»Doch, von einem neuen Namen müssen Sie ausgehen. Aber er hat sich bestimmt nicht versteckt. Einem Typen wie ihm würde es schwerfallen, ein normales Leben zu führen. Auf die eine oder andere Weise ist er seinem Metier treu geblieben. Er verschwand einfach nur, nachdem die Mauer gefallen war. Aber damals hat sich ja jeder versteckt, der es konnte.«

Hedin sah Landau an, dass er sich selbst nicht zu dieser Schar der Feiglinge zählte. Sie wusste, dass er immer zu seiner Arbeit im DDR-Sicherheitsapparat und in den Überwachungsbehörden gestanden hatte. Er war angeklagt worden, wurde am Ende des Verfahrens aber freigesprochen, in dem er mit allen möglichen Beschuldigungen und Vorverurteilungen konfrontiert worden war. Er war der Meinung, dass seine Tätigkeit vollkommen legal war, in dem System, dass in seinem Land zu dieser Zeit geherrscht hatte. Dass sie sich im Wesen nicht von der Arbeit unterschied, der jetzt auf der anderen Seite der Straße nachgegangen wurde.

»Aber vielleicht hat er sich einer anderen Fraktion angeschlossen«, sagte Landau.

»Wem?«

Der frühere Stasi-Major zuckte mit den Schultern.

»Den Palästinensern, den Israelis, dem Westen? Wer weiß?«

»Kann man seinen neuen Namen herausfinden? Den er in Schweden bekommen hat?«

Landau schüttelte den Kopf.

»Der wurde nirgendwo aufgezeichnet. Er existierte nur im Kopf seines Führungsoffiziers, und der ist seit Langem tot. Genau wie ich auch in Kürze.«

»Nicht einmal in den geschredderten Akten, die sie jetzt mit Hilfe von Computern wieder zusammensetzen?«

»Gewisse Informationen waren zu geheim, um registriert zu werden, sogar bei der Stasi. Die Idee bei den neuen Identitäten war ja, dass sie nicht herausgefunden werden konnten. Dort leistete der Genosse Koch eine hervorragende Arbeit. Nur er allein wusste es.«

Und er hatte versucht, es auszunutzen.

»Was wissen Sie noch über Rau?«, fuhr sie fort.

»Er kannte sich in Schweden gut aus, war schon oft dort gewesen und hatte ein dichtes Netzwerk aufgebaut. Ich glaube, er hatte eine schwedische Mutter. Und er hat dort einige Aktionen durchgeführt. Er war tüchtig. Rücksichtslos.«

»Würde er jemanden töten, der ihn zu enttarnen versucht?«

»Ohne eine Sekunde zu zögern«, sagte Landau und fügte hinzu. »Und er würde es genießen.«

Hedin sah zu dem gigantischen Komplex auf der anderen Seite der Straße hinüber. Das größte Hauptquartier der Welt für einen Nachrichtendienst. Ein grauer Betonkoloss mit ausnahmslos geraden Linien, der eher wie ein DDR-Gefängnis aussah als wie eine Verteidigungsanlage der freiheitlich-demokratischen Grundordnung. War es Absicht, dass er so düster gestaltet war? Sie ließ den Blick über die anonyme Fassade wandern.

Plötzlich bekam sie das Gefühl, dass jemand aus einem der Fenster auf sie hinunterblickte. Sie blinzelte zu dem Bauwerk hinauf, konnte aber natürlich nichts erkennen.

Währenddessen wurde Landaus Körper von einem weiteren Hustenanfall erschüttert. Er spuckte einen weiteren Stapel Servietten voll, hustete aber trotzdem immer weiter.

»Ich habe nur noch drei Monate«, sagte er zwischen den Hustenattacken und ohne den Blick zu heben. »Von dem Geld werde ich bis dahin wie ein König leben.«

»Dann können Sie ja erzählen, was der Zweck des Kommandos 719 war. Sie müssen etwas Besonderes vorbereitet haben.«

»Das wollen Sie nicht wissen.«

Landau sah sich nach mehr Servietten um.

»Doch«, sagte Hedin. »Und ich habe dafür bezahlt. Man hätte nicht so viel Geld in das Kommando gesteckt, wenn es nicht einen außergewöhnlichen Auftrag gehabt hätte.«

»Viele Millionen«, sagte Landau mit einem schiefen Lächeln.

»Genau. Jetzt erzählen Sie schon.«

Eine weitere Hustenattacke, und Hedin sah, dass er sich an die Rippen fasste. Die kräftigen Konvulsionen taten ihm sicherlich weh. Schließlich blickte Landau mit blutunterlaufenen Augen zu Hedin auf.

»Wenn Sie die Tür öffnen, gibt es kein Zurück mehr.«

»Okay.«

Landau nahm einen tiefen Lungenzug von seiner Zigarette.

»Verstehen Sie, nach welcher Art von Mann Sie suchen?«

Hedin antwortete nicht.

»Wollen Sie ihn wirklich finden?«

»Ja. Jetzt reden Sie«, sagte Hedin ungeduldig. »Was war der Zweck der Kommandogruppe?«

Der unförmige Mann betrachtete sie mit einer Art von Mitleid.

»Das wollen Sie nicht wissen.«

»Doch. Was haben Sie schon zu verlieren? Sie haben nur noch drei Monate zu leben.«

»Das könnte mehr Zeit sein, als Ihnen noch bleibt.«

31

Die Scheinwerfer blendeten ihn. Ein intensiver, weißer Schein. Als wäre er der Sonne zu nahe gekommen.

Er schloss die Augen, drehte den Kopf und versuchte, seinen alten Freund in der Dunkelheit hinter dem Licht auszumachen. Als er zwischen den Augenlidern hindurchblinzelte, konnte er ganz hinten im Raum kleine, zugezogene Fenster erkennen. Die Wände waren schwarz gestrichen. Und seine Nase wurde von einem süßlichen Duft erfüllt. Von Schweiß und etwas anderem, etwas Unbehaglichem.

Er war mit Lederriemen, die in die Handgelenke schnitten, an eine gepolsterte Pritsche gefesselt. Die Pritsche ließ sich nicht bewegen. Sie schien im Boden festbetoniert zu sein.

»Otto?«

Keine Antwort.

»Otto? Lass mich frei. Ich habe die Botschaft verstanden. Ich werde nichts sagen. Versprochen.«

»Die Botschaft? Ich habe keine Botschaft.«

»Dann eben die Warnung. Nenn es, wie du willst.«

»Die Warnung?«

Jetzt befand sich die Stimme hinter Bo Enberg, aber er konnte den Kopf nur ein kleines Stück drehen, und der Rest des Raums lag im Dunkeln.

»Das Volksgericht tagt, Prozess gegen den Verräter Hans Gerlach unter seinem revisionistischen Alias Bo Enberg. Die Verhandlung wird eröffnet. Wo hast du angerufen?«

Raus Stimme war direkt neben seinem rechten Ohr.

»Ich habe nicht angerufen«, sagte Enberg, während er seinen Kopf so weit wie möglich zu drehen versuchte.

»Die erste Lüge! Der Angeklagte hat die Polizei angerufen. Das Werkzeug der Unterdrücker. Was war der Zweck dieses Gesprächs?«

Enberg seufzte. Rau hatte offensichtlich sein Telefon abgehört. Dann sollte er besser mit offenen Karten spielen.

»Ich habe die Säpo angerufen. Aber nicht, um von dir zu erzählen. Sondern nur über mich selbst. Das schwöre ich.«

»Was wolltest du denn über dich erzählen?«

»Was wir getan haben. Also, was ich getan habe. Nichts über irgendjemand anderen.«

»Und warum wolltest du das erzählen?«

»Weil ich es nicht mehr mit mir herumschleppen kann.«

»Das brauchst du bald auch nicht mehr.«

»Otto! Ich würde niemals etwas über dich preisgeben.«

»Was könntest du denn sagen?«

Bo Enberg dachte nach. Was wusste er eigentlich über Rau? Was sie damals getan hatten. Aber heute? Nichts.

»Nichts. Ich weiß nichts über dich. Was du tust, wo du wohnst, wie du heißt.«

»Möchtest du es wissen?«

»Nein! Und was wir getan haben, kann ich auf meine Kappe nehmen.«

»Diese Ehre willst du dir zuteilwerden lassen?«

»Nein, die Strafe!«

»Bist du nicht stolz?«

»Auf das, was wir getan haben? Nein.«

»Auf unseren Kampf für eine bessere Welt. Was hast du Sara Nowak gesagt?«

»Wem?«

Ein scharfer Schmerz an der Wange, gefolgt von Blutgeschmack. Er zuckte zusammen und spürte einen länglichen

Metallgegenstand an seiner Zunge, von der Seite in den Mund gestochen. So scharf, dass er sich daran schnitt, wenn er ihn mit der Zunge berührte. Das Blut rann aus dem Mundwinkel auf seinen Hals. Er hatte nicht einmal gemerkt, dass Rau ihm so nahe war.

»Otto …!«

»Was hast du Sara Nowak gesagt?«

»Nichts! Ich schwöre es! Ich blute, Otto.«

»Erzähl, was du ihr gesagt hast.«

»Nichts!«

Ein Schatten flog vorbei und dann ein scharfer Schnitt in den Hals. Er spürte, wie das Blut aus ihm rieselte, hinunter auf die Kleidung.

»Otto, hör auf, bevor es zu spät ist. Ich habe nichts gesagt. Du musst mir glauben. Ich weiß doch genau, was du mit mir tun würdest, wenn ich rede.«

»Ich würde genau das hier machen.«

»Otto …«

»Hast du von Wahasha erzählt?«

»Nein, kein einziges Wort.«

»Warum nicht? Du wolltest doch dein Herz erleichtern«, sagte Rau mit Verwunderung in der Stimme.

»Das war etwas ganz anderes als das, was wir sonst getan haben. Das darf niemand erfahren.«

»Da hast du vollkommen recht. Hans?«

»Ja?«

»Schwörst du, dass du Sara Nowak nichts anderes erzählt hast?«

»Ja.«

»Dann werde ich dich befreien.«

Die unmittelbare Erleichterung, die Bo Enberg empfand, verwandelte sich schlagartig in eisige Angst, als er den wirklichen Inhalt von Raus Worten erfasste.

»Nein! Bitte …«, flehte Enberg.

Aber er bekam keine Antwort.

Er kannte Rau.

»Okay«, sagte er mit einem Schluchzen. »Dann mach schnell.«

»Ich habe es nicht eilig. Gibt es jemanden, an den ich den Film schicken soll?«

»Was?«

Die Angst presste Enbergs Stimme zusammen.

»War nur ein Witz. Er ist privat.«

Otto Rau schaltete die Musik an. »Open the Gates« von Dark Funeral. Dröhnende Höllenmusik, war jedenfalls sein Gefühl. Nichts, was er sonst hören würde. Aber hier passte es. Sehr gut. Er drehte die Lautstärke auf. Kontrollierte den Bildausschnitt, justierte die Kamera ein wenig, und als er zufrieden war, startete er die Aufnahme.

Dann trat er an den kleinen Tisch, der neben ihm stand, öffnete den Koffer aus Hartplastik, den er darauf abgelegt hatte, und holte seine Makita HR2630J heraus, eine Bohrmaschine, die selbst harten Beton ohne das geringste Problem durchdrang. Weichere Objekte umso leichter.

Bald überstimmte Bo Enberg Dark Funeral.

32

Abebas SMS an Cesar ging Sara nicht aus dem Kopf, als sie die Treppe zu ihrer Wohnung hinaufging. Alltagstraining nannte man das. Und eine Gelegenheit, die Fragen zusammenzufassen, mit denen sie gerade rang, damit sie die Arbeit hinter sich lassen konnte, wenn sie zu Hause war.

Bald würden sie die Wahrheit über Abebas SMS kennen. Hatte Abebas sie geschickt oder nicht? Vielleicht hatte sie sie einfach gelöscht und danach geleugnet, sie geschickt zu haben, damit es ihre Eltern nicht erfuhren? Und vielleicht hatte das alles auch gar nichts mit Cesars Tod zu tun.

Sara fragte sich, wie es war, ein solches Doppelleben zu führen. Ein Leben für die Eltern und ein eigenes, das verheimlicht werden musste.

Noch zwei Stockwerke. Die letzten Fragen, bevor sie das Arbeitsgehirn für den Abend ausschaltete.

Alternative Theorien: Könnte Abeba ihren Freund bewusst zu einem Treffen mit seinen Feinden gelockt haben? War es ihr in diesem Fall klar, dass es sich um seine Feinde handelte? Und warum hätte sie das tun sollen? War es überhaupt denkbar? Ihre Trauer hatte echt gewirkt.

Sara blieb stehen. Hatten sie kontrolliert, ob das Handy, das sie von Abeba bekommen hatten, dasselbe war wie das, von dem die SMS an Cesar geschickt worden war? In einer Welt ständig austauschbarer Telefone wäre es nicht verwunderlich, wenn auch Abeba diese Taktik angewendet hätte. Und Sara hatte nicht daran gedacht, das zu kontrollieren. Idiotisch. Sie schrieb eine Notiz für sich selbst, es am nächsten Tag nachzuprüfen.

Schließlich war sie angekommen. Sie schloss die Wohnungstür auf und ging hinein. Ebbas Schuhe standen im Flur. Sara freute sich. Vielleicht sehnte sich die verlorene Tochter trotzdem ein kleines bisschen nach ihrer Familie.

»Ebba?«, rief Sara.

»Sie ist hier«, antwortete Jane. Sara drehte sich um und musterte erneut den Flur. Stimmt, dort standen auch Janes Schuhe, fein säuberlich ins Regal gestellt und nicht mitten auf dem Boden wie Ebbas.

Sara ging ins Wohnzimmer, um ihre Mutter und ihre Tochter zu begrüßen, und entdeckte, dass auch ihr Mann und ihr Sohn dort saßen. Alle mit einem, gelinde gesagt, seltsamen Gesichtsausdruck. Martin verblüfft, Ebba wütend, Olle übel gelaunt.

»Hallo?«, sagte Sara.

»Jane hat von Stellan erzählt«, sagte Martin, und Sara drehte sich der Magen um.

»Was denn?«, fragte sie und blickte erst zu ihrem Mann und dann zu ihrer Mutter. Jane sah ihr direkt in die Augen.

»Keine Geheimnisse mehr«, sagte sie.

»Du hast doch nicht etwa …«, war alles, was Sara herausbekam.

»Doch, das habe ich.«

»Bist du verrückt?! Ich habe doch gesagt, dass ich das nicht will!«

»Sie müssen ihre Herkunft kennen.«

»Warum?«

»War er mein Großvater?«, fragte Ebba. »Onkel Stellan?«

»Warum hast du nichts gesagt?«, meinte Martin und wirkte eher mitfühlend als beleidigt.

»Weil es nichts zu sagen gibt.«

»Doch, dass er dein Vater war«, sagte Ebba.

Die Wut kochte in Sara hoch. Sowohl auf den Verrat der Mutter als auch auf die Person ihres Vaters.

»Er war nicht mein Vater. Ich habe keinen Vater!« Sara hob einen der weißen Serie-7-Stühle hoch, die um den Esstisch standen, und schleuderte ihn an die Wand. Dann schmetterte sie die Vase mit den weißen Rosen zur Seite, sodass sie zu Boden fiel und zerschlug, während die Rosen durch die Luft regneten. Martin sah erschrocken aus, aber Jane und Ebba waren vollkommen ruhig. Olle wirkte vor allem genervt. »Ich will kein Wort mehr darüber hören, okay?«, rief Sara. »Und vor allem möchte ich nichts von ihm haben!«

Letzteres war an Jane gerichtet.

»Okay, mir ist es egal, wer mein Großvater ist«, sagte Olle. »Darf ich zurück in mein Zimmer gehen?«

»Ja, geh. Aber du darfst niemals irgendjemandem davon erzählen.«

»Nein, warum sollte ich? ›Hallo, hallo, habt ihr schon gehört? Ein alter Knacker, den ich nie gesehen habe, war mein Großvater?‹ Big Deal.«

Olle schnaubte verächtlich. Ein Uncle-Scam-Song sickerte aus den Airpods in seinen Ohren, als er davonstiefelte.

»Müssen wir jetzt auf seine Beerdigung gehen?«, fragte Ebba mit gequälter Stimme. »Also, ich hasse Beerdigungen.«

»Nein, du wirst auf keine Beerdigung gehen. Ich werde gehen, wegen Agneta. Vielleicht kann ich mich ja wirklich so weit zurückhalten, nicht auf seinen Sarg zu spucken.«

»Mein Gott, Mama, was ist denn mit dir los? Warum bist du so wütend? Du warst doch so oft dort, als du klein warst, oder? Ich habe mir tausendmal anhören müssen, wie schön die Sommer in Bromma waren.«

»Ich will nicht darüber reden. Und ich möchte wirklich nicht, dass jemand von euch mit irgendjemandem darüber spricht.«

»Aber er ist doch mein Großvater. Es geht nicht immer nur um dich.«

»Ja, das sind doch die Wurzeln der Kinder, über die wir hier reden«, sagte Martin.

»Ihr habt eine Mutter, einen Vater, die Eltern eures Vaters und Jane als Großeltern, that's it. Okay?«

»Nein, das ist nicht okay«, sagte Ebba. »Vor allem hast du nicht zu bestimmen, was ich fühlen soll. Onkel Stellan war mein Großvater. Das ist wichtig für mich.«

»Du lieber Himmel. Soll ich die Wahrheit über ihn erzählen?«

»Fang doch einfach mal mit der Wahrheit über dich an.«

»Fahrt doch zur Hölle, alle zusammen!«

Sara drehte sich um und ging zur Tür.

»Gut, so spricht eine richtige Mama!«, rief Ebba ihr nach. Sara konnte nicht anders, als sich noch einmal umzudrehen.

»Eine richtige Mama hat eine Familie, die ihr zuhört!«

»Entschuldigung …«

Sara drehte sich zu der unbekannten Stimme mit dem kräftigen Akzent um. Eine junge Frau in Jogginghose, College-Pulli und Spülhandschuhen stand hinter ihr.

»Ich bin jetzt fertig, aber ich hab da was gefunden …«

»Wer ist das denn?«, fragte Sara und sah ihren Mann an.

»Ich dachte, wir könnten hier nach dem Konzert einen kleinen Absacker mit Scam trinken, und da wollte ich einfach, dass es ordentlich aussieht.«

»Also hast du dir eine Frau zum Reinemachen geholt?!«

»Von uns hat ja keiner Zeit …«

»Idiot! Du weißt, was ich davon halte!«

»Natürlich, aber ich habe vielleicht auch eine Meinung dazu …«

»Hier wird es keinen Absacker geben! Und Sie …« Sara wandte sich an die Reinigungskraft. »Sie können jetzt gehen.

Tut mir leid, dass dieser Dreckspatz von meinem Mann Sie hierhergelockt hat. Aber wir haben keine Dienstboten in diesem Haushalt.«

»Ja, ja, ich gehe ja schon. Ich bin fertig. Aber ich habe das hier gefunden.«

»Martins Gehirn?«

»Das hier. Seltsam … ein Mikrofon? Es klebte unter dem Couchtisch.«

Ein kleines elektronisches Gerät ruhte in der behandschuhten Hand der jungen Frau. Sara beugte sich vor und betrachtete es. Es sah eindeutig wie ein Mikrofon aus. Eine kleine, selbst zusammengebastelte Wanze aus Mikro, Sender und Batterie. Was machte es hier? Wer hatte es hier angebracht? Und warum?

In ihrem Zuhause. Bei ihrer Familie.

Wie in Trance nahm sie das kleine Mikrofon und schrie mit aller Kraft hinein.

»Welches Arschloch hört mein Zuhause ab?! Fahr zur Hölle, du verdammter Idiot!«

Dann schleuderte sie das kleine Mikrofon an die Wand, sodass es in seine Einzelteile zerfiel.

»Was war das?«, fragte Martin und betrachtete die zerstreuten Einzelteile. »Ein Mikrofon? Wer hat es hier angebracht?«

»Ich weiß nicht. Vielleicht irgendwelche Paparazzi? Es läuft ja gut mit deiner Band.«

»Nein, jetzt mal ernsthaft. Waren das Kriminelle?«

Sara holte tief Luft und sah ihrem Mann in die Augen.

»Nicht jetzt, Martin. Nicht jetzt.«

*

Sara saß lange im Turmzimmer und sah die Dunkelheit heraufziehen. Sie sah, wie die Stadt aufleuchtete und das Leben dort draußen weiterlief. Normale Menschen kehrten von ihren normalen Arbeitsplätzen zu ihren normalen Familien zurück. Martin und Olle fuhren zum Konzert, und Jane kehrte nach Vällingby zurück.

Abgehört.

In ihrer eigenen Wohnung.

Falls es kein fanatischer Uncle-Scam-Fan war, der das geplante Fest abhören wollte. Aber an diese weit hergeholte Erklärung glaubte sie natürlich nicht.

Was war dann der Grund? Und wie lange war das Mikrofon schon dort gewesen? Hatte vielleicht Breuer die Wanze damals dort platziert, die dort mit ihr gesessen hatte, als sie nach dem ehemaligen Spionagering gesucht hatten? Der deutsche Nachrichtendienst hatte ja ein ausgefeiltes Doppelspiel betrieben. Vielleicht. Das war die glaubwürdigste Erklärung. Oder die einzig mögliche Erklärung, die nicht außerordentlich besorgniserregend war.

Sie hätte jetzt gerne jemanden bei sich gehabt. Sie wusste nur nicht, wen.

Sara blieb im Turmzimmer sitzen, bis sie nachts um halb eins hörte, wie die Wohnungstür geöffnet wurde. Sie ging nach unten und begegnete Olle, der von einem etwa zwanzigjährigen Mädchen begleitet wurde.

»Ab hier kommst du allein zurecht?«, hörte Sara das Mädchen fragen.

»Klar«, sagte Olle. »Danke, Tindra. Du hättest mich nicht fahren müssen. Die U-Bahn hätte mir auch gereicht.«

»Hallo«, sagte Sara. »Wie war das Konzert?«

»Voll fett«, sagte Olle glücklich. »Ich stand ganz vorne und durfte Scam nachher backstage treffen. Guck mal!«

Olle holte sein Handy heraus und rief ein Selfie mit einem schmalen weißen Typen mit Kappe und jeder Menge Tätowierungen auf.

»Wer ist das?«

»Scam«, sagte Olle in einem Ton, als hätte seine Mutter den Verstand verloren.

»Er ist weiß?«

»Was hast du denn gedacht? Dass alle Rapper schwarz sind? Das ist Altersrassismus. Oder wie heißt das jetzt, umgekehrter Rassismus. Darüber singt er ja auch. ›You don't know where I've been, you only see the color of my skin.‹«

Olle sah Tindra an, um ein bisschen Unterstützung im Generationenkonflikt zu bekommen, und vielleicht auch einen verlängerten Kontakt zu der jungen Frau.

»Ja, ja, das wusste ich nicht«, sagte Sara. »Schön jedenfalls, dass es dir gefallen hat. Aber wo ist dein Vater? Wollten sie hier nicht weiterfeiern?«

Sara betrachtete die Reihen von Schnaps- und Champagnerflaschen auf dem Esstisch, der ins Wohnzimmer geschoben worden war. Cognac, Grappa, Calvados, Wodka, Gin. Dutzende Flaschen Cristal.

»Nein, das durfte er deinetwegen ja nicht, also sind sie in einen Club gefahren.«

»Durfte nicht?« Sara schielte zu der jungen Frau hinüber und sah ein, dass die Dummheiten, die man sagt, sich meistens nur dann als Dummheiten anfühlen, wenn ein Außenstehender sie hört.

»Und da hat er dich allein nach Hause geschickt?«

»Nein, Tindra hat mich doch gefahren. Aber ich hätte auch die U-Bahn nehmen können. Ich bin es ja gewohnt.«

»Das bist du gar nicht«, sagte Sara und ignorierte die Tatsache, dass ihr Sohn eigentlich nur einem älteren, hübschen Mädchen imponieren wollte. »Und wer bist du?«, fragte sie schließlich die junge Frau.

»Tindra. Ich arbeite für Go Live.« Tindra hielt den laminierten Backstage-Pass, den sie um den Hals hängen hatte, in die Höhe, als könnte sie damit bezeugen, dass sie die Wahrheit sagte. Auf dem Pass stand »Go Live«, »Uncle Scam – Scamerican World Tour« und »Backstage pass, access all areas«.

»Nett von dir, dass du Olle nach Hause gefahren hast. Schaffst du es noch bis nach Hause? Nicht dass du zu müde bist.«

»Ich fahre nicht nach Hause. Ich fahre zurück und arbeite weiter.«

»Heute Nacht?«

»Die ganze Nacht. Und morgen ab sieben.« Tindra zwang sich ein Lächeln ab. »Die Leute halten die Musikbranche für so verdammt glamourös, aber in Wahrheit ist es vor allem sehr viel harte Arbeit.«

Sara hielt die Musikbranche nicht mal ansatzweise für glamourös, und sie wünschte sich, dass sie Tindra zwingen könnte, nach Hause zu fahren und sich auszuschlafen, aber das hätte für das arme Mädchen nur Probleme zur Folge gehabt.

Tindra wünschte eine gute Nacht und konnte mit Mühe ein großes Gähnen unterdrücken, bevor die Tür geschlossen war.

»Zeit, ins Bett zu gehen«, sagte Sara und meinte sich selbst in gleichem Maße wie ihren Sohn.

Olle ging gehorsam in sein Zimmer, und Sara ging ins Wohnzimmer, um alles auszuschalten. Und sah die Zerstörung. Genau so, wie sie alles hinterlassen hatte.

Ja, sie hatte die Vase umgeworfen und niemand sonst. Trotzdem ärgerte sie sich darüber, dass niemand auf die Idee gekommen war, die Scherben aufzufegen und die Rosen einzusammeln. Dann hätte sie wenigstens das Gefühl gehabt, dass die anderen in der Familie ihr den Wutausbruch zugestanden hätten. Jetzt musste sie es selbst machen und kam sich völlig unverstanden vor. Ja, als hätten sie nicht einmal versucht, sie zu verstehen. Als würde es überhaupt keine Rolle spielen, dass

Saras biologischer Vater der widerlichste Mensch war, auf den sie in ihrem Leben gestoßen war. Dass er nicht einmal davor zurückgeschreckt wäre, seine eigene Tochter zu missbrauchen. Verstanden sie wirklich nicht, dass Sara nichts mit ihm zu tun haben wollte? Dass sie sich weigerte, ihm auch nur einen Millimeter ihres Lebens zu überlassen?

Sie fegte die Glasscherben zusammen und wischte das Blumenwasser auf, bevor sie den Boden saugte und anschließend nass durchwischte, um auch die kleinsten Scherben zu erwischen. Die Rosen hätte man vielleicht retten können, aber sie warf sie einfach auf den Esstisch. Sie durften dort gerne als Erinnerung an Saras Gefühle für ihren Vater liegen bleiben.

Als sie auf den Knopf trat, um das Kabel des Staubsaugers aufzurollen, fiel ihr Blick auf etwas anderes, das am Boden lag. Ein kleines Metallstück. Sie bückte sich und hob es auf.

Die Batterie, die zum Mikrofon gehörte.

Was hatte dieses eingeschmuggelte Mikrofon eigentlich zu bedeuten?

Dass es dort klebte, hieß doch, dass jemand in ihrer Wohnung gewesen war und es dort angebracht hatte.

Dass es jemanden gab, der sie überwachte.

Aber wer, und warum? Und was würde passieren, wenn Sara etwas tat, das diesem unbekannten Beobachter nicht gefiel?

Was, wenn sie es schon getan hatte?

Irgendwo in den Schatten trieben sich dunkle Kräfte herum und hatten Pläne für Sara, und sie hatte keine Ahnung, wie die aussahen.

Und vor dem, was man nicht kannte, konnte man sich nicht schützen.

33

Das Schlafzimmer stank nach Alkohol, und Martin schnarchte, dass die Wände vibrierten. Er war um halb sechs morgens ins Bett gestürzt. Sara hatte versucht, wieder einzuschlafen, aber nach einer halben Stunde hatte sie aufgegeben und stattdessen aufs Frühstück gesetzt.

Sie hoffte, dass Martin sich amüsiert hatte, und dachte an die Assistentin Tindra, die vielleicht ebenso spät ins Bett gekommen war, aber bald wieder aufstehen musste, um für das zweite Konzert zu arbeiten. Im Netz stand etwas über »Die wilde Partynacht des Superstars«, illustriert mit ein paar Bildern von Uncle Scam und diversen lokalen Promis in den VIP-Räumen angesagter Clubs. Sogar Martin huschte auf einigen der Bilder vorbei. Zum Glück hatten die Zeitungen darüber berichtet, dachte Sara. Wenn man selbst schon nicht zusammen mit den Superstars feiern konnte, hatte man zumindest die Bilder von anderen, die es durften.

Sara stellte ihren Kaffeebecher und ihre Müslischale in die Spülmaschine und ging zur Dusche.

Als sie in den Flur kam, knallte es plötzlich zwei Mal in schneller Folge, Glas zersprang und ein Etwas krachte auf den Boden.

Sie sah zuerst dorthin, wo der Lärm herkam, und sah, dass das Glas einer gerahmten Lithografie zersprungen und das Bild zu Boden gefallen war. Wo der Rahmen vorher gehangen hatte, waren jetzt zwei kleine Löcher in der Wand.

Sie sah rasch zum Fenster. Zwei dazu passende Löcher.

Sara hätte die Wahrheit gerne verdrängt, aber es war unmöglich, sie zu ignorieren.

Jemand hatte in ihre Wohnung geschossen.

Hatte versucht, sie zu treffen.

Und war nur um Zentimeter gescheitert.

Die Knie gaben unter ihr nach, und sie fiel zu Boden.

Noch ein Schuss? Nein, es war nur ihr Körper, der auf das Parkett knallte.

Sie konnte nicht klar denken. War das wirklich passiert? Sie sah zum Fenster. Richtig, zwei Löcher. Und in der Wand ebenfalls. Was bedeutete das?

Panik breitete sich in ihrem Körper aus. Das Trauma aus Bromans Geräteschuppen packte sie erneut, genauso stark wie damals. Jemand wollte sie töten, und eine einzige kleine Kugel konnte einen solchen Schaden in ihrem Körper anrichten, dass er nicht mehr zu retten war.

Nicht einmal zu Hause war sie sicher.

Das war genau das, wovor sie ständig Angst hatte, aber worüber sie nie nachdenken wollte. Und jetzt war es passiert.

Sie begann schwer zu atmen, hatte aber trotzdem das Gefühl, keine Luft zu bekommen. Sie konnte sich nicht bewegen.

Es wurde warm. Sie hatte das Gefühl, dass es wieder brennen würde. Sie konnte den Kopf nicht bewegen, nur zu den Seiten schielen. Brannte es? Nein, aber trotzdem schienen die Flammen im Schuppen an ihrem Körper zu lecken, sie zu verbrennen. Sie hatte das deutliche Gefühl, dass sie jetzt auch den Rest erledigen würden, das, was ihnen das letzte Mal nicht gelungen war.

Was sollte sie tun? Zurückschießen? Um Hilfe rufen? Die Polizei anrufen? Ihrer Familie zuschreien, dass sie in Deckung gehen sollte? Ja, das musste sie. Und die Zeit war knapp. Aber sie konnte sich nicht rühren.

»Was ist denn passiert?«

Olle stand schlaftrunken vor ihr und sah seine Mutter an.

Der Anblick ihres Sohns in der Schusslinie riss Sara aus der Lähmung.

»Runter!«, schrie sie und zerrte Olle neben sich auf den Boden. Großer Gott, wenn sie jetzt noch mal geschossen hätten. Wenn Olle getroffen worden wäre. Ihre Hände zitterten, als sie auf den Armen des Sohns lagen.

Olle sah sie an, immer noch aus verschlafenen Augen und vollkommen verständnislos.

»Warum?«, fragte er.

»Es ist die Baustelle«, sagte Sara und dachte, dass sie sich endlich in den Griff kriegen sollte. Sich zusammenreißen. »Hier fliegen Steine. Sie sprengen. Bleibt von den Fenstern weg. Hast du mich verstanden?«

»Ja.«

»Gut. Dann leg dich wieder hin!«

Olle wollte sich erheben, aber Sara zog ihn grob wieder nach unten.

»Kriech!«

»Ja, ja …«

Olle kroch gehorsam zurück in sein Zimmer. Ein paar Stunden würden ihr Sohn und ihr Mann noch schlafen. Das gab Sara ein wenig Zeit.

Sie kroch an das durchschossene Fenster heran und zog die Gardinen zu, bevor sie schnell weiterkrabbelte und die Jalousien und Gardinen der anderen Fenster schloss, die zur Slussen-Baustelle hinausgingen. Anschließend hob sie die kaputte Lithografie auf, stellte sie in die Garderobe und holte ein Gemälde aus dem Wohnzimmer, das sie an dessen Stelle aufhängte, damit die Einschüsse nicht zu sehen waren. Weder Martin noch Olle würden die Veränderung bemerken.

Sie fegte die Glassplitter zusammen, wegen der Katze. Und schließlich holte sie eines von Walters Katzenspielzeugen, eine lange Rute mit einer Schnur daran. Sie zog die Gardinen auseinander, setzte das eine Ende gegen die Einschusslöcher an der Wand und richtete das andere auf die Löcher im Glas. Auf diese Weise bekam sie eine Schussbahn und konnte sehen, von wo die Kugeln abgefeuert worden waren. Ihre gedachte Linie endete neben dem Hotel Hilton an der Slussen, in einer kleinen Lücke zwischen den großen Gebäuden dort.

Sicherheitshalber schrieb sie einen kleinen Zettel, falls Martin entgegen aller Erwartungen vor Olle aufwachen würde: »Haltet euch von den Fenstern fern! Sie sprengen auf der Baustelle, und es fliegen Steine.«

Und dann lief sie.

Schubste morgenmuffelige Fußgänger und Elektrorollerfahrer zur Seite.

Nachdem sie auf dem Weg hinauf zur Bastugatan und den Hügeln auf Södermalm an dem Hotel vorbeigelaufen war, fand sie den Platz, den sie durch ihr zerschossenes Fenster ausgemacht hatte. Eine offene, gepflasterte Fläche mit dem ziemlich angeberischen Namen Guldfjäderterrassen. Hier war sie vorher noch nie gewesen.

Der Platz war vollkommen menschenleer, bot aber eine großartige Aussicht auf die Eisenbahntrasse, das Wasser und Gamla Stan.

Und auf Saras Wohnung.

Hier musste der Schütze gestanden haben.

Und er muss ein guter Schütze gewesen sein, ausgerüstet mit einem Zielfernrohr, um Sara sehen zu können, wenn sie am Fenster vorbeiging.

Sie hätte wohl besser nicht in das Abhörgerät schreien sollen, hätte nicht verraten sollen, dass sie es entdeckt hatte, und vor allem hätte sie denjenigen oder diejenigen nicht herausfordern sollen, die sie bei ihr platziert hatten.

So hatte sie ihre ganze Familie in Gefahr gebracht. Aber

jetzt wusste sie zumindest, dass es nicht Breuer gewesen war, die sie damals abgehört hatte. Jemand war hinter ihr her.

Diese Arschlöcher, dachte Sara. Sie hätten auch Olle treffen können. Und es wäre Saras Schuld gewesen. Sie trug die hundertprozentige Verantwortung dafür.

Eine Mischung aus grenzenlos schlechtem Gewissen und zunehmendem Hass auf diejenigen, die ihre Familie dieser Todesgefahr ausgesetzt hatten, nahm von ihr Besitz. Den Zorn, den sie auf sich selbst hatte, lenkte sie auf denjenigen, der geschossen hatte. Er würde nicht einfach so davonkommen. Keine Chance.

Sara drehte sich um und sah zu den Hotelfenstern und Bürogebäuden in der Umgebung hinauf. Keine Polizisten, keine sich nähernden Sirenen.

Niemand hatte reagiert.

War ein Mann mit Gewehr wirklich vollkommen unbemerkt geblieben?

Alles, was sie sah, waren stumme Fassaden und weiter entfernt die Einfahrt in den Södertunnel. Keine Menschen, obwohl sie sich mitten in der Stadt befand. Sie ging ein Stück zurück und betrachtete den Eingang des Hotels. Leer, abgesehen von zwei Taxis, die auf Kunden warteten.

Der eine Taxifahrer schlief auf dem Fahrersitz, und als sie ihn geweckt hatte, sagte er ihr, dass er die letzte halbe Stunde nichts gesehen habe. Der andere Taxifahrer, der vor seinem Wagen stand und rauchte, meinte jedoch, dass gerade ein auffallendes Auto davongefahren sei und dass er mit dem Fahrer gesprochen habe.

»Also, ich habe gesehen, dass er ein Gewehr aus der Karre holte, und da bin ich neugierig geworden. Ich dachte nicht, dass es ein Räuber wäre oder so, also Angst hatte ich keine. Ich war nur neugierig. So wird man ja geboren, ein bisschen naseweis. Aber da stand ja ›Wildhüter‹ auf dem Wagen, und dann erklärte er, dass er von der Stadtverwaltung käme. Die lassen jede Menge Tiere schießen. Kaninchen und Gänse und Tauben. Und dass machen sie am Morgen, weil da noch nicht so viele Leute unterwegs sind.«

»Wie sah er aus?«

»Wie er aussah? Ja, darauf habe ich nicht so geachtet. Ein bisschen älter schon. Akzent. Also nicht so jalla-jalla-mäßig, sondern deutsch oder französisch oder so. Ich habe mehr über das Gewehr nachgedacht als über ihn. Das war eine ordentliche Büchse.«

34

Gegen jede Vorschrift berichtete Sara niemandem von den Schüssen. Attentate auf die Wohnungen von Polizisten wurden natürlich sehr ernst genommen, und sie mussten unter allen Umständen gemeldet werden. Aber Sara wollte erst verstehen, worum es hier ging. Sie hielt es für zu groß, als dass es zu einem ganz normalen Vorgang bei der Polizei werden sollte, merkte aber, dass ihre Logik ein bisschen holperig war.

Aber Logik war nicht alles. Vor allem nicht in diesem Fall.

Sie rief Hägerstens Glaserei an und erklärte die Lage. Die offizielle Version lautete jetzt, dass sie schusssicheres Glas brauchten, weil der Superstar Uncle Scam sie zu Hause besuchen wollte und es eine Bedrohungslage gab. Daher brauche man höchste Diskretion und maximale Geschwindigkeit. Kein Problem, war die Antwort, und sie waren nach einer halben Stunde vor Ort und begannen, alle Scheiben mit Panzerglas zu ersetzen. Sara schrieb einen Zettel für Martin und Olle, dass die Scheiben wegen Scam ausgetauscht würden, und rechnete eiskalt damit, dass sie die Erklärung kaufen würden. Sie beschloss allerdings, mit dem Spachteln und Streichen zu warten, und ließ das umgehängte Gemälde weiterhin als Abdeckung für die Löcher in der Wand hängen. Sie suchte im Internet nach einer Firma für Sicherheitstechnik und schickte eine Mitteilung, dass sie wegen einer Installation in ihrer Wohnung zurückgerufen werden wollte.

Anschließend rief sie in der Stadtverwaltung an und wurde

zum Wildhüter weiterverbunden. Niemand war am Morgen bei Slussen gewesen, und keines ihrer Autos war gestohlen.

Schließlich fuhr sie zur Arbeit.

Nicht einmal Anna erzählte sie von den Schüssen. Die Freundin war schließlich Polizistin und würde wie eine solche handeln, egal, was Sara dazu sagte. Das mit den Schüssen musste sie selbst regeln.

Hedin war die Einzige in ihrem Bekanntenkreis, die etwas über die Welt wusste, aus der nach Saras Überzeugung diese Bedrohung kam. Ihr könnte sie davon erzählen. Vielleicht.

Aber jetzt musste sie sich auf die Arbeit konzentrieren. Die richtige Arbeit.

Sara betrachtete die kleine Gruppe, die im Ekerö-Fall ermittelte. Ihre Kollegen. Freunde, könnte sie beinahe sagen. Obwohl das Gespräch sich um brutale Morde drehte, fühlte sich die Morgenbesprechung sicher und vertraut an. Oder vielleicht gerade deswegen.

»Wir haben ein paar neue Informationen, die von Interesse sind«, sagte Bielke. »Jan-Olov Åkerman, das ältere der Opfer, hatte unlängst gegen eine Baugenehmigung seines Nachbarn geklagt, der sein Haus erweitern wollte, und dabei Recht bekommen, was zu aggressiven Zusammenstößen geführt haben soll. Vielleicht können Peter und Carro sich das mal genauer ansehen?«

»Einen Nachbarn zu Tode zu foltern, weil man sein Haus nicht ausbauen darf? Heftig«, sagte Peter mit einem schiefen Lächeln. »Wir kümmern uns drum.«

»Noch interessanter erscheint mir die SMS an Cesar Bekas, die von unseren Technikern auf Abeba Idris' Handy gefunden wurde«, sagte Bielke. »Sie hatte sie zusammen mit der Antwort von Bekas gelöscht.«

»Okay«, sagte Anna. »Sie hat also etwas zu verbergen. Keine Gespräche mit einem anderen Jungen? Vielleicht hatte sie sich in jemand anderen verliebt und wagte es nicht, Schluss mit ihm zu machen?«

»Und deswegen soll sie ihn ermordet haben?«, fragte Sara. »Machst du das auch so, wenn du Schluss machst?«

»Jeder von uns ist anders.«

»Denkt dran, dass ihre Eltern christlich sind«, sagte Carro. »Sie wusste vielleicht, dass sie nicht einfach den Freund wechseln konnte? Aber wenn Bekas starb, wäre der Weg frei.«

»Was hast du denn für ein Bild von Christen?«, wunderte sich Sara.

»Ein ziemlich realistisches, glaube ich.«

»Oder auch nicht.«

»Ich bin in der Pfingstkirche groß geworden. Und du?«

Sara antwortete nicht.

»Sonst keine gelöschten SMS oder Gespräche?«

Bielke schüttelte den Kopf.

»Keine anderen Gespräche können dem Gang-Milieu zugeschrieben werden. Wir wissen natürlich nicht, ob sie nicht weitere Telefone hatte. Das ist ja nicht ganz ungewöhnlich in diesen Kreisen. Jedenfalls halten wir sie unter Beobachtung, falls sie sich mit jemandem trifft. Sie ist heute Morgen aus dem Haus geschlichen, und wir dachten, dass irgendetwas im Gange war, weil sie sich die ganze Zeit umschaute. Aber sie ging nur zum Kiosk und kaufte eine Zeitung. Wir werden sie nach wie vor im Auge behalten.«

Irgendein Gedanke spukte Sara im Kopf herum, aber sie konnte ihn nicht fassen. Es ging um das Handy und die SMS. Sie spürte, dass es ein wichtiger Punkt war, bekam ihn aber nicht zu packen, obwohl sie es verzweifelt versuchte.

»Wir fahren weiter damit fort, die letzten Stunden von Bekas' Leben zu rekonstruieren«, sagte Bielke und teilte Mappen mit unterschiedlichen Informationen aus. »Wo war er, wen hat er getroffen, was sagen diejenigen dazu? Sprecht mit den

Gangmitgliedern, befragt das Personal seiner Stammlokale, die Leute auf dem Marktplatz. Zu welchen Autos hatte er Zugang, gibt es weitere Handynummern, die er genutzt hat? Versucht einen seiner Gangkollegen dazu zu bringen, dass er die Nummern herausrückt, die sie von ihm haben. Jetzt ist er ja ohnehin tot.«

»Bad, bad boys«, der alte Hit von Midi, Maxi und Efti kreischte aus Saras Tasche. Das war der Klingelton, den sie für alle Nummern ausgesucht hatte, über die sie ihre Kontakte im kriminellen Milieu erreichte. Dämlich, könnte man denken, aber Sara fand es ziemlich lustig.

Sie zog das Gerät heraus und sah, dass Jojje sie zu erreichen versuchte. Wenig respekteinflößend. Aber der Schein trog. George Taylor jr. war trotz des Kosenamens der Anführer seiner eigenen Gang, einer der gewalttätigeren im Polizeibezirk. Und er war von Cesars kleinem Bruder angeschossen worden und hatte vermutlich den darauffolgenden Racheakt befohlen.

Sara ging zur Seite und nahm das Gespräch an.

»Warum zum Teufel schießt ihr auf ein Max-Restaurant?«, sagte sie direkt. Sie wusste, dass alle aus Jojjes Gang verhört worden waren und sich als unschuldig und unwissend dargestellt hatten. Aber sie wusste auch, dass sie schuldig waren, und sie wusste, dass die Gangmitglieder wussten, dass sie es wusste. »Mit einer Tankstelle direkt nebenan! Wenn irgendeine Kugel den Tank getroffen hätte!«

»Süße, du weißt, dass ich unschuldig bin. Deswegen rufe ich auch nicht an.«

»Es ist mir scheißegal, warum du anrufst, es sei denn, du willst ein Geständnis ablegen.«

»Jetzt hör mal zu, ich will dir helfen.«

»Indem du gestehst? Komm schon, sei ein Mann. Steh zu dem, was du getan hast.«

»Ich bin ein Mann. Willst du, dass ich es dir zeige?«

»Du bist ein kleiner Junge.«

»Das wäre dir lieber?«

»Komm jetzt, bleib bei der Sache. Du wolltest doch irgendetwas?«

»Ich weiß, was sie mit Bekas gemacht haben«, sagte er, und Sara hörte zu. »Er musste in die Peepshow.«

35

George Taylor jr. hatte nicht genau berichten können, was es bedeutete, dass Cesar Bekas »in die Peepshow musste«. Nur, dass es etwas sehr, sehr Schlimmes war, etwas, womit man seinen Feinden drohte.

Es konnte sich natürlich um unterschiedliche Dinge handeln, aber auch Nadia hatte von einer Peepshow gesprochen, und Sara war sich ziemlich sicher, dass es kein Zufall war. Sie waren am selben Tag gefunden worden.

Sie versuchten den Anführer von Bekas' Gang zu erreichen, aber weder er noch irgendein anderes Mitglied ging ans Telefon. Sie bat einen Streifenwagen, dort vorbeizufahren und nach ihnen zu suchen, auch wenn sie keine großen Hoffnungen hatten, dass sie damit Erfolg haben würden.

Gab es noch andere Möglichkeiten, Kontakt aufzunehmen?

Sara stellte einen ganz eigenen Zusammenhang her: Eine Peepshow war normalerweise ja ein Teil des Sexgewerbes, eine altmodische Form der Wichsvorlage, aber Jojje und Cesar gehörten zu einer anderen Welt. Die Welt der schwer bewaffneten und extrem gewaltsamen Kriminellen. Wenn man diese beiden Welten zusammenfügte, dann landete man, so dachte Sara, bei SIN, dem halblegalen Stripclub in Vasastan.

Offiziell gab es hier nur Striptease und »exotischen Tanz«, aber Sara hatte die vielen kleinen Räume im Keller gesehen, in denen Betten standen und Handtuchstapel lagen. Sie hegte keinerlei Zweifel daran, welche Dienste dort unten angeboten wurden. Wenn die Polizei eine Razzia durchführte, hatten die männlichen Gäste Zeit genug, sich anzuziehen und so zu tun, als genössen sie einen Lapdance im privaten Rahmen, während die Polizisten die steile Treppe hinunter und durch die schmalen, verwinkelten Korridore stürmten.

SIN gehört Peter Wäbel, einem grotesk durchtrainierten ehemaligen Leibwächter, der plötzlich, wie er selbst es ausdrückte, den Club von seinem Chef »übernommen« hatte. Und nachdem der Chef versucht hatte, seinen Club zurückzuholen, war er hinter dem Flughafen Bromma erschossen in seinem Auto aufgefunden worden. Seitdem war Wäbel der alleinige Eigentümer des SIN.

»Sara Nowak«, sagte sie, als er sich am Telefon meldete. »Ich habe eine Frage.«

So nett und kooperativ Peter Wäbel sich gegenüber Polizisten und Behörden zeigte, wenn er nichts zu befürchten hatte, so bedrohlich und unberechenbar war er, wenn er seine Interessen in Gefahr sah. Aber Sara war nicht hinter ihm her. Zumindest im Moment nicht.

»Frag«, sagte Wäbel.

»Peepshow«, sagte Sara.

»Angucken oder mitmachen?«

»Reine Info. Ich habe Gerüchte über eine Peepshow gehört, gibt es so etwas in der Stadt?«

»Meinst du so eine richtig altmodische, klassische Peepshow? Ansonsten ist unser Club ja so etwas Ähnliches. ›Ansehen, aber nicht anfassen‹, Sie wissen schon.«

Das wusste Sara ganz und gar nicht, sie war im Gegenteil überzeugt davon, dass es nur von der Höhe der Bezahlung abhing, ob man auch Zugang zu anderen Dienstleistungen bekam.

»Ansonsten gibt es so etwas auf Södermalm«, fuhr Wäbel fort. »Real low class, nichts, womit wir uns abgeben würden. Wir sprechen ganz andere Kunden an.«

Ansonsten wäre dieser Ort bestimmt schon gesprengt oder beschossen worden, davon war Sara überzeugt.

»Wo auf Södermalm?«

»Am Ende der Bondegatan, in einem Keller neben Coop. Wir waren gezwungen, uns den Laden anzusehen. Wir hätten ja Konkurrenten sein können. Aber das waren wir nicht.«

»Was für ein Glück«, sagte Sara mit falscher Begeisterung.

»Studio Clasper, so heißt es.« Wäbel lachte auf. »Haben Sie schon einmal einen Namen gehört, der weniger sexy ist? Das ist so eine Art abgehalfterter Wichsclub für Alkis und Sonderlinge.«

Sara bedankte sich und beendete das Gespräch. Jetzt war sie einem ziemlich widerlichen Menschen einen Dienst schuldig, aber das sollte es wert gewesen sein.

Studio Clasper war im Internet zu finden. Eine auffällig hässliche Homepage, aber dort stand zumindest eine Nummer. Der Mann, der das Gespräch entgegennahm, erklärte sich zu einem Treffen mit Sara bereit. Aber nicht im Studio, sagte er, denn dort wurde gefilmt.

»Nur eine kleine Low-Budget-Produktion«, sagte die Stimme am Telefon und schniefte. Erkältet, traurig oder Kokser, dachte Sara. »*Alles gespritzt*, heißt der Film«, fuhr die Stimme entzückt fort. »Sie wissen schon. Statt ›alles geritzt‹.«

»Ich habe es begriffen.«

Sara und der Mann von Clasper trafen sich im Vitabergpark, im Gartencafé *Kajsas i parken*, das sich als eine wirkliche Oase im Großstadtchaos herausstellte. Bäume und sanfte Hügel, eine Kiesfläche mit runden Tischen und Sonnenschirmen, bunte Wimpel, die in der leichten Brise flatterten, und eine ganze Familie mit Mutter und Töchtern hinter dem Tresen. Der Anblick des schniefenden Sexclubbesitzers war ein heftiger Kontrast zu der Umgebung.

»Klas«, sagte er und streckte die Hand aus, nachdem er sich gerade die Nase abgewischt hatte. Sara ergriff die Hand trotzdem. »Aber alle nennen mich Klas Bass«, fügte er hinzu, in einem Ton, der andeutete, dass er mit dem Spitznamen zufrieden war. Sara nahm an, dass der Beiname auf der Tatsache beruhte, dass er Bass spielte, worauf auch sein Äußeres hindeutete. Langes Haar, Totenkopfringe an allen Fingern und eine abgewetzte Jeansweste mit Aufnähern von Judas Priest, Motörhead und Slayer, obwohl er bereits über sechzig sein musste.

»Ich bin nur allergisch, da müssen Sie sich keine Sorgen machen. Keine illegalen Substanzen.«

Klas lachte über den Scherz, bevor er sich umdrehte, um zu niesen.

Sara sah sich um. Das Café war unglaublich sympathisch. Es lag ein bisschen versteckt hinter der Sofia-Kirche. Sie hätte niemals hierhergefunden, wenn Klas Bass sie nicht darauf gestoßen hätte. Sara dachte, dass sie irgendwann auch unbedingt mit Anna hierherkommen sollte. Dann fragte sie sich, warum sie bei diesem ersten Impuls nicht an Martin gedacht hatte. Keine Ahnung. Aber sie beschloss sofort, dass sie natürlich zuallererst mit ihrem Mann hierherkommen würde. Um ein Bier zu trinken. Wann hatte sie sich das letzte Mal an der frischen Luft betrunken? Das hatte seinen ganz eigenen Charme.

»Sie haben eine Peepshow?«, fragte Sara, als Klas Bass den ersten Schluck von seinem Bier getrunken hatte.

»Ja«, sagte Klas und nickte, als wollte er zeigen, dass er dazu stand. »Seit 1984 schon. Verdammt, wie schnell die Zeit vergeht. Fünfundzwanzig Jahre. Oder sechsundzwanzig. Nein, was erzähle ich da? Es sind sechsunddreißig!«

Er sah ein bisschen mitgenommen aus.

»Ich habe viele Jahre lang bei der Sitte gearbeitet, aber von Studio Clasper habe ich tatsächlich nie gehört.«

»Nein. Also, es ist ja auch keine Prostitution. Es ist ohnehin keine große Sache. Wir kommen gerade so über die Runden. Es ist eben ein ewiger Kampf im Raubtierkapitalismus.«

»Was machen Sie? Was passiert im Clasper?«

»Ach, Sie wissen schon. Ein paar alte Knacker dürfen sich ein paar nackte Mädchen angucken. Oder Mädchen, die sich nackt machen. Na ja, was heißt schon Mädchen, richtig jung sind sie eigentlich auch nicht mehr.«

»Nicht?«

Klas Bass musste lachen.

»Nein. Sonja war von Anfang an dabei, und Rita mindestens seit fünfzehn Jahren. Sie ist sogar schon Großmutter. Fährt die Enkelkinder am Wochenende zum Fußball.«

»Sind das nur die beiden, die dort arbeiten?«

»Ja. Aber eigentlich gäbe es noch Platz für eine mehr.«

Klas lächelte vieldeutig, aber es war ein so nettes Lächeln, dass Sara sich nicht über die Einladung ärgern konnte.

»Es gab auch nie eine andere?«

»Nein.«

»Auch keine junge Frau namens Nadia?«

»Nein. Tut mir leid. Hübscher Name. Würde super aussehen auf einem Plakat. Ein bisschen classy.«

»Cesar Bekas?«

»Caesar? Verdammt, ein Kaiser!« Er setzte eine ernste Miene auf und hob die Hand zu einem Gruß, dann lachte er. »Nein, ernsthaft. Wir wissen nicht, wie die Kunden heißen. Abgesehen von den Stammgästen natürlich. Die sind dann eher wie alte Kumpel. Manchmal sitzen wir noch zusammen und trinken ein Bier, wenn der Club geschlossen ist. Und einigen anderen, die manchmal kommen, haben wir Spitznamen gegeben, ›der geile Bock‹, ›sticky fingers‹ oder ›der Südschwede‹. Aber ich weiß nicht, wie sie wirklich heißen. Übrigens, eine andere Sache …«

»Ja?«

»Kann ich noch ein Bier bekommen?«

Sara ging zum Tresen und kaufte noch ein Bier für den betagten Stripclubbesitzer. Sie selbst hatte ihr Mineralwasser noch gar nicht angerührt, obwohl sie in der Spätsommerhitze ziemlich schwitzte. Auch sie hatte mehr Appetit auf ein Bier.

»Gehört auch dazu, dass man die Frauen schlägt?«, sagte Sara, als sie das Bier vor Klas auf dem Tisch abstellte.

»Wobei?«, fragte er verwirrt, anscheinend abgelenkt von der eiskalten Flasche.

»In der Peepshow.«

»Wie, wenn sie nicht gehorchen? Wie ein Zuhälter in so einem Ghetto-Streifen? ›Shut up, bitch‹?«

»Ich weiß nicht. Als Teil der Show?«

»Nein, wie abartig. Das würde ja die Nummer zerstören.«

»Nadia wurde heftig misshandelt.«

»Ich habe tatsächlich von einem Laden gehört, an dem es so läuft. Sie lassen die Leute einfach auf die Mädchen losgehen. Total widerwärtig.«

»Wie ist der Name? Also, von dem Laden?«

»Ich weiß nicht. Ich glaube, es gibt keinen Namen. Und ich weiß auch nicht, wo er ist. Das sind nur Gerüchte, die man hört. Jemand kennt jemanden, der jemanden kennt, der schon einmal dort war.«

»Das gibt nicht besonders viel her.«

»Nein, aber ich kenne eine Frau, die Mädchen dafür anwirbt. Vanessa. Ich glaube, Rita kennt sie. Ich kann versuchen, ihre Nummer für dich herauszufinden.«

»Nur aus Nettigkeit?«

»Als Dankeschön für das Bier.« Klas Bass hob die beiden leeren Flaschen hoch. »Und weil sie zu weit gehen. So etwas tut man nicht. Keine Gewalt. Die schaden der ganzen Branche.«

36

»Wahasha. Operation Wahasha.«

Als Sara die Wache in Solna fast erreicht hatte, rief Hedin an und teilte ihr mit, dass sie zurück in Stockholm sei. Sara drehte also um und kehrte in den Stadtteil zurück, den sie gerade verlassen hatte. Statt den Weg durch das Tattoo-Studio zu nehmen, ging sie laut Hedins Anweisung in das kleine Café Spuntino in der Erstagatan, bat um einen Latte zum Mitnehmen und sagte dann, dass sie zu Eva wolle. Hedin wollte das nette Café unterstützen. Mit dem Pappbecher in der Hand wurde Sara durch die Hintertür herausgelassen und konnte ein weiteres Mal den großen Hinterhof überqueren, um zu Hedins Küchenfenster zu gelangen.

Dass mehr oder weniger sämtliche Handelstreibende des Blocks Hedin und ihre Geheimniskrämerei zu kennen schienen, weckte in Sara Zweifel über die Effektivität dieser Vorsichtsmaßnahmen. Aber die Neugier besiegte die Skepsis. Wie immer.

»Wahasha? Was bedeutet das?«, fragte sie, als sie bei vorgezogenen Gardinen wieder in Hedins Küche saß, in der das Radio lief, um ein mögliches Abhören zu erschweren.

»Ungeziefer«, sagte Hedin. »Oder Monster.«

»Auf?«

»Arabisch.«

»Und Rau war Faust?«

»Sagt mein Kontakt.«

Langsam bekam Sara eine Vorstellung von der Person, die

sie suchte. Jetzt wusste sie immerhin schon, wer in diesem Spiel wer war.

»Und mit dieser Operation Ungeziefer war Rau beauftragt?«, fragte Sara.

»In den Achtzigerjahren. Und sie war so geheim, dass mein Kontakt zuerst nicht einmal den Namen sagen wollte. Obwohl er gar nicht wusste, was ihr Zweck war. Aber offensichtlich war es etwas Gigantisches.«

»Ist sie immer noch aktuell?«

»Nein. Laut seiner Aussage nicht.«

»Warum aber muss Rau immer noch töten, um es geheim zu halten? Was haben sie damals Schreckliches getan? Gibt es große Terroraktionen, die bis heute nicht aufgeklärt sind?«

»Vielleicht waren es die Vorbereitungen, die er dafür getroffen hatte?«, schlug Hedin vor. Es gibt immer noch viele Geheimnisse aus der Zeit, die die Welt erschüttern würden, wenn sie herauskämen. Beide Seiten taten Dinge, die nicht an die Öffentlichkeit dringen sollten.«

»Warum ein arabischer Name?«, dachte Sara laut.

»Sie waren ja sehr propalästinensisch.«

»Und mittlerweile ist Palästina ja wieder ein Thema«, meinte Sara. »Wenn Israel sich bestimmten arabischen Staaten annähert, verlieren die Palästinenser an Einfluss. Könnte es daran liegen, dass plötzlich Bewegung in die Sache kommt?«

»Wer weiß? Hinter dem Einsatz der Bomben, zu deren Zündung Geiger beitragen sollte, steckten zwischendurch jedenfalls auch palästinensische Interessen.«

»Hast du es gegoogelt? Wahasha?«

»Ja, das ist eine Gestalt in einer Art Computerspiel, wenn ich es richtig verstehe, und deshalb benutzen viele junge Menschen es als Namen in den sozialen Medien. Aber ich habe keine Verbindungen zu Terrortaten oder den Achtzigerjahren gefunden.«

Sie schwiegen und dachten jeder für sich eine Weile nach. Sehr viel weiter schienen sie dabei nicht zu kommen.

Sara überlegte, ob sie etwas sagen sollte oder nicht, aber schließlich erzählte sie von den Schüssen in ihrer Wohnung und verlangte von Hedin, niemandem etwas davon zu sagen. Und wie gewohnt antwortete Hedin: »Wem sollte ich es denn erzählen?«

Sie nahm die Schüsse allerdings sehr ernst. Ermahnte Sara, sämtliche Sicherheitsvorkehrungen zu treffen, zu denen sie in der Lage war. Die Fenster abzudecken, niemals zur selben Zeit zu kommen oder zu gehen, niemals denselben Weg zur Arbeit zu nehmen, am besten für eine Weile woanders zu wohnen und vor allem, die Familie von dort wegzubringen.

»Wenn sie mich umbringen wollten, hätten sie es wohl schon längst getan«, erwiderte Sara, sah aber ein, dass sie damit vor allem sich selbst überzeugen wollte. »Wahrscheinlich wollten sie mich nur erschrecken, aber sie haben mich vor allem verdammt wütend gemacht. Ansonsten hätte ich vielleicht die Finger davongelassen, aber jetzt werde ich auf keinen Fall einlenken. Sie hätten meiner Familie schaden können, Olle war zu Hause. Ich werde denjenigen, der dafür verantwortlich ist, zur Strecke bringen. Koste es, was es wolle.«

Es klingelte an der Tür, und Sara wurde aus ihrer Wutrede gerissen.

»Bist du bewaffnet?«, fragte Hedin und sah ihr in die Augen.

»Ja«, antwortete Sara ernst.

»War nur ein Scherz«, sagte Hedin. »Es ist bestimmt nur der Briefträger.«

Die ältere Frau ging zur Tür und öffnete, während Sara die Ohren spitzte, denn so richtig beruhigt war sie nicht.

»Hallo, ich bin es, Sofia, die Vorsitzende der Wohngenossenschaft«, hörte sie eine zwitschernde Frauenstimme aus dem hallenden Treppenhaus.

»Hallo.«

»Also, wir haben versucht, dir Mails zu schicken. Viele Male. Du hast deine Beiträge nicht bezahlt. Schon seit vielen Monaten nicht.«

»Ich war verreist.«

»Ach so, aber es war Licht in den Fenstern.«

»Ich war in Berlin.«

»Okay. Aber jetzt bist du ja zu Hause. Ich weiß nicht, ob du Probleme mit dem Online-Banking hattest oder so, aber du musst wirklich deine Beiträge bezahlen.«

»Das werde ich.«

»Heute.«

»Das kann ich nicht.«

»Dann ...« Die zwitschernde Stimme sank zwei Oktaven. »Dann könntest du aber herausgeworfen werden. Auch wenn man Genossenschaftsmitglied ist, kann man aus der Wohnung fliegen, wenn man seine Beiträge nicht bezahlt. Aber das möchte ja niemand. Trotzdem muss jeder auch seinen Anteil tragen. Wenn niemand seine Beiträge bezahlt, können wir das Haus nicht in Schuss halten. Dann würde die Genossenschaft in Konkurs gehen.«

Sara wunderte sich über diesen unerwarteten Charakterzug bei der ansonsten so korrekt erscheinenden emeritierten Professorin. Sie sah sich in der Küche um und konnte es nicht lassen, einen Stapel von Umschlägen in die Hand zu nehmen, die auf dem Küchentisch lagen.

Rechnung, Rechnung, Mahnung, Mahnung, Mahnung.

Leicht erschüttert saß Sara immer noch mit den Umschlägen in der Hand da, als Hedin zurückkehrte.

»Tut mir leid. Die Leute werden verrückt, wenn Mietwohnungen in Genossenschaften umgewandelt werden.«

»Entschuldige, dass ich mich einmische, aber was ist das alles?«, sagte Sara und hielt den Stapel Umschläge in die Höhe.

»Rechnungen. Sie müssen warten. Man muss ja nicht gerade Mitleid haben mit Telia, Fortum und Visa.«

»Aber warum hast du sie nicht bezahlt?«

»Ich brauchte das Geld für die Berlinreise. Flug und Hotel.«

»Aber warum hast du kein Geld?«

Sara hörte selbst, wie dumm die Frage klang, aber Hedin schien das nicht zu stören.

»Ich habe keinen Forschungsetat mehr, also muss ich alles selbst finanzieren.«

»Hast du keine Pension?«

»Die reicht vorne und hinten nicht. Ich muss ja meine Quellen finanzieren. Einige werden gut bezahlt. Und einige führen einen an der Nase herum. Dann muss man eine neue Quelle finden. Die auch Geld kostet. Und dann muss ich auch noch reisen. Da bleibt nichts übrig. Wenn der Computer kaputtgeht, ist es vorbei.«

»Aber …« Sara war vollkommen baff. Dann fasste sie einen Entschluss. »Liegen die Rechnungen der Genossenschaft auch hier?«, fragte sie und blätterte in dem Stapel. Sie fand drei verschiedene Forderungen.

»Die nehme ich«, sagte sie.

»Dann kann ich sie nicht bezahlen«, wandte Hedin ein.

»Ich bezahle sie. Und ich nehme die anderen auch mit.«

»Nur über meine Leiche.«

»Als Bezahlung für deine Arbeit.«

»Ich arbeite nicht für andere.«

»Okay, dann bezahlst du es zurück, wenn du kannst. Und wenn du willst. Aber du darfst hier nicht rausfliegen.«

Sara steckte die Umschläge in ihre Tasche, um deutlich zu machen, dass die Diskussion beendet war. Hedin zuckte mit den Schultern.

»Wenn sie mich rauswerfen wollen, dann sollen sie es tun.

Wenn man meiner Quelle in Berlin glauben möchte, müssen wir bedeutend schlimmere Dinge befürchten als unbezahlte Beitragsrechnungen.«

37

»Midnight«

Mehr stand nicht in der SMS.

Jenna wusste, dass jemand sie abholen würde und dass die Sache an einem geheimen Ort stattfand.

Nadia hatte ihr alles darüber erzählt, bevor sie nach Rumänien zurückgekehrt war, und Micha hatte es bestätigt. Sie fand diese Übereinstimmung beruhigend. Es schien trotzdem ein paar Regeln zu geben.

Sie betrachtete ihr Gesicht im Spiegel.

Wie würde sie danach aussehen?

Würde sie Narben bekommen, die nie wieder verschwinden?

Sie hatte immer Angst davor gehabt, ihre Zähne zu verlieren, hatte Alpträume davon und putzte sich schon ihr ganzes erwachsenes Leben zweimal am Tag sorgfältig die Zähne, benutzte Zahnseide und gurgelte mit Mundwasser. Und jetzt würde sie vielleicht einige verlieren, genau wie Nadia.

Obwohl das gar nicht sicher war. Vielleicht würde sie besser durchkommen. Man wusste es nicht.

Das einzig Wichtige war das Geld. Bis dahin hieß es Augen zu und durch.

Eines schönen Tages wäre alles wieder verheilt und sie würde mit einem Vermögen wieder nach Hause zurückkehren.

Ein ganz neues Leben.

Sie wagte noch nicht richtig daran zu glauben, aber Nadia hatte ihr ja das ganze Geld gezeigt.

Hunderttausend hatte Nadia bekommen, und für Jenna würden es zweihundertfünfzigtausend sein. Sie rechnete es in Leu um. Es war unglaublich viel Geld.

Jetzt musste sie sich noch hübsch machen, damit sie es nicht bereuten.

Heute Abend wollte sie geschmackvoll geschminkt sein, und nicht mit diesen schreienden Farben, die sie für die gewöhnlichen Kunden auflegte. Die eine richtige Hure haben wollten, jemanden, den sie verachten konnten.

Diejenigen, die für heute Abend bezahlten, waren Männer mit viel Geld, die es schwer hatten, ihre Neigungen auszuleben. Und wer hatte nicht gewisse kleine Neigungen.

Sie fühlte sich besser, wenn sie auf diese Weise daran dachte. Als wären es Männer mit Beeinträchtigungen, denen sie helfen konnte. Als würde sie eine ihrer Wunden verbinden.

Sie holte ihre kleine Mikki Mouse aus der Handtasche. Die rosa Stoffratte, ihr Glücksbringer. Sie sollte nicht dorthin mitkommen. »Du wartest zu Hause, Mikki«, ermahnte sie das Kuscheltier. »Und hab keine Angst, wenn du mich das nächste Mal siehst.«

Sie holte ihr goldenes Feuerzeug heraus, zündete die kleine Kerze vor der heiligen Madonna an und schlug ein Kreuz vor der Brust. Sie bat im Voraus um Vergebung und dachte, wenn sie die Jungfrau Maria dabeihatte, konnte nichts wirklich Schlimmes passieren.

Aber das ungute Gefühl ließ sie nicht los.

Jenna blieb stehen und starrte ihrem Spiegelbild in die Augen.

Was machte sie hier nur?

Ihr war schlecht, sie musste sich beinahe übergeben.

Eine Peepshow, hatten sie gesagt.

Die ein bisschen weiter ging.

Sie hatte bei Nadia gesehen, wie weit sie gehen konnte.

Aber bald wäre es vorbei. Eine ferne Erinnerung.

Wenn sie daran dachte, mit wie vielen Männern sie ansonsten zusammen sein müsste, war das hier vielleicht so, als wäre sie mit allen auf einmal zusammen. Schrecklich, aber es wäre dann auch vorbei. Sie hätte ein für alle Mal damit abgeschlossen.

Bald war es vorbei.

Sie fragte sich nur, wie sie sich dann fühlen würde.

38

Sara saß in ihrem Auto auf der Erstagatan und bezahlte Hedins Rechnungen mit dem Handy. Dann rief sie die Firmen an, die Inkassoforderungen geschickt hatten, und erklärte, dass sie Eva Hedins Tochter sei. Ihre Mutter sei sehr krank gewesen und habe ihre Rechnungen nicht bezahlen können. Jetzt sei sie Gott sei Dank auf dem Weg der Besserung, alle Rechnungen seien jetzt bezahlt, könnte man möglicherweise einen Strich unter die Sache ziehen? Man konnte.

Als sie gerade den Motor anließ, rief Klas Bass an, der Peepshow-Besitzer. Er hatte die Nummer von Vanessa bekommen, der Frau, die Mädchen für Peep-Shows anwarb. Und ganz offensichtlich auch ein paar Bier intus, denn er fragte Sara, ob sie sich nicht irgendwann einmal verabreden könnten. Sara lehnte höflich ab. Obgleich Klas Bass hinzufügte, dass er keine Probleme mit ihren Brandnarben habe, er könne ja die andere Seite ihres Gesichts angucken.

Sara rief Vanessa an und stellte sich vor, aber die Frau legte sofort wieder auf. Hatte ganz offensichtlich keine Lust, sich mit der Polizei zu unterhalten.

Sara dachte eine Weile nach, holte dann ihr anonymes Kartentelefon heraus, das sie genau für solche Gelegenheiten besaß. Sie schickte eine SMS. »Brauche 2 mädchen für besondere sache. Gut bezahlt. Vlad.«

Der Name war vorurteilsvoll erfunden und die ganze SMS ein Schuss ins Blaue, aber sie schien anzukommen.

»Farbe, größe, alter?«, antwortete Vanessa.

»Egal, müssen nur alles mitmachen, hast du bilder«
»Noch keine besorgt :)«
»OK, brauchst du vorschuss«
»Gerne«
»Wo bist du«
»Swish«
»Cash«
»Ok. Teehaus in kungsan in einer stunde.«
»Ok«
»Also kungsträdgården«
»Klar«

Lang, schmal und blond, mit unnatürlich großen Brüsten und aufgepumpten Lippen. Aber viel Selbstsicherheit im Blick, was gegen die dumme Blondine sprach. Ein Hosenanzug, der eher nach Business aussah als nach Sex. Und sie hatte ein Tablet dabei, was das Geschäftsmäßige des Treffens unterstrich. Sara zweifelte nicht eine Sekunde daran, dass die Frau Vanessa war. Die anderen Gäste waren typische Touristen, paarweise und mit Kameras, Bauchtaschen und Walking-Schuhen. Sie betrachteten Landkarten, lasen Reiseführer oder machten Aufnahmen vom Opernhaus, vom Schloss oder voneinander. Vanessa war die Einzige mit hohen Absätzen. Die Einzige, die auf die Uhr sah. Und die Einzige, die keine Spatzen und Sturmmöwen vom Tisch verscheuchen musste, weil sie nichts zu essen vor sich stehen hatte. Sara schritt über den knirschenden Kies. Der Geruch nach Meer mitten in Stockholm hatte sie immer schon fasziniert.

»Sie haben zwei Möglichkeiten«, sagte Sara, als sie sich an Vanessas Tisch gesetzt hatte. »Entweder beantworten Sie mir ein paar Fragen und ich lasse Sie danach in Ruhe, oder Sie weigern sich, und ich werde Ihr Geschäft kaputtmachen. Und glauben Sie mir, ich kann das.«

Vanessa betrachtete Sara zuerst erstaunt und dann verärgert.

»Ich warte auf jemanden.«

»Ja, und die SMS, die Sie geschrieben haben, könnten für eine Verurteilung wegen Menschenhandels ausreichen, zusammen mit den Zeugenaussagen, die es geben wird.«

Es gab natürlich keine Zeugenaussagen, aber Sara musste hoch pokern. Manchmal konnte sie den Ruf der schwedischen Polizei nutzen, immer ehrlich zu sein. Niemand erwartete, dass eine schwedische Polizistin so frech bluffen würde, wie Sara es manchmal tat. Und bis jetzt hatte sie damit Erfolg gehabt.

»Wissen Sie, für wen ich arbeite?«

»Nein, aber das können Sie mir gerne erzählen, damit wir diejenigen auch einsammeln können. Es wird Ihnen helfen, wenn Sie bereit sind, uns Ihre Komplizen zu nennen.«

Vanessa betrachtete Sara, wie eine Pokerspielerin ihre Gegnerin musterte, die gerade alles gesetzt hatte. Sie versuchte sie zu lesen, Zeichen zu finden, die sie verraten würden, die etwas über die Qualität ihres Blattes aussagen konnten. Aber Sara war nicht abzulesen.

»Ich werde es nur noch einmal sagen. Beantworten Sie ein paar Fragen, dann lasse ich Sie in Ruhe, oder sie halten den Mund, und ich werde alles tun, was in meiner Macht steht, um Sie und Ihre Klienten zu vernichten. Und ich werde Ihnen verraten, dass Sie schuld daran sind.«

Jetzt sprach eher Verachtung als Zorn aus Vanessas Blick.

Dabei wusste sie noch nicht einmal, dass Sara nicht die geringste Absicht hatte, Vanessa weiterhin mit wehrlosen Mädchen handeln zu lassen. Aber zuerst wollte sie mehr über diese neue Variante der Peepshow wissen.

»Was für Fragen?«, sagte Vanessa schließlich.

Sara lächelte.

»Wollen wir nicht eine Tasse Kaffee trinken? Sie haben hier auch guten Kardamomkuchen.«

Keine Antwort.

Sara war als Teenager häufig im Teehaus gewesen, wenn es heiß war. Sämtlich Popstars von Södermalm, die später im Nytorget abhingen, waren damals im Teehaus zu finden. Popsicle, David Shutrick, Just D, Bo Kaspers, die Schultz-Schwestern. Und wenn ausländische Stars die schwedische Hauptstadt besuchten, kamen sie hierher. Sie hatte einmal hinter John Malkovitch in der Schlange gestanden und Bonos Hintern im Gesicht gehabt, als er sich nach einem freien Tisch umgesehen hatte. Es fiel ihr schwer, das Teehaus zu besuchen, ohne ein Stück ihres Kardamomkuchens zu essen, aber die Sorge, dass Vanessa einfach verschwinden würde, hielt sie dieses Mal davon ab, sich eines zu holen.

»Peepshow«, sagte Sara stattdessen.

Vanessa sah sie ausdruckslos an. Beinahe trotzig.

»Was wissen Sie über die Peepshow?«, fragte Sara. »Je schneller Sie antworten, desto schneller sind Sie mich wieder los.«

Vanessa seufzte.

»Ich habe geholfen, Mädchen für eine Peepshow zu finden«, sagte sie.

»Und dort schlagen sie die Mädchen?«

»Davon weiß ich nichts. Ich besorge die Mädchen, und sie machen einen Vertrag mit dem Club. Ich mische mich da nicht ein.«

»Aber Sie wissen, was dort passiert.«

»Ja, okay, es geht wohl manchmal etwas wild zu. Also, zuerst war es Gruppensex vor Publikum. Dann kamen einige Kunden, die eine etwas härtere Gangart wünschten. Eher wie eine Gruppenvergewaltigung. Live. Und sie können es von ihrer Kabine aus steuern.«

»Und dabei haben Sie geholfen?«

»Die Mädchen sind damit einverstanden. Und bekommen

es gut bezahlt. Manche sind sogar froh, wenn ich sie wegen der Peepshow anspreche. Es ist sehr viel Geld. So viel, dass sie damit ein neues Leben anfangen können. Stellen Sie sich das mal vor. Sie werden ihre Zuhälter los, müssen sich keine Sorgen mehr machen, dass ihrer Familie etwas angetan wird, und sie bekommen jede Menge Geld. Sehr viel mehr, als sie auf irgendeine andere Art verdienen könnten. Also ist es ein ziemlich guter Deal.«

»Das ist ja sehr nett von Ihnen«, meinte Sara, bevor sie fortfuhr. »Kann es sein, dass ein Krimineller in dieser Peepshow auf der Bühne landet? Also ein Mann?«

Vanessa dachte lange nach, bevor sie antwortete. Schließlich sagte sie:

»Dann sitzt er ziemlich tief in der Scheiße.«

»Aber was passiert dann? Endet das für ihn dann auch in einer Gruppenvergewaltigung?«

»Wenn man sich die falschen Menschen zum Feind gemacht hat, kann man auch als Mann auf die Bühne der Peepshow geraten. Dann sitzen auch jede Menge Typen in den Kabinen und sehen zu, aber in dem Fall bezahlen sie nicht für Sex.«

»Bezahlen?«

»Ja, was haben Sie denn gedacht?«

»Wer sieht dabei zu?«

»Wer auch immer. Spießer, Gangster, Bankfuzzis, Perverse. Leute, die davon gehört haben und es sehen wollen. Und es sich leisten können. Ein paar Rockergangs bestellen Peepshows für diejenigen, die in Ungnade gefallen sind. Dann sitzen alle Mitglieder in den Kabinen und sehen zu.«

»Und niemand erstattet Anzeige?«

»Die Zuschauer mögen es ja, und diejenigen, die es erleiden müssen, wollen nicht riskieren, ein weiteres Mal dort zu landen.«

»Was machen sie mit ihnen?«

»Mit denen auf der Bühne?«

»Ja. Sind sie festgebunden?«

»Gefesselt und in Todesangst. Sie schreien und weinen.« Vanessa musste lachen. »Es ist eigentlich ziemlich lustig, wie diese großen, harten Jungs plötzlich zu Heulsusen werden. Sie betteln um ihr Leben. Pissen sich ein. Die meisten, die dort gesessen haben, verschwinden anschließend aus der Stadt.«

»Es ist also eine interne Abrechnung unter Gangstern?«

»Nein, jeder kann dort landen. Jemand, der einen anderen bei einem Geschäft betrogen hat. Jemand, der etwas mit der Frau eines anderen hatte. Leute, die bestraft oder gewarnt werden sollen. Aber es kann auch ein Penner sein, der Pech gehabt hat. Wenn die Nachfrage der Kunden groß ist, aber niemand für einen anderen eine Peepshow bestellt hat.«

»Und was machen sie ganz genau?«

»Sie verprügeln sie. Gründlich. Lange. Schmerzvoll. Die Zuschauer wollen sie ja leiden sehen. Sie schlagen, schneiden, brennen. Hacken vielleicht ein Körperteil ab. Das bestimmen die Besucher.«

»Sterben auch welche?«

Vanessa verfiel wieder in Schweigen. Musterte Sara mit wachsamen Augen.

»Nicht, soweit ich weiß«, sagte sie nach einer Pause.

Sara drehte sich der Magen um, als sie den zögernden Tonfall hörte. Sie versuchte zu deuten, was sich hinter Vanessas Worten verbarg.

»Ich besorge jedenfalls keine Mädchen für so etwas«, fuhr sie fort. »Nur für normalen Sex mit ein bisschen mehr Härte.«

»Wie können Sie sich so sicher sein?«

»Bevor ich mit den Lieferungen anfing, habe ich mir angesehen, wie es lief.«

»Sie waren dort?«

»Ja.«

»Wo findet es statt?«

»Keine Ahnung, Ich trug eine Augenbinde.«

»Aber als sie dort waren, haben Sie zugesehen?«

»Ja.«

»Und damit hatten Sie keine Probleme?«

»Ganz im Gegenteil. Es war heftig. Sexy.«

»Dass sie Leute für Geld geschlagen haben.«

»Ein paar Idioten bekamen Schläge. Und dann ein bisschen Gang Bang auf die härtere Tour. Ich mochte es. Sie sollten es probieren.«

»Probieren Sie es doch.«

Vanessa schien einen Moment nachzudenken, dann knöpfte sie ihre Bluse auf und zog sie auseinander. Und dort, auf den Brüsten, direkt oberhalb des glatten, lila BHs, erkannte Sara drei lange Striemen. Alte, verblasste Narben, die bis hinunter zum Bauch zu laufen schienen.

»Und ich bekam nicht einmal Geld dafür.«

39

Der Kornhamnstorg war abgeriegelt. Absperrgitter, Polizisten und Mannschaftsbusse mit kreisendem Blaulicht. Hunderte von jungen Menschen drückten sich gegen die Gitterstäbe. Strömten auf die Straße, sodass Autos und Busse bremsen mussten und die Fahrer auf die Hupe drückten. Schreie und Tränen und laute Polizeibefehle aus den Megafonen.

Sara bekam zuerst Angst. War der Schütze zurückgekommen, war jemand aus ihrer Familie verletzt? Oder tot?

»Was ist passiert?«, fragte sie einen Polizisten, als sie an den Gittern angekommen war. Sie hielt ihren Dienstausweis hoch und bemerkte im selben Augenblick einen Lamborghini, einen Ferrari und zwei Rolls Royce, die vor ihrem Haus parkten.

»Uncle Scam ist hier«, sagte der Polizist erschöpft. »Keine Ahnung, wie die ganzen Kinder das herausgefunden haben.«

»Okay. Dann ist er bestimmt bei mir zu Hause«, sagte Sara. »Ich klettere rüber.«

Sie versuchte, sich über das Absperrgitter zu stemmen, aber der Polizist machte einen Schritt nach vorn und hielt eine Hand hoch.

»Abgesperrt. Wir dürfen niemanden hereinlassen.«

»Aber ich wohne doch hier. Dieser Scam ist in meiner Wohnung. Mein Mann hat ihn hierhergebracht.«

»Sorry. Niemand darf durch.«

»Soll das ein Witz sein?«

»Haben Sie überhaupt eine Ahnung, was für eine Riesennummer das hier ist? Das Gedränge ist größer als bei einem Staatsbesuch.«

»Aber warum um alles in der Welt müssen wir als Polizei uns darum kümmern? Dann sollen sie doch Wachleute anheuern!«

»Sagten Sie nicht gerade, es ist Ihr Mann, der ihn hierhergebracht hat?«

»Stimmt.«

»Dann sagen Sie es ihm. Auch wenn es mir eigentlich nichts ausmacht. Wenn man ein bisschen Glück hat, kann man noch ein Selfie mit Scam machen. Ich habe eins mit Obama und eins mit Katy Perry«, sagte der Polizist zufrieden.

»Wer hat denn jetzt hier das Sagen? Wegen der Absperrung?«

»Was weiß ich? Die Plattenfirma?«

Sara zog das Handy aus der Tasche und rief Martin an, während kreischende Jugendliche sie von hinten an das Absperrgitter drängten.

»Macht Platz«, schrie sie über die Schulter. Ohne Erfolg.

Er ging nicht ran.

Also rief sie Olle an.

»Mama, rate mal, wer hier ist«, sagte Olle und klang, als würde er vor Stolz gleich platzen.

»Ich weiß«, sagte Sara. »Rate mal, wer nicht in die eigene Wohnung kommt? Gib Papa mal das Telefon.«

»Er sitzt mit Scam zusammen.«

»Und ich stehe hier mit tausend kreischenden Jugendlichen. Gib Papa das Telefon!«

»Ja?«, hörte sie Martins Stimme in Olles Telefon. »Ist es wichtig? Ich bin gerade etwas beschäftigt.«

»Ja, es ist wichtig! Ich komme nicht rein. Sie haben den ganzen Platz abgesperrt wegen deines kleinen Popsternchens. Sag ihnen, dass sie mich durchlassen sollen.«

»Zeig deinen Dienstausweis.«

»Das nützt nichts. Sie sagen, dass die Plattenfirma bestimmt. Regel das. JETZT!«

»Ja, ja.«

Drei Minuten später kam die junge Assistentin Tindra mit dem laminierten Backstage-Pass um den Hals, drei Handys und einem Klemmbrett voller Papiere in den Händen durch die Haustür. Sie sah sich um, entdeckte Sara und ging zum nächsten Polizisten, dem mit dem Selfiewunsch.

»Sie ist okay«, sagte Tindra und zeigte auf Sara.

Der Polizist winkte Sara zu, dass sie über den Zaun steigen dürfe, und musste anschließend sofort eingreifen, damit nicht noch etliche Teenager hinterherkletterten.

»Danke«, sagte Sara. »Hast du heute Nacht überhaupt ein Auge zugetan?«

»Eine halbe Stunde«, sagte Tindra mit einem blassen Lächeln.

»Kannst du mir noch einen Gefallen tun?«

»Natürlich.« Nicht einmal die Andeutung eines Zögerns, obwohl sie noch tausend andere Sachen zu erledigen haben musste.

»Kannst du dafür sorgen, dass der da kein Selfie mit Uncle Scam macht?«, sagte Sara und zeigte auf den Polizisten, der sie am Zaun aufgehalten hatte.

»Okay«, sagte Tindra und machte sich eine Notiz auf dem Klemmbrett.

Schon drei Stockwerke tiefer hörte man die Bässe krachen. Als der Fahrstuhl im fünften Stock ankam, dröhnte die Musik aus der Wohnung. Sara folgte Tindra in den Flur, dann ging sie ins Wohnzimmer und drehte die Lautstärke herunter.

Ein aufgeräumter und halb betrunkener Martin drehte sich zu ihr um. Sein Gesprächspartner, ein magerer, kleiner Mann mit Achselshirt und Tätowierungen auf dem ganzen Körper, zog an einer sehr dicken Zigarette. Uncle Scam, nahm sie an.

Im Sofa und in den Sesseln saßen ein halbes Dutzend anderer junger Männer mit Bandanas und Sneakers. Aber auch mit dreiteiligen Anzügen, was Sara verwunderte. In Sachen Hiphop-Mode war sie anscheinend nicht auf dem Laufenden.

»Hallo, Schatz«, sagte Martin. »Bist du gut durchgekommen?«

»Ja. Vielen Dank für die Hilfe«, sagte Sara mit einer Ironie, die ins Leere lief.

»Wir wärmen uns ein bisschen auf für den Abend. Das hier ist Scam. Scam, this is my wife, Sara.«

»The cop?«, sagte der dünne Mann amüsiert und streckte ihr die Hand für einen Fistbump entgegen. Sara erwiderte den Gruß, kam sich aber unendlich albern vor.

Uncle Scam war knapp eins siebzig groß, hager und blass, aber mit Tätowierungen, die sich bis zum Hals und auf Teile des Gesichts erstreckten.

»Are you coming tonight?«, fragte Scam höflich.

»No, sorry, working«, sagte Sara. »Da draußen auf dem Platz sind mehrere tausend Jugendliche«, sagte sie zu Martin, und Scam wandte sich wieder seiner anzugtragenden Entourage zu.

»Tja, dieser Besuch sollte eigentlich geheim bleiben. Wir haben sogar den Lookalike eine Runde in der Limousine fahren lassen, aber irgendwie ist trotzdem durchgesickert, dass Scam hierherkommen würde. Ich fürchte, dass Olle daran nicht ganz schuldlos ist. Er hatte in der Schule erzählt, dass Scam uns heute besuchen würde, und dann hat es sich verbreitet. Du weißt ja, die sozialen Medien. Aber er war daraufhin der König der ganzen Schule.«

Martin schien vor Stolz beinahe zu platzen, aber für Sara

war es das nicht wirklich wert. Mit Stars abzuhängen, aber dafür nicht in die eigene Wohnung zu kommen.

»Kannst du mir versprechen, dass es das letzte Mal ist, dass du einen Superstar zu uns nach Hause mitbringst?«

»Auf jeden Fall. So große Stars werden wir bestimmt nicht mehr hierherlotsen können. Aber jetzt haben wir ja schusssicheres Glas und können im Prinzip jeden einladen. Ich habe es Scam erzählt, es gefiel ihm.«

»Gut«, sagte Sara. »Wir wollen ja, dass er sich sicher fühlt.«

»Genau«, sagte Martin. »Danke für die Hilfe.« Dann sah er Sara ganz kurz fragend an, bevor er fortfuhr. »Kann ich ...« Er drehte die Hand in einer Geste, die den Umgang mit einem Lautstärkeregler nachahmte.

»Ja, ja«, sagte Sara und ging in die Küche.

Ein Abendessen mit Familie würde es heute ja ohnehin nicht geben, wenn Vater und Sohn total verhext von dem amerikanischen Jungs-Idol waren. Sie holte eine vegetarische Lasagne aus dem Tiefkühlfach, und während sie wartete, bis die Mikrowelle ihre Arbeit getan hatte, googelte sie nach dem großen Star, den sie gerade fistbumpen durfte.

»Cornelius Crane jr., bekannter unter dem Künstlernamen Uncle Scam, geboren am 18.Juni 1996 in Manhattan, New York, ist ein amerikanischer Rapper, Songwriter und Schauspieler. Bei Uncle Scam handelt es sich um den seit den Zwanzigerjahren meistgestreamten Künstler, mit beinahe einer Milliarde Aufrufe seines größten Hits ›Color of my Skin‹. Uncle Scam wuchs an der Upper East Side von Manhattan auf, seine Mutter ist Anwältin und sein Vater Hedgefond-Manager an der Wall Street. Uncle Scam erntete Kritik dafür, dass er zu Beginn seiner Karriere behauptet hat, eine schwere Kindheit gehabt zu haben, aber er wehrte sich mit dem Argument dagegen, dass der Ort, an dem man aufwächst, nichts darüber aussagt, wer man ist.«

»Hast du mit ihm gesprochen?«

Olle war in die Küche gekommen, mit Uncle-Scam-Pulli und Kopfhörern, die seine Musik herauspumpten.

»Ich habe ihn begrüßt«, sagte Sara. »Den Onkel Kånkel, oder wie er nun heißt.«

»Sie haben mich in der Schule abgeholt. Hast du die Autos gesehen? Ein verdammt fetter Korso.«

Die Kinder durften nicht fluchen, aber Sara hatte ihren Sohn noch nie so gut gelaunt gesehen. Sie hoffte nur, dass er nicht wusste, was sein großes Idol gerade in ihrem Wohnzimmer rauchte. Aber sie sollte sich wohl besser keinen Illusionen hingeben.

»Mama«, sagte Olle und setzte sich an den Küchentisch. »Ich bin doch jetzt Teenager.«

»Ja«, sagte Sara und wappnete sich. Gerade geschah etwas Großes. Aber sie hatte nicht die Absicht, sich freizukaufen.

»Dann ist man ja kein Kind mehr. Man möchte zeigen, wer man ist, oder? Und heutzutage sind da andere Dinge wichtig als damals, als du jung warst.«

»Als du jung warst.« Bislang war sein Pitch nicht so gelungen, worauf auch immer er hinauswollte.

»Was möchtest du denn haben?«, fragte Sara.

»Nichts.«

»Irgendetwas willst du doch. Ich kenne dich.«

»Aber ich möchte nichts haben. Ich möchte etwas tun.«

»Okay?«

»Also, Mama, denk mal nach. Sieh dich in der Stadt um. Alle tätowieren sich. Das ist überhaupt nichts Seltsames.«

Sich tätowieren? Der kleine Olle?

»Olle, wenn du achtzehn bist, bist du auch volljährig. Dann bestimmst du über dich. Vorausgesetzt, dass du auf eigenen Füßen stehst und nicht mehr zu Hause wohnst oder dich von deinen Eltern finanzieren lässt. Also, wenn du achtzehn bist und genug Geld verdienst, kannst du dich so viel tätowieren lassen, wie du möchtest. Aber denk daran, dass eine Tätowierung ein ganzes Leben hält. Und dass du diskriminiert werden kannst, wenn du tätowiert bist.«

»So war es vielleicht in deiner Generation. Damals waren es ja nur Seeleute und Penner, die sich tätowieren ließen. Heute ist es fast seltsamer, ohne Tattoo rumzulaufen. Und du willst doch nicht, dass die Leute mich für seltsam halten, oder?«

»Keine Tätowierung. Punkt. Aus.«

»Du bist so was von spießig.«

Saras Handy klingelte. Tore Thörnell. Der pensionierte Oberst, der während des Kalten Kriegs als Verbindungsoffizier bei der NATO in Westdeutschland stationiert war und ihr mit Informationen über die Bomben geholfen hatte, die Abu Rasil und Geiger hochgehen lassen wollten.

»Thörnell«, meldete sich Sara. »Wie schön, dass Sie anrufen.«

»Sie müssen damit aufhören«, sagte Thörnell am anderen Ende.

»Ans Telefon zu gehen?«

»Die Namen von Leuten am Telefon zu nennen.«

Eine weitere Lektion darüber, wie es in der lichtscheuen Welt zuging, in der Thörnell sich aufgehalten hatte.

»Okay«, antwortete Sara, um den alten Soldaten irgendwie zu beruhigen.

»Es gibt da eine Sache, über die ich mich mit Ihnen unterhalten möchte.«

»Möchten Sie ein Verbrechen gestehen?«

Thörnell ignorierte ihren Versuch, lustig zu sein.

»Wann können Sie bei mir sein? Und was ist da im Hintergrund so laut?«

»Sofort«, sagte Sara, während die Bassläufe die Fensterscheiben beben ließen. »Dann kann ich auch diesen Lärm hinter mir lassen.«

»Gut. Und erzählen Sie niemandem, dass Sie zu mir kommen.«

40

Die Fassade schien im goldenen Schimmer der Abendsonne beinahe zu glühen. Der Himmel über ihr war kornblumenblau. Der frische Wind spielte in den Baumkronen auf dem Friedhof der Kungsholm-Kirche. Ein Eichhörnchen lief über die leere Straße. Hier war es wie immer seltsam ruhig, wenn man bedachte, wie nahe die Innenstadt war. Die Bergsgatan 16 sah aus wie ein kleines Schloss. Oder wie eine Ritterburg. Ein uneinnehmbares Fort, zu dem Sara den magischen Schlüssel besaß. Den Haustürcode. 1814. Das letzte Jahr, in dem Schweden sich im Krieg befunden hatte. Offiziell.

Thörnell öffnete die Tür und ließ Sara in seine imposante Wohnung, die früher einmal das Hauptquartier der geheimen Widerstandsbewegung Stay Behind gewesen war. Von hier aus plante man den Widerstand gegen eine mögliche Besatzungsmacht. Es war so geheim, dass nicht einmal die gesamte Regierung davon wusste, und erst recht nicht das schwedische Volk. Thörnell hatte ihr die versteckte Tür hinter dem großen Flurspiegel gezeigt. Eine Tür, die in das pochende Herz der Bewegung führte, einen Raum, in dem noch alle Schreibtische und Schreibmaschinen standen, wie eine Erinnerung daran, dass uns die Vergangenheit nie verließ. Eine große, schöne Wohnung mit einer interessanten Geschichte, die außer ihr fast niemand kannte.

»Kaffee? Wasser? Gin?«

»Gerne ein Glas Wasser.«

»Tut mir leid. Es gibt Kaffee.«

Thörnell führte sie in den Salon, in dem schon ein Tablett mit Tassen und einer Kaffeekanne stand. Vor dem Fenster schwankten die Baumspitzen des Friedhofs, und weit im Hintergrund Södermalm und die Högalidskirche. Thörnells Aussicht war nicht schlechter als Saras.

Sie ließ ihren Blick von Södermalm zu Thörnell schweifen. Ein grauer Pullunder, ein sorgfältig gebügeltes Hemd, glänzende schwarze Schuhe und eine dunkelblaue Hose mit scharfen Bügelfalten. Das weiße Haar war perfekt gekämmt. Er blickte Sara direkt in die Augen, wie er es sicherlich bei allen machte, mit denen er sich unterhielt.

»Ich sehe, dass die Ereignisse nach unserer letzten Begegnung Spuren bei Ihnen hinterlassen haben.«

»Das hier? Das ist nichts verglichen mit den Narben, die die Kugeln hinterlassen haben.«

Sara strich über die raue Haut der Wange. Typisch Thörnell, so direkt zur Sache zu kommen. Kein peinliches Schweigen oder falsche Freundlichkeit. Und genauso fuhr er fort.

»Sie suchen einen Faust.«

Sara zuckte zusammen und begegnete seinem Blick.

»Hedin hat angerufen«, sagte er zur Erklärung.

Das war vielleicht gar nicht so seltsam. Schließlich hatte Hedin damals den Kontakt zu Thörnell vermittelt. Aber warum hatte sie ihm von Faust erzählt?

»Was wissen Sie über ihn?«, fragte Sara.

»Genug, um Sie vor ihm zu warnen.«

»Warum sollte ich ihn in Ruhe lassen?«

»Erzählen Sie mir zuerst, was Sie wissen, dann werde ich versuchen, es Ihnen zu erklären.«

»Sein wirklicher Name ist Otto Rau, er hat vom Pfarrer Jürgen Stiller Personenstandsdaten mit einer schwedischen Identität bekommen. Die ist bislang unbekannt. War der Motor einer kommunistischen Zelle mit vor allem deutschen

Terroristen und der Stasi als Geldgeber. Kommando 719. Bereitete etwas Spektakuläres vor. Die anderen aus dieser Zelle heißen heute Bo Enberg, Marita Leander und Günther Dorch und wohnen alle in Schweden. Gesellschaftlich etabliert und ausreichend motiviert, ihre Vergangenheit geheim zu halten, um hunderttausend an Jürgen Stiller zu bezahlen, der sie erpresste. Außer Rau, den ich deshalb am ehesten für den Mörder halte.«

»Das ist alles, was Sie wissen? Keine genaueren Anhaltspunkte?«

»Jemand sagte, dass er vermutlich immer noch in diesem Milieu aktiv ist, also Spionage und Nachrichtendienste.«

Sara legte eine Pause ein, um auf eine Antwort zu warten. Aber es dauerte eine Weile.

»So könnte man es sagen«, erwiderte Thörnell schließlich.

Sara nickte. Damit war sie Fausts Identität einen Schritt näher gekommen. Sie musterte Thörnell. Und wurde das Gefühl nicht los, dass er ihr etwas verheimlichte. Aber was?

»Sie wissen etwas über ihn«, sagte sie im selben Augenblick, als ihr die Einsicht kam. Vielleicht hätte sie es für sich behalten und etwas taktischer vorgehen sollen, aber manchmal funktionierte es auch mit Überrumpelung. »Sie wissen, wer er ist.«

»Ich weiß zumindest, was für eine Art Mensch er ist.«

»Sie können mir also helfen, ihn zu finden?«

»Eher das Gegenteil. Weil ich weiß, wie er ist, möchte ich Ihnen helfen, ihn nicht zu finden.«

»Er hat in meine Wohnung geschossen. Als mein Sohn zu Hause war.«

»Wurde jemand getroffen?«

»Nein.«

»Dann wollte er Sie nur warnen. Und ich fühle mich verpflichtet, darauf hinzuweisen, dass Sie diese Warnung ernst nehmen sollten.«

Thörnells Einstellung verwunderte Sara. Meinte er wirklich, dass sie sich einfach zurückziehen sollte? Darauf konnte sie sich nicht einlassen.

»Ist es nicht Ihre Pflicht, ihn zu enttarnen, als ehemaliger NATO-Offizier?«, fragte Sara. »Er ist doch ein ehemaliger Terrorist, der von der Stasi unterstützt wurde.«

»Die Stasi gibt es nicht mehr.«

»Aber Rau gibt es noch.«

»Seit der Kalte Krieg beendet ist, ist die Welt nicht mehr einfach schwarz und weiß«, sagte Thörnell und lehnte sich im Sessel zurück. »Es gibt jede Menge Grautöne. Da ist es schwer, überhaupt etwas zu erkennen. Für eine Außenstehende wie Sie kann es auf dem Papier einfach aussehen. Aber es ist alles andere als einfach. Es war damals schon schwer zu verstehen, aber heute ist es zehnmal schwieriger.«

»Versuchen Sie es.«

Thörnell korrigierte eine bereits perfekte Bügelfalte an seiner Hose, fegte ein eingebildetes Staubkörnchen vom Knie, bevor er den Blick hob, der sich irgendwo in der Ferne verlor.

»Es war einfach eine eigene Welt, die parallel zu Ihrer existierte. Wir sahen Sie, aber Sie sahen uns nicht. Während Sie in die Fabriken gingen, beim Konsum einkauften und ofengebackene Falukorv aßen, spähten wir im Verborgenen. Hielten Ausschau nach unsichtbaren Feinden. Wenn wir es nicht getan hätten, sähe die Welt heute anders aus. Damals gab es zwei Seiten, und man befand sich auf der einen oder auf der anderen. Heute verlaufen die Loyalitäten kreuz und quer in alle möglichen Richtungen. Man weiß nicht, wo der Feind von Morgen auftauchen wird und welcher der alten Kontakte dann noch nützlich ist.«

»Dann werde ich es etwas einfacher formulieren«, sagte Sara, »und es in einer einzigen Frage zusammenfassen: Warum wollen Sie einen Terroristen beschützen? Nur weil er für Sie und Ihre Freude irgendwann in der Zukunft einmal nützlich sein kann?«

»Ich möchte nicht ihn beschützen. Sondern Sie.«

»Habe ich nicht deutlich genug gezeigt, dass ich ganz gut auf mich selbst aufpassen kann?«

»Sie müssen verstehen, dass dies keine gewöhnlichen Sympathisanten waren, die demonstrierten und mit der Sammelbüchse am Samstag vor den Läden standen. Kommando 719 war äußerst zielgerichtet, und sie waren gewalttätig.«

»Ich weiß. Sie raubten Banken aus und waren auf Trainingslagern im Nahen Osten. Und sie waren gut bewaffnet. Aber das sind heute die meisten Gangster.«

»Haben Sie schon einmal von der Stadtguerilla gehört?«

Sara schüttelte den Kopf.

»Ein Begriff aus den Diktaturen in Lateinamerika, in denen revolutionäre Gruppen im Stadtmilieu gegen die Polizei und das Militär kämpften. Der Name stammt aus Brasilien, aber die Taktik wurde von den Tupamaros in Uruguay und schließlich von der Roten Armee Fraktion in der BRD übernommen. Und für sie war es ein wirklicher Krieg. Sie töteten ohne das geringste Zögern. Kleine, schnelle Angriffe auf vitale Bestandteile des Polizeistaats, und genau wie bei den Guerillabewegungen im Dschungel waren sie nahezu unauffindbar und ließen sich nicht ausschalten.«

»Schweden ist weder Brasilien noch die BRD«, wandte Sara ein.

»Auch unsere schwedischen Gruppen wurden von kaltblütigen Terroristen aus Deutschland verstärkt. Und von Lateinamerikanern, die eigene Erfahrungen mit der Stadtguerilla gemacht haben. Dazu kamen gewaltbereite Fanatiker aus Italien, Japan und Frankreich. Die Internationale in der praktischen Umsetzung. Und alles unterstützt von der Stasi, unter größter Geheimhaltung. Möchten Sie etwas Interessantes sehen?«

Thörnell stand auf und reichte Sara die Hand, als wollte er sie zum Tanz auffordern. Sie folgte ihrem Gastgeber durch ein großes Esszimmer mit Möbeln im gustavianischen Stil und durch einen weiteren Raum, der mit den anderen in dieser gigantischen Wohnung in einer Reihe lag. Der letzte Raum, den sie betraten, war Thörnells Arbeitszimmer. Die Wände waren mit Bücherregalen bedeckt, gefüllt mit Bänden über Sicherheitspolitik und Geschichte, und in der Mitte des Zimmers stand ein großer Schreibtisch aus dunklem Holz mit Messingbeschlägen. Sara hielt ihn für ein britisches Modell, mit Schubladen unter der Tischplatte und an den Seiten. Bestimmt gab es auch ein paar Geheimfächer. Auf der Schreibtischplatte lag ein kleines, goldfarbenes Abzeichen, er gab es Sara. Eine Hand mit einem Gewehr, die DDR-Flagge, die Zahl 40 und der Text »Ministerium für Staatssicherheit«.

»Eine Erinnerungsmedaille an das vierzigste Jubiläum der Stasi«, sagte Thörnell. »Die sie nicht mehr überreichen konnten, weil vorher die Mauer fiel.«

»Aber sie hatten sie schon hergestellt?«

»Ja. Und jedes Mal, wenn ich sie sehe, erinnert sie mich daran, dass man niemals weiß, was passieren wird, und dass sich die Umstände rasend schnell ändern können. Aber vor allem ist es ein Beweis dafür, dass wir etwas Großartiges geleistet haben. Wenn wir nicht gewesen wären, hätte die Stasi ungehindert ihren vierzigsten Jahrestag feiern können. Und vielleicht auch noch den fünfzigsten und den sechzigsten.«

»Warum zeigen Sie mir das?«

»Weil es so faszinierend ist. Finden Sie nicht? Und weil ich hoffe, dass Sie vielleicht auch heute noch denjenigen Ihr Vertrauen schenken können, die im Verborgenen arbeiten. Für mich zeigt dieses Abzeichen, dass wir wissen, was wir tun.«

»Es zeigt jedenfalls, dass Sie damals wussten, was Sie taten, aber es ist keine Garantie dafür, dass Sie es heute noch tun.«

»Touché«, sagte Thörnell und lächelte. »Kommen Sie, wir gehen wieder zurück.«

Er streckte ihr die Hand entgegen, bekam das Abzeichen zurück, und sie kehrten durch die drei eleganten Räume oberhalb der Baumkronen wieder in den Salon zurück.

»Wo waren wir stehengeblieben?«, sagte Thörnell, nachdem sie wieder Platz genommen hatten. »Genau, Terroristen. Kann ich Ihnen vielleicht noch etwas anderes anbieten? Etwas Kuchen? Ein Glas Wein? Wasser?«

»Nein, danke.«

»Das ist gut. Nicht den Fokus verlieren. Wie auch immer. Nach den ersten Gruppen kamen neue Fanatiker. Sympathisanten, die zu Aktivisten wurden. Nachdem Baader und Meinhof in Haft saßen, kam das Kommando Siegfried Hausner, das Kommando Ulrike Meinhof, das Kommando Andreas Baader und so weiter. Unterschiedliche Nachfolger der ursprünglichen RAF. Und der Schwerpunkt verschob sich vom Kampf gegen den Imperialismus zu einem Kampf, mit dem man seine Idole aus dem Gefängnis holen wollte. Mit Mord, Geiselnahme und Flugzeugentführungen. Der Lufthansajet Landshut, Hanns Martin Schleyer, Jürgen Ponto. Et cetera. Und die Gruppen wurden immer brutaler. Die Leute haben vergessen, was für eine große Bedrohung von diesem Terrorismus ausging.«

»Auch hier?«

»Natürlich. In Dänemark gab es die sogenannte Blekingegade-Bande, die fünfzehn Jahre lang Banken ausraubte und das Geld an die palästinensische Terrororganisation PFLP schickte. Sie hatten die sogenannte Theorie vom Schmarotzerstaat übernommen, das heißt, sie glaubten nicht, dass sie die Arbeiterschaft von der Notwendigkeit der Revolution überzeugen konnten, weil sie in den westlichen Staaten von den Kapitalisten mit hohen Löhnen und dem Sozialstaat gekauft worden waren. Die Revolution musste also aus der Dritten

Welt kommen. Insgesamt bekamen sie bei ihren Raubzügen dreißig Millionen zusammen. Die Blekingegade-Bande hat viele Terrortaten finanziert.«

»Schickte das Kommando 719 auch Geld an die PFLP?«

»Nein. Nicht, soweit wir wissen. Es sieht eher so aus, als hätten sie jede Menge Geld verbraucht. Dass sie etwas Großes vorbereitet haben.«

»Operation Wahasha.«

Ein leichtes Anheben einer Augenbraue verriet, dass der stets so zurückhaltende Thörnell wirklich überrascht war.

»Wo haben Sie den Namen gehört?«

»Erzählen Sie mir zuerst, was Sie darüber wissen.«

»Nichts. Es ist ein Name, der in den Unterlagen auftaucht, aber es ist nicht bekannt, was der Zweck dieser Operation war.«

»Aber es war das Kommando 719 mit Rau, das sie vorbereitet hat?«, beharrte Sara.

»So sagt man.«

Sara musterte Thörnell und dachte über das nach, was er gesagt hatte.

»Warum habe ich das Gefühl, dass Sie mehr wissen, als Sie erzählen?«, fragte sie.

»Das weiß ich nicht. Ich war ja, wie bekannt, in der BRD stationiert. Ich hatte keinen direkten Einblick in das, was die Stasi und ihre Terroristenzellen hier in Schweden taten.«

»Aber Sie kannten Wahasha.«

»Es wurde darüber geredet. Und anhand dessen, was ich über Rau gehört habe, würde ich sagen, dass er ein Mann ist, von dem man Abstand halten sollte.«

»Warum haben die Deutschen nichts gegen Raus Gruppe unternommen?« Sara beugte sich vor und fixierte den pensionierten Oberst.

»Die Deutschen hatten nach dem Fall der Mauer ziemlich viel zu tun, mit Tausenden Spionen und Spitzeln, die enttarnt worden waren. Nachdem die Archive geöffnet worden waren, zumindest die, die noch existierten, stellte sich heraus, dass der gesamte Staatsapparat infiltriert war.«

»Diese alten Terrorgruppen waren ihnen also nicht mehr wichtig genug?«

»Na ja, die neuen Identitäten des Kommandos schienen ja auch hervorragend funktioniert zu haben. Sie hätten sie wohl ohnehin nicht gefunden. Und ich würde annehmen, dass unser lieber Faust außerordentlich interessiert daran war, seine Anonymität zu behalten.«

Sara dachte über Thörnells Aussagen nach. Er war absolut zuverlässig gewesen, als es um Geiger und die Bomben ging. Aber konnte sie sich deshalb auch jetzt auf ihn verlassen?

»Sie meinen also, ich sollte es einfach sein lassen? Scheiß auf Rau?«

»Abgesehen von der Wortwahl wäre das genau meine Empfehlung.«

»Ja, ja …« Sara seufzte.

»Sie haben ja auch eigentlich keinen Grund, einem ehemaligen, vergessenen Terroristen von anno dazumal hinterherzurennen.«

»Doch, denn es ist meine Schuld, dass Stiller tot ist. Und seine Frau. Er rief mich an und wollte mich vor einem gefährlichen Mann warnen. Von dem ich annehme, dass es Rau war.«

»Soll heißen, Sie werden nicht aufgeben?«

Sara dachte an die Schüsse in der Wohnung. Solange Rau frei war, war sie in Gefahr.

»Jetzt nicht mehr«, sagte sie. »Er ist zu weit gegangen.«

»Ich würde wirklich gerne noch einmal an Sie appellieren.«

»Tut mir leid.«

Sie betrachteten einander unter Schweigen. In den Augenwinkeln sah sie, wie eine Sturmmöwe direkt vor dem Fenster vorbeiflog. So war es, wenn man den Norr Mälarstrand in der

Nähe hatte. In Vällingby war einmal ein Vogel direkt gegen die Scheibe geflogen, erinnerte sich Sara, und fragte sich, ob auch Sturmmöwen einfach gegen ein Fenster knallten. Ein widerlicher Gedanke. Als es zu Hause bei ihnen passierte, war Sara in der zornigsten Pubertätsphase und fragte sich, wie irgendein Geschöpf auf der Welt auf die Idee kommen konnte, in ihre erbärmliche Wohnung eindringen zu wollen.

Beim Geräusch einer Tür, die vorsichtig geschlossen wurde, zuckte sie zusammen und kehrte sofort in die Gegenwart zurück.

»Ist jemand hier?«

»Nein.« Thörnell betrachtete sie ungerührt.

Sara schaute zur Wand des geheimen Raums. Sie stand auf und eilte in den Flur. Sie steckte ein paar Finger hinter den Rahmen des großen Spiegels und drückte zu. Ein Klick, und der Spiegel schwang auf, sodass Sara den versteckten Raum betreten konnte. An der Wand, die zum Wohnzimmer zeigte, war ein Bild heruntergenommen worden, hinter dem sich ein Einwegspiegel und ein kleiner Lautsprecher befanden. Hier konnte man alles sehen und hören, was im Wohnzimmer gesagt wurde.

Sie machte auf der Stelle kehrt und rannte zur Tür.

Ignorierte den Aufzug und lief die Treppe hinunter.

Draußen stellte sie sich mitten auf die Straße und sah in alle Richtungen.

Ein schwarzes Auto entfernte sich unten an Wijnjas Käsekeller vom Bordstein. Eine Essenslieferung auf der gegenüberliegenden Seite und ein paar Leute, die die Straße hinauf- oder hinunterschlenderten, aber niemand schien es eilig zu haben oder zu fliehen.

Aber es war jemand dort gewesen. Da war sich Sara sicher.

Sie ging zurück zu Thörnell und starrte ihn durchdringend an.

»Wer war das?«

»Nicht der, an den Sie denken«, sagte der alte Oberst.

»Rau.«

»Das kann ich weder bestätigen noch dementieren. Das wissen Sie.«

»Sie haben ihm geholfen herauszufinden, was ich weiß.«

»Ich habe Ihnen geholfen, sich selbst zu schützen. Glauben Sie mir. Sie sollten von dieser Spur wirklich ablassen.«

»Das sollte ich sicher. Das Problem ist nur, dass ich niemals mache, was mir jemand vorschreiben möchte.«

41

Sie hoffte, dass die Augenbinde die Schminke nicht verrieben hatte. Man würde in dem dunklen Lokal zwar nicht viel davon sehen, aber sie mochte es, wenn sie sich hübsch fühlte und Kontrolle über ihr Aussehen hatte. Ein Spinatblatt zwischen den Zähnen gehörte zu dem Peinlichsten, was sie sich vorstellen konnte. Oder ein Fleck auf dem Kleid, den sie übersehen hatte.

Als sie die Augenbinde abnahmen, schalteten sie direkt einen Scheinwerfer an, sodass sie die Augen fest zukneifen musste, um nicht geblendet zu werden.

Langsam öffnete sie die Augen und blinzelte zu der kleinen Bühne in der Mitte des Raums hinüber. Ein gepolsterter Tisch mit Lederriemen. Scheinwerfer, die alles ausleuchteten, sodass niemandem etwas entgehen würde. Die Wände des Raums waren schwarz gestrichen, und es roch schwach nach Körperflüssigkeiten. Schweiß und ein paar üble, süßliche Aromen, von denen sie nicht wissen wollte, woher sie stammten. An den Wänden gab es eine Reihe von Fenstern, die einen Kreis um die Bühne bildeten. Oder eher ein Achteck. Vor allen Fenstern war eine Stahljalousie heruntergelassen, und daneben befand sich jeweils ein rotes Lämpchen.

Drei muskulöse Männer, die nichts außer Unterhosen trugen, zogen sich weißes Pulver rein und schluckten blaue Tabletten, die sie mit reinem Wodka herunterspülten, während sie Jenna musterten, ohne sie zu begrüßen.

»Willst du vorher duschen?«

Ein groß gewachsener Mann mit rasiertem Schädel und Lederjacke stellte die Frage in gebrochenem Englisch.

»Ich habe zu Hause geduscht«, sagte Jenna.

»Wo soll ich den hinstellen?«

Ein ebenso durchtrainierter jüngerer Mann kam mit einem Verbandskasten herein, und der mit dem rasierten Schädel zeigte auf eine Ecke hinter den Scheinwerfern.

Jenna warf einen nervösen Blick erst auf den Verbandskasten und dann auf den Kahlrasierten, der ihren Blick erwiderte.

»Es wird hart werden. Aber wir haben einen Doktor hier. Und wenn es vorbei ist, bist du reich.«

»Wie lautet das Safeword?«

Er sah sie nur an.

»So läuft das hier nicht.«

42

Sara verließ Thörnells Haus, blieb auf dem Bürgersteig stehen und starrte ins Leere. Sie konnte nicht begreifen, was gerade passiert war.

Thörnell hatte sie verraten.

Hatte jemanden zuhören lassen, als Sara alles erzählte, was sie wusste.

Und Thörnell hatte nicht dementieren können, dass es Rau war.

Konnte Thörnell wirklich auf Raus Seite stehen? Hatte er Sara die ganze Zeit an der Nase herumgeführt? Aber dann hätte der untergetauchte Terrorist sie doch direkt umgebracht?

Vielleicht hatte Rau Thörnell an der Nase herumgeführt? Oder es war ein anderer, der sich im Safe Room versteckt hatte? Sara hatte Thörnell als Verbündeten betrachtet, aber jetzt fiel es ihr schwer, seine Absichten zu beurteilen. Vielleicht konnte er Rau milder stimmen? Vielleicht würde das, was passiert war, ihr sogar helfen? Es fiel ihr nur sehr schwer, das zu glauben.

Sara lief es kalt den Rücken hinunter, trotz der Spätsommerwärme. Zu viel Tod. Zu viele Drohungen. Zu viel Vergangenheit, die an die Oberfläche gespült wurde und Schicksal spielte.

Hinten bei der Kirche sah sie eine Mutter, die ihren beiden Kindern über die Mauer auf den Friedhof half. Sie ging auf dem Bürgersteig weiter, während die Kleinen über den Rasen mit den Grabsteinen liefen. Dann trafen sie sich wieder an der Pforte. Zwei kleine, fröhliche Mädchen von vielleicht vier oder fünf Jahren, die es lustig fanden, einen eigenen Weg zu suchen und später ihre Mutter wiederzutreffen. Sie trugen kleine Rucksäcke, die auf ihren Rücken riesig aussahen, und hielten bunte Zeichnungen in den Händen. Sara dachte an ihre eigenen Kinder und an ihren Mann. Jetzt ließ sie es ein weiteres Mal zu, dass die sogenannte große Welt die kleine aus dem Weg räumte. Und das wollte sie eigentlich nicht.

Also traf sie eine Entscheidung.

Es war an der Zeit, sich wieder um das eigene Leben zu kümmern. Ihre Familie. Ihren Mann.

Wenn dieser verdammte Scam erst einmal außer Landes war, würde Martin wieder ihr gehören.

Nur noch ein Abend.

Es war Zeit, diese Wiedereroberung vorzubereiten.

Auf dem Weg von Thörnell nach Hause ging sie in Wijnjas Käsekeller, wo sie ein paar Schachteln Cracker und Meersalzgebäck und ein paar großartige Käsesorten kaufte. Gruyère, Délice, Baskeriu und Saint Albray. Wein hatten sie so viel zu Hause, dass es für Jahrhunderte reichen würde.

Trotz der unangenehmen Überraschung, die sie gerade erlebt hatte, fühlte sich das Leben recht gut an, als sie mit ihrer kleinen Tüte über die Vasabrücke ging. Dass sie zu der Entscheidung gekommen war, sich auf ihre Familie zu konzentrieren, sagte ihr, dass sie auf dem richtigen Weg war. Wohin, wusste sie nicht, aber das Bauchgefühl war gut. Nicht einmal die Elektrorollerfahrer konnten sie mehr aufregen. Zwischen Rosenbad, Riksdagen und Riddarhuset war sie überzeugt, dass jeder auf dieser Welt sein Bestes gab. Es fühlte sich gut an, so positiv zu denken, und sie hielt es für lebensnotwendig. Die Stora Nygatan war wie üblich voller Menschen, die sich treiben ließen, die ohne Vorwarnung stehen blieben, um ein Foto zu schießen oder auf die Karte zu gucken. Aber nachdem sie sich entschlossen hatte, das Leben wieder zurückzuerobern, war es einfach nur angenehm. Jetzt dachte sie stattdessen daran, dass diese ganzen Menschen aus anderen Ländern, aus anderen Kontinenten hierhergereist waren, nur um ihren Stadtteil zu sehen. Was für eine nette Geste.

Sie kam an Gamla Stans Buchhandlung vorbei. Es war wirklich höchste Zeit, dass sie dort einmal hineinschaute. Warum nicht jetzt sofort? Es war für Sara ein deutliches Anzeichen dafür, dass sich das Leben im Gleichgewicht befand, wenn sie wieder las. Und es sollten alte, ehrwürdige gedruckte Bücher sein. Der Buchladen war geschlossen, aber im Schaufenster sah sie, was ihr nächster Kauf sein würde. Die abschließenden Teile zweier Trilogien. Eine von einer Schriftstellerin, eine von einem Schriftsteller. Mit der einen hatte sie bereits in ihrer Jugend angefangen, und der anderen hatte sie ihren Sommer gewidmet.

Keine kreischenden Teenager, keine Polizei und keine Absperrungen hielten sie diesmal von ihrer Heimkehr ab. Aber eine lange, weiße Limousine war vor dem Eingang geparkt, und ein speckiger Uniformträger stand vor der Haustür und klingelte.

»Wohnen Sie hier?«, fragte der Mann, als Sara sich an ihm vorbeidrückte und den Code eingab.

»Ja.«

»Ich soll Olle Titus plus Begleitung abholen. Zur Friends Arena. Wissen Sie, ob der Name stimmt? Es hat sich niemand gemeldet, nachdem ich geklingelt habe.«

»Er schläft vielleicht. Ich sage ihm Bescheid. Wenn er zu Hause ist.«

»Danke.«

Plötzlich fiel Sara ein, dass sie Thörnell erklärt hatte, Rau weiter jagen zu wollen, und dass eine weitere Person die Aussage gehört hatte. War das der Grund gewesen, warum der

Lauscher die Wohnung so eilig verlassen hatte? Weil die dumme, sture Sara Nowak sich einfach nicht geschlagen geben wollte?

Faust hatte schon einmal in die Wohnung geschossen.

Jetzt waren die Fenster zwar schusssicher, aber er könnte ja auch in die Wohnung eingedrungen sein.

»Er schläft vielleicht«, hatte sie über ihren Sohn gesagt. Aber vielleicht stimmte das nicht? Vielleicht war etwas ganz anderes passiert?

Sie hatten doch nicht etwa Olle etwas angetan?

Warum meldete er sich nicht, wenn der Chauffeur klingelte?

Der Fahrstuhl hatte sich noch nie so langsam bewegt wie jetzt.

Sara drückte hektisch auf den Knopf, damit die Kabine sich schneller bewegte. Sie holte die Schlüssel heraus und machte sich bereit.

Sobald sie oben war, sprang sie aus dem Aufzug und lief zur Tür, schloss sie auf und stürmte hinein.

»Olle?«

Keine Antwort, aber sie hörte hämmernde Musik aus seinem Zimmer.

War nicht auch laute Musik zu hören gewesen, als der Pfarrer starb?

Sie sah Olle vor sich, gefesselt in seinem Zimmer, erschlagen, erschossen, was auch immer. Oder von der Decke baumelnd.

Ihr drehte sich der Magen um.

Als sie Olles Zimmertür aufriss, sah sie zu ihrer großen Erleichterung nur Olle und seinen Freund Gabriel, die sich ein Video von Uncle Scam auf höchster Lautstärke ansahen, die Moves nachmachten, wie es so schön hieß, und Limonade durch Strohhalme tranken. Wenn Sara ihren Sohn richtig kannte, hatte ein kleiner Teil von Martins gigantischen Hausbarvorräten auch seinen Weg in die Dosen gefunden, aber sie war viel zu erleichtert, um sich über heimliches Teenagertrinken aufzuregen.

Olle und Gabriel drehten sich beide zu Sara um, die mehr oder weniger in den Raum hineingefallen war. Ihr Gesicht sah bestimmt auch ziemlich seltsam aus. Von Angst gezeichnet und gleichzeitig erleichtert und alles Mögliche andere noch dazu.

Dann sah Sara, was auf dem Bildschirm vor sich ging. Uncle Scam und seine Entourage mit jeder Menge barbrüstiger Bräute, die Oralsex simulierten, während die Männer mit ihren automatischen Waffen fuchtelten und in Haufen aus weißem Pulver eintauchten.

»Was ist denn das für eine Scheiße?«, sprudelte es aus Sara heraus. Natürlich war ihr klar, dass die riesigen Pulverhaufen kein echtes Kokain waren, aber verstanden das die Jungs?

»Scams VIP-section«, sagte Olle stolz. »Ich habe das Passwort von Scam bekommen.«

Sara sah erneut auf den Bildschirm. Welche Signale sendete dieser Mist an die Millionen von jungen Männern, die Scam bewunderten? Wie würden sie Olle beeinflussen?

»Das ist ja widerlich«, sagte sie. »Mach das aus.«

»Was wolltest du eigentlich?«, sagte Olle und klappte den Deckel des Laptops hinunter, ohne die Seite zu verlassen.

»Da unten steht eine Limo und wartet auf euch. Er hat schon eine ganze Weile geklingelt, ohne dass jemand aufgemacht hat.«

»Shit. Wie spät ist es?«

»Nach diesem Film weiß ich nicht, ob ich euch noch dorthin lassen sollte.«

»Chill. Gar nicht lustig. Komm, Gabbe, wir ziehen los.«

Gabbe trank den letzten Rest aus seiner Dose, während

Olle die unterste Schublade des Schreibtischs herauszog und einen kleinen, braunen Umschlag herausholte.

»Was ist das denn?«, fragte Sara.

»Das gehört Scam.«

»Okay, aber was ist drin?«

»Ich weiß nicht. Aber die Bullen kontrollieren ihn ständig. Er darf einfach nichts behalten«, sagte ihr Sohn beleidigt.

»Doch. Alles, was legal ist.«

»Nein, die Bullenschweine schikanieren ihn ununterbrochen.«

»Die Bullenschweine?«

»All cops are bastards«, warf Gabriel ein, gestärkt von seinem geheimen Zaubertrank.

Sara warf einen amüsierten Blick auf den Freund ihres Sohns. Noch vor ein paar Jahren hatten sie den ganzen Tag Polizei gespielt. Jetzt hassten sie sie.

»Ja, ich bin tatsächlich ein Bastard«, sagte Sara. »Rein formell. Mal sehen.«

Sara nahm Olle den Umschlag aus der Hand.

»Nein!«

Olle versuchte ihn zurückzuholen, aber Sara wandte ihm den Rücken zu.

»Das ist Scams!«, protestierte ihr Sohn.

»Deswegen will ich auch sehen, was drin ist«, sagte Sara.

Sie riss das Klebeband auf, das um den braunen, gut gefüllten Umschlag gewickelt war. Darin lag eine große Tüte mit weißem Pulver. Sara war keine Expertin für Drogen, aber das hier durfte Olle unter keinen Umständen mitnehmen.

»Mama!«, heulte Olle.

Sie sollte diesen Umschlag eigentlich an ihre Kollegen von der Drogenfahndung weiterreichen. Aber was sollte sie als Fundort angeben? Dass Scam ihn in ihrer Wohnung vergessen hatte? Dass ihr Sohn ihn für Scam aufbewahrt hatte? Sollte sie einfach alles im Klo runterspülen? Damit nicht plötzlich alles an Olle hängen blieb, weil er ihn besessen hatte? Seine Fingerabdrücke und seine DNA klebten bestimmt am Umschlag.

»Es ist Scams!«, jaulte Gabriel. Beide Jungen wirkten am Boden zerstört.

»Ich schwöre, dass ich es nicht selbst behalten werde«, sagte Sara. »Aber ich lasse keine Vierzehnjährigen mit diesem Umschlag losziehen.«

»Er wird total sauer sein.«

»Das ist nichts verglichen mit dem, was ich bin. Und ihr beide bleibt zu Hause.«

»Niemals!«

Olle lief aus dem Zimmer, und Gabriel folgte ihm auf den Fersen. Sara wusste nicht, was sie tun sollte. Ihr war klar, dass Olle ihr nie verzeihen würde, wenn er nicht auf das Konzert gehen und später backstage mit seinem neuen Freund Scam abhängen dürfte. Es war schon schlimm genug, dass er Scams Umschlag genommen hatte. Sie musste es testen lassen. Vielleicht wollte der große Star nur einen Scherz mit Olle treiben oder ihm imponieren, indem er seinem Mythos gerecht wurde. Aber auch das war nicht akzeptabel. Oder, wie es heutzutage hieß, in keiner Weise okay.

Sara wusste genau, wie beschäftigt Martin vor dem Konzert war, also schickte sie ihm sicherheitshalber eine SMS, bevor sie ihn anrief. »Geh ran, wenn ich anrufe!« Dann rief sie an, und Martin ging tatsächlich ran.

»Hast du angerufen?«, fragte er. »Ich habe es nicht gehört.«

»Nein, ich wollte nur sichergehen, dass du das Gespräch annimmst.«

»Okay, was ist? Ich sitze hier mit Scam.«

»Martin, er hat Olle Drogen gegeben. Unser minderjähriger

Sohn bewahrt Drogen für deinen widerwärtigen Freund auf. Ich muss ihn anzeigen.«

»Nein! Das darfst du auf gar keinen Fall. Wie kannst du dir überhaupt sicher sein, dass es Drogen sind? Scam weiß, dass Olle minderjährig ist, es war bestimmt nur ein Scherz oder so etwas.«

»Komm nach Hause«, sagte Sara. »Wir müssen darüber reden.«

»Ich kann nicht. Der Auftritt beginnt. Und dann will Scam noch ausgehen.«

»Dein Job oder deine Kinder?«

»Meine Kinder. Und Olle liebt Scam. Er kommt doch hierher. Dann kann ich mit ihm sprechen.«

Sara wusste genau, wie hilfreich das sein würde.

»Komm nach Hause.«

»Ja. Nachher.«

Und dann drückte ihr Mann das Gespräch weg.

Und Sara war allein.

Keine Ebba, kein Olle, kein Martin.

Was sollte sie tun?

Tja, wenn die Familie sich nicht um sie kümmerte, dann brauchte auch sie die Familie nicht an erste Stelle zu setzen.

Jedenfalls nicht jetzt.

Sie wollte einfach nur alles vergessen, was mit Uncle Scam zu tun hatte.

Es wäre nicht fair, einfach die Serien weiterzugucken, die sie und Martin sich gemeinsam anschauten. Sie hätte gerne ein bisschen Musik gehört, aber Martins letzte Hi-Fi-Anschaffung verweigerte ihr den Dienst. Mit größeren Lautsprechern konnte sie leben und kräftigeren Verstärkern, aber dann hatte er noch einen D/A-Wandler gekauft, einen Chord Hugo 2. Und genau wie er behauptet hatte, klang es sehr viel besser, aber Sara hatte keine Lust gehabt, sich mit dem Gerät vertraut zu machen. Es waren für sie nur jede Menge Lampen in unterschiedlichen Farben, und sie hatte keine Ahnung, was sie bedeuteten. Sie hätte sich gerne Grace Jones' *Nightclubbing* richtig laut angehört, aber das musste warten.

Stattdessen konnte sie ja etwas über Terrorismus lesen. Hatte es wirklich so viele Angriffe und Bedrohungen bis in die Achtzigerjahre hinein gegeben?

Sie las im Internet über die Bombenanschläge der ETA und Polizeimorde in Spanien. Über die Sprengstoffattacken der IRA in England, die Dutzende von Todesopfern gefordert hatten, und wie nahe sie der Ermordung von Premierministerin Margaret Thatcher gekommen waren. Sie sah Bilder der Entführungsopfer Aldo Moro und Hanns Martin Schleyer, die beide später ermordet worden waren. Carlos, der Schakal, der die gesamte Führung der OPEC in Wien gekidnappt hatte. Der Schwarze September, der elf israelische Sportler bei den Olympischen Spielen in München ermordet hatte. Bomben gegen Polizeiwachen, Warenhäuser und Kinos in Paris.

Jetzt erinnerte sie sich an die langen Schlangen vor der französischen Botschaft, von denen die Broman-Schwestern berichtet hatten, als sie ein Visum für ihren Familienurlaub beantragen wollten. Die Terroranschläge hatten die Sicherheitsanforderungen erhöht, und die Leute mussten stundenlang warten. War es nicht genauso, als Camilla mit Stellan und Lotta nach Paris fahren wollte? Die Reise, die Sara nicht mitmachen konnte, was sie davor bewahrt hatte, von ihrem widerwärtigen Vater sexuell missbraucht zu werden.

Es erstaunte sie, dass die deutschen Terroristen aus sehr bürgerlichen und etablierten Familien stammten. Gudrun Ensslin war Pastorentochter und als Jugendliche kirchlich aktiv, sie hatte Geige gespielt, genau wie Sara. Und Lotta. Ulrike

Meinhofs Pflegemutter war Professorin, und Andreas Baader war in einem Haushalt mit seiner Mutter, seiner Tante und seiner Großmutter aufgewachsen, die ihn verwöhnt hatten. Keine kaputten Familien, keine Armut. Aber sie alle griffen zu den Waffen.

Die Verbindungen zwischen der RAF und der Stasi waren enger, als Sara bislang gewusst hatte. Die westdeutschen Terroristen wurden nicht nur von der DDR bewaffnet und trainiert, wer sich von der RAF trennen wollte, bekam im Osten auch eine neue Identität, einen bürgerlichen Job und ein ordentliches Startkapital für ein neues Leben.

Sara war ganz tief in die Achtzigerjahre versunken, als ein scharfes Signal aus der Gegensprechanlage durch die Wohnung schnitt und eine Stimme brüllte.

»Was hast du getan?! Bist du total verrückt?«

Sara stand vom Computer auf und ging zum Türöffner.

»Wer ist da?«

»Malin! Was glaubst du denn? Lass mich rein!«

Sara hatte Malin noch nie zuvor so wütend erlebt. Es musste also etwas Ernstes geschehen sein. Sie drückte den Knopf, um die Wohnungstür zu öffnen, und ließ sie offenstehen, damit Malin direkt hereinkommen konnte.

Nach einer Minute war ihre alte Kindheitsfreundin in der Wohnung angekommen, ging direkt auf Sara zu und verpasste ihr eine schallende Ohrfeige.

»Du blöde Kuh!«, schrie sie.

Im ersten Reflex nach dem jahrelangen Krav-Maga-Training schlug Sara sofort zurück, ohne nachzudenken, aber sie konnte ihre Hand mitten in der Ausholbewegung noch stoppen. Was für das Kinn der anderen Frau ein Glück war. Malin betrachtete die geballte Faust mit Verachtung im Blick.

»Willst du mich auch noch schlagen?«

»Du hast mich geschlagen«, sagte Sara. »Warum?«

»Was glaubst du denn?«, sagte Malin und drückte ihr ein Papier ins Gesicht.

Sara wich einen Schritt zurück, wand ihr das Papier aus der Hand und sah es an.

»Antrag auf eine DNA-Testung zur Vaterschaftsfeststellung.«

Unterzeichnet von Sara Nowak.

Sara sah Malin verständnislos an.

»Was soll denn das sein?«

»Dein Antrag! Du willst, dass Papa auch dein Papa wird!«

Sara betrachtete ihren Namen unter dem Papier. Er hatte nicht die geringste Ähnlichkeit mit ihrer Unterschrift.

»Er war nicht dein Papa!«, fauchte Malin. »Er war unser Papa. Hör auf, dir irgendetwas einzubilden. Das war schon in der Schule peinlich, und jetzt ist es umso peinlicher.«

In der Schule? Irgendwo in Saras Kopf klingelte ein kleines Glöckchen. Bruchteile von Erinnerungen daran, wie sie bei anderen Schülern Eindruck machen wollte, indem sie erzählte, dass der berühmte Fernsehmoderator Stellan Broman ihr Vater sei. Oder hatte sie das nur geträumt? Nein, jetzt erinnerte sie sich. Sie hatte sogar Sachen von ihm geklaut und ihren Klassenkameraden zum Beweis gezeigt. Einen Taschenkalender mit seinem Namen in Goldbuchstaben, eine Pfeife, eine Lesebrille.

»Das ist nicht von mir«, war alles, was Sara herausbrachte.

»Nein, natürlich nicht«, sagte Malin ironisch. »Das stammt bestimmt von der anderen Sara Nowak ...«

»Malin, das kommt nicht von mir. Ehrlich.«

»Und wer sollte es sonst gewesen sein?«

»Ich weiß es nicht.«

Obwohl sie es sehr genau wusste.

»Es ist dein Name und deine Unterschrift«, sagte Malin mit wildem Blick. »Und es ist so peinlich, dass du dich auch gleich umbringen könntest. Mein Vater ist ermordet worden, und jetzt versuchst du, ihn zu deinem Vater zu machen, versuchst die Gelegenheit zu nutzen, dass er tot ist und sich nicht wehren kann. Bist du einfach nur verrückt, oder bist du hinter dem Erbe her? Was glaubst du, wird Lotta dazu sagen?«

»Malin, ich kann das aufhalten. Und glaub mir, ich stecke nicht hinter diesem Brief. Das kann ich dir versprechen.« Sara biss die Zähne zusammen.

»Du scheinst ja total auf ihn fixiert zu sein. Erst versuchst du ihn als Vergewaltiger darzustellen, dann als Spion, und als nichts davon funktioniert, versuchst du ihn zu deinem Vater zu machen. Du bist doch krank. Ernsthaft. Total psycho. Du brauchst eine Behandlung.«

»Malin, ich bringe das in Ordnung.«

Malin warf ihr einen langen, schneidenden Blick zu, riss das Papier mit einem ausgedehnten Ratschen in zwei Teile, drehte sich um und verließ die Wohnung.

Sara bückte sich und hob die Papierstücke wieder auf.

DNA-Test.

Jetzt war sie zu weit gegangen.

Sara war kurz davor, zum Auto zu laufen und nach Vällingby hinauszufahren, aber sie begnügte sich mit einem Anruf.

»Bist du noch bei Trost, meine Unterschrift zu fälschen?!«

»Hast du eine Antwort bekommen?«

»Nein, aber Malin war gerade hier. Sie ist total durchgedreht, und ich verstehe sie. Sie hat mich geschlagen.«

»Ja, sie sind verrückt. Alle zusammen.«

»Mama, das ist das Dümmste, was du jemals getan hast.«

»Überhaupt nicht. Ich habe DNA von allen in der Familie, und ich habe sie zu einem unabhängigen Test geschickt.«

»Wie bist du an ihre DNA gekommen? Bei Lotta kann ich es verstehen, du warst ja zu Hause bei ihnen, aber von den anderen?«

»Ich war in Bromma. Ein paar Haare.«

»Du bist bei ihnen eingebrochen?«

»Ich habe aufgeschlossen. Wie du.«

Sara seufzte. Da hatte ihre Mutter allerdings recht.

»Aber Einbruch und Unterschriftfälschung. Das ist doch idiotisch.«

»Woher stammt wohl deine Hartnäckigkeit, was glaubst du? Das Leben ist ein Krieg, alles ist erlaubt.«

Jane war abgebrühter, als Sara geglaubt hatte. Und dennoch.

»Warum hast du das getan? Ich möchte nicht, dass jemand weiß, dass ich seine Tochter bin. Ich möchte auch nichts von ihm erben.«

»Und ich möchte, dass alle wissen, was er getan hat. Und es ist dein Geld. Es ist mehr als gerecht, dass du es bekommst.«

»Mama, brauchst du Geld?«

»Nein.«

»Glaubst du, dass ich Geld brauche?« Sara deutete mit einer Geste auf die riesige Wohnung, in der sie lebte, obwohl ihre Mutter weder die Wohnung noch die Geste sehen konnte. Aber das spielte in dieser Auseinandersetzung ohnehin keine Rolle.

»Was bedeutet schon Geld«, sagte Jane. »Aber Recht muss Recht bleiben.«

»Ich werde diesen Antrag zurückziehen.«

»Dann werde ich erzählen, dass ich deine Unterschrift gefälscht habe. Möchtest du deine Mutter im Gefängnis sehen?«

»Du gehst nicht ins Gefängnis«, antwortete Sara mit einem Seufzen.

»Du weißt gar nicht, was ich alles gestehen werde.«

»Gesteh doch, was du willst.«

»Dann schicke ich einen neuen Antrag!«, drohte Jane.

»Misch dich nicht in mein Leben ein!«

»Das ist auch mein Leben!«

Das brachte Sara aus dem Konzept.

Auch Janes Leben?

Ja, das war wohl richtig. Genau wie Ebbas Leben auch Saras war. Aber das würde Ebba ebenfalls niemals akzeptieren. Sie wäre ebenso wütend auf ihre Mutter wie Sara jetzt auf Jane.

Der gesamte Zorn fiel von Sara ab.

»Bitte, Mama, lass mich diesen Antrag zurückziehen.«

»Nein.«

Sie wusste nicht, ob es daran lag, dass sie das Trauma bei den Bromans überlebt hatte oder dass sie einfach älter und klüger geworden war, aber zum ersten Mal in ihrem Leben hatte Sara das Gefühl, dass sie tun sollte, was Jane sagte. Obwohl sie es falsch fand. Wenn man ein gutes Verhältnis zu seiner Familie haben wollte, musste man ihr auch ein bisschen Raum lassen und das eigene Kontrollbedürfnis zurückfahren. Kompromisse eingehen oder einsam leben. Vielleicht würde ihr diese Haltung auch bei Olle und Ebba helfen, dachte sie, als sie beide eine Weile schwiegen.

»Was hast du gefühlt, als ich zu Hause ausgezogen bin?«, fragte Sara schließlich.

»Dass es schön für dich war.«

»Aber was waren deine Gefühle?«

»Das Kind ist das Wichtige. Alle Mütter werden traurig, aber das gehört dazu. Man kann seine Kinder nicht das ganze Leben in eine Kiste einschließen.«

Jane war dazu noch völlig allein gewesen, als Sara auszog. Sara hatte Martin, und auch Olle würde noch ein paar Jahre bleiben, sodass der Übergang in die Rolle des fernen Beobachters der eigenen Kinder weich gepolstert war.

Die Frage war nur, was sie Malin sagen sollte, wenn sie den Antrag nicht zurückzog. Dass sie gelogen hatte, als sie sagte, dass er nicht von ihr kam? Dass sie wirklich als Stellans Tochter anerkannt werden wollte? Und dass sie sich schon auf die Familientreffen mit ihren neuen Schwestern freute?

Sara schob die Entscheidung in die Zukunft, wünschte ihrer Mutter eine gute Nacht und begann die Lichter in der Wohnung auszuschalten. Eine Lampe im Flur ließ sie für Martin an, wenn er irgendwann nach Hause kommen würde. Sie selbst brauchte jetzt wirklich ihren Schlaf.

Sie putzte sich die Zähne, schminkte sich ab und betrachtete ihr Gesicht im Badezimmerspiegel. Eine Schönheit, um die sie nicht gebeten hatte, die sie in ihrer Jugend gehasst hatte und die sie zu vermissen begann, seit sie langsam zu verschwinden schien. Warum konnte man nicht einfach herumlaufen und schön sein, ohne dass alle glaubten, ein Recht auf einen zu haben.

Als sie gerade ins Bett gekrochen war und das Licht ausschalten wollte, klingelte es an der Tür.

Hatte Martin Olle wieder alleine nach Hause geschickt? Nein, Olle hatte ja einen Schlüssel. Vielleicht die arme Tindra, die etwas für ihren Chef holen sollte?

Sara hüllte sich in den lindenblütengrünen Morgenrock aus dünner Seide und ging an die Tür.

Etwas lag im Weg, als sie die Außentür öffnen wollte.

Sara musste sich anstrengen, um sie aufdrücken zu können.

Der schwere Gegenstand auf der anderen Seite bewegte sich höchst widerwillig, schrubbte langsam über den Steinboden.

Als die Tür ein Viertel geöffnet war, kippte das Hindernis zur Seite, und ein Paar Füße tauchte in Saras Blickfeld auf.

Es war ein Körper, der dort im Weg lag.

Sara drückte sich durch den Spalt, um zu sehen, wer es war. Ein Besoffener? Ein Nachbar mit einem Herzinfarkt?

Nichts davon.

Es war nicht leicht zu erkennen, da der Körper von eingetrocknetem Blut aus vielen Löchern im Körper und im Kopf bedeckt war.

Aber nach einer Weile konnte sie Bo Enberg erkennen.

Der ehemalige Terrorist, der früher Hans Gerlach hieß.

Und derjenige, der am meisten über Faust wusste.

43

Ebba beherrschte die Kunst, ihren Großvater um den kleinen Finger zu wickeln, das wusste er auch ganz genau. Aber er hatte nichts dagegen.

Dieses Mal hatte Olle nach dem Konzert nicht nach Hause fahren wollen, und weil Martin sich um seinen Künstler kümmern musste, rief er Ebba an und bat sie, ihren Bruder zu holen.

Und Ebba hatte ihren Großvater angerufen.

Der sich jetzt darüber amüsierte, dass er, statt mit einem Buch und einem Cognac zu Hause in der Villa zu sitzen, durch die Großbaustelle Slussen manövrieren musste.

Eric Titus bog mit seinem Maserati auf den Kornhamnstorg ab, konnte aber nicht wie sonst immer direkt vor dem Eingang halten, denn dort standen drei Streifenwagen. Die aggressiv blinkenden Blaulichter strahlten in die Stockholmer Nacht hinaus und in die blassen Gesichter der Polizisten. Eric fuhr an den Straßenrand und parkte vor dem Forex, viel zu dicht am Fußgängerüberweg.

»Warte hier«, sagte er zu Olle und ging zu den Streifenbeamten.

»Abgesperrt«, sagte einer von ihnen, sobald Eric sich ihnen näherte.

»Mein Sohn wohnt hier mit seiner Familie, und ich habe meinen Enkelsohn hier im Auto. Was ist denn passiert?«

Der Polizist sah Eric an und schien darüber nachzudenken, was er sagen durfte. Die Familienbande und Erics eleganter Anzug schienen den Ausschlag zu geben.

»Im Treppenhaus ist eine Leiche gefunden worden. Wo wohnt Ihr Sohn?«

»Ganz oben.«

»Dann war es wohl seine Frau, die sie gefunden hat.«

»Wo ist sie?«

»Ich weiß es nicht. Dort oben, nehme ich an.«

»Kann sie nach draußen kommen?«

»Sobald sie dort fertig sind.«

Eric rief Sara an, die den Polizisten vor Ort erklärte, dass sie nach unten auf den Platz zu ihrem Sohn müsse, und wenige Minuten später erschien sie an der Haustür. Eric machte ein besorgtes Gesicht, als sie auf ihn zukam.

»Wo ist Olle?«, fragte Sara.

»Im Auto«, sagte Eric und zeigte, wo es stand.

»Ist er sauer?«

»Das kommt wohl darauf an, ob du diesen Popkünstler angezeigt hast oder nicht.«

»Es kam etwas dazwischen.«

»Es ist ziemlich beängstigend, Blaulicht vor eurem Haus zu sehen und zu hören, dass dort eine Leiche gefunden wurde.«

»Ja, es ist schrecklich«, seufzte Sara. »Und jetzt findet dort oben die komplette Tatortuntersuchung statt.«

»Könnt ihr heute Nacht dortbleiben? Ansonsten hätten wir jede Menge Platz.«

»Wir werden sehen.«

»Was ist denn passiert? Ist Scam wieder hier?«

Eine Gruppe betrunkener Jugendlicher war neben Sara und Eric stehen geblieben, sie zeigten auf die Streifenwagen.

»Nein«, sagte Sara, die wenig Lust hatte, die Neugierde fremder Menschen zu stillen.

»Komm, wir gehen hin und fragen«, sagte einer der Jungen.

»Nein, ich hab Gras dabei, vielleicht filzen sie uns«, antwortete sein Kumpel.

»Nur weil wir nach Scam fragen? Ist das dein Ernst?«, sagte eines der Mädchen aus der Gruppe.

»Komm, wir gehen stattdessen zu Wirströms!«

»Warum ist Martin nicht hier?«, fragte Eric, als die Feiertruppe weitergezogen war.

»Er geht nicht ans Handy. Ist mit seinem Superstar unterwegs. Da darf die Familie nicht stören.«

»Hast du ihm eine Nachricht geschickt?«

»Ja. ›Melde dich!‹, hab ich geschrieben. Aber er könnte ja auch nicht viel tun, wenn er hier wäre.«

»Er könnte dich unterstützen. Wie geht es dir denn?«

»Gut. Ich bin vor allem wütend«, antwortete Sara knapp.

»Immerhin hast du eine Leiche gefunden.«

»Direkt vor unserer verdammten Tür.«

»Wer war es denn?«

Sara zuckte mit den Schultern.

»Irgendein Nachbar?«, fragte Eric weiter. »Oder ein Junkie, der an einer Überdosis gestorben ist? Ich meine, wenn du die Leiche im Treppenhaus gefunden hast.«

»Es war ein Mann, den ich neulich getroffen habe.«

»Was? Jemand, den du kanntest?« Ihr Schwiegervater klang entsetzt.

»Ein ehemaliger deutscher Terrorist, der seit mehreren Jahrzehnten unter falschem Namen in Schweden lebt.«

»Was hat er hier gemacht? Wie ist er gestorben?«

»Er wurde zu Tode gefoltert.«

Eric versank in Schweigen und schaute Sara nur an.

»Zu Tode gefoltert«, sagte er schließlich. »Und dann hat ihn jemand vor deiner Tür abgelegt?«

»Ja.«

»Sara, was geht hier vor?«

»Wie? Was meinst du?«

»Jemand, den du vor Kurzem getroffen hast, wird ermordet

und vor deiner Tür abgelegt. Stell dir vor, das nächste Mal gehen sie auf dich los? Oder auf deine Familie. Olle!«

Ein kalter Schauder aus schlechtem Gewissen schlug über ihr zusammen. Eric wusste nichts von den Schüssen in die Wohnung. Wenn er es gewusst hätte, wäre er vermutlich zum Jugendamt gegangen und hätte eine Meldung gemacht. Der Impuls, die Familie zu schützen, war bei ihm fast noch stärker ausgeprägt als bei Sara. Was dazu führte, dass sie sich wie eine verdammt schlechte Mutter fühlte.

Es gab viele Sorten schlechter Mütter. Selbstsüchtige Mütter, zornige Mütter und müde Mütter. Aber eine Mutter, die ihre Kinder einer Gefahr aussetzte, gab es bestimmt nur einmal. Sara.

»Das ist nur eine Warnung«, sagte sie und hörte selbst, wie dünn das klang.

»Nur eine Warnung? Sara, dein Sohn wird heute bei uns schlafen. Und dann müsst ihr hier für mehr Sicherheit sorgen. Und auf jeden Fall lässt du ab jetzt die Finger von dieser Sache. Weißt du denn, wer dahintersteckt?«

»Ein früherer Terrorist, der seine Identität geheim halten will.«

»Wie bist du überhaupt in diese Situation geraten?«

»Ich glaube, das hängt mit Onkel Stellan und den Spionagevorwürfen zusammen, die gegen ihn erhoben wurden.«

»Du hast nie genau erzählt, was an diesem Abend am Haus der Bromans passiert ist.«

»Es gibt nichts zu erzählen.«

»Diese Brandverletzungen sagen etwas anderes«, wandte Eric ein.

»Das gehört zum Job.«

»Das ist nicht die Sara, die ich kenne. Die Sara, die Martin geheiratet hat.«

»Das ist die Sara, mit der er jetzt verheiratet ist.«

»Ich denke an die Kinder.«

Das wusste Sara. Die Enkelkinder. Die Nachkommen. Diejenigen die Eric Titus' Namen und Werk bis in die Ewigkeit weiterführen sollten. Nein, das war vielleicht ungerecht. Diese Sorge um sein Lebenswerk war gleichzeitig auch die Sorge um die Familie. Sara wusste, dass Eric alles für Ebba und Olle tun würde. Und dann spielte es auch keine Rolle, ob es eigentlich darum ging, seine Gene weiterzugeben.

»Martin antwortet mir auch nicht. Ich nehme Olle mit nach Hause.«

Sein Tonfall machte ihr deutlich, dass die Sache entschieden war.

Sara ging zum Auto und klopfte ans Fenster. Hinter der Scheibe starrte ein schmollender Olle seine Mutter an. Sara öffnete die Tür.

»Olle, möchtest du zu Opa nach Hause fahren? Es ist etwas in unserem Haus passiert, und es dauert bestimmt noch ein paar Stunden, bis die Polizei fertig ist.«

»Hast du Scam angezeigt?«, fragte Olle.

»Nein. Noch nicht. Was hat er zu dem Umschlag gesagt?«

»Papa hat mit ihm gesprochen.«

»Gut.«

»Aber er hätte ja auch total wütend werden können. Du hättest mir echt alles kaputtmachen können«, brach es aus Olle heraus.

»Ich habe keinen Vierzehnjährigen gebeten, auf meine Drogen aufzupassen.«

»Wenn du ihn anzeigst, komme ich nie mehr nach Hause.«

Sara seufzte tief. Polizistin und Mutter eines Teenagers war keine leichte Kombination.

»Okay«, sagte sie.

Eric kam zum Auto. Statt sie zu umarmen, sah er Sara eindringlich an, bevor er sich hinter das Steuer setzte und den

Motor anließ, als wollte er seine letzten Ermahnungen noch einmal unterstreichen. Sara schlug die Beifahrertür zu, und Olle wandte sich an seinen Großvater. Der Maserati klang wie ein Tiger auf Steroiden, als er angelassen wurde. Von allen Erwachsenenspielsachen der Männer war ein Auto mit diesem Sound eins der wenigen, das auch sie interessant fand.

Sara folgte Erics Auto mit den Blicken, als es vom Bordstein abfuhr, sah die roten Rücklichter kleiner werden und verschwinden. Dann drehte sie sich zu ihrem Haus um und sah das blaue Licht der Streifenwagen auf der Fassade spielen.

Genau an diesem Ort und in diesem Moment konnte sie der Frage nicht ausweichen, was sie da eigentlich gerade tat.

44

Bald war es vorbei. Das war der Gedanke, der sie in diesem Moment weitertrug. Wie lange sie schon zugange waren, wusste sie nicht. Es fühlte sich an wie mehrere Stunden. Aber jetzt hatten sie endlich aufgehört.

Sie hatte es überstanden.

Jetzt musste sie nur noch so schnell wie möglich in ein Krankenhaus.

Falls sie gehen konnte. Es fühlte sich nicht so an.

Kein einziger Teil ihres Körpers war verschont worden.

All die Jahre voller Gewalt und Erniedrigung. Jetzt waren sie zu einer einzigen Nacht komprimiert worden, die sie fast das Leben gekostet hätte.

Sie würde Narben bekommen, so viel war ihr klar. Sie würde niemals wieder so schön sein wie vorher.

Aber sie müsste das alles nicht länger ertragen.

Fremde Männer, die mit ihr machten, was sie wollten.

Sie hatte das ganze Leben Zeit, wieder zu heilen. Sie konnte eine Familie gründen oder zumindest Kinder bekommen. Das hatte sie gerade beschlossen. Dieser Gedanke hatte sie aufrecht gehalten, hatte sie durch die Hölle dieser Nacht gerettet. Und sie würde ihre Kinder vor dieser Welt schützen. Den Söhnen beibringen, wie sich ein richtiger Mann verhielt. Nein, es würde keine Söhne geben. Jetzt nicht mehr. Aber sie würde die Töchter warnen, ihnen beibringen, wie man sich verteidigt.

Sie würden ganz weit aufs Land ziehen und sich von allem fernhalten. Ihre eigenen Nahrungsmittel anbauen und die

Stille genießen. Gerne in der Nähe eines Sees oder an einem kleinen Fluss, der sich am Haus vorbeischlängelte. Obst und Gemüse aus dem eigenen Garten, sie würden Kartoffeln anbauen und ihr Brot selbst backen. Würden Blumen von den eigenen Beeten pflücken und hübsche Sträuße binden, die sie auf den Esstisch stellten. Sie und ihre Töchter.

Sie betrachtete die dunklen Fenster, die den Raum umgaben. Bei fast allen waren die Jalousien oben. Das hieß, dass dort Männer saßen und zusahen. Männer, die dafür bezahlt hatten, um zusehen zu können, wie sie vergewaltigt und misshandelt wurde. Die sehen wollten, wie sie verletzt wurde. Die ihre Schreie hören und sie bluten sehen wollten.

Was waren das für Menschen?

Hatten sie selbst Töchter? Frauen, Schwestern, Mütter?

Wenn sie jemals reich werden oder irgendwie Macht bekommen sollte, würde sie herausfinden, wer diese Männer waren, die für so etwas bezahlten, und sie an die Öffentlichkeit zerren, damit alle es erfuhren.

»Sieh nur, was dein Mann getan hat.« »Das hättest du nicht von deinem Sohn gedacht.«

Sie würde ihre Rache bekommen. Ihre Wiedergutmachung.

Eine rote Lampe wurde an einem der Fenster angeschaltet.

Einer der bewaffneten Wächter ging zu der Scheibe und lauschte an dem kleinen Lautsprecher, der daneben hing. Er nickte und ging zu den maskierten, nackten Männern, die um Jenna herumstanden. Männer mit Blut auf dem ganzen Körper und nach wie vor kräftigen Erektionen dank der blauen Pillen.

»A little change«, sagte der Wachmann. »Number 8 pay for snuff.« Die Acht bezahlte für Snuff.

Die Jalousien vor den anderen Fenstern wurden heruntergelassen. Nur am Fenster mit der eingeschalteten roten Lampe war die Jalousie immer noch oben.

Snuff, dachte Jenna noch. Was war das? War das nicht …

Der Wachmann holte eine große Rolle Klebeband aus der Jackentasche, riss ein langes Stück ab und klebte Jenna den Mund zu.

Dann ging er zu dem Tisch an der Wand und holte drei lange Messer, die er den nackten Männern brachte.

Die Männer, im Drogenrausch und mit den Messern bewaffnet, kamen langsam auf sie zu.

Jenna schrie hinter dem Klebeband. Schrie und schrie und schrie.

45

Um halb vier hatte die Polizei den Kornhamnstorg verlassen, und gegen fünf kam Martin nach Hause. Sinnlos betrunken. Er brach im Flur zusammen und schnarchte wie ein kaputter Dieselmotor, wachte aber nach einer Weile wieder auf, lief voller Panik auf die Toilette und übergab sich wie ein Wasserfall. Zum Glück hatte er die kleine Gästetoilette gewählt. Die würde sie danach einfach zuschließen, damit er am nächsten Tag alles saubermachen konnte, dachte Sara.

Zwischen den Schüben versuchte sie ihm zu erklären, was passiert war, aber er war nicht besonders aufnahmefähig. Schließlich begriff er, dass eine Leiche im Treppenhaus gelegen hatte.

»Wen?«, brachte er noch über die Lippen, bevor ein abgrundtiefes Würgen folgte.

»Ein ehemaliger Terrorist.«

»Kannten wir den?«, fragte er, während er sich den Mund abwischte.

»Nein.«

»Gut«, sagte er und spuckte in die Toilettenschüssel.

Daraufhin führte Sara ihn zum Bett.

Meistens stellte sie ihm Aspirin und Brausetabletten hin, aber diesmal war er so voll, dass nichts den Kater aufhalten konnte.

»So 'ne Scheiße«, sagte er, als Sara ihn ins Schlafzimmer führte.

»Das Schlafen?«

»Der verdammte Job.«

Er umarmte Sara kräftig und versuchte sie zu küssen, aber der Gestank nach Erbrochenem schreckte sie ab.

»Schlaf jetzt.«

»Wo is Walter?«

Martin sah sich um.

»Was?«, fragte Sara.

»Walter«, sagte Martin, leicht verärgert. »Der Kater, wo is der?«

»Wie kommst du darauf?«

»Die Ratt'n.«

»Ich werde ihn holen. Aber normalerweise haben wir keine Ratten im Bett.«

Martin ließ sich von dem Versprechen beruhigen, und bevor Sara den Raum verlassen konnte, begann er schon zu schnarchen. Also pfiff sie auf die Katze.

Stattdessen ging sie ins Wohnzimmer und legte sich aufs Sofa, um noch ein paar Stunden Schlaf zu bekommen. Aber um sechs wurde sie vom Handy geweckt.

»Eine Leiche vor der Tür?«, sagte Bielke, sobald Sara sich gemeldet hatte.

Sara stöhnte nur.

»Wer? Wie? Warum?«, sagte Bielke. Die Worte knallten wie Ohrfeigen an die Trommelfelle. Er klang gleichzeitig wütend und enttäuscht, und nichts davon war Saras Absicht gewesen. Sie hatte viel zu viel Respekt vor ihm.

»Okay«, sagte Sara und wappnete sich. »Es war einer der Linksterroristen, die von Stiller erpresst wurden. Er sollte nicht verraten können, dass er sie mit neuen Personenstandsurkunden ausgestattet hatte, die ihnen eine andere Identität verschafften.«

»Warte, warte! Er hat Geld von ihnen erpresst? Neue Identitäten? Wie tief bist du eigentlich in diesen Fall eingestiegen? Und was sagt Lidköping dazu?«

»Linköping. Und ich habe mich in keine laufenden Ermittlungen eingemischt, denn sie glauben nicht, dass es Mord war.« Sara hielt es für wichtig, diese Tatsache zu unterstreichen.

»Aber du tust es?«

»Ja.«

»Du betreibst also eine ganz eigene Ermittlung? Hast du das mit jemandem abgesprochen? Denn mit mir hast du nicht darüber geredet.«

»Ich weiß, was du davon hältst, aber hör mir zu …«

»Das ist nicht meine Meinung! Das sind die Regeln! Nach denen wir uns bei der Polizeiarbeit richten!«, brüllte Bielke.

»Ja, das stimmt. Du hast recht. Ich wollte einfach nur sehen, ob an der Sache etwas dran ist, bevor ich etwas offiziell mache. So arbeiten wir doch. Gehen einen Fall erst durch, damit wir wissen, ob es sich lohnt, damit weiterzumachen.«

»Und wie sieht dein Plan jetzt aus?«

»Jetzt ist ja nachweislich ein Mord geschehen, also müssen wir ermitteln«, sagte Sara.

»Nicht wir! Der Fall gehört in den Bezirk Södermalm. Du arbeitest mit dem Eköröfall.«

»Ja, klar, aber ich weiß ja Sachen, die …«

»Sara, du arbeitest an Ekerö. Wenn du noch eine einzige Minute diesem Pfarrer widmest oder irgendjemandem, der mit ihm zu tun hat, dann wirst du suspendiert.« Die letzten Worte knurrte Bielke geradezu.

»Okay«, sagte Sara. »Alles klar.«

»Ich hoffe.«

»Versprochen. Wir sehen uns dann. Übrigens, ich gehe heute auf Stellans und Agnetas Beerdigung, also komme ich etwas später. Aber das ist ganz privat und hat mit keinem Fall zu tun, okay?«

Ein kurzes Schweigen.

»Okay.«

Sara drückte das Gespräch weg und dachte über Bielkes Warnung nach. Sie wollte ihn wirklich nicht vor den Kopf stoßen oder sein Vertrauen missbrauchen, spürte gleichzeitig aber die Verantwortung für das, was sie in Gang gesetzt hatte. Wenn sie nicht zu Bo Enberg gefahren wäre, würde er sicher noch leben. Sara schien alles nur noch schlimmer gemacht zu haben, also wäre es wohl tatsächlich das Beste, wenn sie sich zurückzog. Aber zuerst musste sie versuchen, den Schaden zu begrenzen. Es konnten noch weitere Leben in Gefahr sein.

Sie blätterte in ihrer Gesprächsliste nach unten und ließ sich erneut mit Marita Leander verbinden. Sie bat um Entschuldigung dafür, dass sie so früh anrief, und sagte, dass sie sie so bald wie möglich treffen müsse. Leander antwortete, dass sie erst später am Tag könne, da sie mit den Katzen zum Tierarzt müsse. Sara riet ihr nachdrücklich davon ab, aber Leander bestand darauf. Sara sagte ihr, dass sie extrem vorsichtig sein müsse. Ein weiterer ihrer alten Mitstreiter sei ermordet worden. Aber Leander meinte nur, dass sie keinen Grund sehe, Angst zu haben. Sie habe nicht so viel auf dem Gewissen wie die anderen.

Günther Dorch meldete sich nicht, als Sara anrief, also hinterließ sie eine Nachricht, in der sie ihm mitteilte, dass sein Leben in Gefahr sei und er sie so schnell wie möglich zurückrufen solle.

Danach konnte sie nicht mehr einschlafen, sondern lag wach und dachte noch einmal über alles nach, was sie wusste.

Rau befand sich immer noch in dieser lichtscheuen Welt, die ihn geformt hatte. Als Spion, Terrorist oder Agent? Warum schienen sowohl die Säpo als auch Thörnell Otto Rau zu schützen? Doch wohl nicht nur, weil er gefährlich war, oder? Sie spürte, dass ein paar Teile des Puzzles noch fehlten.

Sie stand auf, duschte und zog sich an. Dann fuhr sie zum Vantörsvägen 285 in Hägersten, die Adresse, an der Dorch gemeldet war.

Niemand öffnete die Tür, als sie klingelte, und als sie sein Handy anrief, hörte sie kein Signal aus der Wohnung. Obwohl es gerade erst kurz nach acht war, klingelte sie bei den Nachbarn auf derselben Etage. Eine Familie mit kleinen Kindern, die sich im Morgenstress befanden, und ein älteres Paar, das schon beim zweiten Frühstück war. Niemand hatte Dorch in den letzten paar Tagen gesehen, aber die ältere Frau hatte beobachtet, wie er mit einer Reisetasche in der Hand aufgebrochen war. Er hatte es so eilig gehabt, dass er sie nicht einmal gegrüßt hatte. Sehr unhöflich. Da konnte Sara nur beipflichten.

Dorch war also verschwunden.

Warum?

Sara kannte die Wahrheit über ihn. Aber es war ja nicht mehr strafbar, dass er damals dieser Terrorzelle angehört hatte. Wenn er und Rau sich allerdings eines Verbrechens schuldig gemacht hatten, das immer noch nicht verjährt war, musste es eine sehr schwere Tat gewesen sein.

Oder floh er vor Rau?

Wie Bo Enberg es besser auch getan hätte.

Doch dann fiel Sara ein, dass es auch andersherum sein könnte.

Er floh vielleicht gar nicht vor Rau, sondern war abgetaucht, weil er Rau war.

46

Die Kirche von Bromma war eines der ältesten Gebäude Stockholms, mehr als achthundertfünfzig Jahre alt. Es stammte fast noch aus der Wikingerzeit. Die Häuser der Sieger blieben stehen, während die heidnischen Tempel einer nach dem anderen dem sich ausbreitenden Christentum zum Opfer fielen.

Früher hatte die Kirche mitten auf dem Land gelegen und die Landschaft dominiert, jetzt dagegen duckte sie sich unter den ständigen Starts und Landungen auf dem Flugplatz direkt nebenan. Eine andere Art Himmelsfahrt, die für die Schweden von heute verlockender war als diejenige, die von der Predigtkanzel verkündet wurde. Niemand wurde von der Obrigkeit noch gezwungen, in die Kirche zu gehen, und entsprechend wenig besucht war sie. Aber schön war die Kirche immer noch.

Die Wolken standen hoch am Himmel, als Sara aus dem Taxi stieg, und die Sonne strahlte auf die vielen Hundert schwarz gekleideten Begräbnisgäste. Es waren mehr, als sie erwartet hatte. Übertragungswagen von Fernsehen und Radio sowie jede Menge Journalisten und Fotografen, die die versammelten Promis ablichteten und knackige Zitate zu sammeln versuchten. Ein Teil der Gäste wollte anscheinend lieber in Ruhe gelassen werden, während andere besonders eifrig wirkten, auf den Bildern verewigt zu werden und kommentieren zu dürfen, was Stellan für sie bedeutet hatte.

Die Beerdigung fand reichlich verspätet statt aufgrund der Obduktion und der Mordermittlungen, aber jetzt, wo es endlich so weit war, hatte sich das prominente Schweden zusammengefunden, um die verstorbene Legende zu würdigen. Einige hatten Stellan Broman ihre Karriere zu verdanken, andere waren in Onkel Stellans Schweden aufgewachsen und bekamen nun die Gelegenheit, dem endgültigen Abschluss einer Ära beizuwohnen. Ein paar der Anwesenden überlegten vielleicht, wer als Nächster an der Reihe war. Lieber trauern und vermissen, als vermisst und betrauert zu werden.

Sara musterte die versammelte Prominenz. Fernsehmoderatoren, Sänger, Schauspieler, Sportjournalisten, Nachrichtensprecher, Schriftsteller, Regisseure, Fernsehintendanten. Niemand ließ es sich nehmen, wie es so schön hieß.

Angesichts der tragischen Umstände hatte die Familie mitgeteilt, dass es keinen Empfang im Anschluss an die Trauerfeier gebe. Vielleicht wollte Malin auch keine Aufmerksamkeit auf die Tatsache lenken, dass Lotta abwesend war. Keine unnötigen Fragen aufkommen lassen.

Von der Schwester hieß es, sie hätte eine Auszeit genommen, aber eine Auszeit würde man für die Beerdigung der eigenen Eltern sicherlich unterbrechen. Jedenfalls nahm Sara an, dass die Leute so denken würden.

Jetzt standen auf jeden Fall Lottas Mann und ihre Söhne mit der kleinen Schwester Malin und deren Familie vor der Kirche und unterhielten sich mit dem Nachbarn CM, an dessen Nachnamen sich Sara immer noch nicht erinnern konnte.

Solange die Gäste darauf warteten, in die Kirche gelassen zu werden, wollte Sara noch Abstand halten, also ging sie über den Friedhof und sah sich die Gestaltung der Grabsteine an. Hier herrschten Wettbewerb und Statusdenken über den Tod hinaus. Sie dachte an La Recoleta, den faszinierenden Friedhof in Buenos Aires, der wie eine kleine Stadt für die Toten war, mit eigenen Häusern und Monumenten. Es war so lange her, dass sie dort gewesen war. Wie viel diese Reise für sie bedeutet hatte. Eine Wiedergutmachung dafür, dass die Broman-Schwestern immer reisen durften. Dank des Geldes, das sie als Model verdient hatte, konnte Sara jetzt endlich auch um die Welt reisen, in die USA, nach Südamerika und Asien. Einsam und ohne zu wissen, was sie dort erwartete. Vor einem Vierteljahrhundert. Wie anders ihr Leben heute war. Aber die Gräber in Buenos Aires sahen natürlich immer noch genauso aus, standen bereit für neue zwanzigjährige Rucksackreisende, die sie entdecken und sich vor ihnen fotografieren ließen. Und sich vielleicht fünfundzwanzig Jahre später daran erinnerten, wenn der eigene Tod begreifbarer geworden war.

»Sara Nowak!«

Sara drehte sich um und landete in einer festen Umarmung, wurde dreimal auf die Wange geküsst, bevor sie sich befreien und erkennen konnte, wer sich so über ihr Erscheinen freute.

Es handelte sich um Boris Koslow, den ehemaligen sowjetischen Botschafter, der als Pensionär in Stockholm wohnen geblieben war und Sara von der Schläferin Desirée erzählte hatte, Agneta Bromans wahrer Identität. Koslow war ganz in Schwarz gekleidet und trug sogar einen Trauerflor an seinem Kragen. Er nahm Saras Kinn zwischen Daumen und Zeigefinger und drehte ihren Kopf erst in die eine, dann in die andere Richtung, während er ihr Gesicht mit einer mitfühlenden Miene betrachtete.

»Haben Sie sie erwischt?«

»Wen?«

»Die das hier getan haben.«

»Ja.«

»Gut. Ansonsten hätte ich das für Sie arrangiert.«

Er ließ ihr Kinn schließlich wieder los und lächelte sie an.

»Trotzdem noch genauso hübsch. Mein Beileid. Ich habe gehört, Sie standen ihnen nahe.«

Koslow deutete auf die Kirche.

»Agneta, nicht Stellan«, sagte Sara.

»Schade, dass es so enden musste. Sie war eine großartige Person.«

Koslow war äußerst entzückt von Agneta gewesen, beziehungsweise eher von der Schläferin Desirée, die mit falscher Identität nach Schweden eingeschleust worden war und Koslow für eine kurze Zeit in der Schlussphase des Imperiums geholfen hatte, zum Außenminister der Sowjetunion ernannt zu werden. Ein für ihn unbegreiflicher Erfolg, für den er immer noch zutiefst dankbar war, wie er Sara versichert hatte.

»Es war schrecklich«, sagte Sara, spürte aber, dass sie weder Agneta noch ein anderes Mitglied der Familie Broman vermisste. Stattdessen vermisste sie das Bild, das sie sich von ihrer Kindheit gemacht hatte. Während der Ereignisse des Frühsommers hatte sie erkennen müssen, dass es von Grund auf falsch gewesen war, selbst wenn es bis dahin eine Quelle der Freude für sie dargestellt hatte. Jetzt war ihre Kindheit nichts als ein einziges Trauerspiel. Sie vermisste ihren Glauben, als Kind glücklich gewesen zu sein. Und dass sie nicht trauern konnte, obwohl sie sich auf dem Begräbnis ihres Vaters befand.

»Jetzt gehen sie rein.«

Koslow gab Sara einen Handkuss und schloss sich zwei klein gewachsenen Männern an, die vor der Kirchentür warteten. Sie trugen teure Anzüge und hatten, so fand jedenfalls Sara, typisch slawische Gesichtszüge, mit hohen Wangenknochen und grimmigen Mienen. Oder hatte sie einfach nur Vorurteile? Koslow wohnte immerhin seit mehreren Jahrzehnten in Schweden und hatte wohl auch schwedische Freunde. Die drei folgten den anderen in die Kirche, und Sara ging ihnen langsam nach. Im Kirchensaal bemerkte sie, dass sie sich ganz nach hinten setzten. Sie selbst suchte sich einen Platz in der Mitte.

Danach folgte die eigentliche Zeremonie. Fernsehintendanten und Moderatoren hielten Reden über die Bedeutung, die Stellan Broman hatte, sowohl für sie persönlich als auch für das Land. Man sang gemeinsam »Blott en dag« und »Tryggare kan ingen vara«. Ein bekannter Musicalstar trug ein weiteres Lied vor. Der Pfarrer hielt eine Predigt über das Glück, ein so langes Leben geschenkt bekommen zu haben wie der Verstorbene, und über die Unfassbarkeit seines brutalen Endes. Sowohl das Helle als auch das Dunkle seien dabei Beweise für Gottes Größe. Sara war da nicht ganz derselben Meinung. Allerdings berührte sie die Stimmung in der Kirche, dass dort alles so fassbar und konkret wurde, wenn sie die beiden Särge sah. Zwei der wichtigsten Menschen in Saras Leben, verpackt für die Reise in das nächste Leben oder in die Wiederverwertung, je nach Weltanschauung.

Nach dem Trauergottesdienst durften diejenigen, die es wollten, an den Särgen vorbeigehen und Blumen auf ihnen niederlegen. Beinahe alle hatten den Wunsch, das zu tun. Weiße und rote Rosen. Lilien, Nelken, eine einsame Sonnenblume. Sara stellte sich ganz hinten an, es dauerte fast eine Stunde bis sie am Sarg stand. Auf Stellans Sarg bildete sich ein kleiner Berg aus Blumen, während auf Agnetas nur wenige lagen. Sara jedenfalls bedachte nur Agnetas Sarg, nicht Stellans. Ihr widerwärtiger Vater hatte zwar bedeutend mehr Blumen bekommen, aber auf Agnetas Sarg lag eine Medaille. Ein Stern aus Gold mit einem rot-weiß-blauen Band. Die Medaille war an einem Rosenbouquet befestigt, an dem eine einfache weiße Karte mit dem Namen »Jurij« hing. Sara sah sich nach Koslow um, aber er und seine Freunde waren nicht mehr da.

Nach der Trauerfeier folgte die Beisetzung. Zwölf Männer trugen die beiden Särge auf ihren Schultern. Sara konnte sich des Eindrucks nicht erwehren, dass Agnetas Sarg wesentlich weniger zu wiegen schien als Stellans.

Als beide Särge ins Grab herabgelassen waren und die nächsten Angehörigen Erde darauf geworfen hatten, löste sich die Menschenmenge langsam auf, und Sara ging zum Ausgang. Auf dem Handy suchte sie nach russischen Orden, weil das Band an dem Stern die russischen Farben getragen hatte. Der »Held der russischen Föderation« entsprach der Medaille, die mit Agneta ins Grab gegangen war. War es ihre? Seltsam, dass eine sowjetische Spionin einen russischen Orden bekam.

»Sara«, erklang eine Stimme aus dem Gewimmel. Sie drehte sich um. Adnan Westin, der Kriminalreporter des *Aftonbladet*, kam ihr entgegen. Immer freundlich, immer korrekt. Ein rasierter Schädel, blaue Jeans und ein Jackett mit einem Tuch in der Brusttasche. »Hast du eine Sekunde Zeit?«

»Nein.«

»Nur eine Frage. Laut unseren Informationen hast du entdeckt, dass Stellan Broman junge Mädchen missbraucht hat.«

»Aha?«

»Ja. Und dass er sie gezwungen hat, Sex mit allen möglichen Männern zu haben, damit er diese nachher erpressen konnte«, fuhr der Reporter fort.

»Ich sagte nein. Verstehst du mich nicht?«

»Stimmt das?«

»Kein Kommentar.«

»Das nehme ich als Bestätigung.«

»Musst du auf seiner Beerdigung darüber reden? Mein Gott, seine Tochter steht dort drüben. Ihr Vater ist ermordet worden«, sagte Sara und starrte Westin wütend an.

»Was glaubst du, hat das etwas mit den Vergewaltigungen zu tun?«

»Das sind nicht meine Ermittlungen.«

»Wir haben Bilder von den Filmen bekommen, die du angeblich gefunden hast.«

»Von wem?«

Sara hatte die Filme dort gelassen, wo sie sie gefunden hatte, und sie war sich ziemlich sicher, dass niemand sonst etwas von ihnen wusste. Aber Westin hatte gesagt, dass er Bilder von diesen Filmen gesehen hatte, und genau diese Bilder hatte Sara an Eva Hedin geschickt. Sara war sich deshalb ziemlich sicher, woher diese Bilder kamen, auch wenn er ihre Frage nicht beantwortet hatte.

»Könntest du uns die Filme zur Verfügung stellen?«, fragte Westin.

»Warum um alles in der Welt sollte ich das tun?«

»Wir glauben, dass sie einen großen Neuigkeitswert haben.«

Nach Klicks geifernde Hyänen. Wie sollte sie das aufhalten? Sie hatte zwar kein Mitleid mit Stellan. Er konnte ihretwegen gerne an den Pranger gestellt werden. Aber es war nicht gut für ihre Familie. Stellan war tot und wäre von einer Veröffentlichung nicht betroffen, aber seine Enkelkinder konnten darunter leiden. Und Malin wäre fuchsteufelswild auf Sara.

»Bitte, schreib nicht darüber. Das hilft niemandem.«

»Du weißt, wie meine Antwort ausfällt. Öffentliches Interesse, Berichterstattung ohne Rücksicht auf die Konsequenzen, bla, bla, bla.«

»Er ist seit dreißig Jahren nicht mehr im Fernsehen gewesen.«

»Aber jetzt ist er gerade wieder aktuell. Sieh dir an, wer alles hier ist. Und es gab jede Menge Nachrufe und Sendungen, die an ihn erinnern. Und Beilagen, you name it.«

»Hör auf. Lass einfach die Finger davon. Ich bitte dich.«

»Wenn du mir die Filme gibst, kann ich mit Rücksicht darauf eine Entscheidung treffen.«

»Vergiss es«, sagte Sara.

»Okay. Dann die Namen der Mädchen. Du sollst ja mehrere von ihnen gefunden haben.«

»Nie im Leben.«

»Malin?«

Westin hatte gesehen, dass Malin an ihnen vorbeiging, und

eilte ihr hinterher. Gleichzeitig drehte Malin sich um und sah, dass der Reporter vorher mit Sara gesprochen hatte. Es würde alles andere als gut aussehen, wenn sie seine Fragen hören würde, dachte Sara und folgte ihm.

»Adnan Westin, *Aftonbladet*. Wir haben ein paar Standbilder aus Filmen bekommen, in denen Ihr Vater Sex mit sehr jungen Mädchen hat, die angeblich dazu gezwungen wurden.«

Malin blickte sofort zu Sara hinüber.

»Hast du die Filme an die Zeitungen weitergegeben?«, sagte sie mit Hass im Blick.

»Sie haben also die Filme gesehen?«, fragte Westin mit siegessicherer Stimme. »Was haben Sie dabei gefühlt?«

»Malin, sag nichts«, schaltete Sara sich ein und wandte sich an Westin. »Wir sind auf der Beerdigung ihrer Eltern. Das ist wirklich extrem dreist.«

»Die Bilder sagen alles«, sagte der Reporter. »Der große Onkel Stellan, ein Vergewaltiger. Ja, ein Pädophiler. Malin, ein Kommentar?«

Malin wandte sich wieder an Sara:

»Was für Bilder hast du ihnen gegeben?«

»Keine«, antwortete Sara und sah in den Augenwinkeln, wie Westin sein Handy in die Höhe hielt, auf dem eines der Standbilder, die Sara an Hedin geschickt hatte, ein sehr junges Mädchen zeigte, das vor Angst gelähmt war, während ein älterer Mann sie vergewaltigte.

»Das ist nicht mein Vater«, sagte Malin.

»Aber er ist auf anderen Filmen, soweit wir gehört haben. Die noch schlimmer sind.«

Malins Augen glühten vor Verachtung.

»Und das auf Papas Beerdigung.«

»Glauben Sie mir, ich habe nicht …«

»Gehen Sie!«

»Malin …«

»Hauen Sie ab!«

Malin schien am Rande der Beherrschung. CM bemerkte es, kam zu ihr und legte einen beschützenden Arm um sie.

»Was ist hier los?«

»Sara hat ein paar kranke Bilder mit Papa an die Zeitung weitergegeben.«

Sara warf CM einen flehenden Blick zu, als wäre er ein Richter oder ein strenger Lehrer, der die Schuldfrage klären sollte.

»Nein, das war ich nicht, ehrlich!«, sagte sie.

»Kommt das wieder von Eva Hedin?«, fragte CM.

»Ich glaube«, antwortete Sara. »Was meinst du mit ›wieder‹?«

»Seien Sie jetzt bitte so nett und gehen Sie?«, sagte CM zu Westin und ging mit ausgebreiteten Armen auf ihn zu, als wollte er eine begriffsstutzige Kuh verscheuchen.

Ob es an CMs Autorität lag oder daran, dass Westin sah, wie kurz Malin vor einem Zusammenbruch stand, war ihr nicht klar, aber er tat, was CM ihm gesagt hatte.

»Was machst du hier?«, sagte Malin zu Sara, nachdem die beiden Männer gegangen waren. »Er war nicht dein Vater, ganz gleich, was du sagst.«

»Ich will auch nicht, dass er mein Vater war.«

Nach einer Weile kam CM wieder zurück.

»Was meintest du mit ›wieder‹?«, fragte Sara.

»Dass es nicht das erste Mal ist. Sie hat ja schon diese Bücher geschrieben, in denen sie versuchte, Stellans Ruf zu ruinieren. Und sie wollte die Zeitungen dazu bringen, darüber zu berichten.«

»Aber sie hatte doch auch einige Beweise?«

»Eva Hedin war auf Stellan fixiert, seit sie sich als Jugendliche in seinem Programm zum Gespött gemacht hatte. Ist alles okay bei dir?«

Letzteres sagte er zu Malin, die den Kopf schüttelte und wütend auf Sara starrte.

»In welchem Programm?«, fragte Sara.

»*Rate für Tausend* war es wohl. In den Sechzigerjahren.«

Sara war damals noch nicht auf der Welt, aber wie alle anderen Schweden hatte sie die Titelmelodie hunderte Mal gehört. »Tausend Fragen, Tausend Stufen, gleich musst du die Antwort rufen.« Ein Quiz mit zwölf Fragen, die immer schwieriger wurden, und jede richtige Antwort war tausend Kronen wert. Die Kandidaten erlangten oft eine gewisse Bekanntheit, jedenfalls, wenn sie alle zwölf Fragen schafften oder eine unterhaltsame Persönlichkeit besaßen. »Der Koch« Lundström, Lill-Harry Bolin und Margit Obré wurden mehr oder weniger zu Publikumslieblingen, nachdem sie daran teilgenommen hatten.

»Sie war dabei?«

»Ihr Spezialthema war Clark Gable, glaube ich, aber sie antwortete falsch auf eine ganz einfache Frage. Sagte dann, dass sie es nicht richtig gehört hätte oder so etwas, aber das half natürlich nicht. Sie flog also bei der ersten Frage raus. Und Stellan machte sich natürlich ordentlich lustig über sie. Ich glaube sogar, er nannte es später ›die Eva machen‹, wenn man direkt zu Anfang rausflog.«

»Davon hat sie nie etwas erzählt.«

»Sag ihr, dass sie gehen soll.« Malin klang mittlerweile eher erschöpft als zornig.

CM nahm Sara an der Schulter und führte sie zur Pforte.

»Komm.«

Sara folgte ihm, ohne zu protestieren. Vor der Kirchenpforte blieb CM stehen.

»Wo ist Lotta«, fragte er. »Von dieser Auszeit glaube ich kein Wort.«

Sara antwortete nicht.

»Agneta hielt mich in meinem eigenen Haus gefangen und

ließ mich dort zurück. Gefesselt. Was hat sie dazu gebracht, so etwas zu tun? Der Geräteschuppen ist abgebrannt. Sie haben mehrere Körper weggefahren, sagen die Nachbarn. Und ich habe mein Gewehr immer noch nicht von der Polizei zurückbekommen, also muss es benutzt worden sein. Aber von wem?«

Sara antwortete nicht. Erzählte ihm nicht, dass sie CMs teures Fabbri-Gewehr genommen und einen legendären Terroristen damit erschossen hatte.

»Was ist an diesem Abend eigentlich passiert?«, fragte CM hartnäckig weiter.

»Ich darf dazu nichts sagen. Leider.«

CM sah sie lange an.

»Ist es vorbei? Was auch immer es war. Du siehst angespannt aus.«

»Wie gesagt, ich darf dazu keine Kommentare abgeben. Tut mir leid.«

Aber als CM fragte, wurde Sara klar, dass es selbstverständlich noch nicht vorbei war. Noch lange nicht.

47

»In einer Stunde«, hatte Marita Leander gesagt, als Sara sie noch einmal angerufen hatte.

»Nein, jetzt«, hatte Sara geantwortet. Sie hatte keine Lust zu warten. Dorch hatte nicht zurückgerufen, und sie musste Rau endlich finden.

Aber als Sara wenig später an Leanders Tür klingelte, öffnete sie nicht, und sie ging auch nicht ans Handy.

Noch eine, die verschwunden war. Die das Treffen verschieben wollte, um Zeit zu gewinnen.

Oder sie versteckte sich einfach in der Wohnung. Vielleicht hatte sie eine Flucht geplant, war aber noch nicht aufgebrochen.

Es war nicht Saras Fall, und Leander stand nicht unter Verdacht, also konnte sie keinen Schlüsseldienst rufen, um in die Wohnung eingelassen zu werden.

Trotzdem dachte Sara nicht daran, direkt aufzugeben. Sie ging zurück zum Auto, öffnete den Kofferraum und holte die Brechstange heraus. Sie wollte auf jeden Fall in die Wohnung.

Auf dem Rückweg zur Haustür bemerkte sie eine lilafarbene Gestalt, die langsam und mit ausgestreckten Armen über die Rasenfläche wackelte. Nach ein paar Sekunden erkannte sie Leander. Sie war draußen und führte ihre Rassekatzen aus. An der Leine.

»Ich habe doch gesagt, dass ich eine Stunde brauche«, sagte Leander. »Man darf Palle und Stina nicht stressen, dann machen sie nicht, was sie sollen.«

»Aber warum gehen Sie nicht ans Handy?«

»Es ist stumm geschaltet. Die Katzen mögen keine Klingeltöne, wenn sie draußen sind. Dann werden sie nervös. Ja, dann werdet ihr nervös, nicht wahr?«, wiederholte Leander für die Katzen mit einer brabbelnden Babystimme.

»Sie sollten nicht einfach so rausgehen.« Sara schaute sich um. Hier war Leander komplett ungeschützt. Sie selbst auch, wurde ihr bewusst.

»Ich habe keine Angst«, sagte Leander.

»Das sollten Sie aber. Und ich kann keinen Polizeischutz für Sie organisieren.«

Leander lachte auf.

»Polizeischutz? Würde eine alte RAF-Terroristin tatsächlich Polizeischutz akzeptieren, was glauben Sie?«

»Es wäre wirklich wichtig für Sie.«

»Warum haben Sie eine Brechstange in der Hand?«, fragte Leander plötzlich.

»Ja, das frage ich mich auch«, sagte Sara. Wenn man keine gute Erklärung hatte, sollte man besser ganz darauf verzichten, diese Lektion hatte Sara gelernt.

»Dorch ist verschwunden«, sagte sie stattdessen. »Warum? Hat er Angst, oder ist er Faust?«

»Ich weiß nicht. Dorch ist ja sein neuer Name, ich habe keine Ahnung, ob er Kremp war oder Rau. Wir haben die neuen Namen der anderen nie erfahren.«

Sara hatte keine Ahnung, wie sie überhaupt diese ganzen Schichten von erfundenen Namen und falschen Identitäten durchdringen sollte. Aber der Sinn der Übung bestand ja auch genau darin, es so schwierig wie möglich zu machen, sie zu identifizieren.

»Was hatten Sie geplant? Was kann so geheim sein, dass Leute heute noch sterben müssen, dreißig Jahre später?«

»Keine Ahnung.«

»Ich sehe Ihnen an, dass Sie lügen.«

Leander hielt inne.

»Ich kann es nicht erzählen. Das müssen Sie akzeptieren.«

»Verlassen Sie sich auf ihn? Auf Rau? Er hat zwei von Ihnen umgebracht. Vielleicht drei. Warum glauben Sie, dass Sie nicht als Nächste dran sind?«

»Weil ich nichts erzählen werde.«

»Wie soll er das wissen? Er scheint jeden Schritt von mir verfolgen zu können, und jetzt rede ich mit Ihnen. Vermutlich steht er jetzt irgendwo und beobachtet uns.«

Sara sah sich um. Jede Menge hoher Häuser mit jeder Menge Fenstern und Dächern. Das DN-Hochhaus, das Sweco-Haus, die russische Botschaft, der Fyrverkarbacken. Faust konnte sich im Prinzip überall aufhalten und unbemerkt bleiben.

»Aber er weiß nicht, worüber wir sprechen«, sagte Sara. »Und wenn ich ihn richtig kenne, reicht ihm der bloße Verdacht, Sie könnten mir etwas erzählt haben, um Sie sicherheitshalber aus dem Weg zu räumen. Sind Sie bereit, dieses Risiko einzugehen?«

Leander antwortete nicht. Hielt den Blick auf ihre Katzen gerichtet.

»Wollen Sie auch sterben?«, fragte Sara.

Sie schwieg weiter.

»Was war die Operation Wahasha?«

Leander sah Sara an.

»Sie haben davon gehört?«

»Ja. Dass es etwas Großes war. Worum ging es dabei?«

Keine Antwort.

»Erzählen Sie schon. Oder möchten Sie lieber, dass ich Sie mitnehme? Ich kann Sie drei Tage lang festhalten. Was passiert dann mit Ihren Katzen?«

Sara log, dass sich die Balken bogen, aber es schien keinerlei Effekt zu haben. Leander betrachtete sie nur ungerührt.

»Ich kann Rau glauben machen, dass Sie mir von Wahasha erzählt haben.«

Ein eiskalter Bluff. Und moralisch äußerst zweifelhaft. Aber er funktionierte. Leander musterte Sara, als wollte sie herausfinden, ob sie die Drohung ernst meinte, und anscheinend entschied sie sich für diese Deutung, denn sie blickte ein paar Mal schreckhaft um sich, bevor sie nach einer kurzen Pause leise sagte: »… der König.«

»Was ist mit dem König?« Sara beugte sich näher zu der lila gekleideten Gestalt.

»Der Staatsbesuch 1990. Israel Präsident Chaim Herzog sollte einen Staatsbesuch ablegen. Beim König.«

»Und?«

»Ja, der König war ein Symbol für den Unterdrückerstaat und Herzog für den Ausrottungskrieg gegen die Palästinenser. Ein ehemaliger General, der für die Armee und auch für die Haganah gekämpft hatte, für die Terrorgruppe, die zu Israels Armee wurde, nachdem der Staat gegründet worden war.«

»Sie wollten den König töten?«

Sara traute ihren Ohren kaum.

»Bedenken Sie, dass es eine andere Zeit war. Wir erwiderten nur die Gewalt. Die Bomben gegen die Zivilbevölkerung in Vietnam, die Massaker an Frauen und Kindern in den Flüchtlingslagern im Libanon. Und die besinnungslose Gewalt der Polizei gegen friedliche Demonstrationen hier in Europa. Jetzt wollen sie mit uns sogar in die NATO, damit wir noch weniger zu sagen haben. Was glauben Sie, wie es dann mit der Meinungsfreiheit aussieht? Was glauben Sie, wie es den Syrern, den Palästinensern, den Völkern in den Entwicklungsländern gehen wird, die wegen des Öls vertrieben werden? Es ist heute immer noch derselbe Kampf.«

»Heute noch derselbe Kampf? Sie wären also immer noch bereit, den König umzubringen?«, fragte Sara verblüfft.

»Nicht persönlich. Aber ich könnte verstehen, wenn andere es wollten. Wenn es dem Kampf dient. Die Palästinenser leben immer noch in Lagern. Stellen Sie sich vor, Ihre Familie wäre aus ihrer Heimat und in ein anderes Land vertrieben worden, wo Sie nicht willkommen sind. Wenn Ihre Kinder und Kindeskinder in Zeltlagern aufgewachsen wären. Wenn sie nie die Chance auf ein würdiges Leben gehabt hätten. Und niemand würde etwas tun.«

»Wie nahe waren Sie dran, Wahasha durchzuführen?«

Marita Leander starrte auf das Wasser des Mälaren hinaus, bevor sie sich wieder Sara zuwandte.

»Ist es immer noch strafbar? Kann ich angeklagt werden, wenn ich es Ihnen erzähle?«

»Auf keinen Fall. Ich will nur an Rau herankommen. Erzählen Sie.«

Leander musste erst ein wenig nachdenken, bevor sie sich entschied. Sie schaute sich um, betrachtete erst ihre Katzen und dann Sara. Sie senkte die Stimme, als sie schließlich antwortete.

»Wir hatten uns monatelang vorbereitet. Hatten Fluchtwege erkundet, geeignete Orte, an denen man die Fahrzeugkolonne angreifen könnte. Hatten ein Manifest geschrieben, das danach verbreitet werden sollte. Wir wollten an drei Stellen gleichzeitig zuschlagen, das war jedenfalls die Idee. Die Fahrzeugkolonne mit dem König und Herzog, die amerikanische Botschaft und das Polizeipräsidium auf Kungsholmen. Als Rache für die Fehlschläge in der deutschen Botschaft und mit der Operation Leo. Und weil die DDR zerstört worden war. Wir wollten den Faschisten zeigen, dass sie nicht gesiegt hatten. Der Kampf war noch lange nicht vorbei.«

»Wie hätten Sie dieses Kunststück bewerkstelligen wollen, an die amerikanische Botschaft heranzukommen? Die war doch damals schon extrem gut bewacht?«

»Rau hatte Panzerfäuste besorgt. Modell Carl Gustav, das

Schweden damals an alle möglichen Diktaturen und kriegführenden Länder verkaufte. Wir hielten das für eine Art poetischer Gerechtigkeit, die Waffen gegen die Produzenten zu richten. Wir hatten geplant, uns der Botschaft zu nähern, indem wir uns als zwei Frauen mit Kinderwagen ausgaben, die einen Spaziergang in Gärdet machten. Wenn wir nahe genug herangekommen waren, hätte jede von uns eine Panzerfaust aus dem Kinderwagen gezogen und auf die Botschaft geschossen. Wir wussten ja, wo der Botschafter saß, und hätten auf seinen Raum gezielt.«

»Und Sie waren eine dieser Frauen?«

Leander zögerte lange, bevor sie antwortete.

»Ja.«

»Aber Sie haben die Operation Wahasha nie durchgeführt?«

»Nein.«

»Warum nicht?«, fragte Sara.

»Ich weiß nicht. Vielleicht, weil die Mauer gefallen war. So eine Aktion ist ja ausgesprochen teuer, und nach dem Fall der Mauer kam kein Geld mehr.«

»Deswegen haben Sie also alles aufgegeben? Obwohl Sie sich monatelang vorbereitet hatten?«

»Jahrelang sogar.«

»Jahrelang?«

»Ja. Wir hatten uns sehr sorgfältig vorbereitet. Warteten auf das richtige Ziel. Und als wir von Herzog hörten, waren alle Teile am richtigen Platz«, sagte Leander.

»Und Rau möchte nicht, dass das alles ans Tageslicht kommt?«

»Nein. Aber nach ihm wurde ja auch in Westdeutschland gefahndet.«

»Ist das mittlerweile nicht verjährt?«

»Er wird wegen Mordes gesucht. Wegen mehrfachen Mordes sogar. Jedenfalls hat es der Polizeistaat so klassifiziert.«

»Und er denkt vielleicht immer noch, dass er für eine gute Sache tötet?«

»Die Welt ist ja nicht besser geworden, oder?«, sagte Leander und zog die Augenbrauen hoch. »Es gibt immer noch viel zu tun.«

»Glauben Sie wirklich, dass Terror die Welt besser macht?«

»Terror ist der Name der Unterdrücker für das, was wir getan haben. Wenn man einen Krebstumor entfernen will, muss man gleichzeitig auch einiges gesundes Gewebe wegschneiden. So ist es eben. Wie schlimm es auch aussieht, aber man muss einen kleineren Teil opfern, um das Ganze zu retten. Triff einen, erziehe hundert, wie die Roten Brigaden sagten.«

»Wie hat Stiller Sie kontaktiert, als er das Geld von Ihnen erpressen wollte?«

»Mit einem Brief. Die altehrwürdige Schneckenpost. Heutzutage konzentrieren sich die Nachrichtendienste wohl vor allem auf das Digitale. Um gewöhnliche Briefe kümmert sich niemand.« Leander betrachtete die Katzen, die hasserfüllt auf die Leinen starrten, die sie an ihr Frauchen ketteten.

»Darf ich ihn sehen?«

»Ich habe ihn verbrannt, nachdem ich bezahlt hatte. Hinterlasse niemals eine Spur. Glauben Sie mir, das sitzt im Rückenmark.«

»Was hat er in dem Brief geschrieben?«

»Er war sehr formell, ein bisschen altmodisch. In etwa ›Liebe Marita, solltest du nicht bereit sein, hunderttausend Kronen auf das untenstehende Konto einzuzahlen, werden dein jetziger Name, der Deckname Lorelei und dein richtiger Name Lolita Werner dem BND zur Kenntnis gebracht. Sie sind sehr interessiert an eurer Gruppe, nachdem der Spionagering um Geiger unlängst gesprengt wurde.‹ Und ganz unten dann die Kontonummer.«

Saras Handy brummte, und sie zog es heraus, um zu sehen,

worum es ging. Sie wollte nichts Berufliches verpassen und Bielke nicht noch mehr aufregen.

Aber es war nicht die Arbeit. Es war eine SMS von Ebba.

»Ich hasse dich.«

48

Ebba reagierte nicht auf Anrufe oder auf SMS, die sie ihr schickte, also fuhr Sara zu Titus & Partners, parkte in zweiter Reihe, klappte den Sonnenschutz mit dem Polizeiemblem herunter und betrat das Haus.

Das professionelle Lächeln, das Ebba am Empfangstisch trug, verschwand sofort, als ihre Mutter erschien.

»Geh«, sagte sie und starrte demonstrativ auf die Tischplatte. »Sonst rufe ich die Wachleute.«

»Mach das, ich bin bewaffnet«, sagte Sara. »Was ist los?«

»Was los ist?«, sagte Ebba mit einer Miene, als hätte Sara ihr erstgeborenes Kind überfahren und würde sich wundern, warum sie sich so aufregte.

»Ja, was ist los? Warum hasst du mich dieses Mal?«

Ohne ein Wort drehte Ebba den Bildschirm auf ihrem Tisch so, dass auch Sara ihn sehen konnte. Darauf war die Homepage des *Aftonbladet* zu sehen, gekrönt von der Schlagzeile »Onkel Stellans Sexverbrechen«. Adnan Westin hatte die Finger anscheinend nicht von der Tastatur fernhalten können. Sara sah auch die Zeile darunter: »Vergriff sich an Minderjährigen.«

»Jetzt wissen also alle, dass mein Großvater pädophil war!«, sagte Ebba und betrachtete zornig ihre Mutter. »Danke, dass ich diesen Großvater von dir bekommen habe!«

»Also, erstens habe ich ihn mir nicht ausgesucht. Eines seiner Opfer war deine Großmutter. Und zweitens habe ich dir nicht erzählt, dass er mein Vater ist. Ich wollte eigentlich, dass niemand davon erfährt. Weil ich euch genau diese Erfahrung ersparen wollte.« Sara zeigte auf den Bildschirm.

»Du gibst also Oma die Schuld, wie immer?«

»Was heißt ›wie immer‹?«

»Das war anscheinend ja alles ihr Fehler. Wie bei allem, was in deinem Leben schiefläuft.«

Sara riss sich zusammen, um nicht sofort darauf zu antworten, wollte erst einen Augenblick nachdenken.

»So habe ich bislang immer gedacht, aber so ist es inzwischen nicht mehr. Aber vielleicht kennst du das ja auch? Dass an all diesen Sachen die Mutter Schuld hat?«

»Es ist ja auch deine Schuld. Du und Oma, ihr seid euch überhaupt nicht ähnlich.«

»Und deine Tochter wird glauben, dass alles deine Schuld ist und dass du dumm bist, weil du alles auf mich schiebst.«

»Wenn du jemals irgendjemandem erzählst, dass er mein Großvater war, dann werde ich dir das nie verzeihen. Das schwöre ich. Ich werde nie wieder mit dir sprechen. Nie wieder nach Hause kommen. Dann ist es vorbei.«

»Ebba, ich finde das alles auch schrecklich. Furchtbar. Aber es ist nicht mein Fehler, dass es so ist, wie es ist.«

»Jetzt check das mal. Ich werde nie einen guten Job bekommen, wenn die Leute wissen, dass ich mit diesem … Perversen verwandt bin!«

»Ich glaube nicht, dass dein Großvater sich so viele Gedanken darüber machen würde«, sagte Sara und lächelte.

»Doch. Er denkt an sein Unternehmen. Das ist keine gute PR. Sie haben doch ein Wertefundament.«

»Okay. Aber das bedauernswerteste Opfer ist nicht unbedingt Titus & Partners Wertefundament, sondern all die Mädchen, deren Leben Stellan zerstört hat. Sei froh, dass du nicht zu ihnen gehörst.«

»Aber seinetwegen muss ich jetzt vielleicht das ganze Leben im Empfangszimmer sitzen. Ich will doch Karriere machen!«

Sara verabschiedete sich, bevor Eric seinen Einzug hielt und sich wunderte, was sie hier tat. So auf die Schnelle konnte sie die Beziehung zu Ebba ohnehin nicht kitten. Jedenfalls nicht ohne Hilfe.

Draußen vor dem Hotel Diplomat stieg sie in ein freies Taxi und gab die Adresse ihrer Mutter in Vällingby als Ziel an.

»Ebba hasst mich.«

Die Worte hatten nur eine marginale Wirkung auf die Großmutter der Hassenden.

»Wenn du jedes Mal hierherkommst, wenn sie das sagt, dann ziehst du besser gleich hier ein.«

Jane machte die Tür ganz auf und ließ ihre Tochter herein. Die Wohnung war genauso aufgeräumt und sauber wie immer, und genau wie immer hatte ihre Mutter seit dem letzten Mal die Möbel umgestellt und die Bilder an den Wänden ausgetauscht. Das Einzige, was blieb, war das gerahmte Porträt des früheren Papstes.

»Jetzt ist es aber ernst«, sagte Sara, als sie ihrer Mutter in die Küche folgte, in der eine schwedische Gesetzessammlung und ein gelber Textmarker verrieten, womit Jane gerade beschäftigt war. Sara bemerkte auch, dass der hübsche, mittelblaue Juristenwälzer beim Erbrecht aufgeschlagen war, aber sie war zu sehr mit den Gefühlen ihrer Tochter beschäftigt, um sich mit ihren eigenen zu befassen.

»Worum geht es denn diesmal?«, fragte Jane und ignorierte Saras Blick, der über das Gesetzbuch wanderte.

»Dass sie die Wahrheit über Stellan erfahren hat.«

Jane schenkte ein Glas kaltes Wasser ein und gab es ihrer Tochter.

»Das Problem ist nicht, dass sie es erfahren hat«, sagte Jane. »Sondern dass diese Bestie ein Teil meines Kindes und meiner Enkelkinder ist. Das Schlimmste und das Schönste in meinem Leben sind untrennbar miteinander verbunden.«

»Die Bestie ist ein Teil meines Kindes.« Diese Worte brachten Sara aus der Fassung. Sie stellte das Wasserglas ab und versuchte zu verdauen, was ihre Mutter da gerade gesagt hatte. Sie spürte etwas an der Wange und zog den Kopf weg. Dann merkte sie, dass sie selbst ihre Finger auf die Narben gelegt hatte.

Warum brachte ihr Unterbewusstsein Stellan und die Verletzung in Verbindung? War die verbrannte Hälfte ihres Gesichts der Teil, der der Bestie gehörte? Der äußere Beweis dafür, dass Stellan ein Teil von ihr geworden war? War sie wie er? Nein, das war sie nicht. Und es sollte auch niemand auf diese Idee kommen. Die Narben waren ein Zeugnis dafür, dass sie das Böse aufgehalten hatte, und eben kein Teil davon geworden war.

Sara legte die Hände in einer flehenden Geste zusammen.

»Bitte, kannst du diesen Antrag nicht zurückziehen? Meinen Kindern zuliebe?«

Jane schnaubte abfällig.

»Sie müssen für sich selbst Verantwortung übernehmen.«

»Sie sind Kinder.«

»Ebba ist jetzt erwachsen. Und sie hat kein Recht, dir den Vater wegzunehmen. Wie sie das findet, ist nicht wichtig. Es ist dein Vater. Du hast das Recht, als Tochter anerkannt zu werden.«

»Aber das *will* ich nicht.«

»Du verstehst das nicht. Hör mir zu. Du bist kein Bankert, du bist das Kind von jemandem.«

»Ja. Deins.«

»Und seins. Er war ein böser Mensch, und du bist diejenige, die die Wahrheit über ihn öffentlich machen kann. Sie wiegt umso schwerer, wenn du seine Tochter bist. Deswegen wollen Lotta und Malin den Vaterschaftstest nicht. Sie wollen, dass alle an ihre Version glauben.«

»Aber musst du das mit der DNA beweisen? Jetzt steht ohnehin alles in der Zeitung, reicht das nicht?«, wandte Sara ein.

»Sie schreiben nur, was er getan hat. Nicht dass er dein Vater war.«

»Warum ist das so wichtig? Reicht es nicht zu wissen, was er getan hat? Warum müssen ich und meine Kinder auch noch mit ihm verwandt sein?«

»Weil mein Vater mich verleugnet hat. Das ist ein ständiger Schmerz. Es tut immer noch weh. Und ich hatte nie die Chance, die Wahrheit über mich selbst zu beweisen«, sagte Jane und sah sie mit einem festen Blick an.

»Er hat dich verleugnet? Du hast nie etwas über ihn erzählen können. Hast immer nur gesagt, dass deine Eltern tot seien.«

»Jetzt sind sie es. Aber er hat lange gelebt. Wurde nie zur Verantwortung gezogen. Aber meine Mutter starb viel zu früh. Seinetwegen.«

So hatte Jane sich nie zuvor geöffnet. Und Sara hatte nie die Verletzlichkeit in Janes Augen gesehen, die sich jetzt darin zeigte.

»Mama, setz dich«, sagte Sara, griff nach den Handgelenken ihrer Mutter und zog sie auf den Küchenstuhl, während sie sich gleichzeitig auf den anderen setzte. »Erzähl. Ich weiß nichts über deine Eltern.«

»Da gibt es nichts, was du wissen müsstest.«

»Du erzählst es mir jetzt. Es sind meine Großeltern. Deine Mutter und dein Vater.«

Jane blickte aus dem Fenster, dann auf das Gesetzbuch und schließlich auf ihre Tochter.

»Sie waren beide in der kommunistischen Partei«, sagte sie. »Mein Vater war Parteifunktionär, und meine Mutter war Sekretärin im Parteibüro in Krakau. Er verführte sie, aber als sie schwanger wurde, leugnete er, dass es sein Kind war. Dass ich von ihm war. Und Mama wurde rausgeworfen. Sie wurde aus der Partei ausgeschlossen und musste stattdessen im Stahlwerk Nowa Huta arbeiten. Es stellte sich heraus, dass mein Vater bereits mit der Tochter eines Parteibonzen aus Warschau verlobt war. Und als alleinerziehende Mutter, die von der Partei fallen gelassen worden war, konnte meine Mutter auch keinen neuen finden, oder eine neue Arbeit. Sie hat ihren Körper geschunden, bis er kaputt war.«

Sara nahm die Hand ihrer Mutter und schwieg lange.

»Okay, ich verstehe, was das alles für dich bedeutet«, sagte sie schließlich. »Aber möchtest du wirklich, dass jeder weiß, dass Olle und Ebba mit einem Monster verwandt sind? Stellan war doch viel schlimmer als dein Vater. Ebba glaubt, dass es ihre Karriere zerstören könnte.«

»Sie ist wie du. Nichts wird sie daran hindern.«

»Ist das gut oder schlecht?«, fragte Sara und musste lächeln.

»Das ist gut. Aber vielleicht nicht immer lustig für die Leute um sie herum.«

»Wir kommen beide nach dir.«

»Und meiner Mutter. Deiner Großmutter. Du hast sie nie kennengelernt. Das war mein Fehler.«

»Dein Fehler?«

»Ich bin nach Hause gefahren, um sie zu treffen, bevor sie starb. 1987. Im Juni. Sie starb dann im Juli. Sie war erst fünfzig.«

»Fünfzig? So alt bin ich ja schon bald.«

Jane nickte.

»Du wolltest mitkommen, musstest aber bei Bromans bleiben. Du warst so wütend. Ich dachte, du würdest mir nie verzeihen.«

»Weißt du, Mama, das habe ich tatsächlich total vergessen. Ich erinnere mich jetzt, wo du es sagst, und natürlich hätte ich gerne meine Großmutter kennengelernt, aber es gibt so viele Menschen, die wirklich größere Probleme haben. Das Wichtigste ist für mich, dass meine Kinder ihre Großmutter kennengelernt haben.«

»Ich hatte nur solche Angst davor, dass die Kommunisten uns verhaften würden«, sagte Jane. »Ich hätte das Gefängnis bestimmt überstanden, aber du warst so klein. Vielleicht hätten sie dich mir weggenommen. Weil ich geflohen war. Also wagte ich es nicht.«

»Aber du hast es mir nicht erklärt. Du hast einfach hingenommen, dass ich wütend auf dich bin.«

»Alle Kinder sind wütend auf ihre Eltern. Das gehört dazu. Aber wenn du gewusst hättest, warum du nicht mitfahren durftest, wärst du wahrscheinlich allein gefahren. Einfach nur, um es mir und dem Kommunistenregime zu zeigen.«

»Da könntest du recht haben«, räumte Sara ein.

»Jetzt weißt du es jedenfalls. Es fühlt sich gut an, es erzählt zu haben.«

»Nach fünfunddreißig Jahren.«

»Lieber spät als nie.«

Sara lächelte ihre Mutter an, und dann fiel ihr Blick auf das aufgeschlagene Gesetzbuch.

»Und du bist dir wirklich sicher, dass du uns an Stellan binden willst?«, fragte Sara. »Können wir diese DNA-Sache nicht lassen?«

»Wie ich schon gesagt habe: Ich möchte, dass alle wissen, was er getan hat. Und zwar alles, was er getan hat.«

»Was soll das bringen? Er ist tot.«

»Sara, wir sind Zeugen. Wir müssen es erzählen. Du weißt doch von MeToo? Das hier ist mein MeToo.«

Sara war still. Jetzt verstand sie ihre Mutter besser. Und es fiel ihr schwer, ihr zu widersprechen.

»Okay«, sagte sie schließlich. »Dann machen wir es so.«

49

Zu Hause erwartete sie die nächste Familientragödie.

Martin lag nämlich immer noch im Bett und schlief, obwohl die Mittagszeit bereits vorbei war. Eine halbleere Flasche Whiskey stand neben dem Bett auf dem Boden, was andeutete, dass er es mit einem Konterdrink versucht hatte. Und zwar einem ordentlichen. So hatte Sara ihn seit vielen Jahren nicht mehr erlebt, wenn es überhaupt jemals so schlimm gewesen war. Sicherheitshalber fragte sie ihn, ob er sich nicht um seinen geliebten Uncle Scam kümmern müsse, bevor der das Land verließ, aber Martin antwortete nicht, sondern lallte nur etwas Unhörbares und rollte sich unter der Decke zusammen.

Für amerikanische Superstars war er selbst verantwortlich, dachte Sara und ging. Sie würde heute in der Spätschicht arbeiten, also musste er sich allein durch seine Hangxiety kämpfen. Vielleicht könnte sie ja trotzdem ein bisschen nett zu ihrem Mann sein und eine Tüte Chips und Limonade für sein Katerfrühstück kaufen? Unten in der Munkbrohalle hatten sie alles, was man dafür brauchte.

Das romantische Abendessen musste wohl noch eine Weile warten. Martin würde den ganzen Tag ein Wrack sein, so viel war Sara klar. Bestenfalls war er am nächsten Morgen wieder auf der Bahn, aber es könnte durchaus auch ein paar Tage länger dauern. Währenddessen waren verschiedene Sorten von Billigfraß die beste Methode, ihm ihre Liebe zu zeigen.

Als sie unten im Lebensmittelladen gerade die Hand auf eine Tüte Käsesnacks legen wollte, klingelte das Handy: eine neue Mail. Angesichts all dessen, was in den letzten Tagen geschehen war, öffnete Sara die Mailbox direkt.

Es war ein Filmausschnitt, in dem Malin zu sehen war. Eine alte, schwarz-weiße Sequenz, die wahrscheinlich ein armer Archivangestellter für ihre Kindheitsfreundin ausgegraben und digitalisiert hatte. Malin arbeitete schließlich beim öffentlich-rechtlichen Fernsehen SVT und war es seit Kindesbeinen gewohnt, die Leute für sich knechten zu lassen.

Erst als eine Namenseinblendung auftauchte, erkannte Sara das junge Mädchen wieder, das in dem Film zu sehen war.

Er stammte aus einer Folge des Quizprogramms *Rate für Tausend*. Die Kandidatin war laut der Einblendung eine erst dreizehn Jahre alte Eva Hedin. Die falsch auf eine Frage über Clark Gable antwortete, bei der es darum ging, in welcher Reihenfolge er A) Großvater wurde, B) Vater eines Sohns wurde, und C) gestorben war. Die richtige Antwort lautete, dass er erst Großvater, dann gestorben und dann Vater eines Sohns geworden war. Aber die junge Eva Hedin hatte argumentiert, dass man keine Kinder kriegen könne, wenn man schon Enkelkinder habe, und hatte deswegen B-A-C geantwortet. Als sie erfuhr, dass es falsch war, behauptete sie mit Verzweiflung in der Stimme, dass sie die Frage missverstanden habe. Aber sie bekam keine zweite Chance von Quizmaster Stellan Broman. Also verließ sie zur fröhlichen Musik des Orchesters das Fernsehstudio, mit Tränen in den Augen. Während Stellan Witze über ihren schnellen Abgang riss und das Publikum aus dem Lachen nicht mehr herauskam.

Dass sie von Stellan gedemütigt worden war, stand also außer Frage, aber hatte das Eva Hedin dazu getrieben, den Fernsehstar als Stasi-Spion anzuprangern? Die Indizien für seine Schuld waren tatsächlich überwältigend gewesen, und Hedin wusste immer noch nicht, dass Stellan in diesem Punkt unschuldig war. Er hatte jede Menge Widerwärtigkeiten an jungen Mädchen begangen, und er war äußerst positiv gegenüber der DDR eingestellt gewesen, aber er hatte nicht für sie spioniert. Hinter dem Spion Geiger hatte eine ganz andere Person gesteckt.

Die Frage war, ob Sara diese Wahrheit an Hedin weitergeben durfte?

Und ob sie es wagen sollte, sie auf ihren Auftritt bei *Frage für Tausend* anzusprechen?

Als sie gerade darüber nachdachte, bekam sie eine SMS. Von Tore Thörnell.

»Muss umgehend mit Ihnen sprechen. Sind Sie in Sicherheit? Wenn nicht, bringen Sie sich auf der Stelle in Sicherheit.«

Sara sah sich in dem Laden um. Hier konnte es doch keine nennenswerten Bedrohungen geben?

Aber plötzlich sahen alle gefährlich aus: die japanischen Touristen, der alte Mann mit dem Rollator, das junge Mädchen mit dem Ring in der Nase, der Anzugträger mit der zu kurzen Hose und den strumpflosen Füßen in Slippers, die Mutter mit dem Kinderwagen. Sie alle verwandelten sich vor ihren Augen in verkleidete Terrorkommandos. Nichts war mehr das, was es zu sein schien, so nahm sie neuerdings die Wirklichkeit wahr.

»Okay«, antwortete sie Thörnell. »Wo?«

So etwas hatte er noch nie zuvor getan. Es musste etwas sehr Wichtiges sein.

»Wo sind Sie jetzt?«

»U-Bahn in Gamla Stan.«

»Lars Johansson.«

»Was?«

Keine Antwort.

Okay.

»Lars Johansson.«

Das sagte ihr gar nichts. Warum sprach Thörnell plötzlich so kryptisch mit ihr? Hörte Rau ihr Telefon ab, und warum wusste der Oberst dann davon? Hatte er plötzlich beschlossen, sich gegen Rau zu wenden? Wenn er Sara in eine Falle locken wollte, würde er es wohl kaum so kompliziert machen, und vor allem hätte er sie nicht gewarnt. Sie musste auf ihr Bauchgefühl vertrauen. Jetzt galt es nur, das Rätsel zu lösen.

Sie gab »Lars Johansson Stockholm« bei hitta.se ein und bekam achtundfünfzig Unternehmen und achthundertsechsunddreißig Personen angezeigt. Unmöglich, sie alle durchzugehen. Wikipedia gab ihr sechzehn Lars Johanssons zur Auswahl, von einer Reihe von Politikern bis zum bürgerlichen Namen des Zauberkünstlers Joe Labero.

Labero war bei Berns aufgetreten, so viel wusste Sara, und das war nicht so weit entfernt. Aber war ein Zauberkünstler ein Bezugspunkt, den Thörnell wählen würde?

Dann sah sie den Namen Lasse Lucidor in der Namensliste auf Wikipedia, und der kam ihr bekannt vor. Es stellte sich heraus, dass Lasse Lucidor ein Dichter war, der bei einem Duell im Wirtshaus Fimmelstång 1674 umgekommen war. Laut Wikipedia hatte dieses Wirtshaus an der Kindstugatan 14 gelegen. Vor dreihundertfünfzig Jahren. Aber die Adresse gab es ja noch, also ging Sara dorthin.

Den Tyska Brinken hinauf, an der Lilla und Stora Nygatan vorbei.

Die ganze Zeit in Alarmbereitschaft, beunruhigt wegen Thörnells Warnung.

Die sich als berechtigt herausstellte.

Im Gewimmel an der Kreuzung mit der Västerlånggatan hörte sie Schritte, die sich schnell von hinten näherten. Und dann spürte sie, wie ihr jemand ganz nahekam.

Instinktiv machte sie einen Schritt zur Seite und sah eine Bajonettklinge, die an ihr vorbeizischte.

Wenn sie nicht ausgewichen wäre, hätte sie sie erwischt.

Sie sah zu der Person auf, die das Bajonett hielt. Ein älterer

Mann mit rasiertem Kopf, dunklen Augenbrauen und einem weißen Spitzbart. Wild starrende grüne Augen.

»Suchst du nach mir?«, sagte der Mann mit einem schiefen Lächeln. Sara erkannte die Stimme von ihren Gesprächen mit Günther Dorch wieder. Sie hatte ihn nicht gefunden, aber er sie.

Dorch zog die Hand zurück, um noch einmal zuzustechen, Sara sprang erneut zur Seite.

Ihre Gedanken galoppierten, und sie überlegte, ob sie um Hilfe rufen, die Aufmerksamkeit der Menschen um sie herum auf sich ziehen sollte, aber sie hatte Angst, dass jemand zu Schaden kommen könnte.

In dem Moment griff Dorch mit seiner freien Hand nach ihrem Kragen, um sie festzuhalten und damit er sie leichter treffen konnte.

»Ganz ruhig«, sagte er.

Sara drehte sich zur Seite, als er erneut zustieß, konnte aber nicht richtig ausweichen.

Das Bajonett drang durch ihre Jacke und ritzte ihren Bauch.

Adrenalin schoss durch in ihren Körper. Sara zog ihre Pistole, schlug den Kolben auf Dorchs Nase und schoss ihm dann das Bajonett aus der Hand.

Der Schuss hallte zwischen den alten Hauswänden wider. Die Menschen in der Nähe zuckten zusammen.

Für ein paar Sekunden sah Günther Dorch sie schockiert an. Dann schrie er laut:

»Pistole!«

Und als die Touristen um sie herum schreiend in alle Richtungen davonliefen, schubste er Sara zur Seite und verschwand in der Menschenmenge.

Die Västerlånggatan leerte sich schnell, und Sara beschloss, ebenfalls das Weite zu suchen.

50

Brundin begriff nicht, warum solch ein Aufstand um die alten Zollhäuser an der Spitze der Halbinsel Blasieholmen gemacht wurde. Was spielte es schon für eine Rolle, ob man sie abriss? Sie waren schließlich für nichts mehr zu gebrauchen. Genauso wenig verstand sie, warum man sie durch irgendein schickes Haus ersetzen wollte. Wie so oft dachte sie, dass beide Seiten Unrecht hatten. Sie betrachtete sich in dieser Frage als neutral. Oder als besonnen und unparteiisch.

Aber sie waren ja auch nicht wegen der Zollhäuser hier, obwohl sie direkt daneben parkten.

Während all der Jahre, in denen Quintus Nyman ihr Chef war, hatten sie nur wenige Male gemeinsam im Auto gesessen, und er hatte nie am Steuer gesessen. Aber jetzt tat er es. Und parkte ganz am Ende des Blasieholmen, längs zur Bucht Nybroviken, mit Blick auf die Insel Djurgården und der Rückseite des Hotels Lydmar auf der anderen Seite. Er drehte den Rückspiegel, damit er sich selbst sehen konnte, kämmte seinen grauen Haarkranz mit den Händen, strich den Bart glatt und schob die Brille zurecht. Brundin hatte ihren Chef nie für eitel gehalten, aber offensichtlich konnten auch die grauesten Bürokraten diese Eigenschaft besitzen.

Sie gingen die Hovslagargatan entlang, aber noch bevor sie das Lydmar erreicht hatten, betrat Nyman einen kleinen, gepflasterten Hof, der von grünen Sträuchern gesäumt wurde. Dahinter lag ein dreistöckiges ziegelrotes Haus mit einer Garageneinfahrt und einer braunen Tür auf der linken Seite.

Hovslagargatan 4. Er hatte nicht gesagt, wohin sie auf dem Weg waren, aber jetzt wusste sie es.

Nyman ging die Stufen hinauf und klingelte. FADO, stand auf einer kleinen Metallplatte neben der Klingel, darunter »Food from the Middle East Export & Import«. Das Schloss summte, und Nyman öffnete die Tür. Als sie hineinging, bemerkte Brundin die winzige Kameralinse in einem Spalt am Fenster neben der Tür.

Ein blasser Mann mit Bart und welligem Haar nahm sie in Empfang, begrüßte sie aber nicht.

Das Haus schien beinahe ausschließlich aus langen, verwinkelten Korridoren zu bestehen, zumindest das Erdgeschoss. Eine Treppe führte ein Stockwerk hinauf, wurde aber von einer verschlossenen Gittertür mit Handflächenscanner geschützt.

Schließlich erreichten sie einen schwach beleuchteten Besprechungsraum mit Plakaten für unterschiedliche Nahrungsmittel aus dem Nahen Osten, einem Konferenztisch und einer großen Sitzgruppe mit Polstermöbeln aus schwarzem Leder. Die hohen Fenster waren alle dunkel getönt und von Gardinen bedeckt. Brundin ging davon aus, dass sie schusssicher waren.

Sie wurden auf dem Sofa platziert, und der blasse Mann verschwand, ohne ihnen Kaffee anzubieten. Sie blieben stillsitzen, wie es ihre Gewohnheit war, wenn sie nicht wussten, ob sie abgehört wurden.

Nach zehn Minuten betrat ein älterer Herr den Raum. Er trug einen eleganten, dreiteiligen Anzug mit Fliege, und eine Lesebrille hing an einer Schnur um seinen Hals. Akademiker, dachte Brundin vorurteilsvoll.

Nyman stand auf, lächelte wiedererkennend und gab dem älteren Mann die Hand.

»Brundin – Schönberg«, stellte Nyman vor. Und Schönberg bot ihnen Obst aus dem Sortiment der Firma an.

»Kennen Sie sich in der Restaurantbranche in Stockholm

aus?«, fragte Schönberg. »Wir haben viel zu wenige Kunden hier in der Stadt. Es ist ein Wunder, dass wir hier überhaupt Geschäfte machen können.«

Schönberg musste über seinen eigenen Kommentar lachen, und Nyman schloss sich ihm an. Brundin brachte immerhin ein Lächeln zustande. Denn sie wusste, dass Nyman von ihr erwartete, dass sie das Spielchen mitspielte.

Sie wärmten sich mit ein bisschen Smalltalk auf. Wie ging es der Familie? Wie traurig, das mit Schönbergs Frau, herzliches Beileid. Brundins Deutsch war nicht so gut wie Nymans, aber wenn sie etwas nicht verstand, reichte es, wenn sie ihrem Chef einen kurzen Blick zuwarf, damit er es übersetzte.

Als das Private abgehandelt war, war die Zeit für den Branchenklatsch und die alten Kriegsgeschichten gekommen. Schönberg stopfte sich sorgfältig eine Pfeife, ohne seine Gäste zu fragen, ob sie damit einverstanden waren. Dann lehnte er sich zurück und paffte genüsslich daran. Rauchen am Arbeitsplatz. Überhaupt nicht okay, dachte Brundin, genoss es aber trotz allem ein bisschen, dass jemand einfach auf die Vorschriften pfiff.

»Ich wusste gar nicht, dass euch dieses Haus gehört«, sagte Nyman und sah sich um.

»Es ist eine andere Abteilung. Ich habe mich in der letzten Zeit ja ein bisschen verändert. Es wurde als wünschenswert angesehen, dass ich nach dem Malheur mit Abu Rasil Platz mache.«

»Ja, das lief ja nicht ganz so wie erwartet.«

»Vorher besaßen wir das Haus daneben«, sagte Schönberg auf Englisch und wandte sich an Brundin. Ein paar neue Ohren, denen man die alten Geschichten präsentieren konnte. »Aber das war dann ein wenig belastet.«

Als Brundin darauf nicht reagierte, tauchte eine schmale, irritierte Falte auf Schönbergs Stirn auf, und er beugte sich vor, um es zu erklären.

»Während des Zweiten Weltkriegs war Deutschlands Botschaft im angrenzenden Haus, Nummer 2, das jetzt ein Hotel ist. Dort gingen den ganzen Tag Spione ein und aus. Als Hauptstadt eines neutralen Landes war Stockholm eine richtige Spionagezentrale und dazu eine gute Transitstation zwischen den kämpfenden Parteien. Aber nach dem Krieg wollten wir uns von Nazideutschland und den recht brutalen Methoden distanzieren, für die diese Botschaft ein Schauplatz gewesen war. Also besorgte man sich eine neue Botschaft. Aber weil so wenige wussten, dass der Sicherheitsdienst auch über dieses Haus verfügt hatte, behielten wir es. Beziehungsweise, was heißt schon wir, das war alles vor meiner Zeit. Es war die Organisation Gehlen, wie der Nachrichtendienst zu Beginn hieß. Man sagt, dass der eigentliche Grund, dieses Haus zu behalten, darin bestand, dass der lokale Chef, der nach dem Kriegsende weitermachen durfte, als wäre nichts geschehen, so in das Essen des Grand Hôtels verliebt war, dass er weiter in dessen Nähe residieren wollte.«

Brundin strengte sich an, nicht zu verraten, wie uninteressant sie das alles fand. Aber sie wollte auch nicht so wissbegierig erscheinen, dass er endlos weitermachte. Ein kleines Nicken war da ein guter Kompromiss.

Nyman hatte Brundin zwar darauf vorbereitet, dass man mit den Deutschen zuerst immer ein bisschen plaudern musste, bevor man zur Sache kam, aber das hier war keine Plauderei, das war eine Vorlesung. Von der sie nicht den geringsten Nutzen hatte.

Endlich, nachdem sie mehr als eine halbe Stunde über die Spionage früherer Zeiten, die besten Lagermethoden für Obst und Getreide sowie über die Schwierigkeiten diskutiert hatten, bei der technischen Entwicklung mitzuhalten, kamen sie zur Sache.

»Sara Nowak.«

»Wir behalten sie im Auge«, sagte Nyman.

»Tun Sie das nicht«, sagte Schönberg.

Nyman und Brundin warfen einen verwunderten Blick auf den Nestor des deutschen Nachrichtendienstes.

»Wie bitte?«, sagte Nyman.

»Behalten Sie Nowak nicht im Auge. Lassen Sie sie in Ruhe. Widmen Sie sich anderen Dingen.«

Es war still, während die Worte langsam Wirkung zeigten.

»Darf man fragen, warum?«, sagte Nyman schließlich.

Schönberg paffte an seiner Pfeife und sah durch die hohen Fenster.

»Es ist ihr gelungen, den Namen von Otto Rau auszugraben. Ein sehr unglücklicher Umstand.«

»Möchten Sie, dass wir sie aufhalten?«, fragte Nyman.

»Das können wir wohl nicht«, sagte Brundin. »Ich bezweifle, dass sie aufgeben wird.«

Nyman warf Brundin einen verärgerten Blick zu.

»Natürlich können wir das«, sagte er.

»Das spielt keine Rolle«, sagte Schönberg. »Rau würde sich nicht damit begnügen. Sara Nowak muss in dieser Angelegenheit allein zurechtkommen. Versuchen Sie nicht, sie zu retten.«

»Jagen Sie auch Rau?«, fragte Nyman. »Wir können Ihnen helfen, ihn zu finden.«

»Mein lieber Quintus, es ist sehr viel komplizierter, als es aussieht. Aber Sie dürfen sich unter keinen Umständen in das einmischen, was passieren wird.«

»Sie benutzen sie, um Rau hervorzulocken?«, sagte Brundin zu Nymans großer Verärgerung. »Wie bei Abu Rasil?«

Schönberg schüttelte den Kopf.

»Es hat keinen Sinn zu spekulieren. Halten Sie sich einfach aus der Sache heraus.«

51

Sara lief.

Bald würde es in Gamla Stan von Polizisten wimmeln. Obwohl sie sich nur verteidigt hatte, wollte sie sich nicht noch mehr ins Scheinwerferlicht stellen. Sie konnte nur hoffen, dass niemand gefilmt hatte, was passiert war. Aber Touristen hatten ihre Handys oder Kameras ja ständig in der Hand.

Die Schuhsohlen klatschten auf die Pflastersteine, als sie in die Kindstugatan einbog. Als sie sich der Nummer 14 näherte, hielt sie inne und sah sich um.

War jemand hinter ihr her?

Es sah nicht so aus.

Und dann das nächste Problem:

Sollte sie wirklich ein Haus betreten, in dem sich Thörnell befand?

Was wäre, wenn er mit Rau zusammenarbeitete? Mit der gesamten alten Zelle? Nein, wohl kaum. Thörnell hatte sie ja gerade erst vor Rau gewarnt. Und wenn es eine Falle gewesen wäre, dann hätte Dorch sie ja nicht auf offener Straße überfallen müssen. Höchstwahrscheinlich hatte er an Saras Tür gewartet, um ihr dann durch Gamla Stan zu folgen.

Sie beschloss, sich auf ihre Instinkte zu verlassen, und sei es nur, um herauszufinden, ob sie mit Lasse Lucidor richtig lag.

An der Tür zur Nummer 14 informierte sie ein Schild, dass sich dahinter ein Wirtschaftsprüfungsbüro befand. Durch das große Fenster sah Sara zwei Männer und eine Frau vor ihren

Computern sitzen. Das Ganze sah ziemlich harmlos aus, also drückte sie auf die Klingel, und einer der Männer kam und öffnete ihr die Tür.

»Lars Johansson?«, sagte Sara.

»Willkommen. Fredrik«, sagte der Mann und streckte lächelnd die Hand aus. Er trug einen Bart und eine Brille mit dickem Gestell, das ein paar freundliche Augen einrahmte. Auffällig muskulös, aber gebaut wie ein Bär, sodass er eher kuschelig als gefährlich wirkte. »Das hier sind Peter und Anna«, fuhr Fredrik fort und deutete auf die beiden anderen, die kurz von ihren Bildschirmen aufblickten. Sara musterte die Gruppe etwas genauer und sah, dass alle drei Pistolen trugen, sie erkannte das Schulterholster unter einer Jacke, einer Strickjacke und einem Jackett.

»Gute Arbeit«, sagte eine Stimme neben Sara, und als sie sich umdrehte, stand dort plötzlich Tore Thörnell und schloss die Haustür hinter sich. »Entschuldigen Sie bitte die Geheimnistuerei, aber ich nenne sehr ungern geschützte Namen und Adressen am Telefon oder in einer SMS.«

»Kein Problem«, sagte Sara.

»Genau hier ist er gestorben«, sagte Thörnell und zeigte auf den Boden in der kleinen Kaffeeküche. »An der Treppe zum Keller.«

Sara war klar, dass er über Lasse Lucidor sprach, aber dort, wo er hinzeigte, gab es keine Treppe mehr. Dann drückte Thörnell allerdings auf einen Knopf unter der Spüle, und ein Teil des Bodens glitt zur Seite und eine Wendeltreppe wurde sichtbar, die in die Dunkelheit hinabführte. Thörnell ging vor, Sara folgte ihm, und der Durchlass glitt geschmeidig hinter ihnen zu.

»Voi ch'entrate«, sagte Thörnell und schmeichelte Sara, indem er es nicht übersetzte.

Die Wendeltreppe endete vor einer geschlossenen Eisentür.

Thörnell holte sein Handy heraus und legte es in eine Kiste aus Metall, die an der Wand befestigt war, und bedeutete Sara mit einem Nicken, dasselbe zu tun. Sie fragte sich, wie klug es war, den einzig möglichen Kontakt zur Umwelt aufzugeben.

Na ja, sie hatte ja immer noch ihre Pistole.

Als Sara ihr Handy in der Kiste platziert hatte, tippte Thörnell einen Code neben der Tür ein und ging hinein. Sara folgte ihm und sah einen Keller voller Computerbildschirme und Server unter alten Steingewölben. Der Kontrast zwischen dem vierzehnten und dem einundzwanzigsten Jahrhundert war zweifellos faszinierend. In der Mitte des Kellergewölbes thronte ein langer, etwas mitgenommener Konferenztisch, der dort durchaus schon seit Lasse Lucidors Tagen gestanden haben könnte. Thörnell setzte sich, und Sara nahm ihm gegenüber Platz.

»Ich bin froh, Sie zu sehen«, sagte der Oberst und schenkte Pressstempelkaffee in zwei IKEA-Becher ein. Nichts davon war wohl seine Wahl, nahm Sara an. »Dass Ihnen nichts passiert ist, meine ich. Denn Sie sind in größerer Gefahr, als Sie glauben.«

»Ja, ich scheine mich auf niemanden verlassen zu können«, entgegnete Sara und sah Thörnell direkt in die Augen.

»Es ist absolut nicht so, wie Sie denken«, sagte er. »Sie müssen sich darauf verlassen, dass ich nur Ihr Bestes will.«

»Ich bin gerade erst auf der Västerlånggatan überfallen worden«, sagte Sara und zeigte ihm das Loch in der Jacke und die Schramme auf dem Bauch. »Von Günther Dorch. Ist er vielleicht Rau?«

Thörnell schüttelte den Kopf und sah beinahe amüsiert aus.

»Wenn es Rau gewesen wäre, hätten Sie es nicht überlebt. Was ist mit Dorch passiert?«

»Er ist entkommen.«

»Sehen Sie es als Warnung. Rau ist bedeutend gefährlicher.«

»Ja, das sagen Sie ständig.«

»Aus guten Gründen«, sagte Thörnell und musterte Sara, während sie ihren Kaffee trank.

Dorch war also Stefan Kremp, dachte Sara. Jetzt waren also zwei der ehemaligen Terroristen hinter ihr her.

Sie hatte eine Idee.

»Haben wir heute Publikum?«

Sie ging zu der mittelalterlichen Ziegelwand und drehte eine Runde um den ganzen Kellerraum. Nirgendwo ein falscher Spiegel oder etwas, das wie eine Kameralinse aussah. Sicherheitshalber untersuchte sie auch Thörnells Jackett und sein Hemd, fand aber kein Mikrofon.

»Es sind nur Sie und ich hier«, sagte Thörnell. »Glauben Sie mir, das, was ich Ihnen jetzt sage, darf sonst niemand wissen.«

»Und was ist das?«, sagte Sara und setzte sich wieder.

»Sie haben gestern vor Ihrer Tür eine Leiche gefunden«, sagte Thörnell. »Hans Gerlach.«

»Alias Bo Enberg.«

»Übel zugerichtet, soweit ich gehört habe.«

»Gefoltert.«

»Von Rau.«

»Von wem sonst?«

»Und davor hat er in Ihre Wohnung geschossen.«

»Und mich um ein paar Zentimeter verfehlt. Und er hat die Wohnung abgehört«, sagte Sara.

»Warum glauben Sie, dass er der Schütze war? Und warum, glauben Sie, hat er die Leiche vor Ihrer Tür abgelegt?«

»Das ist doch ziemlich offensichtlich. Um mich zu warnen.«

»Und warum sind Sie dann nicht gewarnt?«

Sara dachte eine Sekunde nach, bevor sie antwortete.

»Warum will er mich nur warnen? Die anderen hat er umgebracht, ohne mit der Wimper zu zucken.« Darüber hatte Sara schon eine ganze Weile nachgedacht.

»Weil Sie eine Polizistin sind.«

»Ein mordender Linksterrorist, der Polizisten verschonen will? Klingt komisch, oder?«

»Sie haben sich ein falsches Bild von ihm gemacht. Rau ist auf Ihrer Seite.«

»Auf meiner Seite?« Sara schnaubte verächtlich. »Das sind nicht unbedingt die Signale, die ich empfange.«

Thörnell sah Sara lange an, die eisern zurückstarrte.

»Erinnern Sie sich, dass wir über Stay Behind sprachen?«, sagte er.

»Ja. Eine Art geheime Widerstandsbewegung. Die ihr Hauptquartier in dem versteckten Raum in Ihrer Wohnung hatte. Was hat das mit dieser Angelegenheit zu tun?«

Einen großen Teil ihrer Rekonvaleszenzzeit im Sommer hatte Sara mit Lesen verbracht. Über den Kalten Krieg, die NATO, den Warschauer Pakt, Stasi, CIA, KGB und Stay-Behind-Organisationen in unterschiedlichen Ländern. Ein ganzer Stapel von Büchern, der ihre Sicht auf die Welt von Grund auf verändert hatte.

Thörnell räusperte sich kurz.

»Ich muss Sie daran erinnern, dass es eine widerspruchsvolle Zeit war. Der Feind deines Feindes wurde zum Freund, und man konnte ohne weiteres dieselben Freunde haben wie der Feind. Was alle Allianzen zu Drahtseilakten machte. Nichts, was gesagt wurde, war die Wahrheit, und bald war das Konstruieren von falschen Fronten so weit gediehen, dass niemand mehr wusste, wer er eigentlich war. Falsche Namen, erfundene Erinnerungen, unterschiedliche Versionen für unterschiedliche Akteure. Das Spiel entwickelte ein Eigenleben und war nicht mehr zu stoppen. Und während es einerseits seine Verankerung in der Wirklichkeit verlor, wurde es andererseits immer gefährlicher. Ein Balanceakt auf schlaffer Leine und in absoluter Dunkelheit, und man wusste noch nicht einmal, was sich an beiden Enden befand, war aber gezwungen, sich zu bewegen. Man musste weitergehen, um nicht zu fallen.«

»Sehr poetisch«, sagte Sara ironisch. »Aber eigentlich nur eine Umschreibung dafür, dass niemand mehr wusste, was er überhaupt tat. Paranoide Kriegshetzer auf beiden Seiten konnten die Tagesordnung bestimmen.«

»Damit bin ich nicht einverstanden. Denken Sie an den Eisernen Vorhang, der nach dem Zweiten Weltkrieg gezogen worden war, der ganze Ostblock bestand aus Vasallenstaaten der Sowjetunion. Das war eine äußerst reale Politik, die mehrere Jahrzehnte lang viele Millionen Menschen betraf. Es war keine paranoide Kriegstreiberei, diese Entwicklung verhindern zu wollen.«

»Und sie hatten genauso viel Angst vor einem Angriff wie wir«, kommentierte Sara.

»Was sie gefährlich machte.«

»Dagegen sage ich ja gar nichts.«

»Der Kommunismus verbreitete sich bis in die letzten Winkel der Welt«, fuhr der alte Oberst fort. »Die ganze Lehre lief ja darauf hinaus, dass man für eine Weltrevolution arbeiten musste. In Europa waren die kommunistischen Parteien in Frankreich und Italien besonders stark. Und sie waren nahe daran, bei freien Wahlen die Mehrheit zu gewinnen. Eine solche Entwicklung, so beurteilte man die Situation zumindest damals, hätte dazu führen können, dass sich eines dieser Länder dem Ostblock anschloss.«

»Beurteilte? Sie meinen wohl eher, dass es wilde Spekulationen darüber gab?«

»Nicht ganz. Wir hatten gesehen, wie es in der Tschechoslowakei gelaufen war, nachdem die kommunistische Partei die stärkste Partei geworden war und an der Regierung beteiligt wurde. Das führte dazu, dass sie die Macht übernahm und sich der sowjetischen Sphäre anschloss.«

»Es gab doch einen Unterschied zwischen der Tschechoslowakei und Westeuropa«, wandte Sara ein.

»Im Grunde nicht. Die Unterstützung des Kommunismus war in vielen unserer Länder enorm stark. Hätten sich die verschiedenen Fraktionen einigen können, hätten sie sich auf die andere Seite geschlagen. Aber eine solche Entwicklung musste auf jeden Fall aufgehalten werden.«

»Also organisierten die CIA und der britische MI6 geheime Widerstandsbewegungen in allen Mitgliedsstaaten der NATO, soviel weiß ich«, konnte Sara dank ihrer Krankenbettlektüre ergänzen. »Aber auch in neutralen Ländern wie Schweden, Finnland, Österreich und der Schweiz. In Italien hieß sie Gladio, in Dänemark Absalon, in Norwegen ROC, und hier entschieden Sie sich für Stay Behind. Aber was hat das mit Rau zu tun?«

Sie trank ihren Kaffee aus und schenkte sich gleich wieder neuen ein. Ließ ihren Blick über die vielen Rechner gleiten.

»Um zu verhindern, dass die Kommunisten allzu stark wurden, brauchte man eine Gegenstrategie«, sagte Thörnell. »Statt einfach nur zu warten, bis das Kind in den Brunnen gefallen war.«

»Denken Sie an die Terroranschläge, die Gladio in Europa verübt hat?«

»Einige gingen zu weit. Da bin ich ganz Ihrer Meinung.«

»Zu weit?!« Sara schüttelte den Kopf. »Bomben auf Bahnhöfen in Italien, die Killerbande von Brabant mit ihren Überfällen auf Supermärkte in Belgien. Alles unter der Regie der CIA und der NATO. Nur um die Schuld auf Linksterroristen schieben zu können, damit das Volk mehr Polizisten und Soldaten forderte.«

»›Destabilisieren um zu stabilisieren‹, hieß das. Es ist viel Dummes in dieser Zeit geschehen.«

»Dumm? Ja, so kann man es auch nennen. Ist es denn inzwischen besser?«, schnaubte Sara.

»Sehr viel besser.«

»Aber angesichts dieses ganzen Kommunistenhasses sollte Rau doch der Todfeind Nummer eins für Sie sein. Warum wollen Sie nicht, dass ich ihn jage?«

Thörnell schwieg lange. Ausnahmsweise starrte er auf die Tischplatte, statt ihren Blick zu erwidern.

»Sara. Was ich Ihnen jetzt sage, dürfen Sie niemals irgendjemandem erzählen. Ich sollte Sie eigentlich bitten, eine Verschwiegenheitserklärung zu unterschreiben, aber ich bin mir nicht sicher, ob das in Ihren Augen einen Unterschied machen würde. Ich muss mich einfach auf Sie verlassen können.«

»So wie ich mich auf Sie verlassen habe, bis Sie jemandem erlaubten, unser Gespräch von dem geheimen Raum aus zu belauschen.«

Thörnell enthielt sich eines Kommentars.

»Sie haben Kinder, eine Familie«, sagte er stattdessen. »Sie haben das ganze Leben noch vor sich. Bitte, hören Sie auf mich. Und erwidern Sie mein Vertrauen, indem Sie es nicht weitertragen.«

»*Was* weitertragen?«

Thörnell legte eine Pause ein und ließ seine Kaffeetasse langsam eine halbe Runde kreisen, bevor er antwortete.

»Der gute Rau war ein Doppelagent. Das westdeutsche Stay Behind hat ihn im Kommando 719 platziert.«

»Was sagen Sie da? Derjenige, der in meine Wohnung geschossen hat, wird von der NATO gesteuert?«

Sara spürte Zorn in sich aufsteigen.

»Lassen Sie mich zu Ende erzählen«, sagte Thörnell ruhig.

»Versuchen Sie ja nicht, ihn zu verteidigen!«

»Nein, aber Sie müssen …«

»Wussten Sie davon? Wussten Sie, dass er schießen würde?«

»Selbstverständlich nicht. Aber lassen Sie mich erklären.«

»Wie zum Teufel wollen Sie erklären, dass er meinen Sohn erschießen wollte?«, sagte Sara und musste sich zusammenreißen, damit sie Thörnell nicht an den Hals ging.

»Warten Sie. Hören Sie zu. Raus Auftrag bestand also darin, die Terroristen anzustacheln, damit ihre Brutalität allen Leuten vor Augen geführt wurde und damit die Sympathien für die Kommunisten untergraben wurden.«

»Arbeiten Sie mit Rau? Immer noch?«

»Nein. Und ich habe auch nie mit ihm gearbeitet. Als ich bei der NATO stationiert war, hatte ich einen gewissen Einblick, mehr aber auch nicht. Ich weiß, dass Rau in einem Trainingslager mit der Roten Armee Fraktion im Libanon war und mit Gladio auf Sardinien. Es gab nicht viele, die auf diese Weise von beiden Seiten ausgebildet worden waren. Eine geglückte Infiltration. Er wurde mit einem stattlichen Vorstrafenregister bei der westdeutschen Polizei ausgestattet und tauchte anschließend bei Demonstrationen auf, in Cafés und bei unterschiedlichen Kollektiven, wo er immer sehr militant bei den Diskussionen auftrat.«

»Über ihn wolltet ihr also gegen die Kommunisten hetzen, sie gewalttätiger machen? Das klingt total verrückt. Dass ihr eine solche Angst vor diesen winzigen Sekten hattet. Glaubten die Leute wirklich, dass in Schweden eine Revolution stattfinden könnte?«, fragte Sara, und ihrer Stimme war der Zweifel anzuhören.

»Wir glaubten das nicht nur«, sagte Thörnell. »Haben Sie nicht all die Artikel in den Boulevardblättern über die Invasionspläne der Sowjetunion in Schweden gelesen? Ständige Bereitschaft, das war die Wirklichkeit, in der wir lebten. Wir standen ununterbrochen auf der Schwelle zum Krieg.«

Eine Erinnerung tauchte in Saras Kopf auf. Eine Übung für einen Atomwaffenangriff auf Schweden, der Lehrer zeigte, wie sie unter die Tische kriechen sollten. Als hätte das helfen können, dachte sie.

»Und nicht nur die Kommunisten hatten militärische Pläne. Erinnern Sie sich an den Artikel, den einige Marineoffiziere in *Dagens Nyheter* veröffentlicht haben, oder sind Sie zu jung dafür? In dem sie Olof Palme angriffen. 1985«, sagte Thörnell und betrachtete sie neugierig.

»Ich habe davon gehört. Sie glaubten, dass er ein Sicherheitsrisiko sei.«

»Genau. Dass er nichts gegen die eindringenden U-Boote unternahm, weil er seinen Sold von der Sowjetunion bezog. Dabei sollte nicht unerwähnt bleiben, dass in allen Ländern, in denen die Militärführung sich öffentlich gegen einen demokratisch gewählten Regierungschef stellte, stets ein Militärputsch erfolgte. Es ist wahrscheinlich ein großes Glück, dass wir nie erfahren mussten, was passiert wäre, wenn er in dem Frühjahr tatsächlich nach Moskau gereist wäre. Es gab genügend Berichte, dass eine große Gruppe von Soldaten und Polizisten einen Putsch vorbereitet hatte, der während seines Staatsbesuchs in der Sowjetunion stattgefunden hätte. Weil er vorher erschossen wurde, kam es nicht dazu.«

»Glaubten einige nicht sogar, dass der Anschlag auf Palme der Beginn eines Putsches sein sollte?«, fragte Sara.

»Ja. Und einige glauben das heute noch, aber es scheiterte daran, dass einige Schlüsselpersonen während der Mordnacht einen Rückzieher machten«, sagte der Oberst.

»Sie meinen also, dass es einen Grund für diese Theorien gab?«

»Was die Allermeisten heute nicht mehr wissen, ist die Bandbreite der Szenarien, die damals möglich waren. Es hätte in jede Richtung gehen können. Im Nachhinein ist es leicht zu glauben, dass die Sowjetunion und die DDR dem Untergang geweiht waren und Schweden sicher in seiner Neutralität aufgehoben war. Aber wir waren manchmal nur Minuten oder Millimeter von einer Katastrophe oder totalen Umwälzungen entfernt. Niemand erinnert sich noch, wie unvorstellbar es eine Woche vor dem Fall der Mauer war, dass sie niedergerissen würde oder dass die Sowjetunion sich auflösen könnte. Ebenso wenig kam es in der Vorstellungswelt vom Otto Normalverbraucher vor, dass Schweden eine kommunistische Diktatur werden könnte. Oder meinetwegen auch eine faschistische …«

Drei laute Pfeiftöne, dann wurde die Eisentür geöffnet, und Fredrik kam mit einem iPad in der Hand herein. Er ging zu Thörnell, der darauf schaute und nickte.

»Jewgeni. Und seine Frau. So sieht ein moderner KGB-Mann aus.«

Das Letzte sagte er zu Sara, während er ihr das Display zeigte. Darauf war eine Aufnahme der Straße vor dem Haus zu sehen, auf dem ein grimmiger Mann mit markanten Wangenknochen und eine Frau in kompletter Gucci-Ausstattung vorbeiflanierten. Der Mann kam Sara bekannt vor, aber sie erinnerte sich nicht, wo sie ihn gesehen hatte.

»Wir sind also entdeckt?«, fragte Fredrik, ruhig wie ein tiefer See.

»Sie sind eher wirklich als Touristen hier«, sagte Thörnell. »Sonst wäre er mit einer anderen Frau gekommen. Bei Aufträgen haben sie nie ihre Ehefrauen dabei.«

»Okay.«

»Aber haltet die Augen auf. Sie können die Regeln geändert haben. Weil sie wissen, dass wir wissen.«

Fredrik ging wieder, und Thörnell wandte sich erneut Sara zu.

»Ich dachte, Sie wären pensioniert?«, sagte sie.

»Das bin ich auch. Aber wenn ich schon mal hier bin, können sie mich auch gerne fragen. Wo waren wir stehengeblieben?«

»Bei der faschistischen Diktatur.«

»Genau. Dann kam also der Einsatz von Rau. Die Operation Vinter sollte im Frühjahr 1986 stattfinden, ein brutaler Angriff des Kommandos 719 mitten in Stockholm City, während der Ministerpräsident in der Sowjetunion war. Das Militär könnte einrücken und das Land retten. Aber als Palme erschossen wurde, musste man alles stoppen und umdisponieren.«

»War es bei der Operation Wahasha auch so?«

»Operation Wahasha war nicht von uns geplant, sondern von der Stasi.«

»Aber wenn Rau von Stay Behind eingeschleust war und die Operation Wahasha vorwärtsbringen sollte, dann hatte die NATO doch einen guten Anteil daran.«

Thörnell betrachtete Sara einen Augenblick, bevor er etwas sagte.

»Die Einschätzung in gewissen zentralen Teilen des großen Verteidigungsbündnisses war, dass die Schweden zu naiv waren. Wir Schweden erlebten unser Land als so stabil und sicher, dass wir nicht glaubten, dass es von irgendetwas erschüttert werden konnte. Unsere Kommunisten wurden nicht nur toleriert, sie gehörten in gewisser Weise zur Folklore. Ihr Vorsitzender Lars Werner war auch weit außerhalb der Partei populär. Niemand nahm sie ernst, niemand glaubte, dass sie eine Revolution durchführen konnten. Gleichzeitig waren sie zum größten Teil von der Sowjetunion finanziert und vollkommen loyal zu ihr. Sie stellten sich in allen internationalen Konflikten auf ihre Seite und demonstrierten gegen die USA und die NATO.

»Aber bei Wahasha ging es ja um den König.«

»Man war davon überzeugt, dass etwas Außerordentliches

geschehen musste, um die Kommunisten zu diskreditieren. Und in Schweden war der König immer beliebt gewesen, auch bei den Arbeitern. Ein Attentat auf ihn, durchgeführt von einer kommunistischen Guerilla, die von der DDR und der Stasi unterstützt wurde, hätte Schweden in die richtige Richtung geschubst.«

»Sie hätten zugelassen, dass er getötet wurde?«

Der Gedanke war so schockierend für Sara, dass sie ihn gar nicht fassen konnte.

»Das wäre vielleicht gar nicht nötig gewesen«, sagte der Oberst. »Es hätte sicherlich den gleichen Effekt gehabt, wenn er das Attentat überlebt hätte.«

»Und warum glaubten Sie, dass dieser Effekt überhaupt nötig war? Hatten nicht Glasnost und Perestroika schon begonnen, den Ostblock umzuformen?«

»Gorbatschows Popularität machte die Dämonisierung der Sowjetunion immer schwieriger, aber die Falken in der NATO glaubten nicht, dass seine Politik zur Demokratisierung führen würde. Und in der BRD gab es schon länger Willy Brandts Ostpolitik, die darauf hinauslief, sich der DDR und der Sowjetunion anzunähern. ›Wandel durch Annäherung‹, nannte er es. Eine Sowjetunion mit menschlichem Antlitz hätte noch mehr Leute verführen können.«

Sara gab ihr Bestes, um alle Informationen aufzunehmen. Sie lehnte sich zurück und schloss für eine Weile die Augen, um ihre Gedanken zu sortieren, dann legte sie die Ellenbogen auf den Tisch und sah Thörnell an.

»Um es kurz zusammenzufassen: Sie müssen Rau beschützen, damit Ihre eigenen Geheimnisse nicht ans Tageslicht kommen? Was ja besonders jetzt sehr unpassend wäre, wo gerade so hart daran gearbeitet wird, Schweden in die NATO hineinzubringen.«

»Nicht der ideale Zeitpunkt, nein.«

»Das bedeutet also, dass ich die gesamte NATO gegen mich habe? Und die CIA?« Bei dem Gedanken wurde ihr ganz schwindelig.

»Wir haben versucht, das Ganze nicht nach außen dringen zu lassen. Die Deutschen wissen allerdings davon.«

»Ist die Operation Wahasha heute noch aktuell?«, fragte Sara.

»Was heute aktuell ist, kann ich absolut nicht beantworten. Aber es wäre sehr gut, wenn Sie Ihr Wissen um die Operation Wahasha für sich behalten könnten.«

»Sowohl für Sie als auch für mich, kann ich mir vorstellen.«

Sara schenkte ihm ein grimmiges Lächeln und stand auf, um ihm zu signalisieren, dass die Diskussion für sie beendet war.

Thörnell begleitete Sara nach draußen, durch die Stahltür und ein paar Stufen die Wendeltreppe hinauf, wo sie wartete, bis er die Tür hinter ihnen geschlossen hatte.

»Ich weiß, dass die Nachrichtendienste Sie nicht mehr im Auge behalten«, sagte er, während er abschloss. »Sie haben keinen Schutz und keine Hilfe mehr.«

»Aber Sie helfen mir doch.«

»Nur mit Information. Ansonsten habe ich nichts mehr zu entscheiden.«

»Dann muss ich wohl alleine zurechtkommen«, sagte sie und verabschiedete sich mit einem Nicken von Thörnell.

»Warten Sie. Vergessen Sie Ihr Handy nicht.«

Sara drehte sich um und nahm das Telefon entgegen, das der Oberst aus der Metallkiste genommen hatte.

Sie stand mehrere Sekunden wie festgefroren da und starrte auf Thörnells Hand.

Da fiel es ihr ein.

»Das Handy!«, rief sie. »Abebas Handy!«

Sie drehte sich blitzschnell um und lief die Treppe hinauf und auf die Straße. Währenddessen rief sie Anna an.

Thörnell sah sie in der Ferne verschwinden. Dann holte er sein eigenes Handy heraus und wählte eine Nummer.

52

»Es war nicht Abeba, die die SMS an Cesar geschickt hat«, schrie Sara beinahe ins Handy, als Anna sich schließlich meldete.

Sara lief, so schnell sie konnte, kurvte um spazierende Touristen in der Kindstugatan und im Köpenhamnbrinken herum.

»Woher weißt du das?«, fragte Anna.

»Er ging wie selbstverständlich los und holte das Handy für sie. Sie machte nicht die geringsten Anstalten, es selbst zu holen. Sie sah sich nicht um, als wir danach fragten, denn er bewahrt es für sie auf. Wenn mich jemand nach dem Handy fragt, verspüre ich sofort den Impuls, es zu holen. Sie aber nicht.«

»Okay. Das überzeugt mich.«

»Ich bin in Gamla Stan. Wo kannst du mich einsammeln? Wir müssen beide dorthin«, keuchte Sara.

»Ich bin zu Hause. Aber das hat doch keine Eile?«

»Doch. Denk mal nach, Anna! Der Kiosk!«

»Was ist mit dem Kiosk?«

»Warum sollte Abeba zum Kiosk schleichen, wenn sie nur eine Zeitung kaufen wollte? Was kann man am Kiosk kaufen, von dem keiner erfahren soll?«

»Kondome?«, sagte Anna.

»Nah dran«, sagte Sara. »Versuch es noch einmal.«

»Einen Schwangerschaftstest!«

»Genau.«

»Sie ist schwanger!«

»Oder sie hat zumindest einen Grund, es zu überprüfen. Ich

hole das Auto und sammle dich am Ringen ein, dann fahren wir zusammen hin.«

Sara steckte das Handy weg, während sie die Österlånggatan entlang zum Slottsbacken lief, wo sie nach links abbog, am Pissoir vorbeikam und den Tiefgarageneingang erreichte, der direkt durch die Mauer unter dem Schlosshügel führte. Als Sara hinunter in die Garage zu ihrem Golf lief, rief Anna erneut an.

»Ich habe mit den Fahndern gesprochen. Abeba und ihr Vater sind gerade losgefahren«, sagte sie.

»Wohin?«

»Keine Ahnung.«

»Sag ihnen, dass sie den beiden folgen sollen«, sagte Sara, während sie drei Stufen auf einmal bis zur untersten Ebene nahm.

»Ja, was glaubst du denn? Dass sie sitzen bleiben und Däumchen drehen sollen?«

»Sorry, ich sammle dich in fünf Minuten ein.«

Sara fuhr den Wagen nach oben, umrundete Gamla Stan und fuhr anschließend von der Hornsgatan in den Tunnel. Anna wohnte in der Tullgårdsgatan, im Schatten des Folksam-Hochhauses, war aber schon zum Einkaufszentrum Ringen gekommen, von wo aus Sara direkt weiter auf die Skanstulls-Brücke fahren konnte, durch Årsta auf die E20 und weiter nach Süden. Die ganze Zeit wechselte sie die Fahrspur und verscheuchte mit der Lichthupe Fahrer, die sich nicht überholen lassen wollten.

»Fahr uns nicht ins Grab«, sagte Anna und starrte sie an.

»Ich habe einfach das Gefühl, dass wir uns beeilen sollten.«

»Ich dachte, ich wäre hier das Medium.«

»Abeba und ihr Vater sind ja noch nicht tot, also kein Fall für dich.«

»Stimmt, mit Untoten rede ich nur um Viertel vor drei in der Kneipe«, grinste ihre Freundin.

Als sie gerade die E4 erreicht hatten, klingelte Annas Handy. Sie meldete sich, hörte ein paar Sekunden zu und sagte zu Sara:

»Sie ist aus dem Auto gesprungen. Mitten auf der E4.«

53

»Meine Tochter braucht mich!«

Ndeme war empört und schlug bei jeder Silbe die Faust auf den Tisch. Die grauweißen Schallschutzplatten an der Decke des kleinen Vernehmungsraumes schienen nicht viel dazu beitragen zu können, den Lärm zu dämpfen.

»Zuerst haben wir ein paar Fragen«, sagte Sara. »Und Sie brauchen nichts zu befürchten. Sie bekommt eine erstklassige Versorgung von den Ärzten.«

Abebas Vater hatte die Geschwindigkeit noch deutlich vermindern können, bevor seine Tochter aus dem Auto gesprungen war, so hatten es jedenfalls die Polizisten berichtet, die hinter ihnen gefahren waren. Das hatte Abeba ohne Zweifel das Leben gerettet. Aber der Aufprall auf den Asphalt war trotzdem heftig gewesen, und sie blutete stark aus etlichen Wunden.

Die Frage war, was sie dazu bewegt hatte, auf diese Weise ihr Leben zu riskieren. Die Polizisten, die Abeba und Ndeme gefolgt waren, hatten scharf bremsen müssen, um nicht in Ndemes metallic-roten Seat zu krachen. Sie konnten sich um Abeba kümmern und sorgten dafür, dass der Rettungswagen in wenigen Minuten vor Ort war, bevor Sara und Anna sie darum baten, den Vater zur Wache in Solna zu fahren.

»Warum ist sie aus dem Auto gesprungen?«, fragte Sara.

»Nein, sie ist gefallen. Ich habe schon lange Ärger mit dieser Tür. Ich hätte in die Werkstatt fahren sollen, aber ich habe es immer wieder aufgeschoben.«

»Wie standen sie dazu, dass Abeba mit Cesar zusammen war?«

»Cesar war ein guter Junge. Schlimm, dass es so gekommen ist. Er wollte aus der Gang aussteigen. Aber sie ließen ihn nicht.«

»Sie glauben also, dass es seine eigene Gang war, die ihn umgebracht hat?«, wollte Sara wissen.

»Sie wissen ja, dass man diese Gangs nicht so leicht verlässt. ›Du schuldest uns noch dies oder das‹, ›Und das hier schuldest du uns auch noch‹. Sie wollten ihn nicht loslassen.«

»Sie wissen, dass Abeba sexuellen Kontakt mit Cesar hatte?«, warf Anna ein.

»Sie hatte keinen Sex mit ihm! Passen Sie auf, was Sie sagen!«

»Sie ist schwanger, hat sie Ihnen das erzählt?«

Ndeme sagte nichts.

»Wohin waren Sie unterwegs?«, fragte Sara.

»Kleider kaufen. Für die Beerdigung.«

»Der Gedanke an die Beerdigung hat sie dazu getrieben? Das glaube ich nicht.«

»Sie ist nicht gesprungen. Es war die Tür.«

»Das Kind hat jedenfalls überlebt«, teilte ihm Anna mit, während Sara seine Reaktion beobachtete.

»Welches Kind?«

»Das von ihr und Cesar.«

»Sie bekommt kein Kind!«

»Die Ärzte sagen etwas anderes.«

Ndeme war rasend vor Wut.

»Sie beschuldigen meine Tochter …«, brachte er schließlich hervor, wurde aber direkt von Sara unterbrochen.

»Wie lautet die PIN für Ihr Handy?«, fragte sie und hielt das Telefon hoch, das sie ihm weggenommen hatten.

»Es gibt keine PIN. Ich habe nichts zu verbergen«, sagte er

und schüttelte verärgert den Kopf. »Sie haben mich unterbrochen. Ich sagte: Sie beschuldigen meine Tochter, unrein gelebt zu haben!«

Sara drückte auf einen Knopf am Handy, und es war tatsächlich nicht gesperrt.

»Das dürfen Sie nicht«, sagte Ndeme und hielt eine abwehrende Hand hoch. »Es ist mein Handy. Das ist ein Eingriff in unsere Persönlichkeitsrechte.«

»Ist mir nur zufällig passiert«, sagte Sara und öffnete den SMS-Ordner.

Ndeme warf sich über den Tisch, sodass die Flaschen mit Mineralwasser umkippten und zu Boden fielen. Mit einer Hand packte er Saras Pullover und mit der anderen griff er nach seinem Handy. Sara griff instinktiv nach der Hand, die sich an ihre Kleidung klammerte, drehte sie um und umfasste mit der anderen Hand seinen Ellenbogen. Dann drehte sie ihn so weit um, dass sie ihn im Armhebel hatte.

»Widerstand gegen Vollstreckungsbeamte«, sagte Sara, drückte ihn nach unten zu Boden und kniete sich auf seinen Rücken, wobei sie seinen Arm fest im Griff behielt.

»Jetzt bin ich aber wirklich neugierig«, sagte Sara schließlich und nahm sein Handy wieder in die Hand.

»Das sind Schikanen! Religiöse Verfolgung.«

»In dem Fall wird uns Gott ja bestrafen«, sagte sie und betrachtete erneut seine SMS.

SMS von Postnord und Mobilsvar und von der Stockholmer Stadtverwaltung wegen eines Parktickets. Sara fiel auf, dass es von dem Freitag war, an dem Cesar ermordet wurde. Die SMS, die daran erinnern sollte, dass die Parkdauer abgelaufen war, war kurz vor Mitternacht geschickt worden. Zu dem Zeitpunkt, als Cesar starb.

Sie blätterte die anderen Absender und Adressaten durch, bei denen es sich in der Regel um seine Frau, seine Kinder, den einen oder anderen Kollegen sowie um Verwandte handelte, wenn man von den Namen ausging.

Und dann war da noch eine Nummer ohne Namen.

Sara öffnete die SMS, die zuletzt von dieser Nummer verschickt worden war. »20 uhr greve von essens väg 37«. Sie blätterte zurück zum Beginn der Konversation und las.

»Habe die Nummer von Ramon Velasquez bekommen. Möchte Peepshow machen«

»Ok«

»Wie viel«

»Nur gucken oder selber machen?«

»Selber machen«

»200«

»Und der Körper?«

»Verschwindet spurlos«

»Wann?«

»Freitag?«

»Ok«

»Wo sollen wir holen?«

»Postängsvägen 11 hinter der Kirche, wann?«

»20?«

»Ok«

»Was ist die Peepshow?«, fragte Sara und blickte vom Handy zu Ndeme.

»Nur ein Spiel.«

»Ich habe gesehen, wie Leute aussehen, die in der Peepshow waren. Was meinen Sie mit ›Selber machen‹? Haben Sie Cesar gefoltert?«

»Ich habe gar nichts getan. Geben Sie mir das Handy.«

Warum war er so hinter dem Handy her. Also schaute sie sich auch die Filmaufnahmen an. Es gab nur etwa zehn Clips, und die ersten sahen wie unschuldige Aufnahmen von der Familie und vom Haus aus, zumindest nach der Vorschau zu urteilen.

Aber die letzten Clips schienen etwas anderes zu zeigen. Sara rief einen von ihnen auf und bekam Cesars gequältes, blutüberströmtes Gesicht zu sehen, begleitet von schrecklichen Schreien. Reine Todesangst. Dann ein Arm, der ins Bild kam, mit einem Messer in der Hand, der immer wieder zustach. Wie von Sinnen.

»Du hast sie zerstört!«, schrie eine Stimme, die eindeutig zu Ndeme gehörte.

Der nächste Film zeigte mehr von dem brutalen Mord, das in die Länge gezogene Leiden. Der Mörder schnitt sein Opfer immer und immer wieder und brachte ihn zum Schreien.

Sara ließ das Handy sinken und sah Ndeme an.

»Nur, weil ihre Tochter schwanger von ihm geworden ist?«

Ndeme schüttelte den Kopf.

»Das wusste ich da noch nicht.«

Sara ließ die Worte auf sich wirken. Eine unangenehme, dunkle Erkenntnis schlich sich ein.

»Wann haben Sie es erfahren?«

Keine Antwort.

»Wohin waren Sie unterwegs? Als sie aus dem Auto sprang?«

Immer noch keine Antwort. Sara betrachtete die letzte SMS.

»Möchte wieder Peepshow machen. Wann passt es?«

»Wieder Freitag«

»200?«

»Rabatt beim zweiten Mal, 150«

»nett danke«

»sollen wir holen? selbe adresse?«

»geht nicht, wir kommen«

»20 uhr greve von essens väg 37«

Sara sah auf, suchte auf dem Handy nach der Adresse und stellte fest, dass sie draußen in Gärdet lag, nicht weit von der Stelle, an der sie Nadia gefunden hatte.

»Wo findet diese Peepshow statt?«, fragte sie Ndeme. »Im Freihafen?«

Als er nicht antwortete, warf sich Sara auf ihn, packte ihn am Kragen und schüttelte ihn so kräftig, wie sie konnte.

»WO?!«

Anna hielt einen Arm zwischen die beiden und schob Sara weg, vorsichtig, sodass sich nicht mehr unterscheiden ließ, ob sie die Gewalt beenden wollte oder ob sie Ndeme nur noch signalisieren wollte, wie nahe Sara vor einem unkontrollierten Angriff stand. Diese Taktik hatte schon früher funktioniert. Vermutlich, weil sie auf einer hochgradig realistischen Annahme beruhte.

»Was hatten Sie mit Abeba vor?«, fragte Sara, aber mittlerweile hatte Ndeme die Fassung zurückgewonnen und betrachtete sie herablassend.

Plötzlich klingelte sein Telefon.

Sara sah auf das Display.

Die SMS kam von derselben Nummer, die auch die Veranstalter der Peepshow verwendeten.

»Wo seid ihr?«

Es war wirklich so schlimm, wie sie vermutet hatte. Sie betrachtete den Mann vor sich. Gottes Diener, der bereit war, sein eigenes Kind zu töten, weil sie ihr eigenes Leben führen wollte.

»Sie wollten Ihre Tochter zur Peepshow bringen? Sie vor den Augen anderer ermorden?«

»Sie ist verstoßen. Sie hat keine Familie mehr. Es ist besser für sie, wenn sie zu Gott geht.«

Sara stellte sich vor, wie sie Ndeme in eine Beinklammer nahm und ihn langsam zerquetschte. Dann betrachtete sie das Handy und dachte nach.

»Und das soll heute Abend passieren?« Sie bekam keine Antwort. »Ich habe gefragt, ob die Peepshow jetzt anfangen soll?«

Ndeme zuckte mit den Schultern.

»Gibt es jedes Mal mehrere Opfer?«

Erneut dieselbe Reaktion des Vaters.

»Wo ist sie? Wo findet die Peepshow statt?«

»Das weiß ich nicht. Sie haben uns die Augen verbunden, als sie uns hinfuhren.«

Sie sah sich die letzte SMS noch einmal an. »20 uhr greve von essens väg 37«.

Sara wandte sich an Anna.

»Es könnten dort heute Abend noch andere gequält und ermordet werden. Wir müssen sie aufhalten.«

»Wie denn. Er weiß ja noch nicht einmal, wo es stattfindet.«

»Dann gibt es nur eine Methode.«

Sara nahm Ndemes Handy und schrieb:

»Etwas verspätet, komme in 20 min«

54

An der Adresse Greve von Essens väg 37 befand sich ein kleines rosafarbenes Schloss, das auf einem sanften Hügel am Rand des Stadtteils Gärdet lag. Normalerweise ein idyllischer, versteckter Ort wie aus dem Märchen. Nicht selten wurde er für Hochzeiten oder andere Feste vermietet. Aber wenn er nicht genutzt wurde, lag er sehr abgeschieden und war kaum einsehbar. Die aktuelle Stimmung war jedoch alles andere als idyllisch.

Sie waren gezwungen gewesen, schnell zu handeln, und hatten keine Zeit gehabt, Verstärkung anzufordern. Von ihrer Kollegin Sonja hatte Sara sich einen Hijab leihen können, um ihr Haar zu bedecken, das inzwischen immer roter strahlte. Sie rechnete damit, dass diejenigen, die sie in Empfang nehmen sollten, keine Experten für den Dresscode der Auferstehungskirche waren. Und wahrscheinlich würde es das Bild einer unterdrückten Tochter noch verstärken. Roger Nordlund erklärte sich bereit, den erzürnten Vater zu spielen. Er war eine Legende im Polizeikorps, weil er immer der Erste war, der sich in die Gefahr stürzte. Er wurde erst zum Chef der Einsatzkommandos und dann der Personenschützer ernannt und war mittlerweile weit über sein Wohlfühlniveau hinaus zum Polizeidirektor befördert worden, sodass er ein Arbeitsleben voller Konferenzen und Verhandlungen führen musste. Er war heilfroh, endlich mal wieder an einem gefährlichen Einsatz teilnehmen zu können. Sein umfangreicher Bart und rasierter Schädel passten gut in das Bild eines dominanten Familienvaters aus einer Freikirche. Dass Roger einhundertfünfzig Kilo Muskelmasse mitbrachte und locker zweihundert Kilo auf der Hantelbank stemmen konnte, war auch kein Schaden. Als Polizeidirektor hatte er stets ein Hemd und eine Krawatte im Büro hängen, zu Repräsentationszwecken, und die rundeten das Bild jetzt ab.

Während sie mit neunzig durch die Stadt rasten, erklärte sie Roger die Situation. Die Leichen im Mälaren, Nadia und Cesar und was sie über die Peepshow wussten. Sie gab ihm das Handy des Vaters, falls er seine Identität bestätigen musste. Sie rief Anna an, schloss die Ohrstöpsel mit Mikro an ihr Handy an und befestigte sie außen an ihrer Kleidung, damit Anna alles hören konnte. Über »Mein iPhone suchen« konnte sie auch sehen, wo sie sich befanden. Aber die erste Aufgabe bestand darin, eine Polizeieinheit zu organisieren, damit sie in der Nähe von Gärdet zum Eingreifen bereitstand.

»Richtet schöne Grüße von Nordlund aus«, sagte Roger fröhlich zu Anna, und Sara war überzeugt, dass damit die Sache entschieden war. Jetzt fühlte sie sich sicher.

Denn sie war davon ausgegangen, dass Bielke nicht einverstanden gewesen wäre, dass sie den Platz von Abeba einnahm, also hatte sie ihn gar nicht erst gefragt. Er hätte niemals zugelassen, dass ein Polizist sein Leben auf diese Weise riskierte. Nicht einmal, wenn es die einzige Möglichkeit war, die Peepshow zu finden. Aber wenn Saras Leben wirklich in Gefahr war, würde er natürlich sofort Verstärkung schicken.

Die einzige Schwäche des Plans bestand darin, dass sie nicht wussten, wie schnell diese Verstärkung vor Ort war.

Als sie das kleine Märchenschloss erreichten, stiegen sie aus dem anonymen Skoda, den Sara sich in der Polizeigarage geliehen hatte. Roger hatte seine Hand auf Saras Schulter gelegt, um den Eindruck eines Mannes zu erwecken, der seine Tochter kontrollierte.

Zwei breitschultrige Männer mit ausdruckslosen Gesichtern und billigen Lederjacken nahmen sie in Empfang. Ein Stoppeliger mit einem kleinen Fleck Haar ganz oben auf dem Kopf, der andere komplett kahlrasiert. Hinter ihnen stand ein schwarzer BMW X5 mit offenen Türen und laufendem Motor. Jeder der Männer hielt einen schwarzen Stoffbeutel hoch, und Roger beugte sich vor und ließ sich die Haube überziehen. Sara machte das Gleiche und hoffte, dass sie nicht auf die Idee kämen, sie zu fesseln.

Sie vermutete, dass die Männer, die die Teilnehmer der Peepshow abholten, dieselben waren, die anschließend auch die Leichen wegschafften. In diesem Fall wären die beiden, die Ndeme das letzte Mal gesehen hatte, als er mit Cesar hierhergekommen war, bei dem Versuch erschossen worden, Cesars Überreste im Mälaren zu versenken. Der ganze Plan baute darauf auf.

Mit der Haube auf dem Kopf wuchs allerdings die Furcht, dass diese Männer vielleicht doch dieselben waren, die Ndeme und Cesar getroffen hatten. Dann wüssten sie jetzt, dass Roger nicht Ndeme war, und würden sie direkt an einen abgeschiedenen Ort fahren, um sie dort zu erschießen. Mit den Hauben auf dem Kopf waren sie ihnen völlig ausgeliefert.

Sie wurden in das wartende Auto geführt, das langsam losrollte.

Sara dachte darüber nach, wie es gelaufen sein musste, als sie Cesar geholt hatten. Ihn hätte Ndeme auf keinen Fall allein hierherschaffen können. Hatte Cesar Ndeme hinter der Kirche gesehen und sofort begriffen, was geschehen würde? Oder hatten die Männer ihn einfach überwältigt und bewusstlos geschlagen? Hatte Cesar geglaubt, dass Abeba ihn in die Falle gelockt hatte? Das war durchaus möglich. Er starb vielleicht in dem Glauben, dass sie ihrem Vater geholfen hatte.

Wenn das Ziel der Freihafen war, hatten die beiden Männer

keinen Anlass gesehen, sie durch Umwege zu verwirren. Nach wenigen Minuten hielt das Auto wieder an. Sara hörte das Geräusch eines großen Metalltors, das zur Seite glitt, dann rollte der Wagen noch ein paar Meter weiter, bevor er endgültig stehenblieb. Die Vordertüren wurden geöffnet, anschließend die Hintertüren, und Sara und Roger wurde beim Aussteigen geholfen.

Sara versuchte sich anhand der Geräusche die Umgebung vorzustellen. Eine größere Tür öffnete sich, der Klang von Schritten auf Beton. Ein plötzliches Pfeifen und starke Hände, die über ihren Körper glitten.

»A gun!«, schrie plötzlich eine Stimme in gebrochenem Englisch ein paar Schritte von Sara entfernt.

Das Geräusch schneller Füße und Körper, die umeinander tummelten.

»It's for her!«, brüllte Roger schließlich.

»For her?«

»Yes. I want to use it on her!«

Eine gute Erklärung von Roger, dachte Sara und wartete nervös darauf, wie die Lüge aufgenommen wurde.

Eine kleine Pause, dann hörte sie ein kurzes Lachen.

»We give you.«

Ein metallisches Geräusch, wahrscheinlich Rogers Pistole, die sie weglegten.

Anschließend wurden sie ein paar Meter weitergeführt, in einen, wie der Hall der Schritte verriet, vermutlich sehr engen Korridor mit einem Betonboden. Dann wurden sie erneut angehalten, und sie hörten, wie eine schwere Tür hinter ihnen zuschlug.

»Take off his«, sagte eine der Stimmen.

»Thank you«, sagte Roger.

Jemand griff nach Saras Händen.

»No, it's ok«, sagte Roger. »No cuffs.«

»Yes«, sagte die Stimme und führte Saras Hände hinter ihrem Rücken zusammen.

»Sara, los!«, brüllte Roger, während gleichzeitig die schwarze Haube von ihrem Kopf gezogen wurde. Sie sah, dass Roger das getan hatte, bevor er sich blitzartig umgedreht und den Mann neben sich mit einem schnellen rechten Haken zu Boden gestreckt hatte. Sara riss ihre Hände los, drehte sich um und packte den Mann hinter sich am Nacken und rammte ihm dreimal das Knie in den Schritt und dann noch einmal ins Gesicht. Er sank bewusstlos zu Boden.

Roger tastete die Männer ab und nahm ihre Pistolen, eine Beretta 9000 und eine Taurus 9mm. Sara sah sich um. Sie standen in einem kleinen, schwarz gestrichenen Raum von sechs oder sieben Quadratmetern, mit einer Tür an dem einen Ende und einem Fenster mit Jalousie am anderen.

»Eine der Kabinen«, sagte Sara.

»Hier sitzen sie also und sehen zu.«

Sara hob einem laminierten Zettel mit dem Bild einer nackten, gefesselten Frau auf. Auf dem Zettel stand, was man wählen konnte.

»Solo Show 3000 SEK, Paar 5000 SEK, Gangbang 10000 SEK, Sadistic 50000 SEK, Brutal 100000 SEK, Snuff 250000 SEK, DIY 200000 SEK«

Eine Preisliste für Misshandlungen, Vergewaltigung und Mord.

Sara war speiübel.

»Was machen wir jetzt?«

»Wir warten darauf, dass Anna mit der Kavallerie kommt«, sagte Roger. »Wir wissen ja nicht, wie viele da draußen noch sind. Oder welche Waffen sie haben.«

»Können wir das aufmachen?«, fragte Sara und ging zu dem verdeckten Fenster.

»Nur, wenn wir bezahlen, vermute ich.«

»Sara!« Annas Stimme war nur schwach zu hören, weil die Kopfhörer an Saras Körper hingen. »Hallo?«, rief sie noch einmal.

»Ja?«, antwortete Sara und steckte den Kopfhörer ins Ohr.

»Schön, deine Stimme zu hören. Ich dachte schon, es wäre etwas passiert.«

»Bis jetzt ist es ruhig. Aber wir könnten eure Hilfe gebrauchen.«

»Das geht nicht!« Anna hatte beinahe Panik in der Stimme.

»Was?«

»Das geht nicht! Ihr befindet euch auf internationalem Boden.«

»Nein. Wir sind doch im Freihafen.«

»Ja, aber der ist eine Art zollfreie Zone für Schiffe aus anderen Ländern. Ihr seid in Magasin 7, und das ist internationaler Boden. Wir dürfen dort nicht hineingehen.«

»So ein Quatsch, zwei Polizisten sind in Gefahr! Um nicht von denen zu reden, die in der Peepshow gequält werden sollen.«

»Wir haben Kontakt zum Zollamt aufgenommen, aber sie wollen Garantien von uns haben, dass ein Einsatz nicht mit Gefahr für ihr Personal verbunden ist.«

»Aber es ist doch klar, dass Gefahr besteht. Hier sind alle bis an die Zähne bewaffnet.«

»Dann werden sie niemals reingehen. Könnt ihr euch verstecken, bis alles vorbei ist?«

Sara und Roger sahen sich in der kleinen Kabine um.

»Ich nehme es an. Wenn wir unsere beiden Gorillas jedes Mal wieder schlafen legen, sobald sie aufwachen.«

Ein besinnungsloser Schrei von der anderen Seite des Fensters unterbrach sie.

Sara sah Roger in die Augen. Bekam ein Nicken zur Antwort.

Mehr brauchte sie nicht. Roger stellte schnell einen der Stühle einen halben Meter vor das Fenster, trat ein paar Schritte zurück und lief auf das Fenster zu, sprang auf den Stuhl und schleuderte seine hundertfünfzig Kilo direkt durch die Holzjalousie. Glasscherben spritzten in alle Richtungen.

Roger landete auf der anderen Seite direkt auf den Füßen, während Sara ihm nachsprang.

Ein großer Raum mit schwarz gestrichenen Wänden, umgeben von einer Reihe von Fenstern in einem achteckigen Ring. Vor vier Fenstern waren die Jalousien hochgezogen. In der Mitte ein stark beleuchteter Tisch mit Spannriemen und einem blutigen Körper, der sich in Qualen wand.

»Police!«, schrie Roger.

»International area!«, protestierte einer der Männer an dem hell beleuchteten Tisch.

»So what?«

Bevor jemand im Raum auf den spektakulären Einstieg reagieren konnte, hatte Roger die beiden mit Messern bewaffneten Männer am Tisch erreicht und dem einen den Kiefer ausgerenkt, um direkt danach mit derselben Bewegung dem anderen an die Schläfe zu treten.

Jetzt begriffen die Wachen, dass etwas Ungewöhnliches passierte.

Sara sah, dass sie ihre Sturmgewehre anhoben, und stellte sich an Rogers Seite.

Als sie selbst gerade ihre Pistole in Anschlag brachte, hatte Roger die beiden Gorillas schon mit jeweils einem Schuss ins Knie zu Boden gestreckt.

Sie brachen schreiend zusammen, und Sara eilte zu ihnen und riss ihnen die Waffen aus den Händen.

Sie scannte den Raum, aber es war niemand mehr zu sehen.

Zwei Bewusstlose am Tisch, zwei Angeschossene auf dem Boden und dann noch die beiden Ausgeknockten in der Kabine. Mehr als sechs Leute mussten es nicht unbedingt gewesen sein.

Roger kontrollierte, wie es dem festgeschnallten Mann ging. »Er kommt durch«, sagte er. »Aber es sieht hässlich aus.«

Erst jetzt wanderten Saras Gedanken zu den vier Kabinen, in denen die Jalousien hochgezogen waren. Die dunklen Scheiben verrieten nichts darüber, wer sich dahinter befand. Sie hob das Sturmgewehr und zielte auf eine der Scheiben.

»Achtung!«, schrie sie und feuerte durch das Glas.

Roger sprang durch die zerschossenen Scheiben in die Kabinen und zog die Personen heraus, die dahinter gesessen hatten. Zwei der Kabinen waren leer. Dort hatten die Spanner schon das Weite gesucht, aber aus den beiden anderen Kabinen zerrte er zwei erschrockene und überraschte Männer, die immer noch nicht richtig zu verstehen schienen, was ihnen gerade widerfuhr.

Sara passte auf, während Roger alle besiegten Wachleute einsammelte. Dann nahm sie Ndemes Handy und rief dessen Kontakt bei der Peepshow an. Es klingelte in der Innentasche des kahlrasierten Mannes, der sie in Gärdet in Empfang genommen hatte. Sara ging zu ihm und nahm das Handy an sich. Es gab bestimmt noch jede Menge andere Nummern und SMS, mit denen sie arbeiten konnten.

Anschließend übernahm Roger die Wache, während Sara sich in den Räumlichkeiten umsah und ein weiteres Mal mit Anna telefonierte.

»Polizisten wurden mit automatischen Waffen angegriffen«, sagte sie. »Dann könnt ihr doch wirklich darauf pfeifen, dass wir uns auf internationalem Boden befinden.«

»Sorry. Bielke ist fuchsteufelswild. Ihr müsst euch von dort entfernen. Und alles dort lassen.«

Sara sah sich den armen Kerl an, der auf der Pritsche festgeschnallt war. Er war nicht bei Bewusstsein, aber Roger hatte wahrscheinlich recht, wenn er sagte, dass sie noch rechtzeitig eingeschritten waren. Leider hatten sie Nadia nicht retten können oder eine der anderen Frauen, an deren Leiden sich zahlende Psychopathen ergötzten.

Der Boden um den Tisch herum war von dunklen Flecken bedeckt, und die Luft stank nach einer erstickenden Mischung aus Blut und Sperma.

Sara drehte eine letzte Runde durch den Raum und entdeckte eine schwarz gestrichene Tür zwischen zwei Fenstern. Sie öffnete sie und kam in eine Art Büro, in dem auf einem großen Kalender im DIN A4-Format verzeichnet war, welche Opfer und welche Behandlungen die Peepshow im Angebot hatte.

Auf dem Schreibtisch stand ein Computer, und als Sara auf die Leertaste drückte, stellte sich wie erwartet heraus, dass er passwortgeschützt war.

Doch bereits der Anblick des Bildschirmschoners auf dem Rechner war ein Schock für sie.

Es war ein Selfie, auf dem mehrere der Männer, denen sie gerade begegnet war, sich in einer der Kabinen versammelt hatten.

Im Hintergrund, auf der anderen Seite des Fensters, konnte Sara einen nackten Frauenkörper erkennen, der auf der Pritsche in der Peepshow festgeschnallt war. Eine Brünette, die Jenna sehr ähnlich sah.

Was Sara aber bis in die Grundfesten erschütterte, war die Person, die mit einem breiten Lächeln auf den Lippen zwischen den Wachleuten stand.

Uncle Scam.

55

Das Blaulicht peitschte über die Fassaden und die Containerstapel in dem menschenleeren Hafengelände. Zwei der Polizeifahrzeuge gehörten zum Einsatzkommando und waren mit schwer bewaffneten Bereitschaftspolizisten besetzt, die jederzeit das Gebäude stürmen konnten. Etwas entfernt standen fünf Rettungswagen und ein paar zivile Fahrzeuge, mit denen Bielke und Anna gekommen waren.

Sara hatte Jennas Leiche in einem Korridor gefunden, eingewickelt in eine Plastikfolie. Geschnitten, geschlagen, blutüberströmt.

Sie hatte das Gefühl, in ein schwarzes Loch gestürzt zu sein. Ein freier Fall in einen Grubenschacht, in Zeitlupe.

Wenn es ihr nur gelungen wäre, Jenna zu warnen, es ihr begreiflich zu machen, dann würde sie jetzt vielleicht noch leben und nicht hier liegen wie weggeworfener Müll. Ein weiteres Leben lastete auf Saras Gewissen.

Die Kollegen wagten sich angesichts der Tatsache, dass sie auf internationalem Boden standen, immer noch nicht, die Lagerhalle zu betreten. Bielke war von den Juristen der Polizei daran gehindert worden, wie auch immer diese von der Situation erfahren hatten. Deshalb versuchte Saras Chef gerade, von jemandem beim Zoll oder von dem Besitzer der Lagerhalle die Genehmigung zu bekommen, aber es schien fast unmöglich, einen Verantwortlichen zu finden. Sara und Roger hatten in der Zwischenzeit allen Festgenommenen in der Lagerhalle Handschellen angelegt und den Mann, der gefoltert worden war, nach draußen getragen. Alle anderen hatten zumindest keine lebensgefährlichen Verletzungen davongetragen.

»Halt! Abbrechen!«

Sara erkannte den Mann wieder, der gerade gerufen hatte. Conny Mårtensson. Ein Strafverteidiger, der oft die Schwerstkriminellen vertrat. Er stieg aus seinem Rolls Royce Cullinan in British Racing Green und hielt eine abwehrende Hand in die Höhe, während er mit raumgreifenden Schritten auf die Polizisten zukam. Sara musterte ihn aus der Entfernung. Er war ein gutes Stück über sechzig, trug aber immer noch eine stolze, zurückgekämmte Mähne mit sich herum, die weit in den Nacken herunterreichte.

»Ich vertrete Stirner Shipping. Sie sind ins Zollfreigebiet eingedrungen. Bringen Sie sofort alle Gegenstände und jede Person zurück, die Sie daraus entfernt haben.«

»Es gibt Verletzte. Es liegen mehrere Angeschossene in der Lagerhalle.«

»Darum wird sich Stirner Shipping kümmern.«

»Das können Sie vergessen. Sie werden des Mordes verdächtigt.«

»Aber Sie können sie nicht in diesem Gebäude festnehmen.«

»Beschützen Sie Mörder?«, sagte Sara und machte eine bedrohliche Bewegung auf den Rechtsanwalt zu.

»Sara, wir können nichts tun«, sagte Bielke und legte eine beruhigende Hand auf ihre Schulter.

»Aber er muss ins Krankenhaus«, sagte Sara und zeigte auf den Gefolterten. »Er liegt auf schwedischem Boden und schwebt vielleicht in Lebensgefahr.«

»Haben Sie ihn aus der Lagerhalle geholt?«, fragte Mårtensson.

»Nein«, log Sara.

»Na, dann«, sagte Bielke und gab den Rettungssanitätern

ein Zeichen, die den Verletzten auf eine Trage legten und abtransportierten.

»Es liegen noch sechs Verletzte in der Halle«, teilte Sara dem Rechtsanwalt mit. »In Selbstverteidigung angeschossen. Und mindestens eine Leiche. Dazu mehrere Festgenommene.«

»Das Rettungspersonal kann mich hineinbegleiten, um sich um die Verletzten zu kümmern, ich werde mich erkundigen, ob sie Anklage erstatten wollen. Wegen Mordversuchs.«

»Auf welcher gesetzlichen Grundlage?«, fragte Sara. »Sie sind nicht auf schwedischem Boden angeschossen worden.«

Mårtensson musterte sie und kam anscheinend zu dem Schluss, dass sie recht hatte, denn er äußerte sich nicht weiter dazu. Und Conny Mårtensson begab sich nie in einen Streit, den er nicht gewinnen konnte.

»Festgenommene befinden sich jedenfalls nicht in der Halle«, sagte er. »Denn es befand sich kein Personal mit der entsprechenden Befugnis vor Ort.«

»Bielke«, sagte Sara fast flehentlich.

Bielke dachte eine Weile nach, aber dann antwortete er dem Rechtsanwalt mit einem kurzen Nicken. Mårtensson lächelte und ging durch das Tor zur Lagerhalle. Gefolgt von den Rettungssanitätern.

»Willst du sie einfach machen lassen?«, fragte Sara. »Hast du gesehen, was sie mit den Leuten da drinnen machen?«

»Ich lasse zwei Wagen hier, die das Gebiet überwachen. Sobald jemand herauskommt, werden wir ihn festnehmen. Es ist der einzige Ausgang. Währenddessen müssen wir mit diesem Künstler reden, den du auf dem Bild gesehen hast. Er muss ja hier gewesen sein und einen der Morde gesehen haben.«

»Uncle Scam.« Sara hatte den Bildschirmschoner abfotografiert und Bielke gezeigt. »Falls er noch im Land ist. Das letzte Konzert war gestern.«

»Er ist noch da. Er hat seine Suite im Grand Hôtel noch

für eine weitere Nacht gebucht, und das Hotel sagt, dass er sich jetzt dort befindet. Er checkt morgen aus. Also habe ich einen Wagen dorthin geschickt, um ihn abzuholen.«

»Gut. Wir nehmen das hier mit.« Sara gab ihm das Handy, das sie in der Lagerhalle konfisziert hatte. »Einer der Gorillas hat es verloren, als er uns draußen in Gärdet abgeholt hat. Garantiert auf schwedischem Boden. Und darin wirst du mit Sicherheit jede Menge Nachrichten von Leuten finden, die sich der Anstiftung zum Mord schuldig gemacht haben, oder noch schlimmerer Dinge. ›Zusehen‹ oder ›selber machen‹ sind die entscheidenden Formulierungen. Ich kann dir versprechen, dass Juha Kallio und Jan-Olov Åkerman, die wir im Mälaren gefunden haben, dort auch erwähnt werden.«

»Danke«, sagte Bielke und nahm das Telefon entgegen. Entweder glaubte er Sara, oder er hatte sich zumindest dazu entschieden, ihre Geschichte nicht in Frage zu stellen.

»Jetzt will ich aber mit Uncle Scam sprechen.«

56

Für seinen Auftritt in Stockholm hatte der große Künstler zur Bedingung gemacht, in der besten Hotelsuite der Stadt untergebracht zu werden. Go Live hatte deshalb die Prinzessin-Lilian-Suite im Grand Hôtel gebucht, dreihundertdreißig Quadratmeter mit Spa, eigenem Kino und zwei Terrassen zum Wasser hinaus. Für fünfundneunzigtausend Kronen die Nacht.

Der amerikanische Rapper hatte nichts dagegen einzuwenden gehabt, zur Vernehmung zu erscheinen, verlangte allerdings, dass er in seinem eigenen Konvoi fahren durfte, der Mehr-Millionen-Karawane, die Martins Firma für ihn zusammengestellt hatte, solange er im Land war. Hinter einem Lamborghini, einem Ferrari und zwei Rolls Royce fuhr also ein schwedischer Streifenwagen mit zwei etwas verunsicherten Beamten darin.

Als der Konvoi aufbrach, sahen sämtliche Fans des Rap-Stars, die sich vor dem Hotel positioniert hatten, sofort, dass er sich auf den Weg machte. Den Streifenwagen konnten sie schnell der Wache in Solna zuordnen. Und so belagerten sie die Wache in der Hoffnung, so vielleicht einen letzten Blick auf den Star erhaschen zu können, bevor er das Land verließ.

Sie füllten die gesamte Straße vor der Polizeiwache bis zurück auf den Sundbyvägen, sodass Autos bremsen mussten und zu hupen begannen. Die Polizei schickte ein paar Leute hinaus, um den Verkehr zu regeln, damit niemand zu Schaden kam. Gleichzeitig begannen Bewohner von der gegenüberliegenden Straßenseite anzurufen und sich über den Lärm zu beklagen.

Schnell verbreitete sich auch eine ganze Reihe von Theorien, welchen Zweck dieser kleine Ausflug haben könnte. Wollte Scam ein Video mit schwedischen Polizisten einspielen? Jemand meinte, dass er im Ausland immer eine Gelegenheit suchte, die Polizei dort zu verhöhnen. Ein informierter Theoretiker im Chat des *Aftonbladet* meinte zu wissen, dass in Scams Umfeld eine Ladung Drogen beschlagnahmt worden sei und er jetzt dafür geradestehen müsse, oder wahlweise die Drogen zurückfordern wolle. Sara vermutete, dass diese Stimme zu einem von Olles Kumpels gehörte. Sonst hatten ja nur wenige eine Ahnung von dem Fund, den sie gemacht hatte.

Es verwunderte sie ein bisschen, dass der Rapper aus freien Stücken eingewilligt hatte, auf die Wache zu kommen, aber das machte die ganze Angelegenheit natürlich sehr viel einfacher. Dann mussten sie ihn nicht festnehmen, und falls sie ihn nach der Vernehmung verhaften wollten, war er bereits in ihren Händen.

Sara hoffte wider besseres Wissen, dass Scam eine alternative Erklärung für das Foto auf dem Computer hatte. Dass es ein Fake war, eine Montage, oder dass er Jenna nie gesehen hatte. Dass er nur kurz bei der Peepshow vorbeigekommen und die Gangster dort begrüßt hatte. Rapper mochten Gangsterromantik, das war doch wohl immer noch so? Oder war Sara einfach zu altmodisch? Vor allen Dingen hoffte sie für Martin, dass Scam nicht an der Peepshow teilgenommen hatte. Und auch für sich selbst hoffte sie das. Sie wollte jemanden, der so etwas Widerwärtiges getan hatte, nicht in ihrer Wohnung haben. Sie wollte nicht, dass ihre Kinder sich in der Nähe eines Manns aufhielten, der zugesehen hatte, wie eine Frau zu Tode gefoltert wurde.

»Hi«, sagte eine Stimme und riss Sara aus ihren Gedanken.

Sie hob den Kopf und sah in ein unbekanntes Gesicht.

»Hi«, sagte sie abwesend und streckte die Hand aus. »Are you a friend of Scam?«

Sie hatte diesen jungen Mann noch nie gesehen, aber er schien gut in Scams Posse zu passen. Sah beinahe aus wie eine Kopie des Rappers.

»Das ist Uncle Scam«, sagte Anna, die den Mann begleitet hatte. »Ihr kennt euch ja?«

»Das ist aber nicht Uncle Scam«, sagte Sara.

»Was? Doch. Sogar ich erkenne ihn wieder.«

»Nein, wie ich schon sagte. Sieh mal!« Sara zog das Handy heraus und zeigte das Bild, das sie vom Bildschirmschoner gemacht hatte. »Das hier ist Scam. Vergleich mal die Tattoos. Und die Augen. Und den Mund.«

»Was für ein verdammter …«, war alles, was Anna herausbrachte.

»Er hat einen Doppelgänger. Um die Fans zu täuschen.« Und da fiel es ihr ein. »Scheiße, er wohnt ja in einem anderen Hotel!«

»In welchem?«

»Keine Ahnung.«

»Weiß er es vielleicht?«, sagte Anna und zeigte auf die Scam-Kopie.

»Where does the real Scam live?«

»I'm the real Scam.«

»No. Come in. Tell us.«

Die Kopie gab sofort auf. Er war wohl der Meinung, dass er seinen Teil geleistet hatte.

»I wouldn't know. Some hotel.«

»Which?«

Die Kopie zuckte nur mit den Schultern. Dann lächelte er.

»So did you guys catch the show yesterday?«

»What?«

»Scheiß auf den Typen«, sagte Sara und holte das Handy heraus. »Martin muss es wissen.«

Zehn Signale. Keine Antwort. Eine SMS, dass sie ihn jetzt sofort brauchte, aber darauf wollte sie nicht allzu viel geben.

»Olle.«

Sie rief ihren Sohn an, der sich ebenfalls nicht meldete.

»Kannst du Ebba anrufen?«, sagte sie zu Anna und zeigte ihr die Nummer. »Ich glaube nicht, dass sie antwortet, wenn sie meine Nummer sieht.«

»Didn't you want to talk?«, sagte der Doppelgänger, als wäre die Maskerade immer noch im Gange.

»Shut up!«, brüllte Sara. »Und setz dich hin! Sit you!«

Scam 2 sah unsicher aus, setzte sich aber trotzdem.

»Hallo, hier ist Anna, die Kollegin deiner Mutter. Sara muss mit dir sprechen, es ist wichtig. Leg nicht auf«, sagte Anna und reichte das Telefon weiter.

»Hallo, Olle antwortet nicht, wenn ich ihn anrufe, ich glaube, er ist wütend auf mich. Und Papa geht auch nicht ran. Wir müssen wissen, in welchem Hotel Scam wohnt. Also nicht das Grand Hôtel, dort tut er ja nur so, als wäre er dort, sondern das, wo er wirklich wohnt. Kannst du Olle anrufen und fragen, ob er es weiß? Aber sag ihm nicht, dass ich es wissen will. Sondern dass du die Adresse brauchst. Um Blumen zu schicken oder so etwas.«

Ebba brummelte etwas Unverständliches, bevor sie auflegte, und Sara konnte nur das Beste hoffen. Es vergingen drei Minuten, die sich wie eine Stunde anfühlten, dann rief ihre Tochter zurück.

»Er wohnt in Ett Hem«, sagte sie knapp.

»Was soll das denn sein?«

»Es heißt Ett Hem. Es ist ein Luxushotel in Lärkstan. Superexklusiv. Er hat anscheinend das ganze Hotel gemietet, damit er seine Ruhe hat. Sköldungagatan 2.«

»Okay. Danke, Ebba!«

Ihre Tochter legte auf, ohne etwas zu erwidern.

»Okay. Lärkstan«, sagte Sara und sah Anna an. Dann rief sie schnell die Homepage mit der Nummer des Hotels auf.

»Hallo hier ist Sara Nowak von der Polizei in Solna. Wir haben eine wichtige Mitteilung für einen Gast in Ihrem Hotel. Ein Cornelius Crane jr. Er wohnt doch bei Ihnen?«

»Tut mir leid, wir geben grundsätzlich keine Auskünfte über unsere Gäste.«

»Ich rufe von der Polizei an, haben Sie das nicht verstanden?«

»Das kann ja jeder sagen.«

»Dann rufen Sie die Polizei an. Lassen Sie sich mit Sara Nowak in Solna verbinden, dann erreichen Sie mich.«

»Wir würden trotzdem niemals Fragen zu unseren Gästen beantworten.«

»Aber es ist wichtig, es geht um eine gestohlene Uhr im Zusammenhang mit den Konzerten in der Friends-Arena. Eine Rolex für eine halbe Million. Wir glauben, dass wir sie gefunden haben, aber er muss sie identifizieren. Persönlich. Er wird bestimmt sehr wütend werden, wenn er nicht die Chance dazu bekommt. Vielleicht wird er Sie verklagen.«

Diese Worte wirkten. Die Frau am anderen Ende holte tief Luft.

»Okay. Ich darf nichts darüber sagen, wer gerade in unserem Hotel wohnt, aber im Augenblick haben wir nur einen Gast. Mit Begleitung.«

»Das ist er!«

»Und sie wollen gerade auschecken.«

»Nein!«

»Doch, Sie wollen nach Hause fliegen. Sie wollten eigentlich noch eine Nacht bleiben, haben aber ihre Pläne geändert.«

»Halten Sie ihn auf!«, sagte Sara und gestikulierte zu Anna hinüber, dass sie ihr nach draußen folgen solle.

»Das können wir nicht.«

»Sie müssen. Sagen Sie, dass es irgendetwas mit dem Pass oder der Bezahlung zu tun hat. Halten Sie ihn eine halbe Stunde auf.«

»Das geht nicht. Aber es dauert mindestens noch zehn Minuten, bis wir hier fertig sind. Ich kann ihm ausrichten, dass Sie ihn gesucht haben.«

»Nein! Sagen Sie nichts. Wir sind auf dem Weg!«

57

Das Hotel Ett Hem lag in einem schlossähnlichen Gebäude im verstecktesten Teil von Östermalm. Eine Backsteinburg mit Zinnen und Turm und einem kleinen Hof hinter einer Mauer. Schon als der Stadtteil gebaut wurde, wollte man dort allen imponieren, und Lärkstan war mittlerweile voll mit Botschaften, die die protzigen Häuser und die breiten, leeren Straßen zu schätzen wussten. Es war bestimmt kein Zufall, dass die katholische Sekte Opus Dei ihr schwedisches Hauptquartier hier eingerichtet hatte, hinter Gittern und hohen Mauern. In diesem Stadtteil war Diskretion Ehrensache.

Zehn Minuten und fünfundvierzig Sekunden nach dem Ende des Telefongesprächs hielt Sara vor dem Hotel. Die Dunkelheit senkte sich langsam über die Stadt, und eine beinahe groteske Limousinenvariante der Zuhältermarke Hummer stand vor dem Eingang und wartete. Die Türen des Luxushotels öffneten sich, und Uncle Scam kam heraus, mit einer großen schwarzen Sonnenbrille, in seinem Gefolge zwei Leibwächter. Jeder ein gutes Stück über einhundertfünfzig Kilo, dachte Sara, als sie die Männer ins Auge fasste. Aber eher dick als muskulös. Sie sahen nur gefährlich aus. Hoffte sie.

Sara und Anna stiegen aus dem Wagen und bewegten sich auf das Trio zu.

»Uncle Scam«, sagte Sara und zeigte ihren Dienstausweis. »Police. We would like to talk to you.«

»No«, sagte einer der Leibwächter und baute sich vor Scam auf, um Sara von ihm fernzuhalten.

»Yes«, sagte Sara und fuhr in ihrem besten Schulenglisch fort: »Wir glauben, dass Sie Zeuge eines Mordes gewesen sind. Kommen Sie bitte einfach mit. Wir möchten kein Aufsehen erregen.«

»No«, sagte der Leibwächter erneut und schubste Sara mit einer riesigen Hand zur Seite.

»Er greift eine Polizistin an«, sagte Sara zu Anna und signalisierte damit, dass sie die Männer jetzt festnehmen konnten. Mit der linken Hand holte sie die Handschellen heraus und mit der rechten griff sie nach dem Handgelenk des Mannes, der sie geschubst hatte. Der Mann blieb stehen und fegte Sara mit einer solchen Kraft zur Seite, dass sie zu Boden ging.

Sie warf sich auf seine Füße, schlang die Arme um die Waden und schleuderte ihre eigenen Beine gegen seinen Oberkörper.

Indem sie seine Beine umschlungen hielt, konnte sie ihn leicht aus dem Gleichgewicht bringen, und er schlug mit einem kräftigen Geräusch auf dem Boden auf. Wie ein Elefant, der vom Dach eines Gartenhäuschens fiel.

Dann warf sich Sara blitzartig auf ihn und ließ die Handschelle um eines seiner Handgelenke schnappen, bevor er reagierte und sie wieder abschüttelte.

Der andere Leibwächter machte eine Bewegung, als wollte er eingreifen, aber Anna zog ihre Pistole und richtete sie auf ihn.

»Don't«, war alles, was sie sagte. Und er hielt inne.

Sara warf sich auf den Rücken ihres Gegners, schlang den Arm um seinen Hals und zwang ihn wieder zu Boden. Sie hielt seinen Hals in der Armbeuge und drückte so fest zu, wie sie konnte, und presste ihn mit dem anderen Arm nach unten.

»Polizeigewalt!«, schrie jemand, und Sara schielte zur Seite, während sie die Beine so breit wie möglich machte, damit der Mann sie nicht abschütteln konnte. Die Stimme gehörte zu jemandem in einer kleinen Gruppe junger Männer, die auf dem Bürgersteig der anderen Straßenseite standen und von denen jeder ein Handy in der Hand hielt.

»Haut ab!«, schrie Sara, aber sie ignorierten es. Verdammte Scheißgören. Und wie zäh dieser verdammte Koloss war.

»Okay, okay, okay«, gurgelte der Leibwächter schließlich und klopfte Sara auf den Arm. Er klopfte ab. Das Zeichen dafür, dass er aufgab. Sara lockerte den Griff und führte seine Arme zusammen, damit sie die Handschellen auch am anderen Handgelenk befestigen konnte.

»What the fuck is your problem?«, war Scams einziger Kommentar.

»I'm gonna take your gun«, sagte Anna zu dem anderen Leibwächter und richtete die Pistole auf ihn, hielt sie aber weit genug von ihm entfernt, als sie den anderen Arm ausstreckte.

»Just a toy«, sagte der Leibwächter und schielte auf die Jacke. »You guys have shitty gun laws here.«

Anna fischte die Pistole aus dem Hosenbund und warf einen kurzen Blick darauf.

»Soft Air Gun«, sagte sie zu Sara und steckte sie in die Tasche.

Dann legte sie dem anderen Leibwächter und Scam Handschellen an, schob alle drei auf den Rücksitz von Annas Auto und fuhr Richtung Solna. Aber als sie Bielke anriefen, hatte er eine andere Meinung dazu.

»Bringt ihn nicht hierher«, sagte der Chef am Telefon. »Draußen stehen Hunderte von Fans. Die Lage könnte schnell außer Kontrolle geraten.«

»Aber die glauben doch, dass er längst da ist?«

»Ja, aber wir mussten den Doppelgänger laufen lassen, damit sie nicht das Gebäude stürmten. Ein dämlicher Videoclip, auf dem ihr seine Leibwächter zu Boden ringt, hat sich schon verbreitet.«

»Soll das ein Witz sein? Das ist doch gerade erst ein paar Minuten her.«

»Ja, stell dir vor, was man mit einem Handy heute alles machen kann.«

Also fuhren sie stattdessen zum Untersuchungsgefängnis Kronoberg, wo jeder der drei Festgenommenen seine eigene Zelle und einen Satz Häftlingskleidung bekommen würde. Sara fragte sich nur, ob sie in der Größe der Leibwächter vorrätig war.

Während die drei das Aufnahmeverfahren durchliefen, wusste Anna zu berichten, dass das Netz von der Meldung überkochte, dass Scam sich in einem anderen Hotel versteckt hatte, von der Polizei festgenommen und nach Kronoberg überführt worden war. Das *Aftonbladet* war am schnellsten und schrieb sowohl über die dramatische Verhaftung als auch über das »geheime Luxushotel des Star-Rappers«, in dem er sich vor den Fans versteckt hatte.

»Zum Glück gibt es hier Hinterausgänge«, sagte Sara und dachte an all die wütenden Fans, die sie in Zukunft hassen würden. Ihr eigener Sohn inklusive.

Saras Handy begann hysterisch zu brummen. Sie sah auf dem Display, dass es Westin vom *Aftonbladet* war, danach übernahm Tillberg von *TV4*. Als sie sich nicht meldete, begannen die SMS auf sie einzuprasseln.

»Adnan Westin hier, ruf mich an!!«

»Warum habt ihr Uncle Scam verhaftet? Geht es um Drogen?«

»Hi, Tillberg von TV4, was ist heute Nacht im Freihafen passiert?«

»Du dementierst also nicht, dass es um Drogen geht?«

»Ein paar kurze Fragen nur, okay?«

»Westin noch mal, PLS ruf an!!«

»Dann schreiben wir, dass es um Drogen geht.«

Schließlich rief Bielke an.

»Seid jetzt nicht sauer, aber sie sind weg.«

»Wer?«

»Alle aus Magasin 7. Als die Firma schließlich die Erlaubnis gab, dass wir reingehen konnten, war keiner mehr dort. Wir haben die Kabinen gefunden, von denen du gesprochen hast, und den Raum mit den vielen Scheinwerfern. Aber keine Leichen, keine Waffen, kein Blut. Jedenfalls kein sichtbares. Sie haben den Boden geschrubbt. Wir können dort auch keine ordentliche Untersuchung machen, das hat Conny Mårtensson glatt abgelehnt.«

»Aber wie sind sie entkommen? Hattest du nicht zwei Wagen vor das Tor gestellt?«

»Ich hatte sogar vier Wagen dort! Und Hunde. Aber niemand hat das Gebiet durch das Tor verlassen. Stattdessen hat ein Schiff abgelegt.«

»Und ihr habt es einfach fahren lassen? Es muss doch zumindest schwedisches Wasser da draußen im Freihafen gewesen sein.«

»Wir sind an Bord gegangen und haben das Schiff durchsucht, bevor es losfuhr, aber dort war niemand. Abgesehen von der philippinischen Besatzung. Und keiner von denen, die du gesehen hast, war Filipino, oder?«

»Nein.«

»Aber das Schiff hat kurz vorm Ablegen noch Container geladen. Von dem Gebiet, das Stirner Shipping gehört.«

»Habt ihr die nicht untersucht?«

»Wir durften nicht. Sie waren alle vom Zoll versiegelt. Internationale Abkommen, Freihandel. Sehr starke Interessen, die wir dort gegen uns hatten.«

»Sie haben also alle Container aufgeladen und dann abgelegt?«

»Die einzig mögliche Erklärung. Das heißt, wenn du und Roger nicht alles geträumt habt.«

Sara fluchte laut. Mehrmals.

»Das bedeutet, dass Uncle Scam der einzige Beteiligte ist, den wir noch haben. Cornelius Crane jr. von der Upper East Side in Manhattan.«

»Und so besonders viel werden wir aus ihm nicht herausbekommen.«

»Danke für die Aufmunterung«, sagte Sara und drückte das Gespräch weg.

»Was ist denn das für ein Typ, den ihr hierhergebracht habt?« Der Justizvollzugbeamte sah Anna und Sara verblüfft an. »Die ganze Straße ist voller Leute, die schreien und singen und Schilder in die Luft halten und weiß ich was tun? Das Fernsehen und die Zeitungen sind ebenfalls da.«

»Nur einer der berühmtesten Künstler der Welt«, sagte Anna.

»Shit«, sagte der Wachmann. »So eine Art Carola?«

»In etwa«, antwortete Sara.

»Okay, jetzt sind sie jedenfalls angezogen und bereit.« Die Worte des Justizvollzugsbeamten bedeuteten, dass die drei Festgenommenen untersucht, mit Häftlingskleidung versorgt und in ihre Zellen geführt worden waren.

Anna bat die Wache, Scam in den Vernehmungsraum zu führen, wo sie auf ihn warten würden.

Als sie sich gerade gesetzt hatten, klingelte Saras Handy. Sie nahm es in die Hand, um es in den Flugmodus zu versetzen, und sah Hedins Namen auf dem Display.

»Ich kann gerade nicht sprechen«, sagte Sara.

»Ich habe ein Bild gefunden, das du sehen musst«, sagte Hedin.

»Was für ein Bild?«

»Das kann ich am Telefon nicht sagen.«

»Ich komme, so schnell ich kann.«

»Okay. Aber sei vorsichtig. Und sag niemandem etwas.

Es ist … sensationell. Lebensgefährlich. Verlass dich auf niemanden. Auf niemanden, versteht du das? Absolut auf niemanden.«

»Okay. Ich werde vorsichtig sein.«

Sara drückte das Gespräch in dem Augenblick weg, in dem der amerikanische Superstar hereingeführt wurde.

»Bist du nicht Martins Frau?«, waren Scams erste Worte, und ganz offensichtlich vergaß er dabei, so zu tun, als käme er aus der Bronx. Vielleicht glaubte er auch, dass man ihn mit einem Upper-East-Side-Zungenschlag im Knast besser behandeln würde. Sara antwortete nicht.

»Ist er auch hier?«, fragte Scam und sah sich um, obwohl er mitten in einem winzigen Vernehmungsraum stand.

»Nein.«

»Du solltest ihn grüßen. Und meinen Dank für gestern ausrichten.«

Weiter kamen sie nicht. Uncle Scam lächelte freundlich und leugnete aufs Schärfste, irgendeine Folter oder gar einen Mord gesehen zu haben. Er verwies auf Martin, der bezeugen könne, dass sie nur in einem Club gewesen seien. Er sagte, wenn sie keine Beweise hätten, müssten sie ihn freilassen. Die Leibwächter hätten Sara und Anna angegriffen, die dürften sie gerne behalten. Er selbst hasse Männer, die Frauen wehtaten.

Sara holte ihr Handy heraus und zeigte ihm das Bild, das sie vom Bildschirmschoner gemacht hatte.

»Das sind Sie, und neben Ihnen stehen ein paar der Mörder. Und die Frau im Hintergrund ist jetzt tot. Ermordet.«

»Sie war nicht tot, als die Aufnahme gemacht wurde. Was später mit ihr geschah, dafür bin ich nicht verantwortlich. Die Leute wollen die ganze Zeit Selfies mit mir. Natürlich sind einige davon auch Schurken. Gangster lieben mich.«

»Sie befanden sich am Tatort. In der Peepshow. Magasin 7.«

»Nein. Nur in einem Nachtclub. Vielleicht kennt Martin den Namen. Diese Frau begleitete die anderen vielleicht anschließend zu dieser Peepshow.«

»Wir kommen nicht weiter«, sagte Anna auf Schwedisch, damit er sie nicht verstand.

Sara betrachtete das Bild auf ihrem Handy und dachte nach. Dann wanderte ihr Blick über Scams Häftlingskleidung.

»Wenn ihr noch mehr Fragen habt, dann hätte ich gern einen Anwalt. Aber ihr solltet mich jetzt wirklich freilassen. No hard feelings. Ihr macht nur eure Arbeit.«

»Augenblick«, sagte Sara und ging.

»Wohin willst du?«, hörte sie noch, bevor sich die Tür hinter ihr schloss.

Sie suchte einen der Justizvollzugsbeamten auf und bat ihn, ihr Scams Eigentum zu zeigen.

Natürlich. Ein Handy. Ein iPhone 12 Pro.

»Sie müssen es quittieren«, protestierte der Justizvollzugsbeamte, als Sara es an sich nahm.

»Gleich«, sagte sie und eilte mit Scams Handy im Laufschritt zum Vernehmungsraum. Währenddessen sah sie nach, ob es gesperrt war. Das war es.

Sie schubste die Tür zum Vernehmungsraum auf, ging auf Scam zu und hielt das Handy vor sein Gesicht. Dann eilte sie wieder nach draußen, bevor der Rapper etwas anderes über die Lippen brachte als »Hey!«.

Sie wischte mit dem Finger über den Bildschirm. Die Gesichtserkennung hatte funktioniert.

Sie blieb im Flur stehen und manövrierte durch das Handy. SMS an und von Martin und an eine Reihe von jungen Frauen. An Mutter und Vater, so sah es jedenfalls aus. Die Mutter war stolz auf ihren erfolgreichen Sohn, der Vater eher distanziert.

Und dann die Bilder.

Das neueste war aus dem Hotel, und vorher schien die Kamera dafür benutzt worden zu sein, jede Menge Imbissfraß und Erfrischungsgetränke zu fotografieren.

Aber die Bilder davor stammten aus der Peepshow.

Bilder und Filmclips.

Von Jenna, die gefesselt auf dem Tisch lag und von drei Männern misshandelt und vergewaltigt wurde. Gefilmt aus einer der Kabinen, wie es aussah.

Also war er dort gewesen. Und man konnte es beweisen.

Sara schickte alle Bilder und Filme an ihr eigenes Handy.

Klickte sich weiter durch die Widerwärtigkeiten, bis sie zu einem der ersten Bilder von der Peepshow gelangte. Bevor sie angefangen hatte.

Als die Zahlungsmodalitäten geklärt wurden.

Und auf diesem Bild saß ein besoffen grinsender Mann und streckte seine schwarze American Express Centurion einem der Wachmänner in der Peepshow entgegen.

Anscheinend hatte er die Rechnung beglichen.

Für den Mord an Jenna.

Und es war nicht Uncle Scam.

Sondern ihr Gatte Martin.

58

Das Schlafzimmer stank nach Erbrochenem. Die vorgezogenen Gardinen sperrten das gesamte Tageslicht aus, und alle Lampen waren ausgeschaltet.

Sara ging zum Bett, riss dem zusammengekauerten Martin die Decke weg und begann ihn zu schlagen. Überall. So hart, wie sie konnte. Er sagte nichts. Ließ sie einfach schlagen. Während er jammerte wie ein verletztes Tier.

»Was hast du getan?!«, schrie Sara. »Ihr habt sie umgebracht!«

»Ich wusste das nicht.«

Er sah sie an. Und im Licht, das durch den Türspalt hineinfiel, sah sie, dass seine Augen verheult waren.

»Du hast bezahlt«, sagte sie.

»Ich … ich dachte, es wäre für eine normale Sexshow.«

»Warum hast du es nicht abgebrochen? Warum hast du nicht die Polizei gerufen? Warum hast du nichts gesagt, als du nach Hause gekommen bist?«

»Mir war so schlecht. Kannst du dir vorstellen, wie widerwärtig das war?«

»Dass du sie umgebracht hast? Ja! Und spar dir dein Selbstmitleid. Von all den widerlichen Freiern, die ich in all den Jahren getroffen habe, bist du der widerlichste! Wedelst mit deiner verdammten schwarzen Amex und ermordest ein armes Mädchen, nur um dich aufzugeilen!«

»Ich wusste es nicht. Ich schwöre. Ich hatte keine Ahnung«, wimmerte ihr Mann.

»Warum hast du es dann nicht aufgehalten?«

»Sie hatten Waffen. Sturmgewehre. Und wir waren auf internationalem Boden, also konnte man die Polizei nicht anrufen.«

»Und als du nicht mehr dort warst?«, schrie ihm Sara ins Gesicht.

»Ich kann unseren größten Künstler nicht anzeigen. Kannst du dir vorstellen, wie viel Geld er uns einbringt? Milliarden. Und das hätte das Leben des Mädchens auch nicht gerettet.«

»Ich will deine Entschuldigungen nicht hören! Du wirst uns alles erzählen. Bis ins kleinste Detail. Und deine Strafe absitzen. Und anschließend sorge ich dafür, dass du deine Kinder nie wiedersiehst.«

»Mir geht es so schlecht. Dazusitzen und zuzusehen, wie jemand so gequält wird. Und die anderen feuerten sie an. Wollten mehr sehen. Ich weiß nicht, wie ich damit noch leben kann«, sagte Martin und heulte so sehr, dass Tränen und Rotz über sein Gesicht liefen.

»Was glaubst du wohl, wie sich das alles auf Olle auswirken wird? Dass sein Vater und sein Idol glauben, dass es okay ist, dafür zu bezahlen, dass Frauen zu Tode gequält werden? Stell dir vor, Ebba hätte dort gelegen?!«

»Du darfst ihm nicht davon erzählen. Nicht den Kindern. Ich werde meine Strafe tragen, aber sag ihnen … sag, dass ich verreist bin. Oder dass ich im Gefängnis sitze wegen Steuerbetrugs oder so etwas. Sie dürfen nicht für das leiden, was ich getan habe. Nicht als Kinder eines Schweins abgestempelt werden.«

»Wo hast du von dieser Peepshow gehört?«, fragte Sara, während sie im Zimmer hin und her ging. Sie hatte Angst vor dem, was sie tun könnte, wenn sie stehenblieb und alles an sich heranließ. Was sie ihrem Mann antun könnte.

»Ich wusste nicht, dass es dort so ablief. Ich hatte nur gehört, dass es eine Art Sexshow war. Für Leute, die die richtig harten Pornoclips im Internet mochten, und dort würde es so etwas live geben. Und sie konnten dabei die Handlung irgendwie steuern.«

»Und das hast du für eine gute Idee gehalten?«

»Ich hatte gehört, dass Scam solche Sachen mochte. Aber ich hatte keine Ahnung, was uns dort erwartete. Und dann wollte Scam noch mehr sehen. Den ganzen Weg gehen.« Er verstummte und sah zu Sara auf. »Wie war ihr Name?«

»Wessen?«

»Von der Frau. Die … starb.«

»Jenna. Das war nicht ihr richtiger Name, aber in diesem verdammten Scheißland wurde sie Jenna genannt.«

59

»Eva Hedin.«

»Otto Rau.«

»Wer?«

»Machen Sie kein Theater. Aber wir können auch Faust sagen, wenn Sie das vorziehen.«

»Warum rufen Sie an?«

»Soweit ich weiß, suchen Sie nach mir.«

»Wir hatten nur ein paar Fragen.«

»Zu Jürgen Stiller?«

»Ja.«

»Sie können mich treffen.«

»Das geht leider nicht. Ich bin nicht in der Stadt.«

»Doch, das sind Sie.«

»Nein.«

»Und warum kann ich Sie dann durch Ihr Küchenfenster sehen?«

60

Obwohl es spät am Abend war, wurde die Bergsgatan vor dem Untersuchungsgefängnis Kronoberg von Hunderten von Jugendlichen belagert. Viele von ihnen trugen selbstgemachte Schilder und Transparente. »Free Scam«, »ACAB«, »Scam is innocent«. Da das Risiko bestand, dass jemand Sara aus dem Film von Scams Festnahme wiedererkennen könnte, betraten sie und Martin das Gebäude von der Kungsholmsgatan aus.

Martins Handy hatte angefangen zu klingeln, als sie im Taxi saßen, es war das Hauptbüro in den USA, aber Sara sagte ihm, dass er es ausschalten sollte. Saras eigenes Handy brummte ununterbrochen, weil sie ständig von Reportern angerufen wurde, also stellte sie es so ein, dass nur ihr engster Kreis, Familie und Kollegen, sie erreichen konnte.

Anna nahm sie in dem minzgrünen, neonbeleuchteten Korridor in Empfang und konnte sie darüber unterrichten, dass die amerikanische Botschaft sich bei der Polizeiführung gemeldet hatte, dass der Rechtsanwalt von Scams Mutter mit einer Klage drohte und dass die Festnahme eine große Nachricht in den USA und im Rest der Welt war. Es war herausgekommen, dass die Festnahme wegen Verschwörung zum Mord erfolgt sei, conspiracy to murder. Wie auch immer die Journalisten an diese Information gekommen waren, wenn nicht einmal Anna und Sara genau wussten, wie die Anklage lauten würde. Die Fans in unzähligen Ländern riefen jedenfalls zum Boykott von allem Schwedischen auf: Volvo, Spotify und Kuckucksuhren.

Conny Mårtensson war mittlerweile Scams schwedischer

Rechtsvertreter und hatte erklärt, dass der Rapper alle Anklagepunkte von sich weise. Er sei niemals im Freihafen gewesen und schon gar nicht in irgendeiner Peepshow. Er leugne außerdem, dass er Bilder oder Filme von gesetzeswidrigen Handlungen besitze. Mårtensson wies darauf hin, dass es nicht rechtens gewesen sei, Scams Handy ohne die Erlaubnis des Besitzers zu untersuchen. Nichts, was unter solchen Umständen gefunden würde, könne als Beweis gegen ihn verwendet werden. Vielmehr würde ein derartiger Zugriff umgehend zur Anzeige gebracht.

Sara bat Martin, in einen Vernehmungsraum zu gehen und zu warten, bevor sie schließlich gezwungen war, Anna davon zu berichten, dass Martin mit Scam in der Peepshow gewesen und mitgekommen sei, um eine Aussage zu machen. Der Freundin fiel es ebenso schwer wie Sara, diese Tatsache zu verdauen. Sara konnte zusehen, wie sich das großzügige Wohlwollen, das Anna im Hinblick auf Martin immer verspürt hatte, langsam in reinen Ekel überging.

»Gibt es denn *niemanden*, auf den man sich verlassen kann?«, sagte Anna und sah zu dem Raum hinüber, in dem Martin auf dem Stuhl saß und wartete. Dann wandte sie sich wieder Sara zu, und der Zorn verwandelte sich in Mitgefühl. »Meine Liebe, wie geht es dir überhaupt? Das muss so verdammt schrecklich sein!«

»Das ist es auch.«

Anna ging zu Sara und umarmte sie.

»Ich fühle mich sogar selbst schuldig«, sagte Sara. »Mein Mann, mein Fehler.«

»So darf man das nicht sehen.«

»Ich weiß nicht. Ich weiß es wirklich nicht.«

»Kann ich irgendetwas für dich tun?«, fragte Anna.

»Ja. Kündige bitte nicht die Freundschaft auf. Ich brauche jetzt jemanden, der an meiner Seite steht.«

»Ich werde immer für dich da sein. Immer.«

»Und dann solltest du ein paar Leute besorgen, die ihn vernehmen. Das sollten weder du noch ich tun.«

Während Anna losging und Unterstützung von unparteiischen Kollegen anforderte, tauchte plötzlich Bielke auf. Ausnahmsweise sah er diesmal richtig beeindruckt aus.

»Das ist doch alles total verrückt«, sagte er. »Etwas Vergleichbares habe ich noch nie erlebt. Da draußen müssen mindestens tausend Leute herumstehen. Wie sollen wir sie ruhig halten, wenn wir diesen Typen verhaften.«

»Anscheinend ist es auf der ganzen Welt die große Schlagzeile«, sagte Sara.

»Was haben wir eigentlich gegen ihn in der Hand?«

Sara zog ihr Handy heraus und zeigte ihrem Chef die Fotos vom Bildschirmschoner und Scams eigene Fotos und Filme vom Mord an Jenna. Bielke zog eine Grimasse.

»Und diese Filme stammen von …?«

»Seinem Handy. Aufgenommen von ihm selbst.«

»Das sind aber nicht die Filme, von denen Mårtensson behauptet, dass wir auf ungesetzliche Weise an sie herangekommen sind?«

»Natürlich behauptet er das.«

»Und wie sind wir an sie herangekommen?«

»Wir dürfen doch die Handys der Verdächtigen kontrollieren.«

»Handys von Verhafteten. Und der Haftbefehl muss mit stichhaltigen Beweisen unterfüttert sein. Aber er ist ja noch nicht verhaftet, also hoffe ich, dass er euch das Handy freiwillig überlassen hat?«

Bielkes Worte drangen allmählich zu ihr durch. Sie wusste sehr genau, welche Regeln galten, aber in ihren Augen war das Resultat wichtiger als die Paragrafenreiterei. Dummerweise liebten Leute wie Conny Mårtensson diese Regeln, weil sie kleine formale Fehler oder Unregelmäßigkeiten nutzen konnten, um Kriminelle freizubekommen.

»Wenn ich sein Handy nicht kontrolliert hätte, würden wir gar nicht wissen, dass er die Filme besaß. Dann hätten wir überhaupt keine Beweise.«

»Und dadurch, dass du in sein Handy eingedrungen bist, können wir die Filme nicht als Beweise verwenden«, sagte Bielke mit einem tiefen Seufzen.

»Aber das Foto vom Bildschirmschoner? Dort sieht man doch, dass er sich in dem Lokal befindet, und im Hintergrund kann man Jenna erkennen.«

»Dieses Bild hast du auf internationalem Boden gemacht, auf dem du dich nicht befinden durftest. Erwähne niemandem gegenüber, dass du es besitzt oder dass du Bilder von seinem Handy hast, denn dann sind wir erledigt. Dann wandern *wir* ins Gefängnis.«

»Aber Martin kann aussagen. Er war dabei. Er hat alles gesehen.«

Sara zeigte auf die Gestalt, die im Vernehmungszimmer saß und wartete.

»Martin?«, sagte Bielke.

»Mein Mann.«

»Und er war mit Scam in der Peepshow?«

»Ja.«

»Dann ist er doch wohl mitschuldig? Oder?«

»Ja«, sagte Sara und zeigte deutlich, dass sie an keiner weiteren Diskussion interessiert war.

Bielke sah sie an, dachte eine Weile nach und nickte schließlich.

»Dann hängt alles an seiner Zeugenaussage, würde ich meinen.« Er schwieg eine Weile und fasste dann einen Entschluss: »Wir lassen Uncle Scam nicht gehen. Ich beantrage einen Haftbefehl, indem ich auf den Zeugen Martin hinweise, aber nicht auf irgendwelche Bilder oder Filme. Heißt er Martin Nowak?«

»Martin Titus. Anna hat schon dafür gesorgt, dass unparteiische Kollegen kommen, um ihn zu vernehmen.«

»Gut.« Bielke machte eine Pause und betrachtete Sara. »Wie läuft es bei dieser anderen Sache? Dem Pfarrer in Småland?«

»Östergötland.«

»Hast du Rau gefunden?«

Sara zuckte zusammen.

»Was weißt du über Rau?«

»Dass er ein ehemaliger Terrorist sein soll, oder? Mit einer neuen Identität.«

»Wer hat das gesagt?« Es konnte nur eine gewesen sein. »Anna?«

»Das spielt doch keine Rolle.«

»Doch, es spielt sogar eine große Rolle! Anna!«

Sara drehte sich um und ging zu ihrer Kollegin, die gerade in ihr Handy sprach.

»Hast du Bielke von Rau erzählt?!«

»Warte mal kurz«, sagte Anna in das Telefon und wandte sich dann Sara zu. »Ich kann es erklären. Bielke wollte nur, dass ich ein Auge auf dich habe …«

»Und deswegen hast du es getan? Mir nachspioniert?!«

»Ich habe nicht spioniert. Ich sollte nur ein bisschen aufpassen, damit …«

»Fahr zur Hölle«, sagte Sara und ging.

»Sara!«, rief Bielke ihr nach, aber sie hörte nicht zu. Ging weiter auf die Straße, wo sie sich durch die Menge der Hip-Hop-Fans drängte, die dort ihre Unterstützung für ihr perverses Idol bekundeten. Jemand erkannte sie anscheinend wieder und rief »Scheißbulle, lasst Scam frei!«, aber das nahm Sara gar nicht wahr. Nicht in diesem Augenblick.

Was war hier los?
Bielke wusste über Rau Bescheid.
Ihre beste Freundin hatte ihr nachspioniert.
Im Auftrag ihres Chefs.
Aber warum um alles in der Welt?

61

Sara ging den ganzen Weg zu Fuß nach Hause. Durch ein Spätsommer-Stockholm, das schon lange von den Aperitifs des Vorabends zu grölender Trunkenheit übergegangen war. Von Erwartungen und Plänen zur eigentlichen Durchführung. Jetzt war man mitten im Kampf. Der irgendwann in ein paar Stunden zum Sieg oder zur Niederlage führen würde. Sex oder ein Burger auf dem Heimweg.

Anna rief an und schickte mehrere SMS, aber Sara reagierte nicht.

Am Tegelbacken ließ sie sich auf einer der Bänke nieder, von denen aus man auf den Riddarfjärden schaute. Dort blieb sie einfach sitzen und starrte auf die weißen Schiffe und das Ufer auf der anderen Seite.

Während die Einwohner der Hauptstadt das Glück auf alle möglichen Arten zu jagen versuchten, tat Sara ihr Möglichstes, um mit dem Zorn und dem Frust zurechtzukommen. Sie konnte das alles kaum ertragen. Sie wollte etwas zerstören. Oder jemanden.

Was sollte sie tun? Wohin sollte sie gehen? Wie würde ihr Leben von nun an aussehen? Sie hatte keine Ahnung.

Es war alles leer. Schwarz.

Und es tat weh.

Nach einer Stunde hatte sie sich so weit beruhigt, dass sie einen Anruf von Bielke entgegennehmen konnte.

Aber sie wünschte sich schon bald, dass sie es nicht getan hätte.

Die gute Nachricht war, dass sie über das Handy, das Sara sichergestellt hatte, die Namen derjenigen herausgefunden hatten, die die Morde an Kallio und Åkerman in Auftrag gegeben hatten. In Kallios Fall eine Rockergang, die ihm Geld geliehen hatte, und bei Åkerman war es der Nachbar mit der Baugenehmigung. Sie konnten die Mitteilungen vom Handy selbst nicht als Beweise verwenden, aber sie konnten die Ermittlungen auf die Schuldigen ausrichten.

Die schlechte Nachricht bestand darin, dass Martin mit seinen Chefs telefoniert hatte, während er noch auf die Vernehmung wartete.

Daraufhin hatte er alles geleugnet, was er Sara zuvor noch erzählt hatte.

Blass und verbissen hatte er Uncle Scams Version der Geschehnisse bestätigt, verneint, dass irgendeiner von ihnen in einer Peepshow oder auch nur in der Nähe des Freihafens gewesen sei.

Was dazu führte, dass sie nicht einen einzigen verwertbaren Beweis gegen Uncle Scam hatten, und so teilte Bielke ihnen schließlich mit, dass sie ihn freilassen mussten.

Weniger als eine Stunde später hatte Uncle Scams Flugzeug abgehoben, und schon bald würde er Schwedens Luftraum für immer verlassen.

Martin hatte auch angerufen, aber das Gespräch hatte Sara nicht angenommen, sondern nur getextet: »Komm nicht nach Hause. Ich will dich nicht sehen.«

Martin versuchte es in einer SMS zu erklären:

»Ich konnte nicht gegen Scam aussagen. Es steht in meinem Vertrag, dass ich der Firma nicht wirtschaftlich schaden darf.«

Sara antwortete: »Ganz egal, was du tust, komm bloß nicht nach Hause.«

»Verzeih mir, Sara«, schrieb er.

»Nein«, antwortete sie.

Ein hübsches weißes Dampfboot, auf dem gefeiert wurde, glitt auf dem Weg zur Västerbron und dem Mälaren vorbei, sie hörte Musik und fröhliche Stimmen. Mit Haddaways »What is love« in den Ohren beschloss Sara, Uncle Scam nicht davonkommen zu lassen.

Sie suchte »Klatschzeitung USA« und fand den *National Enquirer*, der als skandalhungrige Publikation beschrieben wurde. Sie suchte die Mailadresse heraus und schickte von einer der anonymen Adressen, die sie für die Arbeit verwendete, alle Bilder und Filme, die sie von Uncle Scams Handy überführt hatte. Jetzt musste sie nur hoffen, dass sie anbissen.

Sie blieb noch länger sitzen und ließ sich von der Dunkelheit umhüllen. Draußen auf dem Riddarfjärden fuhr ein kleines Motorboot mit erleuchteter Kajüte, von dem Musik und Geschrei herüberklangen. Verliebte Paare spazierten vorbei. Ein paar Jugendliche setzten sich unter dem Stadthaus auf die Treppe, die zum Wasser hinunterführte. Die Lichter von Södermalm spiegelten sich auf dem schwarzen Riddarfjärden. Hinter ihr gingen Touristen vorbei, die sich leise in einer fremden Sprache unterhielten. Das Geräusch von Elektrorollern, die vorbeischossen. Die Wellen schlugen an den Kai. Und in der Entfernung schlugen die Kirchenglocken ein Uhr.

Sara wusste, dass es ein Leichtes wäre, die Mail zurückzuverfolgen, die sie gerade geschickt hatte, falls die Zeitung das tatsächlich wollte. Dann würde sie ihre Aktion vielleicht bereuen. Aber sie musste irgendetwas tun, sonst würde sie sich selbst nicht mehr in die Augen schauen können.

Schließlich stand sie auf und ging nach Hause. Über die Vasabrücke in die Stora Nygatan, wo noch mehr Leute in den Straßencafés saßen. Touristen und Stockholmer bunt gemischt. Eine ruhigere Stimmung als in der Innenstadt. Menschen, die nichts Besseres vorhatten, als hier zu sitzen und ein Bier zu genießen, dachte Sara und wurde beinahe wütend auf alle, die nicht dasselbe durchmachen mussten wie sie gerade.

Vor dem Hauseingang parkte ein Maserati mit zwei Rädern auf dem Bürgersteig. Es war Erics Wagen, wie Sara am Nummernschild erkennen konnte. Ihr Schwiegervater schien ihn aus reinem Protest gegen das Ordnungsamt so nonchalant abzustellen. Ein Knöllchen hatte keine großen Auswirkungen auf seine Brieftasche. Aber was tat er hier? Hatte Martin ihn gebeten, für ihn zu vermitteln? Oder hatte er Olle wieder nach Hause gebracht? Im ersten Fall gab es nichts, worauf er hoffen konnte, im zweiten Fall würde sie sich herzlich bei ihm bedanken.

Als sie aus dem Fahrstuhl stieg und den Schlüssel in die Tür steckte, bemerkte sie, dass sie nicht abgeschlossen war. Für einen kurzen Augenblick musste sie an Rau denken. Und an Kremp.

Sie zog die Pistole aus dem Holster und machte sich bereit.

Aber sobald sie die Tür geöffnet hatte, hörte sie Ebba.

Sie steckte die Waffe wieder weg und entspannte sich.

Fröhliche Stimmen und Gelächter aus der Küche, wo sie Ebba und zwei ihrer Freundinnen entdeckte, die die Arme voller Weinflaschen hatten. Martins teure Weine. Aber das geschah ihm recht, also protestierte Sara nicht gegen eine Horde angetrunkener Neunzehnjähriger, die Dreitausend-Kronen-Wein tranken, obwohl sie nach einem Sechzig-Kronen-Wein auch nicht trauriger gewesen wären.

»Olle schläft bei mir«, sagte Ebba, als sie ihre Mutter sah. »Er hasst dich, weil du Scam verhaftet hast.«

»Ist er inzwischen nicht besser drauf, wo sie das Schwein doch freigelassen haben?«

»Ich glaube nicht. Wo ist Papa?«

»Im Hotel. Oder bei einem Freund. Ich weiß es nicht. Ist mir auch egal.«

»Was ist denn jetzt wieder los? Er hat dir doch nichts getan?«

»Nichts, wovon du etwas wüsstest. Und du wirst es auch nicht erfahren.«

»Du lieber Gott, warum bist du immer so wütend? Du hast kein Recht, immer auf alle anderen wütend zu sein.«

»Halt die Klappe. Du hast ja keine Ahnung.«

Ebba sah ihre Mutter an.

»Mein Gott, was für ein Sauertopf. Du wirst noch vollkommen einsam enden.«

»Das bin ich schon.«

»Kommt, wir gehen«, sagte Ebba zu ihren Freundinnen.

»Fahrt ihr jetzt zu dir?«, fragte Sara. »Dann wird Olle nicht schlafen können.«

»Nein, wir machen ein Picknick im Djurgården«, sagte Ebba und ließ den Autoschlüssel vor Saras Augen hin und her schaukeln. Erics Maserati.

»Fährt euch Opa?«

»Nein. Ich habe mir das Auto geliehen.«

»Du hast keinen Führerschein. Und du bist angetrunken.«

»Ein Glas.«

»Das ist zu viel. Und wie gesagt, keinen Führerschein.«

»Aber bald. Und ich kann fahren. Besser als du.«

Sara griff nach dem Autoschlüssel und riss ihn Ebba aus der Hand.

»Vergiss es.«

»Jetzt hör aber auf. Gib mir den Schlüssel. Ich habe das Auto von Opa geliehen. Ich bin dafür verantwortlich.«

»Ja, das habe ich gesehen. Auf dem Bürgersteig geparkt. Gute Arbeit«, sagte Sara brüsk.

»Aber wir wollen jetzt direkt los.«

»Nicht mit diesem Auto.«

Ebba starrte ihre Mutter mit Feuer im Blick an. Sie atmete

schwer, sagte aber nichts. Nach ein paar Sekunden drehte sie sich einfach um und ging, die vier Weinflaschen fest im Griff.

»Kommt«, sagte sie zu ihren Freundinnen. »Dann lassen wir eben eine Limo kommen.«

»Auf Wiedersehen«, sagte die eine Freundin zu Sara. »Und danke für den Wein.«

»Schönes Wochenende«, sagte die andere und lächelte höflich.

Gut erzogen waren sie jedenfalls.

Sara warf den Autoschlüssel auf den Küchentisch. Sie hatte keine Lust, den Wagen ordentlich zu parken. Eric konnte sich die Knöllchen leisten.

Sie verließ die Küche und warf sich im Wohnzimmer auf das Sofa.

Dort blieb sie liegen. Ganz allein in einer riesigen Wohnung.

Ebba war auf Sauftour und sauer auf ihre Mutter. Olle war zu Hause bei Ebba, sauer auf seine Mutter. Martin hatte sie selbst aus der Wohnung geworfen und in ein Hotel oder sonst wo hingeschickt, weil sie stinksauer auf ihn war. Und sie weigerte sich, mit ihrer besten Freundin zu sprechen.

Sie war einsam.

Hatte alle verstoßen, die in ihrer Nähe waren.

Warum hatte sie das getan?

Okay, Martin hatte sich tatsächlich selbst verstoßen. Hatte ihre Ehe auf die absolut widerlichste Art zerstört, die Sara sich vorstellen konnte. Er hatte nichts getan, um Jenna zu retten, und dann hatte er in der Vernehmung gelogen. Aus wirtschaftlichen Gründen. Weil seine Chefs es ihm gesagt hatten.

Wenn sie gewusst hätte, dass Martin so reagieren würde, dass er überhaupt dazu in der Lage war, so etwas zu tun, hätte sie ihn niemals geheiratet, wäre niemals mit ihm zusammengekommen, sie hätte nicht einmal mit ihm gesprochen.

Oder?

Er war der beliebteste Junge in der Schule gewesen, und vielleicht wäre er noch beliebter gewesen, wenn alle gewusst hätten, wie erfolgreich er später werden würde. Da hätten nicht wenige wohl komplett auf ein einsames Mädchen aus Rumänien gepfiffen und sich gedacht, dass deren Leben im Vergleich zum Wohlergehen von Uncle Scam, einem der größten Künstler der Welt, viel zu wenig gewogen hätte. Schließlich hatte Sara auch vor langer Zeit schon eingesehen, dass ein großer Teil ihrer Liebe zu Martin aus der Tatsache erwachsen war, dass er der begehrenswerteste und umschwärmteste Junge auf der Schule war. Und auch später, auf dem Gymnasium, jenem Gymnasium, auf das Sara nie gehen durfte, weil Jane mit ihr aus Bromma geflohen war, damit Sara nicht Stellan und seinen Blicken auf die eigene Tochter zum Opfer fallen konnte.

Nein, sie musste einfach daran glauben, dass sie ihn niemals ausgewählt hätte, wenn sie es gewusst hätte. Sie wollte sich nicht mitschuldig fühlen. Durfte nicht an sich selbst zweifeln.

Aber sie fragte sich, was es über sie sagte, dass sie mit einem Mann verheiratet war, der zu so etwas in der Lage war.

Das entfernte Brausen des Wochenendtrubels in der Hauptstadt störte die beruhigende Stille. Sie wollte den Fernseher nicht einschalten, auch nicht Musik hören. Musik vertiefte bei ihr immer die Stimmung, die sie gerade hatte, und die Gefühle, mit denen sie gerade rang, wollte sie nicht auch noch verstärken. Darum trank sie auch keinen Wein. Und Computerspiele hatte sie ohnehin nie gemocht.

Was sollte sie also tun?

Genau, Hedin hatte doch etwas von ihr gewollt. Und sie war an einem Freitagabend wohl kaum draußen unterwegs. Also konnte Sara anrufen. Aber die Wissenschaftlerin meldete sich nicht.

Ja, dann musste sie eben bis morgen warten.

Also blieb Sara einfach regungslos sitzen und ließ die Ereignisse der letzten Tage an sich vorbeiziehen, ohne auch nur den geringsten Versuch zu machen, sie zu analysieren oder zu verstehen. Sie nahm die inneren Bilder wahr, ohne weiter nachzudenken. Die Leichen auf Ekerö, Ebbas Umzug, Martins Fest, die misshandelte Nadia, die ermordete Jenna, Uncle Scam, Tore Thörnell, die Peepshow. Aber von all diesen dramatischen Geschehnissen blieb nur etwas sehr Leises hängen, nämlich das Bild der jungen, erniedrigten Eva Hedin im Fernsehstudio. Sara hätte Hedin gern gefragt, wie sie sich gefühlt hatte und ob sie es immer noch mit sich herumtrug, aber sie befürchtete, dass es eine viel zu private Frage für die zurückhaltende Professorin im Ruhestand war.

Nach einer Weile stummer Gedankenspielerei schaltete Sara den Fernseher an und ging auf die Mediathek des SVT, wo sie eines der alten Programme von Stellan Broman aufrief, »Tivoli« aus den Sechzigerjahren. Langsam sank sie immer tiefer ins Sofa, während sie auf einem schwarz-weißen, körnigen TV-Bild dem lächelnden Stellan mit Anzug und Haarpomade dabei zuhörte, wie er verrückte Sketches aufführte und mit bekannten und unbekannten Gästen plauderte. Vor einem Publikum, das über alles lachte, was der Moderator sagte.

Stellans Anblick erinnerte Sara daran, dass es da doch noch eine Person gab, mit der sie sich nicht überworfen hatte. Das heißt, Sara hatte zwar etliche Jahre lang versucht, auf Distanz zu ihr zu gehen, aber sie war trotzdem immer für sie da gewesen. Sara wählte die Nummer ihrer Mutter, ohne sich darum zu kümmern, dass es mitten in der Nacht war.

»Ja?« Wenn Jane geschlafen hatte, dann verbarg sie es gekonnt.

»Eva Hedin wollte sich auch an Stellan rächen. Genau wie wir. Deswegen hat sie ihn enttarnt. Sie wurde in seiner Fernsehshow erniedrigt.«

Sie bat Hedin im Stillen um Verzeihung, aber Sara musste mit jemandem darüber reden. Von allen Menschen würde ihre Mutter Hedin am besten verstehen. Und eine stille, warme Spätsommernacht wie diese fühlte sich wie ein Ausnahmezustand an, in der die Regeln der Wirklichkeit nicht mehr galten. In der Stille der Nacht schien alles im Vertrauen gesagt zu werden, und niemand würde sich daran erinnern.

Aber die Antwort ihrer Mutter erstaunte Sara.

»Ich weiß«, sagte Jane. Dann atmete sie ein paar Mal laut und schwer durch, als würde sie im Voraus bedauern, was sie trotz allem jetzt tun musste. »Deswegen haben sie sie benutzt. Weil es so persönlich war.«

Sara setzte sich im Sofa auf.

»Was heißt benutzt? Wer sind ›sie‹?«

»Lotta. Und noch jemand. Sie brachten mich dazu, Informationen an die Säpo weiterzugeben. Die Hedin später in ihrem Archiv fand. Jede Menge Papiere, die Stellan noch verdächtiger aussehen ließen.«

»Und du hast sie dorthin gebracht?«

»Ich erzählte es der Säpo. Als seine ehemalige Haushälterin war ich glaubwürdig. Genau wie dieser Spion Wennerström. Man konnte leicht glauben, dass ich Dinge gesehen hatte. Manchmal sind Hausangestellte ganz nützlich.«

»Aber warte kurz, was sagst du denn da? Warum sollte Lotta ihren Vater ans Messer liefern?«

»Als die Mauer in Berlin fiel, wurden ja jede Menge Archive geöffnet, und da fanden sich Angaben, die auf einen Spion hindeuteten, der an ihrer Adresse tätig war. Ich nehme an, dass es Lotta war und dass sie sich selbst schützen wollte.«

»Und dann hast du ihr dabei geholfen?« Sara wusste nicht, was sie von der Geschichte ihrer Mutter halten sollte.

»Nicht freiwillig. Ich wollte mich gerne an Stellan rächen, aber nicht auf diese Weise.«

»Warum hast du es dann getan?«

»Du fragst aber auch viel. Warum musst du denn alles wissen? Das ist so lange her. Mehr als dreißig Jahre.«

»Mama, jetzt komm schon, gerade du müsstest doch verstehen, dass ich alles wissen will! Warum hast du es getan?«

»Ja, was glaubst du? Weil sie mich gezwungen haben«, antwortete Jane.

»Sie?«

»Lotta und eine zweite Person. Ich weiß nicht, wer es war. Er hatte ein Gewehr.«

»Und du hast ihn nicht gesehen? Woher wusstest du dann, dass er ein Gewehr hatte?«

»Lotta kam zu uns nach Hause, als du nicht da warst. Kurz nachdem die Mauer gefallen war.«

»Nach Vällingby?« Sara hatte keine Ahnung, dass Lotta jemals dort gewesen war.

»Ja. Sie sagte, dass ich Papiere an die Säpo weitergeben und berichten sollte, dass ich Stellan sehr oft dabei beobachtet hätte, wie er mit seinem Gärtner und anderen Leuten sprach. Sie zeigte mir Bilder von Leuten, bei denen ich sagen sollte, dass ich sie wiedererkannte, wenn die Säpo danach fragte.«

»Und das hast du dann getan?«

»Ja.«

»Aber wie hat sie dich gezwungen?« Die Gedanken schwirrten Sara durch den Kopf. »Sagte sie einfach nur, dass sie ein Gewehr hätten?«

Jane zögerte mit der Antwort, schien darüber nachzudenken, ob sie überhaupt antworten sollte.

»Sie bedrohte nicht mich«, sagte sie schließlich, »sondern dich. Lotta fragte, wo du am Küchentisch immer sitzen würdest, und als ich auf deinen Stuhl zeigte, flog eine Kugel durchs Fenster und traf direkt in die Rückenlehne. Jemand saß mit einem Gewehr auf einem Dach.«

Sara schwieg. Sie konnte sich das ganze Szenario gut vorstellen, und so unrealistisch es auch klang, sie wusste, dass es stimmte. Dafür wusste sie genug über Lotta.

»Es gab nur eine Möglichkeit«, sagte die Mutter. »Ihr zu gehorchen.«

Jemand hatte in die Wohnung geschossen. Janes Erzählung riss sehr frische Wunden auf.

Und eine alte Erinnerung tauchte in ihrem Kopf auf und ließ sie schaudern.

»Der Vogel«, sagte sie. »War das damals, als du sagtest, dass ein Vogel gegen das Fenster geflogen sei?«

Sara war nach Hause gekommen, und der Glaser war immer noch dort. Und Jane war damit beschäftigt gewesen, die Bezüge von den Küchenstühlen zu entfernen, um sie auszutauschen. Damit das Einschussloch nicht zu sehen war.

Jane seufzte.

»Es war kein Vogel.«

Natürlich war es keiner. Aber Jane hatte wie immer nichts gesagt. Hatte Sara geschützt.

»Und du weißt nicht, wer geschossen hat?«

»Nein. Ich habe nur getan, was Lotta sagte, und damit war ich sie los. Dass Stellan verdächtigt wurde, machte mir ja nichts aus.«

Sara konnte Jane nicht erzählen, dass ihr dasselbe passiert war, es ging einfach nicht. Weil sie selbst die Gefahr auf sich gezogen hatte. Ihre Mutter war ohne eigenes Verschulden hineingeraten. Das war ein himmelweiter Unterschied. Aber ein gut gezielter Schuss durch das Fenster bei ihnen beiden konnte doch kein Zufall sein. Oder? Konnte es vielleicht derselbe Schütze gewesen sein?

»Sara«, sagte Jane, und der Tonfall ihrer Stimme ließ Sara aufhorchen.

»Ja?«

»Was neulich passiert ist, im Juni, war das mein Fehler? Lag es daran, dass ich dir diese Dinge nie erzählt habe?«

»Was? Nein.«

»Aber wenn du gewusst hättest, dass nicht Stellan der Spion war …«

Saras Gedanken begannen zu kreisen, wenn sie darüber nachdachte. Wenn nichts von alldem hätte passieren müssen. Dann hätte es bedeutend schlimmere Folgen für andere Menschen gehabt, dachte sie.

»Es war Glück«, sagte sie zu Jane. »Wenn ich gewusst hätte, dass Stellan kein Spion war, hätte ich mich vielleicht gar nicht erst eingemischt, und dann wäre etwas Schreckliches passiert.«

»Aber es war doch schrecklich. Ich habe doch dein Gesicht gesehen.«

»Etwas sehr viel Schlimmeres, Mama. Glaub mir. Dass du nichts erzählt hast, hat tatsächlich sehr viele Leben gerettet.« Sara wusste, dass es so war, aber für ihre Mutter war es sehr schwer, das alles noch zusätzlich zu verarbeiten. »Leg dich jetzt wieder hin, wir unterhalten uns ein anderes Mal weiter darüber. Gute Nacht.«

»Gute Nacht.«

»Und, Mama?«

»Ja?«

»Ich liebe dich.«

»Das brauchst du nicht.«

Mit diesen Worten legte Jane den Hörer auf.

Sara blieb noch lange liegen und studierte den Stuck an der Decke, um nicht nachdenken zu müssen. Erinnerungsbilder drängten sich auf und verlangten nach Aufmerksamkeit, aber sie schob sie zur Seite. Sie vermied es auch, sich bildlich vorzustellen, was ihre Mutter erzählt hatte. Stattdessen konzentrierte sie sich auf die Decke und bemerkte, dass sie den

Stuck bislang mit keinem einzigen Blick gewürdigt hatte. Die Dekorationen an der Decke bestanden nicht nur aus Bändern und Blumen, sondern sie entdeckte auch Löwen und Drachen. Eine sehr ambitionierte Arbeit. So etwas wurde heute nicht mehr gemacht.

Es klingelte an der Tür. Sara schreckte hoch, zögerte aber.

War es Martin, der nach Hause kommen wollte? Olle und Ebba hatten Schlüssel und wären einfach hereingekommen, aber Martin würde in dieser Situation auf jeden Fall klingeln. War es vielleicht Jane, die beschlossen hatte, zu ihrer Tochter zu fahren? Nein, dachte Sara, so schnell hätte sie nicht hier sein können.

Und Rau? Wer sonst würde nach zwei Uhr in einer Freitagnacht klingeln?

Aber würde ein Mörder an der Tür klingeln?

Ja, vielleicht genau aus dem Grund, dass man es nicht erwartete.

Wenn er die Wohnung beobachtet hatte, wusste er, dass Sara allein zu Hause war.

Sie stand auf und holte ihre Dienstwaffe. Dann öffnete sie die Tür und versteckte die Pistole hinter dem Rücken.

Es war Bielke.

Auch er hatte die Hand hinter dem Rücken.

»Entschuldige, dass ich mitten in der Nacht störe. Aber ich habe gesehen, dass das Licht brannte. Bist du allein?«

Saras Griff um die Pistole wurde fester.

»Ja.«

»Ich wollte mich entschuldigen«, sagte Bielke und nahm die Hand hinter dem Rücken hervor.

Und übergab ihr einen Strauß Rosen. Rote Rosen.

»Weil ich dir nachspioniert habe«, fuhr er fort. »Es war nicht meine Absicht, dir zu misstrauen. Ich habe Anna einfach nur gebeten, dich im Auge zu behalten und an mich Bericht zu erstatten. Das war meine Bedingung, als ich deinem Versetzungsgesuch zu uns zugestimmt habe.«

»Warum?«

»Ich habe mir Sorgen um dich gemacht. Nach dieser Spionagegeschichte und all den anderen Dingen. Es gab nicht viele, die bereit waren, dich zu übernehmen. Sie fanden alle, dass du eine Weile krankgeschrieben werden oder gleich ganz aufhören solltest. Aber ich weiß, dass es manchmal das Beste ist, gleich wieder zu arbeiten. Und ich dachte, dass es für dich vielleicht auch besser wäre.«

»Komm rein.« Sara legte die Pistole vorsichtig auf die Kommode im Flur. Anschließend zog sie schnell eine Mütze darüber.

»Möchtest du ein Glas Wein?«, fragte sie und nahm die Blumen entgegen.

Wann hatte sie das letzte Mal Blumen bekommen? Und dann auch noch von ihrem Chef?

Und sie hatte gedacht, dass jemand sie ermorden wollte.

Sara führte Bielke ins Wohnzimmer. Er blieb auf der Schwelle stehen und sah sich um, dann wandte er sich ihr zu.

»Ich möchte ganz ehrlich sein. Ich hatte ein anderes Motiv, um dich nach Solna zu locken.« Er machte eine Pause. »Ich wollte in deiner Nähe sein. Ich sollte das im Grunde nicht sagen. Mir ist der Altersunterschied bewusst, und ich weiß, dass du verheiratet bist, aber ich verspreche, dass es die Situation auf der Arbeit nicht beeinflussen wird. Du kannst deine Versetzung beantragen, wenn du möchtest. Oder ich mache es. Am Ende habe ich eingesehen, dass ich nicht mit dir weiterarbeiten kann, wenn ich es verschweige. Ich bin verliebt in dich, Sara. Ich muss die ganze Zeit an dich denken, ich sehne mich nach dir. Aber das bedeutet nicht, dass du irgendetwas tun musst. Es ist mein Problem. So, jetzt habe ich es gesagt. Wenn ich in letzter Zeit etwas seltsam gewirkt habe, dann weißt du jetzt, warum. Und ich wusste, dass du allein warst, denn dein Mann sagte ja, dass er ins Hotel wollte. Entschuldige, dass ich dich gestört habe. Ich werde jetzt wieder gehen.«

Sara ließ die Rosen auf den Boden fallen, ging zu ihm und schlang die Arme um seinen Hals.

Dann küsste sie ihn.

Sie hatte noch nie auf diese Weise an ihren Chef gedacht und würde es vielleicht auch nie wieder tun. Aber genau in diesem Augenblick war es so. Und dieser Augenblick war alles, was sie hatte.

Sie dachte an ihren Mann Martin, als sie Bielke küsste, und sie dachte an den Gangster George Taylor jr. Sie dachte an den stellvertretenden Vorstandsvorsitzenden Tom Burén in Ebbas neuer Firma, und sie dachte an ihren Chef Axel Bielke. Unterschiedliche Männer, unterschiedliche Leben, unterschiedliche Saras. Bielke war in ihren Augen ein Mentor, ein Lehrer, ein Vater. Jemand, der alles geradebiegen konnte. Und was sie jetzt tat, war nicht schlimmer als das, was Martin getan hatte.

Sie zog ihn mit sich hinunter auf das Sofa und küsste ihn weiter. Dann ließ sie sich von ihm küssen.

Auf das, was hier gerade mit Bielke passierte, hatte sie ein Recht. Sie hatte es sich verdient. Sie brauchte es.

Martin war nicht mehr ihr Mann.

Er hatte sie verraten. Alles zerstört, was sie hatten.

Sie musste sich befreien, und das tat sie jetzt.

Machte sich vollkommen frei.

Und einsam.

62

Natürlich war er weg, als sie aufwachte, und er wäre besser auch niemals da gewesen.

Ein Anruf von Martin erinnerte sie an die traurige Wahrheit hinter den süßen Lügen der Nacht. Aber jetzt hatte Sara noch mehr Gründe, sich nicht zu melden. Genug Gründe, um sich nie wieder zu melden.

Mit einem starken Gefühl der Unwirklichkeit stand sie auf, trank ein Glas Saft, duschte und zog sich an. Wie ein Roboter. Ganz bewusst vermied sie es, irgendwelche Entscheidungen zu treffen oder auch nur zu versuchen, das Leben in den Griff zu bekommen. Alles war Chaos. So seltsam, dass es um sie herum so ruhig war.

Es kam ihr vor, als würde sie einsam auf einem Floß mitten im Atlantik sitzen, und irgendwo, Dutzende von Kilometern entfernt, sank das Schiff, von dem sie sich gerettet hatte. Die anderen Passagiere schrien und ertranken. Aber nichts davon drang zu ihr durch.

Auch für Sara gab es keine Rettung, aber daran musste sie jetzt noch nicht denken. Hier auf dem Floß war es ruhig.

Okay, Martin musste raus aus dem Kopf, Bielke musste raus aus dem Kopf. Uncle Scam musste raus aus dem Kopf, Anna Torhall musste raus aus dem Kopf, Ebba und Olle mussten raus aus dem Kopf.

Was blieb dann übrig?

Sara Nowak. Aber sie hatte kein besonders großes Interesse, an sich selbst zu denken.

Hedin.

Sie hatte ja angerufen und wollte irgendetwas. Ein Bild. Das so geheim war, dass sie am Telefon nicht sagen konnte, was darauf abgebildet war.

Und sie musste Erics Auto noch woanders parken. Dann würde sie ihm sagen, dass er es Ebba nicht mehr ausleihen sollte. Allerdings machte sie sich keine großen Hoffnungen, dass er auf sie hören würde. Ebba gehörte jetzt ihm, dachte Sara.

Der Autoschlüssel lag noch auf dem Küchentisch. Und die Pistole unter der Mütze auf der Kommode im Flur. Sie schnappte sich beides, fuhr mit dem Aufzug ins Erdgeschoss, zog das gelbe Knöllchen unter dem Scheibenwischer hervor und fuhr in die Åsögatan.

Martin rief an, aber Sara wollte auf keinen Fall mit ihm sprechen. Nie mehr.

Wenn das Bild so geheim war, wäre Hedin vielleicht sauer, wenn Sara nicht den Fensterweg wählte. Sie fand eine Parklücke in der Erstagatan, direkt vor dem Café Spontino, und nahm es als Zeichen dafür, dass sie diesen Eingang verwenden sollte.

»Ich möchte zu Eva«, sagte sie und lächelte die junge Frau hinter dem Tresen an.

»Dann können Sie ihren Kaffee mitnehmen. Sie war nicht hier, um ihn abzuholen.«

Die Frau schenkte einen schwarzen Kaffee in einen Becher zum Mitnehmen.

»Sagen Sie ihr, dass sie auch gerne ihre Rechnung bezahlen darf. Also, es eilt nicht, aber seit dem letzten Mal sind schon ein paar Monate vergangen.«

»Ich kann sie bezahlen.«

Um die zehntausend Euro an den ehemaligen Stasi-Offizier zu überweisen, brauchte sie Martins oder Erics Geld, aber

Hedins Kaffeerechnung konnte sie von ihrem eigenen Gehalt bezahlen.

»Kann ich ihr auch schon einen kleinen Vorschuss für die nächsten Bestellungen geben?«, fragte sie.

»Wenn Sie möchten«, antwortete die Frau mit einem Lächeln.

Sara zahlte fünfhundert auf Hedins virtuelles Konto ein. Dann nahm sie den Kaffee und wurde nach hinten in den Garten hinausgelassen.

Während sie den großen Innenhof überquerte, der den ganzen Block miteinander verband, dachte sie darüber nach, was Hedin gefunden haben könnte. Etwas, mit dem sie Faust identifizieren konnte. Was sollte es auch anderes sein? Etwas, das enthüllte, wie Otto Rau heute hieß. Und die letzten dreißig Jahre geheißen hatte.

Sollte sie mit ihr über den Auftritt in *Rate für Tausend* sprechen? Nein, warum auch? Jedenfalls nicht jetzt. Hedin hatte sich zwar geirrt, als sie Stellan als Spion bezeichnete, aber ansonsten hatte sie das gesamte Material besorgt, das zur Enttarnung von Geiger führte. Und damit hatte sie den größten Terroranschlag in der Geschichte Europas verhindert. Hedin war auch nicht die Einzige, die von Geiger an der Nase herumgeführt worden war. Das war der Säpo, dem BND und der Stasi ebenfalls passiert.

Schon wieder Martins Klingelton. Sara drückte das Gespräch weg. Konnte er nicht einfach aufgeben?

Als sie sich dem Küchenfenster näherte, fiel ihr ein, dass sie besser vorher angerufen und kontrolliert hätte, ob Hedin zu Hause war, bevor sie sich ins Auto gesetzt hatte.

Aber jetzt war sie hier, also konnte sie genauso gut zum Fenster gehen und an die Scheibe klopfen.

Und da sah sie, dass Hedin zu Hause war.

Denn Eva Hedin hing an einem Seil von der Decke.

Der Kaffeebecher fiel zu Boden, als Sara einen Gartenstuhl heranzog, damit sie zum Fenster hinaufklettern konnte. Sie schlug mit dem Ellenbogen ein Loch ins Glas, steckte die Hand hindurch, öffnete das Fenster von innen und kroch durch den Rahmen. Dass sie sich an den Scherben schnitt, nahm sie gar nicht wahr.

Sie lief zu Hedin und hob sie hoch, um den Druck auf den Hals zu verringern, merkte aber direkt, dass es ein toter Körper war, den sie umfasste.

Sie ließ ihn wieder sinken, um den Tatort nicht noch mehr zu kontaminieren, als sie es bereits getan hatte.

Dann ließ sie sich auf den Küchenstuhl sinken und starrte ins Leere.

Selbstmord? Nein.

Derselbe Mörder wie bei Stiller? Ja.

Rau.

Das Erhängen war ein unmissverständlicher Gruß, eine kleine Signatur.

Sara wollte trösten, Hedin eine Umarmung schenken, wusste aber, dass es nichts helfen würde. Aber sie nahm ihre Hand. Ihre kalte, magere Hand.

Die hartnäckige Eva Hedin, die alles für die Forschung geopfert hatte. Wirklich alles.

Würde sie noch leben, wenn Sara sie nicht so angetrieben hätte, bei der Jagd auf den Terroristen Faust zu helfen?

Sie fühlte sich schuldig und fand im Grunde kein Argument, das sie entlasten konnte, auch wenn sie verzweifelt danach suchte.

Hatte das Bild, das Hedin gefunden hatte, sie das Leben gekostet?

Hatte Rau es genommen? Hätte Hedin es freiwillig hergegeben?

Daran zweifelte Sara. Hedin hatte bestimmt gewusst, dass

sie keine Chance mehr hatte. Dass es keinen Unterschied machen würde, ob sie den Beweis herausrückte oder nicht. Ihr Leben wäre nicht mehr zu retten gewesen. Davon war Sara überzeugt.

Schließlich sah sie sich in der kleinen Wohnung um und bemerkte sofort, dass sich jemand an Hedins Papieren zu schaffen gemacht hatte. Vor allem an den Akten der Stasi. Hedin hielt stets eine pedantische Ordnung und sorgte für gerade Kanten bei allen Papierstapeln. Es war fast wie eine Zwangsstörung. Und jetzt waren die Stapel und die Mappen mit den Archivkopien in Unordnung.

Instinktiv wusste Sara, dass sie kaum darauf hoffen durfte, etwas zu finden, was Rau nicht gefunden hatte. Sie konnte ja nur dieselben Stapel durchsuchen.

Dann fiel ihr Blick auf den Kühlschrank, und sie war sich plötzlich sicher, dass sie wusste, wo Hedin ihren Fund versteckt hatte. Die Frage war nur, ob Rau es auch entdeckt hatte.

Sie spürte, wie ihre Hand leicht zitterte, als sie sie ausstreckte, um den Kühlschrank zu öffnen.

Und dort, in dem kleinen Gefrierfach, steckte ein Umschlag, der zuletzt nicht dort gelegen hatte.

Ein ganz gewöhnlicher C4-Umschlag.

Sara nahm ihn heraus, schloss die Klappe und dann die Tür des Kühlschranks, bevor sie den Umschlag öffnete.

Das Foto war alt, aus den Siebzigerjahren, wenn man von der Mode und den Frisuren ausging. Aber obwohl die Personen auf dem Bild bedeutend jünger waren, konnte sie sie leicht erkennen.

Marita Werner, die jetzt Marita Leander hieß.

Hans Gerlach, alias Bo Enberg, der von Rau ermordet worden war.

Stefan Kremp, der sie mit einem Messer auf der Västerlånggatan angegriffen hatte.

Und dann war da noch Axel Bielke.

Ihr Chef.

Kaum zwanzig auf diesem Bild, jetzt ein gutes Stück über sechzig.

Und ganz offensichtlich das fehlende Glied in der Terrorzelle.

Faust.

Der vom Pfarrer Stiller seine neue Identität bekommen hatte: Bielke.

Und nicht während seiner Jugend im Ausland gewohnt hatte und das Kind von Diplomaten war.

Sondern als Otto Rau in der BRD groß geworden war.

Jemand beobachtete sie.

Sie spürte es.

Aber es war niemand hier, auch nicht vor dem Küchenfenster. Also drehte sie den Kopf und blickte durch den Flur und das Fenster auf die Åsögatan. Dort draußen stand jemand. Auf der anderen Seite der Straße, den Blick auf Hedins Wohnung gerichtet.

Sara ging langsam näher heran. Durch den blau gestrichenen Flur in den kleinen Raum, der Hedins kombiniertes Schlaf-, Wohn- und Arbeitszimmer gewesen war. Dort blieb sie in der Mitte stehen.

Jetzt erkannte sie, wer draußen stand und sie beobachtete.

Bielke.

63

Er beobachtete das alles schweigend.

Konnte kaum glauben, dass es wirklich geschah.

Der Mann, der Otto Rau gewesen war, der auf Gladios Befehl für die DDR und die Stasi gearbeitet, mehrere Terroranschläge geplant und ausgeführt hatte, der bedroht und gemordet und seine Kameraden so lange aufgehetzt hatte, dass sie immer weiter gingen. Und alles im Namen der Demokratie und der Freiheit. Der darauf angesetzt war, den Feind von innen zu zerstören.

Jetzt war es ihm gelungen.

Ihm und seinen Verbündeten. Offiziell würde natürlich verkündet werden, dass der Erfolg auf die zurückhaltende Vorgehensweise zurückzuführen war. Diplomatie, Propaganda, kulturelle Beeinflussung. Als hätten Rockstars und Levi's-Jeans den Kalten Krieg entschieden. Was für ein Witz. Er und all die anderen geheimen Akteure wussten, dass es nur einen Weg gab, das Imperium des Bösen zu besiegen. Gewalt. Indem man es aufstachelte, sein wahres Gesicht zu zeigen, indem man blauäugige, friedensbewegte Westeuropäer zu der Einsicht brachte, dass ein Dialog unmöglich war.

Er hätte diesen Augenblick gerne mit jemandem geteilt, aber sowohl sein Auftrag als auch seine Persönlichkeit verlangten in den entscheidenden Momenten nach Einsamkeit.

Seine Frau war gerade bei ihren Eltern, um sich »auszuruhen«. Sie war weich. Aber es war gut, dass sie sich fernhielt, bis die Blutergüsse nicht mehr zu sehen waren. Sehr bedauerlich, dass sie ihn immer so aufregen musste. Es war eine gesellschaftliche Einschränkung, dass sie nicht an allen Festen und Zusammenkünften teilnehmen konnten, die zu seiner Stellung gehörten. Oder die dazugehört hatten. Aber jetzt war es damit sowieso vorbei.

Es war schließlich doch passiert. Vor den Augen einer unvorbereiteten Welt.

Die Berliner Mauer fiel.

Sie wurde von ekstatischen Ostdeutschen in Stücke gehackt, denen jubelnde Westberliner zu Hilfe kamen.

Die Leute halfen einander auf die Mauerkrone und begannen darauf zu tanzen, obwohl es gerade noch lebensgefährlich gewesen war, sich ihr auch nur zu nähern.

Verbissene DDR-Grenztruppen standen daneben und sahen zu. Der Reporter wurde zum Überbringer der Botschaft an die Welt, die immer noch staunte, dass dies überhaupt möglich war.

Warum haben die Polizisten die Massen nicht vertrieben, das Feuer auf sie eröffnet?

In Ungarn waren die Grenzsperren im Sommer abgebaut worden, aber in China war der Volksaufstand auf dem Platz des Himmlischen Friedens brutal niedergeschlagen worden. Nur Panzer und tote Freiheitskämpfer waren zurückgeblieben. Dieselbe Reaktion hatte man hier auch erwartet.

Aber sie blieb aus.

Der antikapitalistische Schutzwall fiel, ohne dass jemand ihn verteidigte.

Niemand hatte eine Ahnung, wem dafür zu danken war.

Lotta rief an und war erschüttert von diesem Verrat. Sechzehn Jahre alt und verblendet von Hass und Rachsucht. Er hatte sie gut gedrillt, die theoretischen Lektionen des Gärtners durch praktische Übungen gefestigt. Waffen, Sprengstoffe, Nahkampf. Sexuelle Fertigkeiten. Ganz zentral in jeder zersetzenden Bewegung.

Und jetzt war es vorbei. Er hatte einen menschlichen Marschflugkörper gebaut, der niemals zum Einsatz kommen würde.

So viel Kraft, die nicht kanalisiert werden konnte.

Die fanatische Lotta konnte nicht begreifen, dass ihre Welt auf diese Art zerbröselte. Die Mauer war doch dafür da, die DDR und ihr Volk zu schützen. Wie sollte es jetzt weitergehen?

»Ist es jetzt vorbei?«, fragte sie, wütend, fast gebrochen.

»Ganz im Gegenteil«, sagte er. »Jetzt fängt es erst richtig an. Aber erst einmal musst du dich unauffällig verhalten.«

Dann sagte er, dass sie herkommen könne, wenn sie wollte. Er hatte überlegt, dass er an seiner Rolle als Terrorist weiter festhalten konnte. Dann hätte er noch viele Jahre lang Spaß mit Lotta, indem er so tat, als würden sie die große Rache planen.

Sie sagte, dass sie auf dem Weg sei, sie legten auf, und dann dachte er an das Geld.

Fünfzig Millionen Kronen für die große Operation Wahasha. Die für Pistolen, Sturmgewehre, Handgranaten, Sprengladungen, Autos, sichere Verstecke in Schweden und im Ausland, falsche Pässe, die Bezahlung der Helfershelfer und schließlich für Flüge über jede Menge Transitländer in ein freundlich gesonnenes Land im Nahen Osten gedacht waren. Es war eine riesige Operation, die in der ganzen Welt Widerhall erzeugen sollte.

Aber der Auftraggeber war verschwunden.

Die palästinensische Gruppe wusste nicht, wo sich das Geld befand. Auch nicht die anderen im Kommando 719. Nur er. Niemand würde jemals auf den Gedanken kommen, es zurückzufordern. Wohin sollte es auch zurückgehen?

Er wusste, wie es weitergehen würde, jetzt wo die Mauer nicht mehr da war. Die Stasi war tot. Und die DDR würde in rasendem Tempo verschwinden, das ganze System von den eigenen Funktionären dem Erdboden gleichgemacht werden.

Am Abend erreichten ihn bereits verzweifelte Anweisungen. »Zerstöre alles.«

Und ihm wurde klar, dass die Stasi ihre Akten schredderte und verbrannte, so schnell sie konnte.

Neue Geschichten wurden konstruiert, alle Verbindungen zur Opposition wurden ausgegraben, damit man sich auf sie berufen konnte.

Die Geschichte wurde umgeschrieben. Die Vergangenheit ausradiert.

Von ihm aus gerne.

Das Vermögen, das er für die Operation bekommen hatte, hatte keinen Absender mehr. Er musste niemandem Bericht erstatten.

Das Geld gehörte ihm.

64

Sara ging langsam aus der Haustür der Åsögatan 189. Bielke trat vom Bürgersteig gegenüber auf die Straße. Sie trafen sich in der Mitte.

Bielke war also Faust?

Bielke hatte Hedin ermordet?

Und versucht, Sara zu erschießen?

So viel war diese Liebe wert.

Sara zog ihre Pistole, streckte den Arm aus und zielte direkt ins Gesicht ihres Chefs und ihres kurzzeitigen Liebhabers.

Sie hielt das Foto hoch, das sie bei Hedin gefunden hatte.

»Du hast das hier vergessen.«

Bielke betrachtete das Bild lange und nickte dann.

»Ich hatte Angst, dass so etwas irgendwann auftauchen würde.«

»Du hast versucht, mich umzubringen. Du hast in meine Wohnung geschossen.«

Bielke betrachtete Sara mit aufrichtiger Verwunderung.

»Nein.«

»Und du hast Hedin umgebracht. Sollte das wie ein Selbstmord aussehen?«

»Sara, du irrst dich. Ich bin nicht der, von dem du glaubst, dass ich es bin.«

»Ich glaube nicht, ich weiß. Du bist Otto Rau. Der hier auf dem Bild mit seinen Freunden zu sehen ist.«

»Ich war Mitglied der Zelle. Das stimmt. Aber Otto Rau habe ich nie getroffen, sondern nur von ihm gehört. Ich war nicht mehr als ein kleiner Botenjunge«, sagte Bielke und riss die Augen auf.

»Das sagst du jetzt.«

»Es ist so. Frag die anderen. Frag nach Anders Karlsson. Das war mein Deckname.« Er ließ den Blick über die Straße wandern. »Ich glaube, es wäre besser, wenn du die Pistole runternimmst, sonst ruft noch jemand die Polizei.«

Sara tat, was er sagte, war aber immer noch bereit, sich zu verteidigen.

»Geh zum Bordstein«, sagte sie.

Sie betraten den Bürgersteig direkt unter Hedins Fenster. Sollte sie ihn mit hineinnehmen und dort erschießen? Aus Rache?

Nein, das konnte sie nicht tun.

Aber sie wollte es.

»War es das wert? Das Leben von vier Menschen, nur um dein schmutziges kleines Geheimnis zu bewahren?«

»Ich habe niemanden umgebracht. Und so geheim ist es nicht. Es würde mich meine Karriere kosten, wenn meine Vergangenheit ans Tageslicht käme, aber ich würde niemals so weit gehen, deswegen zu morden.«

»Angeblich hat es also jemand anderes getan? Alle umgebracht, die drohten, dich zu enttarnen?«

»Sara, hör mir zu. Ich bin von den revolutionären Gruppen angezogen worden, als ich jung war, aber ich war nur ein Mitläufer, ein Fußsoldat. Ich fuhr irgendwohin und kaufte Sachen ein, bewahrte Waffen auf, fuhr Leute durch die Gegend, organisierte Wohnungen. Heute schäme ich mich dafür, wie naiv ich war, aber ich hatte in diesen Gruppen nie etwas zu sagen. Ich habe nie etwas wirklich Schlimmes getan. Ich war nicht einmal besonders lange dabei. Okay?«

»Du stehst also einfach zufällig vor Hedins Wohnung. Und du wusstest, wo ich wohnte – weil du vorher schon einmal dort warst und eine Leiche abgelegt hast? Die Leiche von deinem Freund auf diesem Bild?«

»Sara, du musst mir glauben. Das Einzige, was ich verheimlicht habe, war meine Mitgliedschaft in der Zelle. Ich habe niemanden getötet. Ich habe vor deinem Haus gewartet und bin dir hierher gefolgt. Ich wollte einfach nur wissen, ob mein Geheimnis enthüllt wird. Ich wusste, dass du noch lange nicht aufgeben würdest, dass du der Wahrheit auf der Spur warst.«

Das Handy brummte erneut. Eine SMS. Dieser verdammte Martin. Dass er nie aufgab. Sara durfte ihren Blick nicht von Bielke abwenden, also ignorierte sie die Mitteilung.

»Sara Nowak!«, rief jemand.

Sie kannte die Stimme nicht, und sie wollte sich nicht in eine Falle locken lassen. Sie machte einen halben Schritt schräg nach hinten, damit sie Bielke im Auge behalten konnte, wenn sie den Kopf so weit drehte, dass sie auch den Mann sah, der sich ihnen näherte.

Ein Mann mit Brille, grau meliertem Bart und einem grauen Haarkranz um den ansonsten kahlen Schädel. Er hielt einen Polizeiausweis in die Höhe.

»Quintus Nyman«, sagte er. »Säpo.«

»Sind Sie mir auch gefolgt?«

»Stecken Sie bitte die Waffe weg«, sagte Nyman und näherte sich langsam mit offenen Handflächen, um die bewaffnete Sara zu beruhigen.

»Nein«, sagte Sara. »Er hat Eva Hedin ermordet. Und die anderen. Er ist Otto Rau. Faust.«

Nyman blinzelte mit den Augen. Sah Bielke an.

»Er? Sind Sie sicher?«

Sara gab ihm die Fotografie, die sie bei Hedin im Gefrierfach gefunden hatte. Nyman studierte die Aufnahme und blickte dann zu Bielke auf.

»Endlich«, sagte er.

»Ich bin nicht Faust«, sagte Bielke. »Ich bin ihm noch nicht einmal begegnet. Er hat sich im Verborgenen aufgehalten. Nur wenige bekamen ihn zu Gesicht.«

»Ich hatte nicht erwartet, dass Sie gestehen würden«, sagte Nyman.

Plötzlich hielt der Säpo-Mann eine Pistole in der Hand und zielte genau auf Bielke.

»Das hier ist für Alger Nyman.«

Der Säpo-Beamte schoss Saras Chef zweimal in die Brust. Ein paar Teenager, die herangeschlendert kamen, und eine ältere Dame, die ihren Dackel Gassi führte, verfielen in Panik, als sie begriffen, was dort passierte, und liefen um ihr Leben.

Sara hob instinktiv ihre Pistole, wusste aber nicht, was sie tun sollte. Sie zielte einfach nur auf Nyman.

Bielke fiel zu Boden. Nyman zog einen Revolver aus der Tasche und warf ihn neben ihm auf den Boden. Der Bürgersteig färbte sich langsam rot vom Blut.

»Er hat versucht, mich zu erschießen«, sagte er an Sara gerichtet. »Okay?«

»Ich weiß nicht. Sagen Sie mir, warum?«

Sara sank auf die Knie, um zu sehen, wie es Bielke ging. Er atmete, blutete aber stark. Betrachtete sie mit Panik im Blick und schien etwas sagen zu wollen, bekam aber nur einen schrecklich gurgelnden Laut heraus. Die Kugeln schienen das Herz nicht getroffen zu haben.

Immer noch keine Antwort von Nyman.

»Wer ist Alger Nyman?«, fragte Sara.

»Mein Vater. Rau hat ihn ermordet. 1987 stieß er ihn vor eine U-Bahn, damit die Waffenexporte in die DDR nicht an die Öffentlichkeit kamen. Danke, dass Sie ihn gefunden haben.«

»Sie haben mich beschattet, um an ihn heranzukommen?«

»Ich suche mein ganzes Leben schon nach Otto Rau. Ich wusste, dass er gefährlich war, also dachte ich, dass Sie ein wenig Backup gebrauchen könnten. Der BND hat uns verboten, Ihnen zu helfen, aber wir werden ja sehen, wie sie darauf reagieren.«

Er holte sein Handy heraus und telefonierte.

»Hier ist Nyman von der Säpo. Polizist angeschossen auf Södermalm. Åsögatan 189. Sofortige Hilfe angefordert.«

Nyman drückte das Gespräch weg und betrachtete den blutenden Körper auf dem Bürgersteig mit Widerwillen.

»Der BND hat die ganzen Jahre seine Identität geschützt. An die Opfer hat dabei niemand gedacht. Sie führen bestimmt immer noch Aktionen mit ihm zusammen durch.«

»Aber jetzt haben Sie Ihre Rache bekommen?«

»Nicht ganz, er ist ja noch nicht tot.«

Sara bemerkte Bielkes ungleichmäßigen, stoßweisen Atem. Wie viel Blut sein Körper auf den Bürgersteig pumpte. Nyman ging zu ihm und zielte auf seine Stirn.

Sara stellte sich in den Weg.

Nyman sah sie an, dann hob er seinen Revolver auf, den er weggeworfen hatte.

»Okay. Ich erschieße Sie mit seiner Waffe. Dann sage ich, dass ich Sie nicht retten konnte.«

Sara griff nach ihrer eigenen Pistole und zielte auf Nyman.

»Hören Sie auf! Er soll ins Gefängnis!«

Sie starrten einander über die Läufe ihrer Waffen hinweg an, unsicher, was als Nächstes geschehen würde. Würde der andere schießen? Sara wollte nicht zuerst abdrücken, aber auch auf gar keinen Fall als Letzte.

Sie tastete verzweifelt nach ihrem Handy, um Hilfe zu rufen oder um Nyman vielleicht aufzunehmen. Das Handy als Lebensretter.

Sie bekam das Telefon schließlich aus der Tasche und wollte gerade den Code eintippen, um es zu öffnen, als ihr Blick an der MMS hängenblieb, die von Martins Handy geschickt worden war und auf dem Sperrbildschirm zu sehen war. Ohne auch nur einen Gedanken an den verletzten Bielke oder an Nyman und seinen Revolver zu verschenken, öffnete sie das Handy und die MMS.

Sieben verpasste Anrufe von Martins Handy.

Aber es war nicht Martin gewesen, der sie angerufen hatte. Oder die MMS geschickt hatte.

Das Bild zeigte einen gefesselten und blutenden Martin, der auf einem Hocker stand und eine Schlinge um den Hals hatte, darunter ein Text: »Willst du ihn nicht retten? Rau.«

Sara starrte auf das Bild.

Und während ihre Gedanken noch rasten, kam eine weitere Mitteilung.

Ein Foto der Pritsche mit den Spannriemen, die im Magasin 7 stand, und darunter die Worte: »Noch Platz für dich. Du kennst die Adresse. Du hast fünfzehn Minuten.«

Sie sah Quintus Nyman an.

»Schaff ihn ins Krankenhaus. Er ist nicht Rau. Der echte Rau hat meinen Mann.«

Sie stand auf und lief um die Ecke zur Erstagatan und zu Erics Auto, das sie dort abgestellt hatte.

Jetzt würde sie sehen, wie schnell so ein Maserati war.

Was war die schnellste Strecke von hier bei all den Baustellen?

Sie ließ den Motor an und schaltete das eingebaute GPS ein.

Und gefror zu Eis.

Der Bildschirm zeigte »Letzte Ziele«, und ganz oben stand »Pfarrhaus Torpa, Ydre«.

Und plötzlich verstand sie alles.

Eine schreckliche Erkenntnis, die in ihrem Kopf dämmerte.

Ihr ganzes Leben, die letzten fünfundzwanzig Jahre, flimmerten vorbei. Wie blind sie gewesen war.

Die ganze Zeit hatte sie in der Nähe eines Terroristen gelebt, in der Nähe eines kaltblütigen Mörders.

Und sie hatte nicht die geringste Ahnung gehabt.

Aber jetzt wusste sie es.

Otto Rau brauchte keine falsche schwedische Identität von Jürgen Stiller. Eric Titus hatte eine falsche deutsche Identität gebraucht, um die Zelle infiltrieren zu können.

Otto Rau hatte es nie gegeben.

Es war der Deckname von Eric Titus. Und war es schon immer gewesen.

Bei Titus & Partners hatte sich Sara die Geschichte von Erics Konzern angesehen. Er war 1990 gegründet worden. Direkt nach dem Fall der Mauer.

Und woher kam das Geld?

Die Mittel für die Operation Wahasha waren in Titus & Partners geflossen.

Und der Konzern war aktiv im internationalen Schiffsverkehr unter dem Namen der Firma, der auch Magasin 7 gehörte. Und dorthin wollte Eric Sara locken.

Sie sah sich die MMS erneut an.

Hielt Eric wirklich seinen eigenen Sohn gefangen? Konnte das wirklich möglich sein?

Oder tat Martin nur so? Was hatte Eric eigentlich für ein Verhältnis zu seinem Sohn?

Jetzt sah sie ein Detail, das sogar noch wichtiger war. Etwas, an das Eric nicht gedacht hatte. Aber konnte sie sich sicher sein? Sonst würde sie ihr eigenes und das Leben ihres Mannes riskieren.

Wenn sie nicht exakt das tat, was Eric sagte, war das Risiko groß, dass er Martin tatsächlich umbringen würde.

Ihr Schwiegervater wollte, dass sie zum Magasin 7 fuhr. Und sie hatte nur noch zwölf Minuten Zeit.

Sara fuhr los.

65

Er würde nicht mehr lange durchhalten.

Die Zehen berührten den Hocker gerade noch.

Die Schnur schnitt in den Hals, und er musste den Kopf zur Seite beugen, um mit den Füßen hinunterzureichen.

Und es fielen ihm keine Lieder mehr ein, die er singen konnte.

Im Gegenlicht der hellen Beleuchtung sah er lediglich die Konturen seines Vaters.

Das Geräusch von Ratten, die an den Wänden scharrten.

Und dann die kleine rote Lampe der Videokamera. Genau wie damals, als er klein war. Er war zurück in der Hölle der Kindheit. Im Keller seiner Eltern. In der Unterwelt, beim Teufel, in der Gestalt von Eric.

»Sing!«, befahl sein Vater. »Und tanze! Unterhalte mich. Damit mir nicht langweilig wird.«

»Was willst du hören?«

Die Schlinge kratzte am Hals, und er hatte den Kopf so lange schräg gehalten, dass er nicht mehr richtig sprechen konnte.

»Du bist doch der Künstler«, sagte Eric.

»Er ist mein Lied und meine Freu-heu-de …«

»Nichts Christliches!«, sagte Eric, und ein halb abgekauter Apfel traf den Hocker mit einer solchen Kraft, dass er fast umgefallen wäre. Martin konnte ihn mit den Zehenspitzen gerade noch am Ort halten.

»Glaubst du, dass sie kommt?«

Eric betrachtete den Bildschirm. Die Peepshow im Magasin 7 in Echtzeit. Seine Männer standen neben der Pritsche bereit. Er würde es sofort sehen, wenn Sara dort ankam. Wie sie überwältigt werden und seine Männer zwei Kameras aufstellen würden, die ihren Todeskampf in Echtzeit übertrügen. Dieses Material würde auch Martin zu sehen bekommen.

»Glaubst du, dass deine Frau bereit ist, den Platz mit dir zu tauschen? Gehört sie zu diesen Menschen?«

Martin wusste nicht, was er antworten sollte. Wusste nicht, was er glaubte. Oder hoffte. Er fragte sich, wie Olle und Ebba es aufnehmen würden, wenn beide Eltern verschwanden.

»Papa …«, begann er.

»Ja?«

Ein Geräusch von oben. Von zerbrechendem Glas, und danach ein Rumpeln, als würde jemand auf dem Fußboden landen.

Eric sah auf den Schirm, auf dem er jederzeit Sara erwartete, und dann nach oben Richtung Erdgeschoss.

»Sie ist schon ziemlich smart, dein kleiner Pitbull.«

»Sara …?«

Martin wollte Sara warnen, aber seine Stimme trug nicht weit. Und Sara hätte sich bestimmt auch nicht abschrecken lassen.

Eric stellte sich direkt neben seinen Sohn, bereit, seine Schwiegertochter mit einem Lächeln zu empfangen.

»Gratuliere«, sagte er, als Sara mit der Pistole in der Hand die Kellertreppe herunterkam. »Nur zur Warnung: Wenn ich falle, werde ich bestimmt auch Martins Hocker mitreißen.«

»Warum glaubst du, dass das eine Rolle spielt?«

»Damit habe ich nicht gerechnet, das muss ich zugeben. Hast du nicht in das Gefrierfach gesehen?«

»Du hast das Bild von Bielke also gefunden?«, sagte Sara. »Und es dann einfach dort liegen gelassen?«

Eric lächelte.

»Es passte ja perfekt zu meinem Plan.«

»Und es war auch perfekt für deinen Plan, in unsere Wohnung zu schießen. Als Olle zu Hause war. Dein Enkelkind.«

»Ich würde ihm niemals wehtun. Ein so schlechter Schütze bin ich nicht. Wie bist du darauf gekommen, dass ich es war? Und dass wir hier sind und nicht im Magasin 7?«

»Dein GPS. Und dann habe ich den Hocker wiedererkannt, auf dem Martin steht. Gelb mit grünen Blumen. War auf dem Bild, das Marie mir gezeigt hat.«

»Also ein bisschen Glück und ein bisschen Pfiffigkeit. Ja, genau das braucht man. Schade, dass es nicht ganz gereicht hat.«

»Warum die Peepshow?«

»Ich wollte ein Hobby haben, wenn ich pensioniert bin«, sagte Eric.

»Und warum Stiller, Enberg und Hedin? Damit sie dich nicht enttarnen konnten?«

»Natürlich. Und jetzt kannst du Nowak und Titus jr. mit auf die Liste schreiben.«

»Du willst deine Enkelkinder elternlos machen?«

»Martin hat in seinem tiefsten Inneren ein ziemlich negatives Bild von mir. Durch Ebba kann ich dieses Bild korrigieren. Kann als derjenige in Erinnerung bleiben, der ich wirklich bin. Zu dem ich mich selbst gemacht habe.«

»Du meinst als derjenige, der du dir einbildest zu sein?«

»Typisch Sara. Du musst dich immer einmischen. Ich habe die Mappe mit meiner Akte am Sonntag in eurem Flur gesehen.«

Hedins Mappe, die Sara in den Flur gelegt hatte. Als sie alle am Sonntag zum Abendessen da waren.

»Du kannst dir gar nicht vorstellen, wie enttäuscht ich war«, sagte Eric. »Dass meine eigene Schwiegertochter mich jagt.

Aber ich wollte dir eine Chance geben. Ja, du hast eigentlich jede Menge Chancen bekommen. Wenn du einfach nur auf meine Warnungen gehört hättest. Aber ich kann dich nicht zwischen mich und meine Enkelkinder kommen lassen.«

»Du meinst, meine Kinder.«

»Die ihren Großvater deutlich mehr zu lieben scheinen. Und die kein falsches Bild von mir bekommen sollen.«

»Schämst du dich so sehr für das, was du getan hast? Für das Kommando 719? Für Stay Behind?«

»Alles, was ich getan habe, war zum Nutzen meines Landes. Damit du und Martin und alle anderen in Freiheit leben konnten«, sagte Eric und betrachtete sie mit einem glühenden Blick.

»Sie sagten, dass du immer noch in dieser Welt lebst.«

»Ja, das kann man wohl sagen. Meine kleine Firmenkonstruktion ist da von gewissem Nutzen. Wir statten die Immobilien, die wir in anderen Ländern bauen, mit Abhöranlagen aus, befördern sensibles Material an Empfänger, mit denen man nicht in Zusammenhang gebracht werden möchte. Ein Waffensystem an ein kriegführendes arabisches Land, gegen sichere Öllieferungen. Wir können Tarnfirmen in allen Erdteilen betreiben. Ich trage nach wie vor mein Scherflein bei.«

»Stirner Shipping SA?«, fragte Sara.

»Eine meiner Firmen.«

»Und alles zusammen aufgebaut von dem Geld, das für die Operation Wahasha vorgesehen war.«

Eric runzelte die Stirn.

»Was weißt du über Wahasha?«

»Es geht nicht darum, all die Morde und Attentate zu vertuschen, all das, was du getan hast, oder? Dass du deine Firma nicht aus eigener Kraft, mit eigenen Mitteln aufgebaut hast, das ist dein wunder Punkt.«

»Das hältst du tatsächlich für schlimmer?«

»Ich nicht, aber du«, sagte Sara und kam ein paar Schritte

näher. »Du hast es zwar geschafft, dir letztendlich doch noch den Respekt deines Vaters zu erwerben, aber es war auf einer Lüge aufgebaut. Und das Wissen darum quält dich. Wie bei all den traurigen, auf ihre Väter fixierten Männern ist es die Anerkennung des Vaters, auf die dein ganzes Leben abzielt. Also machst du weiter, um sowohl ihn als auch dich selbst zu betrügen. Noch fünfundzwanzig Jahre nach seinem Tod.«

»Du bist ja eine richtige Amateurpsychologin.«

»Aber es stimmt«, fuhr Sara fort. »Obwohl Martin hier mit einer Schlinge um den Hals steht, bist du derjenige in diesem Raum, der wirklich gescheitert ist. Ihm ist es tatsächlich gelungen, aus eigener Kraft etwas aufzubauen. Was du niemals zustande gebracht hast.«

»Halt den Mund!«

Sara hob die Pistole. Zielte direkt auf Erics Stirn. Otto Raus Stirn. Fausts Stirn.

»Lass Martin herunter.«

Eric lächelte und stupste gegen den Hocker, auf dem sein Sohn mit den Spitzen seiner Schuhe stand. Der Hocker wackelte hin und her, und Martin wand seinen Körper, um das Gleichgewicht nicht zu verlieren, ein gurgelnder Laut entwich seiner Kehle, als die Schlinge sich tiefer in den Hals schnitt.

»Immer schön vorsichtig mit der Pistole«, sagte Eric.

Sara machte einen schnellen Schritt auf Eric zu, hob die Hand und schlug ihm den Pistolenkolben hart auf den Kopf. Gleichzeitig war sie darauf vorbereitet, Martins Körper aufzufangen, wenn der Hocker weggetreten wurde.

Eric stolperte ein paar Schritte zurück und richtete sich dann wieder auf, jetzt mit einer Pistole in der Hand. Er zielte direkt auf Sara.

»Soll es so enden? Sollen wir einfach abwarten, wer als Erster schießt? Können wir uns nicht irgendetwas Unterhaltsameres ausdenken?«

Er bewegte sich in einem weiten Bogen um Martin herum, bis sein Sohn zwischen ihnen stand.

»Sara … bitte, verzeih mir …«

Martin schluchzte und weinte.

»Jetzt legen wir die Waffen ab, oder was meinst du?«

Ein schneller Schritt zur Seite, und Eric schoss die Pistole aus der Hand seiner Schwiegertochter. Sara schrie vor Schmerz auf, als die Pistole durch die Luft flog, auf dem Estrich landete und in die Dunkelheit glitt.

»Jetzt sind wir quitt, findest du nicht?«

Eric ging nach vorn und drehte die Videokamera.

Sara wusste nicht, ob sie nach der Pistole suchen, sich auf Eric stürzen oder zuerst versuchen sollte, Martin aus der Schlinge zu befreien.

Eric sah sie an.

Kam ein paar Schritte näher, dann ließ er die Pistole zu Boden fallen.

»Dann sind die Chancen ein bisschen ausgewogener«, sagte er mit einem Lächeln.

Während Sara beobachtete, wie die Pistole zu Boden fiel, traf sie der erste Schlag.

Ein rechter Haken ans Kinn, der sie ordentlich durchschüttelte.

Sie war auf den Angriff nicht vorbereitet, bekam aber trotzdem die Deckung hoch, um sich gegen den nächsten Schlag zu schützen.

Unmittelbar nach dem abgeblockten Schlag folgte eine Gerade in Saras Gesicht, direkt von vorn.

Und anschließend ein Tritt von der Seite in die Kniekehle, sodass sie zusammenbrach.

Eric war erstaunlich durchtrainiert.

Als Sara versuchte, wieder auf die Füße zu kommen, traf Eric sie mit dem Fuß an der Schläfe, dann mit dem Knie auf die Nase. Es blitzte in ihren Augen. Der Schmerz war stechend und intensiv, wie von einer Messerklinge. Jetzt musste sie schnell sein.

Sie warf sich auf seine Füße, um ihn zu Fall zu bringen, aber er bewegte sich tänzelnd zur Seite und antwortete mit einem Schnapptritt gegen ihren Kopf.

Dann warf er sich auf ihren Rücken, legte den Arm um ihren Hals und rollte sich auf den Rücken. Schlang seine Beine um ihre Oberschenkel, fixierte seinen Arm mit der anderen Hand und drückte zu, so fest er konnte.

Sara bemerkte, dass die Videokamera genau auf diesen Ort gerichtet war.

Eric hatte also schon, bevor er angegriffen hatte, beschlossen, wo er sie umbringen würde. Und jetzt wollte er ihren Todeskampf verewigen.

Sara versuchte, Erics Hände zu kratzen, aber ihre Nägel waren zu kurz.

Sie versuchte, um den Nacken herum seine Augen zu erreichen, aber er hatte den Kopf zurückgebeugt, damit er außerhalb ihrer Reichweite war.

Dann wurde ihr allmählich schwarz vor Augen.

Sie wusste, dass ihr bei einem solchen Würgegriff nur noch ein paar Sekunden blieben.

Zuerst würde sie bewusstlos werden, und wenn Eric den Griff nicht lockerte, wäre sie in weniger als einer halben Minute tot.

Und sie wusste, dass er nicht nachlassen würde.

Wohin war die Pistole gerutscht?

Sie versuchte, den Kopf zu drehen, um nach ihr zu sehen, aber sein Griff wurde nur noch härter.

Sie versuchte, seinen Schritt zu erreichen, aber er drückte sich gegen sie. Auch seine Finger bekam sie nicht zu fassen, um so seine Hände auseinanderzuzwingen.

Ihre Schläfen pochten, und ihr Blick wurde immer verschwommener.

Die Stimmen erreichten sie wie durch einen Tunnel.

Sie nahm nur entfernt wahr, dass Eric mit ihr sprach, und konnte nicht verstehen, was er sagte.

Ihr Körper begann zu zucken und zu krampfen.

Das Bewusstsein erlosch allmählich, und sie wusste, dass ihre Zeit bald abgelaufen war.

Ob es ein reiner Impuls war oder ein plötzlicher genialer Einfall, konnte sie nicht sagen, aber als ihr Körper kapitulierte und schlaff wurde, schlug sie dreimal leicht auf Erics Hand. Als wollte sie abklopfen. Aufgeben.

Er reagierte instinktiv und lockerte den Griff.

Die halbe Sekunde, die er brauchte, um seinen Fehler einzusehen, reichte Sara.

Sie drehte sich aus seinem Griff und drückte die Hände in sein Gesicht, um ihn auf Abstand zu bringen. Sie drückte einen Finger tief in sein Auge, er schrie laut auf.

Mit der einen Hand bedeckte er sein Auge und mit der anderen griff er nach ihrem Gesicht.

Packte ihren Unterkiefer und steckte dabei zwei Finger in ihren Mund.

Da biss sie zu.

So fest, wie sie konnte.

Sie spürte, wie die Finger sich in ihrer Mundhöhle bewegten, und biss härter zu, bis die Finger plötzlich auf ihre Zunge fielen und sich der Mund mit einer warmen, süßen Flüssigkeit füllte.

Eric schrie, mehr aus Zorn als vor Schmerz.

Sara wartete nicht auf seinen Gegenangriff. Sie spuckte die abgebissenen Finger aus, griff nach seinem Hodensack und drehte ihn um. So weit, wie es ging.

Jetzt mischte sich mehr Schmerz in seinen Schrei, und er krümmte sich zusammen.

In selben Moment hechtete sie nach ihrer Pistole.

Ihr Leben und auch das von Martin hingen davon ab, dass ihr dies gelang.

Sara tastete in der Dunkelheit nach der Waffe, stieß dagegen, schubste sie in ihrem Eifer noch weiter weg. Sie kroch hinterher, so schnell sie konnte, und hörte gleichzeitig, wie Eric auf die Beine kam.

»Du kleine Hure.«

Die Fingerspitzen stießen gegen das harte Metall.

Sie streckte die Finger aus, griff nach dem Lauf und legte schnell die andere Hand um den Griff.

Dann rollte sie sich herum, im selben Moment, in dem ein Scheinwerfer auf sie gerichtet wurde und eine Kugel dort, wo sie sich gerade befunden hatte, auf den Boden traf und abprallte.

Sie schoss direkt auf Eriks Konturen, die sich vor dem Scheinwerfer abzeichneten.

Er fiel zu Boden, doch sie schoss weiter. Krabbelte zurück, weg von ihm, während sie schoss. Und schoss. Und schoss.

Bis das Magazin leer war.

Als Eric auf den kalten Kellerboden fiel, begann Martin hysterisch zu singen.

»Money, money, money, must be funny, in the rich man's world …«

Er weinte immer heftiger, bis er das Gleichgewicht verlor und der Hocker umfiel.

Die Angst in seinen Augen, als sich die Schlinge fester um seinen Hals zog und die letzte Luft aus seiner Lunge wich.

Sara schnellte hoch und lief zu ihm.

Sie legte die Arme um seinen Körper und hielt ihn hoch, damit die Schlinge nicht enger wurde.

Aber sie wusste, dass sie das nicht unendlich lange durchhalten konnte.

Sie erreichte den Hocker nicht. Sah ihn nicht einmal in der Dunkelheit.

Sie prüfte alle Möglichkeiten, während die Panik ihren Körper erfasste. Es ging um Sekunden.

Schließlich entschied sie sich.

Lockerte den Griff um ihren Mann.

Die Todesangst in seinem Blick, als er glaubte, sie würde ihn sterben lassen. Das verzweifelte Winden seines Körpers. Die Furcht. Der verzweifelte Schrei, der von der Schlinge zu einem leisen Gurgeln zusammengepresst wurde.

Sie eilte zu Erics Pistole, hob sie auf, lief zurück, setzte die Mündung an das Seil und schoss.

Als das Seil riss, fiel Martin zu Boden. Der Aufprall war hart, aber er gab keinen Laut von sich. Keinen einzigen Laut.

Er lag ganz still auf dem Beton.

Sara ließ ihren Blick von Erics leblosen Körper zu ihrem blutenden, weinenden Mann wandern.

Sein ganzes Leben war zerstört.

Und ihres.

Jetzt waren nur noch sie übrig.

Sie hatten überlebt.

Doch vielleicht wäre es besser gewesen zu sterben.

66

Kein Radio, kein Fernsehen und kein Internet. Nur klassische Musik aus den Lautsprechern.

Sie hatte keine Ahnung, was inzwischen auf der Welt passiert war.

Die Wachleute und die Krankenschwestern sprachen deutsch, also nahm sie an, dass sie in Deutschland waren. Die Räumlichkeiten wirkten neu. Wenn sie es wagten, sie in Berlin unterzubringen, befand sie sich bestimmt im neuen Hauptquartier des BND, aber es war bedeutend wahrscheinlicher, dass sie sie in eine geheime Anlage in einem anderen Teil des Landes gebracht hatten.

Sie hatten ihr ein Angebot gemacht.

Sie würde ihr Leben wiederbekommen, wenn sie einen Auftrag für sie ausführte.

Einen sehr gefährlichen Auftrag ohne offizielle Unterstützung. Das Risiko war groß, dass sie dabei ihr Leben verlieren würde. Aber im Grunde hatte sie ja auch nichts zu verlieren.

Der einzige Haken daran war, dass sie ihn zusammen mit ihrem schlimmsten Feind ausführen würde, so sagten sie jedenfalls.

Das Schloss klickte, und die Tür glitt auf.

Der alte Mann, der sich Schönberg nannte, trat ein. Er sah sie nachdenklich an.

»Hast du eine Entscheidung getroffen?«

Sie nickte.

»Leider hat sich eine Komplikation ergeben.« Er machte

eine Pause. Als wollte er die Worte nicht laut aussprechen. »Sara Nowak hat Rau enttarnt.«

Sara. Schon wieder.

»Das macht den Auftrag ein bisschen schwieriger, aber wir haben keine Wahl. Und du hast ebenfalls keine große Wahl. Wir halten an unserem Plan fest, aber jetzt musst du außerdem auch Nowak aufhalten.«

Sie antwortete nicht. Sah ihn nur an. Erinnerte sich an die Zeit, in der er jung und überzeugt gewesen war. Und einen anderen Namen trug.

»Also, was sagst du?«

Sie sah ihn immer noch an. Ihr Kopf schien zerspringen zu wollen, als sie langsam nickte und den Auftrag akzeptierte.

Schönberg konnte ein Lächeln nicht unterdrücken. Er war erleichtert.

»Gut«, sagte er. »Danke, Agneta.«

Du glaubst, du kennst deine Frau. Bis sie dich tötet ...

Gustaf Skördeman
GEIGER
Thriller
Aus dem Schwedischen
von Thorsten Alms
496 Seiten
ISBN 978-3-404-18810-9

Das Festnetz-Telefon klingelt, als sie am Fenster steht und ihren Enkelkindern zum Abschied winkt. Agneta hebt den Hörer ab. »Geiger«, sagt jemand und legt auf. Agneta weiß, was das bedeutet. Sie geht zu dem Versteck, entnimmt eine Waffe mit Schalldämpfer und tritt an ihren Mann heran, der im Wohnzimmer sitzt und Musik hört. Sie setzt den Lauf an seine Schläfe – und drückt ab. Als Kommissarin Sara Nowak von diesem kaltblütigen Mord hört, ist sie alarmiert. Sie kennt die Familie seit ihrer Kindheit ...

Der Abschluss der SPIEGEL-Bestseller-Trilogie aus Schweden

Gustaf Skördeman
WAGNER
Thriller
Aus dem Schwedischen
von Thorsten Alms
ISBN 978-3-7857-2850-5

Trotz höchster Sicherheitsvorkehrungen gelingt es Doppelagentin Agneta Boman, einen russischen Oligarchen in London zu ermorden. Zur gleichen Zeit wird in Stockholm der frühere Außenminister von einem bekannten Firmenchef enthauptet. Dieser unfassbar brutale Mord wird gefilmt – und das Video der Polizei zugespielt. Kommissarin Sara Nowak übernimmt die Ermittlungen und ahnt zu dem Zeitpunkt noch nichts von dessen internationaler Dimension. Als weitere hochrangige Personen sich gegenseitig umbringen, taucht eine erste Spur auf. Sie führt zu einer Ölförderfirma und einem russischen Oligarchen. Bald erkennt Sara, dass sie sich mit ihren Ermittlungen jemanden zum tödlichen Feind macht ...

Lübbe